Gustavo Adolfo Bécquer, cuyo verdadero nombre era Gustavo Adolfo Domínguez Bastida, nació en Sevilla en 1836 y siendo aún adolescente se trasladó a Madrid para dedicarse a la literatura. Padeció una afección pulmonar y vivió en la penuria económica excepto en los breves períodos en que desempeñó el cargo de censor de novelas (1864-1865) y de director literario de *La ilustración de Madrid* (1870). Entre sus obras en prosa destacan textos como *Cartas desde mi celda* y *Cartas literarias a una mujer*, escritas en el monasterio de Veruela. Sin embargo, la cúspide de su producción se da con sus *Rimas* y sus *Leyendas*, de las que se desprende el lúgubre y sublime espíritu posromántico. Murió en Madrid, en 1870, dejando tras de sí una estela cuya influencia no tiene parangón en la historia de la literatura en lengua castellana.

Enrique Rull Fernández es catedrático emérito de la Universidad Nacional de Educación a Distancia. Su amplia actividad investigadora ha estado relacionada sobre todo con la literatura española del Siglo de Oro (es un reconocido especialista en Calderón y en el teatro de su época), aunque ha dedicado también estudios y publicaciones a la época romántica y al modernismo, principalmente a Larra, Bécquer y Rubén Darío. Empezó hace años el ambicioso proyecto de publicación de los *Autos sacramentales completos de Calderón*, del que lleva editados tres volúmenes. Además, ha sido socio fundador de la Asociación de Cervantistas y ha dedicado numerosos trabajos al estudio del *Quijote*, el *Persiles* y otras obras cervantinas.

GUSTAVO ADOLFO BÉCQUER

Rimas y leyendas

Edición de
ENRIQUE RULL

PENGUIN CLÁSICOS

Papel certificado por el Forest Stewardship Council®

MIXTO
Papel procedente de
fuentes responsables
FSC® C117695

Penguin
Random House
Grupo Editorial

Serie «Clásicos comentados», dirigida por José María Díez Borque,
Catedrático de Literatura Española de la Universidad Complutense de Madrid

Primera edición: mayo, 2016
Novena reimpresión: septiembre de 2023

PENGUIN, el logo de Penguin y la imagen comercial asociada son marcas registradas
de Penguin Books Limited y se utilizan bajo licencia.

© 2002, 2016, Enrique Rull, por la introducción, edición y actividades
© 2002, J. M. Ollero y Ramos Distribución, S.L., por la colección Clásicos comentados
© 2002, 2016, Penguin Random House Grupo Editorial, S. A. U.
Travessera de Gràcia, 47-49. 08021 Barcelona
Diseño de la cubierta: Penguin Random House Grupo Editorial
Fotografía de la cubierta: © Andreu Barberan

Penguin Random House Grupo Editorial apoya la protección del *copyright*.
El *copyright* estimula la creatividad, defiende la diversidad en el ámbito de las ideas
y el conocimiento, promueve la libre expresión y favorece una cultura viva.
Gracias por comprar una edición autorizada de este libro y por respetar las leyes del *copyright*
al no reproducir, escanear ni distribuir ninguna parte de esta obra por ningún medio sin permiso.
Al hacerlo está respaldando a los autores y permitiendo que PRHGE continúe publicando libros
para todos los lectores. Diríjase a CEDRO (Centro Español de Derechos Reprográficos,
http://www.cedro.org) si necesita fotocopiar o escanear algún fragmento de esta obra.

Printed in Spain – Impreso en España

ISBN: 978-84-9105-033-9
Depósito legal: B-7.211-2016

Compuesto en M. I. Maquetación, S. L.

Impreso en Liberdúplex
Sant Llorenç d'Hortons (Barcelona)

P G 2 6 0 3 C

ÍNDICE

Rimas y leyendas

INTRODUCCIÓN

Cuando nos asomamos al manuscrito autógrafo de Bécquer, llamado por él *Libro de los gorriones*, estamos muy lejos de suponer lo que el tiempo ha deparado a sus escritos, principalmente a las *Rimas* y a las *Leyendas*, aunque también a otros escritos literarios y periodísticos: una fama popular y un prestigio académicos que contados escritores españoles han logrado a lo largo de su historia. De aquel libro tan humilde de «proyectos» han quedado como testimonios imperecederos la mayor parte de sus poemas, la preciosa «Introducción sinfónica» y algún otro texto publicado en el manuscrito («La mujer de piedra»), más los trabajos múltiples que realizó para la prensa de su tiempo y la edición póstuma de sus *Leyendas, Cartas desde mi celda, Artículos varios* (hasta once) y *Rimas*, de 1871, publicadas por los amigos del poeta. En esa edición (de la que por fortuna hay edición facsímil de Cristóbal Cuevas y Salvador Montesa) se recoge, pues, la esencia más importante de su obra, si bien se echan en falta textos como las *Cartas literarias a una mujer*, la *Historia de los templos de España* y una enorme parte de sus artículos periodísticos que ha ido publicando la crítica (Leonardo Romero, etc.) hasta las ediciones más completas de los mismos (y otros escritos varios) realizadas por Ricardo Navas Ruiz[1] y últimamente por Joan Estruch.[2]

En el *Libro de los gorriones* se nos ofrecen unos textos limpios de pedantería académica, con las incorrecciones del «hombre» que «escribe» poesía y no del sabio literato que la «hace», como él mis-

[1] Bécquer, *Obras completas*, R. Navas Ruiz, ed., Madrid, Biblioteca Castro, 1995, 2 vols.

[2] Bécquer. *Obras completas*, Joan Estruch Tobella, ed., Madrid, Cátedra, 2004.

mo distinguiera en la rima XXVI. Aunque lo que sabemos de Béc-
quer como persona no es tanto como quisiéramos, su figura se nos
ha hecho familiar por sus retratos, por su escritura (sus propios
manuscritos), por las semblanzas de algunos amigos queridos y,
últimamente, por los valiosos ensayos biográficos de algunos crí-
ticos como Rica Brown, Heliodoro Carpintero, José Pedro Díaz
y, más recientemente, por el bello libro de Rafael Montesinos, tan
«lleno» de Bécquer no sólo por sus preciosas ilustraciones y docu-
mentos, sino también por su vivo, claro y amoroso texto. Todos
ellos y otros críticos, que no podríamos enumerar aquí, habían
visto al poeta y al hombre, y los que no pudieron conocerle en
persona lo habían adivinado a través de sus poemas, porque pocas
veces un escritor está tan vivo en su obra como Gustavo Adolfo
Bécquer, que supo unir, sin exhibicionismo, su talento natural de
artista a una sinceridad y autenticidad consigo mismo muy poco
frecuentes, y está tan vivo no sólo como artista sino como mero
hombre que forjó su poesía, como deseara Machado para sí.

Hablar de un hombre es más difícil y temerario que hacerlo de
un escritor. Gustavo Adolfo decía: «de que pasé por el mundo /
quién se acordará?» (rima LXI). Hoy nos acordamos muchos, des-
pués de más de un siglo transcurrido, y no sólo del buen escritor.
Y nos acordamos los que lo estudiamos, pero también los que lo
leen de forma anónima con amor y se sienten hermanos de sus
sueños. Profundizar en el estudio de Bécquer y su obra es una de
las experiencias más gratas que pueda tener cualquiera. No es ex-
traño, pues, que pese al fugaz gusto y a la inconstante moda, Béc-
quer haya sido leído y amado desde su muerte por modernistas y
noventayochistas, por generaciones novecentistas, del veintisiete
y de posguerra… hasta hoy. En todos los grupos, en todas las es-
cuelas, es fácil encontrar su recuerdo, y quizá entre la gente iletra-
da sea el poeta del siglo antepasado más presente y vivo hoy en día.

Cuando Ramón Rodríguez Correa, amigo del poeta, escribe
su sencilla pero emotiva semblanza en el prólogo a la primera edi-
ción de sus obras en forma de libro (en el mencionado año de
1871), se nos revelan muchas cosas: que un gran poeta había dejado
casi en el anonimato la mayor parte de sus versos, que la adversi-
dad de su vida truncó ambiciosos proyectos, y que, sólo tras la
muerte, se revelaba al público el genio de un hombre que para so-

brevivir y ser fiel a su talento tuvo que pagar por él «o una necesidad material, o el pago de una receta», como dice el mencionado Rodríguez Correa.

No es la vida de Bécquer, como ahora veremos, la del artista triunfante, que conoce el sabor de la gloria o, al menos, la tranquilidad de una existencia afectiva suficiente, ni siquiera la seguridad de una cobertura material medianamente satisfecha. «Yo era huérfano y pobre...» dice Bécquer en su rima LXV, y esto, que es sin duda en el contexto poético una afirmación llena de resonancias complejas, es también una realidad de hecho, aunque pueda discutirse en algún pormenor. Tuvo en efecto algunas satisfacciones de muy distinto orden, pero éstas provenían más de su temperamento artístico y de la exaltación vital de sus ilusiones que del *logro* de las mismas. «Poeta del dolor» le ha llamado Díez Taboada, pero también por el hecho mismo de ser auténtico poeta, hombre de sensibilidad e imaginación para poder hallar en la Poesía el bálsamo de la adversidad y el consuelo del Sueño. Bécquer, por fortuna para él, supo ver con claridad la contingencia de la vida al modo calderoniano y avanzar más allá, llegando a atisbar también el valor del sueño de la vida, a profundizar en éste y a intentar incluso traspasar su umbral.

Una edición de sus obras fundamentales es siempre necesaria, no sólo por el interés intrínseco de estas obras, sino porque hay un lector a quien hay que mantener en contacto con nuestros clásicos, y más si son tan vivos como Bécquer. La edición, sobre todo de sus *Rimas*, presentaba un problema, reavivado por los editores más recientes: conservar el orden del manuscrito becqueriano *Libro de los gorriones* o el de la edición póstuma de los amigos del poeta. Aunque esto no nos parece una cuestión del todo relevante, sí lo es en la medida en que la edición del manuscrito implica una presentación de las *Rimas* de acuerdo con él, cuando sabemos, por las propias palabras de Bécquer, que éste, escrito en un libro puramente comercial, era sólo un cuaderno de «proyectos» en el que tenían cabida otros escritos diferentes y textos en prosa. No hay identificación con las rimas exclusivamente. Hay otros dos datos importantes: la edición de las *Rimas* (éstas sí) efectuada por los amigos del poeta (Narciso Campillo y Ramón Rodríguez Correa) y publicada en 1871, muerto el poeta, quizá hubiera contado con

su aprobación, pues Bécquer confiaba en ellos, más doctos y capaces de asumir una labor teórica y práctica (Campillo había escrito incluso una *Poética* dentro de parámetros académicos) en la confección, organización y publicación de sus textos. Además, la tradición ha mantenido en innumerables ocasiones el orden de las poesías de esa edición, a las que eruditos, profesores y lectores aludían y aluden en citas, referencias y escritos de variada índole. Introducir una nueva ordenación que no sea la canónica iría contra esa misma tradición, que tan útil ha sido y es, hasta el punto que hay que combinar siempre, advirtiéndolo, las dos ordenaciones para evitar la confusión. Por esas razones (y otras de menor relieve), mantenemos nosotros el orden tradicional, no creyendo, como algunos críticos recientes piensan, que tergiverse el sentido de los poemas, al dar a éste un valor autobiográfico, y menos referir una historia concreta de este tipo, pues el lector es inteligente y distingue a la perfección los motivos y detalles de cada poema y es capaz de leerlos de forma aislada como lo que son. La edición tradicional tiene la virtud de agavillar unos temas concretos e ilustrar con ello una faceta de la visión del poeta acerca de la poesía, el descubrimiento amoroso, la exaltación de éste o su desengaño y ruptura, sin atribuir a un acontecimiento vital concreto tal o cual poema, porque entre otras cosas no es necesario para entender el sentido de los mismos. No por ello se desestima la edición de las *Rimas* siguiendo el manuscrito autógrafo, tal cual se ha hecho en varias ocasiones, pues su objeto es de utilidad evidente. En este sentido hay que agradecer a los profesores Balbín y Roldán (ya fallecidos) la verdadera primera edición facsímil que realizaron en el año 1971 en un precioso libro encuadernado según el formato del manuscrito (o lo más parecido a él) en color y forma. En cuanto a la edición de las *Leyendas*, nos atenemos al texto de nuestra anterior edición de 1984 en Plaza & Janés con algunos matices que explicamos en los criterios de edición presentes.

1. Perfiles de la época

En la época en la que nace Bécquer (1836) se han empezado ya a consolidar el romanticismo y el liberalismo en Europa. El fenó-

meno procede de las corrientes racionalistas de la Ilustración die-
ciochesca y se opone a la vez a ellas, lo que permite explicar la
aparente contradicción en la que se mueve la cultura del momento:
por un lado, una abierta rebeldía contra toda norma, fundamen-
talmente contra los valores clásicos y la tradición, y por otro un
nexo con la tradición y, por tanto, con la espiritualidad individual
y colectiva de raigambre medieval, y con los valores del «pueblo»
(cuentos, leyendas religiosas o de otro orden, etc.), desde el fol-
clore hasta las reliquias del arte y la arquitectura (catedrales, mo-
nasterios, monumentos y ruinas, etc.). Pero sobre todo destacan
elementos de la psique humana como la pasión y los sentimientos,
a los que se añade el sentido estético en la contemplación de la
naturaleza, que determinará el descubrimiento del paisaje como
cuadro autónomo. La ambivalencia, e incluso aparente contradic-
ción, emanada del gusto por la tradición y el afán de progreso, del
culto a los valores de lo popular y el más acendrado individualis-
mo, se va decantando con el tiempo hasta constituirse en dos co-
rrientes que tienen su orientación ideológica y política según pre-
valezcan unas u otras tendencias: la conservadora, con predominio
del peso de la tradición, y la liberal o progresista, en la que el in-
flujo de las ideas ilustradas ganan fuerza. No obstante, en cuales-
quiera de las dos corrientes se pueden hallar, como hemos dicho,
contradicciones evidentes, que a veces corresponden a distintas
fases en la evolución de los autores. Así, por ejemplo, es fácil en-
contrar una estética neoclásica en la poesía de Larra o en su teatro,
apenas rota por el impulso juvenil de la protesta o la renovación
ideológica que le es inherente; o en las primeras poesías de un Béc-
quer juvenil todavía hallamos el marchamo vivo de esa misma es-
tética heredada de Lista o de Quintana hasta su pronta evolución
posterior por influjo de los poetas románticos españoles y extran-
jeros. Mientras en Francia Chateaubriand (1787-1824), quien ha-
bría de influir en ciertos aspectos de la concepción becqueriana de
la tradición, seguía una línea monárquica y conservadora, Lord
Byron (1787-1824) mostraría en Inglaterra una decidida vocación
por el más acendrado individualismo, lo mismo que Heine (1797-
1856) en Alemania (quien también habría de influir en la poesía de
Bécquer). Es curiosamente en Francia donde el romanticismo
conquista un puesto decisivo con el manifiesto de Victor Hugo (en

el prefacio de su drama *Cromwell*) en 1827. Las producciones poéticas de Vigny, Musset, Lamartine, dejan ya el camino abierto a la nueva corriente de forma decisiva. Lo mismo ocurre en el campo de la pintura con Delacroix, o de la música con los italianos Rossini, Donizetti y Bellini (que también influirían en la personalidad de Bécquer), los germanos Mendelsshon, Schubert y Schumann, y el polaco Chopin. En España el duque de Rivas, de manera algo tardía (1835), introducía de forma decidida el movimiento en el teatro, y Espronceda conseguía sus mejores frutos en el género publicando en 1840 sus *Poesías*. La vida de Bécquer transcurre entre ese incipiente romanticismo y el período llamado realista. Propiamente su obra se mueve ya en el campo de la poesía tardorromántica o realista. Aunque su posición es tildada por algunos de romántica, sólo lo es en la medida que asimila más el tipo del *lied* o canción alemana (a través de poetas españoles filogermanistas) que la poesía exaltada de los primeros románticos, y está situado, como veremos luego, en una zona propia de poesía intimista que tiene como precedentes poetas extranjeros y españoles de la segunda mitad del siglo, que es la que corresponde cronológicamente a su realización poética y literaria.

En otros campos de las artes el romanticismo inicial hunde sus raíces en el neoclasicismo anterior, como sucede con el pintor David en Francia, autor neoclásico ligado por su ideología a la revolución y luego artista oficial del Imperio con Napoleón. De David precisamente procede Girodet (1767-1824), quien ya se inspira en temas legendarios como la saga de Ossian; Gérard (1770-1837) y Gros (1771-1835), autor del famoso retrato de Bonaparte en el puente de Arcole; pero los más importantes de este período son sin duda Proudhon (1758-1823), autor de una alegoría sobre el crimen, de espíritu ya plenamente romántico, Géricault (1791-1824), autor de obras sobre las hazañas napoleónicas y de una obra típica de la época, *La balsa de la Medusa*, de exaltación romántica, como lo serán las pinturas del más grande de todos, Eugène Delacroix (1793-1863), quien se inspira en Shakespeare (*Hamlet y Horacio en el cementerio*), o en Byron (*El naufragio de don Juan*), pero sobre todo es conocido por *La libertad guiando al pueblo*, de 1830. En Inglaterra es muy importante William Blake (1757-1827) como pintor visionario y poeta, autor de ilustraciones sobre la Bi-

blia y la *Divina comedia*, así como los grandes descubridores del paisaje como John Constable (1776-1837) y, sobre todo, William Turner (1775-1851). En España los pintores románticos también parten de las enseñanzas neoclásicas. Dejando al margen al preclaro Francisco de Goya (1746-1828), pintor dieciochesco, pero que se asoma a la época moderna con una audacia que le hace precursor del impresionismo y expresionismo, hay que destacar a Esquivel (1806-1857), importante retratista, cuya *Reunión de literatos* (o *Zorrilla en el estudio del pintor*) es importante también como documento de época, y a Pérez Villaamil (1807-1854), de un gran talento evocador de paisajes orientales y edificios medievales, todo impregnado de subjetividad. Finalmente, Valeriano Bécquer (1834-1870), hermano del poeta, destaca por la pintura de costumbres y tipos populares. Pertenecían ambos a una familia de pintores, entre los que destacan el padre, José Domínguez Bécquer, pintor de carácter costumbrista también, y Joaquín, tío de los hermanos, también pintor de costumbres. Valeriano fue seguramente el más importante de ellos, dedicándose también a la ilustración de revistas y libros (entre ellos destaca *Los trabajadores del mar*, de Victor Hugo), y al retrato, realizando, entre otros, varios de su hermano Gustavo Adolfo.

En lo político, el triunfo del liberalismo era cuestión de tiempo. En España lo logró gracias al apoyo de Inglaterra y Francia, de forma que los gobiernos que se suceden de 1834 a 1837 (Martínez de la Rosa, Toreno, Mendizábal) son progresivamente más liberales. Las guerras carlistas minaban la situación, hasta que en 1839 se firma el Convenio de Vergara con los partidarios de don Carlos. Pero en el año 1843 es derribado Espartero, y después de declararse la mayoría de edad de Isabel II se impone una situación claramente conservadora hasta 1854. En Francia, la revolución de 1848 obligó a abdicar al rey Luis Felipe y se vuelve a proclamar la república. Estos hechos se propagan por Europa y el espíritu liberal y democrático vuelve a imperar por todas partes. En Austria dimite Metternich, el hombre que había representado el espíritu de la Restauración. Demócratas y socialistas se hacen con el poder. En Italia las ideas políticas liberales y nacionalistas de Mazzini (1805-1872) empiezan a triunfar con los levantamientos de Venecia y Milán (marzo de 1848). En Prusia igualmente hubo

manifestaciones y se levantaron barricadas que obligaron al rey Federico Guillermo IV a discutir una constitución liberal en asamblea nacional. Es la burguesía la que impone de nuevo sus criterios, que en la cultura se manifiesta ahora en lo que se llama realismo, que proporciona unos modelos de vida próximos a la pequeña burguesía de las ciudades, y unos ideales de vida cotidiana muy alejados de los modelos heroicos y medievales de los románticos. Los verdaderos creadores del realismo decimonónico fueron Stendhal (1783-1842) y Balzac (1799-1850), aunque en España el realismo siempre se sintió heredero de la tradición cervantina, de la picaresca y de los clásicos del Siglo de Oro. En realidad, el realismo español se va imponiendo a través del costumbrismo romántico y del gusto por la pintura de lo típico y de la observación de lo cotidiano, pero, en la novela, no penetra de forma decidida hasta más que mediado el siglo. Ese espíritu burgués es el que fomentará el progreso científico a través del positivismo filosófico. El representante de este movimiento fue Augusto Comte (1798-1857), quien fundó una nueva ciencia, la sociología, que no es sino la forma de entender la historia de una manera meramente positivista, es decir, la interpretación realista de los datos, y la comprobación de los mismos a través de la experimentación, como sucede con las llamadas ciencias experimentales o positivas (las naturales, biológicas y físicas). Para Comte el positivismo es el tercer estadio del progreso de la humanidad, tras el teológico y el metafísico, y se apoya en el dato y en la comprobación experimental, pues piensa que sin ellos no hay verdadera ciencia ni progreso técnico. De este enfoque proceden los grandes progresos científicos del siglo XIX, del que son exponentes máximos desde la *Introducción a la medicina experimental* (1859) de Claude Bernard (1813-1878) hasta el *Origen de las especies* de Charles Darwin (1809-1882), pasando por estudios sobre gérmenes y contagios de Louis Pasteur (1822-1895), quien planteó por vez primera la existencia de microorganismos en la fermentación y descubrió la vacuna antirrábica.

2. CRONOLOGÍA

1836 El 17 de febrero nace en Sevilla Gustavo Adolfo Bécquer.
 Restablecimiento de la Constitución de 1812.

1841 Muere su padre, José Domínguez Bécquer. Regencia del
 general Espartero (hasta 1843).

1846 Bécquer ingresa en el colegio de San Telmo. Matrimonio de
 Isabel II con don Francisco de Asís.

1847 Fallece su madre, Joaquina Bastida. Comienza la Segunda
 Guerra Carlista.

1848 Lecturas en casa de su madrina, Manuela Monnehay. Revo-
 lución de 1848 en Francia. *Manifiesto comunista*.

1849 Bécquer y su amigo Narciso Campillo publican versos en
 la revista de Sevilla *El Regalo de Andalucía*. La amnistía
 concedida por Isabel II pone fin a la guerra carlista, pero
 subsisten focos de insurrección, que duran hasta 1856 apro-
 ximadamente.

1850 Ingresa Bécquer en el estudio de pintura de Antonio Ca-
 bral Bejarano. Comienza el proceso de unificación de Ita-
 lia, que cristalizará en 1860 y durará hasta 1871, año en que
 Roma pasa a ser la capital del reino.

1852 Bécquer entra en el taller de pintura de su tío Joaquín Do-
 mínguez Bécquer. Napoleón III emperador de Francia.

1854 Bécquer se traslada a Madrid. Restablecimiento de la
 Constitución de 1837. Levantamiento de O'Donnell en
 Vicálvaro.

1857 Primeras entregas de la *Historia de los templos de España*.
 Nace el príncipe de Asturias, don Alfonso, que será rey con
 el nombre de Alfonso XII.

1858 Publicación de la primera leyenda, «El caudillo de las manos rojas». Bécquer enferma de gravedad. Gobierno de O'Donnell.

1859 Publicación de la rima XIII, su primera rima. Guerra de Marruecos.

1860 Comienza la publicación en *El Contemporáneo* de las *Cartas literarias a una mujer*. Tras la victoria de Los Castillejos, en la que interviene el general Prim, y la toma de Tetuán, se firma la paz con Marruecos.

1861 Casamiento de Bécquer con Casta Esteban. Publicación de varias leyendas. Alejandro II de Rusia decreta la abolición de la servidumbre, que afecta a más de cuarenta millones de campesinos.

1863 Bécquer continúa publicando leyendas y otros textos. Marcha a Veruela con su hermano Valeriano y la familia de éste. Batalla de Gettysburg (guerra de Secesión americana). Lincoln enuncia su proclamación antiesclavista.

1864 Los Bécquer continúan su estancia en el monasterio de Veruela. El ministro González Bravo nombra a Bécquer censor de novelas. Gobierno de Narváez.

1865 Bécquer cesa en su cargo con la caída del gabinete de Narváez, como consecuencia de la Noche de San Daniel. Se publican en *El Museo Universal* ocho rimas (V, XI, XV, XXIV, II, XVI, LXIX y XXIII). Prim asume la jefatura del Partido Progresista.

1867 González Bravo invita al poeta a publicar sus rimas. Constitución de la Confederación Alemana del Norte.

1868 Bécquer empieza a redactar el manuscrito del *Libro de los gorriones*. Se separa de Casta Esteban y se establece en To-

ledo con su hermano Valeriano. Revolución de Septiembre y caída de Isabel II.

1869 Los Bécquer permanecen durante todo el año en Toledo con sus hijos. Gustavo Adolfo se traslada a Madrid en diciembre. Nueva constitución en España.

1870 Le nombran director literario de *La Ilustración de Madrid*, donde publica Bécquer gran cantidad de artículos. Muere Valeriano en septiembre. Regresa Casta Esteban con el poeta. Gustavo Adolfo Bécquer muere el 22 de diciembre, a causa de una pulmonía. Amadeo de Saboya es elegido rey de España. Comienza la guerra franco-prusiana.

1871 Narciso Campillos y Ramón Rodríguez Correa, amigos del poeta, publican la primera edición de las *Rimas*.

3. Biografía de Gustavo Adolfo Bécquer

Nacido en Sevilla el 17 de febrero de 1836, fue hijo de padre pintor, al que perdió a los cinco años de edad. Bécquer tuvo seis hermanos, de los cuales el más famoso con el tiempo sería Valeriano, heredero de las cualidades artísticas de su padre, de las que participó en menor medida el propio Gustavo Adolfo. El apellido Bécquer lo adoptaron de sus antecesores familiares y no sólo lo utilizaron los hermanos como artistas, sino que ya su propio padre firmaba como pintor con el nombre de José Domínguez Bécquer. Los primeros apellidos de Gustavo Adolfo eran Domínguez Bastida Insausti. El origen del apellido Bécquer se remonta a unos antiguos antepasados oriundos de Flandes, que ya en el año 1622 fundaron una capilla de los «Becker» en la catedral sevillana; luego castellanizarían su apellido. Gustavo Adolfo a veces indicaba mediante la inicial «D» el apellido «Domínguez», como así figura, por ejemplo, en la portada del *Libro de los gorriones,* y su hermano Valeriano hacía otro tanto, como he podido comprobar en un cuadro de mi propiedad. Sin embargo, esto a veces no era así, pues tanto el uno como el otro prescindían con frecuencia de la inicial

de su primer apellido, y el propio Gustavo incluso de su segundo nombre, «Adolfo».

En el año 1847, es decir, cuando Gustavo Adolfo tiene once años, fallece también su madre. Un año antes había ingresado en el colegio de San Telmo de Sevilla, centro orientado fundamentalmente a los estudios de náutica. Allí parece que conoció a Narciso Campillo, manifestando ambos inclinaciones literarias. Gustavo Adolfo quedó al cuidado de su tía María Bastida, al igual que sus otros hermanos, pero tuvo que dejar el colegio por cerrarse éste justo durante ese mismo año. Por fortuna, Gustavo fue tutelado por su madrina Manuela Monnehay, en cuya casa había una notable biblioteca que él frecuentaba. Allí pudo familiarizarse con la lectura de los más importantes escritores románticos. En una carta de Campillo a Eduardo de la Barra, confiesa aquél haber seguido carrera y compartido las enseñanzas que había recibido con Bécquer, quien no podía tener estudios por ser más pobre. La comunicación de Bécquer con Campillo debió, pues, ser provechosa para ambos, ya que éste también recibía beneficio de ella al «servirle de repaso», como él mismo confiesa en la citada carta. Campillo tenía tal afición a la lectura que en su casa le llamaban «tragalibros». Lo que Bécquer quizá no pudo conseguir por medios económicos lo consiguió en parte por una buena amistad. Pronto empiezan ambos a desarrollar sus inquietudes poéticas e incluso a publicar sus primeros versos en revistas de Sevilla. Durante los años siguientes (del 1850 al 1853) ingresa Gustavo en el taller de pintura de Cabral Bejarano y luego en el de su tío (también pintor, como su padre), Joaquín Domínguez Bécquer. O bien las inclinaciones literarias eran demasiado fuertes, o bien no vio su tío en él un futuro pintor, pero el caso es que Gustavo abandona por consejo de aquél los estudios de pintura, que sin embargo siguió desarrollando su hermano Valeriano con extraordinario provecho.

Durante el año 1853 conoce en Sevilla al madrileño Julio Nombela, que residía allí de forma casual; traban amistad y deciden trasladarse a la capital para probar fortuna en las letras. Al año siguiente Gustavo Adolfo marcha a Madrid, residiendo en una pensión de la calle Hortaleza. Conoce a Luis García Luna, con el que pronto le unirán lazos amistosos. En colaboración con él y bajo el seudónimo de «Adolfo García» escribirán obras teatrales

de género diverso, en especial zarzuelas y sainetes. Por falta de recursos se ve obligado a abandonar la pensión en la que vivía y se traslada a la de García Luna, de la que era dueña doña Soledad, una viuda sevillana que le hospedó gratuitamente por algún tiempo. Pronto también conocería a Ramón Rodríguez Correa, con quien ingresa como escribiente en la Dirección de Bienes Nacionales, pero fuera de plantilla. A este tenor cuenta el propio Rodríguez Correa una anécdota que le parece significativa de su carácter: en los intervalos entre minuta y minuta que habían de redactar, Gustavo, que seguía con sus aficiones por el dibujo y sabía conjugarlas con sus inclinaciones literarias, estaba diseñando escenas de *Hamlet*, cuando el director, movido por la curiosidad que igualmente había congregado a sus subalternos en torno a las habilidades de Gustavo, se presentó en el corro que éstos formaban alrededor del poeta, y descubriendo la causa del comportamiento de todos ellos, decidió entonces despedir a Gustavo. No parece que el autor de las *Rimas* demostrara demasiadas inquietudes políticas, tan frecuentes en aquella época en los ambientes burgueses, por lo que había decidido vivir de sus colaboraciones periodísticas. Ya en el año 1855 había fundado el semanario *El Mundo*, junto con sus amigos García Luna, Nombela y Márquez, del que sólo llegó a aparecer un número. También participa en el periódico *El Porvenir*, pero al poco tiempo cesa. Proyecta una magna obra, la *Historia de los templos de España*, y es recibido por los reyes, quienes aceptan el proyecto y se suscriben a él. Esto sucede en 1857, y en ese mismo año comienza la publicación, cuya última entrega realiza al año siguiente.

En el año 1858 una enfermedad le deja postrado y obliga a su hermano Valeriano a acudir a Madrid. Parece que Gustavo tiene que guardar cama durante dos meses. En mayo de ese mismo año empieza a publicar «El caudillo de las manos rojas» en el periódico *La Crónica* de Madrid, que según Rodríguez Correa sirvió para sufragar los gastos de la enfermedad de Gustavo. También en ese mismo año conoce a las hermanas Espín (Julia y Josefina). Cuenta Julio Nombela en sus *Impresiones y recuerdos* (1909-1912) que, estando Gustavo convaleciente de su enfermedad, paseaba con frecuencia por el Retiro y por Príncipe Pío. En uno de estos recorridos, dice Nombela, se dirigieron

hacia la calle de la Flor Alta, frente a la cual había una casa de vecindad de muy buen aspecto, desde cuyos balcones se veía un trozo de la calle Ancha de San Bernardo. Cuando pasamos estaban asomadas a uno de los balcones del piso principal dos jóvenes de extraordinaria belleza, diferenciándose únicamente en que la que parecía mayor, escasamente de diecisiete o dieciocho años, tenía en la expresión de sus ojos y en el conjunto de sus facciones algo celestial. Gustavo se detuvo admirado al verla y, aunque proseguimos nuestra marcha por la calle de la Flor Alta, no pudo menos de volver varias veces el rostro extasiándose al contemplarla.[3]

Se han hecho infinidad de conjeturas acerca de este encuentro y sobre todo de su posible continuación. Parece que hubo relación entre ellos, aunque el alcance de la misma es difícil de determinar. Rafael Montesinos apunta la fecha de 1860 o finales de 1859 para las primeras visitas de Bécquer a la familia de los Espín. En casa de don Joaquín Espín Guillén se reunían, en veladas musicales y literarias, personalidades del mundo artístico, ya que éste era director de los coros del Teatro Real. Julia parece que tenía buena voz y llegó incluso a cantar ópera. Los Espín estaban emparentados con Rossini, del cual Julia era sobrina política, pero la relación, de la que ellos estaban muy ufanos, quedaba un poco lejos, como ha señalado Montesinos. Este crítico ha ahondado en lo posible en el sentido de esta historia de Julia con Gustavo y ha realizado un minucioso rastreo en los textos del poeta para establecer la identidad de la amada, tal como pudo trasponer ésta el poeta en sus versos y relatos. Eduardo del Palacio, hijo del poeta Manuel del Palacio, describe a Julia así: «hermosa y enérgica», «altiva y desdeñosa», «cutis moreno, ojos negros, puede que un poquitín saltones», descripción que según Montesinos concuerda con los retratos que de ella se conservan y con varias de las rimas becquerianas. Los contemporáneos hablan de esta historia (así Julio Nombela y Eusebio Blasco); Rodríguez Correa alude de manera muy sucinta a la cuestión, y aunque omite el nombre de la mujer amada, describe el acontecimiento de manera extraordinariamente reveladora:

[3] Julio Nombela, *Impresiones y recuerdos*, Madrid, Tebas, 1976, p. 502.

Una mujer hermosa, tan naturalmente hermosa que... conmueve y fija el corazón del poeta, que se abre al amor, olvidándose de cuanto le rodea. La pasión es desde su principio inmensa, avasalladora, y con razón, puesto que se ve correspondida, o, al menos, parece satisfecha del objeto que la inspira: una mujer hermosa, aunque sin otra buena cualidad, porque es ingrata y estúpida. ¡Tarde lo conoce, cuando ya se siente engañado y descubre dentro de un pecho tan fino y suave, un corazón *nido de sierpes,* en el cual no hay *una fibra que al amor responda!*[4]

Julia Espín pudo ser la que inspirase las primeras rimas becquerianas, seguramente las que indica Montesinos (XIV, XXXI, XXXIV, XXXIX, XXXV), y algunos textos de prosa. De otras rimas es más difícil deducir la filiación con la persona, pues no se dan datos descriptivos de la misma o estos están en contradicción con los rasgos físicos que conocemos de Julia y con su carácter.

Basándose en ciertas conjeturas deducidas de Josefina, la hermana pequeña de Julia (sus ojos azules, sus maneras delicadas), Montesinos lanza la hipótesis de que a ésta pudieran estar dedicadas algunas rimas (la XIII, la XXI y la XXVII). La conjetura se apoya sobre todo en el hecho de que la rima XXVII apareciese en el álbum de Josefina, dedicada a ella por la propia mano del poeta. ¿Fue éste un segundo amor de Bécquer, cruelmente desengañado de su inclinación por Julia? Queda la hipótesis de Montesinos como digna de ser tenida en cuenta.

La década de los sesenta es la más rica en producciones becquerianas. En el primer año que la inaugura, Bécquer conoce, en casa del doctor Esteban, a Casta, su hija, con la que casará al año siguiente. Parece que esta boda fue un tanto precipitada. Montesinos afirma que Casta significó «muy poco, y además, desde un principio» en la vida amorosa de Gustavo. Nombela afirma «que no se casó, sino que le casaron». Aunque algunos críticos (Carpintero) han tratado de revalidar la figura de Casta, lo cierto es que ésta no fue fiel a Gustavo. El poeta le dedicó una rima (quizá la

[4] K. Rodríguez Correa, «Prólogo» a *Obras de Gustavo Adolfo Bécquer,* Madrid, Fontanet, 1871, p. XXXIV.

única) que es la titulada precisamente «A Casta», y que desde luego no incluyó en el *Libro de los gorriones.* Aunque algunos críticos deciden defender a Casta y otros optan por atacarla, ¿quién puede saber lo que constituye la ruptura de dos personas que conviven? Lo que sí sabemos es que el matrimonio se rompió en el plazo de siete años y medio, y sólo volvieron a reunirse (quizá en apariencia, como dice Montesinos) dos meses antes de la muerte del poeta. Heliodoro Carpintero mantiene la hipótesis de que la influencia de Valeriano sobre Gustavo determinó la tragedia, pero, en cualquier caso, si el matrimonio se realizó sin mucho sentido, la semilla de la ruptura ya estaba lanzada desde el comienzo.

Muerto Gustavo, los hijos del matrimonio fueron recogidos por los padres de Casta, y murieron a su vez jóvenes. De los tres, el menor parece que no era hijo del poeta. Los amigos de éste, por ejemplo Rodríguez Correa, no hacen alusión al casamiento de Bécquer. Fue un asunto que en efecto debió de enturbiar su vida. Con todo, esta historia es muy triste y no solo para Gustavo: Casta, que tenía algunas pretensiones literarias, publicó en 1884 un libro, quizá escrito durante años anteriores, que tituló *Mi primer ensayo. Colección de cuentos con pretensiones de artículos.* Es una obra en la que Casta ataca al hombre, escrita, como dice Carpintero, con «un anhelo avasallador de justificación personal... y un profundo resentimiento», y carece de mérito literario; pero, en cambio posee un gran valor documental».[5]

El 20 de diciembre de 1860 se publica *El Contemporáneo.* En su primer número aparece la primera de las *Cartas literarias a una mujer,* y con ella inicia Bécquer una de las colaboraciones más fructíferas de toda su vida. En ese mismo periódico aparecerán año tras año la mayor parte de sus leyendas, algunas rimas y otros escritos varios.

Sigue una cierta actividad literaria durante algún tiempo. En unión con Felipe Vallarino dirige *La Gaceta Literaria,* donde publica algunos artículos. En el verano de 1863 marcha a Sevilla con su mujer y su primer hijo (que había nacido en mayo del 62). A su regreso a Madrid meses más tarde vienen en compañía de Valeriano y

[5] Heliodoro Carpintero, *Bécquer de par en par,* Madrid, Ínsula, 1957, pp. 113-119.

durante el invierno de ese mismo año deciden residir en el monasterio de Veruela, residencia que dura hasta el verano de 1864. Continúa publicando en *El Contemporáneo* diversas leyendas y las *Cartas desde mi celda*. Durante julio y agosto del 64 viajará a Bilbao y San Sebastián, y en noviembre pasará a dirigir *El Contemporáneo*.

En diciembre el ministro González Bravo nombra a Bécquer censor de novelas. El origen de la amistad entre ambos no parece claro. González Bravo tenía aficiones literarias y es posible, como sugiere Balbín, que la amistad naciera por «la espontánea admiración del gobernante moderado hacia la obra literaria de Bécquer».[6] Con el cargo ofrecido por el ministro, Bécquer consigue por fin una situación económica desahogada y, como dicen los amigos del poeta, con ello Bécquer no tomaba partido político, sino que agradecía un favor (que necesitaba) a un amigo querido.

El cargo, por su sentido represivo, podría parecer inadecuado para el temperamento notoriamente benigno y defensor del talento que siempre profesó Bécquer. Parece ser que ni el ministro ni los amigos del poeta, algunos marcadamente enemigos de la política de González Bravo, lo contemplaron de esa manera. Rodríguez Correa, que al igual que Campillo no simpatizaba con el ministro, dice al respecto: «Hecho fiscal de novelas, desempeñó su destino lo mejor que pudo, haciendo dimisión tan luego como cayó del poder la persona que había firmado su nombramiento». Cómo pudo desempeñar ese cargo Gustavo es algo que no podemos saber con seguridad, pero el propio Rodríguez Correa, al referirse a Bécquer como crítico, nos da el talante de éste y por él podemos deducir su comportamiento:

> Gustavo era un ángel. Hay dos escritores a quienes en la vida he oído hablar mal de nadie. El uno era Bécquer, el otro Miguel de los Santos Álvarez. Si a alguien se satirizaba injustamente, él lo defendía con poderosos argumentos; si la crítica era justa, un aluvión de lenitivos, un apurado golpe de candoroso ingenio o una frase compasiva y dulce cubría con un manto de espontánea caridad al destrozado ausente. Alguna vez

⁶ R. Lucas Balbín, «Bécquer, fiscal de novelas», *Revista de Bibliografía Nacional,* III (1942), Madrid, p. 137.

escribió críticas... pues, cuando cumpliendo alguna misión las hacía de encargo, a cada línea protestaba de lo que censurando iba, y era de ver su apuro, colocado entre el sacerdocio de la verdad y del arte y la mansedumbre de su buen corazón.[7]

En febrero de 1865 Bécquer dimite como director de *El Contemporáneo*, por desacuerdo con la actitud política del periódico, contraria a González Bravo. Y al caer Narváez durante este mismo año, tras la violenta represión de la Noche de San Daniel, Bécquer cesa en su cargo de censor de novelas. Durante el verano los Bécquer (Gustavo y Valeriano) marchan de nuevo a Veruela. Sigue su intensa labor periodística, pero ante la desaparición de *El Contemporáneo* (31 de octubre), Bécquer empieza a colaborar en *El Museo Universal*, donde publica diversas rimas (en 1866) y artículos de distinto orden, y del que es nombrado incluso director literario. En septiembre del año 1865 se publica en Madrid un periódico de índole satírico-política llamado *Doña Manuela*, del que corre el rumor que lo dirige Gustavo Adolfo. El poeta escribe una carta que dirige al director del diario *Las Noticias*, que no es otro que el propio Rodríguez Correa, en donde desmiente su participación en dicho periódico político:

Abrigo la esperanza de que ninguna de las personas que me conocen darán crédito a un falso rumor que me perjudica, cargándome con la responsabilidad moral de escritos cuya índole condeno y cuyo género repugna a mi carácter.[8]

El 12 de julio de 1866, con la vuelta de Narváez y González Bravo al poder, Bécquer retorna a su cargo de censor de novelas. Al poco cesa como director literario de *El Museo Universal*, pero sigue publicando en el periódico diversos comentarios a los grabados de su hermano Valeriano y, en años sucesivos, algunos artículos originales. Con seguridad, como indica Montesinos, es durante el año 1867 cuando González Bravo le pide la colección de las rimas para publicárselas y parece que prologárselas él mis-

[7] R. Rodríguez Correa, *op. cit.*, p. XVIII.
[8] Rica Brown, *Bécquer*, Barcelona, Aedos, 1963, pp. 275-276.

mo. En diciembre de ese mismo año muere su amigo Luis García Luna, que había sido colaborador suyo en distintas obras de teatro y de redacción en algunos periódicos. Intenta Bécquer con algunos amigos suyos (Nombela y otros) crear una sociedad de autores en el Ateneo madrileño (febrero de 1868), realizada según el patrón parisino de *Gens de Lettres,* pero fracasa por cuestiones políticas.

Como sugiere Rica Brown, no es extraño que Bécquer procurara mantenerse al margen de los movimientos políticos de entonces, dado su carácter. No obstante, cuando muere Narváez (abril de 1868) acompaña el féretro del político, como cuenta Julia Bécquer, sobrina del poeta. Con esta muerte González Bravo fue nombrado jefe del nuevo gobierno. El 29 de septiembre estalla la revolución, y con ella la caída de Isabel II. El palacio de González Bravo es saqueado y quizá durante este acontecimiento tiene lugar la desaparición del manuscrito de las rimas, que guardaba el protector del poeta. Con la llegada de Sagasta al ministerio de la Gobernación, vuelve Bécquer a cesar como censor de novelas. Los dos hermanos (Gustavo y Valeriano) marchan a Toledo.

El 17 de junio de 1868, es decir, antes de la revolución de Septiembre, Bécquer empieza a redactar el manuscrito del *Libro de los gorriones* (la fecha consta al pie del mismo). Era un proyecto, o mejor una colección de proyectos, como él mismo escribe, que parece tenía que ver poco con las *Rimas.* Si el libro de las rimas estaba todavía, como es lógico, en posesión de González Bravo, no tenía ningún sentido que las copiara por entonces al final del libro saltándose cientos de páginas del mismo. El cuaderno se lo proporcionó Francisco de Laiglesia, uno de los contertulios del café Suizo, al que acudía Bécquer. El propio Laiglesia cuenta así la anécdota:

> Un amigo modesto, que oía todos los días sus disculpas por no reunir ni coleccionar sus trabajos; que creía posible que la falta de pluma y papel justificase sólo la pereza de que se le acusaba, se presentó una noche en la tertulia del Suizo con un tomo comercial de quinientas páginas, que Bécquer aceptó con gratitud, y en el que escribió el hermoso prólogo publicado al frente de sus obras y que es un brillante testimonio del estado de su espíritu y de la pletórica acumula-

ción de los numerosos temas de dramas y novelas que concebía.[9]

Nada se dice de las rimas, lo cual, unido a la circunstancia de estar por entonces en posesión del ministro, hace pensar que las copiaría en dicho cuaderno tiempo después, cuando la revolución de Septiembre determinó la pérdida de las mismas en el domicilio de González Bravo. Con ello queremos insistir, como parte de la crítica ya ha hecho, en que identificar a las *Rimas* becquerianas con el título de *Libro de los gorriones* es un contrasentido. Se trata de un libro del que sólo conocemos los vagos proyectos, la «Introducción sinfónica» y el fragmento «La mujer de piedra». Las rimas copiadas al final del ejemplar corresponden a los poemas que recordaba (como él mismo dice) «del libro perdido», que no se puede identificar del todo con la colección de las llamadas *Rimas* en la edición póstuma.

Durante el año 1869 Gustavo y Valeriano residen en Toledo, aunque Gustavo hace frecuentes visitas a la capital. Narciso Campillo, que estaba instalado en Madrid desde el verano de ese año, es quien nos dice que Bécquer volvió a copiar sus rimas tras la pérdida del manuscrito de González Bravo. Al final del cuaderno *Libro de los gorriones* las copia con la indicación inicial: «Poesías que recuerdo del libro perdido». No sabemos con seguridad si las escribió por completo de memoria (lo que no parece muy probable) o si también se sirvió de algunas copias sueltas, como las encontradas para algunas de ellas. Es posible que utilizase los dos recursos, sobre todo porque los poemas no están escritos de un modo tan descuidado en el cuaderno como podría presumirse si hubiesen sido trasladados por entero de memoria, y porque la misma escritura denota, más que una redacción precipitada, una copia calculada y tranquila. Pudo memorizar algunos, trasladar otros, impresos ya (los menos), y servirse de copias parciales para el resto. En diciembre de 1869 Bécquer se traslada a Madrid.

Julia Bécquer cuenta detalles de la estancia en Toledo de Gustavo Adolfo con Valeriano y los niños, detalles llenos de ternura y emoción familiares, en donde los hermanos se comportaban con

[9] Rica Brown, *Bécquer, op. cit.*, p. 324.

sus hijos como si fueran otros chiquillos, y en donde Gustavo acostumbraba a tocar la guitarra y la flauta. También Valeriano parece que fue muy aficionado a la música, según testimonio del propio Gustavo.

De vuelta a Madrid, en enero de 1870 pasa a dirigir *La Ilustración de Madrid* en su vertiente literaria, en donde publica gran cantidad de artículos y alguna rima (la IV). Son artículos menores comparados con las *Leyendas* y otros escritos suyos más importantes. Durante el verano de 1870 cae enfermo Valeriano, y fallece en septiembre. Todos los amigos del poeta coincidieron en que la muerte del hermano trajo como consecuencia una herida en el poeta difícil de curar. El mismo Narciso Campillo dijo:

> Gustavo fue herido de muerte: ¡tal fue el abatimiento y pesar que produjo en su alma la pérdida de este hermano y compañero, con quien había compartido siempre su bolsillo, sus esperanzas, sus grandes penas y alegrías breves, su habitación y su vida![10]

El poeta redacta una semblanza de Valeriano, que utilizará Ramón Rodríguez Correa para escribir un artículo necrológico sobre el pintor y dibujante en *La Ilustración de Madrid* (12-X-1870).

A la muerte de su hermano, Gustavo cambia de domicilio, que traslada a la calle de Claudio Coello; se reúne entonces con él Casta, quien, según la sobrina del poeta, consideraba a Valeriano como un enemigo. Cae después Bécquer en un abandono total, incluso físico, si hacemos caso del testimonio de sus amigos. En diciembre de 1870, un día de un frío intensísimo, Bécquer y Nombela, que se encontraban en la Puerta del Sol, deciden coger un ómnibus, que les llevará al barrio de Salamanca. Según cuenta el propio Nombela, los asientos del ómnibus están ocupados y Gustavo decide subir a la imperial del carruaje, donde queda algún sitio libre. Nombela trata de disuadirle a causa del frío, pero Gustavo se empeña y hacen el viaje. Los dos llegan enfermos a casa. Bécquer tiene que guardar cama y va empeorando poco a poco. El 20 de diciembre reúne toda su correspondencia y la que-

[10] *Ibidem*, p. 363.

ma en presencia de Augusto Ferrán. Se trataba de su correspondencia amorosa e íntima, y el poeta la rompe, según dice, «porque sería mi deshonra». Con ello se pierde uno de los testimonios más importantes para reconstruir su historia amorosa. El 22 de diciembre muere el poeta. Una de sus últimas recomendaciones fue que cuidaran de sus niños. Sus últimas palabras, según Rodríguez Correa, fueron: «¡Todo mortal!». Tenía entonces treinta y cuatro años. Durante el entierro de Bécquer, Casado del Alisal, el gran pintor, propuso a los amigos de éste (Campillo, Rodríguez Correa, Ferrán) publicar sus obras, lo que en efecto hicieron al año siguiente. Se imprimió en la imprenta de Fortanet. El libro, en dos volúmenes, llevaba un emocionado prólogo de su amigo Ramón Rodríguez Correa y un grabado del poeta yacente. Todos los testimonios de los amigos coinciden en considerar que lo que el mundo podía conocer del poeta después de muerto era un pálido reflejo de lo que habría alcanzado con su madurez y lo que podría haber realizado en ésta. Bécquer era consciente de que en vida había sido subestimado. Según el testimonio de Ferrán, dijo antes de morir: «Si es posible publicad mis versos. Tengo el presentimiento de que muerto seré más y mejor leído que vivo». Este presentimiento se convirtió en una realidad que seguramente, por su magnitud, no hubiera llegado a sospechar el poeta.

4. Estudio de las *Rimas*

4.1. Influjos y etapas en su formación

No es fácil explicar cómo ha nacido el mundo poético becqueriano, su peculiar expresión y su inconfundible estilo. No es sólo un problema de fuentes, ni de antecedentes, ni de contactos, sobre todo teniendo en cuenta que Bécquer hacía poesía un poco en discordancia con sus contemporáneos, porque, si bien es cierto que participa de elementos que ya estaban de alguna manera presentes en otros poetas que le antecedieron o que le rodeaban (de cada rima se ha podido hallar una reminiscencia, una influencia o un paralelismo), también lo es que lo que en los demás no constituye

más que un atisbo, en él se presenta con toda la entidad de una nueva poesía.

Como ya vimos, Bécquer tuvo contacto desde muy joven con autores románticos españoles y extranjeros por medio de la biblioteca de su madrina, Manuela Monnehay. Allí pudo leer a Chateaubriand, Hugo, Musset (entre los franceses), a Byron, a Hoffmann y, desde luego, a Espronceda, entre otros muchos autores. De los estudios literarios que realizó se puede destacar la influencia clasicista de Alberto Lista y del poeta sevillano Francisco Rodríguez Zapata (sobre el magisterio estético de éste sobre Bécquer ha escrito M. Ruiz Lagos un documentado estudio). A la muerte de Lista, Bécquer le dedicó una oda, que se incluyó en una «Corona poética a Lista» (que luego publicó Gamallo Fierros y se imprimió en 1849). Cuando Bécquer tiene tan sólo doce años redactará este escrito de factura clasicista (Lista murió en el año 1848), que fue inicialmente dado a conocer por Santiago Montoto en el año 1929. Una «Oda a la señorita Lenona» (del año 1852) nos muestra todavía el estilo clasicista del poeta.

Otros poemas, dados a conocer por Gamallo en su mayor parte, muestran del mismo modo que el poeta se inició en la lírica con el ortodoxo aprendizaje clásico, que tan útil es siempre para la formación del buen hacer literario. No obstante, en algunos de estos textos ya se perciben las notas románticas que había en el ambiente de la época y que, sin duda, impresionaron la sensibilidad del, casi niño, poeta. Nombela nos habla de su gusto por Zorrilla, y en el año 1855 publica una curiosa «fantasía», «A Quintana», que es un extraño poema de aire clásico-romántico, en el que el joven poeta mezcla en llamativa síntesis los nombres de Petrarca, Herrera, Ossian y, por supuesto, Quintana. Campillo nos habla de que junto con Bécquer, compusieron en los años sevillanos un poema sobre «La conquista de Sevilla», probablemente de metro y aire clásicos.

Una vez superada esta etapa de formación incipiente, cuando ya Gustavo Adolfo reside en Madrid, sus inquietudes y visión poética debieron de ser muy otras. Aunque todavía pasarán algunos años hasta que decida dar a la imprenta una rima, y por tanto, una poesía de factura distinta, ya en 1857 empieza a publicar la *Historia de los templos de España,* que indica el caudal de lecturas

acumuladas y la nueva sensibilidad verdaderamente moderna que hay en él. En 1859, con el título de «Imitación de Byron», ya tenemos la primera verdadera rima suya (la XIII), publicada por él mismo y realizada según su innovadora y personal estética.

J. M. Díez Taboada ha resumido las etapas en la formación estético-literaria de Bécquer de manera clara y completa. Como su texto es tan denso y a la vez tan sintético, parece oportuno reproducirlo:

> La trayectoria poética de Gustavo tiene tres épocas: hasta 1855, etapa de formación clasicista o neoclásica, en Sevilla y bajo el influjo, sobre todo, de Rodríguez Zapata. Al mismo tiempo, afición a lecturas románticas (Espronceda, Zorrilla, Byron, Musset, Victor Hugo, etc.). De 1855 a 1860, asimilación de la tendencia anti o posromántica (Larrea, Campoamor, Selgas, Trueba, Arnao, Aguiló, Barrantes, etc.), e ingreso en *El Correo de la Moda,* con la incorporación subsiguiente al movimiento filogermanista (Sanz, Selgas, Dacarrete, Ferrán, Ruiz Aguilera, etc.), con originales y traducciones de Goethe, Uhland, Rückert, Grün, etc. A partir de 1860, aceptación de la poética de Augusto Ferrán, continuada por V. Ruiz Aguilera y M. de Paláu, que compaginaba y unificaba el cantar andaluz y el *Lied* germánico. Gustavo estiliza el cantar, dándole un giro dolorido y amargo muchas veces, debido a los desgraciados sucesos de su vida amorosa. Podemos decir que Bécquer sintetiza así lo clásico y lo romántico, lo romántico y lo anti o posromántico, lo germánico, lo byroniano, lo oriental y lo andaluz.[11]

En efecto, tras este resumen se encierran arduas investigaciones del propio autor, que estudió a conciencia la corriente filogermanista en la lírica del xix y las fuentes españolas y extranjeras de las *Rimas.* Como la lírica becqueriana aparecía casi como un islote en medio de la poesía de la época realista o posromántica, gran parte de la crítica comenzó por estudiar una posible época pre-

[11] Juan María Díez Taboada, *Rimas,* Madrid, Ed. Alcalá (colección Aula Magna), 1965, prólogo, pp. 27-28.

becqueriana, y desde los estudios de Schneider, Hendrix, D. Alonso, Frutos, Gamallo, Cossío, Ribbans, Pageard, J. P. Díaz, Balbín, Díez Taboada y otros (que consignamos en la bibliografía), se ha ido determinando esa época prebecqueriana y de influencias, que Bécquer asimiló con su extraordinaria retentiva, sintetizó y estilizó hasta conseguir su expresión más íntima, sincera y personal.

Así, la estética personal de Bécquer en sus *Rimas* se justifica mediante una tradición literaria, de la que es síntesis, y mediante un anhelo de expresión propia que no contradice nunca su espíritu por el dictado de la moda o la retórica del momento.

4.2. LA POÉTICA DE BÉCQUER Y SU CONCEPCIÓN DEL MUNDO EN LAS *RIMAS*

El propio Bécquer no fue parco en mostrar la índole de su mundo poético. Muchas de sus rimas lo ilustran, pero además algunos textos, como las *Cartas literarias a una mujer* y la recensión a *La soledad* de Ferrán, más otros escritos menores, son una muestra clara de su preocupación por hacerlo explícito. Después de los estudios al respecto de Balbín, López Estrada, J. P. Díaz, Díez Taboada y otros, tenemos ya un marco interpretativo suficiente y claro.

Bécquer, como dice Balbín, distingue perfectamente entre el «acto poético» y el «signo poemático».[12] Quiere esto indicar que para el poeta, como él mismo dice, «la poesía es en el hombre una cualidad puramente del espíritu; reside en su alma, vive con la vida incorpórea de la idea, y para revelarla necesita darle una forma. Por eso la escribe» (*Cartas literarias a una mujer,* I). Del mismo modo, en la rima I, por ejemplo, dice: «Yo sé un himno gigante y extraño / que anuncia en la noche del alma una aurora», es decir, que el poeta concibe la «poesía» como algo interior del alma, que necesita del «poema» para ser manifestado y comunicado. Es una teoría de esencia platónico-romántica, muy lejos del concepto clásico de «arte u oficio» y también del moderno de que sólo hay «poesía» en el poema. Bécquer vive y siente el mundo de sueños

[12] Rafael de Balbín, *Poética becqueriana*, Madrid, Prensa Española (colección El Soto, 11), 1969, p. 7 y ss.

del alma, que se distingue del «realismo» y pragmatismo del mero oficio literario. Por eso Bécquer huye de la retórica del lenguaje, de los artificios mecánicos y brillantes, de las «pompas de la lengua», y él se decide por una expresión «natural, breve, seca, que brota del alma como una chispa eléctrica, que hiere el sentimiento con una palabra y huye, desnuda de artificio, desembarazada dentro de una forma libre» (recensión de *La soledad* de Ferrán, II). Por supuesto, esto no quiere decir que el poeta no utilice artificios elementales y retóricos, que son la esencia del lenguaje literario, pero acude a ellos porque es inevitable, puesto que en el fondo no cree que la palabra pueda expresar todo el contenido de ese «himno gigante» que canta dentro de su alma. Esta idea de imposibilidad de expresar la auténtica poesía es un verdadero *leitmotiv* de su obra literaria y de su pensamiento. La indica en su «Introducción sinfónica», forma parte del núcleo temático de muchas rimas (I, IV, V, etc.), ya sea en sí mismo (como en la rima I), ya asociado a otras vivencias (XXI, XXIII, XXIX, etc.), generalmente de carácter amoroso. Es bien sabido que en Bécquer la mujer, la poesía y el amor forman un triángulo en el que cada uno de los lados se prolonga sobre el otro hasta confundirse. Por ello es difícil separar con claridad unos conceptos de los otros. Pero lo que da Bécquer en sus textos no son sino leves atisbos de lo que trata de expresar, porque él no cree en las definiciones, ni parece muy amigo de ellas para comunicar esos sentimientos básicos (y decimos sentimientos, porque para él tan sentimiento es la mujer, como el amor o como la poesía). Él mismo decía: «¡Definiciones! Sobre nada se han dado tantas, como sobre las cosas indefinibles». Y hablando con la imaginaria mujer de sus *Cartas,* dice también: «¿Quieres saber lo que es el amor? Recógete dentro de ti misma, y si es verdad que lo abrigas en tu alma, siéntelo y lo comprenderás, pero no me lo preguntes». Es claro, entonces, que para el poeta no hay forma humana de saber lo que es la poesía sino «sintiéndola», y sintiéndola en el alma.

La rima IV es ilustración de su concepción poética en un campo más dilatado quizá que el de los temas axiales de su obra. Además de exponer con claridad su idea fundamental de que la poesía posee independencia del hecho concreto de su realización literaria, añade una serie de realidades que la evidencian, las cua-

les pueden reducirse a tres fundamentales: la mujer, como esencia del sentimiento y de amor comunicado que en ella reside y que ella es; la naturaleza, como portadora de la belleza; y el misterio. La primera es de sobra conocida, porque es el *leitmotiv* de su concepción poética; las otras dos realidades ensanchan su mundo. De un lado la naturaleza, considerada, como ha visto muy bien J. P. Díaz, en la doble distinción espinosiana *(natura naturata* y *natura naturans)*, es decir, «la naturaleza actual, considerada como producto, forma o modos, y la naturaleza "considerada como causa libre", actuante y creadora, esencial: Dios y sus atributos».[13]

La naturaleza como motivo literario es un recurso eminentemente becqueriano, incluso en poemas tan desnudos como las rimas. En ella el poeta traslada su vivencia amorosa, su dolor y desesperación (rima LII) y hasta su revelación de Dios (rima XVII). Aunque a veces pueda parecer un mero decorado (rimas XV, XVI, LXII, etc.), si se analiza el texto con detenimiento se observará enseguida que nunca Bécquer crea un contorno estético por el gusto (que también lo hay) de sumergirse en la belleza de lo descrito; en el fondo siempre subyace la referencia a algo esencial: unas veces es el propio «yo» amoroso del poeta, otras su indagación en el misterio del cuadro. Pero otras veces la naturaleza le sugiere a Bécquer una fuerza cósmica en la que desea anegarse (rima LII), o más todavía, esa fuerza natural se confunde con su propia identidad (rimas II y XV). De ahí al «ansia de infinito» de la que habla Bécquer (rima LXXVI), sólo hay un paso.

En las *Rimas* becquerianas hay dos fuerzas: una tendente a lo sutil y etéreo, y otra eminentemente ascendente, que a veces le lleva al origen de esa fuerza cósmica y de la naturaleza, Dios: «A Dios, foco eterno y ardiente de hermosura, al que se vuelve con los ojos, como a un polo de amor, el sentimiento del alma» *(Cartas,* IV). Fijémonos en un dato fundamental: cuando en la carta III el poeta aparece con la mujer durante el crepúsculo de la mañana, describe así el inminente amanecer:

 [13] José Pedro Díaz, *G. A. Bécquer. Vida y Poesía,* 3.ª ed., Madrid, Gredos, 1971, p. 415 y ss.

La naturaleza comenzaba entonces a salir de su letargo con un sordo murmullo.

Todo a nuestro alrededor estaba en suspenso y como aguardando una señal misteriosa para prorrumpir en el gigante himno de alegría de la creación que despierta.

Cuando la mujer pregunta «¿Qué es el sol?», el poeta señala la plena luz de su foco. Si establecemos una comparación entre este texto y el anterior, con el que concluye la carta IV, observaremos que en los dos casos (el sol, Dios) aparece la imagen del «foco» en correspondencia inequívoca. La naturaleza y Dios, por tanto, son observadas por Bécquer desde el prisma de la dependencia creadora; y a través de una se llega de alguna manera al otro. Así, la naturaleza y la belleza que comporta no son factores aislables del Todo que la armoniza, ni siquiera poéticamente es independiente el ser bello natural. Como ha visto muy bien Balbín:

> El ser es bello tan sólo en cuanto puede ser *foco o polo* y asiento de la relación espiritual alterocéntrica que constituye el acto poético, a través de un nexo imaginativo y creador. Esta concepción da pie a que el poema becqueriano sea siempre breve y sobrio en la denotación de personas, paisajes y objetos, ya que únicamente como polos relacionables, y no como seres enumerados y descritos, tienen entrada en el texto poético.[14]

El misterio es el otro eje de la poética becqueriana, ejemplificado en la rima IV, como habíamos señalado. De impalpable misterio están penetrados múltiples textos becquerianos, no sólo las *Rimas*. Bécquer intenta sondearlo en varias ocasiones y desde perspectivas diferentes. Misterio hay en la naturaleza («las fuentes de la vida»), en la ciencia, en el genio poético, en la mujer y en el amor..., pero sobre todo en las «visiones» (rima XV) y en los «sueños» (rima LXXV). Gran parte de la crítica ha creído ver precisamente en estos conceptos el núcleo más importante del mundo poético becqueriano.

[14] Balbín, *Poética becqueriana, op. cit.*, p. 36.

El poeta sevillano tuvo conciencia clara de que el «sueño» constituía uno de los ejes de su actitud poética, y diríamos incluso que vital. Hay varios textos en donde se hace referencia a él, y no sólo textos poéticos. Ya en la «Introducción sinfónica» —que es, como dice Díez Taboada, una especie de «testamento literario»— el poeta resume sus ideas al respecto. El «sueño», para él, no es una frontera que separe el mundo de lo real del imaginado, es más, el sentido común le parece «la barrera de los sueños», y con toda rotundidad afirma:

> Me cuesta trabajo saber qué cosas he soñado y cuáles me han sucedido; mis afectos se reparten entre fantasmas de la imaginación y personajes reales; mi memoria clasifica, revueltos, nombres y fechas de mujeres y días que han muerto o han pasado con los de días y mujeres que no han existido sino en mi mente.

Que Bécquer era dado al sueño o al ensueño parece evidente. Siempre me ha llamado la atención un dibujo realizado por él mismo: es un autorretrato en que se muestra al poeta sentado en un sillón fumando, mientras surgen del humo del cigarro nueve figuras de mujer que parecen alzarse con el humo como figuras de un sueño. Son las nueve musas, a juzgar por el título del dibujo: «El poeta y las musas» (lo reproduce R. Montesinos en su libro *Bécquer. Biografía e imagen*). El propio Montesinos ha hecho un recuento curioso; dice: «Ya es sintomático que en las *Rimas* exista una notabilísima desproporción entre las palabras «realidad» (apenas usada) y «sueño» o «ensueño» (utilizadas ambas más de diecisiete veces)».[15] También las *Cartas literarias a una mujer* son un testimonio de su indagación en el fenómeno de la imaginación y de los sueños. Hay múltiples referencias a él, que sería ocioso mencionar, pero recuerdo una frase que escribe el poeta en la carta IV, cuando, después de entrar en San Juan de los Reyes, se abandona a sus pensamientos, que dice: «Mis deseos comenzaron a hervir y a levantarse en vapor de fantasías». Curiosamente, esta frase coin-

[15] Rafael Montesinos, *Bécquer. Biografía e imagen*, Barcelona, Editorial R. M., 1977, p. 16.

cide en lo gráfico con el dibujo mencionado antes de «El poeta y las musas». No olvidemos la estrecha relación que para el poeta tienen las artes, ni su afición a la pintura y a la música. Bécquer suele hacer plásticas sus ideas y, a modo de complemento, sus textos poéticos a veces van acompañados por diseños, producto de su imaginación plástica. De ello, afortunadamente, tenemos referencia por los autógrafos conservados al respecto (véase en este sentido las ilustraciones del mencionado libro de Montesinos).

Sin embargo, es en las *Rimas* donde el tema del «sueño» posee toda la profundidad y relevancia de la que hablamos. Son reveladoras en este sentido las rimas XIV, LXXI y LXXV. El otro lado del «sueño», la «visión», está centrada en las rimas XV, XXXVII y LXXIV. Pero hay muchas otras en donde se alude de alguna manera a esta realidad, ya como motivo, ya como hecho circunstancial. J. P. Díaz ha estudiado el primer grupo de rimas, las referentes al «sueño».

No hay que olvidar que el tema del «sueño» y del «ensueño» poético era una constante en la literatura romántica europea. Albert Béguin realizó un admirable estudio sobre la cuestión, principalmente refiriéndose a la poesía alemana y también, en una parte más breve, a la literatura francesa. No sabemos con seguridad qué autores en concreto pudieron influir en Bécquer. Lo que es cierto es que la vivencia del «sueño» estaba en el ambiente de la época y que en España se percibiría con cierto retraso; por eso aquí es un tema más sustantivo del posromanticismo. Más que relación de dependencia, se pueden establecer paralelos entre los autores alemanes, franceses y Bécquer. Cierto es que éste debió de conocer a algunos de los primeros, sobre todo a través de las traducciones de Eulogio Florentino Sanz (Heine) y de la escuela filogermanista española (Dacarrete, Selgas, Ruiz Aguilera, Ferrán o el mismo Sanz). En cualquier caso, Bécquer expone una vivencia interior personal con unos caracteres complejos. En Bécquer «sueño» y «ensueño» se funden a veces hasta borrar sus límites. Otras veces es la vigilia, el insomnio (motivo muy frecuente en él en poemas y textos en prosa), lo que determina ese volar a otras regiones, cuya culminación puede llegar a ser el «sueño de la muerte». En el fondo de la vivencia onírica y fantástica hay un deseo de refugio, de huida de la realidad cotidiana, del dolor o de la frustra-

ción. Pero gracias a ello el poeta afina su sensibilidad e intuición para vislumbrar los mundos interiores de su conciencia o exteriores del Más Allá. Bécquer se plantea la disyuntiva: «Yo no sé si ese mundo de visiones / vive fuera o va dentro de nosotros» (rima LXXV), y a partir de esta doble perspectiva estructura su mundo onírico. Sus rimas, en este sentido, podrían dividirse en rimas del «sueño vivido» y rimas del «sueño atisbado». Las primeras se refieren al mundo terrenal de sus experiencias personales inmanentes, movidas por una fuerza centrípeta; las segundas se refieren al mundo del Más Allá presentido o atisbado, a un mundo trascendente, y están movidas por una fuerza centrífuga. Algo de esto, de lo último, parece llegar a concluir J. M. Rozas en su artículo «La fuga de la rima LXXV».[16] Jorge Guillén, el gran poeta del 27, es autor de unas admirables páginas en torno al tema que nos ocupa. Es interesante ver cómo un poeta de estética aparentemente contraria a la de Bécquer (en cierto sentido no lo es tanto) ha calado con tanta hondura en el fenómeno del «sueño» becqueriano. Guillén, que era buen conocedor de la poesía europea de la época romántica, ha rastreado los posibles precedentes becquerianos en los poetas alemanes (Jean-Paul, Novalis, Hölderlin, Tieck, Hoffmann) y en algunos franceses (Vigny, Nodier, Hugo, Nerval), autores muchos de ellos, en prosa o verso, de textos verdaderamente reveladores al respecto. Lo de veras extraño es que este mundo visionario, propio más bien de la literatura del Norte, haya tenido cabida en un espíritu sureño, si bien el caso de Bécquer no deja de ser un fenómeno casi aislado en este aspecto dentro de la literatura española del XIX. Dice de nuevo Guillén: «Conviene subrayar que para este andaluz el contacto inmediato con las cosas, en plena vigilia, era también principio de aclaración trascendente».[17] Claro está que, como dijimos al principio, el tema del sueño es complejo en Bécquer y, si bien abarca los dos límites que ya hemos señalado, también posee aspectos intermedios: Bécquer sueña despierto y sueña dormido, y en ambos sueños puede penetrar la misma realidad o ser perseguido por ella, como sucede por ejemplo en la

[16] *RFE* (*Revista de Filología Española*), LII (1969), pp. 279-304.

[17] Jorge Guillén, *Lenguaje y poesía*, Madrid, Revista de Occidente, 1961, p. 158.

rima XIV: «Adonde quiera que la vista clavo / torno a ver sus pupilas llamear», y luego: «cuando duermo los siento que se ciernen / de par en par abiertos sobre mí». El sueño fisiológico y el sueño de la imaginación poseen unas coordenadas «visionarias» muy similares, hasta el punto que la «visión» puede repetirse idéntica en ambos casos, porque en definitiva apunta siempre a un mismo objeto: la huida del espíritu fuera de la «cárcel que habita».

El sueño es siempre el vehículo de trascendencia de lo real. Por eso tiene razón Guillén cuando dice que el mero contacto con las cosas era para Bécquer «principio de aclaración trascendente», porque para el poeta visionario no sólo funcionan las imágenes como elemento de ensoñación, sino la propia realidad. Porque en la realidad siempre hay algo sustantivo, esencial, que corresponde al mundo de la idea. De esta manera, cualquier ser puede encerrar en sí una realidad capaz de ser soñada, y no importa que una mujer, por ejemplo, sea «altanera y vana y caprichosa» y que su mismo corazón sea un «nido de sierpes» (XXXIX), porque si en ella hay hermosura, hay una base para soñarla y amarla. Y así la vigilia puede ser incluso el punto de partida de la ideación soñadora y coronarse después en el sueño real y fisiológico. Es lo que parece ocurrir en la rima LXXI: el poeta parece residir en ese insomnio, preludio de sus visiones o activos ensueños de su imaginación:

> No dormía; vagaba en ese limbo
> en que cambian de forma los objetos,
> misteriosos espacios que separan
> la vigilia del sueño.

Él mismo parece formular en estos versos los tres estadios del «sueño»: vigilia, ensueño y sueño. El segundo, el ensueño, es, como dice, un «limbo» en donde la realidad se transforma y los objetos «cambian de forma». En este estadio el poeta deja de percibir con claridad la luz real («mas otra luz el mundo de visiones / alumbraba por dentro»), que es sustituida por esta otra luz interior. Pero la visión no culmina aquí, en la mera ensoñación; el sueño real parece apoderarse de la visión y hacerla «realidad»:

Dormí, y al despertar exclamé: «¡Alguien
que yo quería ha muerto!».

En otras ocasiones el poeta describe la visión en absoluta puridad y sitúa su vivencia fantasmal en un ámbito que se abre a lo ultraterreno, a una plena visión de trasmundo, como sucede en la rima LXXIV. Finalmente, la rima LXXV no es sino la formulación de la misteriosa existencia de ese mundo presentido en la vigilia y confirmado en el sueño. Es un mundo que está antes y después de la vida y cuyo punto de unión con él se realiza mediante el sueño. Si el sueño no fuera más que un medio de alcanzar un estado de comunicación con el misterioso trasmundo, no tendríamos en Bécquer más que a un visionario estéril. Pero es que ese sueño es para el poeta el elemento fundamental de su imaginación creadora. Ya en la «Introducción sinfónica» lo manifiesta con toda claridad: «El insomnio y la fantasía siguen y siguen procreando en monstruoso maridaje». Gracias a esta terrible unión tenemos uno de los productos más originales de nuestra poesía.

No es que los elementos visionarios estén del todo ausentes en la poesía romántica española anterior a Bécquer. Existían, pero normalmente estaban sumidos en los cauces de la poesía narrativa (Espronceda), en las leyendas piadosas (Rivas, Zorrilla) o en la tradición teatral que viene de nuestro Siglo de Oro. Sobre los poetas visionarios alemanes o franceses se han podido escribir libros, como el citado de Albert Béguin; sobre los poetas visionarios ingleses también, como el de Harold Bloom. Difícil sería hacerlo sobre los poetas visionarios españoles del siglo XIX. Sólo Bécquer con sus *Rimas* y *Leyendas* ha sabido penetrar en un mundo escasamente transitado en las latitudes meridionales. A este respecto, creo que es importante destacar el testimonio becqueriano, porque en el panorama de las literaturas europeas tiene una cabida excepcional. Ya Paul van Tieghem, historiador de la literatura europea romántica, escribía el siguiente texto iluminador:

No sólo la vaga ensoñación, sino el sueño propiamente
dicho ocupa en algunos espíritus un lugar que preanuncia el
que se le concede en la literatura de nuestros días. En Alemania especialmente, desde Jean-Paul, el sueño y la vida tienden

a confundirse; lo mismo sucede en Gérard de Nerval y en algunos polacos.[18]

Resume después ideas fundamentales en torno a este tema y lo ejemplifica con las figuras de Blake, Ballanche, Quinet, Hugo, Lamartine, Nodier, Coleridge, Tieck, Hoffmann, etc., y concluye: «Tales características del espíritu romántico fueron mucho más marcadas en el Norte, sobre todo en Alemania, que en el Sur».[19]

Lo que otros poetas y el propio Bécquer han expresado de fantástico y visionario en sus relatos en prosa es un hecho importante que hay que constatar. Más esencial aún me parece que el poeta sevillano haya sabido estilizar y condensar al máximo sus sueños visionarios en poemas breves, escuetos y desnudos de anécdota o con una anécdota mínima, que sugiere siempre mucho más que el relato explícito y amplificatorio. Basta, para darse cuenta de esto, comparar cualquiera de sus propias leyendas con las rimas de tema similar (véase a título de ejemplo el comentario de un texto representativo que incluimos en la presente edición, p. 477).

La idea de «misterio» también está muy presente en las *Rimas* becquerianas. Por supuesto que es un tema constitutivo de muchas de sus leyendas, pero lo que en éstas forma un núcleo subordinado a una narración, en las *Rimas* alcanza un grado de etereidad rayano en el vacío. Ildefonso-Manuel Gil ha estudiado estos espacios misteriosos en las *Rimas* becquerianas y ha encontrado cuatro categorías que suponen en el poeta un verdadero afán por llegar a los límites más absolutos de «desnudez». Es un intento de alcanzar lo invisible, lo inefable. Su mismo estilo poético, como veremos, acompaña este duro intento. Las categorías, establecidas por Gil, que entendemos como progresivas y graduales, son las siguientes:

> *a)* los (espacios) que no son misteriosos en sí mismos; el misterio les llega del estado de ánimo o de consciencia del poeta; *b)* los que no siendo tampoco necesariamente misterio-

[18] Paul van Tieghem, *El Romanticismo en la literatura europea,* México D.F., UTEHA, 1958, pp. 219-220.

[19] *Ibidem*, p. 220.

sos por sí mismos, adquieren tal condición al ser asociados con el destino del hombre; *c)* los que son misteriosos por sí mismos, o son susceptibles de aparecer como tales para el hombre medio; *d)* los espacios inexistentes.[20]

En la primera categoría Gil incluye rimas como la III, en la que se vislumbran «paisajes que aparecen como al través de un tul», pues tales paisajes no son verdaderamente vistos, sino que surgen de la específica visión del contemplador. Algo de esto mismo sucede en las rimas X y XVII (por errata dice Gil la XVIII). En la segunda categoría, la relacionada con los espacios que surgen al asociarse con el destino del hombre, pueden situarse las rimas II y LXVI, en donde el espacio «es un camino en que se sufre». La rima LII es un verdadero nexo entre la segunda y la tercera categorías, pues, como dice Gil, si bien las playas, el viento o las sombras nocturnas no constituyen en sí unos espacios necesariamente misteriosos, sí si son «desiertas y remotas» aquéllas, si los segundos son «ciego torbellino» y la última un verdadero «vacío cósmico». Este misterio que nace de la imposibilidad humana de medir su espacio lo encontramos, por ejemplo, en la rima XLVII (no la LXVII, como de nuevo, creo que por errata, dice Gil), pero sobre todo en parte de la rima IV (vv. 13 a 20) y de la rima V (vv. 5 a 8). El ejemplo de la rima XLVII ilustra el verdadero núcleo misterioso del ser humano: su propio corazón. Finalmente, en el recorrido que hace Gil, encuentra la cuarta categoría, que define como la de «los espacios inexistentes, pura imagen y abstracción completa; se da con valor simbólico o metafórico».[21] Estos espacios se describen, o mejor se alude a ellos, en las rimas VIII (estrofa final), XV, XXXVIII y LXXV («la región vacía» y «el mundo silencioso») o la V (vv. 65 a 68): las misteriosas «regiones / a do un rumor no llega». En todo este proceso, descrito con exactitud e inteligencia por Gil, hay un evidente grado de afinamiento, de condensación y tenuidad, al que el poeta llega por medio de una penetración honda en el contenido del misterio, a la que acompaña una verdadera

[20] Ildefonso-Manuel Gil, «Los espacios misteriosos de Gustavo Adolfo Bécquer», *RFE*, LII (1969), p. 123.

[21] *Ibidem*, p. 128.

síntesis expresiva. En las *Leyendas,* el misterio, el arcano, tendrán igualmente una dimensión múltiple y eficaz.

Al hablar del tema del «misterio» es casi obligado recordar la figura del poeta estadounidense Edgar Allan Poe. Algunos críticos (Englekirk, J. P. Díaz, Díez Taboada, etc.) han señalado bien el posible conocimiento en España de Poe, seguramente a través de la traducción de Baudelaire (1857, aunque ésta, como es bien sabido, se reducía a sus textos de prosa, o a través de alguna otra traducción de sus versos, con seguridad también en lengua francesa). Se han señalado contactos entre el poema «To Helen» del estadounidense y la rima XIV. Díez Taboada cree que hay que prescindir del contacto con Poe en este caso concreto, pues los posibles paralelos parecen también establecerse con Espronceda (*El estudiante de Salamanca*), que Bécquer conocía a la perfección. Si no vinculación de dependencia, sí es posible que haya algunos paralelismos. Ahora bien, estos paralelismos son más de ámbito poético y de sensibilidad que de temas concretos, y quizá se puedan hallar con más claridad entre los relatos de ambos que entre sus poemas. En cualquier caso, los ámbitos misteriosos de Poe y Bécquer son netamente distintos. Poe es el poeta de la «pesadilla», como ha dicho el crítico francés Jacques Bolle, y Bécquer del «sueño» en estado puro. El crítico alemán L. P. Betz decía que la obra de Poe era la transposición literaria del claroscuro de Rembrandt. Mientras que en Poe es el ámbito tenebroso el que mejor define su «misterio», en Bécquer es la luz pura. El profesor Edmund King decía que la luz es «el aspecto de la realidad que corresponde más de cerca a lo que él ve en su propia alma».[22] La palabra «luz» es clave en la lírica becqueriana. Sus ámbitos tienen una correspondencia pictórica, del mismo modo, con la pintura de Rembrandt, pero en las *Rimas,* sobre todo, la luminosidad y el «aire» lo acercan a Velázquez. Lo que en Poe es una indagación casi abismal en los «espacios tenebrosos», en Bécquer es un intento de lanzarse al misterioso aire puro de la nada. Bécquer dice que los rincones de su cerebro son «tenebrosos», pero desea que los hijos de su fantasía encuentren «fuerzas bastantes para salir a la superficie y convertirse, al beso del sol, en flores y frutos». (Véase «Introducción sinfónica»); y a

[22] Citado por Jorge Guillén en *Lenguaje y poesía, op. cit.,* p. 180.

veces, dice el poeta, «buscan [...] por donde salir a la luz, de las tinieblas en que viven» (*id.*). No es necesario buscar más textos; recordemos de nuevo los dos primeros versos de la rima I: «Yo sé un himno gigante y extraño / que anuncia en *la noche del alma una aurora*» (el subrayado es nuestro). En la composición poemática los recursos de ambos autores también difieren: Poe, cuya poesía constituye, como dijera Machado, el comienzo de la lírica contemporánea, utiliza recursos para llegar a ella eminentemente marcados (ritmo, elementos acústicos, sinestesias, «ritornello»); Bécquer elige medios más etéreos (rima pobre, desnudez, pureza). No obstante, los paralelos subsisten en un hecho: la búsqueda de ambos, por caminos diferentes, de los mundos ocultos, de los umbrales de lo desconocido.

4.3. Temas y motivos de las *Rimas*

Son múltiples los intentos de realizar una organización temática de las *Rimas* becquerianas. Sería ridículo pensar que el orden de la edición póstuma obedezca al de una «historia», ni siquiera de una historia poética. Es un orden convencional de los amigos del poeta que aúna unos poemas aislados unos de otros para organizarlos temáticamente, pero en el fondo de forma artificial, aunque eso no justifica tampoco el «orden» del *Libro de los gorriones*, que es seguramente un orden arbitrario nacido de los recuerdos momentáneos del autor que trata de evocar los textos según le vienen a la memoria, o los datos que posee en ese momento, del «libro perdido». Por ello, nos atenemos al orden tradicional, es decir, al de la edición póstuma de 1871, que contaría con seguridad con la aprobación del propio Bécquer, aunque los críticos que han realizado algunas de las ediciones más recientes prefieran conservar el del manuscrito del poeta, basándose en que es el que conocemos de su propia mano. En cualquier caso, no creemos que sea tan importante el orden de éstas, como suele señalarse, pues la clasificación de las mismas depende de su intrínseco contenido concreto y aislado, no de que reproduzcan una «historia» determinada. El esquema temático (tan legítimo como cualquier otro que esté mínimamente razonado) más repetido suele ser el que dio J. P. Díaz,

ateniéndose al orden establecido por los amigos del poeta, es decir, por la edición de 1871. Díaz establece cuatro series temáticas: 1) rimas I a XI, el tema es la poesía; 2) rimas XII a XXIX, el tema es el amor; 3) rimas XXX a LI, el tema es el desengaño; 4) rimas LII a LXXVI, el tema es el dolor y la angustia. Como toda clasificación, ésta peca de simplista (pero ¡qué clasificación no lo es!) y además, en honor a la verdad, hay que decir que J. P. Díaz sabe perfectamente (y lo dice) que algunas de las rimas de un grupo caben en otro y que por tanto no hay que entender esta clasificación de una manera tajante. Del mismo modo hay que reconocer que desde un punto de vista didáctico es una clasificación útil y práctica. Sin embargo, reconociendo todo esto y advirtiendo que la índole temática becqueriana es muy escurridiza por su esencial identificación entre los conceptos amor-poesía-mujer, nos parece que el límite inicial (rimas I a XI) sería más correcto reducirlo al núcleo de las rimas I a VIII, porque la rima IX trata del «beso», que es obviamente un motivo amoroso de manera muy directa y explícita («Es el amor que pasa»), y la rima XI trata el tema de la progresión hacia la «mujer ideal o imposible». Los demás núcleos temáticos nos parecen más convincentes. Quizá una clasificación más exigente hubiera empezado, como algunos autores hacen, por ignorar el orden convencional y reorganizar éste de manera esencialmente temática. No obstante, los resultados habrían sido quizá semejantes a los de J. P. Díaz.

Pero hay otros puntos de clasificación posible que no se ajustan necesariamente a la índole temática de las *Rimas*. No tratamos ya de los posibles órdenes de cronología (muy difícil de determinar, salvo casos aislados) y menos aún de los que intentan organizar las *Rimas* a tenor de la biografía del poeta, pues ésta, además de no conocerse en el sentido de su vida íntima con suficiente claridad, no conduce a esclarecer quién o quiénes han sido las destinatarias de su historia amorosa. Sin embargo, además de otras clasificaciones que no vamos a mencionar aquí, porque cayeron en la burda trampa tejida por Iglesias Figueroa, sí merece la pena recordar el intento, bastante convincente (aunque nunca probatorio, pues no se fundamenta más que en hipótesis), de Rafael Montesinos en su mencionado libro, *Bécquer. Biografía e imagen*. Allí el lector curioso podrá ir desentrañando las hipotéticas referencias a Julia

Espín, su hermana Josefina, Casta Esteban y otras mujeres conocidas o amadas por Bécquer.

Sí vamos a tener en cuenta, no una clasificación de las *Rimas*, sino unos períodos descubiertos por Balbín, ayudándose del único testimonio directo y válido: el elaborado por el propio Bécquer. Éste, en la tercera de las *Cartas desde mi celda*, es muy explícito respecto a la progresión de sus gustos y tendencias estéticas. Balbín transcribe dos textos reveladores de esta carta. Nosotros vamos a citar tres textos, que corresponden a otros tantos períodos estéticos por los que pasó el propio Bécquer y que además se relacionan con tres etapas de su vida y de su formación. Dice así el primero:

> Cuando yo tenía catorce o quince años y mi alma estaba henchida de deseos sin nombre, de pensamientos puros y de esa esperanza sin límites que es la más preciada joya de la juventud; cuando yo me juzgaba poeta, cuando mi imaginación estaba llena de esas risueñas fábulas del mundo clásico, y Rioja, en sus silvas a las flores; Herrera, en sus tiernas elegías, y todos mis cantores sevillanos, dioses penates de mi especial literatura, me hablaban de continuo del Betis majestuoso, el río de las ninfas, de las náyades y los poetas, que corre al Océano escapándose de un ánfora de cristal, coronado de espadañas y laureles, ¡cuántos días, absorto en la contemplación de mis sueños de niño, fui a sentarme a su ribera, y allí, donde los álamos me protegían con su sombra, daba rienda suelta a mis pensamientos [...][23]

El período que describe el autor corresponde a sus años de amistad con Campillo en Sevilla, allá por los años 1850-1851, en que comenzaba a estudiar pintura con Cabral Bejarano o su tío Joaquín. Dos años antes, aproximadamente, había escrito su «Oda a la muerte de don Alberto Lista», y, aunque ya debía haber comenzado sus lecturas de autores románticos en casa de su madrina, vivía en efecto en plena etapa clasicista.

En este texto, Bécquer es bien explícito acerca de la admiración

[23] Bécquer, «Carta tercera» de *Cartas desde mi celda*, en *Obras*, t. II, Madrid, Fontanet, p. 41.

que siente por unos autores determinados y por unos temas muy concretos. Los autores son los que admiraban los poetas de formación clásica, Rioja y Herrera, dos líricos renacentistas de la escuela sevillana; los temas: las fábulas del mundo clásico y su sereno paisaje de ríos, ninfas y flores. El poeta explica con todo lujo de detalles, que no podemos transcribir aquí, sus vivencias poético-imaginarias durante este período. Más adelante manifiesta un cambio notable, que explica así:

> Así soñaba yo en aquella época. ¡A tanto y a tan poco se limitaban entonces mis deseos! Pasados algunos años, luego que hube salido de mi ciudad querida, después que mis ideas tomaron poco a poco otro rumbo, y la imaginación, cansada ya de idilios, de ninfas, de poesías y de flores, comenzó a remontarse a épocas distintas, complaciéndose en vestir con sus galas las dramáticas escenas de la Historia, fingiendo un marco de oro para cada uno de sus cuadros y haciendo un pedestal para cada uno de sus personajes, volví a soñar, y como en las comedias de magia, nuevas decoraciones de fantasía sustituyeron a las antiguas y la vara mágica del deseo hizo posibles en la mente nuevos absurdos.[24]

Imaginó entonces el poeta, según nos cuenta, ser un heroico guerrero, vencer en cien batallas y hallar la paz del sepulcro en el fondo de un claustro, que describe con todo lujo de detalles:

> Dos guerreros inmóviles y vestidos de su fantástica y blanca armadura velarían día y noche de hinojos a sus costados, y mientras que mi estatua [...] dormiría majestuosa sobre el túmulo, los ángeles, que, envueltos en largas túnicas y con un dedo en los labios, sostuviesen el cojín sobre que descansaba mi cabeza, parecía que llamaban con sus plegarias a las santas visiones de oro que llenan el desconocido sueño de la muerte [...]
>
> Allí, rodeado de esa atmósfera de majestad que envuelve a todo lo grande, sin que turbara mi reposo más que el agudo

[24] Bécquer, *Ibidem*, p. 44.

chillido de una de esas aves nocturnas de ojos redondos y fosfóricos que acaso viniera a anidar entre los huecos del arco, viviría todo lo que vive un recuerdo histórico y glorioso unido a una magnífica obra de arte, y en la noche, cuando un furtivo rayo de luna dibujase en el pavimento del claustro los severos perfiles de las ojivas, cuando sólo se oyesen los gemidos del aire extendiéndose de eco en eco por sus inmensas bóvedas, después de haberse perdido la última vibración de la campana que toca la queda, mi estatua, en la que habría algo de lo que yo fui, un poco de ese soplo que anima el barro encadenado por un fenómeno incomprensible al granito, ¡quién sabe si se levantaría de su lecho de piedra para discurrir por entre aquellas gigantes arcadas con los otros guerreros, que tendrían sus sepulturas por allí cerca; con los prelados, revestidos de sus capas pluviales y sus mitras, y esas damas de largo brial y plegados monjiles que, hermosas aún en la muerte, duermen sobre las urnas de mármol, en los más oscuros ángulos de los templos!...[25]

La extensa cita posee un interés excepcional desde varios puntos de vista. Primero, porque es un ejemplo muy característico del cambio sufrido por Bécquer en esta segunda etapa de su trayectoria poética y de sus gustos: ahora parece atraerle el espíritu heroico, los ambientes nocturnos, arquitectónicos y tétricos, propios del más acendrado romanticismo. Segundo, porque en estos textos se hallan algunos de los más queridos temas de las *Rimas* y *Leyendas*: las estatuas (rima LXXVI, «La mujer de piedra», etc.), el rayo de luna, los claustros, los ángeles que imponen silencio (rimas LXXVI y LXXIV), etc.

La época puede coincidir, como señala el propio autor, con sus primeros años madrileños (de 1855 a 1857 aproximadamente), cuando Bécquer hace acopio de lecturas, proyectos y planes. Con seguridad está redactando entonces la *Historia de los templos de España*, y está por ello familiarizado con catedrales y claustros, con ambientes fundamentalmente arquitectónicos y arqueológicos.

[25] Bécquer, *Ibidem*, pp. 45-46.

La tercera etapa es descrita por el autor de la siguiente manera:

> Desde que, impresionada la imaginación por la vaga me-
> lancolía o la imponente hermosura de un lugar cualquiera, se
> lanzaba a construir con fantásticos materiales uno de esos
> poéticos recintos, último albergue de mis mortales despojos,
> hasta el punto aquel en que, sentado al pie de la humilde tapia
> del cementerio de una aldea oscura, parecía como que se re-
> posaba mi espíritu en su honda calma y se abrían mis ojos a la
> luz de la realidad de las cosas, ¡qué revolución tan radical y
> profunda no se ha hecho en todas mis ideas![26]

Las experiencias amargas de la vida, los desengaños y las tris-
tezas acumuladas han hecho madurar al poeta y a sus concepcio-
nes literarias. Ahora ya parece que su sensibilidad está próxima a
las «rimas del desengaño y de la angustia» (rima LXVI), y esta
etapa supone un acercamiento a «la luz de la realidad de las cosas»
y a una estética paralela a la de sus contemporáneos anti o posro-
mánticos o incluso «realistas». Es una etapa, como dice Balbín,
«de poetización directa y real»:

> Estas mutaciones en la fantasía creadora de Bécquer ex-
> plican una tendencia estilística que se cumple, en términos
> generales, a través de toda su obra poética: la desaparición
> del paisaje y de los ambientes arqueológicos, que, como uni-
> dad enunciativa, van perdiendo terreno en favor de formas
> apelativas y dialogadas, cargadas de fuerte tensión humana y
> personal. Hay un proceso sostenido y creciente de intimiza-
> ción en los temas y en los recursos estilísticos de Gustavo
> Adolfo.[27]

Paralelamente al proceso de estilización, de forma intrínseca,
cada rima de Bécquer es con frecuencia un idéntico proceso de
estilización interno, como veremos. En cualquier caso, clasificar

[26] Bécquer, *op. cit.*, pp. 46-47.
[27] Balbín, «El tema del beso, y la Rima IX», en *Poética becqueriana, op. cit.*, p. 83.

las *Rimas* por estas etapas de la evolución poética de Bécquer es arriesgado, pues es fácil que unas etapas coexistan con otras, se entremezclen los motivos, las técnicas y las formas estilísticas. No parece probable que Bécquer abandonase definitivamente unos elementos y los sustituyera de inmediato por otros, pero estas posibles etapas constituyen un hallazgo lleno de interés que ilumina sus textos poéticos con indudable luz, sensible y clara.

Esta hipotética evolución de las *Rimas* tiene mucho que ver con la adopción de diferentes géneros literarios dentro de ellas. Díez Taboada, a partir sobre todo de las fuentes becquerianas, ha realizado un estudio de los géneros, encontrando tres tipos de *Rimas*: 1) la melodía o *Lied* (p. ej. rimas XIII, XV, XVI y LXII); 2) la estampa (p. ej. rimas LXX y LXXVI) y el cantar estilizado (p. ej. rimas XLVII y XLVIII). En efecto, estas conclusiones, que pertenecen a su denso estudio *La mujer ideal* (p. 166),[28] se fundamentan en la peculiar asimilación de sus múltiples fuentes y en su recreación original. A este respecto dice Díez Taboada:

> La rima nace del cantar. Recoge elementos dispersos procedentes de muy diversos autores españoles, alemanes, ingleses y franceses, para estilizar los cantares populares de España y conseguir la nueva canción lírica, al modo como los románticos alemanes habían conseguido el *Lied* [...]
>
> Es este tipo de canción, la Rima, en la cual se funden elementos cultos y elementos populares, resultando así maravillosa y plenamente tradicional, y al mismo tiempo íntegramente personal. (Véase su edición de las *Rimas*, pp. 28-29)[29]

Dentro de los distintos géneros de rimas, Balbín ha destacado un grupo, al que llama «Cancionero menor».[30] Son las que Bécquer eligió para ser publicadas en distintos periódicos en un período de once años aproximadamente (a partir de 1859 hasta 1870).

[28] Juan María Díez Taboada, *La mujer ideal. Aspectos y fuentes de las Rimas de G. A. Bécquer*, Madrid, CSIC, 1965, p. 166.

[29] *Idem, Rimas, op. cit.*, pp. 28-29.

[30] Véase «Unidad rítmica y poema en el Cancionero menor de G. A. Bécquer», en Balbín, *Poética becqueriana, op. cit.*, pp. 185-194.

Parece que Bécquer tuvo intención de ofrecer una muestra de poemas marcadamente distintos en cuanto al género estrófico, pues éste, como observa, no se repite nunca de forma semejante, sino con toda clase de variaciones. Son quince poemas que muestran aspectos diferentes del modo de componer becqueriano. Díez Taboada ha estudiado y organizado en grupos temáticos este conjunto de rimas de la manera siguiente:

1. «Tú»: la presencia de la mujer. Rimas XIII, XXVII, XI.
2. «Yo»: interpretación poética del propio poeta. Rimas LXII, LXI, II.
3. La contraposición «Tú-Yo». Rimas XV, XVI, LIX.
4. La unión: el beso. Rimas XXIII, XXIV, IX.
5. La poesía. Rimas V, IV.
6. El desengaño. Rima LXIX.[31]

En el análisis de este esquema observa Díez Taboada que cada una de las rimas que inician los tres grupos por él aislados, configura una realidad poética distinta: el primero hace relación a las formas de la naturaleza, el segundo (o sea, las segundas rimas de cada uno de los tres primeros grupos), tienen por escenario la alcoba; las últimas de cada grupo se relacionan con el anhelo de lo imposible. Las del cuarto grupo se refieren al «beso» en una dimensión cosmológica y eminentemente espiritual. Los grupos restantes tocan aspectos bien conocidos de la lírica becqueriana. A través de estos análisis se tiene la impresión de que Bécquer fue seleccionando las rimas que se referían distintamente a los aspectos temáticos y técnicos en que su obra era susceptible de ser entendida.

Hemos visto así la variedad y riqueza del mundo poético becqueriano, encerrado en menos de ochenta poemas, breves en su mayor parte (79 en el *Libro de los gorriones*, 76 en la edición de 1871). La rima más extensa, y es un caso del todo excepcional, tiene 104 versos (la LXXIII). Parece que Bécquer considerara de alguna manera la extensión de sus poemas, pues en el *Libro de los gorriones* dio una relación de los mismos y la cantidad de versos de cada uno. Cabría pensar que la extensión del poema tiene alguna relevancia

[31] Díez Taboada, *La mujer ideal, op. cit.*, p. 103.

para el poeta y sería interesante clasificar éstos por la extensión, porque nos daría unos indicios muy seguros para calibrar el valor estilístico de los mismos y el concepto poemático de Bécquer. En efecto, este problema atañe a la cuestión del estilo y de los modos estróficos de Bécquer, que es otro tema interesante de tratar.

4.4. LA IMAGEN DE LA POESÍA Y DEL POETA

Acerca del concepto de poesía en Bécquer se ha escrito mucho, tanto como sobre el amor, la mujer o el sueño. Son muchos los autores que se han detenido en los principales testimonios que ofrece Bécquer en sus obras sobre el concepto de poesía, principalmente a través de las *Rimas* y las *Cartas literarias a una mujer*. Entre ellos, J. P. Díaz en el capítulo «Teoría del arte» de su libro *G. A. Bécquer. Vida y poesía*,[32] o F. López Estrada, quien ha intentado sintetizar el sentido de dichas cartas para establecer la poética de Bécquer en *Poética para un poeta. Las «Cartas literarias a una mujer» de Bécquer*.[33] No tanto, sin embargo, se han detenido sobre el ser del poeta y el sentido del mismo, aunque en efecto esta idea está indisolublemente unida a la de la propia poesía que le sirve de soporte. La imagen del «poeta», según la presenta y expresa Bécquer en sus propias *Rimas*, aparece y desaparece en sus textos en los que se esconde, sutil pero eficazmente, el autor, no ya sólo como persona, sino como laborioso artífice de poesía en busca del «genio» que parece negársele en muchas ocasiones, aunque en otras se oculte, se disfrace, se presienta, o por último haga eclosión a pesar de sus propias limitaciones. En una detallada lectura de su poesía podemos encontrar varias formas de reflejarse el propio poeta en ella, formas que podemos reducir a catorce categorías que resumimos de momento así:

1. *El poeta como amante* (I, XI, XVII, XXIII, XXV, XXVII, XXIX, LXXXIII)
2. *El poeta sin rumbo* (II)

[32] Díaz, *Op. cit.*, pp. 319-360.
[33] F. López Estrada, *Poética para un poeta*, Madrid, Gredos, 1972.

3. *El poeta como genio* (III, VII)
4. *El poeta como ser contingente* (IV)
5. *El poeta recipiente de la poesía* (V)
6. *El poeta consciente de su valor* (VIII, X, XXXV)
7. *El poeta fascinado por unos ojos* (XII, XIII, XIV, XV y XXV)
8. *El poeta invisible y acechante* (XVI, XX y XXVIII)
9. *El poeta soñador* (XVIII, XXVIII, LXVIII, LXIX, LXXIV, LXXV, LXXVI y LXXXI)
10. *El poeta visionario* (XXXVII, XLVII, LXX, LXXI)
11. *El poeta fundido con la naturaleza* (II, V, X, XV, XXIV, LII)
12. *El poeta sarcástico* (XXVI, XXXIV, XXXIX, XLII, XLV, XLIX, LVI, LXXIX, LXXX, LVII, LVIII, LIX, LX, LXVII)
13. *El poeta orgulloso* (XXX, XXXIII, XXXV, XLI)
14. *El poeta desengañado, sufridor y dolorido* (XLIII, XLIV, XLVI, XLVIII, XLIX, L, LI, LII, LIII, LIV, LV, LVI, LXI, LXII, LXIII, LXIV, LXVI, LXVIII, LXXII, LXXIII, LXVI, LXXXII, LXXXIV, LXXXVI)

Hay que tener en cuenta que algunos puntos de la anterior clasificación pueden interrelacionarse, y por eso mismo es normal que un elemento determinado se incluya como factor temático en varios sectores. Así, por ejemplo, casi todas las rimas que tienen por sujeto al poeta como ser desengañado se refieren de una u otra forma también al poeta como amante, lo que sucede es que en la clasificación que proponemos distinguimos el valor o matiz predominante del carácter básico que pudiera enlazar unos textos con otros.

Lo primero que observamos en esta sucesión de categorías es la mayor abundancia de algunos de sus componentes temáticos sobre otros. Principalmente esto es así en los puntos 14, 12 y 9. Una caracterización del poeta que expresa Bécquer en estos textos nos daría de inmediato la naturaleza de un personaje desengañado, sarcástico y soñador. Si ese sarcasmo entendemos que es también producto de su desengaño entonces tendríamos que lo que caracteriza al poeta de las *Rimas* de manera más frecuente sería el de ser un soñador desengañado, esta última consecuencia inequívoca de la primera, pues en un mundo de «sueño» es normal que

el desengaño brote del alma del poeta ante la mezquina realidad. Si entendemos que su famosa «Introducción sinfónica» es toda una declaración de intenciones (no sólo referente a sus *Rimas*, sino a un abanico más amplio de planes literarios), y que éstas tienen en común la idea de dar al mundo revestidos de forma los productos de su «fantasía», pues al poeta le cuesta trabajo «saber qué cosas he soñado y cuáles me han sucedido», tendremos que concluir que el elemento del «sueño» es tan nuclear en su obra como su consecuencia inmediata: el desengaño. Si el poeta de las *Rimas* ha sido siempre considerado como el «poeta del amor», también parece que tendría que serlo del «sueño» y del «desengaño», conceptos que si bien corresponden muy claramente a la literatura alemana romántica que cultivaran, entre otros, Jean-Paul, Hölderlin, Tieck, Hoffmann, Novalis y Heine, y del mismo modo presente en la francesa, en autores como Chateaubriand en sus *Memorias de ultratumba*, o Vigny, Nodier, Nerval y Hugo (este último en gran parte de sus poemas visionarios), de la misma manera están presentes en la tradición barroca española de Góngora, Quevedo y Calderón, pues si el tono sarcástico de Bécquer en algunas rimas puede tener parentesco con los dos primeros, la idea del desengaño, de la muerte y sobre todo del sueño enlazan con el dramaturgo madrileño sin el menor género de dudas.

Ahora bien, si analizamos cada uno de los factores temáticos que integran los grupos de rimas que hemos clasificado, tendremos una fisonomía más completa del poeta según su propio autor. En el primer grupo hemos reunido siete rimas que tratan del poeta como «amante». Este amante es de un género muy peculiar: declara su amor a una dama (rima I) como tal poeta, en donde muestra fundir ambos conceptos (amor y poesía) de tal forma que uno dependa del otro, pero la dama por la que suspira sencillamente no existe, es un «imposible», un «sueño» (rima XI), aunque el deseo de fusión en el beso es tan intenso que lo que daría a cambio de él es superior al mundo e incluso al cielo, es algo que no puede concebir (rima XXIII). En otro momento incluso intensifica los «dones», añadiendo a la tierra y al cielo «la luz, el aire / y el pensamiento», «la fama, el oro, / la gloria, el genio», y hasta «la fe, el espíritu» (rima XXV), y en otra rima especifica que hasta creería en Dios tras haber visto a la dama y ser observado por ella

(rima XVII). En la XXVII nos muestra su desvelo con una mujer con la que parece tener alguna relación (si no es que se trata de una mera ensoñación): el poeta vela mientras ella duerme, y dormida, su boca, sus ojos, su aliento, sugieren al autor imágenes poéticas y hasta la esencia del poema mismo que ella es («escucho yo un poema que mi alma / enamorada entiende»). En este poema, verdadera estampa, el autor crea una circunstancia cotidiana que culmina con una escena tierna en la que él cierra las persianas del balcón para que la luz del amanecer no turbe el sueño de la mujer amada. Es lo que hace en la rima XXIX, en la que por fin parece haber cumplido ese deseo tan hiperbólicamente tratado en los textos anteriores de la realización del beso. «Casualmente» el beso se produce ante la compartida lectura de Dante, y el verso que lo causa se refiere al mismo acto de amor («La bocca mi baciò tutto tremante», «Infierno», V, 136). Lo curioso de este texto es que Bécquer introduce un poema en el poema mayor de Dante, la historia de Paolo y Francesca del «Infierno», quienes a su vez leen la historia de Lanzarote y la reina Ginebra, por lo tanto Bécquer hace poema en el poema sobre otro «poema», descubriéndose así una perspectiva poética triple, que demuestra lo enormemente literaturizado que está su texto. Finalmente en el poema LXXXIII («Amor eterno»), no publicado en la edición de las *Rimas* de 1871 ni en el *Libro de los gorriones*, sino en la cuarta edición de sus *Obras* en 1885, el poeta vuelve a una declaración amorosa hiperbólica en la línea, según Gamallo Fierros[34] y Pageard,[35] del *Intermezzo lírico* de Heine, aunque la idea del amor eterno más allá de la muerte es también de tradición española, esencialmente quevedesca, como es muy sabido, e incluso, admitiendo la fuente heiniana, la idea del amor después de muerto no está expresada así en Heine, pues éste se refiere a la destrucción del mundo antes que a la muerte propia, aunque el motivo de la «llama del amor» es coincidente en los dos. En consecuencia, el poeta-amante de Bécquer se caracteriza por una aspiración tan elevada que es «imposible», por un amor que está fundido

[34] Bécquer, *Obras completas*, Dionisio Gamallo Fierros, ed., Madrid, Aguilar, 1973, p. 1245.
[35] Robert Pageard, *Rimas de G. A. Bécquer*, Madrid, CSIC (Clásicos Hispánicos), 1972, pp. 367-368.

con su sueño poético, hasta tal punto que tiende del todo a la literaturización, incluso a la literaturización de la literaturización. Esto mismo nos lleva a su concepción segunda: «poeta sin rumbo». La rima II es el ejemplo característico que hemos señalado. El poeta es saeta, hoja de árbol, ola y luz, elementos de la naturaleza en evidente gradación de sutilidad. Son también elementos de dirección imprecisa. Es evidente que el poeta que ama lo imposible y que funde su propia realidad con el hecho poético no puede tener ni un objetivo ni un destino concreto ni preciso. Así la rima II no es sino consecuencia de su peculiar forma de amar.

La idea del poeta «como genio» parte del principio de la inmensa dificultad de encerrar la poesía en el molde de la palabra, exigencia sin embargo ineludible para el artista que debe «hacer» poesía, no sólo «escribirla» (véase la rima XXVI). El genio del poeta y su esforzado intento se hallan expresados con detalle en la rima III. Pues si bien en la rima I trataba de relacionar esa dificultad con el impulso amoroso haciendo con ella un verdadero programa del conjunto, un auténtico prólogo, en ésta, especificando más en la dualidad necesaria para su realización, llega a establecer la esencia del genio al unir y «atar» elementos tan opuestos como «la inspiración» y «la razón». El «genio» es, pues, lo que caracteriza al verdadero poeta, al artista auténtico, realice el arte que sea. Como ya hace tiempo vio J.P. Díaz, al relacionar los textos en verso y en prosa de Bécquer para diseñar su poética, Bécquer sostenía la idea de la «fatal impureza de la poesía»;[36] de manera similar F. López Estrada hallaba una contradicción en Bécquer entre la idea del genio expresada en la rima III y su propia teoría poética: «La exposición de la rima III presupone que el genio sería el que lograse atar a un yugo tanto la inspiración como la razón. Pero esto nos dejó dicho Bécquer en las *Cartas* que es imposible o, por lo menos, que el genio que lo lograse no era él [...] Y la teoría del genio sublime, subrayó en esta carta II, no va con él, a pesar de enunciarla tan brillantemente en la rima III».[37] Sin embargo, creo que aquí se pueden matizar algunas cosas. En efecto, aunque Bécquer incluso en las *Cartas literarias a una mujer* hace poesía, el

[36] Díaz, *G. A. Bécquer. Vida y poesía, op. cit.*, p. 348.
[37] López Estrada, *Poética para un poeta, op. cit.*, p. 147.

establecer paralelos racionales entre éstas y las *Rimas* puede resultar perturbador en algún caso. Cierto es que estos paralelos son abundantísimos (también con otros escritos del propio Bécquer), pero en el fondo son de naturaleza diferente. La poesía, aunque pretenda comunicar una idea, lo hace de forma sensible y sentimental. Como decía Amado Alonso, «el sentido poético de una realidad es siempre de naturaleza sentimental, no racional»,[38] mientras que un texto argumentativo, por muy poético que sea en sí mismo, tiende a la racionalización constante. Vemos una forma algo distinta de enfrentarse al hecho poético en estos dos géneros. En las *Cartas* se quiere persuadir de la dificultad de expresar la poesía, en las rimas I y III se expresa simplemente esta dificultad, pero mientras en la I se concede la posibilidad mediante el amor, en la III se apunta que sólo al genio le es dado expresarla uniendo razón e inspiración. Para Russell P. Sebold en esto Bécquer le parece que muestra cierta dosis de horacianismo.[39] Es natural que Bécquer, y más en un texto de carácter ensayístico, trate de no identificarse con un «genio», cosa que hace en los textos en prosa pero no por completo en las rimas, primero, por pura humildad retórica, y segundo, porque, en un autor que se sabía poco valorado públicamente en su tiempo, hubiera parecido de una petulancia insoportable, aunque en el fondo era consciente de su genio, como lo demuestra la rima XXXV («porque lo que hay en mí que vale algo / eso… ni lo pudiste sospechar»), y otros textos poéticos, como las mencionadas rimas I y III, ¿o se cree que la rima III es una exposición meramente objetiva del genio poético? Me parece que estamos bastante lejos del «Arte poética» de Horacio. Todavía en la rima VII nos habla del genio que «duerme en el fondo del alma». Está claro que el genio al que alude ahora es una cualidad intrínseca del poeta, no un elemento adjetivo, y creo que está bastante claro también que esta famosa rima supone una indicación expresiva más de la dificultad personal de expresión de la poesía por falta de inspiración. En cualquier caso Bécquer, al tratar de establecer la idea de lo que es el poeta, le atribuye el carácter

[38] Amado Alonso, *Materia y forma en poesía*, Madrid, Gredos, 1965, p. 12.
[39] Russell P. Sebold, *Gustavo Adolfo Bécquer. Rimas*. Madrid, Espasa-Calpe (Clásicos Castellanos), 1991, pp. 190-191; nota a los vv. 67-70.

de «genio», aunque sea como una aspiración, o mejor, como una realidad excepcional, pero que no renuncia a ella, ni menos se considera incapaz de alcanzarla, si bien expresa la gran dificultad de poseerla en un momento dado.

Es curiosa, desde el punto de vista que nos ocupa, la rima IV, porque en ella el poeta intenta predicar su propia contingencia al proclamar que la poesía está fuera de él, lo que en un principio parece oponerse a la idea expresada en la rima I de que la poesía es un canto interior. En cierto modo resulta una forma retórica por medio de la cual el artista señala la sucesión de elementos de la realidad que pueden servir de inspiración a un potencial poeta. Aunque no hubiera quien cantase existiría ese canto en la naturaleza, en el misterio, en los sentimientos humanos, en el amor y en la belleza. Todo un afinadísimo y gradual recorrido cósmico y anímico para mostrar la existencia de la poesía fuera del poeta, o como dice López Estrada, «la existencia objetiva de la poesía». Sin embargo, esto es un espejismo, porque la objetividad es algo que no puede percibirse si no hay un sujeto que la confirme. Entonces, o bien Bécquer realiza un ejercicio poético retórico para mostrar la intensa percepción de lo que le conmueve poéticamente, o bien, como parece indicar el poema en su comienzo, el asunto de la poesía es universal y siempre podrá ser explicitada porque nunca ha de faltar material para ello, o incluso el poeta canta las dos cosas. Y si desaparece es para mostrar de un modo hiperbólico que no es necesario el poeta como creador de poesía para percibir ésta. Hay, por tanto, un poeta contemplativo y un poeta actuante. El primero observa la poesía del mundo, el segundo la crea con el material que el primero contemplaba. Así, el poeta no es tanto un ser contingente cuanto un ser escindido en dos elementos, pasivo uno y activo el otro. Además, el poeta está implícitamente considerado en las últimas estrofas del poema, y en la primera como interlocutor de quienes niegan la existencia de asuntos para la poesía.

En la rima V parece intentar una definición de lo que es el poeta para Bécquer, o, mejor dicho, lo que es él mismo como poeta. Al menos esto es lo que entiende López Estrada cuando indica: «La rima V o la afirmación de lo que es el poeta», y «En la rima V Bécquer reúne una serie de notas que le sirven para afirmar su

condición de poeta, y algunas de sus estrofas señalan preocupaciones análogas a párrafos en las cartas».[40] En realidad, quien habla en esta rima no es tanto el poeta como la poesía. Ese «espíritu sin nombre / indefinible esencia» que va recorriendo el cosmos y está en el sol, la luna, la luz, la nieve, el fuego, el torrente, la tormenta, etc., se condensa en una definición final a modo de conclusión, que especifica:

> Yo en fin soy ese espíritu,
> desconocida esencia,
> perfume misterioso
> de que es vaso el poeta.

Con ello queda claro que el poeta no es ese espíritu, sino el «vaso» que lo contiene. Por tanto, esta rima ilumina una zona de la poesía, más o menos como la IV, pero en absoluto nos dice nada sobre la naturaleza intrínseca del poeta, como no sea la tautología de que el poeta es quien hace la poesía, no porque él sea la poesía, sino porque es su continente o recipiente de donde puede surgir, o como explicita en la carta I: «La poesía es en el hombre una cualidad puramente del espíritu; reside en su alma, vive con la vida incorpórea de la idea, y para revelarla necesita darle una forma. Por eso la escribe». «Reside», pues, en él, no es él mismo. Como ya señaló J. P. Díaz, la rima V «es una definición de los más íntimos modos de ser de la poesía lírica».[41] Íntimos, diríamos nosotros, porque están en el interior, siquiera de modo sutil, de cada uno de los elementos de la naturaleza que los contiene, pero objetivados en esa misma naturaleza. El tema de la naturaleza, al que nos referiremos más ampliamente luego, es muy interesante por las imágenes que proporciona al poeta. Como ha visto Pageard,[42] la rima V es un «poema-enigma» en donde «el poeta» es no sólo el término de la composición, sino del propio enigma, ya que sirve de nexo entre cielo y tierra, e idea y forma, pero también en ese recorrido de imágenes la poesía misma «anima la naturaleza, le

[40] López Estrada, *Poética para un poeta*, op. cit., p. 148.
[41] Díaz, *G. A. Bécquer. Vida y poesía*, op. cit., p. 430.
[42] Pageard, *Rimas de G. A. Bécquer*, op. cit., pp. 88-105.

confiere sus movimientos» y sirve para relacionar los cuatro elementos e intuir la relación de la materia con el espíritu.[43]

Aunque, a poco que pensemos, no hay tal objetivación de la naturaleza de la que hablamos, sino sentimiento lírico en la contemplación que de la misma hace Bécquer. Es el poeta quien, en un acto de amor, pone en ella la belleza que admira, aunque quizá él mismo nos diría que lo que hace es descubrir en la naturaleza lo que Dios, en un acto de amor también, había puesto a su vez en la misma, así como en el hombre. Es Dios precisamente quien corona la carta IV y última, y a él es, a la postre, a quien se dirige «el sentimiento del alma». Un problema de metafísica poética, no sé si difícil de resolver, pero que él trató de iluminar a su modo en las *Cartas literarias a una mujer*, como bien sabemos. Por esto, de una manera u otra, aunque la rima V no especifique el modo de ser del poeta, sí ilumina una zona de él: la de ser el depositario y revelador de la misma. De este modo algo añade, completando, al sentido de la rima IV.

Sin embargo, y precisamente por ello, es consciente de su propio valor como depositario de la poesía. Por eso en la rima VIII mostrará la conciencia de su tesoro interior:

> En el mar de la duda en que bogo
> ni aun sé lo que creo;
> sin embargo estas ansias me dicen
> que yo llevo algo
> divino aquí dentro.

Es la misma conciencia de su genio que ya pudimos ver en la rima XXXV, y que, dormido «en el fondo del alma», habitaba en la rima VII.

Muy distinto es el poeta «fascinado por unos ojos», cuya configuración podría parecer anecdótica de no ser porque la idea se repite con cierta reiteración (rimas XII, XIII, XIV, XV y XXV) formando un pequeño núcleo temático muy bien reunido por los amigos del poeta en la edición de 1871. Hay incluso en esta serie una cierta gradación, como ahora veremos. J. M. Díez Taboada

[43] *Ibidem*, pp. 93-94.

estudió con detalle estas rimas deslindando la XIV, que intitula «La mujer de ojos desasidos» del resto que estudia como «El color de los ojos de la mujer», si bien no incluye la XV porque ésta parece mejor convenir a la temática de «La mujer cendal flotante y sombra aérea», pero sí la XXV.[44] Desde nuestro punto de vista, no tanto de la fascinación por la mujer como por unos ojos, el núcleo puede estudiarse como unitario. La rima XXV se podría analizar en este grupo, como hace Taboada, aunque en esta rima se describen unos ojos negros y una pasión progresivamente desbordada, mientras que en la serie referida los ojos son verdes, azules, o no se indica el color de ellos. Por ello las rimas XIV y XV quedan algo descolgadas del resto, pues no se nos indica la cualidad cromática de los ojos y su temática incide en la temática de la mujer imposible. Como se ve, la unidad no siempre es absoluta, ya que el poeta puede referirse a personas y circunstancias diferentes, y aun puramente imaginarias, como sucede con claridad en la última rima de la que hablamos. Según ha estudiado Taboada, el motivo del color de los ojos era bastante común en los autores de la época (Sanz, Paláu, Ruiz Aguilera, etc.). La fascinación de los ojos en Bécquer es motivo común a rimas y leyendas (recordemos «Los ojos verdes» en este último género) y su tratamiento poético era frecuente de la misma manera en la literatura romántica occidental. Nos movemos, por tanto, en un tópico literario. Ya los autores clásicos lo habían tratado desde distintas perspectivas. Y el tópico fue alimentado sin duda por las ideas neoplatónicas referentes al amor, en las que, como es sabido, los ojos se entendían como ventanas del alma, expresión de la misma y sentimiento, por tanto pura poesía. Recordemos en este sentido también la rima XX «que el alma que hablar puede con los ojos / también puede besar con la mirada». La peculiaridad becqueriana consiste, además de la insistencia y reiteración en el motivo, en la gradual progresión hacia unos ojos sin realidad física. Así, si la rima XXV es una rima de pasión casi palpable («la ardiente chispa que brota / del volcán de los deseos»), la rima XII es casi alegre («Porque son, niña, tus ojos / verdes como el mar te quejas»), y la XIII tierna y espiritual («Tu pupila es azul [...] / me parece en el cielo de la tarde / una perdida

[44] Díez Taboada, *Rimas, op. cit.*, pp. 30-54.

estrella»), al llegar a la XIV y XV nos encontramos con la fatalista XIV («yo me siento arrastrado por tus ojos, / pero adónde me arrastran no lo sé») y con la trágica XV («yo, que incansable corro y demente / tras una sombra, tras la hija ardiente / de una visión!»). El camino del poeta es el camino de sus aspiraciones, que van de la más ardiente pasión al más descarnado espiritualismo, por ello este grupo de rimas tiene la peculiaridad de ofrecernos un retrato muy completo del artista de la poesía tendente a lo visionario, lleno de sus variables más extremas y más características.

Lo mismo que la dama que pinta en las rimas XIV y XV de la serie anterior se difumina hasta convertirse en una mera «visión», el poeta de la rima XVI se hace acechante e invisible para la amada. Díez Taboada ha señalado las muy abundantes fuentes posibles de este texto que ha ido encontrando la crítica y los posibles puntos de contacto con otras rimas del autor.[45] Nosotros vemos, sobre todo, un gran parentesco entre la referida XVI y la XX y XXVIII, pero mientras en la XVI el poeta, invisible, «suspira», «llama» y «respira» junto a la amada, en la XX llega a ella con la «mirada», y en la XVIII es la sombra o alma de la amada la que suspira, besa y alienta junto a él. El poeta, de forma realmente estremecedora, va hurtando la realidad, acercándose cada vez más a una forma fantasmal de comunicación, a una intensísima espiritualización, en donde son las sombras las que miran, alientan, besan y aman. No es extraño que algunos críticos, como Russell P. Sebold, hayan creído hallar la respuesta a este mundo impalpable y misterioso en unas supuestas dependencias de Bécquer con respecto al espiritismo,[46] y aunque el crítico insiste en ello una y otra vez, no creemos imprescindible llegar a eso para la explicación de la poesía becqueriana. Las ideas espiritualistas no necesitan para reflejarse en la poesía de doctrinas positivas de ningún género, baste saber que en la época existía una gran literatura romántica al respecto y que tanto Gautier como Hugo, entre otros, que sí conocían y participaron de esta doctrina, pudieron extender una impalpable influencia en su entorno poético, más allá de las obras doctrinales que cita el mencionado crítico.

[45] *Ibidem*, p. 84 y ss.
[46] Sebold, *Gustavo Adolfo Bécquer. Rimas, op. cit.*, p. 85 y ss.

Hemos afirmado que el «poeta soñador» es uno de los más frecuentados en las *Rimas*. Hay por lo menos ocho textos que así lo acreditan directamente (XVIII, XXVIII, LXVIII, LXIX, LXXIV, LXXV, LXXVI y LXXXI). Ahora bien, no siempre el poeta que sueña lo hace con el mismo sentido. En alguna ocasión su sueño se reviste de un aspecto sensual, casi ornamental, como en la rima XVIII, en donde la evocación de la amada tiene tintes de entre salón dieciochesco y dibujo modernista: la flor que duerme en el «palpitante seno» de la amada, acariciada por el «soplo de sus labios entreabiertos», y el deseo de ser esa flor y dormir ese dulce sueño tiene unas connotaciones que superan la imagen en apariencia frívola y nos trasladan a una vivencia profunda, temporalista y onírica, revestida de connotaciones psicológicas que en efecto harían las delicias de los psicoanalistas freudianos. La flor que se mece «en compasado y dulce movimiento» es, así, la envidia del poeta:

> ¡Oh! ¡quién así, pensaba,
> dejar pudiera deslizarse el tiempo!
> ¡Oh! si las flores duermen,
> ¡qué dulcísimo sueño!

El anhelo de ser mecido en el pecho de la dama parece indicar una cierta nostalgia del seno materno (recordemos la orfandad del poeta, nos diría el hipotético psicólogo), pero la idea temporal y el anhelo del sueño vegetal van más allá de la mera circunstancia que dibuja, y nos llevan a una conciencia de eternidad que se acerca a la visión (aquí casi presentida) de la muerte. Recordemos que esta vivencia es básica en Bécquer, por ejemplo en sus *Pensamientos*,[47] y que se plasma en varias rimas, principalmente en la última de la edición póstuma: «¡Qué sueño el del sepulcro, tan tranquilo!». Desde esta perspectiva es casi imposible creer que el sueño de que habla en la rima XVIII es sólo un sueño erótico y galante. Por eso la relación con la rima XXII, señalada en ocasiones, es más de marco o pintura externa que de contenido.

[47] Véase Enrique Rull, «*Pensamientos* de Bécquer y *Nocturnos* de Darío», en *RFE*, LII (1969), pp. 563-579.

En otras ocasiones, más que de sueño real o metafórico se trata de un verdadero ensueño, como sucede con la rima XXVIII, vinculada, como hemos visto, con la XVI, sólo que alternando en ésta última la dama por el poeta, cuyo presentimiento de la misma le hace dudar si sus sensaciones son reales o soñadas, son delirio o sensación cierta. Otras veces el sueño es un sueño fisiológico, como el de la rima LXVIII, un sueño triste que en realidad sirve a su autor para pintar a un poeta satisfecho de su dolor, pues peor sería no sentir nada («¡Sé que aún me quedan lágrimas!»). El tono y alcance de la rima LXIX es muy distinto, aquí a modo de sentencia, que toma como emblema *La vida es sueño* de Calderón, el poeta filosofa sobre la idea de la brevedad de la vida y los anhelos de Gloria y Amor como sombras de un sueño. El final, «¡despertar es morir!», es una idea mucho más pesimista que la desarrollada por Calderón en su famosa comedia, pues en el dramaturgo tanto el sueño como la realidad eran ambivalentes, si bien el sueño implicaba una extraordinaria y desasosegante inestabilidad, y la realidad suponía la asunción de la vida ética, auténtica y responsable. Por el contrario, para Bécquer, el poeta de esta rima enuncia algo tajante y nada ambiguo: la vida será un sueño, y por tanto un engaño, pero su despertar no es más que para morir, que se convierte así en la única realidad. También es más radical que el famoso monólogo hamletiano («¡Morir..., dormir! ¡Dormir!... ¡Tal vez soñar!»), pues Shakespeare lo que enuncia es que la muerte es un sueño, idea similar a la retomada por el propio Bécquer como colofón de su rima LXXVI, en la que, recordemos de nuevo, concluye con «¡Qué sueño el del sepulcro, tan tranquilo!». Por eso esta variante es más incisiva y terminante. En el fondo, y sin olvidar el *Eclesiastés* (III, 20-21), quizá estemos cerca del enunciado heideggeriano del «ser para la muerte», y por tanto en los albores de un sentimiento existencialista.

Una cierta ambigüedad, verdadera vacilación entre el sueño real y el ensueño, preside la rima LXXI, que inicia un camino hacia la búsqueda del misterio inserto en el sueño, misterio que extenderá en otras rimas, principalmente en la LXXIV, LXXV y LXXVI. Acerca de las rimas LXXIV y LXXV se ha escrito mucho, sobre todo en relación con las fuentes y las influencias, gran parte de las cuales corresponden a los autores alemanes y franceses

mencionados al principio. En la última, el tema del sueño es el eje funcional del texto, pero el sueño aquí parte del sueño fisiológico para desembocar en la verosimilitud de los mensajes que transmite, es decir, en su carácter de hierofanía o revelación de algo que pertenece al Más Allá. La rima LXXV ha tenido una repercusión notable. Pageard la relaciona también con «El caudillo de las manos rojas», y Russell. Sebold, por supuesto, con la bibliografía espiritista. Es sin duda uno de los poemas más misteriosos de su autor. Bécquer, después de varios interrogantes, insinúa la realidad de un mundo más allá de lo puramente natural, que tiene relación con los sueños. La sugestión del poema es tan intensa que, como es bien sabido, aquel verso que dice «huésped de las nieblas» supuso todo un lema y subtítulo para Alberti en *Sobre los ángeles*. J. M. Rozas estudió el texto becqueriano y lo relacionó con la rima VIII:

> El final de la rima VIII tiene, para mí, un único sentido, el anhelo de Dios. Lo divino de su interior, tras el ansia de vuelo y enfrentamiento en las estrellas, es el hallazgo de lo sobrenatural de su alma. No expresado con fe ciega («en el mar de la duda en que bogo»), pero sí con pleno sentido religioso («estas ansias me dicen que yo llevo algo divino aquí dentro»).[48]

Por ello continuará afirmando: «El cerrado paralelismo de las rimas VIII y LXXV, con la ecuación el espíritu igual a Bécquer (atestiguada además en la XXXVII, como vimos, y el mismo tono de la conclusión, duda más que afirmación, me hace tender a la hipótesis —léase la impresión— de la existencia de un vago sentido religioso en la rima analizada».[49] Así, por otro conducto diferente, Rozas llega a una intuición semejante a la tesis de Sebold, sólo que este último la hará descender al campo positivo de la doctrina espiritista, mientras que Rozas abre la puerta a un indeterminado espiritualismo de «vago sentido religioso». De una u otra forma, la enorme audacia de Bécquer al situar al poeta en el límite de lo sobrenatural, por medio del sueño o el ensueño, le lleva al soberano intento de traspasar su umbral, como ocurre ya definitivamen-

[48] Rozas, «La fuga de la rima LXXV», *op. cit.*, pp. 279-304.
[49] *Ibidem*, p. 304.

te en la rima LXXIV. De esta rima hicimos un análisis en nuestra edición de 1984,[50] y, algo distinto, en la de 2002,[51] de manera que en ambos podíamos afirmar que todos los elementos estilísticos y temáticos «convergen hacia la comunicación de una idea esencial: el anhelo de la mujer imposible que entrevista en una visión de trasmundo fuerza al poeta a trasladar la solución de su vivencia a un futuro situado más allá de la propia vida».[52] El poeta, por tanto, en estas dos rimas, aparece como un indagador del Más Allá, una especie de poeta hierofante o incluso mistagogo. En efecto, Bécquer procura que su mensaje no encierre un contenido positivo ni tenga ningún carácter doctrinario, porque la ambigüedad y el misterio, la sugerencia, son el alma de la poesía, como él mismo reveló en su rima IV. Finalmente, la ambigüedad cede en la rima LXXVI, y, tras una magnífica estampa claustral, se llega a la identificación del sueño con la misma muerte.

Estrechamente relacionadas con estas rimas están las que forman el grupo que hemos denominado del «poeta visionario», incluso algunas de las anteriores podrían integrarse a la perfección en este grupo. Consideramos aquí las rimas XXXVII, XLVII, LXX y LXXI. La primera parece referir, como ha visto Díez Taboada,[53] la prolongación de una historia amorosa de ruptura que aparece por ejemplo en la rima XLII. J. P. Díaz encuentra aquí ecos heinianos por la «sombría ironía»[54] que encierran estos versos. Pero lo que aquí nos interesa es que el autor refiere esa vivencia y la traslada al Más Allá: el poeta morirá antes que la amada, y esperará a ésta a las puertas de la muerte, pues allí tendrán que hablar de todo cuanto aquí callaron. Es evidente que se trata de un morboso desafío en el que cabe cierto sarcasmo, pero también un extraño afán por centrar los hechos reales fuera del ámbito natural. Interesante en este sentido es la rima XLVII, en la que dice:

[50] Enrique Rull Fernández, *Rimas y Leyendas*, edición, estudio y notas, Barcelona, Plaza & Janés, 1984, pp. 409-422.
[51] *Idem*, *Rimas*, Barcelona, Debolsillo, 2002, pp. 213-222.
[52] *Ibidem*, p. 222.
[53] Díez Taboada, *La mujer ideal*, op. cit., p. 124 y ss.
[54] Díaz, *G. A. Bécquer. Vida y Poesía*, op. cit., p. 378.

> Yo me he asomado a las profundas simas
> de la tierra y del cielo,
> y les he visto el fin o con los ojos
> o con el pensamiento.

Pero es lástima que al final sólo sea una hipérbole para destacar la negrura del corazón de la amada. No obstante, es ya un camino. Camino que se abre en la rima LXX («Cuántas veces al pie de las musgosas»), una de las rimas más misteriosas de su autor, como ha dicho Pageard,[55] y a la vez de las menos recordadas. Se trata de una verdadera estampa de arquitectura y ambiente toledanos, en la que Bécquer muestra sus dotes para la pintura poética. El ámbito en el que se mueve el poeta no es declaradamente de ultratumba, pero los datos que se nos ofrecen participan de una calculada ambigüedad que hacen presentir ese mundo. Ese camino ya es de llegada en las rimas LXXI y LXXVI. A esta última no nos vamos a referir de nuevo, pues ya ha sido analizada al hablar del tema del sueño, con el que guarda relación esencial. En cuanto a la rima LXXI, que también parte, como la anterior, de una relación directa con el «sueño de la muerte», se aproxima a lo visionario en cuanto que el sueño se hace premonitorio de una muerte, en este caso desconocida. La crítica (Pageard, Sebold) la ha relacionado con otras rimas, con la «Introducción sinfónica», con la narración «Tres fechas», con Heine y Espronceda, con la mística y con el espiritismo (Sebold). Este último autor cree que es el poeta (Bécquer) el que se desdobla en el sueño y presagia su propia muerte.[56] Es muy sugestiva esta idea y, aunque en lo profundo pueda ser un indicio de presentimiento, a nosotros no nos parece verosímil tal interpretación. No se sabe de quién habla el poeta, pero es lógico que la intuición de la muerte abra las alarmas del propio sentimiento; no obstante, en el poema no existe ningún dato que lo atestigüe. En cualquier caso, el poeta prefiere dejar que la ambigüedad presida su texto, como ocurre en otras ocasiones.

La fusión del poeta con la naturaleza es otra forma de caracterización que el artista refleja en algunos textos. Ya en algunos de

[55] Pageard, *Rimas de G. A. Bécquer, op. cit.*, p. 324.
[56] Sebold, *Gustavo Adolfo Bécquer. Rimas, op. cit.*, p. 329.

ellos, como ha estudiado José Luis Cano,[57] Bécquer se acerca a la poesía cósmica (por ejemplo, en la rima X, a la que se refirió el propio Aleixandre), pero sobre todo nos interesa, como es lógico, y como señala el propio Cano, «la fusión e identificación del hombre —el poeta mismo— con las fuerzas elementales de la naturaleza», no la comparación más o menos explícita, sino «la plena identificación o fusión con lo creado, afirmada por medio del uso del pronombre de primera persona —el YO del poeta—, seguido de *soy*».[58] En la rima II ya intenta algo parecido, como observa Cano, aunque con valor metafórico, sin implicar identificación. Lo mismo sucede en la rima XV. Pero donde el crítico ve plena identificación es en la rima V. Ya hemos dicho nosotros que ésta, en todo caso, se realiza con la poesía más que con el poeta, hecho que no se le escapa a Cano, aunque él supone que en la estrofa que dice:

> Yo sigo en raudo vértigo
> los mundos que voltean,
> y mi pupila abarca
> la creación entera.

«esa pupila no es la de una abstracta diosa de la poesía, sino la humanísima y penetradora pupila del poeta, de Bécquer mismo».[59] No obstante esto, creo que está bastante claro que no es el poeta el que habla de forma directa (sí lo hace obviamente al escribir el poema), sino la poesía, de la que es «vaso» el poeta; por tanto, habría que considerar, en todo caso, que aquí también hay una metaforización del poeta convertido en la «poesía», no en una diosa de la poesía sino en la poesía misma por efecto de esa metaforización, o lo que es lo mismo, Bécquer hace que su mirada se encarne de un modo simbólico en el sujeto abstracto de la poesía para poder hablar como si fuera ella, pues en realidad la poesía no habla sino con su voz; aunque en el poema, no lo olvidemos, la que

[57] VV. AA., *Estudios sobre Gustavo Adolfo Bécquer*, Madrid, CSIC, 1972, pp. 641-649.
[58] *Ibidem*, p. 645.
[59] *Ibidem*, p. 649.

tiene la palabra es ella, siquiera en sentido figurado y mediante una pura prosopopeya. En cualquier caso, si el poeta habla a través de la poesía, sólo está presente como «locutor» en el poema de manera metafórica, no, como dice Cano, de forma identificativa. «Poesía» y «poeta» son lo mismo en tanto que este último posee la facultad de generar aquélla. La «identificación» es una metonimia, y Bécquer en su poema distingue ambas: la «poesía» es identificable con elementos sutiles de la naturaleza, el «poeta» es el vaso que los «comprehende». Parece cierto que el poeta se metamorfosea en esos elementos, como lo hacía en la rima II: metafóricamente. Pero la «pupila que abarca la creación entera» no es tanto la pupila del poeta, cuando la pupila de la «poesía» que está en todas partes y que el autor vivifica por un efecto prosopopéyico evidente. El hecho de que le dé una cualidad humana no quiere decir que la identifique con ese ser humano que es el poeta. Es comprensible que el crítico, llevado de su interés en sostener que Bécquer, en este sentido, pudo ser un precedente de Aleixandre, trate de extraer el mayor rendimiento de sus textos. Esto no menoscaba las tentativas de identificación del poeta con la naturaleza, y si nos olvidamos por el momento de su posible (y cierta) relación con Aleixandre, quizá sea más fácil entender el valor de esa identificación. En primer lugar, Bécquer la intenta por varios caminos, pero, si somos precisos, siempre por un camino de metaforización. Uno, en efecto, es el señalado por Cano, pero con una salvedad: el poeta se metamorfosea en una abstracción que es la poesía, pues, repetimos, la pupila que «abarca la creación entera» no es sino una metáfora más en la cadena que realiza el autor, como «el fleco de oro» de la estrella, la nube, la nieve, la nota, etc.; no es el poeta que surge de improviso, sino una imagen abstracta de su actividad, encarnada en múltiples elementos de la naturaleza o del mundo.

Una vez dicho esto, podemos entender que el autor de las *Rimas* se identifica con la naturaleza por un efecto de antropomorfismo cósmico, una necesidad de proyectar su yo feliz o desgraciado fuera de sí y hacer partícipe de sus sentimientos a los elementos de la naturaleza, y compartir con ellos, sentir con ellos, por la analogía que le dispensan, la fuerza de la «simpatía» universal. El poeta no analiza con los elementos racionales y de la lógica, sino por intuiciones de identidad y analogía. Utiliza el

cosmos como un auténtico tesoro de imágenes y objetos de los que se puede apropiar para compartir y asimilar su sustancia, no sólo se trata entonces de proyectar sus vivencias sobre la naturaleza de manera antropomórfica, como decimos, sino de salir de sí mismo para incorporarse por afinidad y «simpatía» al orden cósmico. Goethe consideraba el universo como un gran ser vivo que aspiraba y espiraba sin cesar, ello le hacía poéticamente respirar de forma cósmica.[60] En el fondo se trata de un proceso similar a la «magia», en concreto a la magia simpatética que con tanto detalle estudió Frazer.[61] No es tanto un problema de analogía como de apropiación de la realidad cósmica por sentirse integrado y vivido por ella misma. Esa es la causa de que poetas como Guillén manifiesten su júbilo ante el cosmos creador y creado, y esa es igualmente la razón de la identificación total de Aleixandre en una simbiosis panteísta con múltiples elementos del universo. En Bécquer el proceso debe ser descrito, siquiera con brevedad, pero no hay duda de que en él se da su propia incorporación a esos elementos cósmicos desde varias perspectivas y con distintos matices, naturalmente mucho menos desarrollados que en todos estos autores.

Las rimas que hemos considerado en este apartado tienden todas a una identificación con elementos de la naturaleza, pero por distintos motivos y vías. En la II, la gradación de imágenes busca esa identificación con cada uno de los elementos primarios de la tierra (saeta, hoja del árbol, gigante ola, luz), o sea metal, vegetal, agua y fuego, pero esta identificación hiperbólica y metafórica sólo tiene un objeto: precisar por método analógico («magia homeopática», diría Frazer) su relación con el cosmos para expresar el valor indeterminado de su destino, como hemos dicho antes, su falta de rumbo preciso. En la rima V, de la que ya hemos hablado antes, el poeta toma la poesía como motivo para identificarse con elementos sutiles de la naturaleza que le parecen esencialmente poéticos, pero es la poesía misma la que está en esos elementos, no él, que es su mero continente, pues ya sabemos que aunque no

[60] Gaston Bachelard, *El aire y los sueños*, México, Fondo de Cultura Económica, 1961, pp.154-155.

[61] James George Frayer, *La rama dorada*, México, Fondo de Cultura Económica, 1961, p. 33 y ss.

haya poetas «siempre habrá poesía» (rima IV). En la rima X, que llamaba la atención a Aleixandre, aunque el poeta se refiere directamente al amor, esos átomos que palpitan, esa tierra que se estremece, no es sino la contaminación de sus propios sentimientos (otra vez magia homeopática), o los de la amada, pero al fin y al cabo un incipiente modo de identificarse con los elementos naturales para vivificar fuera de sí y hacer más extenso el sentimiento. En la rima XV, donde el poeta identifica a la amada con un «cendal flotante de leve bruma», también identifica al poeta con la onda del mar, con el cometa errante o con el «largo lamento / del ronco viento» (recordemos también a Salinas). Y aquí sí que la identificación es plena y directa («eso soy yo»), aunque siempre, en efecto, tenga un carácter metafórico, como lo tiene la imagen de la amada convertida en algo impalpable. A este mismo género y especie pertenece la rima XXIV, en donde el poeta identifica a la amada y a él mismo con sendos elementos de «fuego», «nota», «ola», «vapor» e «ideas», en este caso fusionados y cambiando el tono trágico por una visión gozosa y plena de la relación entre los amantes, en donde no se escatiman expresiones ardientes («Dos rojas lenguas de fuego / [...] y al besarse / forman una sola llama»). Pero es en la última rima de la serie que comentamos, la LII, en donde los elementos de fusión son, no tanto ya identificativos y realizados, sino expuestos como un anhelo de unión autodestructiva: «Llevadme por piedad a donde el vértigo / con la razón me arranque la memoria». Es quizá una forma distinta de identificación, trágica desde luego, pero que implica la terrible negación de la vida personal para formar parte de los elementos primarios de la naturaleza (olas, ráfagas, rayo, o sea agua, aire y fuego), porque la tierra misma que sostiene su vida se ha vuelto estático lugar de sufrimiento, por eso elige elementos dinámicos que le arranquen de la existencia y le acompañen en su dolor, pues tiene miedo a quedarse a solas con él. El autor realiza aquí un deseo de fusión cósmica diferente a los otros, pues en este caso no lo hace por dilatar su sentimiento, sino por destruirlo. Son distintos modos de reflejar su fusión con la naturaleza que muestran la riqueza de variantes que posee según el tono y la circunstancia en la que se halla él mismo y su vivencia personal.

Los tres últimos puntos de nuestra clasificación, concernien-

tes a la naturaleza del poeta (aunque este punto lo hemos señalado antes de forma muy dilatada) tratan de pintar el orgullo, el desengaño (que puede revestirse de sarcasmo), y el sufrimiento de éste. Son tres aspectos de la realidad del poeta amante y de su enfrentamiento con su propia decepción y con la mujer, o mujeres, causantes de esto. Ocupan el mayor número de rimas, quizá las más conocidas y estudiadas, por lo que nos referiremos a ellas con cierta brevedad, pues además ya hemos estudiado el tema en pormenor. En este sentido el grupo más interesante quizá es el 12, el correspondiente al poeta sarcástico (rimas XXVI, XXXIV, XXXIX, XLII, XLV, XLIX, LVI, LVII, LVIII, LIX, LX, LXVII, LXXIX, LXXX), que reúne catorce rimas, porque la imagen que nos da Bécquer de él es la más infrecuente de las suyas, y no deja de ser notable que al menos catorce de sus textos poéticos tengan, en uno u otro grado, ese carácter. La más conocida quizá sea la XXVI, la que comienza «Voy contra mi interés al confesarlo». Está dirigida a una supuesta «amada» a la que dice:

> pienso cual tú que una oda sólo es buena
> de un billete del Banco al dorso escrita.

Como dice Pageard, se trata de un ataque a la sociedad impersonal de su tiempo,[62] y no es la primera vez que Bécquer critica la civilización como «rasero prosaico». Estábamos en los albores de la sociedad industrial y del progreso, y ya se empezaban a notar sin duda los efectos negativos que para el mundo moral podría desencadenar la técnica. Otras veces el sarcasmo surge del contraste entre su propia admiración por la belleza y la singular realidad que esconde. Como ocurre en la rima XXXIV («Cruza callada y son sus movimientos»), en la que la contemplación de una bella mujer cuyo enigma consiste en que «es estúpida», le sugiere que no importa si es capaz de callar. La XXXIX reitera lo mismo que ésta sólo que sustituyendo estupidez por maldad. La XLII está en la misma línea de la maldad, que en este caso proviene de la traición. El sarcasmo nace de que ésta le será contada por «un buen amigo» al que da las gracias. Similar tono utiliza en la

[62] Pageard, *Rimas de G. A. Bécquer*, *op. cit.*, p. 243.

rima XLV, en la que confirma que el corazón de la amada estará en un escudo de granito, no en el pecho; al igual que la rima XLIX, en la que en este caso la sonrisa de la amada quizá se corresponda con la amargura de la suya. Todas ellas tienen en común la referencia a una mujer y a un amor desengañado. Sólo la LVI parece responder a la monotonía de la vida y presentar a un poeta que prefiere sufrir a llevar una existencia vegetativa. Este aburrimiento es casi paralelo al «spleen» baudelairiano, aunque según Sebold esta idea es «ya kierkegaardiana».[63] Las siguientes rimas que reunimos en este grupo se caracterizan por un predominio del desengaño teñido de cierto cinismo que ya hace patente eclosión en la LXVII, en la que se lamenta de que no baste dormir y engordar «como un sochantre» para ser feliz. Respecto a las LXXIX y LXXX, no publicadas en la edición póstuma, la primera («Una mujer me ha envenenado el alma»), tachada, seguramente por el autor, en el *Libro de los gorriones,* nos presenta a un poeta, no ya sarcástico, sino demasiado crudamente cínico. La siguiente revela una técnica descendente para mostrar lo que el propio poeta llama «desilusión», y tiene un carácter casi humorístico. De hecho la faceta sarcástica de este poeta no es la más frecuentada por los lectores, por lo que no nos ha parecido inútil hacer un breve repaso de la misma.

La figura del poeta orgulloso está delimitada por el amor traicionado, y a su historia parece siempre unido. Hay un buen número de textos en donde se describe el orgullo del poeta, casi todas de cierta configuración epigramática. La imagen del artista que reacciona por orgullo contra una traición amorosa, un rompimiento o un despecho se refleja claramente en la rima XXX (el orgullo de ambos evita el entendimiento y la reconciliación posibles), en la XXXIII (el no saber distinguir orgullo de dignidad impide la relación), en la XXXV (la amada no sabe ver el auténtico valor del poeta, y éste reacciona con orgullo ante su desdén y olvido). En la XLI («Tú eras el huracán y yo la alta / torre que desafía su poder») se describen los caracteres de los dos (amada y poeta con profusión de imágenes cósmicas), en donde este último es «torre» y «roca», y más directamente se añade que es «altivo». No hay por

[63] Sebold, *Gustavo Adolfo Bécquer. Rimas, op. cit.,* p. 293.

qué dudar que esta pintura no sea reflejo de las vivencias auténticas del autor.

La faceta que nos resta, la del poeta dolorido, compone la figura de un personaje muy conocido. El número de rimas que se refieren a este aspecto ocupa la mayor cifra de todas. Son en total veinticuatro textos, que se inician, según el orden dado por los amigos del poeta de 1871, a partir de la XLIII. No podemos repasarlos todos, pero sí recordar que algunas rimas son en esencia trágicas y que entre todas configuran la imagen de un poeta sufridor y desgraciado, que quizá ha suplantado en la visión común a la verdadera y más completa figura que se deduce de un análisis detenido de las rimas. En base a su abundancia podemos decir que las *Rimas* es un libro melancólico, triste y dolorido. Es una verdad incontestable pero no unívoca. El germen de la misma ya viene dado por otras caracterizaciones menos aparatosas pero que la generan poco a poco. Hemos visto que el poeta descrito por Bécquer es un poeta consciente de su propio valor, soñador, orgulloso y amante, caracteres todos ellos difíciles de conciliar con una idea conformista de la existencia. Frente al poeta, que es «altivo», la mujer de la época descrita en las *Rimas* es bella, pero arrolladora (rima XLI), «es altanera y vana y caprichosa» (rima XXXIX), «material y prosaica» (rima XXVI), no tiene corazón (rima LXXVII), traidora (rima XLVI), «serpiente del amor» (rima LXXXVI), lo cual no impide que sea la «poesía» misma (rima XXI) o que sea un imposible, un fantasma, etc. Entre el sueño y la realidad hay un abismo tan profundo, que el poeta de Bécquer, soñador y orgulloso, no puede de ninguna manera franquearlo. De ahí procede el rompimiento con esa realidad y el dolor subsiguiente.

El culto a la muerte, procedente de la poesía romántica, impregna algunas rimas, como la XXVII («Antes que tú me moriré […]»), la LXI («Al ver mis horas de fiebre»), LXVI («¿De dónde vengo?... El más horrible y áspero»), la LXIX («Al brillar un relámpago nacemos»), la LXXI («No dormía; vagaba en ese limbo», la famosísima LXXIII («Cerraron sus ojos»), y la LXXVI («En la imponente nave»), en la que al fin el poeta busca su refugio postrero al contemplar el sepulcro de una hermosa dama. Allí se despierta en él «el ansia de esa vida de la muerte / para la que un instante son los siglos...». Por eso esta bella estampa trágica, transida de

emoción por la hermosura del lugar y de la estatua (estatua que representa el ideal de mujer imposible), situada en un lugar silencioso en el que los mismos ángeles imponen ese silencio, que tanto recuerda al ámbito de trasmundo, es la coronación de una experiencia absolutamente límite, es la vivencia de la muerte revestida de la gloria de la suprema tranquilidad, la del amor soñado como la paz definitiva y eterna. Por eso también parece lugar apropiado al final de la colección realizada por los amigos del poeta, y no parece equivocada su ubicación.

En suma, podríamos concluir con que la naturaleza del poeta descrito por Bécquer en las *Rimas* (no como una historia sino como de una imagen de la que queremos hallar el perfil vario y a poder ser completo) corresponde a una figura enormemente coherente consigo misma, la cual procede de una tipología que ha ido sin duda formando el autor a través del tiempo de su composición, sin orden específico ni quizá sentimiento de su totalidad, pero que termina por poseer unos caracteres complejos, sutiles en muchos casos, de progresión articulada a la perfección, cuyas vivencias van de una exaltación de sí mismo, del poeta, como genio, porque es capaz de contener la poesía (a la que ama como a una verdadera revelación del espíritu) y a veces expresarla aun con extrema, por no decir que imposible, dificultad, pero que también es consciente, y por ello mismo orgulloso, del tesoro que posee. Esa imposibilidad nace de que la poesía es el amor y el sentimiento, que está en todo, pero sobre todo en la mujer. Ese amor por la poesía (y por el amor y por la mujer), que puede estar en todos los ámbitos de la naturaleza de un modo sutil, le impulsa a fundirse con el cosmos y con los elementos primarios del mismo (agua, tierra, aire y fuego) así como con distintos elementos de la creación (hojas, olas, árboles, mares, vientos…). No obstante esto, su paso por el mundo es impreciso, y su desorientación en la vida le lleva a caminar sin rumbo. Fascinado por la mujer, sobre todo por sus ojos, cuando la conoce exalta su belleza y su amor, y se acerca a ella, y hasta se hace invisible para visitar así a la amada confundido con el viento, el suspiro, el aliento o el rumor. Pero sus sueños no se realizan con ninguna mujer porque él es orgulloso, desdeña lo vulgar y ama lo imposible, y aunque la acecha, la conoce y la ama, y es correspondido a veces por ella, esos momentos se des-

vanecen en el prosaísmo mundano, y tras la ruptura y el sarcasmo que despierta su resentimiento, el poeta se anega en el desengaño, el dolor y el sufrimiento. Y cuando por fin llega hasta el Más Allá a través del sueño y de los ensueños, cuando trata de encontrarla en estos ámbitos sólo la halla prefigurada en extraños presentimientos, sombras confusas de sus propias visiones, y por último en una estatua sepulcral, a la que tiende como a un refugio de paz y descanso.

4.5. Estilo y composición poemática

Cuando analizamos la concepción poética de Bécquer aludimos propiamente a su idea de la poesía como hecho que se daba en el alma del poeta. Ahora nos toca entenderla desde la perspectiva de la realización literaria, como producto escrito o «poema». Ya vimos que Bécquer escribía poesía convencido de la «imposibilidad» de expresarla de un modo cabal. Ello quiere decir que al componerla por escrito tratará de utilizar los medios que mejor puedan servirle para dar siquiera pálido reflejo de ella. Si la poesía la entiende como «una cualidad puramente del espíritu», su realización material se presenta para él terriblemente dificultosa.

Sin embargo, la poesía de Bécquer tiene fama de sencilla y fácil. Es la primera impresión que puede dar su lectura. Después de los múltiples estudios que se han realizado sobre ella, ya no hay quien sostenga la teoría de la «facilidad». Suele suceder que se confunde «eliminación de la retórica» con «facilidad». La segunda de las *Cartas literarias a una mujer* es, en este sentido, un breve tratado de lo que Bécquer entiende por poesía escrita o creación del poema. Aquí Bécquer comienza por hablarnos de un tópico de la época: la creencia de que el poeta escribe movido por el delirio de las sensaciones más inmediatas y de las ideas más recientemente alcanzadas. Se trata del arrebato lírico, de la «inspiración». Bécquer, por sorpresa para quienes piensan al leer sus poemas que escribe bajo el peso de las fuertes emociones experimentadas, nos confiesa que «cuando siento no escribo» y que, eso sí, guarda sus impresiones en su cerebro «hasta el instante en que, puro, tranquilo, sereno y revestido, por decirlo así, de un poder sobrenatural, mi espíritu

las evoca, y tienden sus alas transparentes [...] y cruzan otra vez a
mis ojos [...]», y añade, por si cupiera la idea de que escribe con
ausencia total de sentimiento:

> Siento, sí, pero de una manera que puede llamarse artifi-
> cial; escribo como el que copia de una página ya escrita; dibu-
> jo, como el pintor que reproduce el paisaje que se dilata ante
> sus ojos y se pierde entre la bruma de los horizontes.

Para Bécquer la poesía ofrece por tanto dos estadios en su
composición: uno, previo, que es la experiencia emocional o sen-
sorial acumulada, y otro, posterior en el tiempo, que es una me-
moria viva de lo que ha sentido, pero desprendida de la conmoción
primera y transfigurada por su mente, ahora pura y serena, en una
vivencia ordenada y coherente («artificial»), que es la que permite
organizar de forma eficaz el poema mismo. Para Bécquer esta
«memoria viva» de lo que se ha sentido es la condición propia y
exclusiva del poeta. Puesto que todo el mundo siente, sólo el que
guarda el recuerdo de lo sentido y lo «ordena» en una forma ade-
cuada es el verdadero poeta. En este sentido el poeta «inventa» la
poesía, y, por tanto, no refleja la realidad, sino la «imagen» de ésta,
o sea la realidad tamizada por el velo de la evocación. La poesía
por ello es una invención, aunque se base en la realidad misma. No
es otro el sentido de las palabras de Bécquer cuando dice: «Cuan-
do un poeta te pinte en magníficos versos su amor, duda. Cuando
te lo dé a conocer en prosa, y mala, cree». En esto Bécquer mostra-
ba el proceso de la propia creación poética. Referente a cómo sea
ésta, parece claro que la descripción dada de las dos clases de poe-
sía en la recensión a *La soledad* de Ferrán aclara la cuestión. Dice
allí Bécquer:

> Hay una poesía magnífica y sonora; una poesía hija de la
> meditación y el arte, que se engalana con todas las pompas de
> la lengua, que se mueve con una cadenciosa majestad, habla
> a la imaginación, completa sus cuadros y la conduce a su anto-
> jo por un sendero desconocido, seduciéndola con su armonía
> y su hermosura [...] Hay otra natural, breve, seca, que brota
> del alma como una chispa eléctrica, que hiere el sentimiento

con una palabra y huye, y desnuda de artificio, desembarazada
dentro de una forma libre, despierta, con una que las toca, las
mil ideas que duermen en el océano sin fondo de la fantasía.

Es evidente que Bécquer está describiendo la propia poesía,
con todos sus caracteres deseados y muchos reales.

Por lo pronto el poeta desecha los artificios retóricos; prefiere
una expresión breve, en la que a ser posible una sola palabra des-
criba la idea, la sensación o el sentimiento, es decir, una poesía
desnuda, que toma el lenguaje no como un fin estético, sino como
un medio preciso de expresión de algo que de suyo es casi imposi-
ble expresar. Proclama de forma consecuente la eliminación de los
recursos verbales innecesarios, y con ello está sentando las bases
de la poesía posterior. Prefiere igualmente la «forma libre», es de-
cir, la necesidad de romper los moldes clásicos estereotipados (to-
davía no es la hora de romper por completo con todo molde tradi-
cional), y finalmente decide que el poema sea algo no acabado, no
cerrado en sí mismo, sino un objeto que despierte «mil ideas», es
decir, que sugiera y permita abrirse a una multiplicidad de valores.
Es lo que con una imagen poética, tomada, según creo recordar, de
Jean-Paul (o coincidente con él), refleja más adelante: «Es un acor-
de que se arranca de un arpa, y se quedan las cuerdas vibrando con
un zumbido armonioso».

Bécquer considera que ésta es una poesía popular, porque la
poesía popular, dice, «es la síntesis de la poesía». Ya sabemos que
Bécquer se apoya en la poesía popular para la configuración de su
poesía, principalmente en el cantar. Este tipo de poesía exige una
cierta concentración de elementos estilísticos (que han estudiado
Balbín, Díez Taboada, Tamayo, Esquer, D. Alonso, Bousoño, etc.),
una gran supresión de elementos retóricos o tropos, versos de rimas
asonantes o poco marcadas, pocos epítetos y adjetivos y éstos al
menos utilizados de un modo muy sutil: preferencia por adjetivos
verbales o aquellos que posean contenidos escasamente sensibles o
marcados. Del mismo modo, puesto que el campo más hondo pero
más etéreo es la propia interioridad, la conciencia o la idea, se tiende
al intimismo, a la introspección, a la utilización de formas sustanti-
vas, apelativas, a la seriación de imágenes y a su uso preciso (aunque
su contenido pueda ser muy vago), a la situación de los seres en

posición final de estrofa, aislados, meramente indicados, como si fueran los elementos simples y puros de su pintura poética.

Desde el punto de vista métrico, Bécquer utiliza poco, y de una manera peculiar, las estrofas clásicas. Como ha observado Díez Taboada, en los casos en que utiliza las estrofas clásicas (octava real, quintilla, serventesio y seguidilla), lo hace constituyendo con ellas una única estrofa. Así sucede con las rimas IX (octava real), XX (serventesio), LX (quintilla), LXXVIII (seguidilla). En los demás casos intenta moldes nuevos. Utiliza con mucha frecuencia estrofas en las que se combinan endecasílabos con heptasílabos (XXXI, XXXII, XXXIII, XXXIV, LIII, LVI, etc.), pero otras veces prefiere la combinación de decasílabos y hexasílabos (VII, VIII); en ambos casos suele utilizar el verso corto al final, a modo de pie quebrado, que, como observa J. P. Díaz, produce una sensación de «desfallecimiento, de anhelo trunco, que expresa bien el sentido íntimo de algunas de sus composiciones».[64] Pero, evidentemente, como ha visto muy bien Díez Taboada, lo característico de Bécquer es la reducción de metros cultos a populares y de populares a cultos. Se trata de una técnica por la que el verso alcanza la estilización adecuada para distinguirse tanto de la pomposidad clásica como de la elementalidad popular. Se trata de hallar un camino de lirización personal manejando los elementos que la poesía tradicional, popular o culta, emplea, pero tratando de distinguirse de ellas por esa tercera vía de reducción. La regularidad estrófica dentro del poema, no obstante, no se mantiene si las necesidades expresivas exigen una alteración del esquema repetitivo. Es lo que sucede por ejemplo en las rimas VII, XXXIX, XLIII, LXII, etc.). Otras veces lo que hace es alterar el orden de los esquemas (LXXIV, XXXIV, XLVII, etc.). En cualquier caso, lo que parece claro es que Bécquer rara vez se muestra como esclavo de un esquema rígido si éste no conviene a su voluntad de estilo; cuando el esquema es uniforme es que ha hallado en él el molde adecuado a la coherencia de su pensamiento poético. En los poemas seriados, que son muchos, es fácil pensar que la serie es prolongable y arbitraria, pero un estudio detenido de cada poema en este aspecto dilucidaría la cuestión y, con seguridad, haría ver que

[64] Díaz, *G. A. Bécquer. Vida y Poesía*, op. cit., p. 383.

raramente las series no proceden de elementos graduales en la materia, en los objetos, o en las intensidades. Es decir, que la serie es una necesidad de buscar una culminación, y no un fenómeno arbitrario ni una incoherencia escalonada. Esta idea además se opondría a la sustancia de la poesía becqueriana: la esencialidad, condensación, brevedad y precisión de todos sus elementos.

5. Estudio de las *Leyendas*

5.1. Presentación

Las *Leyendas* son un ejemplo, no el único, del grado de perfección alcanzado por Gustavo Adolfo Bécquer en el manejo de la prosa. En otros escritos suyos (*Cartas desde mi celda,* algunos relatos, ensayos, artículos, la misma *Historia de los templos de España,* etc.), Bécquer consiguió despegarse de la prosa costumbrista y realista de su tiempo, sometida a criterios estructurales, narrativos o incluso vehículo de ideas, antes que al propio valor sustantivo. No es que por esto sea mejor la prosa de Bécquer, es que es la única de su tiempo que tiene un carácter estético y válido en sí misma. Como muy bien señala Arturo Berenguer Carísomo: «La prosa de Bécquer […], vale por ella misma, es decir: vale como *estilo,* en el sentido estricto de la palabra».[65] Aunque su poesía en verso ha tenido una aceptación mucho mayor y más amplia que su obra en prosa, dificultando incluso su conocimiento, no hay motivo alguno, como no sea por razones históricas de influencia y asimilación, para postergar la prosa, otorgarle un lugar secundario entre las obras de Bécquer o incluso ignorarla. Además de injusto, esto último es inaceptable desde el mismo punto de vista del verso, pues muchos de sus fundamentos estéticos, ideológicos, de temas y de motivos, se hallan precisamente en sus escritos en prosa. Tampoco me parece útil el enfrentamiento entre uno y otro, como si fueran antagónicos adversarios que se disputaran la inmortalidad de su autor.

[65] Arturo Berenguer Carísomo, *La prosa de Bécquer,* 2.ª ed., Sevilla, Universidad de Sevilla, 1974, p. 4.

De todos modos, es casi general la postergación de la prosa frente al verso, aunque hay excepciones, entre ellas la del escritor argentino mencionado, Arturo Berenguer, que llega a decir: «Yo quisiera demostrar, al final de este ensayo, que lo mejor de Bécquer es la prosa; casi estaría por decir, si no oliese a herejía, que es superior a su verso».[66] Cualesquiera de las dos actitudes parece contraproducente y estéril. Cada género ocupa su lugar, y en ambos la actitud de Bécquer se muestra original y creadora en extremo, sobre todo si consideramos el contexto en que surgieron: un «siglo diez y nueve material y prosaico», como hubiera podido decir el propio autor. No obstante, es explicable el intento de revalidar algo que injustamente se olvida, y por ello mismo, loable (Rubén Benítez dice que en 1960 logra reunir apenas veinte fichas, del total de cerca de trescientas, dedicadas a Bécquer en su importante *Ensayo de bibliografía razonada de G.A. Bécquer*).

Dentro de la prosa becqueriana, son las leyendas el género al que dedicó su talento de forma más continuada y relevante. En esta actividad no es un mero epígono del romanticismo, sino el auténtico antecedente de los modernistas, y ello quizá no tanto por el uso de unos temas (incluso los exóticos), cuanto por su voluntad clara de estilo y su «actitud» decididamente moderna. A este respecto dice A. Berenguer:

> Escribió prosa con la misma conciencia artística, con la misma encendida emoción que sus *Rimas* estremecidas; por eso, durante la revolución *del 98* y *novecentista*, respetaron su obra y dignificaron su nombre.[67]

De ahí efectivamente proviene el talante «moderno» de su prosa, de su exigencia artística, frente a la vulgaridad o el retoricismo de la prosa contemporánea.

[66] *Ibidem*, p. 2.
[67] *Ibidem*, p. 13.

5.2. GÉNERO, TRADICIÓN Y FUENTES

La tradición del género «leyenda» cuenta en la España del siglo XIX con los precedentes en verso de Espronceda, Rivas y Zorrilla. Pero lo que hace Gustavo Adolfo Bécquer es otra cosa. En primer lugar, cambiar el género en su forma básica de estructura lingüística no supone la pérdida ni mucho menos del elemento poético. Nadie diría que las leyendas becquerianas son menos poéticas que las de Rivas o Zorrilla. Si el origen de la leyenda literaria hay que buscarlo en la «novela histórica», como quiere Rubén Benítez,[68] hay que reconocer que su transfiguración en el género típicamente romántico enlaza además con los romances narrativos y el cuento tradicional, ambos revalidados durante el siglo XIX, el primero por los románticos y el segundo, sobre todo, por los primeros escritores del realismo (Fernán Caballero). Pero, al igual que ocurrió con el género literario de las rimas (síntesis de tradición clásica y cantar popular, como vio muy bien Díez Taboada), el género de las leyendas en manos de Bécquer es un intento de reducir la leyenda en verso, al modo romántico, en una narración en prosa, y el cuento popular en un cuento estilizado; de la fusión del cuento en verso (así llaman los propios románticos a sus extensos poemas legendarios, por ejemplo Espronceda en *El estudiante de Salamanca*) y del cuento folclórico nace la «leyenda» becqueriana, con ingredientes obvios de la narrativa romántica (Walter Scott), de las baladas y otros poemas de autores extranjeros (Goethe, Schiller, Hugo, etc.) y de algunas narraciones fantásticas germánicas o anglosajonas (Hoffmann y quizá Poe), y, por supuesto, de los romances de Rivas y Zorrilla. Sin embargo, Bécquer no parece imitar a éstos; podrá haber reminiscencias de algunos, pero el poeta sevillano «inventa» su propia narración, ni siquiera parece que tome en una amplia medida el hilo argumental de las leyendas populares, aunque lógicamente por convención literaria haga creer que éstas son sus fuentes. En este sentido son reveladoras las palabras de A. Berenguer:

[68] Rubén Benítez, *Ensayo de bibliografía razonada de Gustavo Adolfo Bécquer*, Buenos Aires, Universidad de Buenos Aires, 1961, p. 22.

He buscado con la mayor diligencia posible el fondo popular, el núcleo folklórico que, aunque más no fuere como punto de partida, sirvió a Bécquer para base de sus leyendas. Debo confesar que, en casi todas las ocasiones, la pesquisa ha sido infructuosa.[69]

Algunas veces, incluso, las posibles fuentes aducidas por algunos críticos son desmentidas por otros (por ejemplo, María Rosa Lida desmiente la fuente francesa de «Creed en Dios» —que adujo A. H. Krappe— en su artículo recogido en el libro *Estudios de literatura española y comparada*).[70] No es extraño que ante este panorama de obsesivo rastreo de fuentes y resultados parciales y ambiguos, escritores como García-Viñó lleguen a decir que los eruditos «se han pasado en muchas ocasiones de la raya».[71] Y en cierta medida tiene razón, si entendemos el problema de las fuentes como una dependencia consciente de un modelo.

Lo que no se puede negar son las reminiscencias, los contactos, la coincidencia, sin desdeñar tampoco el grupo considerable de motivos que pertenecen al acervo común del «inconsciente colectivo», como quería Jung. Lo importante, con ser interesante, no es sólo el cúmulo posible de fuentes que graviten sobre Bécquer, sino el sentido que ha dado éste a sus producciones legendarias, que fundamentalmente es el que descubrió el poeta Luis Cernuda cuando dice: «Es Gustavo Adolfo Bécquer quien adivina en España la necesidad de la poesía en prosa y quien responde a ella y le da forma en sus *Leyendas*».[72]

No se crea por ello que la obra de Bécquer es nada más que un problema de estilo. Ya vimos su preocupación por los problemas teóricos de ciertos conceptos (poesía, amor). Pero es que a través de toda su obra *(Rimas,* artículos y, por súpuesto, *Leyendas)* es po-

[69] Berenguer Carísomo, *La prosa de Bécquer, op. cit.,* pp. 44-45.
[70] María Rosa Lida, «La leyenda de Bécquer "Creed en Dios" y su presunta fuente francesa», en *Estudios de literatura española y comparada,* Buenos Aires, Eudeba, 1966, pp. 245-256.
[71] Manuel García-Viñó, *Mundo y trasmundo de las leyendas de Bécquer,* Madrid, Gredos, 1970, p. 83.
[72] Luis Cernuda, «Bécquer y el poema en prosa española», en *Poesía y Literatura,* I y II, Barcelona, Seix Barral, 1964, p. 69.

sible rastrear toda una filosofía (con su ontología, gnoseología, lógica, metafísica y axiología), como ha indicado A. Berenguer.[73] Es una lástima que el ensayo de este último no sea nada más que un esbozo de todo esto.

Si las fuentes concretas de cada leyenda no son fáciles de determinar, sí parece que lo es el espíritu general que las anima. Según Benítez, éste reside en la temprana influencia que recibió de Chateaubriand, sobre todo en lo que se refiere a su «concepción de la historia y a ciertas técnicas descriptivas».[74] Está claro que el *Genio del cristianismo*, como decía su amigo Julio Nombela, preside toda la concepción de su obra. Esto más que nada es aplicable a la *Historia de los templos de España*, como reconoce Balbín.[75] Bécquer, aunque como sabemos no mantuvo actitudes políticas definidas, estuvo próximo al liberalismo moderado de tendencia tradicionalista que representaba su amigo, el ministro González Bravo. Bécquer valora al máximo las tradiciones en cuanto éstas son reflejo de las ideas morales de un pueblo y de la conservación de sus vivencias artísticas. Es natural que su estudio, vigorizado por el contacto con las obras literarias, pictóricas y arquitectónicas que debió de realizar para su temprana redacción de la *Historia de los templos de España*, forjaran en él un más acendrado amor por ellas. Bécquer, además, espíritu eminentemente artístico, tenía sin duda como solaz y consuelo de sus desgracias personales el refugio en el arte vivo de los templos, las ruinas y las obras de valor evocativo que podía todavía contemplar en sus tantas veces amado y visitado Toledo, en las frecuentes excursiones por tierras sorianas y en el espíritu recogido y tranquilo del monasterio de Veruela. No es de extrañar que todo esto informase su alma de artista de influencias decisivas y duraderas. Por ello, como habremos de ver, el espíritu cristiano (en forma de ambientes, temas y elementos costumbristas y arquitectónicos), está presente en sus *Leyendas* con tanta frecuencia. La veta misteriosa y de inquisición

[73] Berenguer Carísomo, *La prosa de Bécquer, op. cit.*, pp. 114-127.

[74] Benítez, *Ensayo de bibliografía razonada de Gustavo Adolfo Bécquer, op. cit.*, p. 14.

[75] Balbín, «El tema de España y la prosa becqueriana», en *Poética becqueriana, op. cit.*, p. 212.

ultraterrena está en él constantemente ligada a sentimientos religiosos, y a través del velo de éstos Bécquer observa la realidad fantástica, la visión plástica y la temática moral de muchos de sus relatos. Es la cobertura más próxima que tiene y con la que él siente mayor afinidad. Era muy difícil construir desde España, con otros materiales, un mundo de fantasías en contacto con lo ultraterreno. Algunas veces lo intentó con incursiones a la mitología oriental («El caudillo de las manos rojas»), o al fantástico mundo de los cuentos de hadas («El gnomo»), pero incluso en este último caso, que por cierto subtitula «Leyenda aragonesa», el ambiente religioso cristiano está muy presente. Es difícil encontrar en Bécquer la fantasía pura, pagana o de religiosidad meramente deísta; por el contrario, el espíritu que anima sus fabulaciones casi siempre posee connotaciones cristianas. En esto Bécquer practica un tipo de relato que lo aproxima al costumbrismo, del que también fue muy asiduo escritor. De ese sentido cristiano que tiñe el entramado de sus relatos legendarios sólo se sustrae el poeta en contadas ocasiones. Dejando aparte los relatos exóticos, no lo encontramos, salvo en «Los ojos verdes», «El rayo de luna» y quizá «La corza blanca», aunque las referencias locales siempre persisten (en los dos primeros Soria, en el tercero Aragón). Es cierto, por otra parte, y ello no hay que olvidarlo, que el tejido narrativo del género «leyenda» es eminentemente local y tradicional (aunque de hecho estos aspectos se realicen en algunos textos de manera convencional y añadida). Exigir a las *Leyendas* becquerianas una textura atemporal y no localizable sería contradictorio, puesto que entonces el autor habría escrito meros cuentos o fantasías poéticas, por ejemplo, baladas al estilo de las de Goethe o Victor Hugo, de cuya influencia, por cierto, cabe hablar. Pero Bécquer construye un género, todo lo convencional que se quiera, pero desde unos supuestos estéticos, o mejor dicho poéticos, en consonancia con sus propósitos, y esto no parece olvidarlo nunca, siquiera sea para dar una nota escueta de ello o al menos una referencia localizable. Por fortuna, sí se olvida de la convención, en muchos casos, en el cuerpo general del texto, al que deja penetrar de factores ajenos múltiples; uno de los más destacados es la presencia en el relato del propio autor, en primera persona, razón por la que algunos críticos niegan a dichos textos el carácter general de

«leyenda». Esto acontece por ejemplo con «¡Es raro!», «Tres fechas» y algún otro.

5.3. TEMAS Y ESTILO DE LAS *LEYENDAS*

Siempre es difícil una clasificación temática de una obra múltiple, aunque posea el carácter uniforme que proporciona el género literario que la define. A tenor de lo que llevamos dicho, no parece excesivamente incongruente intentar una basándose en las ideas motrices, los ambientes y el carácter específico de las fabulaciones temáticas. Hay que tener en cuenta, no obstante, que muchos caracteres se entrecruzan, son comunes incluso en relatos de ámbito diverso y participan de ideas afines, aunque los objetivos apunten a temas distintos. Por ello nunca una clasificación puede ser definitivamente válida. María Rosa Alonso la intentó por temas.[76] Nosotros vamos a apoyarnos en elementos de mayor síntesis, como los apuntados antes. Según esto, cabría distinguir cinco clases de relatos en relación con el mayor peso específico de sus caracteres:

1. *Leyendas españolas de «tradición» cristiana.* Aquí podrían incluirse las siguientes: «La ajorca de oro», «Creed en Dios», «El Cristo de la calavera», «La promesa» y quizá «La cueva de la Mora» (de tema fronterizo, aunque con solución cristiana) y «La rosa de Pasión» (de tema hebreo, aunque igualmente con desenlace cristiano).

2. *Leyendas orientales de «tradición» india.* En este apartado podrían encuadrarse los dos textos «El caudillo de las manos rojas» y «La creación», y quizá el breve «Apólogo», como lo tituló Bécquer, que queda un poco lejos del género.

3. *Leyendas fantásticas y de hadas.* Podrían incluirse: «Los ojos verdes», «El rayo de luna», «La corza blanca» y «El gnomo».

4. *Leyendas de misterio y terror.* Aquí podrían caber: «La cruz

[76] María Rosa Alonso, «Gustavo A. Bécquer. 1836-1936», *Cuadernos de la Facultad de Filosofía y Letras,* t. IV (abril-mayo de 1936), Madrid, pp. 15-38.

del diablo», «El monte de las Ánimas», «Maese Pérez el organista», y quizá «El Miserere» y «El beso». Es cierto que algunas de ellas cabrían también en el primer apartado, pero por el ámbito misterioso y de sobrecogimiento ultraterreno que las definen, preferimos incluirlas aquí.

5. *Relatos de ambiente contemporáneo.* No son propiamente «leyendas», pero participan de éstas en ciertos elementos sorprendentes, descriptivos y ambientales. Cabría incluir aquí: «¡Es raro!», «El aderezo de esmeraldas», «Tres fechas», «La Venta de los Gatos» y «La mujer de piedra».

En el primer grupo el peso de una supuesta tradición española se hace real por el ambiente. Esto sucede en las leyendas castellanas (o mejor toledanas) de «La ajorca de oro», «El Cristo de la calavera», y «La promesa» (ésta más bien soriana). «Creed en Dios» se vincula con una supuesta tradición provenzal (Bécquer la llama «cántiga provenzal») y se sitúa en el valle de Montagut (de la provincia barcelonesa). De esta leyenda se han indicado numerosísimas fuentes, que van desde Alfonso el Sabio y Dante, hasta Espronceda, Zorrilla o Hugo.[77] El tema de «La cueva de la Mora» enlaza de alguna manera con los antiguos romances fronterizos. «La rosa de Pasión», de tema judaico, con reminiscencias shakespearianas, está en relación con las leyendas zorrillescas, incluso por la clara mención que en ella se hace de *El Cristo de la luz,* como ha observado Rubén Benítez, y como éste mismo dice, enlaza con las tradiciones toledanas, recordadas a raíz de su composición de la *Historia de los templos de España,* obra que evidentemente está gravitando sobre todo este núcleo de leyendas.

El segundo grupo nos parece más interesante, incluso por salirse de los senderos generales de la tradición española en el cultivo del género. Con ser probablemente «El caudillo de las manos rojas» la primera leyenda que compuso Bécquer, hay aquí muchos más elementos innovadores que en las demás. En primer lugar, como observa Berenguer, si el tema oriental es muy frecuente entre los escritores románticos, siempre lo es desde la perspectiva

[77] Lida, «La leyenda de Bécquer "Creed en Dios" y su presunta fuente francesa», *op. cit.,* pp. 245-256.

puramente morisca, por lo que la innovación temática de Bécquer ya es una considerable novedad. En segundo lugar, aquí están más claras que en ninguna otra parte las semillas del modernismo hispánico, de tal manera que, como observa también Berenguer, los parnasianos franceses «lo hubiesen saludado a buen seguro como un hermano de armas y casi como un precursor. Y sin "casi" también».[78] Bécquer pudo leer para su composición algún resumen o traducción parcial (no necesariamente en español) del *Ramayana* o del *Mahabharata* (en concreto de este último han observado algunos críticos ciertas relaciones tangenciales con la historia de Nala y Dayamanti). Pero esta tradición india no es en el fondo tal, sino relato inventado, a lo que parece, enteramente por Bécquer, quien nunca fue esclavo de fuentes concretas; de ahí la desorientación de la crítica a la hora de valorar el influjo de éstas. El tema del personaje con las manos manchadas de sangre lo pudo tomar Bécquer del *Caín* byroniano, que cita el poeta sevillano en la primera de las *Cartas desde mi celda*. Otros muchos contactos, más que fuentes, ha apuntado Rubén Benítez (Saint-Pierre, Shakespeare —por el episodio de las manos sangrientas, deducido de *Macbeth*—, etc.), a quien se debe un excelente artículo sobre el tema.[79] La importancia de este texto es tal, desde el punto de vista estético, que el propio Rubén Benítez concluye su artículo con esta afirmación importante referida a esta leyenda, la cual queda según él «como una expresión solitaria en la literatura española hasta la renovación estética modernista».

El tercer grupo de leyendas, que denominamos fantásticas, encierra algunas de las más populares, hermosas y de clara vinculación con la personalidad del poeta y con sus ideales (la mujer soñada, fantasmal, imposible). Nos parece también un grupo de extraordinario interés, porque configura un tipo de relato muy poco frecuente en la literatura española: el relato fantástico. Como dice Berenguer: «Nunca en España, ni aún en la época más propicia de las gestas y la literatura anónima, los poetas fueron dados a

[78] Arturo Berenguer Carísomo, *La prosa de Bécquer, op. cit.*, pp. 64-65.
[79] Rubén Benítez, «La elaboración literaria de *El caudillo de las manos rojas*», en *RFE*, LII (1969), pp. 371-392.

la fantasía de carácter mágico y sobrenatural».[80] Es cierto, la imaginación española, teñida de milagrería, acudió a la fantasía dentro del campo religioso de los milagros y apariciones, pero rara vez intentó la fantasía pura alejada de la ortodoxia religiosa. Por ello mismo es más insólita y admirable esta excepción becqueriana, que sin duda nació de sus propias ensoñaciones antes que de fuentes extranjeras, aunque algunos de sus elementos pertenezcan al acervo universal, principalmente nórdico.

La relación de estas leyendas con las *Rimas* es uno de los factores que deciden con más claridad la índole personal de sus relatos, el carácter visionario de los mismos y la transfiguración en texto lírico y poético de las inquietudes y ensoñaciones de su autor (principalmente las dos primeras, «Los ojos verdes» y «El rayo de luna»). Las otras dos pertenecen más al tipo de leyenda-balada o incluso mero cuento de hadas. Por su esencia, que no por su localización, pertenecen, como dice Berenguer, al folclore alemán. En estas leyendas ve este crítico tal parentesco por la similitud que cree observar entre el Moncayo aragonés, que describe en ellas, y el paisaje de la Selva Negra. En efecto, no es casual que Bécquer haya elegido el paisaje aragonés-soriano para la localización geográfica de las leyendas de tipo fantástico; por el contrario, parece un hecho bien meditado por el poeta. Ni el paisaje castellano ni el andaluz le hubieran permitido crear un ámbito adecuado a tales fabulaciones. «La corza blanca» y «El gnomo», dos verdaderos cuentos de hadas, como dice Benítez, tienen bellezas líricas internas dignas de ser destacadas. El primero plasma un tema recogido en los *Contes de fées* de Madame D'Aulnoy, y es una muestra expresiva de descriptivismo ensoñador, por ejemplo en la hermosa escena de las corzas que se bañan a la luz de la luna una vez que se han transformado en bellas ninfas. De «El gnomo» es destacable, sobre todo, el poético coloquio entre las dos muchachas, el agua y el viento. Está claro que hasta la literatura modernista no será posible encontrar nada semejante.

Si bien es cierto que todas las leyendas becquerianas guardan una cierta relación con el tema misterioso, en tanto en cuanto se refieren o aluden a una realidad trasmundana o visionaria, hay un

[80] Arturo Berenguer Carísomo, *La prosa de Bécquer, op. cit.,* p. 40.

grupo de ellas en donde estos caracteres están específicamente resaltados. Las dos primeras («La cruz del diablo» y «El monte de las Ánimas») eligen un ámbito norteño, próximo a los Pirineos la primera, y en un monte soriano la segunda, que da título a la leyenda. Los paralelos, no sé si cabe hablar de influencias, pueden establecerse con respecto a algunas obras de Hoffmann y Poe, quienes han sido los verdaderos maestros del relato fantástico y terrorífico. Por el contrario, «Maese Pérez el organista» se ambienta en la Sevilla del pasado. El autor establece unos agudos contrastes entre el mundo sobrenatural y el realismo costumbrista del ambiente y personajes populares, que conocía tan bien.

«El Miserere» es evidentemente una «leyenda religiosa», como la subtituló su mismo autor. En este relato es muy curiosa la mezcla de su realidad personal (hay referencias concretas a sus gustos y a sus visitas a la abadía de Fitero), y la visión trasmundista de la segunda parte de la leyenda.

«El beso» se relaciona con el mundo de los fantasmas de piedra, tan caro a los escritores españoles (el tema de don Juan) y extranjeros, y de larga tradición universal (de la misma época romántica es *La Venus d'Ille* de Prosper Mérimée, novela corta que data de 1837, y que Bécquer pudo conocer); por otra parte, no hay que acudir a ninguna fuente para explicar el gusto de Bécquer por estos temas, pues constituyen una de las piezas claves de toda su obra poética y narrativa.

Los relatos de ambiente contemporáneo son especialmente curiosos, pues sin perder un ápice de su interés imaginario, nos sitúan en una perspectiva personal y lírica que vuelve a guardar relación con la obra poética del autor. Esto sucede sobre todo con «Tres fechas» y «¡Es raro!», especialmente con el primero.

El estilo de las *Leyendas* supuso una renovación en la literatura de la época tan intensa y profunda como el de las *Rimas*. Ambas son precursoras de una nueva sensibilidad literaria, de un afán por traslucir por medio de un lenguaje estético una verdadera realidad poética. Las *Rimas* lo consiguieron con una técnica sobria y casi desnuda de artificio, las *Leyendas* lo logran con un verbo esencialmente pictórico y musical.

Dentro de sus relatos hay por supuesto una amplia y muy diversificada gama de tonos y colores. Esto es perfectamente normal

si pensamos que el poeta se adapta siempre a su materia literaria, buscando aquellos modos de expresión estética que le parecen más adecuados. Los colores más sombríos y los contrastes de claroscuro más notables se percibirán, según esto, en los relatos cuyo tema se inscribe en una tradición de misterio o de miedo. Esto sucede, por ejemplo, en las leyendas que forman el cuarto apartado. También ocurre en aquéllas del primero que por su índole temática tienden a lo tenebroso. La sensación de miedo, por ejemplo, está admirablemente conseguida en un texto perteneciente a «El monte de las Ánimas» que transcribimos:

> Primero unas y luego las otras más cercanas, todas las puertas que daban paso a su habitación iban sonando por su orden; éstas con un ruido sordo y grave, aquéllas con un lamento largo y crispador. Después, silencio; un silencio lleno de rumores extraños, el silencio de la medianoche; con un murmullo monótono de agua distante, lejanos ladridos de perros, voces confusas, palabras ininteligibles; eco de pasos que van y vienen, crujir de ropas que se arrastran, suspiros que se ahogan, respiraciones fatigosas que casi se sienten, estremecimientos involuntarios que anuncian la presencia de algo que no se ve y que no obstante se nota su aproximación en la oscuridad.

La sensación de miedo está conseguida mediante un proceso gradual de elementos en contraste, que van avanzando amenazadores: los ruidos frente a los silencios, los elementos distantes en el orden del mundo sensible perfectamente graduados: 1. puertas; 2. perros; 3. voces confusas; 4. suspiros; 5. respiraciones; 6. estremecimientos; 7. «algo que no se ve»… El desvanecerse de estos elementos, que no obstante se aproximan inexorablemente, crea esa sensación de miedo ante algo que ya no es objeto, ni animal, ni voz humana, que es sólo «algo», que no obstante sentimos muy cerca.

En las leyendas de tipo fantástico el autor utiliza una técnica que podríamos considerar de mayor ponderación y placidez. El misterio que subsiste es de otro género, que podríamos llamar «visionario». Veamos un ejemplo de «Los ojos verdes»:

Todo allí es grande. La soledad, con sus mil rumores desconocidos, vive en aquellos lugares y embriaga el espíritu en su inefable melancolía. En las plateadas hojas de los álamos, en los huecos de las peñas, en las ondas del agua, parece que nos hablan los invisibles espíritus de la naturaleza, que reconocen un hermano en el inmortal espíritu del hombre.

Aquí persiste el misterio, pero es de otro orden. Es un misterio que nace de la contemplación, de la penetración en el secreto e invisible espíritu que el autor cree hallar en la naturaleza. Hay una placidez que invita al hombre a compartir ese secreto de la naturaleza. El paisaje y el hombre son absolutamente solidarios, y lo son porque comparten lo que ambos tienen de inmortal: el propio espíritu que los anima.

Las leyendas de tipo exótico muestran un lenguaje más esteticista y pintoresco. E. L. King, que ha estudiado la técnica descriptiva de Bécquer en su relación con las técnicas pictóricas,[81] relaciona aquélla con la pintura de Rembrandt, Murillo y Claudio de Lorena. Esta técnica en efecto conecta con las variadas tendencias coloristas y de diseño de las que estamos hablando. Pero en «El caudillo de las manos rojas» es difícil encontrar un parangón clásico convincente; quizá, de poder establecer un paralelo adecuado, sería con la pintura romántica de tipo orientalista (algunas pinturas de Delacroix o, todavía mejor, de Marià Fortuny). Veámoslo:

> Así exclama Pulo, revolcándose sobre la púrpura de su lecho y torciéndose las manos a impulsos de su terrible desesperación. En balde el humo de los pebeteros embalsama la opulenta cámara; en balde la seda de brillantes colores se ha extendido sobre diez pieles de tigre para que descansen sus miembros; en balde han invocado los bracmines por siete veces al espíritu del reposo y al genio de los sueños de nácar; el Remordimiento, sentado a la cabecera del lecho, los ahuyenta con un grito lúgubre y prolongado.

[81] Edmund Ludwig King, *G. A. Becquer: From Painter to Poet, Together with a Concordance of the Rimas*, México D.F., Porrúa, 1953.

Aquí el poeta establece una serie de contrastes entre el remordimiento interior y la aparente placidez exterior, pues esta última se pone de manifiesto en la enumeración de un grupo de elementos de distinto orden sensorial (humo que embalsama, seda de brillantes colores, sueños de nácar). Los matices coloristas y pictóricos se aplican a las más dispares realidades, a la púrpura del lecho y a la seda de colores, pero también a los mismos sueños, que parecen impregnarse de la atmósfera «opulenta» en la que descansa Pulo. La prosopopeya materializa al Remordimiento en una figuración que evoca la presencia de un pájaro lúgubre (quizá el «cuervo», al estilo Poe).

En esta leyenda los recursos sensoriales son muy complejos. El autor toca toda la gama de sensaciones (visuales sobre todo, pero también táctiles, olfativas). El uso de prosopopeya es constante y se realiza de las más variadas formas, muchas veces para crear un ámbito luminoso y vivo a la vez. Por ejemplo: «La noche vence, el cielo se corona de estrellas, y las torres de Kattak, para rivalizar con él, se ciñen una diadema de antorchas». Son textos todos sumamente expresivos de lo que venimos indicando, que son la base (si no son ellos mismos) de la escritura modernista posterior.

Tanto en estos textos de carácter fundamentalmente esteticista, como en el tratamiento de otros temas (las leyendas de misterio evocan a veces algunas narraciones de Valle-Inclán), Bécquer mira hacia delante. La construcción de la «leyenda lírica», como la llama Rubén Benítez, se produce no sólo por el talento poético del autor, sino sobre todo por la contención y selección de los recursos verbales utilizados que saben adaptarse además, como hemos visto, a la esencia del relato, a sus variaciones temáticas y a sus ambientes. Esto se observa preferentemente en los relatos de ambiente contemporáneo, en donde el autor es capaz de las más variadas formas de narración, según el talante y las variaciones de su historia, que van desde la precisión escueta en la exposición de los hechos, hasta las formas nebulosas de su imaginación visionaria, o el detallismo colorista y de claroscuro en la descripción de algunos ámbitos específicos. «Tres fechas», en este sentido, es como un compendio de lo que decimos. Todo ello lo ha conseguido Bécquer gracias no sólo a su extraordinaria sensibilidad para con las artes, sino sobre todo por haber sabido crear un vehículo expresivo múltiple, preciso y eficaz.

6. NOTA SOBRE LA EDICIÓN

Para la edición de las *Rimas* seguimos como texto base el manuscrito autógrafo llamado *Libro de los gorriones* (Biblioteca Nacional de Madrid, signatura: Ms. 13216), discutiendo y sopesando en nota el valor que en cada caso puedan tener las correcciones efectuadas en el mismo por el propio autor, o como parte de la crítica ha señalado, por Narciso Campillo o Augusto Ferrán. José Pedro Díaz se inclina por que las correcciones son del propio Bécquer; Robert Pageard llega a conclusión parecida, salvo las enmiendas que pasaron a la edición de 1871, que son obra segura de Campillo, pues éste mismo así lo declaró. El problema es saber si estas correcciones se efectuaron directamente sobre el *Libro de los gorriones* o no. Balbín y Roldán son más cautos en la atribución de dichas correcciones y Pilar Palomo se inclina siempre ante la lectura del texto sin corregir. No obstante, es francamente difícil decidir por el origen seguro de las enmiendas, pues, como dice Rafael Montesinos:

> Hasta ese mismo momento en que una comisión de peritos calígrafos nos diga de una vez para siempre cuáles fueron las correcciones de Campillo y cuáles las del propio Bécquer (que previamente marcó con una cruz los versos que habían de ser modificados), nadie está autorizado para entrar en el pleito.[82]

Creemos que el problema no es tan terminante como se lo plantean algunos críticos, pues si las correcciones no son de la mano de Bécquer (algunas señaladas por Balbín y Roldán lo son con toda seguridad o toda la que cabe, al menos) es casi seguro que el propio Bécquer las deseaba, las debió indicar a sus amigos de alguna manera, y es evidente que hubiera aceptado el dictamen de aquéllos, que eran más expertos en cuestiones de corrección gramatical, métrica y de poética en general. No hubiera tolerado cambios sustanciales, pero sí admitido las leves correcciones que representa su manuscrito, sobre todo teniendo en cuenta que algunos de

[82] Montesinos, *Bécquer. Biografía e imagen*, op. cit., p. 357.

sus textos ya fueron publicados e impresos por el propio Bécquer y éste modificó notablemente su redacción en el *Libro de los gorriones*. La clave, en cualquier caso, residiría en el famoso «libro perdido», en donde estarían ya dispuestas para la imprenta las rimas con todas las correcciones pertinentes; pero mientras no aparezca dicho libro, las conjeturas no son más que eso: conjeturas. Por todo ello, como entiendo que el manuscrito *Libro de los gorriones* no es una obra definitiva, ni supervisada enteramente por el autor para su publicación inmediata, acepto algunas correcciones del mismo, siempre que parezcan posibles enmiendas del propio autor, o, al menos, permitidas por él, y que en cualquier caso mejoren la primera redacción. Por ello también acepto las correcciones que pasaron a la edición de 1871, aunque sólo en los casos indicados. En todo ello reconozco seguir un criterio de cierto eclecticismo, pues entiendo que un manuscrito que el autor no debió entender como definitivo no tiene por qué ser respetado en su letra a ultranza, a no ser en una edición que sea mera transcripción del documento autógrafo. Bécquer no era un purista (afortunadamente) y estoy seguro de que hubiera aceptado siempre de buena gana las orientaciones preceptivas de amigos, como Narciso Campillo, experimentados y eruditos en estas materias, si bien es lógico que hubiera discutido variantes estilísticas relevantes. Y es seguro que muchas de estas las comentó con aquéllos, quienes las debían conocer mejor que nosotros; por eso no me parecen desechables las correcciones del manuscrito ni las variantes de la edición de 1871. Respecto a esta edición, primera y póstuma, me acojo a las palabras que sobre ella escribieron sus editores modernos: «Sus materiales fueron seleccionados con exquisito gusto —y con profesionalidad; no lo olvidemos— por quienes conocían de cerca al poeta y podían hacer un libro que él habría aprobado sin reservas».[83] Por lo mismo (aunque esto sucede pocas veces, y en todos los casos en que ocurre, siempre lo advertimos) corregimos el texto del manuscrito cuando nos parece que las variantes de éste o de la edición príncipe mejoran la elemental corrección gramatical (siempre que ésta no tenga valor estilístico), u ofrezcan una mayor

[83] *Obras de G. A. Bécquer,* Cristóbal Cuevas y Salvador Montesa, eds., Málaga, Arguval, 1993, p. XXXV.

expresividad poética en armonía con el espíritu becqueriano. Ahora bien, estamos dispuestos, incluso, a respetar algunas variantes manuscritas frente al texto de 1871 siempre que redunde en favor de los criterios estéticos que nos hemos puesto como meta. En algún caso aislado, como se verá, aun a costa de admitir ciertas incorrecciones lingüísticas, pues Bécquer escribía movido por impulsos de intuición poética y no por criterios de acomodación académica. Hoy día, cuando la literatura surge en una medida mayoritaria de ambientes universitarios y académicos, no es fácil de admitir las incorrecciones becquerianas, pero tanto en el barroco como en el romanticismo (aunque sea tan tardío como el de Bécquer) imperaban, en multitud de casos, los criterios expresivos sobre los de purismo académico.

Naturalmente hemos tenido presentes las lecturas de Pageard, Díez Taboada, J. P. Díaz, J. G. de Torres, Russell P. Sebold y Pilar Palomo-Jesús Rubio, e igualmente la transcripción de Balbín-Roldán y la facsímil de Cuevas-Montesa, todas ellas de valor específico, aunque sigan criterios de muy distinto orden. En las notas de nuestro texto advertimos las variantes de los suyos que ofrecen puntos de consideración.

Un problema arduo, difícil de resolver, es el de la ordenación de las rimas. Comoquiera que esta cuestión siempre será sujeto de polémica e igualmente dependerá del criterio que se tome como base de la misma, optamos por respetar el orden tradicional de la primera edición. Tiene la ventaja de estar realizado por los amigos del poeta, que conocerían mejor la cuestión que nosotros, la garantía de ser un orden habitualmente utilizado en los estudios becquerianos y facilitar por ello cualquier referencia al lector, y el atractivo de presentar un libro con una estructura muy coherente, aunque no necesariamente responda a una historia amorosa ni única ni concreta. No importa que tal o cual rima debiera estar situada más adelante o detrás, pues en una ordenación provisional cualquiera siempre sucedería lo mismo. No creemos que con ello se perturbe el entendimiento correcto de ningún texto, pues para el lector inteligente éstos siempre tendrán entidad propia y suficiente. Conocemos las opiniones al respecto de Alatorre, Benítez, Balbín, Díez Taboada, Palomo, Mancini, etc. Todos ellos han puesto en claro los problemas de la ordenación tradicional y han su-

gerido otras posibilidades múltiples. El orden mismo del *Libro de los gorriones* creo que también ofrece problemas, incluso mayores. Es un tema de gran interés, pero, hoy por hoy, en una edición que se presente con un carácter de utilización práctica para el estudio y de mero recreo estético, insistir en esta problemática queda un poco lejos de nuestra intención.

Lógicamente puntuamos y acentuamos con criterio moderno, aunque respetando en algunos casos la pauta del *Libro de los gorriones,* sobre todo cuando una variante puede tener un valor específico de orden estilístico. Para los problemas concretos remitimos a las notas textuales. Estas notas, como se verá, tienen por objeto aclarar el sentido de las posibles opciones entre las vacilaciones y correcciones del texto base (casi siempre el manuscrito), discutir el valor estético de las lecturas y decidir según los criterios señalados anteriormente.

Sólo editamos los poemas becquerianos que pertenecen al género de las *Rimas,* por ello hemos prescindido de los textos primerizos de corte neoclásico y de otros como «A todos los Santos», que se alejan del género. Tampoco incluimos las rimas atribuidas de un modo caprichoso a Bécquer por F. Iglesias Figueroa.

Para la fijación de las *Leyendas* seguimos la versión de los textos periodísticos, textos fijados en su totalidad por Rubén Benítez, y que sólo parcialmente se habían fijado antes en la edición de Aguilar. Aceptamos la transcripción de aquél, pero prescindimos de sus valiosas notas de variantes y eruditas, y sólo anotamos las variantes que tengan algún interés estético, discutiendo en alguna ocasión aislada (muy pocas) la lectura de R. B. Aunque dichas variantes no son en general demasiado importantes, la lectura de R. B. tiende a dar preferencia a aquéllas impresas en vida del autor, es decir, a las fijadas en los textos periodísticos. Como hemos visto en las *Rimas,* Bécquer era poco dado a cuestiones académicas, por lo que sus propias vacilaciones son frecuentes; tampoco tenía muchos propósitos puristas, ya que, como el propio R. B. dice muy acertadamente, era un «hombre más atento a la expresión que a la corrección». Admitimos algunos «errores» de Bécquer (como la conocida confusión «dintel» por «umbral») y corregimos otros que pueden ser mero descuido, errata o lapsus, pero, como siempre, lo advertimos en nota. Cuando no lo indicamos es que damos

por buena la lectura de R. B., que es lo que sucede en la mayor parte de los casos. En las ocasiones en que las erratas son del propio texto de R. B., las corregimos sin indicarlo. Así, aceptamos la lectura de éste en lo que se refiere al mantenimiento de la transcripción original de los nombres propios exóticos, aunque a veces sea vacilante, en lugar de las modernizaciones y correcciones de texto introducidas en las colecciones de los textos. Como se hizo también en la edición de Aguilar y en la propia de R. B., damos la lectura completa de «El caudillo de las manos rojas», que los amigos del poeta transcribieron mutilada, y sólo se pudo completar con el descubrimiento del texto íntegro realizado por Dionisio Gamallo Fierros.[84] En el texto periodístico de ésta se dividió la leyenda en capítulos, y en la edición de 1871 en cantos, quizá por un afán de poetizar el texto en prosa (o «elegantizar», como dice Gamallo). R. B. mantiene la denominación de «capítulos»; no así la edición de Aguilar, que aun diciendo seguir el texto de Gamallo, prefiere la división en cantos.

Aunque R. B. en su edición de Labor incluye las leyendas «La voz del silencio» y «La fe salva», nosotros prescindimos de ellas por haberse demostrado que, con mucha seguridad, son debidas a Fernando Iglesias Figueroa.[85] Es una lástima, porque, como ocurrió con las rimas que Iglesias Figueroa le atribuyó indebidamente, se han impreso tantas veces y han tenido tantos lectores atentos y complacidos (entre los cuales me hallo) que prescindir de ellas es como separarse de alguien querido, pero mantenerse en el error sólo tiene sentido si se conoce precisamente éste, y ya se sabe que muchos lectores no leen ni prólogos ni notas. Prescindimos también de aquellos relatos que no son propiamente leyendas. Finalmente, editamos éstas en el orden cronológico en que fueron publicadas en la prensa de entonces. Incluimos «La creación» (que se publicó en 1861), entre «La cruz del diablo» (de 1860) y «La ajorca de oro» (de 1861), por lo que tiene de parentesco con el espíritu

[84] *Del olvido en el ángulo oscuro. Páginas abandonadas,* ensayo biocrítico, apéndices y notas por Dionisio Gamallo Fierros, Madrid, Ed. Valera, 1948.

[85] Véase Rafael Montesinos, «Adiós a Elisa Guillen», en *Ínsula,* n.º 289 (15 de diciembre de 1970), pp. 1, 10, 11 y 12; véase *idem, Bécquer. Biografía e imagen,* Barcelona, Editorial R. M., 1977, pp. 59-60.

hindú de «El caudillo de las manos rojas», aunque R. B. la incluye entre los *Apólogos,* seguramente con toda razón. No obstante, recordemos que en la edición de las *Obras* de Bécquer (1871), éste era precisamente el relato con el que empezaba la publicación de las *Leyendas,* tras la introducción. Con respecto a esta última, restituimos el título completo que Bécquer escribió en el *Libro de los gorriones* («Introducción sinfónica») de tan sugerente denominación, que valdría la pena no olvidar. En este sentido, queremos advertir para el lector que no lo sepa, que dicha introducción no lo es a las *Rimas* ni a las *Leyendas,* sino al conjunto de «proyectos, argumentos, ideas y planes de cosas diferentes que se concluirán o no según sople el viento», como dijo el propio Gustavo Adolfo en la portada de su *Libro de los gorriones,* no sé si con cierto humor o amargura. Es un texto muy hermoso, que tradicionalmente suelen colocar los editores como prólogo de cualquier antología becqueriana, sobre todo en las ediciones de las *Rimas.*

7. BIBLIOGRAFÍA

Bibliografía escogida sobre Gustavo Adolfo Bécquer

Estudios de tipo biográfico

BALBÍN LUCAS, R., «Bécquer, fiscal de novelas», en *Revista de Bibliografía Nacional,* III (1942), Madrid, pp. 133-165.
—, «El casamiento de Julia Espín, musa de Bécquer», en *Revista de la Universidad de Madrid, Homenaje a Menéndez Pidal,* I, vol. XVIII, n.º 69 (1969), Madrid.
BÉCQUER, Julia, «La verdad sobre los hermanos Bécquer. Memorias de Julia Bécquer», en *Revista de la Biblioteca, Archivo y Museo,* Ayuntamiento de Madrid, año IX, n.º XXXIII (enero de 1932), Madrid, pp. 76-91.
BLASCO, Eusebio, *Memorias íntimas,* Madrid, 1904.
—, «G. A. Bécquer», en *Mis contemporáneos. Semblanzas varias,* Madrid, F. Álvarez, 1886.
BROWN, Rica, «Un álbum de dibujos originales de Valeriano Bécquer», en *Goya,* n.º 21 (noviembre-diciembre de 1957), pp. 152-156.

—, *Bécquer,* prólogo de V. Aleixandre, Barcelona, Aedos, (Biblioteca biográfica Aedos, 23), 1963, 416 pp.

CAMPILLO, Narciso, «Gustavo Bécquer», en *La Ilustración de Madrid,* n.º 25 (15 de enero de 1871), Madrid, pp. 2-3.

CARPINTERO, Heliodoro, *Bécquer de par en par,* Madrid, Ínsula, 1957, 182 pp.

LÓPEZ NÚÑEZ, J., *Biografía anecdótica de Bécquer,* Madrid, Mundo Latino, 1915.

MONTESINOS, Rafael, «Adiós a Elisa Guillén», en *Ínsula,* n.º 289 (diciembre de 1970), pp. 1, 10, 11 y 12.

—, *Bécquer. Biografía e imagen,* Barcelona, Editorial R. M., 1977, 368 pp.

MONTOTO, Santiago, «Antecedentes familiares de Bécquer», en *RFE,* LII (1969), pp. 1-9.

NOMBELA, Julio, *Impresiones y recuerdos,* Madrid, Tebas, 1976.

OLMSTED, E.W., *Gustavo Adolfo Becquer Legends, Tales and Poems,* Boston, Ginn & Company, 1907. [Interesa por el prólogo.]

PAGEARD, Robert, «La mort de G. A. Bécquer dans la presse du temps (1870-1871)», en *BHi,* LIX (1959), pp. 396-403.

—, «La révolution de 1868 et la biographie de G. A. Bécquer», en *BHi,* LXVII (1965), pp. 337-339.

Estudios de carácter general

ALONSO, Amado, *Materia y forma en poesía,* Madrid, Gredos, 1965.

ALONSO, Dámaso, «Originalidad de Bécquer», en *Ensayos sobre poesía española,* Madrid, Revista de Occidente, 1944, pp. 261-304, y en *Poetas españoles contemporáneos,* Madrid, Gredos, 1952, pp. 11-49 (1965; reimpresión en 1969).

BACHELARD, Gaston, *El aire y los sueños,* México, Fondo de Cultura Económica, 1961.

BALBÍN, Rafael de, *Poética becqueriana,* Madrid, Prensa Española (colección El Soto, 11), 1969, XV + 248 pp.

BENÍTEZ, Rubén, *Ensayo de bibliografía razonada de Gustavo Adolfo Bécquer,* Buenos Aires, Universidad de Buenos Aires, 1961, 158 pp. + 1 hoja + 1 lámina (Bibliografías críticas, I).

BOUSOÑO, Carlos, «Las pluralidades paralelísticas de Bécquer», en *Seis calas en la expresión literaria española*, por D. Alonso y C. Bousoño, Madrid, Gredos, 1951, pp. 187-227 (1970: «Los conjuntos paralelísticos de Bécquer»).

CERNUDA, Luis, «G. A. Bécquer (1836-1871)», en *Estudios sobre poesía española contemporánea*, Madrid, Guadarrama (Punto Omega, 82), 1957, pp. 43-55.

—, «Bécquer y el poema en prosa española», en *Poesía y Literatura*, I y II (en el t. II), Barcelona, Seix Barral, 1964.

CUEVAS, Cristóbal y BAENA, Enrique (director y coordinador, respectivamente), *Bécquer. Origen y estética de la modernidad, Actas del VII Congreso de Literatura Española Contemporánea, Universidad de Málaga, 9, 10, 11, y 12 de noviembre de 1993*, Publicaciones del Congreso de Literatura Española Contemporánea, 1995.

DÍAZ, José Pedro, *G. A. Bécquer. Vida y Poesía*, Montevideo, Ed. La Galatea, 1953, 291 pp. (ed. posteriores, Madrid, Gredos, 1958; 1964; 1971).

DÍEZ TABOADA, J. M.ª, *La mujer ideal. Aspectos y fuentes de las rimas de G. A. Bécquer*, Madrid, CSIC, 1965, XIX + 184 pp. (Anejos de la Revista de Literatura, 25).

—, «El germanismo y la renovación de la lírica española en el siglo XIX (1840-1870)», en *Revista de Filología Moderna*, V (octubre de 1961), Madrid, pp. 21-55.

—, «Eulogio Florentino Sanz, poeta de transición (1822-1881)», en RLit, XIII, n.º 25-26 (1958), Madrid, pp. 48-78.

—, «La ordenación de las *Rimas* de G. A. Bécquer», en *Actas del Segundo Congreso Internacional de Hispanistas, 1965*, Nimega, 1967, pp. 283-291.

—, «Bécquer y Sáinz Pardo», en *RFE*, n.º 38-39 (enero-junio de 1971), pp. 33-43.

—, «Bibliografía sobre G. A. Bécquer y su obra», en *RFE*, LII (1969), pp. 651-695.

—, «Bibliografía sobre G. A. Bécquer y su obra. Suplemento», en *RFE*, n.º 46-49 (enero-diciembre de 1973), pp. 47-60.

ESQUER TORRES, R., «Resonancias: Bécquer y otros románticos en Rosalía de Castro», en *Homenajes. Estudios de Filología Española*, II, Madrid, 1965, pp. 21-37.

—, «Presencia de Espronceda en Bécquer», en *RFE*, XLV (1963), Madrid, 1965, pp. 329-341.

FERNÁNDEZ ALONSO, M.ª del Rosario, «Bécquer: presencia, sentido y visión de la muerte en su obra», en *Una visión de la muerte en la lírica española. La muerte como amada*, Madrid, Gredos, 1971, cap. XII.

FRAZER, James George, *La rama dorada*, México, Fondo de Cultura Económica, 1961.

FRUTOS GÓMEZ DE LAS CORTINAS, J., «La formación literaria de Bécquer», en *Revista Bibliográfica y Documental*, IV, 1-4 (diciembre de 1950) Madrid, pp. 77-99.

GUILLÉN, Jorge, *Lenguaje y poesía*, Madrid, Revista de Occidente, 1961.

HENDRIX, W. Samuel, «Las *Rimas* de Bécquer y la influencia de Byron», en *Boletín de la Academia de la Historia*, XCVIII (1931), Madrid, pp. 850-894. Hay tirada aparte en Nueva York, 47 pp.

KING, Edmund Ludwig, *G. A. Becquer: From Painter to Poet, Together with a Concordance of the Rimas*, México D. F., Porrúa, 1953, 331 pp.

LÓPEZ ESTRADA, F., *Poética para un poeta*, Madrid, Gredos, 1972, 246 pp.

NOMBELA, Julio, *Impresiones y recuerdos*, Madrid, Tebas, 1976.

PAGEARD, Robert, «Gustavo Adolfo Bécquer et le Romanticisme français», en *RFE*, LII (1969) pp. 477-520.

—, *Bécquer. Leyenda y realidad*, Madrid, Espasa-Calpe, 1990.

PALOMO, Pilar, «Espacios poéticos en la obra de Bécquer», *Actas del I Simposio de Literatura Española*, Universidad de Salamanca, 1981, pp. 211-220.

RIBBANS, Geoffrey W., «Bécquer, Byron y Dacarrete», 1, *RLit*, IV (1953), Madrid, pp. 59-71.

ROLDÁN, ANTONIO, «La edición de las *Rimas* de G. A. Bécquer», en *Actas del IV Congreso de la Asociación Internacional de Hispanistas*, Salamanca, 1971.

RUBIO JIMÉNEZ, Jesús, «Bibliografía becqueriana, 1992-2002», en *El gnomo, Boletín de estudios becquerianos*, 10-11 (2001-2002), pp. 225-252.

—, *La fama póstuma de Gustavo Adolfo y Valeriano Bécquer*, Zaragoza, Prensas Universitarias, 2009.

—, (ed.), *Actas del Congreso «Los Bécquer y el Moncayo» celebra-do en Tarazona y Veruela, septiembre de 1990*, Zaragoza, 1992.

RUIZ LAGOS, Manuel, «El maestro Rodríguez Zapata en sus afini-dades becquerianas. Apuntes sobre su magisterio estético en G. A. Bécquer», en *RFE*, LII (1969), pp. 425-475.

RULL, Enrique, «*Pensamientos* de Bécquer y *Nocturnos* de Da-río», en *RFE*, LII, (1969), pp. 563-579.

—, «Imagen y naturaleza del poeta en las *Rimas* de Bécquer», en *A zaga de tu huella, Homenaje al Prof. Cristóbal Cuevas*, por Salvador Montesa (ed.), 2005, Málaga, Ayuntamiento, t. I, pp. 573-596.

—, «Estructura poética de las *Cartas desde mi celda*», *Bécquer, Origen y estética de la modernidad, Actas del VII Congreso de Literatura Española Contemporánea. Noviembre de 1993*, Málaga, 1995, pp. 251-264.

SCHNEIDER, FRANZ, *Gustavo Adolfo Bécquer Leben und Schaffen unter besonderer Betonung des chronologischen Elementes*, Borna-Leipzig, Druck von Robert Noske, 1914, VIII + 96 pp.

—, «Tablas cronológicas de las obras de G. A. Bécquer», en *RFE*, XVI (1929), Madrid, pp. 389-399.

TIEGHEM, Paul van, *El Romanticismo en la literatura europea*, México D. F., UTEHA, 1958.

TAMAYO, Juan Antonio, «Contribución al estudio de la estilística de Gustavo Adolfo Bécquer», en *RFE*, LII (1969), pp. 15-51.

VV. AA., *Estudios sobre Gustavo Adolfo Bécquer*, Madrid, CSIC, 1972.

Bibliografía seleccionada sobre las obras de Gustavo Adolfo Bécquer

Ediciones

OBRAS EN GENERAL:

1.ª ed: Madrid, Fortanet, 1871, 2 vols., prólogo de Ramón Rodrí-guez Correa. [Las *Rimas* se incluyen en el vol. II.]

2.ª ed: Madrid, Fernando Fe, 1877, 2 vols.

3.ª ed: Madrid, Fernando Fe, 1881, 2 vols.

4.ª ed: Madrid, Fernando Fe, 1885, 3 vols. [Aumentada y corregida con varias poesías y leyendas.]

Páginas desconocidas de Gustavo Adolfo Bécquer, recopiladas por Fernando Iglesias Figueroa, Madrid, Renacimiento, 1923, 3 vols.

Obras completas, Buenos Aires, J. Gil, 1942.

Del olvido en el ángulo oscuro. Páginas abandonadas, ensayo biocrítico, apéndices y notas por Dionisio Gamallo Fierros, Madrid, Ed. Valera, 1948.

Obras completas, Madrid, Afrodisio Aguado, 1949.

Teatro, edición, estudio preliminar, notas y apéndices de Juan Antonio Tamayo, Madrid, CSIG, 1949 (Anejo XLI de la RFE).

Bécquer, Libro de los gorriones, Edición facsímil con prólogos y transcripción de los textos en prosa por G. Guastavino Gallent, y verso por Rafael de Balbín y Antonio Roldán, Madrid, Ministerio de Educación y Ciencia, 1971.

Obras completas, Madrid, Aguilar, 1934, 13.ª ed., 1973.

Obras de G.A. Bécquer, Cristóbal Cuevas y Salvador Montesa, eds., Málaga, Arguval, 1993. (Reproduce en un solo tomo la edición de Fortanet de 1871).

Bécquer, Obras completas, R. Navas Ruiz, ed., Madrid, Biblioteca Castro, 1995, 2 vols.

Rimas, Otros poemas, Obras en prosa, Leonardo Romero Tobar, ed., Madrid, Espasa, 2000.

Bécquer. Obras completas, Joan Estruch Tobella, ed., Madrid, Cátedra, 2004. (Junto con la de Navas Ruiz, es posiblemente la edición más completa hasta la fecha).

RIMAS

BALBÍN LUCAS, Rafael de y ROLDÁN A., *Estudio y transcripción de las Rimas en Gustavo Adolfo Bécquer, Libro de los Gorriones,* Ed. facsímil, Madrid, Ministerio de Educación y Ciencia, Dirección General de Archivos y Bibliotecas, 1971, 11 págs + 46 [de texto facsimilar].

Díaz, José Pedro, *Bécquer. Rimas,* edición, introducción y notas, Madrid, Espasa-Calpe (Clásicos Castellanos, 158), 1963, CXIX + 148 pp.

Díez Taboada, Juan María, *Rimas,* Madrid, ed. Alcalá (colección Aula Magna), 1965, 142 pp.

Pageard, Robert, *Rimas de G. A. Bécquer,* Madrid, CSIC (Clásicos Hispánicos), 1972, 396 pp. [Es la 1.ª ed. más completa en documentación crítica y comentarios.]

Palomo, M.ª del Pilar, *Libro de los Gorriones,* edición, introducción y notas [Publica los textos incluidos en el ms. autógrafo becqueriano en el orden del mismo.], Madrid, CUPSA, 1977, LXI + 115 pp.

Palomo, Pilar y Jiménez, Jesús Rubio, *Rimas, Leyendas y relatos orientales,* edición, introducción y notas, Sevilla, Fundación José Manuel Lara, Clásicos Andaluces, 2015. [Con un muy completo estudio de las *Rimas* y *Leyendas* y una abundante y reciente bibliografía por dos estudiosos especialistas en Bécquer.]

Rull Fernández, Enrique, *Rimas y Leyendas,* edición, estudio y notas, Barcelona, Plaza & Janés, 1984, 444 pp.

—, *Rimas y Leyendas,* edición, estudio y notas, Madrid, Ediciones Libertarias, 1998, 425 pp. [Reedición de la anterior.]

—, *Rimas,* Barcelona, Debolsillo, 2002, 222 pp.

Sebold, Russell P., *Gustavo Adolfo Bécquer. Rimas.* Madrid, Espasa-Calpe (Clásicos Castellanos), 1991 [Edición ampliamente prologada y profusamente anotada.]

Torres, José Carlos, *Rimas,* edición, introducción y notas, Madrid, Ed. Castalia, (Clásicos Castalia), 1976, 243 pp.

Leyendas

Además de los textos incluidos en las ediciones generales debe consultarse:

Benítez, Rubén, *Leyendas, Apólogos y otros relatos,* edición, prólogo y notas, Barcelona, Labor, 1974, 441 pp.

Estudios sobre las Rimas[86]

BALBÍN LUCAS, R., «Sobre la influencia de Augusto Ferrán en la rima XLVII de Bécquer» en *RFE*, XXVI (1942), pp. 319-334.

—, «La publicación de las rimas IX y LIX de G. A. Bécquer», en *RLit*, VII, n.º 13-14 (enero-junio de 1955), Madrid, Inst. M. de Cervantes, pp. 19-29.

—, «Dos poemas ignorados de G. A. Bécquer», en *RLit*, XXX (1966), pp. 39-47.

—, *Poética becqueriana*, Madrid, editorial Prensa Española, 1969.

—, «Sobre la creación poética becqueriana», en *RFE*, LII (1969), pp. 217-225.

—, «La rima XVII», en *Revista de Estudios Hispánicos*, IV, n.º 2 (noviembre de 1970), Universidad de Alabama, pp. 181-186.

BENITEZ, Rubén, «Cómo corregía Bécquer sus poesías», en *El gnomo, Boletín de estudios becquerianos*, I (1992), pp. 11-22.

CARAVACA, F., «El motivo del arpa en la rima VII (13) de Bécquer», en *Romanistisches Jahrbuch*, Hamburgo, XVI y XVII (1965-1966), pp. 333-360.

DIEGO, Gerardo, «Una rima inédita de Bécquer», en *La Nación*, Buenos Aires, 7 de marzo de 1943.

DÍEZ TABOADA, J. M.ª, «Análisis estilístico de la rima XLII de Bécquer», en *Boletín de la Sociedad Castellonense de Cultura BSCC*, XXXIII, cuad. II (abril-junio de 1957), Castellón, pp. 153-166.

—, «Estudio estilístico de la rima IX de Bécquer», en *BSCC*, XXXIV, cuad. II (abril-junio de 1958), Castellón, pp. 106-109.

—, «Análisis estilístico de la rima VII de Bécquer», en BSCC, XXXV (1959), pp. 76-80.

—, «Sobre la rima XV de G. A. Bécquer», en *RLit*, XXII, n.º 43-44 (1962), Madrid, pp. 91-96.

—, «La rima X de G. A. Bécquer», en *Boletín Cultural de la Embajada Argentina*, n.º 2 (1963), Madrid, pp. 5-26.

—, «Textos olvidados de G. A. Bécquer: una nueva rima y una nueva versión», *RLit*, XLIII, núm. 86 (1981), Madrid, pp. 63-83.

[86] Para algunos aspectos generales de las *Rimas* también debe verse el apartado anterior.

ESQUER TORRES, R., «Análisis estilístico de la rima XI de G. A. Bécquer», en *BSCC*, XXX, cuad. III (julio-septiembre de 1954), Castellón, pp. 183-92.

—, «Estudio estilístico de la rima XLI de G. A. Bécquer», en *BSCC*, XXXII (1956), Castellón, pp. 169-180.

GIL, Ildefonso-Manuel, «Los espacios misteriosos de Gustavo Adolfo Bécquer», en *RFE*, LII (1969), pp. 119-129.

PAGEARD, R., «Variantes des Rimes XV et V», en *BHi*, LXIII (1961), pp. 259-265.

—, «Recherches sur la rima IV (Variété)», en *BHi*, LXX, núms. 1-2 (1968), pp. 89-101.

RIBBANS, Geóffrey, «Objetividad del análisis del desengaño en las *Rimas*» en *RFE*, LII (1969), pp. 67-81.

ROLDÁN, Antonio, «Anotaciones a la rima LXXII», en *RFE*, LII (1969), pp. 261-277.

ROZAS, Juan Manuel, «La fuga de la rima LXXV», en *RFE*, LII (1969), pp. 279-304.

RULL, Enrique, «La rima XXXVIII de Bécquer», *Anuario de Estudios Filológicos*, Universidad de Extremadura, IX (1986), pp. 263-273.

ZARDOYA, Concha, «Las *Rimas* de G. A. Bécquer a una nueva luz», en *Poesía Española Contemporánea*, Madrid, Guadarrama, 1961, pp. 19-89.

Estudios sobre las Leyendas

ALONSO, María Rosa, «Gustavo A. Bécquer. 1836-1936», en *Cuadernos de la Facultad de Filosofía y Letras*, t. IV (abril-mayo de 1936), Madrid, pp. 15-38.

BENÍTEZ, Rubén, *Bécquer tradicionalista*, Madrid, Gredos, 1971.

—, «La elaboración literaria de *El caudillo de las manos rojas*», en *RFE*, LII (1969), pp. 371-392.

BERENGUER CARÍSOMO, Arturo, *La prosa de Bécquer*, Sevilla, Universidad de Sevilla, 1974. [Es la 2.ª ed. «corregida y aumentada» (la 1.ª se publicó en 1947 en Buenos Aires).]

CUBERO SANZ, Manuela, «La mujer en las *Leyendas* de Bécquer», en *RFE*, LII (1969), pp. 347-370.

ENGLEKIRK, John E., *Edgar Allan Poe in Hispanic Literature*, Nueva York, Instituto de las Españas, 1934, pp. 126-34.

GARCÍA-VIÑÓ, Manuel, *Mundo y trasmundo de las leyendas de Bécquer*, Madrid, Gredos, 1970.

GULSOY, J., «La fuente común de *Los ojos verdes* y *El rayo de luna* de G. A. Bécquer», en *Bulletin of Hispanic Studies*, t. XLIV (2 de abril de 1967), pp. 96-140.

KRAPPE, Alexander Haggerty, «Sur une *Légende* de Gustavo A. Bécquer (*Creed en Dios*)», *en Neophilologus*, t. XVII (1932), Amsterdam, pp. 273-277.

—, «Sur le conte *La corza blanca* de Gustavo Adolfo Bécquer», en *Bulletin Hispanique*, t. XLII, 3 (julio-septiembre de 1940), pp. 237-240.

LIDA DE MALKIEL, María Rosa, «La visión de trasmundo en las literaturas hispánicas», en el libro de Howard Rollin Patch, *El otro mundo en la literatura medieval*, México-Buenos Aires, Fondo de Cultura Económica, 1950, pp. 445-446.

—, «La leyenda de Bécquer "Creed en Dios" y su presunta fuente francesa», en *Estudios de literatura española y comparada*, Buenos Aires, Eudeba, 1966, pp. 245-256.

LOVETT, Gabriel H., «Patriotism and Other Themes in Bécquer's *El beso*», en *Modern Language Quarterly*, t. XXIX, 3 (septiembre de 1968), pp. 289-296.

VARELA, José Luis, «Mundo onírico y transfiguración en la prosa de Bécquer», en *RFE*, LII (1969), pp. 305-334.

Rimas

Rimas

Introducción sinfónica

Por los tenebrosos rincones de mi cerebro, acurrucados y desnudos, duermen los extravagantes hijos de mi fantasía, esperando en silencio que el arte los vista de la palabra para poderse presentar decentes en la escena del mundo.

Fecunda, como el lecho de amor de la miseria, y parecida a esos padres que engendran más hijos de los que pueden alimentar, mi musa concibe y pare en el misterioso santuario de la cabeza, poblándola de creaciones sin número, a las cuales ni mi actividad ni todos los años que me restan de vida serían suficientes a dar forma.

Y aquí dentro, desnudos y deformes, revueltos y barajados en indescriptible confusión, los siento a veces agitarse y vivir con una vida oscura y extraña, semejante a la de esas miríadas de gérmenes que hierven y se estremecen en una eterna incubación dentro de las entrañas de la tierra, sin encontrar fuerzas bastantes para salir a la superficie y convertirse al beso del sol en flores y frutos.

Conmigo van, destinados a morir conmigo, sin que de ellos quede otro rastro que el que deja un sueño de la media noche, que a la mañana no puede recordarse. En algunas ocasiones, y ante esta idea terrible, se subleva en ellos el instinto de la vida, y agitándose en terrible, aunque silencioso tumulto, buscan en tropel por donde salir a la luz, de las tinieblas en que viven. Pero, ¡ay, que entre el mundo de la idea y el de la forma existe un abismo que sólo puede salvar la palabra; y la palabra tímida y perezosa se niega a secundar sus esfuerzos! Mudos, sombríos e impotentes, después de la inútil lucha vuelven a caer en su antiguo marasmo. Tal caen inertes en los surcos de las sendas, si cesa el viento, las hojas amarillas que levantó el remolino.

Estas sediciones de los rebeldes hijos de la imaginación explican algunas de mis fiebres: ellas son la causa, desconocida para la

ciencia, de mis exaltaciones y mis abatimientos. Y así, aunque mal, vengo viviendo hasta aquí: paseando por entre la indifcrente multitud esta silenciosa tempestad de mi cabeza. Así vengo viviendo; pero todas las cosas tienen un término y a éstas hay que ponerles punto.

El insomnio y la fantasía siguen y siguen procreando en monstruoso maridaje. Sus creaciones, apretadas ya, como las raquíticas plantas de un vivero, pugnan por dilatar su fantástica existencia, disputándose los átomos de la memoria, como el escaso jugo de una tierra estéril. Necesario es abrir paso a las aguas profundas, que acabarán por romper el dique, diariamente aumentadas por un manantial vivo.

¡Andad, pues! Andad y vivid con la única vida que puedo daros. Mi inteligencia os nutrirá lo suficiente para que seáis palpables. Os vestirá, aunque sea de harapos, lo bastante para que no avergüence vuestra desnudez. Yo quisiera forjar para cada uno de vosotros una maravillosa estrofa tejida de frases exquisitas, en las que os pudierais envolver con orgullo, como en un manto de púrpura. Yo quisiera poder cincelar la forma que ha de conteneros, como se cincela el vaso de oro que ha de guardar un preciado perfume. ¡Mas es imposible!

No obstante necesito descansar: necesito, del mismo modo que se sangra el cuerpo, por cuyas hinchadas venas se precipita la sangre con pletórico empuje, desahogar el cerebro, insuficiente a contener tantos absurdos.

Quedad, pues, consignados aquí, como la estela nebulosa que señala el paso de un desconocido cometa, como los átomos dispersos de un mundo en embrión que avienta por el aire la muerte antes que su Creador haya podido pronunciar el *fiat lux* que separa la claridad de las sombras.

No quiero que en mis noches sin sueño volváis a pasar por delante de mis ojos en extravagante procesión, pidiéndome con gestos y contorsiones que os saque a la vida de la realidad del limbo en que vivís, semejantes a fantasmas sin consistencia. No quiero que al romperse este arpa vieja y cascada ya, se pierdan a la vez que el instrumento las ignoradas notas que contenía. Deseo ocuparme un poco del mundo que me rodea, pudiendo, una vez vacío, apartar los ojos de este otro mundo que llevo dentro de la cabeza.

El sentido común, que es la barrera de los sueños, comienza a flaquear y las gentes de diversos campos se mezclan y confunden. Me cuesta trabajo saber qué cosas he soñado y cuáles me han sucedido; mis afectos se reparten entre fantasmas de la imaginación y personajes reales; mi memoria clasifica, revueltos nombres y fechas de mujeres y días que han muerto o han pasado con los de días y mujeres que no han existido sino en mi mente. Preciso es acabar arrojándoos de la cabeza de una vez para siempre.

Si *morir es dormir*, quiero dormir en paz en la noche de la muerte sin que vengáis a ser mi pesadilla, maldiciéndome por haberos condenado a la nada antes de haber nacido. Id, pues, al mundo a cuyo contacto fuisteis engendrados, y quedad en él como el eco que encontraron en un alma que pasó por la tierra sus alegrías y sus dolores, sus esperanzas y sus luchas.

Tal vez muy pronto tendré que hacer la maleta para el gran viaje; de una hora a otra puede desligarse el espíritu de la materia para remontarse a regiones más puras. No quiero, cuando esto suceda, llevar conmigo, como el abigarrado equipaje de un saltimbanqui, el tesoro de oropeles y guiñapos que ha ido acumulando la fantasía en los desvanes del cerebro.

Junio de 1868

I[1]

Yo sé un himno gigante y extraño
que anuncia en la noche del alma una aurora,
y estas páginas son de ese himno
cadencias que el aire dilata en las sombras.

Yo quisiera escribirle, del hombre 5
domando el rebelde, mezquino idïoma,
con palabras que fuesen a un tiempo
suspiros y risas, colores y notas.

Pero en vano es luchar; que no hay cifra
capaz de encerrarle, y apenas ¡oh, hermosa! 10
si teniendo en mis manos las tuyas
podría, al oído, cantártelo a solas.

[1] Rima I. Como hemos anticipado en el estudio preliminar, Bécquer
mantenía unos criterios expresivos antes que académicos. Por eso escribe en
el verso 12 «podría», en lugar del «pudiera» que corrigieron los amigos del
poeta en la edición de 1871. Este poema lo eligieron ellos como introducción
a las *Rimas*, a nuestro juicio atinadamente, pues es una verdadera reflexión
poetizada de su concepto de poesía. Todavía hay quienes ridiculizan el or-
den y los deseos de los amigos del poeta; quizá creen conocerlo mejor.

II[2]

Saeta que voladora
cruza, arrojada al azar,
y que no se sabe dónde
temblando se clavará.

Hoja que del árbol seca 5
arrebata el vendaval,
sin que nadie acierte el surco
donde al polvo volverá.

Gigante ola que el viento
riza y empuja en el mar 10
y rueda y pasa y se ignora
qué playa buscando va.

Luz que en cercos temblorosos
brilla próxima a expirar,
y que no se sabe de ellos 15
cuál el último será.

Eso soy yo que al acaso
cruzo el mundo sin pensar
de dónde vengo ni a dónde
mis pasos me llevarán. 20

[2] Rima II. Ya hemos comentado en la introducción la perfecta grada-
ción de imágenes de este texto. Gradación que se repite en otros poemas,
como ya veremos. V. 7. Aceptamos la corrección del *Libro de los gorriones*
que pasó también a la ed. de 1871.

III[3]

Sacudimiento extraño
que agita las ideas
como huracán que empuja
las olas en tropel.

Murmullo que en el alma 5
se eleva y va creciendo
como volcán que sordo
anuncia que va a arder.

Deformes silüetas
de seres imposibles, 10
paisajes que aparecen
como al través de un tul.

Colores que fundiéndose
remedan en el aire
los átomos del Iris 15
que nadan en la luz.

Ideas sin palabras,
palabras sin sentido;
cadencias que no tienen
ni ritmo ni compás. 20

Memorias y deseos
de cosas que no existen;
accesos de alegría,
impulsos de llorar.

[3] Rima III. Obsérvese la perfecta planificación del texto en cuanto a la ordenación de las ideas que expone y a su «recolección» final. La proporción y el equilibrio del poema contradice el tópico de que Bécquer era un poeta fácil y puramente instintivo.

Actividad nerviosa 25
que no halla en qué emplearse;
sin riendas que le guíe
caballo volador.

Locura que el espíritu
exalta y desfallece; 30
embriaguez divina
del genio creador.

Tal es la inspiración.

Gigante voz que el caos
ordena en el cerebro 35
y entre las sombras hace
la luz aparecer.

Brillante rienda de oro
que poderosa enfrena
de la exaltada mente 40
el volador corcel.

Hilo de luz que en haces
los pensamientos ata,
sol que las nubes rompe
y toca en el cenit. 45

Inteligente mano
que en un collar de perlas
consigue las indóciles
palabras reünir.

Armonïoso ritmo 50
que con cadencia y número
las fugitivas notas
encierra en el compás.

Cincel que el bloque muerde
la estatua modelando, 55
y la belleza plástica
añade a la ideal.

Atmósfera en que giran
con orden las ideas,
cual átomos que agrupa 60
recóndita atracción.

Raudal en cuyas ondas
su sed la fiebre apaga,
oasis que al espíritu
devuelve su vigor. 65

Tal es nuestra razón.

Con ambas siempre en lucha
y de ambas vencedor,
tan sólo al genio es dado
a un yugo atar las dos. 70

IV[4]

No digáis que agotado su tesoro,
de asuntos falta, enmudeció la lira;
podrá no haber poetas; pero siempre
habrá poesía.

[4] Rima IV. La idea de la poesía como algo exterior a la actividad literaria se
desarrolla en esta página de forma magistral: desde la visión del mundo creado
(la naturaleza), pasando por la actividad del hombre (la ciencia y el misterio que
siempre persigue), su lucha interior y sus emociones amorosas, hasta desembo-
car en la mujer como símbolo de esa lucha, hay todo un recorrido con gran
poder de sugestión perfectamente calculado.

Mientras las ondas de la luz al beso 5
palpiten encendidas,
mientras el sol las desgarradas nubes
de fuego y oro vista,
mientras el aire en su regazo lleve
perfumes y armonías, 10
mientras haya en el mundo primavera,
¡habrá poesía!

Mientras la ciencia a descubrir no alcance
las fuentes de la vida,
y en el mar o en el cielo haya un abismo 15
que al cálculo resista,
mientras la humanidad siempre avanzando
no sepa a do camina,
mientras haya un misterio para el hombre,
¡habrá poesía! 20

Mientras se sienta que se ríe el alma,
sin que los labios rían;
mientras se llore, sin que el llanto acuda
a nublar la pupila;
mientras el corazón y la cabeza 25
batallando prosigan,
mientras haya esperanzas y recuerdos,
¡habrá poesía!

Mientras haya unos ojos que reflejen
los ojos que los miran, 30
mientras responda el labio suspirando
al labio que suspira,
mientras sentirse puedan en un beso
dos almas confundidas,
mientras exista una mujer hermosa 35
¡habrá poesía!

Espíritu sin nombre,
indefinible esencia,
yo vivo con la vida
sin formas de la idea.

Yo nado en el vacío, 5
del sol tiemblo en la hoguera,
palpito entre las sombras
y floto con las nieblas.

Yo soy el fleco de oro
de la lejana estrella, 10
yo soy de la alta luna
la luz tibia y serena.

Yo soy la ardiente nube
que en el ocaso ondea,
yo soy del astro errante 15
la luminosa estela.

Yo soy nieve en las cumbres,
soy fuego en las arenas,
azul onda en los mares
y espuma en las riberas. 20

En el laúd soy nota,
perfume en la violeta,

⁵ Rima V. Este poema largo ilustra igualmente a la perfección su idea de la poesía. El poeta reconcilia las imágenes clásicas de la cultura mediterránea (ninfas, náyades, etc.) con aquellas que provienen de la inspiración de los países del Norte (los gnomos, por ejemplo). Utiliza algunos arcaísmos (como el «do» por «donde» de los versos 54 y 66), pero aquí encajan con precisión porque el autor hace un recorrido «culturalista» por los «siglos» pasados y los «imperios» desaparecidos. Se publicó inicialmente en *El Museo Universal* (28-I-1866) con variantes sustanciales. V. 51. *Oceano*. Para la correcta pronunciación del término poético hay que hacer sinéresis en la sílaba «cea» como si la palabra fuera trisílaba.

fugaz llama en las tumbas
y en las rüinas yedra.

Yo canto con la alondra
y zumbo con la abeja,
yo imito los rüidos
que en la alta noche suenan.

Yo atrueno en el torrente
y silbo en la centella
y ciego en el relámpago
y rujo en la tormenta.

Yo río en los alcores,
susurro en la alta yerba,
suspiro en la onda pura
y lloro en la hoja seca.

Yo ondulo con los átomos
del humo que se eleva
y al cielo lento sube
en espiral inmensa.

Yo en los dorados hilos
que los insectos cuelgan,
me mezco entre los árboles
en la ardorosa siesta.

Yo corro tras las ninfas
que en la corriente fresca
del cristalino arroyo
desnudas juguetean.

Yo en bosques de corales
que alfombran blancas perlas,
persigo en el oceano
las náyades ligeras.

25

30

35

40

45

50

Yo en las cavernas cóncavas
do el sol nunca penetra,
mezclándome a los gnomos 55
contemplo sus riquezas.

Yo busco de los siglos
las ya borradas huellas
y sé de esos imperios
de que ni el nombre queda. 60

Yo sigo en raudo vértigo
los mundos que voltean,
y mi pupila abarca
la creación entera.

Yo sé de esas regiones 65
a do un rumor no llega,
y donde informes astros
de vida un soplo esperan.

Yo soy sobre el abismo
el puente que atraviesa, 70
yo soy la ignota escala
que el cielo une a la tierra.

Yo soy el invisible
anillo que sujeta
el mundo de la forma 75
al mundo de la idea.

Yo en fin soy ese espíritu,
desconocida esencia,
perfume misterioso
de que es vaso el poeta. 80

VI[6]

Como la brisa que la sangre orea
sobre el oscuro campo de batalla,
cargada de perfumes y armonías
en el silencio de la noche vaga.

Símbolo del dolor y la ternura 5
del bardo inglés en el horrible drama,
la dulce Ofelia, la razón perdida,
cogiendo flores y cantando pasa.

VII[7]

Del salón en el ángulo oscuro,
de su dueña tal vez olvidada,
silenciosa y cubierta de polvo,
veíase el arpa.

¡Cuánta nota dormía en sus cuerdas, 5
como el pájaro duerme en las ramas,
esperando la mano de nieve
que sabe arrancarlas!

[6] Rima VI. El tema de Hamlet obsesionaba a Bécquer hasta el punto de realizar dibujos sobre él y componer una adaptación-recreación del drama shakespeariano. Ésa es la razón de que mencione a Ofelia y su famosa locura. Aunque «bardo» se aplicaba a los antiguos poetas celtas, o por extensión a los poetas de tipo heroico, está claro que aquí Bécquer lo emplea como sinónimo de «poeta», aplicado en este caso a Shakespeare, esencialmente dramático, aunque compusiera sonetos y algún otro poema. «Orea», en el sentido de «refrescar al viento» del primer verso, introduce una imagen de mucho contraste, que en la segunda estrofa se expresa con la idea del «dolor y la ternura».

[7] Rima VII. Uno de los textos más famosos del autor, lo que no es extraño, pues entraña una sugestión admirable sobre el concepto de poesía difícil de expresar.

¡Ay!, pensé; ¡cuántas veces el genio
así duerme en el fondo del alma,
y una voz como Lázaro espera
que le diga «Levántate y anda»!

VIII[8]

Cuando miro el azul horizonte
perderse a lo lejos,
al través de una gasa de polvo
dorado e inquieto,
me parece posible arrancarme
del mísero suelo
y flotar con la niebla dorada
en átomos leves
cual ella deshecho.

Cuando miro de noche en el fondo
oscuro del cielo
las estrellas temblar como ardientes
pupilas de fuego,
me parece posible a do brillan
subir en un vuelo,
y anegarme en su luz, y con ellas
en lumbre encendido
fundirme en un beso.

En el mar de la duda en que bogo
ni aun sé lo que creo;
sin embargo estas ansias me dicen
que yo llevo algo
divino aquí dentro.

[8] Rima VIII. Bécquer no es autor de certezas absolutas, pero sí de suge-
rencias, de presentimientos y de premoniciones. Este poema es un ejemplo
característico de ese mundo fantástico e inexpresable que lleva dentro.

IX[9]

Besa el aura que gime blandamente
las leves ondas que jugando riza;
el sol besa a la nube en occidente
y de púrpura y oro la matiza;
la llama en derredor del tronco ardiente 5
por besar a otra llama se desliza
y hasta el sauce inclinándose a su peso
al río que le besa, vuelve un beso.

X[10]

Los invisibles átomos del aire
en derredor palpitan y se inflaman,
el cielo se deshace en rayos de oro,
la tierra se estremece alborozada.
Oigo flotando en olas de armonías 5
rumor de besos y batir de alas;
mis párpados se cierran… ¿Qué sucede?
¡Es el amor que pasa!

XI[11]

—Yo soy ardiente, yo soy morena,
yo soy el símbolo de la pasión,
de ansia de goces mi alma está llena.

[9] Rima IX. La armonía universal del amor campea por este poema breve pero muy sintético. El concepto del amor que mueve todo es de raíz neoplatónica y se remonta por lo menos a Dante, quien concluye su *Divina comedia* precisamente con el verso «l'amor che move il sole e l'altre stelle». El texto se publicó en el *Almanaque del Museo Universal* en 1868 con algunas variantes.

[10] Rima X. Repite la idea del poema anterior personalizándola en la contemplación subjetiva.

[11] Rima XI. Se publicó primero en *El Eco del País* (26-II-1865), y al año siguiente en *El Museo Universal* (11-II-1866). La gradación de personajes fe-

¿A mí me buscas?
—No es a ti: no. 5

 —Mi frente es pálida, mis trenzas de oro,
puedo brindarte dichas sin fin.
Yo de ternura guardo un tesoro.
¿A mí me llamas?
—No: no es a ti. 10

 —Yo soy un sueño, un imposible,
vano fantasma de niebla y luz;
soy incorpórea, soy intangible:
no puedo amarte.
—¡Oh, ven; ven tú! 15

 XII[12]

 Porque son, niña, tus ojos
verdes como el mar te quejas;
verdes los tienen las náyades,
verdes los tuvo Minerva,
y verdes son las pupilas 5
de las hurís del Profeta.

 El verde es gala y ornato
del bosque en la primavera.
Entre sus siete colores
brillante el Iris lo ostenta. 10
Las esmeraldas son verdes,
verde el color del que espera

meninos es muy característica del autor, pero la idea de la «mujer imposible»
está llevada al extremo de atracción para el poeta.

[12] Rima XII. Conservamos la acentuación de «oceano» por «océano», que
es la ortografía moderna, pues la exigencia métrica nos inclina a la forma inicial,
que es la que escribe Bécquer. Como ocurre en la rima V es necesario la sinére-
sis de la sílaba «cea» del v. 13.

y las ondas del Oceano
y el laurel de los poetas.

* * *

Es tu mejilla temprana 15
rosa de escarcha cubierta,
en que el carmín de los pétalos
se ve al través de las perlas.
 Y sin embargo,
 sé que te quejas, 20
 porque tus ojos
 crees que la afean:
 pues no lo creas.
Que parecen sus pupilas,
húmedas, verdes e inquietas, 25
tempranas hojas de almendro
que al soplo del aire tiemblan.

* * *

Es tu boca de rubíes
purpúrea granada abierta
que en el estío convida 30
a apagar la sed con ella.
 Y sin embargo,
 sé que te quejas,
 porque tus ojos
 crees que la afean: 35
 pues no lo creas.
Que parecen, si enojada
tus pupilas centellean,
las olas del mar que rompen
en las cantábricas peñas. 40

* * *

Es tu frente que corona
crespo el oro en ancha trenza,
nevada cumbre en que el día
su postrera luz refleja.

 Y sin embargo, 45
 sé que te quejas,
 porque tus ojos
 crees que la afean:
 pues no lo creas.

 Que, entre las rubias pestañas, 50
junto a las sienes, semejan
broches de esmeralda y oro
que un blanco armiño sujetan.

 Porque son, niña, tus ojos
verdes como el mar te quejas; 55
quizás si negros o azules
se tornasen lo sintieras.

XIII[13]

 Tu pupila es azul y cuando ríes
su claridad süave me recuerda
el trémulo fulgor de la mañana
que en el mar se refleja.

 Tu pupila es azul y cuando lloras 5
las tra[n]sparentes lágrimas en ella
se me figuran gotas de rocío
sobre una vïoleta.

[13] Rima XIII. Se publicó en la revista *El Nene* (17-XII-1859) con variantes de mucha consideración. Entiéndase que el autor utiliza «pupila» por «iris» como licencia poética, del todo comprensible. El tema de los ojos es verdaderamente obsesivo en el poeta, además de ser su color un verdadero tópico de la época.

Tu pupila es azul y si en su fondo
como un punto de luz radia una idea 10
me parece en el cielo de la tarde
una perdida estrella.

XIV[14]

Te vi un punto y flotando ante mis ojos
la imagen de tus ojos se quedó,
como la mancha oscura orlada en fuego
que flota y ciega si se mira al sol.

Adonde quiera que la vista clavo 5
torno a ver sus pupilas llamear;
mas no te encuentro a ti, que es tu mirada,
unos ojos, los tuyos, nada más.

De mi alcoba en el ángulo los miro
desasidos fantásticos lucir: 10
cuando duermo los siento que se ciernen
de par en par abiertos sobre mí.

Yo sé que hay fuegos fatuos que en la noche
llevan al caminante a perecer:
yo me siento arrastrado por tus ojos, 15
pero adónde me arrastran no lo sé.

[14] Rima XIV. Díez Taboada, en su libro *La mujer ideal*, dedica un capítulo
a «La mujer de los ojos desasidos», y analizando el texto reconoce la posible in-
fluencia de algunos autores sobre Bécquer (Bürger, Nerval) que ya señalaron
otros críticos, pero él se centra más en el influjo de Espronceda. También ha
sido señalada la posible influencia de Poe (el poema «To Helen»). Conexiones
con este último no faltan, y, suprimiendo lo fantásticamente macabro de la
narración titulada «Berenice» y el motivo de los «dientes» por los «ojos», cier-
to paralelismo entre los dos grandes poetas también sería posible. Del mismo
modo, los lazos con la leyenda «Los ojos verdes» del propio Bécquer son más
que evidentes, y ya sabemos adónde arrastraron a Fernando, el protagonista de
dicha leyenda, los ojos verdes.

Cendal flotante de leve bruma,
rizada cinta de blanca espuma,
rumor sonoro
de arpa de oro,
beso del aura, onda de luz, 5
eso eres tú.

¡Tú, sombra aérea, que cuantas veces
voy a tocarte te desvaneces.
Como la llama, como el sonido,
como la niebla, como el gemido 10
del lago azul!

En mar sin playas onda sonante,
en el vacío cometa errante,
largo lamento
del ronco viento, 15
ansia perpetua de algo mejor,
eso soy yo.

¡Yo, que a tus ojos en mi agonía
los ojos vuelvo de noche y día;
yo, que incansable corro y demente 20
tras una sombra, tras la hija ardiente
de una visión!

[15] Rima XV. La primera versión de este poema se publicó en el *Álbum de Señoritas y Correo de la Moda* (24-X-1860). Después en sucesivas revistas hasta completar un total de siete versiones, con algunas variantes de interés. Sebold apunta que nadie ha hecho notar cómo la «fraseología» procede de Quintana. En cualquier caso, el espíritu del texto es eminentemente becqueriano. Recuérdese que la expresión «largo lamento» ha pasado a constituirse en un título poemático de Pedro Salinas.

XVI[16]

Si al mecer las azules campanillas
de tu balcón
crees que suspirando pasa el viento
murmurador,
sabe que oculto entre las verdes hojas 5
suspiro yo.

Si al resonar confuso a tus espaldas
vago rumor,
crees que por tu nombre te ha llamado
lejana voz, 10
sabe que entre las sombras que te cercan
te llamo yo.

Si se turba medroso en la alta noche
tu corazón,
al sentir en tus labios un aliento 15
abrasador,
sabe que, aunque invisible, al lado tuyo
respiro yo.

[16] Rima XVI. Esta rima tiene múltiples antecedentes. Fue publicada en *El Museo Universal* (13-V-1866) con el título de «Serenata», pero también existe un manuscrito autógrafo, estudiado detalladamente por Díez Taboada (*RFE*, 1969, LII, pp. 245-259). Pageard afirma que se distingue de sus antecedentes (Ferrá, Eulogio Florentino Sanz, etc.) «por la fuerza contenida y la brevedad de la declaración amorosa, por la osadía de la composición métrica [...]; en un simple susurro final, el poeta persuade de lo imposible» (p. 171). La presencia impalpable del poeta llena el cosmos que rodea a la amada, lo que es una forma sutil de expresar su amor. El suspiro, la voz, el aliento, son otros tantos grados de señalar la presencia espiritual. Recordemos que para la Antigüedad el alma o psique significaba «el aliento final».

XVII[17]

Hoy la tierra y los cielos me sonríen,
hoy llega al fondo de mi alma el sol,
hoy la he visto…, la he visto y me ha mirado…
¡hoy creo en Dios!

XVIII[18]

Fatigada del baile,
encendido el color, breve el aliento,
apoyada en mi brazo
del salón se detuvo en un extremo.

Entre la leve gasa 5
que levantaba el palpitante seno,
una flor se mecía
en compasado y dulce movimiento.

Como en cuna de nácar
que empuja el mar y que acaricia el céfiro, 10
tal vez allí dormía
al soplo de sus labios entreabiertos.

[17] Rima XVII. El texto de la rima se conserva en un manuscrito del Museo de Bellas Artes de Córdoba, y lo estudió R. de Balbín. Es uno de los más escuetos y de claro sentido ascensional del poeta. El último verso, más que como una profesión de confesionalidad, ha de verse como una hipérbole de carácter casi místico, quizá próxima, como señala Sebold, al *Dios deseado y deseante* de Juan Ramón Jiménez. La identificación mujer-poesía-Dios está expresada en las *Rimas*, pero sobre todo en las tantas veces citadas *Cartas literarias a una mujer*, que puede consultarse en la p. 193 de esta edición.

[18] Rima XVIII. El ambiente social entrevisto en este poema se plasmará en otros con más agudo sentido crítico. Aquí pesa todavía demasiado el aspecto ornamental casi «modernista», como atinadamente indica Sebold, sobre el contenido «de salón» un tanto dieciochesco. En cualquier caso, sobre ellos planea el «sueño» típicamente becqueriano que anula toda referencia ornamental superpuesta a esa idea.

¡Oh! ¡quién así, pensaba,
dejar pudiera deslizarse el tiempo!
¡Oh! si las flores duermen,
¡qué dulcísimo sueño!

XIX[19]

Cuando sobre el pecho inclinas
la melancólica frente,
una azucena tronchada
me pareces.

Porque al darte la pureza 5
de que es símbolo celeste,
como a ella te hizo Dios
de oro y nieve.

XX[20]

Sabe si alguna vez tus labios rojos
quema invisible atmósfera abrasada,
que el alma que hablar puede con los ojos
también puede besar con la mirada.

[19] Rima XIX. El nombre de «azucena» y la metáfora «oro y nieve» hacen pensar a algunos críticos en la figura femenina de la leyenda «La corza blanca». Sebold también se acuerda de Garcilaso. Pero no hay que olvidar el sentido pictórico del poeta, que en este caso parece ilustrar el personaje con unas imágenes un tanto prerrafaelistas. Ni tampoco la impronta de la Ofelia literaria que pesa en muchas ocasiones sobre él. Bécquer, en cualquier caso, parece haber captado uno de esos momentos mágicos de triste ensimismamiento de una dama admirada y querida por él y lo traslada al papel como podría haberlo hecho a un lienzo.

[20] Rima XX. Sebold halla en esta rima una «presencia fugaz del Bécquer humorista», y también la relaciona con las famosas greguerías de Ramón Gómez de la Serna. Nosotros la relacionamos con el beso de la rima IX, de la que no sería más que un desprendimiento personalizado. No apreciamos sino humor y pasión espiritualizada y de cierto sentido platonizante. También se puede relacionar con el valor del alma errante del poeta, principalmente con lo que comunica en la rima XVI, con la que se puede confrontar.

XXI[21]

¿Qué es poesía?, dices mientras clavas
en mi pupila tu pupila azul;
¡Qué es poesía! ¿Y tú me lo preguntas?
Poesía... eres tú.

XXII[22]

¿Cómo vive esa rosa que has prendido
junto a tu corazón?
Nunca hasta ahora contemplé en el mundo
junto al volcán la flor.

[21] Rima XXI. Nadie había hasta entonces resumido en tan parco espacio
la idea de la poesía. Y, pese a la reiterada parodia que se pueden hacer de estos
versos, es la declaración amorosa más bella y reveladora que se ha hecho nunca.
Bécquer escribió mucho sobre la identificación poesía-mujer para que nos ex-
tendamos más sobre ella.

[22] Rima XXII. Continúa la serie de rimas casi epigramáticas. Hay aquí
bastante hipérbole retórica que se remonta, cuando menos, a la poesía clásica
(corazón-volcán, rosa-pasión). El parentesco entre este texto y la rima XVIII,
señalado por Pageard, parece evidente, aunque a Sebold el paralelo no le parece
«muy iluminativo». Es cierto que la intención es diversa, aunque la escena pue-
de ser semejante, pero lo que allí era una pintura casi «social» sublimada por el
«sueño», como ya indicamos, aquí se convierte en un epigrama (en una «gre-
guería», dice Sebold) apasionado. En realidad, todo el pequeño poema es una
hipérbole para hablar de la pasión de una mujer de una forma, como a veces
acostumbra Bécquer, absolutamente sintética y pictórica.

XXIII[23]

Por una mirada, un mundo;
por una sonrisa, un cielo;
por un beso… ¡yo no sé
qué te diera por un beso!

XXIV[24]

Dos rojas lenguas de fuego
que a un mismo tronco enlazadas
se aproximan, y al besarse
forman una sola llama.

Dos notas que del laúd 5
a un tiempo la mano arranca,

[23] Rima XXIII. En este caso la síntesis, de la que ya hablamos en el estudio preliminar, implica una gradación intencionada e igualmente hiperbólica en su inefable «no poder ir más allá». Véase también la rima XXV, que enlaza con ésta.

[24] Rima XXIV. Coincide en el motivo del beso con la rima anterior y con la XVI la XX. Pero ahora la gradación es absoluta, pues se pasa de una estrofa inicial de violencia sexual evidente (atemperada con el eufemismo clásico del fuego natural) a una última de contenido espiritual. El proceso amoroso descrito así profundiza en la esencialidad del amor sin reducirse a su realización sensorial o, si se prefiere, sensual. Aunque Sebold está en desacuerdo con la frecuente puntuación de la crítica al final de cada estrofa, como si fueran elementos aislados, por parecerle a él que forman «un solo período gramatical», nosotros nos apartamos de esa idea por una razón expresiva (siempre superior, a nuestro juicio, a las de índole gramatical, como hemos dicho en otras ocasiones al hablar de Bécquer) y porque Bécquer así lo hace en el *Libro de los gorriones*.
El punto final en cada estrofa aporta una entidad significativa y aislada que crea una cierta suspensión en torno al desenlace de la serie, lo que conviene a la perfección a éste (como ocurre en la rima II, que por cierto Bécquer puntúa vacilantemente, si es que la «N.» de la misma tinta que las correcciones no es de Narciso Campillo). Y si Sebold quiere ser consecuente con la puntuación del *Libro de los gorriones* debería también haber situado el punto y coma detrás del penúltimo verso, como hace el autor.

y en el espacio se encuentran
y armonïosas se abrazan.

Dos olas que vienen juntas
a morir sobre una playa 10
y que al romper se coronan
con un penacho de plata.

Dos jirones de vapor
que del lago se levantan,
y al juntarse allá en el cielo 15
forman una nube blanca.

Dos ideas que al par brotan,
dos besos que a un tiempo estallan,
dos ecos que se confunden;
eso son nuestras dos almas. 20

XXV[25]

Cuando en la noche te envuelven
las alas de tul del sueño
y tus tendidas pestañas
semejan arcos de ébano,
por escuchar los latidos 5
de tu corazón inquieto
y reclinar tu dormida
cabeza sobre mi pecho,

[25] Rima XXV. Otro poema que enlaza con la temática de la rima XXIII,
como ya señalara Pageard, ampliando, o glosando «tres veces», como muy bien
indica Sebold, la rima referida. También vemos nosotros otra glosa, en este caso
pictórica, de la rima XIX, por la sucesión de tres escenas descriptivas de la
mujer amada que allí se condensaban en una. La misma fórmula sintáctica ini-
cial, «Cuando sobre el pecho inclinas», introduce el parentesco estético. Lo que
las separa claramente es el tono «casto» de aquélla frente a la pasión progresi-
vamente desbordada de ésta. Lo mismo ocurre con la gradación de las hipérbo-
les finales que van ascendiendo, en este caso como en la susodicha rima XXIII.

diera, alma mía,
cuanto poseo,
¡la luz, el aire
y el pensamiento!

Cuando se clavan tus ojos
en un invisible objeto
y tus labios ilumina
de una sonrisa el reflejo,
por leer sobre tu frente
el callado pensamiento
que pasa como la nube
del mar sobre el ancho espejo,
diera, alma mía,
cuanto deseo,
¡la fama, el oro,
la gloria, el genio!

Cuando enmudece tu lengua
y se apresura tu aliento,
y tus mejillas se encienden
y entornas tus ojos negros,
por ver entre sus pestañas
brillar con húmedo fuego
la ardiente chispa que brota
del volcán de los deseos,
diera, alma mía,
por cuanto espero,
la fe, el espíritu,
la tierra, el cielo.

Voy contra mi interés al confesarlo,
no obstante, amada mía,
pienso cual tú que una oda sólo es buena
de un billete del Banco al dorso escrita.
No faltará algún necio que al oírlo 5
se haga cruces y diga:
Mujer al fin del siglo diez y nueve
material y prosaica... ¡Boberías!
¡Voces que hacen correr cuatro poetas
que en invierno se embozan con la lira! 10
¡Ladridos de los perros a la luna!
Tú sabes y yo sé que en esta vida,
con genio es muy contado el que *la escribe*,
y con oro cualquiera *hace* poesía.

XXVII[27]

Despierta, tiemblo al mirarte;
dormida, me atrevo a verte;
por eso, alma de mi alma,
yo velo mientras tú duermes.

[26] Rima XXVI. Como señala con acierto Pageard, este poema sarcástico cons-
tituye «un ataque impersonal contra el espíritu de la sociedad de su tiempo».
Y aduce un texto periodístico del autor (que hoy puede resultar hasta casi pro-
fético): «La civilización, oh, la civilización es un gran bien; pero al mismo tiem-
po es un rasero prosaico, que concluirá por hacerle adoptar a toda la Humani-
dad un uniforme» («La Nena», en *El Contemporáneo*, 30-III-1862).

[27] Rima XXVII. Se conserva en un manuscrito fechado en Madrid (mayo
de 1860). También fue impreso en *La Gaceta Literaria* (21-I-1863). El espíritu
contemplativo y observador del poeta se plasma aquí en sucesivos cuadros al-
ternativos de la amada despierta y dormida. El poema es una bella síntesis de
matices. Hay mucho de premodernista en imágenes como «lluvia de perlas que
en dorada copa se derrama a torrentes» para visualizar las palabras de la amada,
mucho de romántico en el tema de la «noche», mucho de cotidiano y tierno (o
realista) en el detalle de cerrar las persianas para que no la despierte el resplan-
dor del amanecer, y mucho de propiamente becqueriano en el tema del sueño.

Despierta ríes y al reír tus labios 5
inquietos me parecen
relámpagos de grana que serpean
sobre un cielo de nieve.

Dormida, los extremos de tu boca
pliega sonrisa leve, 10
süave como el rastro luminoso
que deja un sol que muere.

¡Duerme!

Despierta miras, y al mirar, tus ojos
húmedos resplandecen, 15
como la onda azul en cuya cresta
chispeando el sol hiere.

Al través de tus párpados, dormida,
tranquilo fulgor vierten,
cual derrama de luz templado rayo 20
lámpara tra[n]sparente.

¡Duerme!

Despierta hablas y al hablar, vibrantes
tus palabras parecen
lluvia de perlas que en dorada copa 25
se derrama a torrentes.

Dormida, en el murmullo de tu aliento
acompasado y tenue
escucho yo un poema que mi alma
enamorada entiende. 30

¡Duerme!

Sobre el corazón la mano
me he puesto porque no suene

su latido y de la noche
turbe la calma solemne. 35

De tu balcón las persianas
cerré ya porque no entre
el resplandor enojoso
de la aurora y te despierte.

¡Duerme! 40

XXVIII[28]

Cuando entre la sombra oscura
perdida una voz murmura
turbando su triste calma,
si en el fondo de mi alma
la oigo dulce resonar; 5

dime: ¿es que el viento en sus giros
se queja, o que tus suspiros
me hablan de amor al pasar?

Cuando el sol en mi ventana
rojo brilla a la mañana 10
y mi amor tu sombra evoca,

[28] Rima XXVIII. Este texto lo relaciona Pageard con el poema de Lamarti-
ne «Souvenir» y otro poema de Goethe, traducido por Eulogio Florentino Sanz.
El parentesco con la rima XVI destacado por Sebold es indudable, sólo que a la
inversa: aquí es la amada la que envía su aliento al amado a través de su alma, allí
era el amado quien trataba de comunicarse con ella. Ésta le parece la «única dife-
rencia» entre ambas rimas, pero creo que aquí la comunicación es mucho más
misteriosa: allí se afirmaba que era el poeta el que acechaba escondido a la amada;
aquí se duda, se pregunta, si sus sensaciones son «delirio» o realidad. La impal-
pabilidad de este texto es mucho más intensa. Sebold se empeña en ver en ésta y
en otras rimas una «influencia espiritista». Debemos señalar que, como ya dijera
Díez Taboada (y otros críticos), «la crítica de parecidos por sí sola no puede ex-
plicar la poesía del poeta sevillano» (*La mujer ideal*, p. 10). De aquí en adelante
las referencias a las fuentes han de entenderse desde este supuesto básico.

si en mi boca de otra boca
sentir creo la impresión;

dime: ¿es que ciego deliro,
o que un beso en un suspiro
me envía tu corazón?

Y en el luminoso día
y en la alta noche sombría,
si en todo cuanto rodea
al alma que te desea
te creo sentir y ver;

dime: ¿es que toco y respiro
soñando, o que en un suspiro
me das tu aliento a beber?

XXIX[29]

La bocca mi bacció tutto tremante...

Sobre la falda tenía
el libro abierto,
en mi mejilla tocaban
sus rizos negros:
no veíamos las letras
ninguno, creo,

[29] Rima XXIX. El «Infierno» de Dante gravita sobre este poema, declarado por el propio Bécquer en el cuerpo mismo del texto, pero ya señalado por la cita inicial de la rima, cita referente a Paolo y Francesca, sobre los que tanta literatura, pintura y música se ha compuesto. Las circunstancias de la historia son similares a las de la rima, sólo que en el relato de Dante, el esposo de Francesca, hermano de Paolo, mata a los amantes con una daga mientras éstos leen a su vez una historia semejante entre Lanzarote del Lago y la reina Ginebra. La escena, por otra parte, puede tener también algo de autobiográfico, según indican Rica Brown y R. Montesinos. Los protagonistas: Julia Espín y el poeta.

y sin embargo guardábamos
hondo silencio.

¿Cuánto duró? Ni aun entonces
pude saberlo.
Sólo sé que no se oía
más que el aliento,
que apresurado escapaba
del labio seco.
Sólo sé que nos volvimos
los dos a un tiempo
y nuestros ojos se hallaron
y sonó un beso.

. .
. .

Creación de Dante era el libro,
era su «Infierno».
Cuando a él bajamos los ojos
yo dije trémulo:
¿Comprendes ya que un poema
cabe en un verso?
Y ella respondió encendida:
—¡Ya lo comprendo!

XXX[30]

Asomaba a sus ojos una lágrima
y a mi labio una frase de perdón;
habló el orgullo y se enjugó su llanto,
y la frase en mis labios expiró.

Yo voy por un camino: ella, por otro;
pero al pensar en nuestro mutuo amor,

30 Rima XXX. Rima de ruptura, e imposible arreglo, a causa del orgullo.
La serie continúa hasta la rima LI. Algunas pueden referirse a sus relaciones
con Julia Espín, o incluso con Casta, su esposa. No es posible, sin embargo,
atribuir a una misma historia todo el conjunto de las mismas, que pueden refe-
rirse a situaciones y personajes diferentes, reales o imaginarios.

yo digo aún ¿por qué callé aquel día?
Y ella dirá ¿por qué no lloré yo?

XXXI[31]

Nuestra pasión fue un trágico sainete
en cuya absurda fábula
lo cómico y lo grave confundidos
risas y llanto arrancan.

Pero fue lo peor de aquella historia 5
que al fin de la jornada
a ella tocaron lágrimas y risas
y a mí, sólo las lágrimas.

XXXII[32]

Pasaba arrolladora en su hermosura
y el paso le dejé;
ni aun a mirarla me volví, y, no obstante,
algo a mi oído murmuró: «ésa es».

[31] Rima XXXI. Sebold, con acierto, entiende que aquí se expresa el concepto romántico de la vida como un teatro. En efecto, este concepto hunde sus raíces en el barroco español y esencialmente en Calderón, del que, por otra parte, Bécquer deja notar su huella en varias ocasiones, como puede comprobarse.

[32] Rima XXXII. La unión de los «crepúsculos» recuerda a Balbín el verso de _La vida es sueño_ «no juntes el ocaso y el oriente» que pronuncia Segismundo ante Rosaura. En el contexto de las rimas ordenadas por los amigos del poeta la interpretación más plausible de ésta es la rupturista (así lo entiende Pageard, por ejemplo). Otros críticos la entienden de forma muy diferente. Así, Sebold llega a decir de forma algo tajante: «No cabe descripción más original, discreta, económica y poética de la seducción, el éxtasis y la consumación sexuales que la que se nos brinda en estos cuatro versos» (se refiere, claro está, a los cuatro últimos). Nosotros en nuestra anterior edición aceptábamos la vacilación, pero nos inclinábamos por el texto rupturista. La fuente calderoniana nos lo parece confirmar. En cualquier caso el «enigma» sigue vivo, o más que enigma, ambigüedad, lo que nunca viene mal a la poesía.

¿Quién reunió la tarde a la mañana?
Lo ignoro; sólo sé
que en una breve noche de verano
se unieron los crepúsculos, y «*fue*».

XXXIII[33]

Es cuestión de palabras, y no obstante
ni tú ni yo jamás,
después de lo pasado, convendremos
en quién la culpa está.

¡Lástima que el Amor un diccionario
no tenga donde hallar
cuándo el orgullo es simplemente orgullo
y cuándo es dignidad!

XXXIV[34]

Cruza callada, y son sus movimientos
silenciosa armonía:

[33] Rima XXXIII. El tema del orgullo aparece en otras rimas (recordemos la XXX). La dificultad becqueriana de distinguir entre «orgullo» y «dignidad» tiene sentido no sólo desde el punto de vista de su anécdota personal, sino desde el concepto abstracto mismo del «diccionario» al que alude, ya que la ambivalencia del término (positivo o negativo) depende de si nace de una virtud o de una mera vanidad herida. La «culpa» en las difíciles relaciones humanas depende de factores tan diversos que el poeta no sabe (no puede saber) dónde está. Sebold alude al contenido epigramático más que lírico del poema. El lirismo del mismo está, no obstante, en la subjetivización del concepto y en la lamentación por el equívoco que ha podido dar lugar a la ruptura. Es lo que dice más o menos Pageard: «La originalidad de esta rima reside en la fusión que se nota en ella entre la pasión y el deseo de objetividad».

[34] Rima XXXIV. Pageard ha comparado esta rima con la narración *Un boceto del natural*. La coincidencia temática es enorme, pero como el crítico dice muy bien: «La rima prolonga poéticamente el relato, pero constituye también su complemento antitético», pues en la narración predomina la desilusión, mientras que en la rima la ilusión prevalece sobre la realidad.

suenan sus pasos y al sonar recuerdan
del himno alado la cadencia rítmica.

Los ojos entreabre, aquellos ojos 5
tan claros como el día,
y la tierra y el cielo, cuanto abarcan,
arden con nueva luz en sus pupilas.

Ríe, y su carcajada tiene notas
del agua fugitiva; 10
llora, y es cada lágrima un poema
de ternura infinita.

Ella tiene la luz, tiene el perfume,
el color y la línea,
la forma engendradora de deseos, 15
la expresión, fuente eterna de poesía.

¿Que es estúpida? ¡Bah! Mientras callando
guarde oscuro el enigma,
siempre valdrá lo que yo creo que calla
más que lo que cualquiera otra me diga. 20

XXXV[35]

¡No me admiró tu olvido! Aunque de un día
me admiró tu cariño mucho más,
porque lo que hay en mí que vale algo,
eso... ni lo pudiste sospechar.

[35] Rima XXXV. La elusión forma parte indisoluble de la estética becque-
riana. Se puede especular con el misterio de los valores (o el valor) a los que
alude el poeta, pero su táctica consiste precisamente en no mencionarlos, como
no menciona el «enigma» de la mujer «estúpida» de la rima anterior, o lo que
daría por «un beso» de la rima XXIII, o el «himno» inexpresable de la rima I,
o el lugar adonde va el amor cuando se olvida de la rima XXXVIII, etc.

XXXVI[36]

Si de nuestros agravios en un libro
se escribiese la historia
y se borrase en nuestras almas cuanto
se borrase en sus hojas;

te quiero tanto aún; dejó en mi pecho 5
tu amor huellas tan hondas,
que sólo con que tú borrases una
¡las borraba yo todas!

XXXVII[37]

Antes que tú me moriré: escondido
en las entrañas ya
el hierro llevo con que abrió tu mano
la ancha herida mortal.

[36] Rima XXXVI. Se ha especulado con que Bécquer se equivoca gramaticalmente al referirse en femenino a «borrar» las huellas, porque en realidad lo que quería es borrar los «agravios». Habría mejor que preguntarse si lo que quería es borrar las «hojas» del «libro» que anuncia en la primera estrofa, como creemos. Si es así, no hay error en Bécquer. No creo, por tanto, que haya que defender al poeta, como hace Sebold, de su «hermoso desorden», por lo menos en este caso.

[37] Rima XXXVII. La fuente de esta rima puede estar en algunos *Cantares* de Ferrán, como han visto varios críticos. Díez Taboada estudia el conjunto de las rimas XLII, XLVI, XXXVII y XLVIII como un grupo coherente (por ese orden) si se refieren al mismo episodio de traición, y con el componente de la «herida» y el «hierro» que la produce. Según esto la historia de esta traición tendría cuatro momentos, correspondientes al orden de las rimas mencionadas: 1. Un amigo le da la noticia de la traición; 2. Es la amada que le ha partido el corazón «por la espalda»; 3. El poeta la emplaza para la eternidad para hablar de lo que hasta entonces han callado; 4. Al fin se arranca el amor de sus «entrañas». Los motivos temáticos son los mismos, pero hay otras rimas que también hablan de la traición aunque no tengan esos motivos y que pueden referirse al mismo episodio o a otros diversos. Lo que claramente une a éstas son los motivos mencionados, como dice Taboada (*La mujer ideal*, p. 124 y ss.).

Antes que tú me moriré: y mi espíritu 5
en su empeño tenaz
se sentará a las puertas de la Muerte,
esperándote allá.

Con las horas los días, con los días
los años volarán, 10
y a aquella puerta llamarás al cabo...
¿Quién deja de llamar?

Entonces que tu culpa y tus despojos
la tierra guardará,
lavándote en las ondas de la muerte 15
como en otro Jordán:

Allí donde el murmullo de la vida
temblando a morir va,
como la ola que a la playa viene,
silenciosa a expirar: 20

Allí donde el sepulcro que se cierra
abre una eternidad,
todo cuanto los dos hemos callado
allí lo hemos de hablar.

XXXVIII[38]

¡Los suspiros son aire y van al aire!
¡Las lágrimas son agua y van al mar!
Dime, mujer, cuando el amor se olvida,
¿sabes tú a dónde va?

[38] Rima XXXVIII. Desde el punto de vista formal la estudió Balbín. Para las fuentes y originalidad de este texto puede verse nuestro estudio sobre el mismo (*Anuario de Estudios Filológicos*, IX, Cáceres, 1986, pp. 262-273). Espronceda y Ferrán gravitan sobre el poema. Sebold añade posteriormente otra

XXXIX[39]

¿A qué me lo decís? Lo sé: es mudable,
es altanera y vana y caprichosa:
antes que el sentimiento de su alma,
brotará el agua de la estéril roca.

Sé que en su corazón, nido de sierpes, 5
no hay una fibra que al amor responda;
que es una estatua inanimada..., pero...
¡es tan hermosa!

XL[40]

Su mano entre mis manos,
sus ojos en mis ojos,
la amorosa cabeza
apoyada en mi hombro,
Dios sabe cuántas veces 5
con paso perezoso

fuente de Lista que le parece más convincente. La diferencia radica en que el
texto de Lista afirma que el «llanto» va al mar y los «suspiros» al aire, pero nada
más. Mientras que la inconcreción y la pregunta sí estaban presentes en Es-
pronceda (*El estudiante de Salamanca*, vv. 250-255 y 845-848), Bécquer va más
allá y hace la pregunta clave, que no tiene respuesta. La filiación entre Bécquer
y Espronceda me parece más completa que la referente a Lista.
 [39] Rima XXXIX. Se han señalado las fuentes de Heine, Byron, Selgas y
Dacarrete para esta rima, que no parecen convincentes a Sebold. Tiene razón
Pageard cuando opina que el poema refleja la fatalidad de que al amor lo des-
pierte la belleza sin alma. La idea de la estatua está en otras rimas becquerianas
(la LXXVI), en la leyenda «El beso» y en «La mujer de piedra», como apunta
Sebold. Recordemos también la posibilidad de que el personaje de la rima
LXXIV sea en realidad una estatua.
 [40] Rima XL. Esta hermosa rima, que se analiza más adelante (p. 461), tiene
la apariencia de una estampa o dibujo romántico, la estructura de un retablo
amoroso de aspecto prerrafaelista cuyo centro del cuadro representa una feroz
crítica a la murmuración social (recordemos siempre al Bécquer dibujante y de
familia de pintores).

hemos vagado juntos
bajo los altos olmos
que de su casa prestan
misterio y sombra al pórtico. 10
Y ayer… un año apenas,
pasado como un soplo,
con qué exquisita gracia,
con qué admirable aplomo,
me dijo al presentarnos 15
un amigo oficioso:
«Creo que en alguna parte
he visto a usted». ¡Ah bobos,
que sois de los salones
comadres de buen tono 20
y andabais allí a caza
de galantes embrollos;
qué historia habéis perdido,
qué manjar tan sabroso
para ser devorado 25
sotto voce en un corro
detrás del abanico
de plumas y de oro!
.
¡Discreta y casta luna,
copudos y altos olmos, 30
paredes de su casa,
umbrales de su pórtico,
callad y que el secreto
no salga de vosotros!
Callad; que por mi parte 35
yo lo he olvidado todo:
y ella… ella, no hay máscara
semejante a su rostro.

XLI[41]

Tú eras el huracán y yo la alta
torre que desafía su poder:
¡tenías que estrellarte o que abatirme!
¡No pudo ser!

Tú eras el oceano y yo la enhiesta
roca que firme aguarda su vaivén:
¡tenías que romperte o que arrancarme!
¡No pudo ser!

Hermosa tú, yo altivo: acostumbrados
uno a arrollar, el otro a no ceder:
la senda estrecha, inevitable el choque...
¡No pudo ser!

XLII[42]

Cuando me lo contaron sentí el frío
de una hoja de acero en las entrañas,
me apoyé contra el muro, y un instante
la conciencia perdí de donde estaba.

[41] Rima XLI. Sebold señala la influencia de Lista sobre este poema, como sobre otros de Bécquer. Gerardo Diego (citado por Pageard) prefería la variante «no podía ser» sobre «no pudo ser» del propio *Libro de los gorriones*, por parecerle ésta demasiado «inexorable», atribuyendo la corrección a Narciso Campillo y a sus pruritos de profesor de retórica. El que la corrección sea de otra mano que la de Bécquer es más que discutible. Tampoco comprendemos la preferencia de Diego del «podía» sobre el «pudo», ya que el propio poema es rotundo en todos sus términos, empezando por los puramente fónicos, que ya hemos destacado en otro lugar. Esta última variante, sin embargo, ha sido una corrección aceptada en la edición de 1871, y por la mayor parte de los editores, entre los que nos encontramos.

[42] Rima XLII. Esta rima sufrió bastantes correcciones en el manuscrito, aceptadas como casi siempre en la edición de 1871. Sebold piensa que esta rima de ruptura se refiere a la relación de Bécquer con su mujer Casta Esteban. Balbín apuntaba también la posibilidad del rompimiento con Julia Espín, que Sebold rechaza por parecerle que el amor por ésta «fue siempre más bien ideal y platónico».

Cayó sobre mi espíritu la noche, 5
en ira y en piedad se anegó el alma
¡y entonces comprendí por qué se llora
y entonces comprendí por qué se mata!

Pasó la nube de dolor... con pena
logré balbucear breves palabras... 10
¿quién me dio la noticia?... Un fiel amigo...
Me hacía un gran favor... Le di las gracias.

XLIII[43]

Dejé la luz a un lado y en el borde
de la revuelta cama me senté,
mudo, sombrío, la pupila inmóvil
clavada en la pared.

¿Qué tiempo estuve así? 5
No sé: al dejarme
la embrïaguez horrible de dolor,
expiraba la luz y en mis balcones
reía el sol.

Ni sé tampoco en tan terribles horas 10
en qué pensaba o qué pasó por mí;
sólo recuerdo que lloré y maldije,
y que en aquella noche envejecí.

[43] Rima XLIII. Para Pageard este poema «es uno de los más prosaicos de
las rimas». Creo que aquí confunde prosaísmo con el patetismo de la vivencia
trágica localizada en un lugar cotidiano e íntimo. Pero el contexto se aviene a la
perfección con la duración del dolor (la noche entera), e incluso el «reía el sol»,
que parece a algunos ruptura de la simetría de los cuartos versos de cada estro-
fa (en realidad esta simetría está siempre ausente), es como una bellísima nota
escueta que contrasta (un verdadero sarcasmo intencionado estéticamente) con
el dolor del poeta.

XLIV[44]

Como en un libro abierto
leo de tus pupilas en el fondo.
¿A qué fingir el labio
risas que se desmienten con los ojos?

¡Llora! No te avergüences
de confesar que me quisiste un poco.
¡Llora! Nadie nos mira.
Ya ves; yo soy un hombre... y también lloro.

XLV[45]

En la clave del arco mal seguro
cuyas piedras el tiempo enrojeció,
obra de cincel rudo campeaba
el gótico blasón.

Penacho de su yelmo de granito,
la yedra que colgaba en derredor
daba sombra al escudo en que una mano
tenía un corazón.

A contemplarle en la desierta plaza
nos paramos los dos.

[44] Rima XLIV. A Pageard le parece uno de los poemas «más tiernos de la colección». A Sebold, en donde Bécquer se muestra «feminista en el sentido actual». El «llorar» del hombre forma parte de la estela lírica de intimismo dejada por Bécquer. Quizá esa equiparación de sentimiento humano con el de la mujer (falseado siempre por la sociedad hipócrita) es uno de los atractivos de su poesía para toda persona (hombre o mujer).

[45] Rima XLV. El marco de la rima puede referirse a Toledo, como indica Pageard. Es un poema híbrido entre la estampa pictórica y la reflexión irónica y dolorosa. Bellamente enmarcada ésta, parece según varios críticos que la descripción de la leyenda titulada «Tres fechas» coincide con la de la rima. Por supuesto que la descripción de la leyenda mencionada se sitúa en Toledo.

Y, ése, me dijo, es el cabal emblema
de mi constante amor.

¡Ay! es verdad lo que me dijo entonces:
Verdad que el corazón
lo llevará en la mano... en cualquier parte... 15
pero en el pecho no.

XLVI[46]

Me ha herido recatándose en las sombras,
sellando con un beso su traición.
Los brazos me echó al cuello y por la espalda
partióme a sangre fría el corazón.

Y ella prosigue alegre su camino, 5
feliz, risueña, impávida, ¿y por qué?
Porque no brota sangre de la herida,
porque el muerto está en pie.

[46] Rima XLVI. Las rectificaciones que muestra el *Libro de los gorriones*
respecto a este texto pueden ser del propio autor. Así lo estimamos en nues-
tra edición de 1984 por las razones que allí apuntamos. Se han destacado
semejanzas con algún cantar de Ferrán (el LXXIX) y con textos de Musset.
El fondo autobiográfico de ésta como de otras rimas supuso la no publi-
cación de las mismas de este contenido en vida de Bécquer, como sugiere
Pageard. Esto queda de manifiesto en las que ese fondo es demasiado explí-
cito, como sucede con algunas que ya indicaremos, que incluso en el manus-
crito están tachadas. Esta rima fue publicada por Narciso Campillo en *La
Ilustración de Madrid* (15-I-1871) en un artículo necrológico sobre su amigo.
Es muy interesante el cotejo de este texto con el famoso de Larra «La No-
chebuena de 1836» que propone Sebold: «A los que matan una existencia con
una palabra dicha al oído, con una carta cerrada, a ésos ni los llama la socie-
dad criminales ni la justicia los prende porque la víctima no arroja sangre ni
manifiesta herida...».

Yo me he asomado a las profundas simas
de la tierra y del cielo,
y les he visto el fin o con los ojos
o con el pensamiento.

Mas ¡ay! de un corazón llegué al abismo 5
y me incliné un momento,
y mi alma y mis ojos se turbaron:
¡Tan hondo era y tan negro!

XLVIII[48]

Como se arranca el hierro de una herida
su amor de las entrañas me arranqué,
aunque sentí al hacerlo que la vida
me arrancaba con él.

Del altar que le alcé en el alma mía 5
la voluntad su imagen arrojó,
y la luz de la fe que en ella ardía
ante el ara desierta se apagó.

Aun para combatir mi firme empeño
viene a mi mente su visión tenaz... 10

[47] Rima XLVII. Frente a la fuente de Ferrán, que señaló Balbín y que también propone Pageard para esta rima, Sebold aduce la de *Las noches lúgubres* de Cadalso, más un texto espiritista de un libro de Suárez Artazu. Otras (Ruiz Aguilera, Musset) habían sido señaladas ya por J.P. Díaz y Díez Taboada. Entre tanta fuente, contacto o reminiscencia el texto becqueriano puede quedar diluido. Lo que en verdad aporta éste es la personalización de la idea, la estructura de la composición y su propio estilo, lo que no parece poco.

[48] Rima XLVIII. Otra de las más características rimas de ruptura de Bécquer, analizadas con gran detenimiento por J.M. Díez Taboada en el libro que mencionamos en las notas sobre la rima XXXVII.

¡Cuándo podré dormir con ese sueño
en que acaba el soñar!

XLIX[49]

Alguna vez la encuentro por el mundo
y pasa junto a mí,
y pasa sonriéndose y yo digo
¿Cómo puede reír?

Luego asoma a mi labio otra sonrisa 5
máscara del dolor,
y entonces pienso: —Acaso ella se ríe,
como me río yo.

L[50]

Lo que el salvaje que con torpe mano
hace de un tronco a su capricho un dios
y luego ante su obra se arrodilla,
eso hicimos tú y yo.

[49] Rima XLIX. Se han señalado dos influjos sobre este texto: Ferrán (cantar LXXXVI de *La soledad*) y Heine. Díez Taboada señala su parentesco con los versos 5 y 6 de la rima XLVI. También creemos posible su relación con los dos últimos de la rima XL, aunque sólo en el sentido de los rostros que son «máscaras» y no reflejan la realidad de los sentimientos.

[50] Rima L. Para Pageard hay una reminiscencia en este texto de la leyenda «El caudillo de las manos rojas». Pero no resuelve el «enigma», que Sebold parece hallar en la famosa «Introducción sinfónica» de Bécquer en la que el poeta cree no poder distinguir «qué cosas he soñado y cuáles me han sucedido». Pero ésta no es la solución al «enigma», sino la explicación de su existencia. De aquél puede entender el lector lo que le parezca: una imagen idealizada de una realidad, personal o no, pero siempre un «fantasma». El poeta, como casi siempre, no concreta el alcance de su «idealidad», y hace bien, porque en esa sugerencia reside la índole de su propia sugestión. Por otra parte, esto es lo mismo que ocurre en otras rimas que ya hemos indicado, aunque tengan otra temática.

Dimos formas reales a un fantasma 5
de la mente ridícula invención
y hecho el ídolo ya, sacrificamos
en su altar nuestro amor.

LI[51]

De lo poco de vida que me resta
diera con gusto los mejores años,
por saber lo que a otros
de mí has hablado.

Y esta vida mortal y de la eterna 5
lo que me toque, si me toca algo,
por saber lo que a solas
de mí has pensado.

LII[52]

Olas gigantes que os rompéis bramando
en las playas desiertas y remotas,
envuelto entre la sábana de espumas,
¡llevadme con vosotras!

[51] Rima LI. De esta rima P. Palomo opina que no es un texto de ruptura.
Sugiere que está más relacionada con la rima XXV, «perteneciente a una ini-
ciación amorosa». Tiene razón en cuanto al motivo de «saber lo que pien-
sa la amada», y en el uso de la expresión «diera» (que también coincide con la
rima XXIII, como señala Sebold), pero creemos que ahí acaba la semejanza.
Aquél es un claro poema de júbilo amoroso, éste ya se inicia con un tono amar-
go y pesimista: «De lo poco de vida que me resta», que se prolonga en la desen-
gañada frase «Y esta vida mortal y de la eterna / lo que me toque, si me toca
algo». No parece este tono propio de una «iniciación amorosa», y no casa desde
luego con el tono encendido de la rima XXV, en donde la descripción porme-
norizada de la amada sí responde a un sostenido conocimiento de su todavía
vivo amor. Para nosotros es un texto de ruptura por los motivos señalados.
[52] Rima LII. Uno de los textos más hermosos, patéticos e inolvidables de
Bécquer, que se apoya, como muchos de su autor, en la enumeración de fenó-

Ráfagas de huracán que arrebatáis 5
del alto bosque las marchitas hojas,
arrastrado en el ciego torbellino,
¡llevadme con vosotras!

Nubes de tempestad que rompe el rayo
y en fuego ornáis las desprendidas orlas, 10
arrebatado entre la niebla oscura,
¡llevadme con vosotras!

Llevadme por piedad a donde el vértigo
con la razón me arranque la memoria.
¡Por piedad! ¡Tengo miedo de quedarme 15
con mi dolor a solas!

LIII[53]

Volverán las oscuras golondrinas
en tu balcón sus nidos a colgar,
y otra vez con el ala a sus cristales
jugando llamarán.

menos o hechos de la naturaleza para ir progresivamente elevando o reducien-
do (según el caso) la intensificación de los mismos en aras de una gradación
expresiva. Aquí la gradación se inclina por el aspecto siniestro de esos fenóme-
nos, y, como ocurre con frecuencia, la última estrofa es una invocación perso-
nal que rompe la simetría buscando la mayor fuerza de comunicación personal.
Sebold ha destacado el paralelo en las imágenes con la rima II, y la progresión
de los verbos «envuelto», «arrastrado» y «arrebatado». La fuente principal,
señalada por Pageard, hay que buscarla en el texto de Lamartine «L'Isolement»,
de sus *Primeras meditaciones poéticas*. La corrección del texto originario co-
rrespondiente al *Libro de los gorriones* «y en fuego ornáis las desprendidas
orlas», por el inicial «y en fuego encienden las sangrientas orlas» nos parece del
propio Bécquer, en especial por la irrelevancia de las secuencias verbales de las
tres estrofas iniciales (acertada en «rompéis», «arrebatáis», «ornáis», y rota por
el «encienden» de la primera versión), como ya aducimos y explicamos en la
edición de 1984.

[53] Rima LIII. El poema más conocido y divulgado de Bécquer, y por ello
el más difícil de leer con la frescura primigenia y sin la rutina desgastadora de

Pero aquellas que el vuelo refrenaban
tu hermosura y mi dicha a contemplar,
aquellas que aprendieron nuestros nombres...
ésas... ¡no volverán!

Volverán las tupidas madreselvas
de tu jardín las tapias a escalar
y otra vez a la tarde aún más hermosas
sus flores se abrirán.

Pero aquellas cuajadas de rocío
cuyas gotas mirábamos temblar
y caer como lágrimas del día...
ésas... ¡no volverán!

Volverán del amor en tus oídos
las palabras ardientes a sonar,
tu corazón de su profundo sueño
tal vez despertará.

Pero mudo y absorto y de rodillas
como se adora a Dios ante su altar,
como yo te he querido... desengáñate,
así... ¡no te querrán!

su uso. La versión inicial del manuscrito *Libro de los gorriones* acababa «así...
no te querrán», corregido por «nadie así te amará», corrección que parecía a
Pageard procedente de la mano becqueriana y que no ha aceptado casi ninguno
de los editores modernos (Díez Taboada, P. Palomo, J. de Torres, Rubén Bení-
tez, etc.), excepto J.P. Díaz y R.P. Sebold. Nos parece una corrección desafor-
tunada, aunque proceda del propio autor, y que no pasó a la edición póstuma.
Dicha enmienda, como decíamos en nuestra edición de 1984, «además de in-
troducir desagradables sinalefas, elimina uno de los finales más expresivos,
tensos de articulación y rotundos de todas las rimas becquerianas, que supone
un clímax semántico y articulatorio al término del texto poético». Y como dice
también Rubén Benítez en su edición de 1990: «La enmienda no sólo no mejo-
ra el original, sino que altera el paralelismo conceptual y rítmico "ésas no vol-
verán" - "así no te querrán"». Pero sobre gustos, ya se sabe.

LIV[54]

Cuando volvemos las fugaces horas
del pasado a evocar,
temblando brilla en sus pestañas negras
una lágrima pronta a resbalar.

Y al fin resbala y cae como gota 5
de rocío al pensar
que cual hoy por ayer, por hoy mañana
volveremos los dos a suspirar.

LV[55]

Entre el discorde estruendo de la orgía
acarició mi oído
como una nota de lejana música
el eco de un suspiro.

El eco de un suspiro que conozco, 5
formado de un aliento que he bebido,
perfume de una flor que oculta crece
en un claustro sombrío.

Mi adorada de un día, cariñosa,
—¿En qué piensas? me dijo: 10

[54] Rima LIV. A Pageard le parece «un poema de presencia ficticia» y le recuerda a Heine. A Sebold le parece la «búsqueda deliberada del pesar para poder permitirse el lujo de su goce». En realidad la evocación, el recuerdo, el tiempo que se repite, o puede repetirse, forma parte intrínseca de lo lírico más como fenómeno poético que como razón psicológica de tipo masoquista, cuestión ésta que aquí nos parece irrelevante.

[55] Rima LV. Aquí preferimos de nuevo la redacción original del tercer verso «como una nota de lejana música» en lugar de la rectificación «como nota de música lejana», por el refuerzo del epíteto y el más coherente ritmo del endecasílabo. A Pageard también le parece que la versión sin corregir «creaba un efecto de ensordecimiento ("orgía" - "música") que acompañaba felizmente la imagen verbal». Sebold elige la versión corregida, no así Rubén Benítez.

—En nada… —En nada ¿y lloras? —Es que tengo
alegre la tristeza y triste el vino.

LVI[56]

Hoy como ayer, mañana como hoy,
¡y siempre igual!
Un cielo gris, un horizonte eterno
y andar… andar.

Moviéndose a compás como una estúpida 5
máquina el corazón:
la torpe inteligencia del cerebro
dormida en un rincón.

El alma, que ambiciona un paraíso,
buscándole sin fe; 10
fatiga sin objeto, ola que rueda
ignorando por qué.

[56] Rima LVI. Sobre las posibles influencias o paralelos entre este poema y
otros textos Díez Taboada se inclina por la influencia de «Orillas del mar», de
Tomás Aguiló, mientras que Sebold considera que «esta desesperantemente
hermosa rima recuerda dos deliciosos pero escalofriantes sonetos ascéticos de
Quevedo, "¡Ah de la vida! ¿Nadie me responde?" y "¡Fue sueño ayer, mañana
será tierra!"», aunque como el mismo crítico reconoce, «por muy notable que
sea la semejanza entre los estilos de Quevedo y Bécquer en los trozos señala-
dos, es mucho más significativa la diferencia». Desde otra perspectiva muy di-
ferente Rubén Benítez relaciona el sentido del destino de Bécquer asumido por
él como el del judío errante popularizado por Eugène Sue en su famosa novela,
y plasmado en varios de los textos del poeta. Para Pageard finalmente esta rima
«hace de la insensibilidad el grado supremo de la desgracia humana», justo lo
contrario de lo que diría Rubén Darío en su poema «Lo fatal». En el fondo,
la perspectiva becqueriana sólo se parece a sí misma: en el poema se describe
jalonadamente la dimensión de una vida monótona y sin objeto preciso, aun-
que el giro del final cambie el tono. ¿No ha reparado nadie en el evidente para-
lelo de idea, pese a diferencias estéticas, con la rima II? Que yo sepa sólo Díez
Taboada relaciona el motivo de la «ola» entre las dos. Por lo demás es evidente
que el tema del «dolor amoroso» es de cultivo inherente a la estética romántica
en muchos poetas.

Voz que incesante con el mismo tono
canta el mismo cantar,
gota de agua monótona que cae 15
y cae sin cesar.

Así van deslizándose los días
unos de otros en pos,
hoy lo mismo que ayer… y todos ellos
sin gozo ni dolor. 20

¡Ay! ¡a veces me acuerdo suspirando
del antiguo sufrir!
¡Amargo es el dolor, pero siquiera
padecer es vivir!

LVII[57]

Este armazón de huesos y pellejo
de pasear una cabeza loca
se halla cansado al fin y no lo extraño
pues aunque es la verdad que no soy viejo,

de la parte de vida que me toca 5
en la vida del mundo, por mi daño
he hecho un uso tal, que juraría
que he condensado un siglo en cada día.

[57] Rima LVII. Se ha hablado del prosaísmo de este texto (herencia esproncediana, según algunos) y creo que contribuye a ello no sólo el vocabulario
«huesos y pellejo», «cabeza loca», «no soy viejo», etc., sino sobre todo la infrecuente, en Bécquer, rima consonante de cada una de las estrofas. Sebold trata
de explicar ese prosaísmo en sus notas (tópicos, refranes, etc.), a la vez que reprocha a algunos editores el haber separado la anómala octava inicial, como si
fueran dos estrofas distintas. Ya Balbín había hablado de «la dura rima LVII» y
había destacado cómo Bécquer ronda «la fórmula rítmica de la octava real».
Desde luego, no es de las más poéticas del autor.

Así, aunque ahora muriera,
no podría decir que no he vivido; 10
que el sayo, al parecer nuevo por fuera,
conozco que por dentro ha envejecido.

Ha envejecido, sí; ¡pese a mi estrella!
harto lo dice ya mi afán doliente;
que hay dolor que al pasar su horrible huella 15
graba en el corazón, si no en la frente.

LVIII[58]

¿Quieres que de ese néctar delicioso
no te amargue la hez?
Pues aspírale, acércale a tus labios
y déjale después.

¿Quieres que conservemos una dulce 5
memoria de este amor?
Pues amémonos hoy mucho y mañana
digámonos, ¡adiós!

[58] Rima LVIII. Este poema expresa la ilusión de una unión fugaz, y por tanto el desengaño de una unión duradera. No es, por tanto, incongruente, como piensa Sebold, que Díez Taboada la incluya entre las que representan «la unión feliz prevista por el poeta», pues ésta se refleja en la intención inicial del texto, ni que esto signifique contradicción con la afirmación de Pageard al hablar de «rima del desencanto», pues también existe si se pretende que el amor sea duradero, según dice el poeta. Por otra parte el autor no habla del «contacto amoroso de una sola noche para evitar el desarrollo de unas relaciones más complejas», como afirma Sebold (que eso sí que es una explicación prosaica y anacrónica; desde luego muy actual), sino la más imprecisa y etérea de un «amor» que condensa entre un «hoy» y un «mañana» no como una fugaz unión sexual, sino para dar la medida poética de su brevedad.

LIX[59]

Yo sé cuál el objeto
de tus suspiros es.
Yo conozco la causa de tu dulce
secreta languidez.
¿Te ríes…? Algún día 5
sabrás, niña, por qué:
Tú lo sabes apenas
y yo lo sé.

* * *

Yo sé cuándo tú sueñas,
y lo que en sueños ves; 10
como en un libro puedo lo que callas
en tu frente leer.
¿Te ríes…? Algún día
sabrás, niña, por qué:
Tú lo sabes apenas 15
y yo lo sé.

* * *

Yo sé por qué sonríes
y lloras a la vez:
yo penetro en los senos misteriosos
de tu alma de mujer. 20
¿Te ríes…? Algún día
sabrás, niña, por qué;

[59] Rima LIX. La presente rima es un ejemplo muy característico de uno de los estilos becquerianos, el que enfrenta el tú con el yo de las rimas XV y XVI. Pero aquí predomina un sentimiento de desengaño profundo que no había calado quizá tan hondo en las anteriores. Se conserva un manuscrito original del poeta en el Archivo Histórico Nacional con fecha de «noviembre de 1870». También fue publicada esta rima en el *Almanaque Literario de la Biblioteca Ilustrada de Gaspar y Roig para el año 1871* (el poema acaba en el verso 16). Aceptamos la lectura del *Libro de los gorriones* sin corregir.

mientras tú sientes mucho y nada sabes,
yo que no siento ya, todo lo sé.

LX[60]

Mi vida es un erïal,
flor que toco se deshoja;
que en mi camino fatal
alguien va sembrando el mal
para que yo lo recoja. 5

LXI[61]

Al ver mis horas de fiebre
e insomnio lentas pasar,
a la orilla de mi lecho,
¿quién se sentará?

[60] Rima LX. Pageard y Díez Taboada señalan el contacto de esta quintilla con otros textos de Tomás Aguiló. Sebold, por su parte, como en otras ocasiones, indica los de Lista, más otro sugerido por Pérez Magallón referente a la famosa décima de *La vida es sueño* calderoniana: «Cuentan de un sabio que un día…». Hay reminiscencias varias de Calderón en Bécquer.

[61] Rima LXI. Se publicó en el *Almanaque Universal para el año 1861*, y llevaba el título de «Melodía». Esta rima se inscribe en el grupo de las intimistas que se refieren a la alcoba o dormitorio de la amada o del poeta (como la XXVII o la XLIII), pero tiene por tema la muerte del propio cantor contemplada desde la perspectiva de su anticipación. ¿Intuía Bécquer que sería recordado verdaderamente más de lo que deja entrever este poema un tanto desolado? El tema de la muerte de un ser humano (el propio poeta muchas veces, alguien ajeno y anónimo otras) sin la compañía de alguien querido es muy becqueriano (recordemos las rimas LXV, LXVI, y sobre todo la famosa rima LXXIII). No obstante Sebold, experto en la literatura del s. XVIII, intenta hallar precedentes anteriores, como en *Las noches lúgubres* de Cadalso, aunque reconoce otro antecedente romántico en Martínez de la Rosa en su poema «La tormenta», y tampoco olvida la propia rima LXV relativa a la «orfandad» romántica.

Cuando la trémula mano 5
tienda próximo a expirar
buscando una mano amiga,
¿quién la estrechará?

Cuando la muerte vidríe
de mis ojos el cristal, 10
mis párpados aún abiertos,
¿quién los cerrará?

Cuando la campana suene
(si suena en mi funeral),
una oración al oírla, 15
¿quién murmurará?

Cuando mis pálidos restos
oprima la tierra ya,
sobre la olvidada fosa,
¿quién vendrá a llorar? 20

¿Quién en fin al otro día,
cuando el sol vuelva a brillar,
de que pasé por el mundo
quién se acordará?

LXII[62]

Primero es un albor trémulo y vago,
raya de inquieta luz que corta el mar;
luego chispea y crece y se difunde
en gigante explosión de claridad.

[62] Rima LXII. El poema se publicó en *El Correo de la moda* (31-VII-1861), con algunas variantes. El original manuscrito es más expresivo que las correcciones que se realizaron sobre él. Sebold relaciona acertadamente este texto con el comienzo de la rima I. De todas formas, el contenido difiere en

La brilladora lumbre es la alegría;
la temerosa sombra es el pesar:
¡Ay! en la oscura noche de mi alma,
¿cuándo amanecerá?

LXIII[63]

Como enjambre de abejas irritadas,
de un oscuro rincón de la memoria
salen a perseguirme los recuerdos
de las pasadas horas.

Yo los quiero ahuyentar. ¡Esfuerzo inútil!
Me rodean, me acosan,
y unos tras otros a clavarme vienen
el agudo aguijón que el alma encona.

LXIV[64]

Como guarda el avaro su tesoro,
guardaba mi dolor;
le quería probar que hay algo eterno
a la que eterno me juró su amor.

cuanto la primera rima responde a la idea de la poesía y ésta posee un sentido
más vivencial. Y aunque aquí se refiere evidentemente a un «paisaje del alma»,
como dice el ilustre crítico, parece demasiado arriesgado referirlo a la inspira-
ción poética. El enfrentamiento entre «pesar» y «alegría» nos habla de una ex-
periencia más amplia y menos definida.

[63] Rima LXIII. Pageard relaciona esta rima con el «Prólogo en el teatro»
del *Fausto* goethiano, hecho que no convence nada a Sebold, aunque sí le
parece oportuna la relación con las *Cartas literarias a una mujer*, señalada
también por el crítico francés. Aunque como dice este último, con razón, «el
colorido sentimental no es, sin embargo, el mismo en las dos obras poéticas»,
el detallado cotejo de Pageard es impecable, avalado además por las susodi-
chas *Cartas*.

[64] Rima LXIV. Esta rima, sobre el tema de que es mejor el sufrimiento que
la insensibilidad en el amor, se puede relacionar con la LVI.

Mas hoy le llamo en vano y oigo al tiempo 5
que le acabó, decir:
¡ah, barro miserable, eternamente
no podrás ni aun sufrir!

LXV[65]

Llegó la noche y no encontré un asilo
¡y tuve sed!... mis lágrimas bebí;
¡y tuve hambre! ¡Los hinchados ojos
cerré para morir!

¿Estaba en un desierto? Aunque a mi oído 5
de las turbas llegaba el ronco hervir,
yo era huérfano y pobre... ¡El mundo estaba
desierto... para mí!

LXVI[66]

¿De dónde vengo?... El más horrible y áspero
de los senderos busca:
las huellas de unos pies ensangrentados
sobre la roca dura,
los despojos de un alma hecha jirones 5

[65] Rima LXV. Patético texto, muy característico del sentimiento de «orfandad» romántica, presente en otras rimas, como la LXI o la LXVI. Díez Taboada lo relaciona con «El mendigo» de Espronceda. Sebold, como es frecuente en él, se remonta al siglo ilustrado (Meléndez Valdés), aunque también a Martínez de la Rosa, pero como él mismo afirma, «podrían citarse innumerables ejemplos más de quejas románticas formuladas desde la triste soledad del huérfano, porque casi no cabe mejor símbolo de la cosmovisión romántica». Recordemos que, además, en Bécquer ese sentimiento no era sólo un tema de época, sino que correspondió a una dura realidad (véase su biografía).

[66] Rima LXVI. Sebold hace notar «el fuerte tono ascético» de este poema. Pageard lo relaciona con varios textos escritos «a lo largo de toda la carrera literaria de Bécquer» (por ejemplo, con «Las hojas secas»). Díez Taboada lo relaciona también con Tomás Aguiló. Y Pageard con Espronceda, Tomás Aguiló y

en las zarzas agudas,
te dirán el camino
que conduce a mi cuna.

¿Adónde voy? El más sombrío y triste 10
de los páramos cruza,
valle de eternas nieves y de eternas
melancólicas brumas.
En donde esté una piedra solitaria
sin inscripción alguna,
donde habite el olvido, 15
allí estará mi tumba.

LXVII[67]

¡Qué hermoso es ver el día
coronado de fuego levantarse,
y a su beso de lumbre
brillar las olas y encenderse el aire!

Victor Hugo (*Las contemplaciones*), y *La soledad* de Ferrán, aunque, como
dice, sólo el poema «A orillas del mar» de Aguiló «encierra la nota intimista
que caracteriza la rima LXVI», ratificando así la posible fuente indicada por
Taboada. Montesinos, por último, considera que la obra *Ráfagas poéticas*
(1865) de Arístides Pongilioni (citado por Sebold), puede ser un precedente
claro. La inspiración, muy conocida, de estos versos sobre el poeta del 27, Luis
Cernuda, se materializa en su libro *Donde habite el olvido*, que nos habla de la
dilatada y multiforme influencia de Bécquer sobre la poesía posterior.

[67] Rima LXVII. En el verso 15 del *Libro de los gorriones* se corrigió «for-
tuna» por «desgracia», corrección aceptada por Pageard y Sebold. Nosotros la
rechazamos en nuestra edición de 1984 por considerar que hace del poema algo
más impersonal y menos vivencial, como explicamos allí con detalle. La edi-
ción de 1871 mantuvo también «desgracia». La ironía del término es evidente
y por eso mismo la mantenemos también. Se llama «sochantre» al director del
coro en los oficios divinos. En la acepción irónica de Bécquer se toma eviden-
temente por el clérigo gordo, satisfecho, bien alimentado y sin preocupaciones,
prototipo de ideal materialista, opuesto al ensueño insatisfecho del poeta. Se-
bold dice que «los demás editores» escriben «sólo» como adverbio cuando es
adjetivo. Pero es discutible.

¡Qué hermoso es tras la lluvia
del triste otoño en la azulada tarde,
de las húmedas flores
el perfume aspirar hasta saciarse!

¡Qué hermoso es cuando en copos
la blanca nieve silenciosa cae,
de las inquietas llamas
ver las rojizas lenguas agitarse!

¡Qué hermoso es cuando hay sueño
dormir bien... y roncar como un sochantre...
y comer... y engordar... ¡y qué desgracia
que esto sólo no baste!

LXVIII[68]

No sé lo que he soñado
en la noche pasada.
Triste, muy triste debió ser el sueño
pues despierto la angustia me duraba.

Noté al incorporarme
húmeda la almohada
y por primera vez sentí, al notarlo,
de un amargo placer henchirse el alma.

[68] Rima LXVIII. Pageard y otros han relacionado esta rima en la traducción que E.F. Sanz hizo del *Intermezzo lírico* de Heine (n.º 55), aunque como aquél reconoce «los dos poemas difieren totalmente por la concepción del arte que revelan». Rechaza esta relación Sebold alegando que lo único en común son «el sueño y las lágrimas». Aunque hay que reconocer que la idea del llanto durante el sueño y la permanencia de su tristeza después es común a ambos poetas. No son los motivos aislados sino su interrelación lo que hace sospechosa la semejanza, aunque el sentido global del poema difiere, pues Heine lo relaciona con la muerte de la amada y Bécquer, como es frecuente en él, deja indeterminado el sentido de la tristeza.

Triste cosa es el sueño
que llanto nos arranca,
mas tengo en mi tristeza una alegría...
¡Sé que aún me quedan lágrimas!

LXIX[69]

Al brillar un relámpago nacemos
y aún dura su fulgor cuando morimos;
¡tan corto es el vivir!

La Gloria y el Amor tras que corremos
sombras de un sueño son que perseguimos;
¡despertar es morir!

LXX[70]

¡Cuántas veces al pie de las musgosas
paredes que la guardan,
oí la esquila que al mediar la noche
a los maitines llama!

[69] Rima LXIX. Publicada por vez primera en *El Museo Universal* (9-IX-1866). Allí apareció con el título de «¡La vida es sueño!» y con el subtítulo de «Calderón». Ya hemos indicado en otras ocasiones la relación de Bécquer con la obra maestra del clásico. Aquí, aun prescindiendo de tan explícitas referencias, sería indudable.

[70] Rima LXX. Es una rima característica del espíritu pictórico del poeta, que se recrea minuciosamente en «pintar» los detalles de este cuadro arquitectónico típicamente toledano. Hay también un regusto romántico por las ruinas («musgosas paredes», las ortigas), por lo misterioso y legendario (el viento, la voz, las noches de invierno, la desierta plaza), un aspecto costumbrista muy becqueriano (la vieja y su visión supersticiosa), y una original y detallista fusión con los animales que pueblan esos templos antiguos (búhos, reptiles), para concluir con uno de los elementos esenciales del cuadro que Bécquer diseña en sus *Rimas* y *Leyendas*: las estatuas de piedra. Aunque Pageard ha relacionado este texto con el *René* de Chateaubriand, con el que sin duda posee elementos comunes, Sebold, por su parte, vuelve a insistir en los posibles contactos

 ¡Cuántas veces trazó mi triste sombra 5
la luna plateada
junto a la del ciprés, que de su huerto
se asoma por las tapias!

 Cuando en sombras la iglesia se envolvía
de su ojiva calada 10
¡cuántas veces temblar sobre los vidrios
vi el fulgor de la lámpara!

 Aunque el viento en los ángulos oscuros
de la torre silbara,
del coro entre las voces percibía 15
su voz vibrante y clara.

 En las noches de invierno, si un medroso
por la desierta plaza
se atrevía a cruzar, al divisarme
el paso aceleraba. 20

 Y no faltó una vieja que en el torno
dijese a la mañana,
que de algún sacristán muerto en pecado
acaso era yo el alma.

dieciochescos, concreta y nuevamente con las *Noches lúgubres* de Cadalso,
llegando a decir: «Casi, casi podría decirse que la rima LXX es una interpreta-
ción posromántica de las *Noches lúgubres*». Entendiendo el prerromanticismo
de Cadalso es posible admitir el precedente. Hay que tener en cuenta que Béc-
quer conocería de sobra a estos dos autores, que en estas obras coinciden en los
tópicos prerrománticos y que aparecen en fechas muy próximas. En cualquier
caso, tiene razón Pageard cuando afirma que la rima LXX «es a la vez una de
las más románticas y de las más misteriosas». J.M. Díez Taboada, por su parte,
indica semejanzas de detalle con textos de Heine, Musset y Espronceda (*La
mujer ideal*, p. 59 y ss.). La síntesis de todas esas reminiscencias es sólo el pun-
to de partida posible para la creación original del texto becqueriano y no su
esencia.

A oscuras conocía los rincones 25
del atrio y la portada;
de mis pies las ortigas que allí crecen
las huellas tal vez guardan.

Los búhos, que espantados me seguían
con sus ojos de llamas, 30
llegaron a mirarme con el tiempo
como a un buen camarada.

A mi lado sin miedo los reptiles
se movían a rastras,
¡hasta los mudos santos de granito 35
creo que me saludaban!

LXXI[71]

No dormía; vagaba en ese limbo
en que cambian de forma los objetos,
misteriosos espacios que separan
la vigilia del sueño.

Las ideas que en ronda silenciosa 5
daban vueltas en torno a mi cerebro,
poco a poco en su danza se movían
con un compás más lento.

[71] Rima LXXI. Relaciona Pageard este texto misterioso con la narración becqueriana «Tres fechas», como ya había hecho con la rima XLV y con los poemas del claustro Sebold, por la voz «limbo», la conecta con la «Introducción sinfónica» del mismo, mientras que los versos 9-12 los relaciona con las rimas I y LXII por la «iluminación espiritual en medio de la noche del alma» que explica por la mística. Los últimos versos para este crítico tienen que ver con el espiritismo, y los explica como un desdoblamiento del autor que contempla su propia muerte. No parece coincidir Díez Taboada con Sebold en esa identificación, pues, analizando este poema y relacionándolo con Espronceda y Heine, nota «que Bécquer reducía al mínimo la contemplación directa

De la luz que entra al alma por los ojos
los párpados velaban el reflejo;
mas otra luz el mundo de visiones
alumbraba por dentro.

En este punto resonó en mi oído
un rumor semejante al que en el templo
vaga confuso al terminar los fieles
con un *Amén* sus rezos.

Y oí como una voz delgada y triste
que por mi nombre me llamó a lo lejos,
y sentí olor de cirios apagados,
de humedad y de incienso.
. .
. .

Entró la noche y del olvido en brazos
caí cual piedra en su profundo seno:
Dormí, y al despertar exclamé: «¡Alguien
que yo quería ha muerto!».

de sí mismo. El mismo pudor le lleva a sustituir en esta rima LXXI el desdo-
blamiento de la personalidad de don Félix [alude, claro está, al protagonista de
El estudiante de Salamanca] por el presentimiento de la muerte, no de sí mis-
mo, sino de un ser querido» (*La mujer ideal*, p. 97). No cabe la menor duda
de que la interpretación de Sebold es sugestiva, pero estamos más cerca de la de
Taboada. Por ello preferimos dejar en suspenso la identidad de ese «alguien»
que el poeta intencionadamente no identifica. Casi todos los editores prefieren
la variante «alguno» por el «alguien» mencionado, rectificación verificada en el
manuscrito. Respetamos el original no corregido para potenciar la personifica-
ción y marcar la pausa de sentido que se rompería con la obligada sinalefa en
la elección de «alguno». Leonardo Romero, en su edición de obras becqueria-
nas (Espasa, Biblioteca de Literatura Universal, 2000, p. 1.142), destaca la fu-
sión de sensaciones «experimentadas por varios sentidos corporales» y lo que
tiene esto de adelanto simbolista y precedente de las «secretas galerías» macha-
dianas.

LXXII[72]

Las ondas tienen vaga armonía,
las vïoletas suave olor,
brumas de plata la noche fría,
luz y oro el día,
yo algo mejor; 5
¡yo tengo *Amor*!

SEGUNDA VOZ

Aura de aplausos, nube radiosa,
ola de envidia que besa el pie,
isla de sueños donde reposa
el alma ansiosa, 10
¡dulce embriaguez
la *Gloria* es!

TERCERA VOZ

Ascua encendida es el tesoro,
sombra que huye la vanidad.
Todo es mentira: la gloria, el oro. 15
Lo que yo adoro
sólo es verdad;
¡la *Libertad*!

* * *

Así los barqueros pasaban cantando
la eterna canción 20
y al golpe del remo saltaba la espuma
y heríala el sol.

[72] Rima LXXII. Pageard cita numerosos textos relacionables con esta rima (de Espronceda, de Zorrilla, de Lamartine, de Hugo, etc.), que no con-

—¿Te embarcas? gritaban, y yo sonriendo
les dije al pasar:
Yo ya me he embarcado; por señas que aún tengo 25
la ropa en la playa tendida a secar.

LXXIII[73]

Cerraron sus ojos
que aún tenía abiertos,
taparon su cara
con un blanco lienzo,
y unos sollozando, 5
otros en silencio,
de la triste alcoba
todos se salieron.

La luz que en un vaso
ardía en el suelo 10
al muro arrojaba
la sombra del lecho
y entre aquella sombra
veíase a intérvalos

vencen a Sebold por considerar que lo poco duradero del amor y de la gloria es
un tema tan universal que «es punto menos que imposible identificar fuentes
concretas», aunque la parte final le parece la más interesante. El poema tiene
una estructura original que no se encuentra en ninguna de las otras rimas.

[73] Rima LXXIII. Se conserva un manuscrito original de Bécquer de fecha
anterior al *Libro de los gorriones*. Aceptamos la hoy incorrecta acentuación
«intérvalos» (v. 14) por la conveniente medida del verso. Es el texto más exten-
so y uno de los más famosos de Bécquer por su estribillo característico, que ya
fue parafraseado por otros autores, como estudia Pageard, casi al poco de pu-
blicarse sus obras. El mismo crítico señala el parecido de algunos versos con las
Meditaciones poéticas de Lamartine, y Díez Taboada hace lo propio con rela-
ción a Espronceda. Bécquer, como es frecuente en él, deja que el poema se
agote en su propia incertidumbre. Montesinos relaciona un dibujo de Valeria-
no, *Muerte de Trinidad*, con esta rima (véase su libro *Bécquer*, p. 188). No sa-
bemos nada de esta joven, que murió en Sevilla en 1854. Es muy difícil averi-
guar la relación de dependencia entre el dibujo y el texto.

dibujarse rígida
la forma del cuerpo.

 Despertaba el día
y a su albor primero
con sus mil rüidos
despertaba el pueblo.
Ante aquel contraste
de vida y misterio,
de luz y tinieblas,
yo pensé un momento:
¡Dios mío, qué solos
se quedan los muertos!

 * * *

 De la casa, en hombros
lleváronla al templo,
y en una capilla
dejaron el féretro.
Allí rodearon
sus pálidos restos
de amarillas velas
y de paños negros.

 Al dar de las Ánimas
el toque postrero,
acabó una vieja
sus últimos rezos,
cruzó la ancha nave,
las puertas gimieron
y el santo recinto
quedóse desierto.

 De un reloj se oía
compasado el péndulo
y de algunos cirios
el chisporroteo.

Tan medroso y triste,
tan oscuro y yerto
todo se encontraba
que pensé un momento: 50

¡Dios mío, qué solos
se quedan los muertos!

* * *

De la alta campana
la lengua de hierro
le dio volteando 55
su adiós lastimero.
El luto en las ropas,
amigos y deudos
cruzaron en fila
formando el cortejo. 60

Del último asilo,
oscuro y estrecho,
abrió la piqueta
el nicho a un extremo:
allí la acostaron, 65
tapiáronle luego,
y con un saludo
despidióse el duelo.

La piqueta al hombro
el sepulturero, 70
cantando entre dientes,
se perdió a lo lejos.
La noche se entraba,
el sol se había puesto:
perdido en las sombras, 75
yo pensé un momento:

¡Dios mío, qué solos
se quedan los muertos!

* * *

En las largas noches
del helado invierno, 80
cuando las maderas
crujir hace el viento
y azota los vidrios
el fuerte aguacero,
de la pobre niña 85
a veces me acuerdo.

Allí cae la lluvia
con un son eterno:
allí la combate
el soplo del cierzo. 90
Del húmedo muro
tendida en el hueco,
¡acaso de frío
se hielan sus huesos!...
. .

¿Vuelve el polvo al polvo? 95
¿Vuela el alma al cielo?
¿Todo es sin espíritu,
podredumbre y cieno?
No sé; pero hay algo
que explicar no puedo, 100
algo que repugna
aunque es fuerza hacerlo,
¡a dejar tan tristes,
tan solos los muertos!

LXXIV[74]

Las ropas desceñidas,
desnudas las espadas,
en el dintel de oro de la puerta
dos ángeles velaban.

Me aproximé a los hierros 5
que defienden la entrada,
y de las dobles rejas en el fondo
la vi confusa y blanca.

La vi como la imagen
que en leve ensueño pasa, 10
como rayo de luz tenue y difuso
que entre tinieblas nada.

Me sentí de un ardiente
deseo llena el alma;
como atrae un abismo, aquel misterio 15
hacia sí me arrastraba.

Mas ¡ay! que de los ángeles
parecían decirme las miradas
—El umbral de esta puerta
sólo Dios lo traspasa. 20

LXXV[75]

¿Será verdad que cuando toca el sueño
con sus dedos de rosa nuestros ojos,

[74] Rima LXXIV. Para el análisis de esta rima remitimos al comentario de
textos de la p. 477.
[75] Rima LXXV. Pageard relaciona este texto con la leyenda «El caudillo de
las manos rojas» (Canto IV). Sebold, por supuesto, lo hace con relación al espi-

de la cárcel que habita huye el espíritu
en vuelo presuroso?

¿Será verdad que, huésped de las nieblas, 5
de la brisa nocturna al tenue soplo,
alado sube a la región vacía
a encontrarse con otros?

¿Y allí desnudo de la humana forma,
allí los lazos terrenales rotos, 10
breves horas habita de la idea
el mundo silencioso?

¿Y ríe y llora y aborrece y ama
y guarda un rastro del dolor y el gozo,
semejante al que deja cuando cruza 15
el cielo un meteoro?

Yo no sé si ese mundo de visiones
vive fuera o va dentro de nosotros:
pero sé que conozco a muchas gentes
a quienes no conozco. 20

LXXVI[76]

En la imponente nave
del templo bizantino,
vi la gótica tumba a la indecisa
luz que temblaba en los pintados vidrios.

ritismo. Pero Bécquer no afirma nada, deja a propósito cada estrofa en interro-
gantes, excepto la última, en donde resume el misterio y la paradoja del sueño
y de las visiones. Bécquer ya nos habla del «mundo de la idea» en la «Introduc-
ción sinfónica», al que corresponden los hijos de su fantasía.

[76] Rima LXXVI. Una formidable pintura claustral, típica de Bécquer, que
guarda relación con otros textos suyos (rimas XLV, LXX, con el relato «Tres

Las manos sobre el pecho, <5

y en las manos un libro,
una mujer hermosa reposaba
sobre la urna del cincel prodigio.

Del cuerpo abandonado
al dulce peso hundido, 10
cual si de blanda pluma y raso fuera
se plegaba su lecho de granito.

De la sonrisa última
el resplandor divino
guardaba el rostro, como el cielo guarda 15
del sol que muere el rayo fugitivo.

Del cabezal de piedra
sentados en el filo,
dos ángeles, el dedo sobre el labio,
imponían silencio en el recinto. 20

No parecía muerta;
de los arcos macizos
parecía dormir en la penumbra
y que en sueños veía el paraíso.

fechas», etc.) y que tiene como motivo «la mujer de piedra», título que preci-
samente sirve de pórtico a una narración correspondiente al *Libro de los go-
rriones*. El cotejo de ambos textos es imprescindible, así como la relación del
poema con la leyenda «El beso». Y quizá también con el texto en prosa «Pen-
samientos». La idea de la muerte como una mujer hermosa está latente en
muchos textos becquerianos. Éste, que remata la edición realizada en 1871 por
los amigos del poeta, tiene tal carácter de «cierre» o reja que se abate sobre el
resto de las rimas que su colocación no puede ser tachada de «didáctica», con
cierto desprecio, como ha hecho algún editor moderno. El sentido del cansan-
cio de la vida, la búsqueda del refugio claustral y la tentadora imagen de la
estatua de piedra forman un conjunto de temas radicalmente becquerianos.
Por ello este hermoso poema ilustra las *Rimas* como colofón de manera ad-
mirable.

Me acerqué de la nave
al ángulo sombrío,
con el callado paso que se llega
junto a la cuna donde duerme un niño.

La contemplé un momento,
y aquel resplandor tibio,
aquel lecho de piedra que ofrecía
próximo al muro otro lugar vacío,

en el alma avivaron
la sed de lo infinito,
el ansia de esa vida de la muerte
para la que un instante son los siglos...
. .
. .
Cansado del combate
en que luchando vivo,
alguna vez me acuerdo con envidia
de aquel rincón oscuro y escondido.

De aquella muda y pálida
mujer me acuerdo y digo:
¡Oh, qué amor tan callado, el de la muerte!
¡Qué sueño el del sepulcro, tan tranquilo!

RIMAS DEL *LIBRO DE LOS GORRIONES*
NO EDITADAS EN 1871

[LXXVII][77]

Dices que tienes corazón, y sólo
lo dices porque sientes sus latidos;
eso no es corazón... es una máquina
que al compás que se mueve hace rüido.

[LXXVIII][78]

Fingiendo realidades
con sombra vana,
delante del Deseo
va la Esperanza.

[77] Rima [LXXVII]. Esta rima aparece en el *Libro de los gorriones*, pero
no fue publicada por los amigos del poeta en la edición póstuma de 1871. Pageard piensa que es un texto demasiado «cruel» y «real», razón por la que los
amigos del poeta la suprimirían. Sebold, con razón, cree que ésa no es la causa,
sino que quizá fue un descuido de los autores de la edición. No nos parece
convincente ninguna de las dos opiniones. No creemos que el texto sea más
cruel que otros del poeta, ni parece verosímil que los editores, tan cuidadosos
hasta en la ordenación de las *Rimas*, olvidasen incluir un poema por mero
descuido. Más bien creo que fue un «descuido» intencionado, como ocurrió
con otros textos, en este caso porque el poema no es una obra comparable en
calidad a cualquiera de los otros textos de la colección. Aunque cualquier conjetura, naturalmente, es siempre factible.
[78] Rima [LXXVIII]. Al igual que la anterior, no fue publicada por los amigos del poeta en la edición póstuma, pese a que aparece en el mismo manuscrito.

Y sus mentiras
como el Fénix renacen
de sus cenizas.

[LXXIX][79]

Una mujer me ha envenenado el alma,
otra mujer me ha envenenado el cuerpo;
ninguna de las dos vino a buscarme,
yo de ninguna de las dos me quejo.

Como el mundo es redondo, el mundo rueda. 5
Si mañana, rodando, este veneno
envenena a su vez ¿por qué acusarme?
¿Puedo dar más de lo que a mí me dieron?

Creo que por las mismas razones que la anterior. Pageard, no obstante, alega
una razón pintoresca para esta ausencia: los amigos consideraron que incluir
la Esperanza entre las vanidades era excesivo. Sebold ya ni se molesta en razo-
nar esa ausencia, aunque especifica que se trata de una seguidilla y que se rela-
ciona con refranes populares, alguno de los cuales menciona. Si esto es así,
como parece posible, la razón argumentada por Pageard para su exclusión cae
desde su base.

[79] Rima [LXXIX]. En el *Libro de los gorriones* aparece tachada por dos
vigorosos trazos, realizados seguramente con regla, quizá por el propio autor.
Aquí, además de razones estéticas para su exclusión de la edición póstuma,
influiría el deseo expreso del poeta al tacharla y la evidente interpretación de
una enfermedad contagiosa transmitida por una mujer, que se deduce del texto,
y cuyo reconocimiento parecería demasiado impudoroso transferir a un poema
en aquellas circunstancias.

[LXXX][80]

Lejos y entre los árboles
de la intrincada selva
¿no ves algo que brilla
y llora? Es una estrella.
Ya se la ve más próxima, 5
como a través de un tul,
de una ermita en el pórtico
brillar. Es una luz.
De la carrera rápida
el término está aquí. 10
Desilusión. No es lámpara ni estrella
la luz que hemos seguido: es un candil.

[LXXXI][81]

Es un sueño la vida,
pero un sueño febril que dura un punto;

[80] Rima [LXXX]. «Lejos y entre los árboles». Se publicó en varios lugares, quizá la primera fue la dada a conocer en *La Correspondencia literaria* (16-III-1872). Es una rima de técnica inversa a la habitual en Bécquer: gradación descendente para evidenciar la decepción.

[81] Rima [LXXXI]. «Es un sueño la vida». Fue publicada, igual que la anterior, en el mismo número de *La Correspondencia literaria*. El texto se basa en

cuando de él se despierta,
se ve que todo es vanidad y humo...
¡Ojalá fuera un sueño 5
muy largo y muy profundo;
un sueño que durara hasta la muerte!...
Yo soñaría con mi amor y el tuyo.

[LXXXII]⁸²

Solitario, triste y mudo
hállase aquel cementerio;
sus habitantes no lloran...
¡Qué felices son los muertos!

[LXXXIII]⁸³

AMOR ETERNO

Podrá nublarse el sol eternamente;
podrá secarse en un instante el mar:
podrá romperse el eje de la tierra
como un débil cristal.

¡Todo sucederá! Podrá la muerte 5
cubrirme con su fúnebre crespón,

la idea calderoniana, pero el giro del deseo positivo de la segunda estrofa trans-
forma la idea inicial y proporciona a ésta el valor del sueño creativo, que, por
otra parte, también está presente en Calderón.
 ⁸² Rima [LXXXII]. «Solitario, triste y mudo». Publicada por vez primera
en el *Almanaque del Mercantil Valenciano* de 1883. Fue hallado y publicado
por Balbín. Es una rima que parece ofrecer el otro lado de la LXXIII, pero que
también enlaza con la LXXVI.
 ⁸³ Rima [LXXXIII]. «Amor eterno». Este poema parece una declaración
amorosa en verso. Según Pageard tiene semejanza con el poema 44 del *Inter-
mezzo lírico* heiniano.

pero jamás en mí podrá apagarse
la llama de tu amor.

[LXXXIV][84]

A CASTA

Tu aliento es el aliento de las flores,
tu voz es de los cisnes la armonía;
es tu mirada el esplendor del día
y el color de la rosa es tu color.
Tú prestas nueva vida y esperanza 5
a un corazón para el amor ya muerto,
tú creces de mi vida en el desierto
como crece en un páramo la flor.

[LXXXV][85]

LA GOTA DE ROCÍO

La gota de rocío que en el cáliz
duerme de la blanquísima azucena,
es el palacio de cristal en donde
vive el genio feliz de la pureza.

[84] Rima [LXXXIV]. «A Casta». Parece que es el único poema dedicado a su mujer. Pageard destaca la influencia de Musset. Díez Taboada añade (sin desechar una traducción de Heine) la de Espronceda, que convence más a Sebold y a nosotros mismos, aunque la idea esproncediana es justo la contraria expresada por Bécquer en la última estrofa, pero los motivos del «desierto» y la «flor» son los mismos. A algunos críticos les parece un texto convencional. Si está, como parece, compuesto en la fecha de su casamiento (1861), no hay por qué pensar que lo sea. Lo que se presta a esa interpretación es quizá el esquema métrico rígido (octava real) elegido por el autor, y no precisamente muy frecuentado por él.

[85] Rima [LXXXV]. «La gota de rocío». Se publicó por primera vez en *La Ilustración Artística de Barcelona* (27-XII-1886). Sebold apunta la posibilidad

Él la da su misterio y poesía,
él su aroma balsámico le presta;
¡ay de la flor si de la luz al beso
se evapora esa perla!

[LXXXVI][86]

Aire que besa, corazón que llora,
águila del dolor y la pasión,
cruz resignada, alma que perdona...
ése soy yo.

Serpiente del amor, risa traidora,
verdugo del ensueño y de la luz,
perfumado puñal, beso enconado...
¡eso eres tú!

de que Bécquer conociera un poema de Gil y Carrasco sobre el mismo tema.
En cualquier caso, parece el texto del poeta del Bierzo más amplio y ambicioso
(«modernista ya», lo considera Sebold) que este humilde poema becqueriano
que condensa su poesía en delicadísimos y frágiles matices.

[86] Rima [LXXXVI]. «Aire que besa, corazón que llora». Se publicó por
primera vez en el periódico *Nuevo Mundo* (19-X-1905) por Ortiz de Pinedo.
Fue redescubierto por Díez Taboada en el año 1981. Avala este descubrimiento
el hecho de que Montesinos, que dice haber manejado el «más trascendental de
todos los manuscritos becquerianos» y haberlo dejado escapar, recordase que
en uno de los poemas Bécquer se llamaba a sí mismo «águila del dolor». Habría
que preguntarse por qué Montesinos no dice de dónde procedía el manuscri-
to que dice tuvo en sus manos y no pudo copiar.

CARTAS LITERARIAS A UNA MUJER[87]

I

En una ocasión me preguntaste: —¿Qué es la poesía?

¿Te acuerdas? No sé a qué propósito había yo hablado algunos momentos antes de mi pasión por ella.

¿Qué es la poesía? me dijiste; y yo, que no soy muy fuerte en esto de las definiciones, te respondí titubeando: la poesía es... es..., y sin concluir la frase buscaba inútilmente en mi memoria un término de comparación, que no acertaba a encontrar.

Tú habías adelantado un poco la cabeza para escuchar mejor mis palabras; los negros rizos de tus cabellos, esos cabellos que tan bien sabes dejar a su antojo sombrear tu frente con un abandono tan artístico, pendían de tu sien y bajaban rozando tu mejilla hasta descansar en tu seno; en tus pupilas, húmedas y azules como el cielo de la noche, brillaba un punto de luz, y tus labios se entreabrían ligeramente al impulso de una respiración perfumada y suave.

Mis ojos, que, a efecto sin duda de la turbación que experimentaba, habían errado un instante sin fijarse en ningún sitio, se volvieron instintivamente hacia los tuyos, y exclamé al fin: ¡la poesía... la poesía eres tú!

¿Te acuerdas?

Yo aún tengo presente el gracioso ceño de curiosidad burlada, el acento mezclado de pasión y amargura con que me dijiste:

[87] Se reproducen las *Cartas literarias a una mujer* del propio Gustavo Adolfo Bécquer por tratarse de una obra que, aparte de su belleza intrínseca, constituye un documento esencial para conocer y explicar el sentido de la poesía del autor. Aparecieron en *El Contemporáneo* del 20 de diciembre de 1860 al 23 de abril de 1861.

¿Crees que mi pregunta sólo es hija de una vana curiosidad de mujer? Te equivocas. Yo deseo saber lo que es la poesía, porque deseo pensar lo que tú piensas, hablar de lo que tú hablas, sentir lo que tú sientes, penetrar, por último, en ese misterioso santuario en donde a veces se refugia tu alma, y cuyo dintel no puede traspasar la mía.

Cuando llegaba a este punto se interrumpió nuestro diálogo. Ya sabes por qué. Algunos días han transcurrido. Ni tú ni yo lo hemos vuelto a renovar, y sin embargo por mi parte no he dejado de pensar en él. Tú sientes, sin duda, que la frase con que contesté a tu extraña interrogación equivalía a una evasiva galante.

¿Por qué no hablar con franqueza? En aquel momento di aquella definición porque la sentí, sin saber siquiera si decía un disparate.

Después lo he pensado mejor, y no dudo al repetirlo. La poesía eres tú. ¿Te sonríes? Tanto peor para los dos. Tu incredulidad nos va a costar, a ti el trabajo de leer un libro, y a mí el de componerlo.

¡Un libro! exclamas palideciendo y dejando escapar de tus manos esta carta. No te asustes. Tú lo sabes bien: un libro mío no puede ser muy largo. Erudito, sospecho que tampoco. Insulso, tal vez; mas para ti, escribiéndolo yo, presumo que no lo será, y para ti lo escribo.

Sobre la poesía no ha dicho nada casi ningún poeta; pero en cambio, hay bastante papel borrado por muchos que no lo son.

El que la siente se apodera de una idea, la envuelve en una forma, la arroja en el estadio del saber y pasa. Los críticos se lanzan entonces sobre esa forma, la examinan, la disecan, y creen haberla comprendido, cuando han hecho su análisis.

La disección podrá revelar el mecanismo del cuerpo humano; pero los fenómenos del alma, el secreto de la vida, ¿cómo se estudian en un cadáver?

No obstante, sobre la poesía se han dado reglas, se han atestado infinidad de volúmenes, se enseña en las Universidades, se discute en los círculos literarios, y se explica en los Ateneos.

No te extrañes. Un sabio alemán ha tenido la humorada de reducir a notas y encerrar en las cinco líneas de una pauta el misterioso lenguaje de los ruiseñores. Yo, si he de decir la verdad, todavía ignoro qué es lo que voy a hacer; así es que no puedo anunciártelo anticipadamente.

Sólo te diré, para tranquilizarte, que no te inundaré en el diluvio de términos que pudiéramos llamar facultativos, ni citaré autores que no conozco, ni sentencias en idiomas que ninguno de los dos entendemos.

Antes de ahora te lo he dicho. Yo nada sé, nada he estudiado, he leído un poco, he sentido bastante y he pensado mucho, aunque no acertaré a decir si bien o mal. Como sólo de lo que he sentido y he pensado he de hablarte, te bastará sentir y pensar para comprenderme.

Herejías históricas, filosóficas y literarias presiento que voy a decir muchas. No importa. Yo no pretendo enseñar a nadie, ni erigirme en autoridad, ni hacer que mi libro se declare de texto.

Quiero hablarte un poco de literatura, siquiera no sea más que por satisfacer un capricho tuyo; quiero decirte lo que sé de una manera intuitiva, comunicarte mi opinión y tener al menos el gusto de saber que si nos equivocamos, nos equivocamos los dos, lo cual, dicho sea de paso, para nosotros equivale a acertar.

La poesía eres tú, te he dicho, porque la poesía es el sentimiento, y el sentimiento es la mujer.

La poesía eres tú, porque esa vaga aspiración a lo bello que la caracteriza, y que es una facultad de la inteligencia en el hombre, en ti pudiera decirse que es un instinto.

La poesía eres tú, porque el sentimiento que en nosotros es un fenómeno accidental, y pasa como una ráfaga de aire, se halla tan íntimamente unido a tu organización especial, que constituye una parte de ti misma.

Últimamente, la poesía eres tú, porque tú eres el foco de donde parten sus rayos.

El genio verdadero tiene algunos atributos extraordinarios, que Balzac llama femeninos, y que efectivamente lo son.

En la escala de la inteligencia del poeta hay notas que pertenecen a la de la mujer, y éstas son las que expresan la ternura, la pasión y el sentimiento. Yo no sé por qué los poetas y las mujeres no se entienden mejor entre sí. Su manera de sentir tiene tantos puntos de contacto... Quizá por eso... Pero dejemos digresiones y volvamos al asunto.

Decíamos... ¡ah! sí, hablábamos de la poesía.

La poesía es en el hombre una cualidad puramente del espíritu; reside en su alma, vive con la vida incorpórea de la idea, y para revelarla necesita darle una forma. Por eso la escribe.

En la mujer, por el contrario, la poesía está como encarnada en su ser, su aspiración, sus presentimientos, sus pasiones y su destino son poesía: vive, respira, se mueve en una indefinible atmósfera de idealismo que se desprende de ella, como un fluido luminoso y magnético: es, en una palabra, el verbo poético hecho carne.

Sin embargo, a la mujer se la acusa vulgarmente de prosaísmo. No es extraño: en la mujer es poesía casi todo lo que piensa; pero muy poco de lo que habla. La razón yo la adivino, y tú la sabes.

Quizá cuanto te he dicho lo habrás encontrado confuso y vago. Tampoco debe maravillarte.

La poesía es al saber de la humanidad lo que el amor a las otras pasiones.

El amor es un misterio. Todo en él son fenómenos a cuál más inexplicable; todo en él es ilógico; todo en él es vaguedad y absurdo.

La ambición, la envidia, la avaricia, todas las demás pasiones tienen su explicación y aún su objeto, menos la que fecundiza el sentimiento y lo alimenta.

Yo, sin embargo, la comprendo; la comprendo por medio de una revelación intensa, confusa e inexplicable.

Deja esta carta, cierra tus ojos al mundo exterior que te rodea, vuélvelos a tu alma, presta atención a los confusos rumores que se elevan de ella, y acaso lo comprenderás como yo.

II

En mi anterior te dije que la poesía eras tú porque tú eres la más bella personificación del sentimiento, y el verdadero espíritu de la poesía no es otro.

A propósito de esto, la palabra *amor* se deslizó de mi pluma en uno de los párrafos de mi carta.

De aquel párrafo hice el último. Nada más natural. Voy a decirte por qué.

Existe una preocupación bastante generalizada, aun en las personas que se dedican a dar formas a lo que piensan que, a mi modo de ver, es, sin parecerlo, una de las mayores.

Si hemos de dar crédito a los que de ella participan, es una verdad tan innegable, que se puede elevar a la categoría de axioma, el que nunca se vierte la idea con tanta vida y precisión, como en el momento en que ésta se levanta, semeja a un gas desprendido, y enardece la fantasía y hace vibrar todas las fibras sensibles, cual si las tocase alguna chispa eléctrica.

Yo no niego que suceda así. Yo no niego nada, pero por lo que a mí toca, puedo asegurarte que cuando siento no escribo. Guardo, sí, en mi cerebro escritas, como en un libro misterioso, las impresiones que han dejado en él su huella al pasar; estas ligeras y ardientes hijas de la sensación, duermen allí agrupadas en el fondo de mi memoria, hasta el instante en que, puro, tranquilo, sereno, y revestido, por decirlo así de un poder sobrenatural, mi espíritu las evoca, y tienden sus alas transparentes que bullen con un zumbido extraño, y cruzan otra vez a mis ojos como en una visión luminosa y magnífica.

Entonces no siento ya con los nervios que se agitan, con el pecho que se oprime, con la parte orgánica y material que se conmueve al rudo choque de las sensaciones producidas por la pasión y los afectos; siento, sí, pero de una manera que puede llamarse artificial; escribo como el que copia de una página ya escrita; dibujo, como el pintor que reproduce el paisaje que se dilata ante sus ojos y se pierde entre la bruma de los horizontes.

Todo el mundo siente.

Sólo a algunos seres les es dado el guardar, como un tesoro, la memoria viva de lo que han sentido.

Yo creo que éstos son los poetas. Es más, creo que únicamente por esto lo son.

Efectivamente, es más grande, más hermoso, figurarse al genio ebrio de sensaciones y de inspiraciones, trazando, a grandes rasgos, temblorosa la mano con la ira, llenos aún los ojos de lágrimas o profundamente conmovido por la piedad, esas tiradas de poesía que más tarde son la admiración del mundo; pero, ¿qué quieres? No siempre la verdad es lo más sublime.

¿Te acuerdas? No hace mucho que te lo dije a propósito de una cuestión parecida.

Cuando un poeta te pinta en magníficos versos su amor, duda.

Cuando te lo dé a conocer en prosa, y mala, cree.

Hay una parte mecánica, pequeña y material en todas las obras del hombre, que la primitiva, la verdadera inspiración desdeña en sus ardientes momentos de arrebato.

Sin saber cómo, me he distraído del asunto.

Como quiera que lo he hecho por darte una satisfacción, espero que tu amor propio sabrá disculparme.

¿Qué mejor intermediario que éste para con una mujer? No te enojes. Es uno de los muchos puntos de contacto que tenéis con los poetas, o que éstos tienen con vosotras.

Sé, porque lo sé, aun cuando tú no me lo has dicho, que te quejas de mí, porque al hablar del amor detuve mi pluma, y terminé mi primera carta como enojado de la tarea.

Sin duda ¿a qué negarlo? pensaste que esta fecunda idea se esterilizó en mi mente por falta de sentimiento.

Ya te he demostrado tu error.

Al estamparla, un mundo de ideas confusas y sin nombre se elevaron en tropel en mi cerebro, y pasaron volteando alrededor de mi frente como una fantástica ronda de visiones quiméricas.

Un vértigo nubló mis ojos.

¡Escribir! ¡Oh! Si yo pudiera haber escrito entonces, no me cambiaría por el primer poeta del mundo.

Mas… entonces lo pensé, y ahora lo digo. Si yo siento lo que siento para hacer lo que hago, ¿qué gigante océano de luz y de inspiración no se agitaría en la mente de esos hombres que han escrito lo que a todos nos admira?

Si tú supieras cómo las ideas más grandes se empequeñecen al encerrarse en el círculo de hierro de la palabra; si tú supieras qué diáfanas, qué ligeras, qué impalpables son las gasas de oro que flotan en la imaginación, al envolver esas misteriosas figuras que crea, y de las que sólo acertamos a reproducir el descarnado esqueleto; si tú supieras cuán imperceptible es el hilo de luz que ata entre sí los pensamientos más absurdos que nadan en su caos: si tú supieras… pero, ¿qué digo? Tú lo sabes, tú debes saberlo.

¿No has soñado nunca?

Al despertar, ¿te ha sido alguna vez posible referir, con toda su inexplicable vaguedad y poesía, lo que has soñado?

El espíritu tiene una manera de sentir y comprender, especial, misteriosa, porque él es un arcano; inmensa porque él es infinito; divina, porque su esencia es santa.

¿Cómo la palabra, cómo un idioma grosero y mezquino, insuficiente a veces para expresar las necesidades de la materia, podrá servir de digno intérprete entre dos almas?

Imposible.

Sin embargo, yo procuraré apuntar, como de pasada, algunas de las mil ideas que me agitaron durante aquel sueño magnífico, en que vi al amor envolviendo la humanidad como en un fluido de fuego, pasar de un siglo en otro, sosteniendo la incomprensible atracción de los espíritus, atracción semejante a la de los astros, y revelándose al mundo exterior por medio de la poesía, único idioma que acierta a balbucear algunas de las frases de su inmenso poema.

Pero ¿lo ves? Ya quizá ni tú me entiendes ni yo sé lo que me digo.

Hablemos como se habla. Procedamos con orden. ¡El orden! ¡Lo detesto, y sin embargo, es tan preciso para todo!...

La poesía es el sentimiento, pero el sentimiento no es más que un efecto, y todos los efectos proceden de una causa más o menos conocida.

¿Cuál lo será? ¿Cuál podrá serlo de este divino arranque de entusiasmo, de esta vaga y melancólica aspiración del alma, que se traduce al lenguaje de los hombres por medio de sus más suaves armonías, sino el amor?

Sí; el amor es el manantial perenne de toda poesía, el origen fecundo de todo lo grande, el principio eterno de todo lo bello; y digo el amor, porque la religión, nuestra religión, sobre todo, es un amor también, es el amor más puro, más hermoso, el único infinito que se conoce, y sólo a estos dos astros de la inteligencia puede volverse el hombre, cuando desea luz que alumbre su camino, inspiración que fecundice su vena estéril y fatigada.

El amor es la causa del sentimiento; pero... ¿qué es el amor? Ya lo ves, el espacio me falta, el asunto es grande, y... ¿te sonríes?... ¿Crees que voy a darte una excusa fútil para interrumpir mi carta en este sitio?

No; ya no recurriré a los fenómenos del mío para disculparme de no hablar del amor. Te lo confesaré ingenuamente, tengo miedo.

Algunos días, sólo algunos, y te lo juro, te hablaré del amor a riesgo de escribir un millón de disparates. ¿Por qué tiemblas? dirás sin duda. ¿No hablan de él a cada paso las gentes que ni aun lo conocen?

¿Por qué no has de hablar tú, tú que dices que lo sientes?

¡Ay! acaso por lo mismo que ignoran lo que es, se atreven a definirlo...

¿Vuelves a sonreírte?

Créeme; la vida está llena de estos absurdos.

III

¿Qué es el amor?

A pesar del tiempo transcurrido, creo que debes acordarte de lo que te voy a referir. La fecha en que aconteció, aunque no la consigne la historia, será siempre una fecha memorable para nosotros.

Nuestro conocimiento sólo databa de algunos meses; era verano y nos hallábamos en Cádiz. El rigor de la estación no nos permitía pasear sino al amanecer o durante la noche. Un día... digo mal, no era día aún, la dudosa claridad del crepúsculo de la mañana teñía de un vago azul el cielo, la luna se desvanecía en el ocaso, envuelta en una bruma violada, y lejos, muy lejos, en la distante lontananza del mar, las nubes se coloraban de amarillo y rojo cuando la brisa precursora de la luz, levantándose del océano fresca e impregnada en el marino perfume de las olas, acarició, al pasar, nuestras frentes.

La naturaleza comenzaba entonces a salir de su letargo con un sordo murmullo.

Todo a nuestro alrededor estaba en suspenso y como aguardando una señal misteriosa para prorrumpir en el gigante himno de alegría de la creación que despierta.

Nosotros, desde lo alto de la fortísima muralla que ciñe y defiende la ciudad, y a cuyos pies se rompen las olas con un gemido, contemplábamos con avidez el solemne espectáculo que se ofrecía a nuestros ojos.

Los dos guardábamos un silencio profundo, y no obstante, los dos pensábamos una misma cosa.

Tú formulaste mi pensamiento al decirme:

—¿Qué es el sol?

En aquel momento el astro cuyo disco comenzaba a chispear en el límite del horizonte, rompió el seno de los mares. Sus rayos se extendieron rapidísimos sobre su inmensa llanura; el cielo, las aguas y la tierra se inundaron de claridad, y todo resplandeció, como si un océano de luz se hubiese volcado sobre el mundo.

En las crestas de las olas, en los ribetes de las nubes, en los muros de la ciudad, en el vapor de la mañana, sobre nuestras cabezas, a nuestros pies, en todas partes ardía la pura lumbre del astro, y flotaba una atmósfera luminosa y transparente, en la que nadaban encendidos los átomos del aire.

Tus palabras resonaban aún en mi oído. —¿Qué es el sol? me habías preguntado. Eso, respondí señalándote su disco que volteaba oscuro y franjado de fuego en mitad de aquella diáfana atmósfera de oro; y tu pupila y tu alma se llenaron de luz, y en la indescriptible expresión de tu rostro conocí que lo habías comprendido.

Yo ignoraba la definición científica con que pude responder a tu pregunta; pero de todos modos, en aquel instante solemne estoy seguro de que no te hubiera satisfecho.

¡Definiciones! Sobre nada se han dado tantas, como sobre las cosas indefinibles. La razón es muy sencilla. Ninguna de ellas satisface, ninguna es exacta, por lo que cada cual se cree con derecho para formular la suya.

¿Qué es el amor? Con esta frase concluí mi carta de ayer, y con ella he comenzado la de hoy. Nada me sería más fácil que resolver, con el apoyo de una autoridad, esta cuestión que yo mismo me propuse al decirte que es la fuente del sentimiento. Llenos están los libros de definiciones sobre este punto. Las hay en griego y en árabe, en chino y en latín, en copto y en ruso, ¿qué sé yo? en todas las lenguas muertas o vivas, sabias o ignorantes que se conocen. Yo he leído algunas, y me he hecho traducir otras. Después de conocerlas casi todas, he puesto la mano sobre mi corazón, he consultado mis sentimientos y no he podido menos de repetir con Hamlet: *¡palabras, palabras, palabras!*

Por eso he creído más oportuno recordarte una escena pasada que tiene alguna analogía con nuestra situación presente, y decirte ahora como entonces: —¿Quieres saber lo que es el amor? Recó-

gete dentro de ti misma, y si es verdad que lo abrigas en tu alma, siéntelo y lo comprenderás, pero no me lo preguntes.

Yo sólo te podré decir que él es la suprema ley del universo; ley misteriosa por la que todo se gobierna y rige, desde el átomo inanimado hasta la criatura racional; que de él parten y a él convergen como a un centro de irresistible atracción todas nuestras ideas y acciones, que está, aunque oculto, en el fondo de toda cosa, y, efecto de una primera causa, Dios, es a su vez origen de esos mil pensamientos desconocidos, que todos ellos son poesía, poesía verdadera y espontánea que la mujer no sabe formular; pero que siente y comprende mejor que nosotros.

Sí. Que poesía es, y no otra cosa, esa aspiración melancólica y vaga que agita tu espíritu con el deseo de una perfección imposible.

Poesía, esas lágrimas involuntarias que tiemblan un instante en tus párpados, se desprenden en silencio, ruedan y se evaporan como un perfume.

Poesía, el gozo improviso que ilumina tus facciones con una sonrisa suave, y cuya oculta causa ignoras dónde está.

Poesía son, por último, todos esos fenómenos inexplicables que modifican el alma de la mujer cuando despierta al sentimiento y la pasión.

¡Dulces palabras que brotáis del corazón, asomáis al labio y morís sin resonar apenas, mientras que el rubor enciende las mejillas! ¡Murmullos extraños de la noche, que imitáis los pasos del amante que se espera! ¡Gemidos del viento, que fingís una voz querida que nos llama entre las sombras! ¡Imágenes confusas, que pasáis cantando una canción sin ritmo ni palabras, que sólo percibe y entiende el espíritu! ¡Febriles exaltaciones de la pasión; que dais colores y forma a las ideas más abstractas! ¡Presentimientos incomprensibles, que ilumináis como un relámpago nuestro porvenir! ¡Espacios sin límites, que os abrís ante los ojos del alma, ávida de inmensidad y la arrastráis a vuestro seno, y la saciáis de infinito! ¡Sonrisas, lágrimas, suspiros y deseos, que formáis el misterioso cortejo del amor! ¡Vosotros sois la poesía, la verdadera poesía que puede encontrar un eco, producir una sensación, o despertar una idea!

Y todo este tesoro inagotable de sentimiento, todo este anima-

do poema de esperanza y de abnegaciones, de sueños y de tristezas, de alegrías y de lágrimas, donde cada sensación es una estrofa y cada pasión un canto, todo está contenido en vuestro corazón de mujer.

Un escritor francés ha dicho, juzgando a un músico ya célebre, el autor del *Tannhauser*:

«Es un hombre de talento que hace todo lo posible por disimularlo, pero que a veces no lo puede conseguir, —y a su pesar— lo demuestra».

Respecto a la poesía de vuestras almas puede decirse lo mismo. Pero, ¿qué? ¿frunces el ceño y arrojas la carta?... ¡Bah! No te incomodes... Sabe de una vez y para siempre, que tal como os manifestáis, yo creo, y conmigo lo creen todos, que las mujeres son la poesía del mundo.

IV

El amor es poesía; la religión es amor. Dos cosas semejantes a una tercera son iguales entre sí.

He aquí el axioma que debía ahorrarme el trabajo de escribir una nueva carta. Sin embargo, yo mismo conozco que esta conclusión matemática, que en efecto lo parece, así puede ser una verdad como un sofisma.

La lógica sabe fraguar razonamientos inatacables, que a pesar de todo, no convencen. ¡Con tanta facilidad se sacan deducciones precisas de una base falsa!

En cambio, la convicción íntima suele persuadir aunque en el método del raciocinio reine el mayor desorden. ¡Tan irresistible es el acento de la fe!

La religión es amor, y, porque es amor, es poesía.

He aquí el tema que me he propuesto desenvolver hoy. Al tratar un asunto tan grande en tan corto espacio y con tan escasa ciencia, como la de que yo dispongo, sólo me anima una esperanza. Si para persuadir basta creer, yo siento lo que escribo.

*

Hace ya mucho tiempo, yo no te conocía, y con esto excuso decir que aun no había amado, sentí en mi interior un fenómeno inexplicable. Sentí, no diré un vacío, porque sobre ser vulgar, no es ésta la frase propia; sentí en mi alma y en todo mi ser como una plenitud de vida, como un desbordamiento de actividad moral, que no encontrando objeto en que emplearse, se elevaba en forma de ensueños y fantasías; ensueños y fantasías en los cuales buscaba en vano la expansión, estando como estaban dentro de sí mismo.

Tapa y coloca al fuego un vaso con líquido cualquiera. El vapor, con un ronco hervidero, se desprende del fondo, y sube, y pugna por salir, y vuelve a caer deshecho en menudas gotas, y torna a elevarse, y torna a deshacerse, hasta que al cabo estalla comprimido y quiebra la cárcel que lo detiene. Éste es el secreto de la muerte prematura y misteriosa de algunas mujeres y de algunos poetas, arpas que se rompen sin que nadie haya arrancado una melodía de sus cuerdas de oro.

Ésta era la verdad de la situación de mi espíritu, cuando aconteció lo que voy a referirte.

Estaba en Toledo; en Toledo, la ciudad sombría y melancólica por excelencia. Allí, cada lugar recuerda una historia, cada piedra un siglo, cada monumento una civilización; historias, siglos y civilizaciones que han pasado, y cuyos actores tal vez son ahora el polvo oscuro que arrastra el viento en remolinos, al silbar en sus estrechas y tortuosas calles. Sin embargo, por un contraste maravilloso, allí donde todo parece muerto, donde no se ven más que ruinas, donde sólo se tropieza con rotas columnas y destrozados capiteles, mudos sarcasmos de la loca aspiración del hombre a perpetuarse, diríase que el alma, sobrecogida de terror y sedienta de inmortalidad, busca algo eterno en donde refugiarse, y como el náufrago que se ase de una tabla, se tranquiliza al recordar su origen.

Un día entré en el antiguo convento de San Juan de los Reyes. Me senté en una de las piedras de su ruinoso claustro, y me puse a dibujar. El cuadro que se ofrecía a mis ojos era magnífico. Largas hileras de pilares que sustentan una bóveda cruzada de mil y mil crestones caprichosos; anchas ojivas caladas, como los encajes de

un rostrillo; ricos doseletes de granito con caireles de hiedra, que suben por entre las labores, como afrentando a las naturales; ligeras creaciones del cincel, que parece han de agitarse al soplo del viento; estatuas vestidas de luengos paños, que flotan como al andar; caprichos fantásticos, gnomos, hipogrifos, dragones y reptiles sin número, que ya asoman por cima de un capitel, ya corren por las cornisas, se enroscan en las columnas, o trepan babeando por el tronco de las guirnaldas de trébol; galerías que se prolongan y que se pierden, árboles que inclinan sus ramas sobre una fuente, flores risueñas, pájaros bulliciosos formando contraste con las tristes ruinas y las calladas naves, y por último, el cielo, un pedazo de cielo azul que se ve más allá de las crestas de pizarra, de los miradores, a través de los calados de un rosetón.

En tu álbum tienes mi dibujo; una reproducción pálida, imperfecta, ligerísima de aquel lugar, pero que no obstante puede darte una idea de su melancólica hermosura. No ensayaré pues, describírtela con palabras, inútiles tantas veces.

Sentado, como te dije, en una de las rotas piedras, trabajé en él toda la mañana, torné a emprender mi tarea a la tarde, y permanecí absorto en mi ocupación hasta que comenzó a faltar la luz. Entonces, dejando a mi lado el lápiz y la cartera, tendí una mirada por el fondo de las solitarias galerías y me abandoné a mis pensamientos.

El sol había desaparecido. Sólo turbaban el alto silencio de aquellas ruinas, el monótono rumor del agua de aquella fuente, el trémulo murmullo del viento que suspiraba en los claustros, y el temeroso y confuso rumor de las hojas de los árboles que parecían hablar entre sí en voz baja.

Mis deseos comenzaron a hervir y a levantarse en vapor de fantasías. Busqué a mi lado una mujer, una persona a quien comunicar mis sensaciones. Estaba solo. Entonces me acordé de esta verdad, que había leído en no sé qué autor: «La soledad es muy hermosa... cuando se tiene junto a sí alguien a quien decírselo».

No había aún concluido de repetir esta frase célebre cuando me pareció ver levantarse a mi lado y de entre las sombras, una figura ideal, cubierta con una túnica flotante y ceñida la frente en una aureola. Era una de las estatuas del claustro derruido, una escultura que arrancada de un pedestal y arrimada al muro en que me

había recostado, yacía allí cubierta de polvo y medio escondida entre el follaje, junto a la rota losa de un sepulcro y el capitel de una columna. Más allá, a lo lejos, y veladas por las penumbras y la oscuridad de las extensas bóvedas, se distinguían confusamente algunas otras imágenes: vírgenes con sus palmas y sus nimbos, monjes con sus báculos y sus capuchas, eremitas con sus libros y sus cruces, mártires con sus emblemas y sus aureolas, toda una generación de granito, silenciosa e inmóvil, pero en cuyos rostros había grabado el cincel la huella del ascetismo y una expresión de beatitud y serenidad inefables.

—He aquí, exclamé, un mundo de piedra; fantasmas inanimados de otros seres que han existido y cuya memoria legó a las épocas venideras un siglo de entusiasmo y de fe. Vírgenes solitarias, austeros cenobitas, mártires esforzados, que, como yo, arrastraron una existencia oscura y miserable, solos con sus pensamientos y el ardiente corazón inerte bajo el sayal, como un cadáver en su sepulcro. Volví a fijarme en aquellas facciones angulosas y expresivas; volví a examinar aquellas figuras secas, altas, espirituales y serenas, y proseguí diciendo: ¿Es posible que hayáis vivido sin pasiones, ni temor, ni esperanzas, ni deseos? ¿Quién ha recogido las emanaciones de amor, que como un aroma, se desprenderían de vuestras almas? ¿Quién ha saciado la sed de ternura que abrasaría vuestros pechos en la juventud? ¿Qué espacios ni límites se abrieron a los ojos de vuestros espíritus, ávidos de inmensidad, al despertarse al sentimiento?... La noche había cerrado poco a poco. A la dudosa claridad del crepúsculo había sustituido una luz tibia y azul; la luz de la luna que, velada un instante por los oscuros chapiteles de la torre, bañó en aquel momento con un rayo plateado los pilares de la desierta galería.

Entonces reparé que todas aquellas figuras, cuyas largas sombras se proyectaban en los muros y en el pavimento, cuyas flotantes ropas parecían moverse, en cuyas demacradas facciones brillaba una expresión indescriptible, santo y sereno gozo, tenían sus pupilas sin luz, vueltas al cielo, como si el escultor quisiera semejar que sus miradas se perdían en el infinito buscando a Dios.

A Dios, foco eterno y ardiente de hermosura, al que se vuelve con los ojos, como a un polo de amor, el sentimiento del alma.

Leyendas

Leyendas

EL CAUDILLO DE LAS MANOS ROJAS
Tradición india

CAPÍTULO PRIMERO

I

El sol ha desaparecido tras las cimas del Jabwi,[1] y la sombra de esta montaña envuelve con un velo de crespón a la perla de las ciudades de Orisa, a la gentil Kattak, que duerme a sus pies, entre los bosques de canela y sicómoros, semejante a una paloma que descansa sobre un nido de flores.

II

El día que muere y la noche que nace luchan un momento, mientras la azulada niebla del crepúsculo tiende sus alas diáfanas sobre los valles, robando el color y las formas a los objetos, que parecen vacilar agitados por el soplo de un espíritu.

[1] A Bécquer no pareció importarle mucho mezclar lo histórico con lo fabuloso. Los topónimos que a continuación se citan son una muestra de ello. Orisa (actual Orissa) es una región de la India situada al sudoeste de Calcuta; Kattak o Kataka, debe de ser la moderna Guttack, ciudad de esa misma región. Jabwi puede ser un nombre inventado, como indica Rubén Benítez; igualmente parece serlo el río Jawkior (del tercer párrafo), que R. B. no comenta.

III

Los confusos rumores de la ciudad, que se evaporan temblando; los melancólicos suspiros de la noche, que se dilatan de eco en eco repetidos por las aves; los mil ruidos misteriosos que, como un himno a la divinidad, levanta la creación al nacer y al morir el astro que la vivifica, se unen al murmullo del Jawkior, cuyas ondas besa la brisa de la tarde, produciendo un canto dulce, vago y perdido como las últimas notas de la improvisación de una bayadera.

IV

La noche vence, el cielo se corona de estrellas, y las torres de Kattak, para rivalizar con él, se ciñen una diadema de antorchas. ¿Quién es ese caudillo que aparece al pie de sus muros, al mismo tiempo que la luna se levanta entre ligeras nubes más allá de los montes a cuyos pies corre el Ganges como una inmensa serpiente azul con escamas de plata?

V

Él es. ¿Qué otro guerrero de cuantos vuelan como la saeta a los combates y a la muerte, tras el estandarte de Schiven,[2] meteoro de la gloria, puede adornar sus cabellos con la roja cola del ave de los dioses indios, colgar a su cuello la tortuga de oro o suspender su puñal de mango de ágata del amarillo schal[3] de cachemira, sino Pulo-Dheli, rajá de Dakka, rayo de las batallas y hermano de Tippot-Dheli, magnífico rey de Orisa, señor de señores, sombra de Dios e hijo de los astros luminosos?

[2] *Schiven*: en las modernas ediciones se han transcrito estas palabras con sus correspondientes nombres actuales castellanos (p. ej., en la editorial Aguilar). Está claro que «Schiven» es «Siva», y como sugiere R. B., la fuente germana de este vocablo en este caso es casi segura. «Vichenú» por «Visnú» puede denotar fuente francesa.
[3] *schal*: moderno «chal».

VI

Es él, ningún otro sabe prestar a sus ojos, ya el melancólico fulgor del lucero del alba, ya el siniestro brillo de la pupila del tigre, comunicando a sus oscuras facciones el resplandor de una noche serena o el aspecto terrible de una tempestad en las aéreas cumbres de Davalagiri. Es él; pero ¿qué aguarda?

VII

¿Oís las hojas suspirar bajo la leve planta de una virgen? ¿Veis flotar entre las sombras los extremos de su diáfano schal y las orlas de su blanca túnica? ¿Percibís la fragancia que la precede como la mensajera de un genio? Esperad y la contemplaréis al primer rayo de la solitaria viajera de la noche; esperad y conoceréis a Siannah, la prometida del poderoso Tippot-Dheli, la amante de su hermano, la virgen a quien los poetas de su nación comparan a la sonrisa de Bermach, que lució sobre el mundo cuando éste salió de sus manos; sonrisa celeste, primera aurora de los orbes.

VIII

Pulo percibe el rumor de sus pasos; su rostro resplandece como la cumbre que toca el primer rayo del sol, y sale a su encuentro. Su corazón, que no ha palpitado en el fuego de la pelea ni en la presencia del tigre, late violento bajo la mano que se llega a él, temiendo se desborde la felicidad que ya no basta a contener. «¡Pulo!», «¡Siannah!», exclaman al verse y caen el uno en los brazos del otro. En tanto, el Jawkior, salpicando con sus ondas las alas del céfiro, huye a morir al Ganges, y el Ganges al golfo de Bengala, y el golfo al Océano. Todo huye; con las aguas, las horas; con las horas, la felicidad; con la felicidad, la vida. Todo huye a fundirse en la cabeza de Schiven, cuyo cerebro es el caos, cuyos ojos son la destrucción y cuya esencia es la nada.

Ya la estrella del alba anuncia el día; la luna se desvanece como una ilusión que se disipa, y los sueños, hijos de la oscuridad, huyen con ella en grupos fantásticos. Los dos amantes permanecen aún bajo el verde abanico de una palmera, mudo testigo de su amor y sus juramentos, cuando se eleva un sordo ruido a sus espaldas.

Pulo vuelve el rostro, exhala un grito agudo y ligero como el del chakal,[4] y retrocede diez pies de un solo salto, haciendo brillar al mismo tiempo la hoja de su agudo puñal damasquino.

X

¿Qué ha puesto pavor en el alma del valiente caudillo? ¿Acaso esos dos ojos que brillan en la oscuridad son los del manchado tigre o los de la terrible serpiente? No. Pulo no teme al rey de las selvas ni al de los reptiles; aquellas pupilas que arrojan llamas pertenecen a un hombre, y aquel hombre es su hermano.

Su hermano, a quien arrebataba su único amor; su hermano, por quien estaba desterrado de Orisa; el que por último juró su muerte si volvía a Kattak, poniendo la mano sobre el ara de su dios.

XI

Siannah le ve también, se coagula la sangre en sus venas y queda inmóvil, como si la mano de la muerte la tuviera asida[5] por el

[4] *chakal*: con ortografía quizá intencionadamente exótica, equivale a nuestro moderno «chacal». Acepto el mantenimiento de la ortografía original, como hacen Gamallo Fierros y R. B., porque en efecto puede tener un regusto esteticista notable, antecedente de la actitud modernista. En muchos aspectos esta leyenda se sitúa como claro precedente de la prosa modernista.

[5] *la tuviera asida*: el texto periodístico, que transcribe R. B., dice «lo tuviera asido», que el crítico parece considerar mejor lectura que la de las diversas ediciones. Creo, no obstante, que en este caso el evidente cambio de sentido de la variante introducida por los editores es acertado por el contexto. La frase

cabello. Los dos rivales se contemplan un instante de pies a cabeza; luchan con las miradas, y exhalando un grito ronco y salvaje, se lanzan el uno sobre el otro, como dos leopardos que se disputan una presa... Corramos un velo sobre los crímenes de nuestros antepasados; corramos un velo sobre las escenas de luto y horror de que fueron causa las pasiones de los que ya están en el seno del grande espíritu.

XII

El sol nace en Oriente; diríase al verlo que el genio de la luz, vencedor de las sombras, ebrio de orgullo y majestad, se lanza en triunfo sobre su carro de diamantes, dejando en pos de sí, como la estela de un buque, el polvo de oro que levantan sus corceles en el pavimento de los cielos. Las aguas, los bosques, las aves, el espacio, los mundos, tienen una sola voz, y esta voz entona el himno del día. ¿Quién no siente saltar su corazón de júbilo a los ecos de este solemne cántico?

XIII

Sólo un mortal, vedle allí. Sus ojos desencajados están fijos con una mirada estúpida en la sangre que tiñe sus manos; en balde, saliendo de su inmovilidad y embargado de un frenesí terrible, corre a lavárselas en las orillas del Jawkior; bajo las cristalinas ondas, las manchas desaparecen; mas apenas retira sus manos, la sangre, humeante y roja, vuelve a teñirlas. Y torna a las ondas, y torna a aparecer la mancha, hasta que al cabo exclama con un acento de terrible desesperación:

—¡Siannah! ¡Siannah! La maldición del cielo ha caído sobre nuestras cabezas.

iniciada no parece correcta si se admite la lectura periodística. El criterio de fidelidad a la letra no puede prevalecer siempre contra el sentido correcto. El lector juzgará si es Pulo o Siannah quien se queda inmóvil.

¿Conocéis a ese desgraciado a cuyos pies hay un cadáver y cuyas rodillas abraza una mujer? Es Pulo-Dheli, rey de Orisa, magnífico señor de señores, sombra de Dios e hijo de los astros luminosos, por la muerte de su hermano y antecesor.

CAPÍTULO II

I

—¿Qué me sirven el poder y la riqueza si una víbora enroscada en el fondo de mi corazón lo devora, sin que me sea dado arrancarla de su guarida? ¡Ser rey, señor de señores; ver cruzar ante los ojos, como las visiones de un sueño, las perlas, el oro, los placeres y la alegría; verlos cruzar al alcance de la mano y, al tenderla para asirlos, encontrar todo cuanto toca manchado en sangre!... ¡Oh! ¡Esto es espantoso!

II

Así exclama Pulo, revolcándose sobre la púrpura de su lecho y torciéndose las manos a impulsos de su terrible desesperación. En balde el humo de los pebeteros embalsama la opulenta cámara; en balde la seda de brillantes colores se ha extendido sobre diez pieles de tigre para que descansen sus miembros; en balde han invocado los bracmines por siete veces al espíritu del reposo y al genio de los sueños de nácar; el Remordimiento, sentado a la cabecera del lecho, los ahuyenta con un grito lúgubre y prolongado, grito que resuena incesante en el oído de Pulo, que golpea su frente con dolor al escucharlo.

III

Los genios que cruzan en numerosas caravanas sobre dromedarios de zafiro y entre nubes de ópalo; las schiwas de ojos verdes como las olas del mar, cabellos de ébano y cinturas esbeltas como los juncos de los lagos; los cantares de los espíritus invisibles que refrescan con sus alas los cansados párpados de los justos, no pasan como una tromba de luz y de colores en el sueño del criminal.

Gigantes cataratas de sangre negra y espumosa que se estrellan bramando sobre las oscuras peñas de un precipicio terrible; imágenes espantosas y confusas de desolación y terror; estos son los fantasmas que engendra su mente durante las horas del reposo.

IV

Por eso el magnífico señor de Orisa no puede gustar la copa del beleño con que los dioses brindan a sus escogidos. Por eso, apenas la aurora abre las puertas al día, se lanza del lecho, se desnuda de sus vestidos, que abrillantan las perlas y el oro, y, depositando un beso sobre la frente de su amada, sale del palacio en traje de un simple cazador, dirigiéndose hacia la parte de la ciudad que domina la cumbre de Jabwi.

V

Como a la mediación de esta montaña, nace un torrente que se derrumba en sábanas de plata hasta bajar a la llanura, donde, refrenando su ímpetu, se desliza silencioso entre las guijas y las flores, para ir a confundir sus rizadas ondas con las ondas del Jawkior. Una gruta natural, formada de enormes peñascos que parecen próximos a desplomarse, sirve de taza a estas olas en su nacimiento. Allí, transparentes y sombrías sus aguas, parecen dormir sin que las turbe otro rumor que el monótono ruido del manantial que las alimenta, el suspiro de la brisa que viene a humedecer sus alas en la linfa o el salvaje grito de los cóndores que se lanzan a las nubes como una flecha disparada.

VI

Pulo, ya fuera de los muros de la ciudad, manda retirarse a los que le siguen, y emprende solo y sumido en hondas meditaciones el camino que, serpenteando entre las rocas y las cortaduras, se dirige a la gruta donde nace el torrente, que ya salpica su rostro con el polvo de sus aguas. ¿Dónde va el señor de Orisa? ¿Por qué, desnudándose de su recamada túnica, del amarillo schal, emblema misterioso y del amuleto de los reyes, cambia sus vestiduras por el tosco traje de un simple cazador? ¿Viene a los montes a buscar a las fieras en su guarida? ¿Viene ansioso de encontrar la soledad, único bálsamo de las penas que el resto de los hombres no comprenden?

VII

No. Cuando el regio morador de Kattak abandona su alcázar para acosar en sus dominios al soberbio león o al rayado tigre, cien bocinas de marfil fatigan el eco de los bosques, cien ágiles esclavos le preceden arrancando las malezas de los senderos y alfombrando el lugar en que ha de poner sus plantas; ocho elefantes conducen su tienda de lino y oro y veinte rajás siguen su paso, disputándose el honor de conducir su aljaba de ópalo. ¿Viene a buscar la soledad? Imposible. La soledad es el imperio de la conciencia.

VIII

El sol toca a la mitad de su viaje, y Pulo a su término. A sus pies salta el torrente, sobre su cabeza está la gruta en que duerme el manantial que lo alimenta, manantial sagrado que brotó de las hendiduras de una roca para templar la sed del dios Vichenú cuando, destinado de los cielos, venía a cazar en las faldas del Jabwi durante la noche. A datar de aquella época remota, un bracmín vela constantemente en el muro de la gruta, dirigiendo sus oraciones al dios para que conserve las maravillosas virtudes en que, según una venerable tradición, abundan las sagradas linfas.

IX

El último de estos sacerdotes que, encendidos en amor por la divinidad, han consagrado sus días a venerarla en contemplación de sus obras, es un anciano cuyo origen envuelve un misterio profundo: nadie sabe la época en que llegó a Kattak para guarecerse en la gruta de Vichenú. Rajás venerables, sobre cuya cabeza han lucido más de cuarenta mil soles, aseguran que en su juventud el bracmín del torrente tenía ya los cabellos blancos y la frente inclinada. El pueblo le mira con temor y respeto cuando por casualidad baja a la llanura. Dicen que las serpientes danzan a su voz, que los cóndores le traen su alimento y que el genio de aquellas aguas, a quien debe la inmortalidad, le revela los arcanos futuros. Otros aseguran que él mismo no es otra cosa que un espíritu bajo las formas de un bracmín.

X

¿Quién es? ¿De dónde vino y qué hace? Se ignora; pero los que se sienten con el valor necesario para llegar hasta la gruta en que habita, suben a ella para pedirle un remedio contra los males desesperados, una revelación para conocer el término de las empresas arriesgadas, una penitencia suficiente a lavar un crimen que ni la sangre borraría. Uno de éstos es Pulo, porque a la gruta del torrente se dirige. Conociendo que las leves expiaciones que los aduladores bracmines de Kattak le impusieran no bastaban a desterrar sus remordimientos, sube a consultar al solitario de Jabwi, solo y de incógnito, para que la pompa real no turbe el espíritu y selle los labios del profeta.

XI

Pulo llega, a través de las zarzas que rodean como un festón los bordes del torrente, hasta la entrada de la gruta. Allí ve una ancha vasija de cobre suspendida de las ramas de una palmera, para que el viajero apague su sed. El caudillo toca por tres veces con el man-

go de su yathagán, y el cobre restaña, produciendo un sonido metálico y misterioso, que se pierde vibrando con el rumor de las olas. Un momento transcurre, y el solitario aparece.

—Elegido del grande espíritu —exclama al verle el caudillo, inclinando la frente—, que el enojo de Schiven no se amontone sobre tu cabeza como las brumas en las cimas de los montes.

—Hijo de mortales —replica el anciano sin responder a su salutación—, ¿qué me quieres?

XII

—Consultarte.

—Habla.

—Yo he cometido un crimen. Un crimen horroroso, cuyo recuerdo abruma mi alma como una pesadilla eterna. En vano consulté a los adivinos de Bracma. Las penitencias que me impusieron han sido inútiles. El remordimiento vive aún en mi corazón. El fantasma de la víctima me sigue a todas partes. Se ha hecho la sombra de mi cuerpo, el rumor de mis pasos. Tú, a quien todos los dioses se dignan visitar; tú, que lees el porvenir en los astros y en las arenas que arrastran los ríos, dime: ¿cuándo quedará lavada mi alma de este crimen?

—Cuando la sangre que mancha tus manos, que en balde me ocultas, haya desaparecido —exclama el terrible bracmín, lanzando una mirada de indignación al príncipe, que permanece aterrado ante aquella prueba de la sabiduría del solitario.

XIII

—¿Me conoces? —prorrumpe Pulo al fin, saliendo de su estupor.

—No te conozco, pero sé quién eres.

—¿Quién soy?

—El matador de Tippot-Dheli.

El príncipe inclina la cabeza a estas palabras, como herido de un rayo, y el bracmín prosigue de este modo:

—En la pasada noche, cuando el sueño había descendido sobre los párpados de los mortales, yo velaba. Un sordo rumor se elevó por grados del fondo del agua sagrada, rumor confuso como el hervidero de cien legiones de abejas. Una manga de aire frío y silencioso vino de la parte de Oriente, rizó las ondas y tocó con la punta de sus húmedas alas mi frente. A su contacto, mis nervios saltaron y se heló el tuétano de mis huesos; aquel soplo era el aliento de Vichenú. Poco después sentí su diestra, tan pesada como un mundo, descansar sobre mi hombro, en tanto que me contaba al oído tu historia.

XIV

—Ahora bien: pues conoces mi delito, dime la manera de hacer que desaparezcan de mis manos estas terribles manchas.

El bracmín permanece en silencio y el príncipe prosigue:

—¡Qué! ¿Mi sangre toda no podrá borrar esta sangre?

—Lo ignoro; es muy corta tu vida para expiar ese delito y Schiven está airado porque has hecho uso de tus facultades para la destrucción, obra que a él solo está encomendada.

—Pues bien: si tú lo ignoras, consultemos a Vichenú. Él me protegerá contra su hermano. Penetremos en la gruta sagrada.

—¿Has ayunado las tres lunas?

—Sí.

—¿Has huido del lecho nupcial por siete noches?

—Sí.

—¿Has dejado de cazar durante nueve días?

—También.

—Entonces, sígueme.

Algunos momentos después de este corto diálogo, sus interlocutores se hallaban en el fondo de la misteriosa gruta...

XV

Lo que pasó en aquel recinto se ignora. La tradición guarda una idea confusa, y el príncipe por quien esto se supo habla vaga-

mente de sierpes monstruosas y aladas que se precipitaron en las
ondas del torrente, para aparecer de nuevo en forma de anima-
les desconocidos y fantásticos; de conjuros tan temibles, que a ve-
ces se cubría de manchas el sol y los montes se estremecían como
cañas; de lamentos y aullidos tan espantosos, que la sangre se he-
laba al escucharlos.

XVI

Las palabras del dios se guardan, y son éstas: «Asesino marca-
do por Schiven con un sello de eterna infamia, voy a darte mis
consejos para que puedas expiar tu crimen: sube por las orillas del
Ganges, y a través de los pueblos feroces que habitan sus riberas,
hasta encontrar sus fuentes. El remoto país del Tíbet, a quien de-
fiende como un gigante muro la cordillera del Himalaya, es el tér-
mino de tu viaje. Cuando llegues a él, lava tus manos en el más
escondido de los manantiales y a la hora en que el valiente Tippot
cayó a tus plantas. Si en el discurso de tu peregrinación no conoces
a tu esposa Siannah, que deberá acompañarte, la sangre desapare-
cerá de tus manos».

XVII

¿Quién es ese peregrino que se apoya en un grosero cayado de
abedul y que en la sola compañía de una mujer hermosa, pero hu-
mildemente ataviada, sale por una de las puertas del Kattak al
mismo tiempo que la luna se desvanece ante los rayos del astro del
día? Es él: Pulo-Dheli, magnífico rey de Orisa, señor de señores,
sombra de Dios e hijo de los astros luminosos.

CAPÍTULO III

I

Los peregrinos tocan al término de su viaje; ya han dejado a sus espaldas las fértiles e inmensas llanuras de Nepaul; ya han visto a Benarés, célebre por sus alcázares, cuyos cimientos besa el sagrado río que divide al Indostán del imperio de los birmanes. Como las creaciones de una visión celeste, han cruzado ante sus ojos Palná, famosa por sus templos, sus mujeres y sus tapicerías; Dakka, la ciudad que tejió el velo para el santuario de los dioses con las trenzas de ébano de sus vírgenes; Gvalior, escudo del reino de Sindiak, cuyos muros detienen a las nubes en su vuelo.

II

También han gustado el reposo a la sombra de los inmensos plátanos de Dehli, concha que guarda a la perla de los reyes presentando una ofrenda de miel y flores al genio protector de Allad-abad, ciudad que debe su nombre a las caravanas de peregrinos que de todos los puntos de la India acuden a sus templos, más numerosos que las hojas de los bosques y las arenas del Océano.

Cuarenta lunas han nacido después que abandonaron su alcázar; pero ¿quién podrá enumerar los países que han cruzado, los bosques que les han prestado su sombra, los ríos que han apagado su sed? El Kian-gar, conocido por el de las aguas rojas; el Espuri, cuya mansa corriente arrastra oro bastante a construir con él un alcázar soberbio; los Senwads, bosques sombríos donde el boa[6] se desliza con el rumor de la lluvia; Lahorre, la madre de los guerreros; Cachemira, la virgen de los siete schales de amianto, y cien y cien otros países, ciudades, bosques, torrentes, ríos y montañas, que hasta llegar a las cordilleras del Himalaya se extienden sobre las inmensas llanuras de la India.

IV

Pero ya tocan al deseado término, ya han salido de las más terribles de las pruebas atravesando a par del Ganges el valle del Acíbar, llamado así no tanto por los árboles que produce, de los que se extrae este licor, como por las amarguras que padecen los infelices que se ven en la necesidad de atravesarlo. Y Pulo atravesó las rocas que lo erizan llevando a Siannah sobre sus espaldas.

V

El sol lanza sus rayos perpendiculares sobre la tierra. Los viajeros, fatigados de su trabajosa jornada, reposan a la orilla del río, a cuya fuente se aproximan. Un boabad corpulento y magnífico les presta su sombra, capaz de cubrir a una tribu de guerreros. Entre las brumas del lejano horizonte se lanza al vacío el Himalaya, y, empinado sobre sus cumbres, el Dawalagiri, que pasea sus miradas sobre medio mundo.

[6] *del boa*: Bécquer, como advierte R. B., prefiere el masculino, como haría luego Rubén Darío.

VI

Un aura fresca mece las magnolias y los tulipanes que crecen entre los juncos de la ribera y enjuga el sudor de sus frentes. El bulbul,[7] sobre las ramas de un penachudo talipot, entona un canto melancólico y suavísimo, y entre las ráfagas de luz que reverberan las arenas cruzan diáfanos como el ámbar miríadas de pájaros y de insectos con ropajes de oro y azul, de crespón y esmeraldas.

VII

Todo convida al descanso. Pulo y Siannah, después de refrescar sus labios con algunas de las deliciosas frutas del bosque, apagan su sed en las cristalinas ondas que corren, produciendo al besar las orillas un ruido manso y melancólico, semejante al arrullo de una tórtola. Al agradable son de las aguas y de las hojas que se agitan como abanicos de esmeraldas sobre sus cabezas, recuerdan en dulces coloquios, y con esa especie de satisfacción con que se menciona el peligro pasado, las mil aventuras de que han sido héroes durante su peregrinación, los países que han recorrido, las maravillas que, como un panorama magnífico, se han desplegado a sus ojos. Forman proyectos sobre el porvenir y sobre la felicidad que les espera cuando hayan cumplido la expiación, próxima a satisfacerse. Sus palabras se atropellan llenas de un fuego y de un calor vivísimo. Después va poco a poco languideciendo su diálogo; diríase que hablan una cosa y piensan otra. Por último, algunas frases vagas e incoherentes preceden al Silencio, que, con un dedo sobre el labio, se sienta a la par de los amantes sin ser sentido.

[7] *bulbul*: como en ciertas ocasiones, Bécquer utiliza términos que se encuentran en fuentes francesas. R. B. ha señalado que en el *Diccionario Larousse del sigloIX* se citan como autoridades a Lamartine y a Gautier en su utilización del término «bulbul» como equivalente a «ruiseñor» en lengua persa. Es curioso consignar que Bécquer se adelantó en esto, como en tantas cosas, a los modernistas, y en concreto a Rubén Darío.

El sol cae a plomo sobre la gran llanura. La frente del príncipe descansa sobre las rodillas de su esposa. Todo a su alrededor calla o duerme. En los países tropicales, el mediodía es la noche de la naturaleza. Sólo interrumpen esta calma profunda el grito breve y agudo del bengalí, el zumbido monótono y tenaz de los insectos que voltean en el aire, brillando a la luz del sol como un torbellino de piedras preciosas, y la acelerada respiración de Siannah, respiración sonora y encendida como la del que sueña embriagado con opio. Los peregrinos permanecen en silencio. ¿Qué ideas cruzan por su mente?

IX

Hay momentos en que el alma se desborda como un vaso de mirra que ya no basta a contener el perfume; instantes en que flotan los objetos que hieren nuestros ojos, y con ellos flota la imaginación. El espíritu se desata de la materia y huye, huye a través del vacío a sumergirse en las ondas de luz, entre las que vacilan los lejanos horizontes.

La mente no se halla en la tierra ni en el cielo. Recorre un espacio sin límites ni fondo, océano de voluptuosidad indefinible, en el que empapa sus alas para remontarse a las regiones en donde habita el amor.

Las ideas vagan confusas, como esas concepciones sin formas ni color que se ciernen en el cerebro del poeta; como esas sombras, hijas del delirio, que nos llaman al pasar y huyen, nos brindan amor y se desvanecen entre nuestros brazos.

X

Pulo es el primero que interrumpe el silencio.

—¡Cuán dulce es —dice— percibir el aliento de la mujer que se ama, ese aliento que se escapa de unos labios encendidos, atropellándose en ellos como olas de ambrosía que vienen a expirar

sobre una playa de rubíes! Si me fuera posible, ¡oh hermosa Siannah!, explicarte lo que el murmullo de tu respiración me dice… Suena en mi oído como una voz insólita que murmura palabras desconocidas en un idioma extraño y celeste. Me recuerda los días de mi infancia, aquellas horas sin nombre que precedían a mis sueños de niño, aquellas horas en que los genios, volando alrededor de mi cuna, me narraban consejas maravillosas que, embelesando mi espíritu, formaban la base de mis delirios de oro. ¿No es cierto, hermosa mía, que hasta el aroma que precede al objeto de nuestro amor, el tenue y débil crujido de su túnica, tienen palabras, dicen algo que los demás no comprenden?

XI

Siannah calla; sus labios entreabiertos y rojos dejan escapar suspiros ardientes, y en su pupila húmeda, azul y dilatada, brilla un punto luminoso semejante al reflejo de una estrella en un lago.

—Pulo —exclama al fin, como volviendo de un éxtasis que la hubiese alejado por algunos instantes de la tierra—, ¿es cierto que existe un árbol cuya sombra causa la muerte?

—Es cierto —responde el príncipe—. El dios Schiven lo creó para destruir a los mortales, y su hermano Vichenú, apiadándose de nuestra infelicidad, se lo dio a conocer a Bracma, su elegido.

Siannah vuelve a su muda agitación. Su esposo, en tanto, la contempla con un sentimiento de ternura indescriptible.

XII

—Pulo —exclama a los pocos instantes la hermosa—, ¿es verdad que existe un árbol cuya sombra agita la sangre en las venas y enciende el amor?

—Sí.

—¿Lo conoces?

—Lo conozco, aun cuando ignoro su nombre. Mas… ¿por qué me haces esa pregunta tan extraña?

—No sé... La sombra de este bosque me hace mal... Prosigamos nuestra jornada.

—¡Proseguir, cuando el sol abrasa las arenas! Esperemos a que la brisa de la tarde se levante del golfo y la luz comience a palidecer.

—Esperemos —murmura Siannah—; pero, entre tanto, aparta tus ojos de los míos, vuélvelos al cielo o duerme; mas no me los claves en el alma.

XIII

—Bien dices. Mis ojos en los tuyos beben amor, y nuestro amor, casto y puro otras veces, ahora es un crimen. Sí, es necesario que no te vea... Siannah, voy a dormir. Cántame algún himno de nuestra patria, arrulla mi sueño como una madre, ya que no como una esposa.

La beldad de las trenzas de ébano canta:

I

¡Guerreros! Las espadas de la tribu tienen sed, y la sed de las espadas se templa con sangre.

Un torrente de fuego desciende del Jabwi. Esas centellas que brillan entre la nube de polvo que levantan son los hierros de nuestros enemigos.

Traedme el escudo reforzado con las siete pieles de búfalo y rodead a mi casco el schal amarillo, para que no me desconozcan en la confusión de la pelea.

¡Guerreros! Las espadas de la tribu tienen sed, y la sed de las espadas se templa con sangre.

II

Allá van, semejantes a...

Al llegar aquí, Pulo se incorpora y Siannah se detiene en su canto.

—¿Por qué —exclama el príncipe— no escucho ahora las canciones de mi patria con el placer de otras veces? ¿Será que ya no alienta en mi pecho el corazón de un Dheli, o acaso que los himnos de guerra no se han hecho para que los recite una hermosa?

XIV

—Entona un canto de amor, uno de aquellos himnos que al son de los címbalos alzan las vírgenes cuando conducen a una joven esposa al pie de las aras.

—¡Pulo!…

—Canta, no temas; yo dormiré tranquilo, arrullado por el eco de tu voz, el suspiro de la brisa y la música de las aguas.

Siannah canta. Su voz tiembla y su pecho se eleva acompasadamente, como una ola que se hincha coronada de espuma.

LA VUELTA DEL COMBATE
Canción

I

El combate ha terminado con el día, y el caudillo está ya en presencia de su adorada.

LA VIRGEN: Caudillo, reclina tu frente sobre mi seno, que quiero beber en ella el sudor y el polvo de la gloria.

EL CAUDILLO: Virgen, apoya tus labios sobre los míos, que quiero beber en ellos la muerte en una copa de rubí.

II

LA VIRGEN: ¡Alma de la creación! ¡Hijo de Bermach! ¡Genio de las setenta alas! ¡Amor, divino amor! Desciende en brazos del misterio y de la noche a coronar con tu aureola a los que arden en tu llama.

EL CAUDILLO: ¡Espíritu invisible! ¡Aliento del alma generosa! ¡Esperanza del guerrero! ¡Amor, ardiente amor! Aban-

dona un instante el alcázar de los dioses para poner una guirnalda de rosas sobre la corona de laurel del caudillo.

LA VIRGEN: Caudillo, reclina tu frente sobre mi seno, que quiero beber en ella el sudor y el polvo de la gloria.

EL CAUDILLO: Virgen, apoya tus labios sobre los míos, que quiero beber en ellos la muerte en una copa de rubí.

III

LA VIRGEN: Tu aliento humea y abrasa como el aliento de un volcán. Tu mano, que busca la mía, tiembla como la hoja en el árbol. La sangre se agolpa a mi corazón, rebosa en él y enciende mis mejillas. Un velo de sombras cae sobre mis párpados. Todo se borra y se confunde ante mis ojos, que no ven más que el fuego que arde en los tuyos. Caudillo, ¿qué espíritu invisible llena el aire de melodiosos acordes y me estremece a su contacto?

EL CAUDILLO: Virgen, es el amor que pasa.

XV

El canto de Siannah expira, y con él, suave y armonioso, el rumor de un beso.

¿Qué son los vanos castillos que eleva la voluntad del hombre para combatir las funestas armas de que se vale la fatalidad? Montes de arena que, como los de la gran llanura de Nepaul, asombran al viajero y un soplo del huracán los arrebata.

CAPÍTULO IV

I

—Hijo mío —dice Schiven al Sueño—, baja a la tierra y sé el mensajero de mis iras.

El Sueño, hijo de la tumba, levanta a esta voz la frente, entreabre los soñolientos ojos y agita sus noventa manos, en cada una de las cuales tiene una copa llena hasta los bordes de un licor soporífero.

—¿Qué me quieres, realidad de mi símbolo, padre que me diste el ser para que sirviera de eslabón invisible entre lo finito y lo infinito, entre el mundo de los hombres y el de las almas, sirviendo para bajar las potencias del cielo y elevarlas de la tierra hasta que se toquen en el vacío, que es el lugar de mi soberanía?

II

Schiven continúa de este modo, dirigiéndose a su imagen:

—Hace algunos momentos pensaba en llevar a cabo la destrucción del príncipe que usurpó un día el cetro de la muerte; mas en vano buscaba la ocasión de herirle; en vano porque Vichenú, mi orgulloso antagonista, le defendía bajo el inmenso escudo con que oculta los hombres a mis ojos cuando éstos se encienden en cólera y arrojan rayos que arden y matan. De repente oí un zumbido a mi alrededor. Torné el rostro. Un mundo nuevo, un joven planeta, se adelantaba hacia mí, trazando su círculo en el vacío, fascinado e inocente como el ave atraída por el boa.

III

De su seno brotaba un raudal de armonías que llenaba el vacío, dilatándose en él como los círculos en un lago donde se arroja una piedra. Envuelto en un fluido ardiente y luminoso, rodando entre mares de colores y sonidos, su alegría y su gloria parecían insultar mi terrible poder. Levanté la mano. El aire de ésta, desquiciándolo de sus órbitas, lo ha herido de muerte. Incorpórate y tiende los ojos sobre las inmensas llanuras del cielo: verás a Vichenú, que corre en pos de él para arrancarle a la inmensa tumba de los astros, volviéndole a la vida...

IV

He aquí el momento oportuno para mi venganza. El príncipe faltó a su promesa y ahora está abandonado por mi funesto enemigo. Refresca su ardorosa frente con tus alas y aguarda la ocasión propicia para derramar sobre sus párpados un sueño precursor del sepulcro, un sueño de agonía y ansiedad, de esos que ciñen la garganta con sus manos de acero y pesan sobre el corazón como una montaña de plomo.

V

El Sueño tiende las alas de tul y abandona la selva donde vive, en un alcázar de ébano escondido entre la flotante sombra de los áloes.

El Silencio lo precede, y sus hechuras le siguen en grupos fantásticos. Estos se agitan y confunden entre sí, dando ser a nuevas y rápidas metamorfosis,[8] locos delirios, embriones de confusas

[8] *metamorfosis*: aceptamos, como hace R. B., las acentuaciones becquerianas de la época en algunos términos, porque poseen un valor estilístico indudable, que se perdería con la modernización. En otros casos en que cabe la duda, preferimos siempre la acentuación más eufónica (p. ej. en «áloe», de este mismo párrafo).

ideas, semejantes a las que produce en mitad de la fiebre una imaginación débil y sobreexcitada.

VI

La silenciosa caravana llega a las orillas del Ganges y al lugar en que el príncipe descansa. Éste experimenta, primero, una languidez voluptuosa; después, un entorpecimiento general, y, por último, sus párpados caen con el peso del plomo sobre sus pupilas, como una losa fúnebre sobre un sepulcro. El sueño ha vertido sobre ellos una gota del licor que contiene su misterioso vaso de ópalo.

VII

Cuando la materia duerme, el espíritu vela. En tanto que el cuerpo del caudillo permanece inmóvil y sumergido en un letargo profundo, su alma se reviste de una forma imaginaria y huye de los lazos que la aprisionan para lanzarse al éter; allí le esperan las creaciones del Sueño, que le fingen un mundo poblado de seres animados con la vida de la idea, visión magnífica, profética y real en su fondo, vana sólo en la forma. Oíd, según la tradición la conserva, la visión del caudillo.

VIII

La noche es oscura. El viento muge y silba, sacudiendo las gigantes ramas del boabad de las selvas. Los genios blanden sus cárdenas espadas de fuego sobre las nubes, en que se les ve pasar cabalgando. El trueno retumba, dilatándose de eco en eco en los abismos de las cordilleras. La lluvia azota el penacho de las palmas, y confundiéndose con los sordos mugidos de la tormenta, el prolongado lamento del vendaval y el temeroso murmullo de las hojas del bosque, se escucha por intervalos un rugido lejano, ronco y estridente, que parece formarse en la cavidad de un pecho de bronce.

IX

Un bracmín, al atravesar en tal noche y a tal hora aquella selva, no hubiera podido menos de dirigir sus plegarias al dios destructor, cuyo triunfo parecía acercarse, equivocando aquellos quejidos de la naturaleza con las profecías de los blancos fantasmas de sus antepasados, que rompían el secreto del sepulcro para enseñarle el camino de la muerte.

X

De cuantos guerreros se rodean el schal amarillo a la cintura en las fiestas y a la frente en el combate, sólo el caudillo de Orisa tendría el valor necesario para arriesgarse en sus agrestes y enmarañados senderos con una noche tan terrible.

XI

Pulo se adelanta, con el arco tendido, la flecha pronta y el puñal entre los dientes; Siannah le sigue, pálida la color, el cabello erizado y el paso temeroso.

—¿Oyes —dice al príncipe—, oyes esa voz que resuena en la espesura?

—Es el viento, que azota los palmares —responde el caudillo, lanzando, a pesar suyo, una mirada escudriñadora a través de los añosísimos troncos de áloes que bordan las lindes del sendero.

XII

Los esposos prosiguen caminando, y la tempestad haciéndose cada vez más terrible.

—¿Oyes ese rumor que se eleva por grados a nuestra espalda? —interrumpe de nuevo la hermosa.

—Es la lluvia, que agita las lianas —añade el príncipe, armando la flecha y cubriendo a Siannah con su cuerpo.

—¿Oyes? —vuelve ésta a interrumpir—. Alguien respira alrededor nuestro.

—Échate en tierra —grita Pulo de repente—. El tigre va a saltar sobre nosotros.

XIII

Dos llamas fosfóricas brillan en la oscuridad.

La flecha del príncipe parte. A su áspero silbar responde un mugido[9] ahogado y profundo. El tigre salta. Pulo arroja el arco, se cubre con el escudo de pieles, dobla una rodilla, esconde el rostro y lo espera con el puñal en la diestra. Siannah está desmayada y oculta con el manto del guerrero, a cuyos pies yace.

XIV

La lucha se traba.

Pulo hunde una y cien veces su puñal en el pecho y el vientre del tigre, que en su agonía pugna aún por lanzarse sobre su adversario. Éste, cubierto con el escudo, ha podido evitar su ataque merced a esa ligereza y sangre fría patrimonio de los hombres avezados a los peligros y a la muerte. Pero ya la temible fiera ha lanzado el último y ronco estertor revolcándose entre el polvo y la sangre que brota de sus heridas cuando el príncipe levanta los ojos al cielo, sorprendido por un extraño fenómeno.

[9] *mugido*: los editores modernos, excepto R. B., que casi siempre respeta el texto periodístico, corrigieron «mugido» por «rugido», que evidentemente parece más correcto. No sabemos si es un posible error becqueriano o un mero error de imprenta. Respetamos el original, ante la duda, por lo que pudiera tener de intencionado.

La lluvia ha cesado. El huracán y el trueno han enmudecido. Al brillante y súbito resplandor de los relámpagos sucede una claridad tenue y azulada, una luz indecisa, semejante al primer albor de un día sin sol y sin aurora. Las aves, que se habían guarecido de la tempestad bajo los pabellones de verdura de la selva, llenas de gozo a su vista, quieren alzar el vuelo y entonar su canto; pero la voz se ahoga en su garganta, y caen a tierra heridas de muerte por una mano invisible. Los gigantescos árboles se agitan y, retorciéndose como a impulsos de una horrorosa convulsión, comienzan a alfombrar el suelo con las pálidas hojas que se desprenden de sus ramas, como se desprenden los cabellos de la cabeza de un anciano. Las verdes lianas que se mecieran al soplo del viento, suspendidas en el tronco de los antiguos reyes del bosque, pierden el color y la frescura, arrugándose sus tersas flores como un pergamino que se acerca al fuego. Diríase, al contemplar este asombroso espectáculo, que un tósigo mortal, circulando en el aire o levantándose en imperceptibles efluvios de las entrañas de la tierra, había envenenado la atmósfera, y con ella al mundo.

XVI

El caudillo, lleno de estupor, vuelve en torno suyo la mirada. Por todas partes le persiguen aquellas imágenes desoladoras; pero lo que más asombro le causa es el ver el sangriento cadáver del tigre estremecerse, y poco a poco, perdiendo sus primitivas formas, ir tomando, merced a una inconcebible transformación, las de una serpiente.

—Ya no me queda ningún género de duda —exclama—. Schiven desea mi muerte. Reconozco en ese reptil al ministro de su cólera. ¡Oh! ¡Que yo no fuera un dios para luchar con los dioses!… Mas no importa; mortal miserable como soy, venderé cara mi vida.

XVII

El temible reptil crece con una rapidez prodigiosa. Su longitud es ya treinta veces mayor que la del boa secular, que se despierta de dos en dos lunas sobre las márgenes del Sitpuri. Sus ojos redondos, fijos y fascinadores, están clavados en los del caudillo. Éste, presa de un vértigo y con ese arrojo sin límites que presta la desesperación en sus momentos supremos, arroja lejos de sí el tresdoblado escudo, inútil para aquel combate, y desnuda por segunda vez su puñal.

XVIII

La gigantesca serpiente comienza a replegarse sobre sí misma, lanzando un silbo áspero y agudo. El príncipe, sin aguardar a que le acometa, se arroja a su cuello, tan grueso como el de una palma colosal, y hace esfuerzos inauditos por herirla. ¡Imposible! Las aceradas escamas que la cubren y defienden son impenetrables como la concha de las tortugas de Jawkior.

Ya el reptil, aprisionándolo entre sus anillos de bronce, lo estrecha y comienza a ahogarle; ya el puñal se ha escapado de sus manos desfallecidas y el velo de la muerte se extiende ante sus ojos, cuando una flecha disparada de las nubes baja silbando y traspasa los de la serpiente.

XIX

Un furor terrible se apodera de ésta, que desasiéndose del ya casi inanimado cuerpo de Pulo, busca a ciegas a su celeste enemigo.

La punta de diamante de una segunda flecha pone fin a su agonía con la muerte.

El caudillo, recobrado de su estupor, puede entonces contemplar, no sin sentirse sobrecogido de una emoción profunda de gratitud y respeto, al que es deudor de la vida.

Vichenú, cubiertas las espaldas con un manto de pieles, el arco tendido aún y el carcaj de las flechas de diamante sobre el hombro,

está a su lado, de pie. La frente del dios toca las nubes, y su sombra es inmensa, como la que arroja el Himalaya sobre las llanuras al ocultarse el sol en los confines del Océano.

XX

—¡Caudillo! —exclama el antagonista de Schiven con acento airado—. ¿Para qué subiste a la sagrada gruta de Jabwi? ¿Para qué interrogaste a las limpias aguas de su manantial, si las revelaciones celestes han sido inútiles, si al cabo habías de romper tu juramento, como se rompe la flecha sobre la rodilla en prenda de paz entre dos enemigos?

Pulo enmudece. El rubor de su falta colora sus bronceadas mejillas y ahoga su voz. Vichenú continúa de este modo.

—Inmensa como la imprevisión de los hombres es la bondad del cielo. He aquí por qué me he apiadado de tus culpas. Inútil es ya que busques las fuentes del Ganges. Cada grano de arena que cae en la medida de la culpa debe añadirse a la del castigo. El que te impuso el solitario de Jabwi es insuficiente para lavar tu alma.

XXI

—Si un solo momento de olvido desvaneció como el humo cuanto había logrado merecer con mi arrepentimiento, ¿qué haré para lavar mi culpa? —exclamaba el príncipe.

—Levántate —prosigue el dios—, toma tu arco, descálzate las sandalias y, abandonando las orillas del Ganges, vuelve sobre tus pasos hasta llegar a Cutac.[10] Entre las arenas de sus costas duerme, en el seno del olvido, un templo que en mi honor levantara un día tu glorioso antecesor, cuando, protegido por mi escudo, llevó hasta allí sus huestes invencibles. Sobre los peñascos en que se estre-

[10] *Cutac*: vacilación en la ortografía. Véase nota 1 de *Leyendas*. En este caso la variante parece más próxima al topónimo real.

llan las encrespadas olas tiene su nido un cuervo. Sube a preguntarle el lugar en que el templo se oculta. Éste lo conocerás por los fuegos que durante la noche voltean sobre sus ruinas, y a aquél, por su cabeza blanca.

XXII

Vichenú desaparece. Los árboles recobran su lozanía, la liana su verdura, los pájaros su voz, y a la indecisa y cárdena luz del cielo sucede el tranquilo y suave esplendor de una noche estrellada y llena de armonía, perfumes, suspiros y cantares.

El príncipe se incorpora y corre al lugar en que Siannah permanece desmayada y oculta bajo los pliegues del manto de su esposo. Levanta éste, y de sus labios se escapa un grito de sorpresa y ansiedad.

Siannah no está allí. Siannah ha desaparecido.

XXIII

En aquel punto, el Sueño tiende las alas y abandona al príncipe. Éste, convulso y pálido aún, despierta de su pesadilla, busca a su esposa, en cuyo seno se había dormido, y no la encuentra.

El sol, recostado en un lecho de púrpura y de oro, como un rajá en su alfombra de colores, lanza a la tierra el último rayo de sus entreabiertos ojos. La naturaleza comienza a despertarse de su sueño del mediodía. Las brisas de la tarde, impregnadas en murmullos y perfumes, juguetean con el cáliz de las flores, que se abren a sus besos. Las aguas del Ganges, copiando en sus linfas transparentes la vigorosa vegetación de sus riberas, alzan un himno melancólico, al que se unen las aladas y suaves notas de los pájaros, que despiden al día con un dulcísimo y triste adiós.

XXIV

—Siannah —dice el caudillo con voz ahogada por el llanto—, Siannah, esposa mía, ¿dónde estás que no me oyes? Siannah, inseparable compañera de mi dolor y mi infortunio, ¿quién te arrancó de mi lado para robarme la única felicidad que me restaba en la tierra? ¡Oh! Vuelve, vuelve, hermosa mía; sin ti mi vida será una noche sin aurora, un llanto sin lágrimas.

XXV

Sólo el eco responde al enamorado Pulo que, presa de un loco frenesí, corre de nuevo a las orillas del Ganges, busca en la arena la huella de su esposa y vuelve a llamarla por su nombre cien y cien veces; todo es inútil. La noche borra del cielo los colores, y las nubes, las estrellas, mudos testigos de los pesares y la felicidad de los amantes, aparecen unas tras otras rodeadas de un ligero cendal de bruma, y Siannah no aparece.

XXVI

—Insensato —dice una voz que resuena en el viento, sin que se vea la boca de donde parte—, ¿qué vas a hacer?

El caudillo, que ha desnudado el puñal para asestarlo contra su pecho, se detiene sobrecogido y escucha estas palabras:

—Si mueres, nunca la tornarás a ver; si conservas tu vida y cumples cuanto te he dicho, la mancha de sangre de tus manos desaparecerá para siempre y encontrarás de nuevo a tu esposa.

Los sueños son el espíritu de la realidad con las formas de la mentira: los dioses descienden en él hasta los mortales, sus visiones son páginas del porvenir o recuerdos del pasado.

La voz que detiene al príncipe es la de Vichenú, que se había aparecido en sueños.

CAPÍTULO V

I

El príncipe, después de un año de peregrinación, llega al fin al término señalado por el genio. Éste, durante las jornadas, fijos los ojos sobre su protegido, ha velado día y noche por su vida hasta dejarlo en Cutac.

II

La aurora rasga el velo de la noche; de sus trenzas de oro se desprende el rocío en una lluvia de perlas sobre las colinas y las llanuras; los horizontes del mar se encienden, y las crestas de sus olas brillan como las escamas de la armadura de un guerrero en un día de combate; de las flores, húmedas aún con las lágrimas del crepúsculo, se eleva al cielo una columna de aromas en emanaciones, perfumadas emanaciones que los genios, cruzando sobre las nubes celestes y ambarinas, recogen con las matinales plegarias de los bracmines para depositarlas a los pies de Bermach, autor de la maravillosa máquina de los mundos.

III

Pulo se ha sentado sobre una de las rocas que erizan en aquella parte del reino de Cutac las extensas playas del Océano. Su pensamiento está dividido entre su esposa y su conciencia.

—Ya se aproxima —dice— la hora del perdón; unos esfuerzos más, y me hallo en presencia del ave misteriosa que Vichenú ha escogido para intérprete de sus designios. ¡Dios, que conservas cuanto existe, apartando las tempestades y la muerte de la cabeza de los hombres, no interpongas tu poder entre mi corazón y la flecha de los guerreros, entre mi vida y las garras del tigre o los anillos del boa gigante; pero defiéndeme contra mí mismo, arráncame el amor y la conciencia, cuyos golpes matan sin que se vea la mano que los dirige!

IV

El sol se va levantando pausadamente del seno del mar y remontándose por la cumbre del firmamento. El caudillo, después de lavarse por siete veces las manos y los sangrientos pies, recitando algunas oraciones misteriosas, emprende una difícil ascensión para llegar a la cima de las colosales rocas, cuya frente han ennegrecido los rayos y las tempestades, cuyas plantas besan o azotan las hirvientes olas del Océano.

V

Después de trepar por espacio de una hora, asiéndose a los arbustos y malezas que crecen en las aberturas de las peñas, el príncipe consigue, al fin, encontrarse en la cumbre del promontorio.

En una de las rocas de granito que coronan su cúspide hay una hendidura, y en el fondo de ésta le parece distinguir las formas confusas de un ave, que fija en los suyos dos ojos que brillan en la oscuridad con una luz fantástica.

—Ave de los dioses —prorrumpe Pulo, cayendo de rodillas
ante el aéreo nido del cuervo de la cabeza blanca—, ave misteriosa,
bajo cuyo negro plumaje vivió por espacio de tres siglos el pode-
roso Vichenú, logrando con este ardid evitar la muerte que el dios
de la destrucción le aprestaba: heme aquí esperando tus palabras,
como los tulipanes agostados por el fuego del día esperan las gotas
del rocío de la noche.

VII

El cuervo, abandonando su guarida, se abate sobre una de las
enhiestas rocas, y después de agitar sus alas por tres veces, dice así
al caudillo, que lo escucha en silencio y con la frente humillada en
el polvo:
—Señor de Orisa, poderoso descendiente de los Dheli, con-
quistadores de la India y protegidos de Vichenú: sé lo que vienes a
preguntarme; así, es inútil que me lo refieras. El templo que buscas
se halla lejos de este lugar; sigue mis pasos y te mostraré el sitio en
que se empezarán las excavaciones.

VIII

El cuervo de la cabeza blanca se remonta en los aires, dejándo-
se caer al pie del promontorio, donde espera a que baje el caudillo.
Cuando éste toca al término de su descensión, el ave misteriosa
emprende la marcha, caminando a saltos pequeños y sin abando-
nar la costa en que viene a romperse el oleaje de crestas de oro.
Prosiguen durante todo el día sin abandonar la ribera, blan-
queada por la espuma, y cuando ya el sol desciende al seno de las
ondas, rodeado de espesos y rojos celajes, el alado guía se aparta
de las playas, internándose tierra adentro, a través de un pantano
cenagoso y cubierto de juncos verdes y altísimos.

Las nubes, amontonándose en el Occidente, envuelven el cadáver del sol en un sudario de brumas antes que descienda a su sepulcro.

La noche se adelanta; una noche sin astros y sin transparencia; la brisa murmura la oración de los muertos, sollozando melancólica entre los espesos juncos; el perfume de las flores que se abren en la sombra vaga en el espacio; el grito del chakal y el silbo de las aves nocturnas resuenan, confundiéndose con esos rumores siniestros y misteriosos que nacen, tiemblan y se dilatan en el seno de la oscuridad, sin que podamos decir quién los produce.

—Ave inmortal —exclama Pulo, deteniéndose en su camino—, he aquí que la noche se ha apoderado de la tierra y que en balde procuro seguirte, pues la sombra te ha robado a mi vista.

»El grito del chakal se oye cada vez más próximo; tú sabes que no le temo; mas estoy sin armas y, por lo tanto, inhábil para defenderme de sus traidores ataques.

»Volvamos atrás y esperemos al día para proseguir nuestra jornada. Temerario valor juzgo el de aquel que arriesga su vida contra enemigos que no puede exterminar o vencer; si al menos la luna brillara en el cielo, su luz me guiaría a través de este pantano, donde a cada paso que doy temo encontrar la muerte, sepultándome en sus aguas cenagosas e inmóviles.

X

—No temas —responde el cuervo—; el dios que nos envía cuidará de nosotros desde su elevación. He aquí la manera de salir con bien de este peligro: las llanuras que vamos a atravesar presenciaron la derrota de tu padre. Schiven, celoso del culto que éste rendía en el templo a que nos dirigimos al genio que te protege, reunió en su daño a los guerreros de Cutac y de Lahorre, que, ardiendo en sed de venganza contra su vencedor, se juntaron entre las sombras de la noche para afilar las espadas que habían de herir a los predilectos de Vichenú.

»Un día, tu padre abandonó el templo para dirigirse a las selvas que se extienden al pie de la colina en cuya cumbre está oculto; de pronto, una nube de polvo blanca e inmensa, que elevándose de la parte de oriente oscurecía la luz del sol, atrajo su curiosidad. "¿Qué nueva y numerosa caravana de peregrinos será la que se aproxima al templo de mi dios?", dice volviéndose a uno de los pérfidos rajás portadores de su escudo y su aljaba.

XII

»Éste, lanzando a sus compañeros una mirada de inteligencia, respondió al victorioso rey con la sonrisa en los labios: "¿Quién sabe cuál será el remoto país que envía este enjambre de peregrinos? La fama del asombroso templo de Cutac, corre de boca en boca hasta los más remotos confines del mundo". Tu padre, después de fijar nuevamente las miradas en aquella nube de polvo que se aproxima, y de la cual brotan centellas de fuego, exclama con voz terrible:

XIII

»... "¿Qué es esto? Los toscos *yaids* de los peregrinos llamean al rayo del sol como las armaduras de los guerreros de Lahorre. ¿Oís? En las alas del viento llega confuso el eco de la terrible y bárbara armonía de sus trompas de guerra. ¡Oh! Ya no me queda duda: el enemigo que hollé a mis pies se endereza como la víbora para morderme en ellos. No importa; veremos si los caudillos de Lahorre han aprendido de nuevo a vencer, tras tantos años de acostumbrarse a huir.

XIV

»"Valientes", prosigue, hablando, dirigiéndose a los que le acompañan, "dadme el arco y el escudo, desnudad vuestros aceros

y que las roncas bocinas de plata convoquen a mis huestes con sus bramidos." Eldi Salek, uno de sus traidores capitanes, por toda respuesta, le hunde en el pecho su misma espada, de que era portador, y blandiéndola después en los aires en ademán de triunfo, prorrumpe a voces: "¡Ánimo, compañeros de esclavitud! ¡Ánimo, domeñados ejércitos de Cutac y Lahorre, desvanecidos un día al soplo del tirano como al del huracán el humo! ¡Ánimo! ¡Nuestro país es libre!".

XV

»En tanto, el infelice rey, revolcándose en su sangre, intenta en vano llamar en su socorro; la voz se ahoga en su garganta; hace una postrer tentativa para incorporarse, y cae a tierra muerto y con los puños crispados y tendidos hacia las bárbaras huestes, que se adelantan al bélico y rudo compás de sus instrumentos de bronce.

XVI

»Los sacerdotes de Vichenú se aperciben de la sorpresa y, subiendo a las altas torres de la pagoda, llenan el ámbito de los aires con los terribles bramidos del caracol sagrado, al que responden en la llanura las bocinas de marfil de los guerreros de tu padre.

XVII

»"¿Dónde está nuestro caudillo, que no corre como el león al combate? ¿Por qué no vuela en la primera fila su manto de púrpura y el schal amarillo que ciñe su frente?" "¡Mi dueño!", exclaman los valientes conquistadores de Cutac, y ninguno sabe decir dónde se encuentra el señor de Orisa, que no responde al rumor de la batalla con el grito de guerra.

»Los enemigos se adelantan, la llanura gime bajo el peso de sus carros y elefantes de guerra y el eco de los lejanos montes repite sus salvajes alaridos. Suena la señal del combate y de la muerte. Los defensores de Vichenú expiran uno a uno al rigor del acero; el templo del dios es presa de las llamas, y con él la naciente ciudad que en sus inmediaciones levantó el rey de Orisa en honor del benéfico genio de Allab-abad.

XIX

»Cuando llegó la noche, la expirante llama del incendio, arrojando sus temblorosos círculos de luz y de sombra sobre la llanura, chispeaba en el casco de los valientes que habían sucumbido a los golpes de Schiven y que yacían entre el polvo cubiertos de sangre y de gloria.

Un hondo silencio reinaba en el que fue teatro de la sangrienta lucha, silencio que sólo interrumpía el imponente estruendo de los muros al desplomarse abrasados por las silbadoras llamas, o el ronco grito del chakal que, ofuscado por el ardiente resplandor del fuego, rugía en su cueva, temeroso de lanzarse sobre los cadáveres insepultos.

Los vencedores abandonaron con el día la llanura, donde desde esa época nadie osa poner la planta, temiendo el enojo de Schiven, que quiso tener en aquellos lugares un templo de ruinas habitado por la soledad y el espanto.

XX

Pulo escucha, sobrecogido de un religioso pavor, la historia del sangriento combate en que su padre perdió la vida, historia que en su país cantan las bayaderas al son de los címbalos, pero cuya terrible sencillez nunca había arrancado una lágrima tan ardiente a sus ojos cual la que entonces rodó abrasadora sobre su mejilla.

XXI

El cuervo prosigue así:

—¿Ves allá, entre los espesos cañaverales, encenderse una llama ligera y cárdena, que vacila y corre sobre el haz de las fétidas aguas del pantano? Más lejos, al pie de la colina, donde a la sombra de un bosque sombrío se levanta un grosero sepulcro, formado de piedras toscas e irregulares, ¿ves cómo se desarrolla el brillante fluido, y vuela sobre la tumba, y se detiene junto a los troncos de los árboles, y se multiplican, subdividiéndose en mil, otras llamas fantásticas, ligeras y de un azulado resplandor?

XXII

»Esos son los espíritus de los valientes que, en defensa del genio que te protege, sucumbieron al golpe de las hachas de Cutac. Dobla en tierra la rodilla, que tu padre va a dejar el seno de la tumba para guiarnos, a través de la noche, del pantano y las sombras de los valientes, al sitio en que, cubiertos de musgo y escondidos entre las hierbas altas y silenciosas, hallaremos los restos mortales, única reliquia del ara de Vichenú.

XXIII

Pulo se arrodilla, y del tosco sepulcro del bosque se levanta una llama roja que, lanzándose al vacío, comienza a caminar con dirección al ocaso.

El cuervo sigue a la llama, y el príncipe al cuervo. De repente, aquélla se detiene sobre la cumbre de la colina en cuya falda duerme el viento de la noche, suspirando entre las hojas de los árboles. El pájaro de la cabeza blanca tiende el vuelo y, cerniéndose en los aires sobre las ruinas de la pagoda, llama con una voz al caudillo; éste, maravillado y absorto, sube la suave pendiente que conduce al término de su peregrinación.

CAPÍTULO VI

I

—Vuelve a tu reino; derrama tus tesoros y trae en tu compañía los artífices más celebrados que en él encuentres. A la luz del sol durante el día, a la de las antorchas durante la noche, que no se dé un minuto de reposo a la ociosidad, fatigando el eco de esos solitarios lugares con el alegre y bullicioso clamor de los trabajadores, a los rudos y sonoros golpes del martillo.

II

»Seis años tienes de término para reedificar la pagoda que llenará al mundo de admiración, y alrededor de cuyas altísimas torres se agruparán las nubes y estallarán las tempestades como en las crestas de las montañas. Sedas hay en Cachemira; oro, en Siam; cedros, en Katay; elefantes, en Lahorre, y perlas, en el golfo de Ormuz. Recorre esos países y con sus ofrendas y tus adquisiciones la pagoda de nuestro dios resplandecerá como los astros, flotantes moradas de los genios.

—¿Y cómo deberá representar a Vichenú —interrumpe el príncipe—: en traje de cazador como un emblema de sus atributos, o en la figura que tú tienes, y que fue la suya durante algunos siglos?

El cuervo prosigue:

—Cuando hayas puesto sobre la más alta de las torres la última de las piedras que han de coronarla, de la parte de Oriente, y conducido por las olas, llegará a estas riberas el gigantesco tronco de un árbol

desconocido para los mortales. Con las sombras de la noche que sustituya al día en que lo encuentres, llegará a las puertas de tu palacio un peregrino; acógele en tu morada, lávale los pies y siéntalo a tu mesa.

III

»Este peregrino te dirá que le pidas alguna cosa en pago de tu hospitalidad; ruégale, en nombre de nuestro común protector, que talle su efigie en el tronco del árbol desconocido. Si accede a tus súplicas, dale los útiles que necesite, señálale una habitación apartada en tu palacio, y cuida de no espiar sus operaciones durante la callada noche con una sola e indiscreta mirada; ésta bastaría para que el extranjero desapareciese de tu vista y fueran inútiles cuantos esfuerzos has hecho para adormir tu conciencia y lavar la mancha de sangre de tus manos.

IV

—Tus palabras —exclamó el caudillo— permanecerán grabadas en mi memoria, como el postrer adiós de mi moribunda madre, como el primer juramento de amor de mi adorada Siannah; pero antes de separarnos, quizás para siempre; antes que vuelvas a remontar el vuelo para ocultarte a los ojos de los hombres en la escarpada cumbre de tu roca solitaria, dime, si te es posible o si el secreto de tu existencia puede ser conocido por un miserable mortal: ¿quién eres tú? ¿Qué espíritu divino te alienta? ¿Por qué teniendo la inteligencia, no del hombre, de los dioses, permaneces bajo la forma de un ave? ¿Acaso el genio que te favorece no tiene poder bastante para concederte cuanto inspire tu deseo o tu ambición?

V

El ave de la cabeza blanca responde:
—Yo era lo que soy, un cuervo; de esto hará ya cerca de seis mil u ocho mil años. Vichenú, vencido por su antagonista Schiven,

huía de astro en astro, a través de los cielos; después de vagar errante por la inmensidad del vacío, se refugió por último en la tierra. Aun allí le siguió su adversario; ya estaba éste próximo a descubrir sus huellas, cuando el genio de la conservación, viéndome en la cima de un áloe, sacó la esencia que daba la vida a mi forma y se encarnó en ésta, burlando así la vigilancia de su rival.

VI

»Tres siglos transcurrieron, al cabo de los cuales, volviéndome a mi antiguo ser, el dios preguntóme: "¿Qué quieres?". "La inmortalidad." "¿Y qué otra cosa?" "La suprema inteligencia." "¿Sólo eso?" "Y ser hombre." "De hoy en adelante, tus votos serán cumplidos." Y fui hombre inmortal e infalible; viví en el mundo, regeneré las sociedades, escribí leyes y… el pago de mis vigilias, de mis afanes y de mi amor fue tal, que pedí volver a ser cuervo, y aunque después de juzgarme en la tumba, los hombres me han hecho justicia, heme aquí que cuervo soy y cuervo seré hasta la consumación de los siglos.

VII

—Pero ¿quién eres o quién fuiste? —pregunta el príncipe al ave, que se aleja batiendo sus alas de azabache.

—Lee una inscripción que he grabado con mi pico en la carcomida piedra del ara y lo sabrás —dice ésta sin detenerse en su vuelo.

Pulo corre al lugar que acaban de indicarle; efectivamente, lee en la musgosa piedra la siguiente leyenda:

«Esta es el ara del templo de Jaganata; por inspiración de Vichenú, Bracma dejó la roca donde vive lejos del bullicio del mundo, para mostrárselo a Pulo-Dheli, rey de Orisa, señor de señores, sombra de Dios e hijo de los astros luminosos».

CAPÍTULO VII

I

Dos años han transcurrido.

El templo de Jaganata, o *señor del mundo*,[11] ha vuelto a levantarse sobre sus antiguas ruinas. El mismo día en que se colocó la última piedra en la gigante torre de la pagoda, el mar arrojó en las arenas de su orilla el tronco de un árbol, que los bracmines condujeron sobre sus hombros, y envolviéndole en un manto de púrpura, a la morada del príncipe.

Éste, sentado sobre una alfombra de Persia, aguarda impaciente la hora en que el sol, descendiendo de su carro de oro, se ocultará tras la encendida faja de luz que borda el horizonte del Océano.

II

La niebla del crepúsculo se levanta del fondo de los silenciosos lagos, y el padre del día se esconde tras las nubes amontonadas en

[11] *Jaganata* (o más frecuentemente Jagarnat o Jagernaut): era el sobrenombre de Visnú («Vichenú», como escribe Bécquer) que se utilizó en la ciudad del mismo nombre (en el golfo de Bengala), donde el antiguo dios tenía erigido un templo, al cual se dirigían multitud de peregrinos para venerar su estatua. Se cuenta que muchos de ellos se arrojaban bajo las ruedas del carro que portaba la estatua gigantesca para ser así aplastados por ella. En la literatura occidental hay múltiples referencias al sacrificio que mencionamos, de tal manera que Jagernaut quedó como nombre antonomásico para reflejar la barbarie de los sacrificios.

el Occidente, cuando Pulo, que tiene fijos los ojos en la senda que conduce a su palacio, y en la cual nadie aparece, exclama, poseído de profundo desaliento:

—El día huye, la noche vence y el peregrino tarda. Por ventura, ¿habré ofendido nuevamente al dios con mi impaciencia? ¡Mi impaciencia! ¡Ah! Cuando de su llegada pende la de mi esposa, y de la terminación de su trabajo la conclusión de mis padecimientos y el perdón de mis culpas, ¿es posible que no ansíe apagar el último rayo de luz que brilla en el ocaso, y traer la noche sobre las llanuras, para que con ella llegue el divino mensajero?

III

—Heme aqui.

El príncipe, sobrecogido al escuchar las anteriores palabras, vuelve el rostro y contempla, lleno de gozo y de ansiedad, al que las ha pronunciado.

El peregrino, que no era otro el que, tocando ligeramente en la espalda de Pulo, respondió a las ideas que formulaba en su mente, prosiguió de este modo, dirigiéndose al príncipe:

—La noche se adelanta: escrito está en los sagrados *Vedas* que el mundo es la patria del piadoso peregrino; las humildes chozas y los maravillosos palacios le deben una plaza en el hogar, en la mesa y en el lecho. Señor de Orisa, ¿querrás darme un asilo en tu morada?

IV

El caudillo responde:

—El esposo, temblando de gozo y de amor, no conduce con tanta alegría a la mujer que ama al lecho nupcial, colgado de púrpura y lino, como yo te llevaré a sentarte en mi hogar, en mi lecho y en mi mesa.

V

El peregrino, conducido por el impaciente señor de Orisa, penetra en el palacio. Las antorchas se encienden, el fuego del hogar se reanima, y sobre dos magníficos schales de cachemir, los bracmines sirven exquisitos manjares en fuentes de oro al huésped enviado por el cielo. Cuando termina el banquete y las copas de ámbar, coloradas con aromáticos licores, circulan en derredor, vertiendo la alegría y la embriaguez, el peregrino se dirige a Pulo, a quien ya comienzan a turbar los vapores del vino y la abrasadora atmósfera del festín.

VI

—Señor de señores —le dice—, tu copa ha sido la mía. ¿Con qué podré pagarte la hospitalidad que me has dispensado? Habla; tus deseos serán cumplidos.

El príncipe le ruega, siguiendo las instrucciones de Bracma, que esculpa en el tronco que arrojan las olas la imagen de Vichenú. El peregrino accede, y se le proporcionan los instrumentos que desea y la estancia solitaria y apartada que exige.

VII

La pálida reina de la noche sube, serena, por el ancho cielo, derramando un suave y melancólico esplendor, que se quiebra en chispas de plata sobre las crestas de las ondas.

Todo está sumergido en el más profundo silencio cuando el caudillo, despertándose sobresaltado del sueño que a su pesar embargara su espíritu, pasa sus manos sobre su abrasada frente para apartar de ella la bruma de la embriaguez.

VIII

Recuerda cuanto había tenido lugar aquella noche en su palacio y, combatido por la curiosidad y la impaciencia, presta aten-

ción por ver si en el silencio de la noche percibe los golpes del martillo y el cincel del escultor.

Ni un lejano murmullo turba la majestuosa tranquilidad de las sombras.

IX

«¿Si embriagado con el vapor de los licores se habrá rendido al sueño, abandonando su obra?», piensa entre sí.

Entonces se traba en su alma una lucha entre la curiosidad y el temor, lucha que concluye con el triunfo de aquélla.

Un genio del mal guía sus pasos a través de la noche, y éstos se dirigen, impulsados por una fuerza incontrastable, hacia el lugar en que se encuentra el peregrino.

X

Presta de nuevo atención; nada se escucha. ¿Qué hará? ¡Si fuera posible descubrir este arcano!

Diciendo así, el caudillo de las manos rojas separa las colgaduras de seda y oro que cubren la puerta de la habitación que ocupa el misterioso viajero; un rayo que hubiera caído a sus pies no le asombraría tanto como la escena que se presenta a sus ojos.

XI

El peregrino ha desaparecido.

En mitad del aposento, y al débil resplandor de una lámpara de alabastro, se ve el informe busto de un horroroso ídolo.

La locura en sus fantásticas creaciones, el sueño en sus angustiosas pesadillas, el insomnio en su delirio abrumador no forjaron nunca una imagen tan repugnante y terrible.

No es su rostro el del genio benéfico que protege al príncipe,
ese rostro en cuyas facciones se ven grabadas, en armoniosas lí-
neas y rasgos atrevidos, la noble fiereza, la salvaje y varonil her-
mosura del dios de las selvas, no; la fisonomía de aquella tosca
escultura que, sin concluir aún, se presenta a los ojos del aterrado
Pulo, tiene algo de infernal y medroso; de su redonda pupila pa-
rece pronto a brotar el rayo y la muerte; su dilatada boca está
contraída por una sonrisa feroz; todo él revela un genio del mal.

Es la imagen de Schiven, y no la de Vichenú.

La impaciencia ha perdido para siempre al desgraciado caudillo.

XIII

Éste, presa de un vértigo y saliendo de su inmovilidad:

—Bracmines —exclama en alta voz—, despertad de vuestro
sueño: la esperanza de dicha que aún me restaba se ha desvanecido
como el perfume de un lirio que besa el simoún. Schiven venció en
el combate; levantad el ídolo que lo representa; llevadlo al ara so-
bre vuestros hombros al compás de los himnos de luto y el clamor
de las plañideras y de los címbalos; suyo será el templo de su her-
mano, y con él mi vida.

XIV

Los bracmines y los servidores del príncipe, que han acudido a
su llamamiento, se apresuran a ejecutar sus mandatos: las apaga-
das antorchas vuelven a despedir torrentes de luz; los guerreros
hieren sus escudos con el pomo de la espada; las roncas bocinas de
marfil ahuyentan el tranquilo sueño de los habitantes de Cutac, y
la triste e imponente comitiva que conduce al dios de la muerte
y del estrago se dirige a la gigantesca pagoda, del seno de la cual se
escuchan levantarse, crecer y morir, temblando en el vacío, me-
drosos lamentos y horribles carcajadas. Son los genios de la des-
trucción, que solemnizan su victoria.

El día comienza a despuntar; la luna se desvanece y el mar se colora con la primera luz del alba. El templo resplandece, iluminado en su interior por cien y cien magníficas lámparas de bronce y oro; las blancas nubes que se elevan de los altares difunden la esencia de la mirra y del áloe por los extensos ámbitos de la pagoda; el príncipe ha ceñido la frente con el amarillo schal, emblema del poder soberano, y cubierto con sus más ricas vestiduras, está de rodillas ante el ara.

Las ceremonias con que los bracmines, invocando la piedad de los genios, han dado posesión al de la muerte del templo de Jaganata, han concluido.

XVI

—¡Sacerdotes, caudillos, siervos! —prorrumpe al fin el señor de Orisa—. ¡La cólera de los dioses está suspendida sobre mi cabeza como una espada pendiente de un cabello; mis manos, que desde la terrible hora en que subí al solio ningún mortal ha visto desnudas, están manchadas de sangre! Vedlas; esta sangre es la de mi antecesor, la de mi hermano, a quien arranqué la vida con la corona. Schiven, el dios del remordimiento y de la expiación, me exige ojo por ojo, corona por corona, vida por vida. Cúmplase su voluntad. ¡Sacerdotes, caudillos, siervos: rogad por el último de los Dheli, cuya raza va a desaparecer de la tierra!

La multitud, sobrecogida y llena de terror, permanece en silencio. Pulo, volviéndose hacia el altar en que está colocado el dios, prosigue de este modo, dirigiéndose al informe ídolo, que parece que contrae sus labios con una muda e infernal sonrisa.

XVII

—Schiven, enemigo y extirpador de mi raza, si la sangre puede lavar mis culpas, apartando tu cólera de la frente de Siannah, recíbela como mi última ofrenda; pero concédeme, al menos, que

antes de partir del mundo la contemple un instante por la postrera vez; que su boca reciba el frío y apagado aliento de la mía; que sus besos cierren mis párpados a la eterna noche de la tumba.

XVIII

La muchedumbre que ocupa las naves del templo tiene fijos sus ojos en el príncipe y arroja un grito de horror.

Pulo se ha atravesado con su espada, y el caliente borbotón de sangre que brotó de su herida saltó humeando al rostro del genio.

En aquel instante, una mujer atraviesa el atrio de la pagoda y se adelanta hasta el recinto en que se eleva el ara de Schiven.

—¡Siannah! —murmura el príncipe, reconociéndola—. Siannah, al fin te veo antes de morir. —Y expira.

XIX

Siannah, la perla de Ormuz, la violeta de Orisa, el símbolo de la hermosura y del amor, la que formó Bermach en un delirio de placer, combinando la gentileza de las palmas de Nepaul, la flexibilidad de los juncos del Ganges, la esmeralda de los ojos de una *schiva*, la luz de un diamante de Golconda, la armonía de una noche de verano y la esencia de un lirio salvaje del Himalaya; Siannah, la hermosa entre las hermosas, siguió a Pulo a través de su peregrinación en esas regiones desconocidas de las que ningún viajero vuelve.

Siannah fue la primera viuda indiana que se arrojó al fuego con el cadáver de su esposo.[12]

[12] Aunque Bécquer hace de este personaje prototipo de la bárbara costumbre hindú de arrojarse al fuego las viudas en la pira, junto con el cadáver de sus esposos, la mitología india la refiere a la figura arquetípica de la mujer de Siva, llamada Sati, cuyo nombre parece significar «piadosa». «Sati», como nombre común, se aplicó entonces a las viudas que seguían esta costumbre.

LA CRUZ DEL DIABLO

Que lo creas o no, me importa bien poco. Mi
abuelo se lo narró a mi padre, mi padre me lo ha
referido a mí, y yo te lo cuento ahora, siquiera no
sea más que por pasar el rato.

I

El crepúsculo comenzaba a extender sus ligeras alas de vapor
sobre las pintorescas orillas del Segre, cuando, después de una fa-
tigosa jornada, llegamos a Bellver, término de nuestro viaje.

Bellver es una pequeña población situada a la falda de una co-
lina, por detrás de la cual se ven elevarse, como las gradas de un
colosal anfiteatro de granito, las empinadas y nebulosas crestas de
los Pirineos.

Los blancos caseríos que la rodean, salpicados aquí y allá sobre
una ondulante sábana de verdura, parecen a lo lejos un bando de
palomas que han abatido su vuelo para apagar su sed en las aguas
de la ribera.

Una pelada roca, a cuyos pies tuercen éstas su curso, y sobre
cuya cima se notan aún remotos vestigios de construcción, señala
la antigua línea divisoria entre el condado de Urgel y el más im-
portante de sus feudos.

A la derecha del tortuoso sendero que conduce a este punto,
remontando la corriente del río y siguiendo sus curvas y frondosas
márgenes, se encuentra una cruz.

El asta y los brazos son de hierro; la redonda base en que se
apoya, de mármol, y la escalinata que a ella conduce, de oscuros y
mal unidos fragmentos de sillería.

La destructora acción de los años, que ha cubierto de orín el

metal, ha roto y carcomido la piedra de este monumento, entre cuyas hendiduras crecen algunas plantas trepadoras que suben enredándose hasta coronarlo, mientras una vieja y corpulenta encina la sirve de dosel.

Yo había adelantado algunos minutos a mis compañeros de viaje y, deteniendo mi escuálida cabalgadura, contemplaba en silencio aquella cruz, muda y sencilla expresión de las creencias y la piedad de otros siglos.

Un mundo de ideas se agolpó a mi imaginación en aquel instante. Ideas ligerísimas sin forma determinada, que unían entre sí, como un invisible hilo de luz, la profunda soledad de aquellos lugares, el alto silencio de la naciente noche y la vaga melancolía de mi espíritu.

Impulsado de un sentimiento religioso, espontáneo e indefinible, eché maquinalmente pie a tierra, me descubrí y comencé a buscar en el fondo de mi memoria una de aquellas oraciones que me enseñaron cuando niño; una de aquellas oraciones que, cuando más tarde se escapan involuntarias de nuestros labios, parece que aligeran el pecho oprimido y, semejantes a las lágrimas, alivian el dolor, que también toma estas formas para evaporarse.

Ya había comenzado a murmurarla, cuando de improviso sentí que me sacudían con violencia por los hombros. Volví la cara: un hombre estaba al lado mío.

Era uno de nuestros guías, natural del país, el cual, con una indescriptible expresión de terror pintada en el rostro, pugnaba por arrastrarme consigo y cubrir mi cabeza con el fieltro que aún tenía en mis manos.

Mi primera mirada, mitad de asombro, mitad de cólera, equivalía a una interrogación enérgica, aunque muda.

El pobre hombre, sin cejar en su empeño de alejarme de aquel sitio, contestó a ella con estas palabras, que entonces no pude comprender, pero en las que había un acento de verdad que me sobrecogió:

—¡Por la memoria de su madre! ¡Por lo más sagrado que tenga en el mundo, señorito, cúbrase usted la cabeza y aléjese más que de prisa de esta cruz! ¡Tan desesperado está usted que, no bastándole la ayuda de Dios, recurre a la del demonio!

Yo permanecí un rato mirándole en silencio. Francamente, creí que estaba loco; pero él prosiguió con igual vehemencia:

—Usted busca la frontera; pues bien: si delante de esa cruz le pide usted al cielo que le preste ayuda, las cumbres de los montes vecinos se levantarán en una sola noche hasta las estrellas invisibles, sólo porque no encontremos la raya en toda nuestra vida.

Yo no pude menos de sonreírme.

—¿Se burla usted?... ¿Cree acaso que ésa es una cruz santa, como la del porche de nuestra iglesia?...

—¿Quién lo duda?

—Pues se engaña usted de medio a medio; porque esa cruz, salvo lo que tiene de Dios, está maldita...; esa cruz pertenece a un espíritu maligno, y por eso la llaman «La cruz del diablo».

—¡La cruz del diablo! —repetí, cediendo a sus instancias, sin darme cuenta a mí mismo del involuntario temor que comenzó a apoderarse de mi espíritu, y que me rechazaba como una fuerza desconocida de aquel lugar—. ¡La cruz del diablo! ¡Nunca ha herido mi imaginación una amalgama más disparatada de dos ideas tan absolutamente enemigas!... ¡Una cruz... y del diablo! ¡Vaya, vaya! ¡Fuerza será que en llegando a la población me expliques este monstruoso absurdo!

Durante este corto diálogo, nuestros camaradas, que habían picado sus cabalgaduras, se nos reunieron al pie de la cruz; yo les expliqué en breves palabras lo que acababa de sucederme: monté nuevamente en mi rocín, y las campanas de la parroquia llamaban lentamente a la oración cuando nos apeamos en el más escondido y lóbrego de los paradores de Bellver.

II

Las llamas rojas y azules se enroscaban chisporroteando a lo largo del grueso tronco de encina que ardía en el ancho hogar; nuestras sombras, que se proyectaban temblando sobre los ennegrecidos muros, se empequeñecían o tomaban formas gigantescas, según la hoguera despedía resplandores más o menos brillantes; el vaso de saúco, ora vacío, ora lleno, y no de agua como cangilón de noria había dado tres veces la vuelta en derredor del círculo que formábamos junto al fuego, y todos esperaban con impaciencia la historia de «La cruz del diablo», que a guisa de postres de la frugal

261

cena que acabábamos de consumir se nos había prometido, cuando nuestro guía tosió por dos veces, se echó al coleto un último trago de vino, limpióse con el revés de la mano la boca y comenzó de este modo:

—Hace mucho tiempo, mucho tiempo, yo no sé cuánto, pero los moros ocupaban aún la mayor parte de España, se llamaban condes nuestros reyes, y las villas y aldeas pertenecían en feudo a ciertos señores que, a su vez, prestaban homenaje a otros más poderosos, cuando acaeció lo que voy a referir a ustedes.

Concluida esta breve introducción histórica, el héroe de la fiesta guardó silencio durante algunos segundos, como para coordinar sus recuerdos, y prosiguió así:

—Pues es el caso que en aquel tiempo remoto esta villa y algunas otras formaban parte del patrimonio de un noble barón, cuyo castillo señorial se levantó por muchos siglos sobre la cresta de un peñasco que baña el Segre, del cual toma su nombre.

Aún testifican la verdad de mi relación algunas informes ruinas que, cubiertas de jaramago y musgo, se alcanzan a ver sobre su cumbre desde el camino que conduce a este pueblo.

No sé si, por ventura o desgracia, quiso la suerte que este señor, a quien por su crueldad detestaban sus vasallos, y por sus malas cualidades ni el rey admitía en la corte, ni sus vecinos en el hogar, se aburriese de vivir solo con su mal humor y sus ballesteros en lo alto de la roca en que sus antepasados colgaron su nido de piedra.

Devanábase noche y día los sesos en busca de alguna distracción propia de su carácter, lo cual era bastante difícil después de haberse cansado, como ya lo estaba, de mover guerra a sus vecinos, apalear a sus servidores y ahorcar a sus súbditos.

En esta ocasión, cuentan las crónicas que se le ocurrió, aunque sin [ser] ejemplar, una idea feliz.

Sabiendo que los cristianos de otras poderosas naciones se aprestaban a partir juntos en una formidable armada a un país maravilloso para conquistar el sepulcro de Nuestro Señor Jesucristo, que los moros tenían en su poder, se determinó a marchar en su seguimiento.

Si realizó esta idea con objeto de purgar sus culpas, que no

eran pocas, derramando su sangre en tan justa empresa, o con el de trasplantarse a un punto donde sus malas mañas no conociesen, se ignora; pero la verdad del caso es que, con gran contentamiento de grandes y chicos, de vasallos y de iguales, allegó cuanto dinero pudo, redimió a sus pueblos del señorío mediante una gruesa cantidad, y no conservando de propiedad suya más que el peñón del Segre y las cuatro torres del castillo, herencia de sus padres, desapareció de la noche a la mañana.

La comarca entera respiró en libertad durante algún tiempo, como si despertara de una pesadilla.

Ya no colgaban de los árboles de sus sotos, en vez de frutos, racimos de hombres; las muchachas del pueblo no temían al salir con su cántaro en la cabeza a tomar agua de la fuente del camino, ni los pastores llevaban sus rebaños al Segre por sendas impracticables y ocultas, temblando encontrar a cada revuelta de la trocha a los ballesteros de su muy amado señor.

Así transcurrió el espacio de tres años; la historia del «Mal caballero», que sólo por este nombre se le conocía, comenzaba a pertenecer al exclusivo dominio de las viejas, que en las eternas veladas del invierno las relataban [*sic*] con voz hueca y temerosa a los asombrados chicos; las madres asustaban a los pequeñuelos incorregibles o llorones diciéndoles: «¡Que viene el señor del Segre!», cuando he aquí que no sé si un día o una noche, si caído del cielo o abortado de los profundos, el temido señor apareció efectivamente y, como suele decirse, en carne y hueso, en mitad de sus antiguos vasallos.

Renuncio a describir el efecto de esta agradable sorpresa. Ustedes se lo podrán figurar, mejor que yo pintarlo, sólo con decirles que tornaba reclamando sus vendidos derechos; que si malo se fue, peor volvió, y si pobre y sin crédito se encontraba antes de partir a la guerra, ya no podía contar con más recursos que su despreocupación, su lanza y una media docena de aventureros tan desalmados y perdidos como su jefe.

Como era natural, los pueblos se resistieron a pagar tributos que a tanta costa habían redimido; pero el señor puso fuego a sus heredades, a sus alquerías y a sus mieses.

Entonces apelaron a la justicia del rey; pero el señor se burló de las cartas-leyes de los condes soberanos, las clavó en el postigo de sus torres y colgó a los farautes de una encina.

Exasperados, y no encontrando otra vía de salvación, por último, se pusieron de acuerdo entre sí, se encomendaron a la Divina Providencia y tomaron las armas; pero el señor reunió a sus secuaces, llamó en su ayuda al diablo, se encaramó a su roca y se preparó a la lucha.

Ésta comenzó terrible y sangrienta. Se peleaba con todas armas, en todos sitios y a todas horas, con la espada y el fuego, en la montaña y en la llanura, en el día y durante la noche. Aquello no era pelear para vivir; era vivir para pelear.

Al cabo, triunfó la causa de la justicia. Oigan ustedes cómo:

Una noche oscura, muy oscura, en que no se oía ni un rumor en la tierra ni brillaba un solo astro en el cielo, los señores de la fortaleza, engreídos por una reciente victoria, se repartían el botín y, ebrios con el vapor de los licores, en mitad de la loca y estruendosa orgía, entonaban sacrílegos cantares en loor de su infernal patrono.

Como dejo dicho, nada se oía en derredor del castillo, excepto el eco de las blasfemias, que palpitaban perdidas en el sombrío seno de la noche, como palpitan las almas de los condenados envueltas en los pliegues del huracán de los infiernos.

Ya los descuidados centinelas habían fijado algunas veces sus ojos en la villa, que reposaba silenciosa, y se habían dormido sin temor a una sorpresa, apoyados en el grueso tronco de sus lanzas, cuando he aquí que algunos aldeanos, resueltos a morir y protegidos por la sombra, comenzaron a escalar el enhiesto peñón del Segre, a cuya cima tocaron a punto de la medianoche.

Una vez en la cima, lo que faltaba por hacer fue obra de poco tiempo: los centinelas salvaron de un solo salto el valladar que separa al sueño de la muerte; el fuego, aplicado con teas de resina al puente y al rastrillo, se comunicó con la rapidez del relámpago a los muros, y los escaladores, favorecidos por la confusión y abriéndose paso entre las llamas, dieron fin con los habitantes de aquella guarida en un abrir y cerrar de ojos. Todos perecieron.

Cuando el cercano día comenzó a blanquear las altas copas de los enebros, humeaban aún los calcinados escombros de las desplomadas torres; y a través de sus anchas brechas, chispeando al herirla la luz, y colgada de uno de los negros pilares de la sala del festín, era fácil divisar la armadura del temido jefe, cuyo cadáver,

cubierto de sangre y de polvo, yacía entre los desgarrados tapices y las calientes cenizas, confundido con los de sus oscuros compañeros.

El tiempo pasó; comenzaron los zarzales a rastrear por los desiertos patios, la hiedra a enredarse en los oscuros machones y las campanillas azules a mecerse colgadas de las ruinosas almenas. Los desiguales soplos de la brisa, el graznido de las aves nocturnas y el rumor de los reptiles que se deslizaban entre las altas hierbas, turbaban sólo de vez en cuando el silencio de muerte de aquel lugar maldecido; los insepultos huesos de sus antiguos moradores blanqueaban al rayo de la luna, y aún podía verse el haz de armas del señor del Segre colgado del negro pilar de la sala del festín.

Nadie osaba tocarle; pero corrían mil fábulas acerca de aquel abandonado objeto, causa incesante de hablillas y terrores para los que le miraban llamear durante el día, herido por la luz del sol, o creían percibir en las altas horas de la noche el metálico son de sus piezas, que chocaban entre sí cuando las movía el viento, con un gemido prolongado y triste.

A pesar de todos los cuentos que a propósito de la armadura se fraguaron, y que en voz baja se repetían unos a otros los habitantes de los alrededores, no pasaban de cuentos, y el único mal positivo[13] que de ello resultó se redujo entonces a una dosis de miedo más que regular, que cada uno de por sí se esforzaba en disimular lo posible, haciendo, como decirse suele, de tripas corazón.

Si de aquí no hubiera pasado la cosa, nada se habría perdido. Pero el diablo, que a lo que parece no se encontraba satisfecho de su obra, sin duda con el permiso de Dios, y a fin de hacer purgar a la comarca algunas culpas, volvió a tomar cartas en el asunto.

Desde este momento las fábulas, que hasta aquella época no pasaron de un rumor vago y sin viso alguno de verosimilitud, comenzaron a tomar consistencia y a hacerse de día en día más probables.

En efecto, hacía algunas noches que todo el pueblo había podido observar un extraño fenómeno.

[13] *mal positivo*: en el original y ediciones antiguas «más positivo», corregido en la ed. Aguilar por «mal positivo», lectura que aquí acepta R. B. y también Navas Ruiz y Estruch; no así Palomo-Rubio.

Entre las sombras, a lo lejos, ya subiendo las retorcidas cuestas del peñón del Segre, ya vagando entre las ruinas del castillo, ya cerniéndose, al parecer, en los aires, se veían correr, cruzarse, esconderse y tornar a aparecer para alejarse en distintas direcciones, unas luces misteriosas y fantásticas, cuya procedencia nadie sabía explicar.

Esto se repitió por tres o cuatro noches durante el intervalo de un mes, y los confusos aldeanos esperaban, ansiosos, el resultado de aquellos conciliábulos diabólicos que ciertamente no se hizo aguardar mucho, cuando tres o cuatro alquerías incendiadas, varias reses desaparecidas y los cadáveres de algunos caminantes despeñados en los precipicios pusieron en alarma todo el territorio en diez leguas a la redonda.

Ya no quedó duda alguna. Una banda de malhechores se albergaba en los subterráneos del castillo.

Éstos, que sólo se presentaban al principio muy de tarde en tarde y en determinados puntos del bosque que aún en el día se dilata a lo largo de la ribera, concluyeron por ocupar casi todos los desfiladeros de las montañas, emboscarse en los caminos, saquear los valles y descender como un torrente a la llanura, donde, a éste quiero, a éste no quiero, no dejaban títere con cabeza.

Los asesinatos se multiplicaban, las muchachas desaparecían, los niños eran arrancados de las cunas, a pesar de los lamentos de sus madres, para servirlos en diabólicos festines, en que, según la creencia general, los vasos sagrados sustraídos de las profanadas iglesias servían de copa.

El terror llegó a apoderarse de los ánimos en un grado tal, que al toque de oraciones nadie se aventuraba a salir de su casa, en la que no siempre se creían seguros de los bandidos del peñón.

Mas ¿quiénes eran éstos? ¿De dónde habían venido? ¿Cuál era el nombre de su misterioso jefe? He aquí el enigma que todos querían explicar y que nadie podía resolver hasta entonces, aunque se observase, desde luego, que la armadura del señor feudal había desaparecido del sitio que antes ocupara y posteriormente varios labradores hubiesen afirmado que el capitán de aquella desalmada gavilla marchaba a su frente, cubierto con una que, de no ser la misma, se le asemejaba en un todo.

Cuanto queda repetido, si se le despoja de esa parte de fantasía

con que el miedo abulta y completa sus creaciones favoritas, nada tiene en sí de sobrenatural y extraño.

¿Qué cosa más corriente en unos bandidos que las ferocidades con que éstos se distinguían, ni más natural que el apoderarse su jefe de las abandonadas armas del señor del Segre?

Sin embargo, algunas revelaciones hechas antes de morir por uno de sus secuaces, prisionero en las últimas refriegas, acabaron de colmar la medida, preocupando el ánimo de los más incrédulos. Poco más o menos, el contenido de su confesión fue éste:

«Yo —dijo— pertenezco a una noble familia. Los extravíos de mi juventud, mis locas prodigalidades y mis crímenes, por último, atrajeron sobre mi cabeza la cólera de mis deudos y la maldición de mi padre, que me desheredó al expirar. Hallándome solo y sin recursos de ninguna especie, el diablo, sin duda, debió sugerirme la idea de reunir algunos jóvenes que se encontraban en una situación idéntica a la mía, los cuales, seducidos con la promesa de un porvenir de disipación, libertad y abundancia, no vacilaron un instante en suscribir mis designios. Éstos se reducían a formar una banda de jóvenes de buen humor, despreocupados y poco temerosos del peligro, que desde allí en adelante vivirían alegremente del producto de su valor y a costa del país, hasta tanto que Dios se sirviera disponer de cada uno de ellos conforme a su voluntad, según hoy a mí me sucede. Con este objeto, señalamos esta comarca para teatro de nuestras expediciones futuras y escogimos como punto el más a propósito para nuestras reuniones el abandonado castillo del Segre, lugar seguro no tanto por su posición fuerte y ventajosa como por hallarse defendido contra el vulgo por las supersticiones y el miedo. Congregados una noche bajo sus ruinosas arcadas, alrededor de una hoguera que iluminaba con su rojizo resplandor las desiertas galerías, trabóse una acalorada disputa sobre cuál de nosotros había de ser elegido jefe. Cada uno alegó sus méritos: yo expuse mis derechos; ya los unos murmuraban entre sí con ojeadas amenazadoras, ya los otros, con voces descompuestas por la embriaguez, habían puesto la mano sobre el pomo de sus puñales para dirimir la cuestión, cuando de repente oímos un extraño crujir de armas acompañado de pisadas huecas y sonantes, que de cada vez se hacían más distintas. Todos arrojamos a nuestro alrededor una inquieta mirada de desconfianza; nos pusimos

de pie y desnudamos nuestros aceros, determinados a vender caras las vidas; pero no pudimos por menos de permanecer inmóviles al ver adelantarse con paso firme e igual un hombre de elevada estatura, completamente armado de la cabeza al pie y cubierto el rostro con la visera del casco, el cual, desnudando su montante, que dos hombres podrían apenas manejar, y poniéndole sobre uno de los carcomidos fragmentos de las rotas arcadas, exclamó con una voz hueca y profunda, semejante al rumor de una caída de aguas subterráneas: "Si alguno de vosotros se atreve a ser el primero mientras yo habite en el castillo del Segre, que tome esa espada, signo del poder". Todos guardamos silencio, hasta que, transcurrido el primer momento de estupor, le proclamamos a grandes voces nuestro capitán, ofreciéndole una copa de nuestro vino, la cual rehusó por señas acaso por no descubrirse la faz, que en vano procuramos distinguir a través de las rejillas de hierro que la ocultaba a nuestros ojos. No obstante, aquella noche pronunciamos el más formidable de los juramentos, y a la siguiente dieron principio nuestras nocturnas correrías. En ellas, nuestro misterioso jefe marcha siempre delante de todos. Ni el fuego le ataja, ni los peligros le intimidan, ni las lágrimas le conmueven. Nunca despliega sus labios; pero cuando la sangre humea en nuestras manos, como cuando los templos se derrumban calcinados por las llamas; cuando las mujeres huyen espantadas entre las ruinas, y los niños arrojan gritos de dolor, y los ancianos perecen a nuestros golpes, contesta con una carcajada de feroz alegría a los gemidos, las imprecaciones y los lamentos. Jamás se desnuda de sus armas ni abate la visera de su casco después de la victoria, ni participa del festín, ni se entrega al sueño. Las espadas que le hieren se hunden entre las piezas de su armadura, y ni le causan la muerte ni se retiran teñidas en sangre; el fuego enrojece su espaldar y su cota, y aún prosigue impávido entre las llamas, buscando nuevas víctimas; desprecia el oro, aborrece la hermosura y no le inquieta la ambición. Entre nosotros, unos le creen un extravagante; otros, un noble arruinado, que por un resto de pudor se tapa la cara, y no falta quien se encuentra convencido de que es el mismo diablo en persona».

El autor de estas revelaciones murió con la sonrisa de la mofa en los labios y sin arrepentirse de sus culpas. Varios de sus iguales

le siguieron en diversas épocas al suplicio; pero el temible jefe, a quien continuamente se unían nuevos prosélitos, no cesaba en sus desastrosas empresas.

Los infelices habitantes de la comarca, de cada vez más aburridos y desesperados, no acertaban ya con la determinación que debería tomarse para concluir de un todo con aquel orden de cosas, cada día más insoportable y triste.

Inmediato a la villa, y oculto en el fondo de un espeso bosque, vivía a esta sazón, en una pequeña ermita dedicada a san Bartolomé, un santo hombre, de costumbres piadosas y ejemplares, a quien el pueblo tuvo siempre en olor de santidad merced a sus saludables consejos y acertadas predicciones.

Este venerable ermitaño, a cuya prudencia y proverbial sabiduría encomendaron los vecinos de Bellver la resolución de este difícil problema, después de implorar la misericordia divina por medio de su santo patrono, que, como ustedes no ignorarán, conoce al diablo muy de cerca y en más de una ocasión le ha atado bien corto, les aconsejó que se emboscasen durante la noche al pie del pedregoso camino que sube serpenteando por la roca en cuya cima se encontraba el castillo, encargándoles al mismo tiempo que, ya allí, no hiciesen uso de otras armas para aprehenderlo que de una maravillosa oración que les hizo aprender de memoria, y con la cual aseguraban las crónicas que san Bartolomé había hecho al diablo su prisionero.

Púsose en planta el proyecto, y su resultado excedió a cuantas esperanzas se habían concebido, pues aún no iluminaba el sol del otro día la alta torre de Bellver, cuando sus habitantes, reunidos en grupos en la plaza mayor, se contaban unos a otros, con aire de misterio, cómo aquella noche, fuertemente atado de pies y manos, y a lomos de una poderosa mula, había entrado en la población el famoso capitán de los bandidos del Segre.

De qué artes se valieron los acometedores de esta empresa para llevarla a término, ni nadie se lo acertaba a explicar ni ellos mismos podían decirlo; pero el hecho era que, gracias a la oración del santo o al valor de sus devotos, la cosa había sucedido tal como se refería.

Apenas la novedad comenzó a extenderse de boca en boca y de casa en casa, la multitud se lanzó a las calles con ruidosa algazara

y corrió a reunirse a las puertas de la prisión. La campana de la parroquia llamó a consejo, y los vecinos más respetables se juntaron en capítulo, y todos aguardaban ansiosos la hora en que el reo había de comparecer ante sus improvisados jueces.

Éstos, que se encontraban autorizados por los condes de Urgel para administrarse por sí mismos pronta y severa justicia sobre aquellos malhechores, deliberaron un momento, pasado el cual mandaron comparecer al delincuente a fin de notificarle su sentencia.

Como dejo dicho, así en la plaza mayor como en las calles por donde el prisionero debía atravesar para dirigirse al punto en que sus jueces se encontraban, la impaciente multitud hervía como un apiñado enjambre de abejas. Especialmente en la puerta de la cárcel, la conmoción popular tomaba de cada vez mayores proporciones. Y ya los animados diálogos, los sordos murmullos y los amenazadores gritos comenzaban a poner en cuidado a sus guardas, cuando, afortunadamente, llegó la orden de sacar al reo.

Al aparecer éste bajo el macizo arco de la portada de su prisión, completamente vestido de todas armas y cubierto el rostro con la visera, un sordo y prolongado murmullo de admiración y de sorpresa se elevó de entre las compactas masas del pueblo, que se abrían con dificultad para dejarle paso.

Todos habían reconocido en aquella armadura la del señor del Segre; aquella armadura objeto de las más sombrías tradiciones mientras se la vio suspendida de los arruinados muros de la fortaleza maldita.

Las armas eran aquéllas, no cabía duda alguna. Todos habían visto flotar el negro penacho de su cimera en los combates que en un tiempo trabaran contra su señor; todos lo habían visto agitarse al soplo de la brisa del crepúsculo, a par de la hiedra del calcinado pilar en que quedaron colgadas a la muerte de su dueño. Mas ¿quién podría ser el desconocido personaje que entonces las llevaba? Pronto iba a saberse. Al menos, así se creía. Los sucesos dirán cómo esta esperanza quedó frustrada a la manera de otras muchas y por qué de este solemne acto de justicia, del que debía aguardarse el completo esclarecimiento de la verdad, resultaron nuevas y más inexplicables confusiones.

El misterioso bandido penetró al fin en la sala del Concejo, y un silencio profundo sucedió a los rumores que se elevaran de

entre los circunstantes al oír resonar bajo las altas bóvedas de aquel recinto el metálico son de sus acicates de oro. Uno de los que componían el tribunal, con voz lenta e insegura, le preguntó su nombre, y todos prestaron el oído con ansiedad para no perder una sola palabra de su respuesta; pero el guerrero se limitó a encoger sus hombros ligeramente, con un aire de desprecio e insulto que no pudo menos de irritar a sus jueces, los que se miraron entre sí sorprendidos.

Tres veces volvió a repetirle la pregunta, que otras tantas obtuvo semejante o parecida contestación.

—¡Que se levante la visera! ¡Que se descubra! ¡Que se descubra! —comenzaron a gritar los vecinos de la villa presentes al acto—. ¡Que se descubra! ¡Veremos si se atreve entonces a insultarnos con su desdén como ahora lo hace protegido por el incógnito!

—Descubríos —repitió el mismo que anteriormente le dirigiera la palabra.

El guerrero permaneció impasible.

—Os lo mando en el nombre de nuestra autoridad.

La misma contestación.

—En el de los condes soberanos.

Ni por ésas.

La indignación llegó a su colmo, hasta el punto que uno de sus guardas, lanzándose sobre el reo, cuya pertinacia en callar bastaría a apurar la paciencia de un santo, le abrió violentamente la visera. Un grito de general sorpresa se escapó del auditorio, que permaneció por un instante herido de un inconcebible estupor.

La cosa no era para menos. El casco, cuya férrea visera se veía en parte levantada hasta la frente, en parte caída sobre la brillante gola de acero, estaba vacío…, completamente vacío.

Cuando pasado ya el primer momento de terror, quisieron tocarle, la armadura se estremeció ligeramente y, descomponiéndose en piezas, cayó al suelo con un ruido sordo y extraño.

La mayor parte de los espectadores, a la vista del nuevo prodigio, abandonaron tumultuosamente la habitación y salieron despavoridos a la plaza.

La nueva se divulgó con la rapidez del pensamiento entre la multitud que aguardaba impaciente el resultado del juicio, y fue tal la alarma, la revuelta y la vocería, que ya a nadie cupo duda

sobre lo que de pública voz se aseguraba; esto es, que el diablo, a la muerte del señor del Segre, había heredado los feudos de Bellver.

Al fin se apaciguó el tumulto y decidióse volver a un calabozo la maravillosa armadura.

Ya en él, despacháronse cuatro emisarios que, en representación de la atribulada villa, hiciesen presente el caso al conde de Urgel y al arzobispo, los que no tardaron muchos días en tornar con la resolución de estos personajes, resolución que, como suele decirse, era breve y compendiosa.

—Cuélguese —les dijeron— la armadura en la plaza mayor de la villa, que si el diablo la ocupa, fuerza le será el abandonarla o ahorcarse con ella.

Encantados los habitantes de Bellver con tan ingeniosa solución, volvieron a reunirse en Concejo, mandaron levantar una horca en la plaza y cuando ya la multitud ocupaba sus avenidas, se dirigieron a la cárcel por las armas, en corporación y con toda la solemnidad que la importancia del caso requería.

Cuando la respetable [comitiva][14] llegó al macizo arco que daba entrada al edificio, un hombre pálido y descompuesto se arrojó al suelo en presencia de los aturdidos circunstantes, exclamando con las lágrimas en los ojos:

—¡Perdón, señores, perdón!

—¡Perdón! ¿Para quién? —dijeron algunos—. ¿Para el diablo que habita dentro de la armadura del señor del Segre?

—Para mí —prosiguió con voz trémula el infeliz, en quien todos reconocieron al alcaide de las prisiones—, para mí... Porque las armas... han desaparecido.

Al oír estas palabras, el asombro se pintó en el rostro de cuantos se encontraban en el pórtico, que, mudos e inmóviles, hubieran permanecido en la posición en que se encontraban Dios sabe hasta cuándo si la siguiente relación del aterrado guardián no les hubiera hecho agruparse en su alrededor para escuchar con avidez.

—Perdonadme, señores —decía el pobre alcaide—, perdonadme y yo no os ocultaré nada; siquiera sea en contra mía.

Todos guardaban silencio, y él prosiguió así:

[14] *comitiva*: se omite en la versión original. En las ediciones antiguas se repone el término, que acepta R. B., Navas Ruiz, Palomo-Rubio y Estruch.

—Yo no acertaré nunca a dar la razón; pero es el caso que la historia de las armas vacías me pareció siempre una fábula tejida en favor de algún noble personaje a quien tal vez altas razones de conveniencia pública no permitían descubrir ni castigar. En esta creencia estuve siempre, creencia en que no podía menos de confirmarme la inmovilidad en que se encontraban desde que por segunda vez tornaron a la cárcel traídas del Concejo. En vano una noche y otra, deseando sorprender su misterio, si misterios en ellas había, me levantaba poco a poco y aplicaba el oído a los intersticios de la cerrada puerta de su calabozo: ni un rumor se percibía. En vano procuré observarlas a través de un pequeño agujero producido en el muro. Arrojadas sobre un poco de paja, y en uno de los más oscuros rincones, permanecían un día y otro descompuestas e inmóviles. Una noche, por último, aguijoneado por la curiosidad y deseando convencerme por mí mismo de que aquel objeto de terror nada tenía de misterioso, encendí una linterna, bajé a las prisiones, levanté sus dobles aldabas y, no cuidando siquiera (tanta era mi fe en que todo no pasaba de un cuento) de cerrar las puertas tras mí, penetré en el calabozo. Nunca lo hubiera hecho. Apenas anduve algunos pasos, la luz de mi linterna se apagó por sí sola y mis dientes comenzaron a chocar y mis cabellos a erizarse. Turbando el profundo silencio que me rodeaba, había oído como un ruido de hierros que se removían y chocaban al unirse entre las sombras. Mi primer movimiento fue arrojarme a la puerta para cerrar el paso; pero al asir sus hojas sentí sobre mis hombros una mano formidable cubierta con un guantelete, que, después de sacudirme con violencia, me derribó sobre el dintel.[15] Allí permanecí hasta la mañana siguiente, que me encontraron mis servidores falto de sentido y recordando sólo que después de mi caída había creído percibir confusamente como unas pisadas sonoras, al compás de las cuales resonaba un rumor de espuelas, que poco a poco se fue alejando hasta perderse.

[15] *dintel*: Bécquer usaba frecuentemente «dintel» por «umbral», no siempre, como afirma R. B., de forma correcta (recordemos, p. ej., la rima LXXIV, vv. 3 y 19, en donde la vacilación es evidente). Es un error muy común hoy todavía.

Cuando concluyó el alcaide reinó un silencio profundo, al que se siguió luego un infernal concierto de lamentaciones, gritos y amenazas.

Trabajo costó a los más pacíficos el contener al pueblo que, furioso con la novedad, pedía a grandes voces la muerte del curioso autor de su nueva desgracia.

Al cabo logróse apaciguar el tumulto y comenzaron a disponerse a una nueva persecución. Ésta obtuvo también un resultado satisfactorio.

Al cabo de algunos días, la armadura volvió a encontrarse en poder de sus perseguidores. Conocida la fórmula, y mediante la ayuda de san Bartolomé, la cosa no era ya muy difícil.

Pero aún quedaba algo por hacer, pues en vano, a fin de sujetarla, la colgaron de una horca; en vano emplearon la más exquisita vigilancia con el objeto de quitarle toda ocasión de escaparse por esos mundos. En cuanto las desunidas armas veían dos dedos de luz se encajaban y, pian pianito, volvían a tomar el trote y a emprender de nuevo sus excursiones por montes y llanos, que era una bendición del cielo. Aquello era el cuento de nunca acabar.

En tan angustiosa situación, los vecinos se repartieron entre sí las piezas de la armadura, que acaso por centésima vez se encontraba en sus manos, y rogaron al piadoso eremita que un día los iluminó con sus consejos decidiera lo que debía hacerse con ella.

El santo varón ordenó al pueblo una penitencia general. Se encerró por tres días en el fondo de la caverna que le servía de asilo, y al cabo de ellos dispuso que se fundiesen las diabólicas armas, y con ellas y algunos sillares del castillo del Segre se levantase una cruz.

La operación se llevó a término, aunque no sin que nuevos y aterradores prodigios llenasen de pavor al ánimo de los consternados habitantes de Bellver.

En tanto que las piezas arrojadas a las llamas comenzaban a enrojecerse, largos y profundos gemidos parecían escaparse de la ancha hoguera, de entre cuyos troncos saltaban como si estuvieran vivas y sintiesen la acción del fuego. Una tromba de chispas rojas, verdes y azules danzaba en la cúspide de sus encendidas lenguas, y se retorcían crujiendo como si una legión de diablos, cabalgando sobre ellas, pugnasen por libertar a su señor de aquel tormento.

Extraña, horrible fue la operación en tanto que la candente armadura perdía su forma para tomar la de una cruz. Los martillos caían resonando con un espantoso estruendo sobre el yunque, al que veinte trabajadores vigorosos sujetaban las barras del hirviente metal, que palpitaba y gemía al sentir los golpes.

Ya se extendían los brazos del signo de nuestra redención, ya comenzaba a formarse la cabecera, cuando la diabólica y encendida masa se retorcía de nuevo como en una convulsión espantosa y, rodeándose al cuerpo de los desgraciados que pugnaban por desasirse de sus abrazos de muerte, se enroscaba en anillos como una culebra o se contraía en zigzag como un relámpago.

El constante trabajo, la fe, las oraciones y el agua bendita consiguieron, por último, vencer al espíritu infernal, y la armadura se convirtió en una cruz.

Esa cruz es la que hoy habéis visto, y a la cual se encuentra sujeto el diablo, que le presta su nombre. Ante ella, ni las jóvenes colocan en el mes de mayo ramilletes de lirios, ni los pastores se descubren al pasar, ni los ancianos se arrodillan, bastando apenas las severas amonestaciones del clero para que los muchachos no la apedreen.

Dios ha cerrado sus oídos a cuantas plegarias se le dirigen en su presencia. En el invierno, los lobos se reúnen en manadas junto al enebro que la protege para lanzarse sobre las reses; los bandidos esperan a su sombra a los caminantes, que entierran a su pie después que los asesinan, y cuando la tempestad se desata, los rayos tuercen su camino para liarse, silbando, al asta de esa cruz y romper los sillares de su pedestal.

LA CREACIÓN
Poema indio

I

Los aéreos picos del Himalaya se coronan de nieblas oscuras, en cuyo seno hierve el rayo, y sobre las llanuras que se extienden a sus pies flotan nubes de ópalo, que derraman sobre las flores un rocío de perlas.

Sobre la onda pura del Ganges se mece la simbólica flor del loto, y en la ribera aguarda su víctima el cocodrilo, verde como las hojas de las plantas acuáticas que lo esconden a los ojos del viajero.

En las selvas del Indostán hay árboles gigantescos, cuyas ramas ofrecen un pabellón al cansado peregrino, y otros cuya sombra letal lo llevan desde el sueño a la muerte.

El amor es un caos de luz y de tinieblas; la mujer, una amalgama de perjurios y ternura; el hombre, un abismo de grandeza y pequeñez; la vida, en fin, puede compararse a una larga cadena con eslabones de hierro y de oro.

II

El mundo es un absurdo animado que rueda en el vacío para asombro de sus habitantes.

No busquéis su explicación en los *Vedas*, testimonios de las locuras de nuestros mayores, ni en los *Puranas*, donde, vestidos con las deslumbradoras galas de la poesía, se acumulan disparates sobre disparates acerca de su origen.

Oíd la historia de la creación tal como fue revelada a un piado-

so *brahmin*,[16] después de pasar tres meses en ayunas, inmóvil en la contemplación de sí mismo y con los índices levantados hacia el firmamento.

III

Brahma es el punto de la circunferencia: de él parte y a él converge todo. No tuvo principio, ni tendrá fin.

Cuando no existían ni el espacio ni el tiempo, Maya flotaba a su alrededor como una niebla confusa, pues, absorto en la contemplación de sí mismo, aún no la había fecundado con sus deseos.

Como todo cansa, Brahma se cansó de contemplarse, y levantó los ojos en una de sus cuatro caras y se encontró consigo mismo, y abrió airado los de otra y tornó a verse, porque él lo ocupaba todo, y todo era él.

La mujer hermosa, cuando pule el acero y contempla su imagen, se deleita en sí misma; pero al cabo busca otros ojos donde fijar los suyos, y si no los encuentra, se aburre.

Brahma no es vano como la mujer, porque es perfecto. Figuraos si se aburriría de hallarse solo, solo en medio de la eternidad y con cuatro pares de ojos para verse.

IV

Brahma deseó por primera vez, y su deseo, fecundando a la creadora Maya que lo envolvía, hizo brotar de su seno millones de puntos de luz, semejantes a esos átomos microscópicos y encendidos que nadan en el rayo del sol que penetra por entre la copa de los árboles.

Aquel polvo de oro llenó el vacío, y al agitarse produjo miríadas de seres, destinados a entonar himnos de gloria a su creador.

Los «gandharvas», o cantores celestes, con sus rostros hermosísimos, sus alas de mil colores, sus carcajadas sonoras y sus juegos infantiles, arrancaron a Brahma la primera sonrisa, y de ella brotó

[16] *brahmin*: aunque Bécquer escribe otras veces «bracmin», respetamos esta vacilación, como igualmente hacen los editores recientes, por ser muy común hoy día.

el Edén. El Edén con sus ocho círculos, las tortugas y los elefantes que los sostienen, y su santuario en la cúspide.

V

Los chiquillos fueron siempre chiquillos: bulliciosos, traviesos e incorregibles, comienzan por hacer gracia; una hora después aturden y concluyen por fastidiar. Una cosa muy parecida debió de acontecerle a Brahma cuando, apeándose del gigantesco cisne que como un corcel de nieve lo paseaba por el cielo, dejó aquella turbamulta de «gandharvas» en los círculos inferiores y se retiró al fondo de su santuario.

Allí, donde no llega ni un eco perdido, ni se percibe el rumor más leve; donde reina el augusto silencio de la soledad, y su profunda calma convida a las meditaciones, Brahma, buscando una distracción con que matar su eterno fastidio, después de cerrar la puerta con dos vueltas de llave, entregóse a la alquimia.

VI

Los sabios de la tierra, que pasan su vida encorvados sobre antiguos pergaminos, que se rodean de mil objetos misteriosos y conocen las extrañas propiedades de las piedras preciosas, los metales y las palabras cabalísticas, hacen, por medio de esta ciencia, transformaciones increíbles. El carbón lo convierten en diamante, la arcilla en oro; descomponen el agua y el aire, analizan la llama y arrancan al fuego el secreto de la vitalidad y la luz.

Si todo esto consigue un mortal miserable con el reflejo de su saber, figuraos por un instante lo que haría Brahma, que es el principio de toda ciencia.

VII

De un golpe creó los cuatro elementos, y creó también sus guardianes: Agnis, que es el espíritu de las llamas; Vajous, que

aúlla montado en el huracán; Varunas, que se revuelve en los abismos del Océano, y Prithivi, que conoce todas las cavernas subterráneas de los mundos y vive en el seno de la creación.

Después encerró en redomas transparentes y de una materia nunca vista gérmenes de cosas inmateriales e intangibles, pasiones, deseos, facultades, virtudes, principios de dolor y de gozo, de muerte y de vida, de bien y de mal. Y todo lo subdividió en especies y lo clasificó con diligencia exquisita, poniéndole un rótulo escrito a cada una de las redomas.

VIII

La turba de rapaces, que ensordecía en tanto con sus voces y sus ruidosos juegos los círculos inferiores del Paraíso, echó de ver la falta de su señor. «¿Dónde estará?», exclamaban los unos. «¿Qué hará?», decían entre sí los otros; y no eran parte a disminuir el afán de los curiosos las columnas de negro humo que veían salir en espirales inmensas del laboratorio de Brahma, ni los globos de fuego que desde el mismo punto se lanzaban volteando al vacío, y allí giraban como en una ronda luminosa y magnífica.

IX

La imaginación de los muchachos es un corcel, y la curiosidad, la espuela que lo aguijonea y lo arrastra a través de los proyectos más imposibles. Movidos por ella, los microscópicos cantores comenzaron a trepar por las piernas de los elefantes que sustentan los círculos del cielo, y de uno en otro se encaramaron hasta el misterioso recinto donde Brahma permanecía aún absorto en sus especulaciones científicas.

Una vez en la cúspide, los más atrevidos se agruparon alrededor de la puerta, y unos por el ojo de la llave y otros por entre las rendijas y claros de los mal unidos tableros, penetraron con la mirada en el inmenso laboratorio objeto de su curiosidad.

El espectáculo que se ofreció a sus ojos no pudo menos de sorprenderles.

X

Allí había diseminadas, sin orden ni concierto, vasijas y redomas colosales de todas hechuras y colores. Esqueletos de mundos, embriones de astros y fragmentos de lunas yacían confundidos con hombres a medio modelar, proyectos de animales monstruosos sin concluir, pergaminos oscuros, libros en folio e instrumentos extraños. Las paredes estaban llenas de figuras geométricas, signos cabalísticos y fórmulas mágicas, y en medio del aposento, en una gigantesca marmita colocada sobre una lumbre inextinguible, hervían con ruido sordo mil y mil ingredientes sin nombre, de cuya sabia combinación habían de resultar las creaciones perfectas.

XI

Brahma, a quien apenas bastaban sus ocho brazos y sus dieciséis manos para tapar y destapar vasijas, agitar líquidos y remover mixturas, tomaba algunas veces un gran canuto, a manera de cerbatana, y así como los chiquillos hacen pompas de jabón valiéndose de las cañas del trigo seco, le sumergía en el licor, se inclinaba después sobre los abismos del cielo y soplando en la una punta, aparecía en la otra un globo candente, que, al lanzarse, comenzaba a girar sobre sí mismo y al compás de los otros que ya flotaban en el espacio.

XII

Inclinado sobre el abismo sin fondo, el creador les seguía con una mirada satisfecha, y aquellos mundos luminosos y perfectos, poblados de seres felices y hermosísimos sobre toda ponderación, que son esos astros que, semejantes a los soles, vemos aún en las noches serenas, entonaban un himno de alegría a su dios, girando sobre sus ejes de diamante y oro con una cadencia majestuosa y solemne.

Los pequeñuelos «gandharvas», sin atreverse ni aun a respirar, se miraban espantados entre sí, llenos de estupor y miedo ante aquel espectáculo grandioso.

XIII

Cansose Brahma de hacer experimentos, y abandonando el laboratorio, no sin haberle echado, al salir, la llave, y guardándola en el bolsillo, tornó a montar sobre su cisne con objeto de tomar el aire. Pero ¡cuál no sería su preocupación cuando él, que todo lo ve y todo lo sabe, no advirtió que, abstraído en sus ideas, había echado la llave en falso! No le pasó lo mismo a la inquieta turba de rapaces que, notando el descuido, le siguiera a larga distancia con la vista, y cuando se creyeron solos, uno empuja poquito a poco la puerta, éste asoma la cabeza, aquél adelanta un pie, acabaron por invadir el laboratorio, tardando muy poco en encontrarse en él como en su casa.

XIV

Pintar la escena que entonces se verificó en aquel recinto sería imposible.

Primeramente examinaron todos los objetos con el mayor asombro; luego se atrevieron a tocarlos, y al fin terminaron por no dejar títere con cabeza. Echaron pergaminos en la lumbre para que sirvieran de pasto a las llamas; destaparon las redomas, no sin quebrar algunas; removieron las vasijas, derramando su contenido, y después de oler, probar y revolverlo todo, los unos se colgaron de los soles y estrellas aún no concluidos y pendientes de las bóvedas para secarse; los otros se subían por las osamentas de los gigantescos animales cuyas formas no habían agradado al señor. Y arrancaron las hojas de los libros para hacer mitras de papel, y se colocaron los compases entre las piernas, a guisa de caballo, y rompieron las varas de virtudes misteriosas, alanceándose con ellas.

Por último, cansados de enredar, decidieron hacer un mundo tal y como lo habían visto hacer.

XV

Aquí comenzó el gran bullicio, la confusión y las carcajadas. La marmita estaba candente. Llegó el uno, vertió un líquido en

ella y se levantó una columna de humo. Luego vino otro, arrojó sobre aquél un elixir misterioso que contenía una redoma, con la que llegó casi sin aliento hasta el borde del receptáculo: tan grande era la vasija y tan rapazuelo su conductor. A cada nuevo ingrediente que arrojaban en la marmita se elevaban de su fondo llamaradas azules y rojas, que saludaba la alegre muchedumbre con gritos de júbilo y risotadas interminables.

XVI

Allí mezclaron y confundieron todos los elementos del bien y del mal, el dolor y la alegría, la fealdad y la hermosura, la abnegación y el egoísmo, los gérmenes del hielo, destinados a mundos hechos de manera que el frío causase una fruición deleitosa en sus habitantes, y los del calor, compuestos para globos cuyos seres se habían de gozar en las llamas, y revolvieron los principios de la divinidad, el espíritu con la grosera materia, la arcilla, y el fango, confundiendo en un mismo brebaje la impotencia y los deseos, la grandeza y la pequeñez, la vida y la muerte.

Aquellos elementos tan contrarios rabiaban al verse juntos en el fondo de la marmita.

XVII

Hecha la operación, uno de ellos, se arrancó una pluma de las alas, le cortó las barbas con los dientes y, mojando lo restante en el líquido, fue a inclinarse sobre el abismo sin fondo, y sopló, y apareció un mundo. Un mundo deforme, raquítico, oscuro, aplastado por los polos, que volteaba de medio ganchete, con montañas de nieve y arenales encendidos, con fuego en las entrañas y océanos en la superficie, con una humanidad frágil y presuntuosa, con aspiraciones de dios y flaquezas de barro. El principio de muerte, destruyendo cuanto existe, y el principio de vida, con conatos de eternidad, reconstruyéndole con sus mismos despojos: un mundo disparatado, absurdo, inconcebible: nuestro mundo en fin.

Los chiquillos que lo habían formado, al mirarle rodar en el vacío de un modo tan grotesco, le saludaron con una inmensa carcajada, que resonó en los ocho círculos del Edén.

XVIII

Brahma, al escuchar aquel ruido, volvió en sí y vio cuanto pasaba, y lo comprendió todo. La indignación llameó en sus pupilas. Su airado acento atronó el cielo y amedrentó a la turba de muchachos, que huyó sobrecogida y dispersa a puntapiés, y ya tenía levantada la mano sobre aquella deforme creación para destruirla; ya el solo amago había producido en ella esa gran catástrofe que aún recordamos con el nombre del Diluvio, cuando uno de los «gandharvas», el más travieso, pero el más mono, se arrojó a sus plantas, diciendo entre sollozos:

—¡Señor, Señor, no nos rompas nuestro juguete!

XIX

Brahma es grave, porque es dios, y, sin embargo, tuvo que hacer un gran esfuerzo al oír estas palabras para no dejar reventar la risa que le retozaba en los ojos. Al cabo, reponiéndose, exclamó:

—¡Id, turba desalmada e incorregible! Marchaos donde no os vea con vuestra deforme criatura. Ese mundo no debe, no puede existir, porque en él hasta los átomos pelean con los átomos; pero marchad, os repito. Mi esperanza es que en poder vuestro no durará mucho.

Dijo Brahma, y los chiquillos, dándose empellones y riéndose descompasadamente y arrojando gritos descomunales, se lanzaron en pos de nuestro globo, y éste le da por aquí, el otro le hurga por allá… Desde entonces ruedan con él por el cielo, para asombro de los otros mundos y desesperación de sus habitantes.

Por fortuna nuestra, Brahma lo dijo, y sucederá así. Nada hay más delicado ni más temible que las manos de los chiquillos; en ellas, el juguete no puede durar mucho.

LA AJORCA DE ORO
Leyenda toledana

I

Ella era hermosa, hermosa con esa hermosura que inspira el vértigo, hermosa con esa hermosura que no se parece en nada a la que soñamos en los ángeles y que, sin embargo, es sobrenatural; hermosura diabólica, que tal vez presta el demonio a algunos seres para hacerlos sus instrumentos en la tierra.

Él la amaba; la amaba con ese amor que no conoce freno ni límites; la amaba con ese amor en que se busca un goce y sólo se encuentran martirios, amor que se asemeja a la felicidad y que, no obstante, diríase que lo infunde el cielo para la expiación de una culpa.

Ella era caprichosa, caprichosa y extravagante, como todas las mujeres del mundo; él, supersticioso, supersticioso y valiente, como todos los hombres de su época. Ella se llamaba María Antúnez; él, Pedro Alfonso de Orellana. Los dos eran toledanos, y los dos vivían en la misma ciudad que los vio nacer.

La tradición que refiere esta maravillosa historia, acaecida hace muchos años, no dice nada más acerca de los personajes que fueron sus héroes.

Yo, en mi calidad de cronista verídico, no añadiré ni una sola palabra de mi cosecha para caracterizarlos mejor.

II

Él la encontró un día llorando, y le preguntó:

—¿Por qué lloras?

Ella se enjugó los ojos, lo miró fijamente, arrojó un suspiro y volvió a llorar.

Pedro, entonces, acercándose a María le tomó una mano, apoyó el codo con el pretil árabe desde donde la hermosa miraba pasar la corriente del río y tornó a decirle:

—¿Por qué lloras?

El Tajo se retorcía gimiendo al pie del mirador, entre las rocas sobre que se asienta la ciudad imperial. El sol transponía los montes vecinos; la niebla de la tarde flotaba como un velo de gasa azul, y sólo el monótono ruido del agua interrumpía el alto silencio.

María exclamó:

—No me preguntes por qué lloro, no me lo preguntes, pues ni yo sabré contestarte ni tú comprenderme. Hay deseos que se ahogan en nuestra alma de mujer, sin que los revele más que un suspiro; ideas locas que cruzan por nuestra imaginación, sin que ose formularlas el labio; fenómenos incomprensibles de nuestra naturaleza misteriosa, que el hombre no puede ni aun concebir. Te lo ruego, no me preguntes la causa de mi dolor; si te la revelase, acaso te arrancaría una carcajada.

Cuando estas palabras expiraron, ella tornó a inclinar la frente y él a reiterar sus preguntas.

La hermosa, rompiendo al fin su obstinado silencio, dijo a su amante con voz sorda y entrecortada:

—Tú lo quieres; es una locura que te hará reír, pero no importa; te lo diré, puesto que lo deseas. Ayer estuve en el templo. Se celebraba la fiesta de la Virgen: su imagen, colocada en el altar mayor sobre un escabel de oro, resplandecía como un ascua de fuego; las notas del órgano temblaban, dilatándose de eco en eco por el ámbito de la iglesia, y en el coro los sacerdotes entonaban el «Salve, Regina». Yo rezaba, rezaba absorta en mis pensamientos religiosos, cuando maquinalmente levanté la cabeza y mi vista se dirigió al altar. No sé por qué mis ojos se fijaron, desde luego, en la imagen; digo mal; en la imagen, no; se fijaron en un objeto que, hasta entonces, no había visto, un objeto que, sin que pudiese explicármelo, llamaba sobre sí toda mi atención… No te rías…; aquel objeto era la ajorca de oro que tiene la madre de Dios en uno de los brazos en que descansa su divino Hijo… Yo aparté la vista y torné a rezar… ¡Imposible! Mis ojos se volvían involuntariamente al mismo

punto. Las luces del altar, reflejándose en las mil facetas de sus diamantes, se reproducían de una manera prodigiosa. Millones de chispas de luz rojas y azules, verdes y amarillas, volteaban alrededor de las piedras como un torbellino de átomos de fuego, como una vertiginosa ronda de esos espíritus de las llamas que fascinan con su brillo y su increíble inquietud... Salí del templo, vine a casa, pero vine con aquella idea fija en la imaginación. Me acosté para dormir; no pude... Pasó la noche, eterna, con aquel pensamiento... Al amanecer se cerraron mis párpados, y, ¿lo creerás?, aún en el sueño veía cruzar, perderse y tornar de nuevo una mujer, una mujer morena y hermosa, que llevaba la joya de oro y pedrería; una mujer, sí, porque no era ya la Virgen que yo adoro y ante quien me humillo; era una mujer, otra mujer como yo, que me miraba y se reía mofándose de mí. «¿La ves? —parecía decirme, mostrándome la joya—. ¡Cómo brilla! Parece un círculo de estrellas arrancadas del cielo de una noche de verano. ¿La ves? Pues no es tuya, no lo será nunca, nunca... Tendrás acaso otras mejores, más ricas, si es posible; pero ésta, ésta, que resplandece de un modo tan fantástico, tan fascinador..., nunca..., nunca...» Desperté; pero con la misma idea fija aquí, entonces como ahora, semejante a un clavo ardiendo, diabólica, incontrastable, inspirada sin duda por el mismo Satanás... ¿Y qué?... Callas, callas y doblas la frente... ¿No te hace reír mi locura?

Pedro, con un movimiento convulsivo, oprimió el puño de su espada, levantó la cabeza que, en efecto, había inclinado, y dijo con voz sorda:

—¿Qué Virgen tiene esa presea?

—La del Sagrario —murmuró María.

—¡La del Sagrario! —repitió el joven con acento de terror—. ¡La del Sagrario de la Catedral!...

Y en sus facciones se retrató un instante el estado de su alma, espantada de una idea.

—¡Ah! ¿Por qué no la posee otra Virgen? —prosiguió con acento enérgico y apasionado—. ¿Por qué no la tiene el arzobispo en su mitra, el rey en su corona o el diablo entre sus garras? Yo se la arrancaría para ti; aunque me costase la vida o la condenación. Pero a la Virgen del Sagrario, a nuestra Santa Patrona, yo..., yo, que he nacido en Toledo, imposible, imposible.

—¡Nunca! —murmuró María con voz casi imperceptible—. ¡Nunca!

Y siguió llorando.

Pedro fijó una mirada estúpida en la corriente del río; en la corriente, que pasaba y pasaba sin cesar ante sus extraviados ojos, quebrándose al pie del mirador, entre las rocas sobre que se asienta la ciudad imperial.

III

¡La catedral de Toledo! Figuraos un bosque de gigantescas palmeras de granito que al entrelazar sus ramas forman una bóveda colosal y magnífica, bajo la que se guarece y vive, con la vida que le ha prestado el genio, toda una creación de seres imaginarios y reales.

Figuraos un caos incomprensible de sombra y luz, en donde se mezclan y confunden con las tinieblas de las naves los rayos de colores de las ojivas, donde lucha y se pierde con la oscuridad del santuario el fulgor de las lámparas.

Figuraos un mundo de piedra, inmenso como el espíritu de nuestra religión, sombrío como sus tradiciones, enigmático como sus parábolas, y todavía no tendréis una idea remota de ese eterno monumento del entusiasmo y la fe de nuestros mayores, sobre el que los siglos han derramado a porfía el tesoro de sus creencias, de su inspiración y de sus artes.

En su seno viven el silencio, la majestad, la poesía del misticismo y un santo horror que defiende sus umbrales contra los pensamientos mundanos y las mezquinas pasiones de la tierra. La consunción material se alivia respirando el aire puro de las montañas; el ateísmo debe curarse respirando su atmósfera de fe.

Pero si grande, si imponente se presenta la catedral a nuestros ojos a cualquiera hora que se penetra en su recinto misterioso y sagrado, nunca produce una impresión tan profunda como en los días en que despliega todas las galas de su pompa religiosa, en que sus tabernáculos se cubren de oro y pedrería; sus gradas, de alfombras, y sus pilares, de tapices.

Entonces, cuando arden despidiendo un torrente de luz sus mil lámparas de plata; cuando flota en el aire una nube de incienso, y

las voces del coro y la armonía de los órganos y las campanas de la torre estremecen el edificio desde sus cimientos más profundos hasta las más altas agujas que le coronan, entonces es cuando se comprende, al sentirla, la tremenda majestad de Dios, que vive en él, y lo anima con su soplo, y lo llena con el reflejo de su omnipotencia.

El mismo día en que tuvo lugar la escena que acabamos de referir se celebraba en la catedral de Toledo el último de la magnífica octava de la Virgen.

La fiesta religiosa había traído a ella una multitud inmensa de fieles; pero ya ésta se había dispersado en todas direcciones, ya se habían apagado las luces de las capillas y del altar mayor, y las colosales puertas del templo habían rechinado sobre sus goznes para cerrarse detrás del último toledano, cuando de entre las sombras, y pálido, tan pálido como la estatua de la tumba en que se apoyó un instante mientras dominaba su emoción, se adelantó un hombre que vino deslizándose con el mayor sigilo hasta la verja del crucero. Allí, la claridad de una lámpara permitía distinguir sus facciones.

Era Pedro.

¿Qué había pasado entre los dos amantes para que se arrestara, al fin, a poner por obra una idea que sólo al concebirla se habían erizado sus cabellos de horror? Nunca pudo saberse. Pero él estaba allí, y estaba allí para llevar a cabo su criminal propósito. En su mirada inquieta, en el temblor de sus rodillas, en el sudor que corría en anchas gotas por su frente, llevaba escrito su pensamiento.

La catedral estaba sola, completamente sola y sumergida en un silencio profundo. No obstante, de cuando en cuando se percibían como unos rumores confusos: chasquidos de madera tal vez, o murmullos del viento, o, ¿quién sabe?, acaso ilusión de la fantasía, que oye y ve y palpa en su exaltación lo que no existe; pero la verdad era que ya cerca, ya lejos, ora a sus espaldas, ora a su lado mismo, sonaban como sollozos que se comprimen, como roce de telas que se arrastran, como rumor de pasos que van y vienen sin cesar.

Pedro hizo un esfuerzo para seguir en su camino; llegó a la verja y subió la primera grada de la capilla mayor. Alrededor de esta capilla están las tumbas de los reyes, cuyas imágenes de pie-

dra, con la mano en la empuñadura de la espada, parecen velar noche y día por el santuario, a cuya sombra descansan todos por toda una eternidad. «¡Adelante!», murmuró en voz baja, y quiso andar y no pudo. Parecía que sus pies se habían clavado en el pavimento. Bajó los ojos, y sus cabellos se erizaron de horror; el suelo de la capilla lo formaban anchas y oscuras losas sepulcrales.

Por un momento creyó que una mano fría y descarnada lo sujetaba en aquel punto con una fuerza invencible. Las moribundas lámparas, que brillaban en el fondo de las naves como estrellas perdidas entre las sombras, oscilaron a su vista, y oscilaron las estatuas de los sepulcros y las imágenes del altar, y osciló el templo todo, con sus arcadas de granito y sus machones de sillería.

«¡Adelante!», volvió a exclamar Pedro como fuera de sí, y se acercó al ara; y trepando por ella, subió hasta el escabel de la imagen. Todo alrededor suyo se revestía de formas quiméricas y horribles; todo era tinieblas o luz dudosa, más imponente aun que la oscuridad. Sólo la reina de los cielos, suavemente iluminada por una lámpara de oro, parecía sonreír tranquila, bondadosa y serena en medio de tanto horror.

Sin embargo, aquella sonrisa muda e inmóvil que le tranquilizara un instante concluyó por infundirle temor, un temor más extraño, más profundo que el que hasta entonces había sentido.

Tornó empero a dominarse, cerró los ojos para no verla, extendió la mano, con un movimiento convulsivo, y le arrancó la ajorca; la ajorca de oro, piadosa ofrenda de un santo arzobispo; la ajorca de oro cuyo valor equivalía a una fortuna.

Ya la presea estaba en su poder; sus dedos crispados la oprimían con una fuerza sobrenatural; sólo restaba huir, huir con ella; pero para esto era preciso abrir los ojos, y Pedro tenía miedo de ver, de ver la imagen, de ver los reyes de las sepulturas, los demonios de las cornisas, los endriagos de los capiteles, las fajas de sombras y los rayos de luz que, semejantes a blancos y gigantescos fantasmas, se movían lentamente en el fondo de las naves, pobladas de rumores temerosos y extraños.

Al fin abrió los ojos, tendió una mirada, y un grito agudo se escapó de sus labios.

La catedral estaba llena de estatuas; estatuas que, vestidas con luengos y no vistos ropajes, habían descendido de sus huecos y

ocupaban todo el ámbito de la iglesia y le miraban con sus ojos sin pupila.

Santos, monjes, ángeles, demonios, guerreros, damas, pajes, cenobitas y villanos se rodeaban y confundían en las naves y en el altar. A sus pies oficiaban, en presencia de los reyes, de hinojos sobre sus tumbas, los arzobispos de mármol que él había visto otras veces inmóviles sobre sus lechos mortuorios, mientras que, arrastrándose por las losas, trepando por los machones, acurrucados en los doseles, suspendidos en las bóvedas, pululaban, como los gusanos de un inmenso cadáver, todo un mundo de reptiles y alimañas de granito, quiméricos, deformes, horrorosos.

Ya no pudo resistir más. Las sienes le latieron con una violencia espantosa; una nube de sangre oscureció sus pupilas; arrojó un segundo grito, un grito desgarrador y sobrehumano, y cayó desvanecido sobre el ara.

Cuando al otro día los dependientes de la iglesia lo encontraron al pie del altar, tenía aún la ajorca de oro entre sus manos, y al verlos aproximarse exclamó con una estridente carcajada:

—¡Suya, suya!

El infeliz estaba loco.

El monte de las Ánimas
Leyenda soriana

La noche de difuntos, me despertó a no sé qué hora el doble de las campanas. Su tañido monótono y eterno me trajo a las mientes esta tradición que oí hace poco en Soria.

Intenté dormir de nuevo. ¡Imposible! Una vez aguijoneada, la imaginación es un caballo que se desboca y al que no sirve tirarle de la rienda. Por pasar el rato, me decidí a escribirla, como en efecto lo hice.

A las doce de la mañana, después de almorzar bien, y con un cigarro en la boca, no le hará mucho efecto a los lectores de *El Contemporáneo*. Yo la oí en el mismo lugar en que acaeció, y la he escrito volviendo algunas veces la cabeza con miedo, cuando sentía crujir los cristales de mi balcón, estremecidos por el aire frío de la noche.

Sea de ella lo que quiera, *allá* va, como el caballo de copas.

I

—Atad los perros, haced la señal con las trompas para que se reúnan los cazadores y demos la vuelta a la ciudad. La noche se acerca, es día de Todos los Santos y estamos en el monte de las Ánimas.

—¡Tan pronto!

—A ser otro día, no dejara yo de concluir con ese rebaño de lobos que las nieves del Moncayo han arrojado de sus madrigueras; pero hoy es imposible. Dentro de poco sonará la oración en los Templarios, y las ánimas de los difuntos comenzarán a tañer su campana en la capilla del monte.

—¡En esa capilla ruinosa! ¡Bah! ¿Quieres asustarme?

—No, hermosa prima. Tú ignoras cuanto sucede en este país, porque aún no hace un año que has venido a él desde muy lejos. Refrena tu yegua, yo también pondré la mía al paso, y mientras dure el camino te contaré esa historia.

Los pajes se reunieron en alegres y bulliciosos grupos. Los condes de Borges y de Alcudiel montaron en sus magníficos caballos, y todos juntos siguieron a sus hijos Beatriz y Alonso, que precedían la comitiva a bastante distancia.

Mientras duraba el camino, Alonso narró en estos términos la prometida historia:

—Ese monte que hoy llaman de las Ánimas pertenecía a los templarios, cuyo convento ves allí, a la margen del río. Los templarios eran guerreros y religiosos a la vez. Conquistada Soria a los árabes, el rey los hizo venir de lejanas tierras para defender la ciudad por la parte del puente, haciendo en ello notable agravio a sus nobles de Castilla, que así hubieran solos sabido defenderla como solos la conquistaron. Entre los caballeros de la nueva y poderosa orden y los hidalgos de la ciudad fermentó por algunos años, y estalló al fin, un odio profundo. Los primeros tenían acotado ese monte, donde reservaban caza abundante para satisfacer sus necesidades y contribuir a sus placeres. Los segundos determinaron organizar una gran batida en el coto, a pesar de las severas prohibiciones de los «clérigos con espuelas», como llamaban a sus enemigos. Cundió la voz del reto, y nada fue parte a detener a los unos en su manía de cazar y a los otros en su empeño de estorbarlo. La proyectada expedición se llevó a cabo. No se acordaron de ellas las fieras. Antes la tendrían presente tantas madres como arrastraron sendos lutos por sus hijos. Aquello no fue una cacería. Fue una batalla espantosa: el monte quedó sembrado de cadáveres. Los lobos, a quienes se quiso exterminar, tuvieron un sangriento festín. Por último, intervino la autoridad del rey; el monte, maldita ocasión de tantas desgracias, se declaró abandonado, y la capilla de los religiosos, situada en el mismo monte, y en cuyo atrio se enterraron juntos amigos y enemigos, comenzó a arruinarse. Desde entonces dicen que cuando llega la noche de difuntos se oye doblar sola la campana de la capilla, y que las ánimas de los muertos envueltas en jirones de sus sudarios, corren como en una cace-

ría fantástica por entre las breñas y los zarzales. Los ciervos bra-
man espantados, los lobos aúllan, las culebras dan horrorosos
silbidos, y al otro día se han visto impresas en la nieve las huellas
de los descarnados pies de los esqueletos. Por eso en Soria lo lla-
mamos el monte de las Ánimas, y por eso he querido salir de él
antes que cierre la noche.

La relación de Alonso concluyó justamente cuando los dos jó-
venes llegaban al extremo del puente que da paso a la ciudad por
aquel lado. Allí esperaron al resto de la comitiva, la cual, después
de incorporársele los dos jinetes, se perdió por entre las estrechas
y oscuras calles de Soria.

II

Los servidores acababan de levantar los manteles; la alta chi-
menea gótica del palacio de los condes de Alcudiel despedía un
vivo resplandor, iluminando algunos grupos de damas y caballe-
ros que alrededor de la lumbre conversaban familiarmente, y el
viento azotaba los emplomados vidrios de las ojivas del salón.

Solas dos personas parecían ajenas a la conversación general:
Beatriz y Alonso. Beatriz seguía con los ojos, y absorta en un vago
pensamiento, los caprichos de la llama. Alonso miraba el reflejo de
la hoguera chispear en las azules pupilas de Beatriz.

Ambos guardaban hacía rato un profundo silencio.

Las dueñas referían, a propósito de la noche de difuntos, cuen-
tos temerosos, en que los espectros y los aparecidos representaban
el principal papel; y las campanas de las iglesias de Soria doblaban
a lo lejos con un tañido monótono y triste.

—Hermosa prima —exclamó al fin Alonso, rompiendo el lar-
go silencio en que se encontraban—, pronto vamos a separarnos,
tal vez para siempre; las áridas llanuras de Castilla, sus costum-
bres toscas y guerreras, sus hábitos sencillos y patriarcales, sé que
no te gustan; te he oído suspirar varias veces, acaso por algún ga-
lán de tu lejano señorío.

Beatriz hizo un gesto de fría indiferencia; todo un carácter de
mujer se reveló en aquella desdeñosa contracción de sus delgados
labios.

—Tal vez por la pompa de la corte francesa, donde hasta aquí has vivido —se apresuró a añadir el joven—. De un modo o de otro, presiento que no tardaré en perderte… Al separarnos, quisiera que llevases una memoria mía…: ¿Te acuerdas cuando fuimos al templo a dar gracias a Dios por haberte devuelto la salud que viniste a buscar a esta tierra? El joyel que sujetaba la pluma de mi gorra cautivó tu atención. ¡Qué hermoso estaría sujetando un velo sobre tu oscura cabellera! Ya ha prendido el de una desposada; mi padre se lo regaló a la que me dio el ser, y ella lo llevó al altar… ¿Lo quieres?

—No sé en el tuyo —contestó la hermosa—; pero en mi país una prenda recibida compromete una voluntad. Sólo en un día de ceremonia debe aceptarse un presente de manos de un deudo…, que aún puede ir a Roma sin volver con las manos vacías.

El acento helado con que Beatriz pronunció estas palabras turbó un momento al joven que, después de serenarse, dijo con tristeza:

—Lo sé, prima; pero hoy se celebran Todos los Santos, y el tuyo entre todos; hoy es día de ceremonias y presentes. ¿Quieres aceptar el mío?

Beatriz se mordió ligeramente los labios y extendió la mano para tomar la joya, sin añadir una palabra.

Los dos jóvenes volvieron a quedarse en silencio, y volviose a oír la cascada voz de las viejas que hablaban de brujas y de trasgos, y el zumbido del aire que hacía crujir los vidrios de las ojivas, y el triste y monótono doblar de las campanas.

Al cabo de algunos minutos, el interrumpido diálogo tornó a anudarse de este modo:

—Y antes que concluya el día de Todos los Santos, en que así como el tuyo se celebra el mío, y puedes, sin atar tu voluntad, dejarme un recuerdo, ¿no lo harás? —dijo él, clavando una mirada en la de su prima, que brilló como un relámpago, iluminada por un pensamiento diabólico.

—¿Por qué no? —exclamó ésta, llevándose la mano al hombro derecho como para buscar alguna cosa entre los pliegues de su ancha manga de terciopelo bordado de oro. Después, con una infantil expresión de sentimiento, añadió—: ¿Te acuerdas de la banda azul que llevé hoy a la cacería, y que por no sé qué emblema de su color me dijiste que era la divisa de tu alma?

—Sí.

—¡Pues… se ha perdido! Se ha perdido, y pensaba dejártela como un recuerdo.

—¡Se ha perdido! ¿Y dónde? —preguntó Alonso, incorporándose de su asiento y con una indescriptible expresión de temor y esperanza.

—No sé… En el monte, acaso.

—¡En el monte de las Ánimas! —murmuró, palideciendo y dejándose caer sobre el sitial—. ¡En el monte de las Ánimas! —Luego prosiguió, con voz entrecortada y sorda—: Tú lo sabes, porque lo habrás oído mil veces. En la ciudad, en toda Castilla, me llaman el rey de los cazadores. No habiendo aún podido probar mis fuerzas en los combates, como mis ascendientes, he llevado a esa diversión, imagen de la guerra, todos los bríos de mi juventud, todo el ardor hereditario en mi raza. La alfombra que pisan tus pies son despojos de fieras que he muerto por mi mano. Yo conozco sus guaridas y sus costumbres, yo he combatido con ellas de día y de noche, a pie y a caballo, solo y en batida, y nadie dirá que me ha visto huir el peligro en ninguna ocasión. Otra noche volaría por esa banda, y volaría gozoso como a una fiesta; y, sin embargo, esta noche…, esta noche, ¿a qué ocultártelo?, tengo miedo. ¿Oyes? Las campanas doblan, la oración ha sonado en San Juan del Duero, las ánimas del monte comenzarán ahora a levantar sus amarillentos cráneos de entre las malezas que cubren sus fosas… ¡Las ánimas!, cuya sola vista puede helar de horror la sangre del más valiente, tornar sus cabellos blancos o arrebatarle en el torbellino de su fantástica carrera como una hoja que arrastra el viento sin que se sepa adónde.

Mientras el joven hablaba, una sonrisa imperceptible se dibujó en los labios de Beatriz, que, cuando hubo concluido, exclamó en un tono indiferente y mientras atizaba el fuego del hogar, donde saltaba y crujía la leña, arrojando chispas de mil colores:

—¡Oh! Eso, de ningún modo. ¡Qué locura! ¡Ir ahora al monte por semejante friolera! ¡Una noche tan oscura, noche de difuntos y cuajado el camino de lobos!

Al decir esta última frase la recargó de un modo tan especial, que Alonso no pudo menos de comprender toda su amarga ironía; movido como por un resorte se puso de pie, se pasó la mano por la frente, como para arrancarse el miedo que estaba en su cabeza y

no en su corazón, y con voz firme exclamó, dirigiéndose a la hermosa, que estaba aún inclinada sobre el hogar, entreteniéndose en revolver el fuego:

—Adiós, Beatriz, adiós. Hasta... pronto.

—¡Alonso, Alonso! —dijo ésta, volviéndose con rapidez; pero cuando quiso o aparentó querer detenerle, el joven había desaparecido.

A los pocos minutos se oyó el rumor de un caballo que se alejaba al galope. La hermosa, con una radiante expresión de orgullo satisfecho que coloreó sus mejillas, prestó atento oído a aquel rumor que se debilitaba, que se perdía, que se desvaneció por último.

Las viejas, en tanto, continuaban en sus cuentos de ánimas aparecidas; el aire zumbaba en los vidrios del balcón, y las campanas de la ciudad doblaban a lo lejos.

III

Había pasado una hora, dos, tres; la medianoche estaba a punto de sonar, cuando Beatriz se retiró a su oratorio. Alonso no volvía, no volvía, y, a querer, en menos de una hora pudiera haberlo hecho.

—¡Habrá tenido miedo! —exclamó la joven, cerrando su libro de oraciones y encaminándose a su lecho, después de haber intentado inútilmente murmurar algunos de los rezos que la Iglesia consagra en el día de difuntos a los que ya no existen.

Después de haber apagado la lámpara y cruzado las dobles cortinas de seda, se durmió; se durmió con un sueño inquieto, ligero, nervioso.

Las doce sonaron en el reloj del Postigo. Beatriz oyó entre sueños las vibraciones de la campana, lentas, sordas, tristísimas, y entreabrió los ojos. Creía haber oído, a par de ellas, pronunciar su nombre; pero lejos, muy lejos, y por una voz ahogada y doliente. El viento gemía en los vidrios de la ventana.

—Será el viento —dijo, y poniéndose la mano sobre el corazón procuró tranquilizarse.

Pero su corazón latía cada vez con más violencia, las puertas de alerce del oratorio habían crujido sobre sus goznes con un chirrido agudo, prolongado y estridente.

Primero unas y luego las otras más cercanas, todas las puertas que daban paso a su habitación iban sonando por su orden; éstas con un ruido sordo y grave, aquéllas con un lamento largo y crispador. Después, silencio; un silencio lleno de rumores extraños, el silencio de la medianoche; con un murmullo monótono de agua distante, lejanos ladridos de perros, voces confusas, palabras ininteligibles; eco de pasos que van y vienen, crujir de ropas que se arrastran, suspiros que se ahogan, respiraciones fatigosas que casi se sienten, estremecimientos involuntarios que anuncian la presencia de algo que no se ve y que no obstante se nota su aproximación en la oscuridad.

Beatriz, inmóvil, temblorosa, adelantó la cabeza fuera de las cortinas y escuchó un momento. Oía mil ruidos diversos; se pasaba la mano por la frente, tornaba a escuchar; nada, silencio.

Veía, con esa fosforescencia de la pupila en las crisis nerviosas, como bultos que se movían en todas direcciones, y cuando dilatándolas las fijaba en un punto, nada; oscuridad, las sombras impenetrables.

—¡Bah! —exclamó, volviendo a recostar su hermosa cabeza sobre la almohada de raso azul del lecho—. ¿Soy yo tan miedosa como estas pobres gentes cuyo corazón palpita de terror bajo una armadura al oír una conseja de aparecidos?

Y cerrando los ojos, intentó dormir…, pero en vano había hecho un esfuerzo sobre sí misma. Pronto volvió a incorporarse, más pálida, más inquieta, más aterrada. Ya no era una ilusión: las colgaduras de brocado de la puerta habían rozado al separarse, y unas pisadas lentas sonaban sobre la alfombra; el rumor de aquellas pisadas era sordo, casi imperceptible, pero continuado, y a su compás se oía crujir una cosa como madera o hueso. Y se acercaban, se acercaban, y se movió el reclinatorio que estaba a la orilla de su lecho. Beatriz lanzó un grito agudo, y rebujándose en la ropa que la cubría escondió la cabeza y contuvo el aliento.

El aire azotaba los vidrios del balcón; el agua de la fuente lejana caía y caía con un rumor eterno y monótono; los ladridos de los perros se dilataban en las ráfagas del aire, y las campanas de la ciudad de Soria, unas cerca, otras distantes, doblaban tristemente por las ánimas de los difuntos.

Así pasó una hora, dos, la noche, un siglo, porque la noche aquella pareció eterna a Beatriz. Al fin, despuntó la aurora. Vuelta de su temor, entreabrió los ojos a los primeros rayos de la luz. Después de una noche de insomnio y de terrores, ¡es tan hermosa la luz clara y blanca del día! Separó las cortinas de seda del lecho, tendió una mirada serena a su alrededor, y ya se disponía a reírse de sus temores pasados, cuando de repente un sudor frío cubrió su cuerpo, sus ojos se desencajaron y una palidez mortal descoloró sus mejillas; sobre el reclinatorio había visto, sangrienta y desgarrada, la banda azul que perdiera en el monte, la banda azul que fue a buscar Alonso.

Cuando sus servidores llegaron, despavoridos, a noticiarle la muerte del primogénito de Alcudiel, que a la mañana había aparecido devorado por los lobos entre las malezas del monte de las Ánimas, la encontraron inmóvil, crispada, asida con ambas manos a una de las columnas de ébano del lecho, desencajados los ojos, entreabierta la boca, blancos los labios, rígidos los miembros, muerta, muerta de horror.

IV

Dicen que después de acaecido este suceso, un cazador extraviado que pasó la noche de difuntos sin poder salir del monte de las Ánimas, y que al otro día, antes de morir, pudo contar lo que viera, refirió cosas horribles. Entre otras, se asegura que vio a los esqueletos de los antiguos templarios y de los nobles de Soria enterrados en el atrio de la capilla levantarse al punto de la oración con un estrépito horrible y, caballeros sobre osamentas de corceles, perseguir como a una fiera a una mujer hermosa, pálida y desmelenada que, con los pies desnudos y sangrientos, y arrojando gritos de horror, daba vueltas alrededor de la tumba de Alonso.

Los ojos verdes
Leyenda

Hace mucho tiempo que tenía ganas de escribir cualquier cosa con este título. Hoy, que se me ha presentado ocasión, lo he puesto con letras grandes en la primera cuartilla de papel, y luego he dejado a capricho volar la pluma.

Yo creo que he visto unos ojos como los que he pintado en esta leyenda. No sé si en sueños, pero yo los he visto. De seguro no los podré describir tal cual ellos eran: luminosos, transparentes como las gotas de la lluvia que se resbalan sobre las hojas de los árboles después de una tempestad de verano. De todos modos, cuento con la imaginación de mis lectores para hacerme comprender en este que pudiéramos llamar boceto de un cuadro que pintaré algún día.

I

—Herido va el ciervo…, herido va; no hay duda. Se ve el rastro de la sangre entre las zarzas del monte, y al saltar uno de esos lentiscos han flaqueado sus piernas… Nuestro joven señor comienza por donde otros acaban… En cuarenta años de montero no he visto mejor golpe… Pero, ¡por san Saturio, patrón de Soria!, cortadle el paso por esas carrascas, azuzad los perros, soplad en esas trompas hasta echar los hígados, y hundidle a los corceles una cuarta de hierro en los ijares: ¿no veis que se dirige hacia la fuente de los Álamos y si la salva antes de morir podemos darle por perdido?

Las cuencas del Moncayo repitieron de eco en eco el bramido de las trompas, el latir de la jauría desencadenada, y las voces de

los pajes resonaron con nueva furia, y el confuso tropel de hombres, caballos y perros se dirigió al punto que Íñigo, el montero mayor de los marqueses de Almenar, señalara como el más a propósito para cortarle el paso a la res.

Pero todo fue inútil. Cuando el más ágil de los lebreles llegó a las carrascas, jadeante y cubiertas las fauces de espuma, ya el ciervo, rápido como una saeta, las había salvado de un solo brinco, perdiéndose entre los matorrales de una trocha que conducía a la fuente.

—¡Alto!... ¡Alto todo el mundo! —gritó Íñigo entonces—. Estaba de Dios que había de marcharse.

Y la cabalgata se detuvo, y enmudecieron las trompas, y los lebreles dejaron refunfuñando la pista a la voz de los cazadores.

En aquel momento se reunía a la comitiva el héroe de la fiesta, Fernando de Argensola, el primogénito de Almenar.

—¿Qué haces? —exclamó, dirigiéndose a su montero, y en tanto, ya se pintaba el asombro en sus facciones, ya ardía la cólera en sus ojos—. ¿Qué haces, imbécil? Ves que la pieza está herida, que es la primera que cae por mi mano, y abandonas el rastro y la dejas perder para que vaya a morir en el fondo del bosque. ¿Crees acaso que he venido a matar ciervos para festines de lobos?

—Señor —murmuró Íñigo entre dientes—, es imposible pasar de este punto.

—¡Imposible! ¿Y por qué?

—Porque esa trocha —prosiguió el montero— conduce a la fuente de los Álamos; la fuente de los Álamos, en cuyas aguas habita un espíritu del mal. El que osa enturbiar su corriente paga caro su atrevimiento. Ya la res habrá salvado sus márgenes. ¿Cómo las salvaréis vos sin atraer sobre vuestra cabeza alguna calamidad horrible? Los cazadores somos reyes del Moncayo, pero reyes que pagan un tributo. Pieza que se refugia en esa fuente misteriosa, pieza perdida.

—¡Pieza perdida! Primero perderé yo el señorío de mis padres, y primero perderé el ánima en manos de Satanás que permitir que se me escape ese ciervo, el único que ha herido mi venablo, la primicia de mis excursiones de cazador... ¿Lo ves?... ¿Lo ves?... Aún se distingue a intervalos desde aquí: las piernas le fallan, su carrera se acorta; déjame..., déjame; suelta esa brida o te revuelco en el

polvo... ¿Quién sabe si no le daré lugar para que llegue a la fuente? Y si llegase, al diablo ella, su limpidez y sus habitadores. ¡Sus, Relámpago!; ¡sus, caballo mío! Si lo alcanzas, mando engarzar los diamantes de mi joyel en tu serreta de oro.

Caballo y jinete partieron como un huracán. Íñigo los siguió con la vista hasta que se perdieron en la maleza; después volvió los ojos en derredor suyo; todos, como él, permanecían inmóviles y consternados.

El montero exclamó al fin:

—Señores, vosotros lo habéis visto; me he expuesto a morir entre los pies de su caballo por detenerlo. Yo he cumplido con mi deber. Con el diablo no sirven valentías. Hasta aquí llega el montero con su ballesta; de aquí en adelante, que pruebe a pasar el capellán con su hisopo.

II

—Tenéis la color quebrada; andáis mustio y sombrío. ¿Qué os sucede? Desde el día, que yo siempre tendré por funesto, en que llegasteis a la fuente de los Álamos en pos de la res herida, diríase que una mala bruja os ha encanijado con sus hechizos. Ya no vais a los montes precedido de la ruidosa jauría ni el clamor de vuestras trompas despierta sus ecos. Sólo con esas cavilaciones que os persiguen, todas las mañanas tomáis la ballesta para enderezaros a la espesura y permanecer en ella hasta que el sol se esconde. Y cuando la noche oscurece y volvéis pálido y fatigado al castillo, en balde busco en la bandolera los despojos de la caza. ¿Qué os ocupa tan largas horas lejos de los que más os quieren?

Mientras Íñigo hablaba, Fernando, absorto en sus ideas, sacaba maquinalmente astillas de su escaño de ébano con el cuchillo de monte.

Después de un largo silencio, que solo interrumpía el chirrido de la hoja al resbalar sobre la pulimentada madera, el joven exclamó, dirigiéndose a su servidor, como si no hubiera escuchado una sola de sus palabras:

—Íñigo, tú que eres viejo, tú que conoces todas las guaridas del Moncayo, que has vivido en sus faldas persiguiendo a las fie-

ras, y en tus errantes excursiones de cazador subiste más de una vez a su cumbre, dime: ¿has encontrado, por acaso, una mujer que vive entre sus rocas?

—¡Una mujer! —exclamó el montero con asombro y mirándole de hito en hito.

—Sí —dijo el joven—; es una cosa extraña lo que me sucede, muy extraña... Creí poder guardar este secreto eternamente, pero no es ya posible, rebosa en mi corazón y asoma a mi semblante. Voy, pues, a revelártelo... Tú me ayudarás a desvanecer el misterio que envuelve a esa criatura que, al parecer, sólo para mí existe, pues nadie la conoce, ni la ha visto, ni puede darme razón de ella.

El montero, sin despegar los labios, arrastró su banquillo hasta colocarse junto al escaño de su señor, del que no apartaba un punto los espantados ojos. Éste, después de coordinar sus ideas, prosiguió así:

—Desde el día en que, a pesar de tus funestas predicciones, llegué a la fuente de los Álamos y, atravesando sus aguas, recobré el ciervo que vuestra superstición hubiera dejado huir, se llenó mi alma del deseo de la soledad.

»¿Tú no conoces aquel sitio? Mira: la fuente brota escondida en el seno de una peña, y cae, resbalándose gota a gota, por entre las verdes y flotantes hojas de las plantas que crecen al borde de su cuna. Aquellas gotas, que al desprenderse brillan como puntos de oro y suenan como las notas de un instrumento, se reúnen entre los céspedes y, susurrando, susurrando, con un ruido semejante al de las abejas que zumban en torno de las flores, se alejan por entre las arenas y forman un cauce, y luchan con los obstáculos que se oponen a su camino, y se repliegan sobre sí mismas, y saltan, y huyen, y corren, unas veces con risas; otras, con suspiros, hasta caer en un lago. En el lago caen con un rumor indescriptible. Lamentos, palabras, nombres, cantares, yo no sé lo que he oído en aquel rumor cuando me he sentado solo y febril sobre el peñasco a cuyos pies saltan las aguas de la fuente misteriosa, para estancarse en una balsa profunda, cuya inmóvil superficie apenas riza el viento de la tarde.

»Todo allí es grande. La soledad, con sus mil rumores desconocidos, vive en aquellos lugares y embriaga el espíritu en su inefable melancolía. En las plateadas hojas de los álamos, en los huecos de

las peñas, en las ondas del agua, parece que nos hablan los invisibles espíritus de la naturaleza, que reconocen un hermano en el inmortal espíritu del hombre.

»Cuando al despuntar la mañana me veías tomar la ballesta y dirigirme al monte, no fue nunca para perderme entre sus matorrales en pos de la caza, no; iba a sentarme al borde de la fuente, a buscar en sus ondas... no sé qué, ¡una locura! El día que salté sobre ella con mi Relámpago, creí haber visto brillar en su fondo una cosa extraña..., muy extraña...: los ojos de una mujer.

»Tal vez sería un rayo del sol que serpeó fugitivo entre su espuma; tal vez una de esas flores que flotan entre las algas de su seno y cuyos cálices parecen esmeraldas...; no sé; yo creí ver una mirada que se clavó en la mía, una mirada que encendió en mi pecho un deseo absurdo, irrealizable: el de encontrar una persona con unos ojos como aquéllos. En su busca fui un día y otro a aquel sitio.

»Por último, una tarde... yo me creí juguete de un sueño...; pero no, es verdad; la he hablado ya muchas veces como te hablo a ti ahora...; una tarde encontré sentada en mi puesto, y vestida con unas ropas que llegaban hasta las aguas y flotaban sobre su haz, una mujer hermosa sobre toda ponderación. Sus cabellos eran como el oro; sus pestañas brillaban como hilos de luz, y entre las pestañas volteaban inquietas unas pupilas que yo había visto..., sí, porque los ojos de aquella mujer eran los ojos que yo tenía clavados en la mente, unos ojos de un color imposible, unos ojos...

—¡Verdes! —exclamó Íñigo con un acento de profundo terror e incorporándose de un salto en su asiento.

Fernando le miró a su vez como asombrado de que concluyese lo que iba a decir, y le preguntó con una mezcla de ansiedad y alegría:

—¿La conoces?

—¡Oh, no! —dijo el montero—. ¡Líbreme Dios de conocerla! Pero mis padres, al prohibirme llegar hasta esos lugares, me dijeron mil veces que el espíritu, trasgo, demonio o mujer que habita en sus aguas tiene los ojos de ese color. Yo os conjuro por lo que más améis en la tierra a no volver a la fuente de los Álamos. Un día u otro os alcanzará su venganza y expiaréis, muriendo, el delito de haber encenegado sus ondas.

—¡Por lo que más amo! —murmuró el joven con una triste sonrisa.

—Sí —prosiguió el anciano—; por vuestros padres, por vuestros deudos, por las lágrimas de las que el cielo destina para[17] vuestra esposa, por las de un servidor, que os ha visto nacer.

—¿Sabes tú lo que más amo en este mundo? ¿Sabes tú por qué daría yo el amor de mi padre, los besos de la que me dio la vida y todo el cariño que pueden atesorar todas las mujeres de la tierra? Por una mirada, por una sola mirada de esos ojos... ¡Mira cómo podré yo dejar de buscarlos!

Dijo Fernando estas palabras con tal acento, que la lágrima que temblaba en los párpados de Íñigo se resbaló silenciosa por su mejilla, mientras exclamó con acento sombrío:

—¡Cúmplase la voluntad del cielo!

III

—¿Quién eres tú? ¿Cuál es tu patria? ¿En dónde habitas? Yo vengo un día y otro en tu busca, y ni veo el corcel que te trae a estos lugares ni a los servidores que conducen tu litera. Rompe de una vez el misterioso velo en que te envuelves como en una noche profunda. Yo te amo, y, noble o villana, seré tuyo, tuyo siempre...

El sol había traspuesto la cumbre del monte; las sombras bajaban a grandes pasos por su falda: la brisa gemía entre los álamos de la fuente, y la niebla, elevándose poco a poco de la superficie del lago, comenzaba a envolver las rocas de su margen.

Sobre una de estas rocas, sobre una que parecía próxima a desplomarse en el fondo de las aguas, en cuya superficie se retrataba, temblando, el primogénito de Almenar, de rodillas a los pies de su misteriosa amante, procuraba en vano arrancarle el secreto de su existencia.

[17] *para*: aquí prefiero la lectura de las ediciones, y la de Aguilar antes que las del impreso periodístico, que acepta R. B. y que dice «por» en vez de «para». Pudo ser un error de redacción o una errata. El «por» dentro de la enumeración de esta misma partícula resulta por lo menos ambiguo, y en todo caso cacofónico. Tanto Navas Ruiz como Palomo-Rubio y Estruch prefieren la del texto periodístico.

Ella era hermosa, hermosa y pálida como una estatua de alabastro. Uno de sus rizos caía sobre sus hombros, deslizándose entre los pliegues del velo como un rayo de sol que atraviesa las nubes, y en el cerco de sus pestañas rubias brillaban sus pupilas como dos esmeraldas sujetas en una joya de oro. Cuando el joven acabó de hablarle, sus labios se removieron como para pronunciar algunas palabras; pero sólo exhalaron un suspiro, un suspiro débil, doliente, como el de la ligera onda que empuja una brisa al morir entre los juncos.

—¡No me respondes! —exclamó Fernando al ver burlada su esperanza—. ¿Querrás que dé crédito a lo que de ti me han dicho? ¡Oh, no!... Háblame; yo quiero saber si me amas; yo quiero saber si puedo amarte, si eres una mujer...

—O un demonio... ¿Y si lo fuese?

El joven vaciló un instante; un sudor frío corrió por sus miembros; sus pupilas se dilataron al fijarse con más intensidad en las de aquella mujer, y fascinado por su brillo fosfórico, demente casi, exclamó en un arrebato de amor:

—Si lo fueses..., te amaría..., te amaría como te amo ahora, como es mi destino amarte, hasta más allá de esta vida, si hay algo más allá de ella.

—Fernando —dijo la hermosa entonces con una voz semejante a una música—, yo te amo más aún que tú me amas; yo, que desciendo hasta un mortal siendo un espíritu puro. No soy una mujer como las que existen en la tierra; soy una mujer digna de ti, que eres superior a los demás hombres. Yo vivo en el fondo de estas aguas, incorpórea como ellas, fugaz y transparente: hablo con sus rumores y ondulo con sus pliegues. Yo no castigo al que osa turbar la fuente donde moro; antes le premio con mi amor, como a un mortal superior a las supersticiones del vulgo, como a un amante capaz de comprender mi cariño extraño y misterioso.

Mientras ella hablaba así, el joven, absorto en la contemplación de su fantástica hermosura, atraído como por una fuerza desconocida, se aproximaba más y más al borde de la roca. La mujer de los ojos verdes prosiguió así:

—¿Ves, ves el límpido fondo de este lago? ¿Ves esas plantas de largas y verdes hojas que se agitan en su fondo?... Ellas nos darán un lecho de esmeraldas y corales..., y yo..., yo te daré una felici-

dad sin nombre, esa felicidad que has soñado en tus horas de delirio y que no puede ofrecerte nadie... Ven; la niebla del lago flota sobre nuestras frentes como un pabellón de lino...; las ondas nos llaman con sus voces incomprensibles; el viento empieza entre los álamos sus himnos de amor; ven..., ven.

La noche comenzaba a extender sus sombras; la luna rielaba en la superficie del lago; la niebla se arremolinaba al soplo del aire, y los ojos verdes brillaban en la oscuridad como los fuegos fatuos que corren sobre el haz de las aguas infectas... «Ven, ven...» Estas palabras zumbaban en los oídos de Fernando como un conjuro. «Ven...» y la mujer misteriosa lo llamaba al borde del abismo donde estaba suspendida, y parecía ofrecerle un beso..., un beso...

Fernando dio un paso hacia ella..., otro..., y sintió unos brazos delgados y flexibles que se liaban a su cuello, y una sensación fría en sus labios ardorosos, un beso de nieve..., y vaciló..., y perdió pie, y cayó al agua con un rumor sordo y lúgubre.

Las aguas saltaron en chispas de luz y se cerraron sobre su cuerpo, y sus círculos de plata fueron ensanchándose, ensanchándose, hasta expirar en las orillas.

MAESE PÉREZ EL ORGANISTA
Leyenda sevillana

En Sevilla, en el mismo atrio de Santa Inés, y mientras esperaba a que comenzase la misa del gallo, oí esta tradición a una demandadera del convento.

Como era natural, después de oírla aguardé impaciente a que comenzara la ceremonia, ansioso de asistir a un prodigio.

Nada menos prodigioso, sin embargo, que el órgano de Santa Inés, ni nada más vulgar que los insulsos motetes con que nos regaló su organista aquella noche.

Al salir de la misa no pude por menos de decirle a la demandadera con aire de burla:

—¿En qué consiste que el órgano de maese Pérez suena ahora tan mal?

—¡Toma —me contestó la vieja—, en que ése no es el suyo!

—¿No es el suyo? ¿Pues qué ha sido de él?

—Se cayó a pedazos de puro viejo hace una porción de años.

—¿Y el alma del organista?

—No ha vuelto a aparecer desde que colocaron el que ahora le sustituye.

Si a alguno de mis lectores se le ocurriese hacerme la misma pregunta después de leer esta historia, ya sabe el porqué no se ha continuado el milagroso portento hasta nuestros días.

I

—¿Veis ése de la capa roja y la pluma blanca en el fieltro, que parece que trae sobre su justillo todo el oro de los galeones de In-

dias? ¿Aquel que baja en este momento de su litera para dar la mano a esa otra señora que, después de dejar la suya, se adelanta hacia aquí, precedida de cuatro pajes con hachas? Pues ése es el marqués de Moscosso, galán de la condesa viuda de Villapineda. Se dice que antes de poner sus ojos sobre esta dama había pedido en matrimonio a la hija de un opulento señor; mas el padre de la doncella, de quien se murmura que es un poco avaro... Pero, ¡calle!, en hablando del ruin de Roma, cátale aquí que asoma. ¿Veis aquel que viene por debajo del arco de San Felipe, a pie, embozado en una capa oscura y precedido de un solo criado con una linterna? Ahora llega frente al retablo.

»¿Reparasteis, al desembozarse para saludar a la imagen, en la encomienda que brilla en su pecho? A no ser por ese noble distintivo, cualquiera le creería un lonjista de la calle de Culebras... Pues ése es el padre en cuestión. Mirad cómo la gente del pueblo le abre paso y le saluda. Toda Sevilla le conoce por su colosal fortuna. Él solo tiene más ducados de oro en sus arcas que soldados mantiene nuestro señor el rey don Felipe, y con sus galeones podría formar una escuadra suficiente a resistir a la del Gran Turco...

»Mirad, mirad ese grupo de señores graves; esos son los caballeros veinticuatro. ¡Hola, hola! También está aquí el flamencote, a quien se dice que no han echado ya el guante los señores de la cruz verde merced a su influjo con los magnates de Madrid... Éste no viene a la iglesia más que a oír música... No, pues si maese Pérez no le arranca con su órgano lágrimas como puños, bien se puede asegurar que no tiene su alma en su armario, sino friyéndose en las calderas de Pedro Botero... ¡Ay, vecina! Malo..., malo... Presumo que vamos a tener jarana. Yo me refugio en la iglesia. Pues, por lo que veo, aquí van a andar más de sobra los cintarazos que los *paternoster*. Mirad, mirad: las gentes del duque de Alcalá doblan la esquina de la plaza de San Pedro, y por el callejón de las Dueñas se me figura que he columbrado a las del de Medina Sidonia. ¿No os lo dije?

»Ya se han visto, ya se detienen unos y otros, sin pasar de sus puestos... Los grupos se disuelven... Los ministriles, a quienes en estas ocasiones apalean amigos y enemigos, se retiran... Hasta el señor asistente, con su vara y todo, se refugia en el atrio... Y luego dicen que hay justicia. Para los pobres...

»Vamos, vamos, ya brillan los broqueles en la oscuridad... ¡Nuestro Señor del Gran Poder nos asista! Ya comienzan los golpes... ¡Vecina, vecina! Aquí..., antes que cierren las puertas. Pero ¡calle! ¿Qué es eso? Aún no han comenzado, cuando lo dejan... ¿Qué resplandor es aquél?... ¡Hachas encendidas! ¡Literas! Es el señor arzobispo.

»La Virgen Santísima del Amparo, a quien invocaba ahora mismo con el pensamiento, lo trae en mi ayuda... ¡Ay! ¡Si nadie sabe lo que yo le debo a esta Señora!... ¡Con cuánta usura me paga las candelillas que le enciendo los sábados!... Vedlo qué hermosote está con sus hábitos morados y su birrete rojo... Dios le conserve en su silla tantos siglos como yo deseo de vida para mí. Si no fuera por él media Sevilla hubiera ya ardido con estas disensiones de los duques. Vedlos, vedlos, los hipocritones, cómo se acercan ambos a la litera del prelado para besarle el anillo... Cómo le siguen y le acompañan confundiéndose con sus familiares. Quién diría que esos dos que parecen tan amigos, si dentro de media hora se encuentran en una calle oscura... Es decir, ¡ellos, ellos!... Líbreme Dios de creerlos cobardes. Buena muestra han dado de sí peleando en algunas ocasiones contra los enemigos de Nuestro Señor... Pero es la verdad que si se buscaran... Y se buscaran con ganas de encontrarse, se encontrarían, poniendo fin de una vez a estas continuas reyertas, en las cuales los que verdaderamente se baten el cobre de firme son sus deudos, sus allegados y su servidumbre.

»Pero vamos, vecina, vamos a la iglesia, antes que se ponga de bote en bote..., que algunas noches como ésta suele llenarse de modo que no cabe ni un grano de trigo... Buena ganga tienen las monjas con su organista... ¿Cuándo se ha visto el convento tan favorecido como ahora?... De las otras comunidades puedo decir que le han hecho a maese Pérez proposiciones magníficas. Verdad que nada tiene de extraño, pues hasta el señor arzobispo le ha ofrecido montes de oro por llevarle a la catedral... Pero él, nada... Primero dejaría la vida que abandonar su órgano favorito... ¿No conocéis a maese Pérez? Verdad es que sois nueva en el barrio... Pues es un santo varón, pobre sí, pero limosnero cual no otro... Sin más parientes que su hija ni más amigo que su órgano, pasa su vida entera en velar por la inocencia de la una y componer los registros del otro... ¡Cuidado que el órgano es viejo!... Pues

nada; él se da tal maña en arreglarlo y cuidarle, que suena que es una maravilla... Como que le conoce de tal modo, que a tientas... Porque no sé si os lo he dicho, pero el pobre señor es ciego de nacimiento... ¡Y con qué paciencia lleva su desgracia!... Cuando le preguntan que cuánto daría por ver, responde: "Mucho, pero no tanto como creéis, porque tengo esperanzas". "¿Esperanzas de ver?" "Sí, y muy pronto —añade, sonriendo como un ángel—. Ya cuento setenta y seis años. Por muy larga que sea mi vida, pronto veré a Dios".

»¡Pobrecito! Y sí lo verá..., porque es humilde como las piedras de la calle, que se dejan pisar de todo el mundo. Siempre dice que no es más que un pobre organista de convento, y puede dar lecciones de solfa al mismo maestro de capilla de la Primada. Como que echó los dientes en el oficio... Su padre tenía la misma profesión que él. Yo no le conocí, pero mi señora madre, que santa gloria haya, dice que le llevaba siempre al órgano consigo para darle a los fuelles. Luego, el muchacho mostró tales disposiciones, que, como era natural, a la muerte de su padre heredó el cargo... ¡Y qué manos tiene! ¡Dios se las bendiga! Merecía que se las llevaran a la calle de Chicharreros y se las engarzasen en oro... Siempre toca bien, siempre; pero en semejante noche como ésta es un prodigio... Él tiene una gran devoción por esta ceremonia de la misa del Gallo, y cuando levantan la Sagrada Forma, al punto y hora de las doce, que es cuando vino al mundo Nuestro Señor Jesucristo..., las voces de su órgano son voces de ángeles...

»En fin, ¿para qué tengo de ponderarle lo que esta noche oirá? Baste el ver cómo todo lo más florido de Sevilla, hasta el mismo señor arzobispo, vienen a un humilde convento para escucharle. Y no se crea que sólo la gente sabida, y a la que se le alcanza esto de la solfa, conocen su mérito, sino que hasta el populacho. Todas esas bandadas que veis llegar con teas encendidas, entonando villancicos con gritos desaforados al compás de los panderos, las sonajas y las zambombas, contra su costumbre, que es la de alborotar las iglesias, callan como muertos cuando pone maese Pérez las manos en el órgano...; y cuando alzan..., cuando alzan no se siente una mosca...: de todos los ojos caen lagrimones tamaños, y al concluir se oye como un suspiro inmenso, que no es otra cosa que la respiración de los circunstantes, contenida mientras dura la

música… Pero vamos, vamos; ya han dejado de tocar las campanas, y va a comenzar la misa. Vamos adentro… Para todo el mundo es esta noche Nochebuena, pero para nadie mejor que para nosotros.

Esto diciendo, la buena mujer que había servido de *cicerone* a su vecina atravesó el atrio del convento de Santa Inés y, codazo en éste, empujón en aquél, se internó en el templo perdiéndose entre la muchedumbre que se agolpaba en la puerta.

II

La iglesia estaba iluminada con una profusión asombrosa. El torrente de luz que se desprendía de los altares para llenar sus ámbitos chispeaba en los ricos joyeles de las damas que, arrodillándose sobre los cojines de terciopelo que tendían los pajes y tomando el libro de oraciones de manos de sus dueñas, vinieron a formar un brillante círculo alrededor de la verja del presbiterio.

Junto a aquella verja, de pie, envueltos en sus capas de color galoneadas de oro, dejando entrever con estudiado descuido las encomiendas rojas y verdes, en la una mano el fieltro, cuyas plumas besaban los tapices; la otra sobre los bruñidos gavilanes del estoque o acariciando el pomo del cincelado puñal, los caballeros veinticuatro, con gran parte de lo mejor de la nobleza sevillana, parecían formar un muro destinado a defender a sus hijas y [a] sus esposas del contacto con la plebe. Ésta, que se agitaba en el fondo de las naves con un rumor parecido al del mar cuando se alborota, prorrumpió en una aclamación de júbilo, acompañada del discordante sonido de las sonajas y los panderos, al mirar aparecer al arzobispo, el cual, después de sentarse junto al altar mayor, bajo un solio de grana que rodearon sus familiares, echó por tres veces la bendición al pueblo.

Era hora de que comenzase la misa. Transcurrieron, sin embargo, algunos minutos sin que el celebrante apareciese. La multitud comenzaba a rebullirse demostrando su impaciencia; los caballeros cambiaban entre sí algunas palabras a media voz, el arzobispo mandó a la sacristía a uno de sus familiares a inquirir el porqué no comenzaba la ceremonia.

—Maese Pérez se ha puesto malo, muy malo, y será imposible que asista esta noche a la misa de medianoche.

Ésa fue la respuesta del familiar.

La noticia cundió instantáneamente entre la muchedumbre. Pintar el efecto desagradable que causó en todo el mundo sería cosa imposible. Baste decir que comenzó a notarse tal bullicio en el templo, que el asistente se puso de pie y los alguaciles entraron a imponer silencio, confundiéndose entre las apiñadas olas de la multitud.

En aquel momento, un hombre mal trazado, seco, huesudo y bisojo por añadidura, se adelantó hasta el sitio que ocupaba el prelado.

—Maese Pérez está enfermo —dijo—. La ceremonia no puede empezar. Si queréis, yo tocaré el órgano en su ausencia, que ni maese Pérez es el primer organista del mundo, ni a su muerte dejará de usarse este instrumento por falta de inteligentes.

El arzobispo hizo una señal de asentimiento con la cabeza, y ya algunos de los fieles, que conocían a aquel personaje extraño por un organista envidioso, enemigo del de Santa Inés, comenzaban a prorrumpir en exclamaciones de disgusto, cuando de improviso se oyó en el atrio un ruido espantoso.

—¡Maese Pérez está aquí!… ¡Maese Pérez está aquí!…

A estas voces de los que estaban apiñados en la puerta, todo el mundo volvió la cara.

Maese Pérez, pálido y desencajado, entraba, en efecto, en la iglesia, conducido en un sillón, que todos se disputaban el honor de llevar en sus hombros.

Los preceptos de los doctores, las lágrimas de su hija, nada había sido bastante a detenerle en el lecho.

—No —había dicho—. Ésta es la última, lo conozco. Lo conozco, y no quiero morir sin visitar mi órgano, y esta noche sobre todo, la Nochebuena. Vamos, lo quiero, lo mando. Vamos a la iglesia.

Sus deseos se habían cumplido. Los concurrentes lo subieron en brazos a la tribuna y comenzó la misa. En aquel punto sonaban las doce en el reloj de la catedral.

Pasó el introito, y el evangelio, y el ofertorio, y llegó el instante solemne en que el sacerdote, después de haberla consagrado,

toma con la extremidad de sus dedos la Sagrada Forma y comienza a elevarla.

Una nube de incienso que se desenvolvía en ondas azuladas llenó el ámbito de la iglesia. Las campanillas repicaron con un sonido vibrante y maese Pérez puso sus crispadas manos sobre las teclas del órgano.

Las cien voces de sus tubos de metal resonaron en un acorde majestuoso y prolongado, que se perdió poco a poco, como si una ráfaga de aire hubiese arrebatado sus últimos ecos.

A este primer acorde, que parecía una voz que se elevaba desde la tierra al cielo, respondió otro lejano y suave, que fue creciendo, creciendo, hasta convertirse en un torrente de atronadora armonía. Era la voz de los ángeles que, atravesando los espacios, llegaba al mundo.

Después comenzaron a oírse como unos himnos distantes que entonaban las jerarquías de serafines. Mil himnos a la vez, que al confundirse formaban uno solo que, no obstante, sólo era el acompañamiento de una extraña melodía, que parecía flotar sobre aquel océano de acordes misteriosos, como un jirón de niebla sobre las olas del mar.

Luego fueron perdiéndose unos cuantos; después, otros. La combinación se simplificaba. Ya no eran más que dos voces, cuyos ecos se confundían entre sí; luego quedó una aislada, sosteniendo una nota brillante como un hilo de luz. El sacerdote inclinó la frente, y por encima de su cabeza cana, y como a través de una gasa azul que fingía el humo del incienso, apareció la hostia a los ojos de los fieles. En aquel instante, la nota que maese Pérez sostenía, tremando se abrió, se abrió, y una explosión de armonía gigante estremeció la iglesia, en cuyos ángulos zumbaba el aire comprimido y cuyos vidrios de colores se estremecían en sus angostos ajimeces.

De cada una de las notas que formaban aquel magnífico acorde se desarrolló un tema, y unos cerca, otros lejos, éstos brillantes, aquéllos sordos, diríase que las aguas y los pájaros, las brisas y las frondas, los hombres y los ángeles, la tierra y los cielos, cantaban, cada cual en su idioma, un himno al nacimiento del Salvador.

La multitud escuchaba atónita y suspendida. En todos los ojos había una lágrima; en todos los espíritus, un profundo recogimiento.

El sacerdote que oficiaba sentía temblar sus manos, porque Aquel que levantaba en ellas, Aquél a quien saludaban hombres y arcángeles, era su Dios, era su Dios, y le parecía haber visto abrirse los cielos y transfigurarse la hostia.

El órgano proseguía sonando; pero sus voces se apagaban gradualmente, como una voz que se pierde de eco en eco y se aleja y se debilita al alejarse, cuando sonó un grito en la tribuna, un grito desgarrador, agudo, un grito de mujer.

El órgano exhaló un sonido discorde y extraño, semejante a un sollozo, y quedó mudo.

La multitud se agolpó a la escalera de la tribuna, hacia la que, arrancados de su éxtasis religioso, volvieron la mirada con ansiedad todos los fieles.

—¿Qué ha sucedido? ¿Qué pasa? —se decían unos a otros, y nadie sabía responder, y todos se empeñaban en adivinarlo, y crecía la confusión, y el alboroto comenzaba a subir de punto, amenazando turbar el orden y el recogimiento propios de la iglesia.

—¿Qué ha sido eso? —preguntaron las damas al asistente que, precedido de los ministriles, fue uno de los primeros a subir a la tribuna y que, pálido y con muestras de profundo pesar, se dirigía al puesto en donde le esperaba el arzobispo, ansioso, como todos, por saber la causa de aquel desorden.

—¿Qué hay?

—Que maese Pérez acaba de morir.

En efecto, cuando los primeros fieles, después de atropellarse por la escalera, llegaron a la tribuna, vieron al pobre organista caído de boca sobre las teclas de su viejo instrumento, que aún vibraba sordamente, mientras su hija, arrodillada a sus pies, lo llamaba en vano entre suspiros y sollozos.

III

—Buenas noches, mi señora doña Baltasara. ¿También usarced viene esta noche a la misa del Gallo? Por mi parte, tenía hecha intención de irla a oír a la parroquia; pero, lo que sucede... ¿Dónde va Vicente? Donde va la gente. Y eso que, si he de decir la verdad, desde que murió maese Pérez parece que me echan una losa sobre

el corazón cuando entro en Santa Inés... ¡Pobrecito! ¡Era un santo!... Yo de mí sé decir que conservo un pedazo de su jubón como una reliquia, y lo merece... Pues en Dios y en mi ánima que si el señor arzobispo tomara mano en ello, es seguro que nuestros nietos le verían en altares... Mas ¿cómo ha de ser?... A muertos y a idos no hay amigos... Ahora lo que priva es la novedad..., ya me entiende usarced. ¡Qué! ¿No sabe nada de lo que pasa? Verdad que nosotras nos parecemos en eso; de nuestra casita a la iglesia y de la iglesia a nuestra casita, sin cuidarnos de lo que se dice o se deja de decir... Sólo que yo, así..., al vuelo..., una palabra de acá, otra de acullá... sin ganas de enterarme siquiera, suelo estar al corriente de algunas novedades.

»Pues sí, señor. Parece cosa hecha que el organista de San Román, aquel bisojo que siempre está echando pestes de los otros organistas, aquel perdulariote, que más parece jifero de la puerta de la Carne que maestro de solfa, va a tocar esta Nochebuena en lugar de maese Pérez. Ya sabrá usarced, porque esto lo ha sabido todo el mundo y es cosa pública en Sevilla, que nadie quería comprometerse a hacerlo. Ni aun su hija, que es profesora, y después de la muerte de su padre entró en el convento de novicia.

»Y era natural: acostumbrados a oír aquellas maravillas, cualquiera otra cosa había de parecernos mala, por más que quisieran evitarse las comparaciones. Pues cuando ya la comunidad había decidido que en honor del difunto, y como muestra de respeto a su memoria, permanecería callado el órgano en esta noche, hete aquí que se presenta nuestro hombre diciendo que él se atreve a tocarle... No hay nada más atrevido que la ignorancia... Cierto que la culpa no es suya, sino de los que le consiente esta profanación. Pero así va el mundo... Y digo... No es cosa la gente que acude... Cualquiera diría que nada ha cambiado de un año a otro. Los mismos personajes, el mismo lujo, los mismos empellones en la puerta, la misma animación en el atrio, la misma multitud en el templo... ¡Ay, si levantara el muerto la cabeza! Se volvía a morir por no oír su órgano tocado por manos semejantes.

»Lo que tiene que, si es verdad lo que me han dicho, las gentes del barrio le preparan una buena al intruso. Cuando llegue el momento de poner la mano sobre las teclas, va a comenzar una algarabía de sonajas, panderos y zambombas que no haya más que

317

oír... Pero, ¡calle!, ya entra en la iglesia el héroe de la función. Jesús, qué ropilla de colorines, qué gorguera de cañutos, qué aires de personaje! Vamos, vamos, que ya hace rato que llegó el arzobispo y va a comenzar la misa... Vamos, que me parece que esta noche va a darnos que contar para muchos días.

Esto diciendo, la buena mujer, que ya conocen nuestros lectores por sus exabruptos de locuacidad, penetró en Santa Inés, abriéndose, según costumbre, un camino entre la multitud a fuerza de empellones y codazos.

Ya se había dado principio a la ceremonia. El templo estaba tan brillante como el año anterior.

El nuevo organista, después de atravesar por en medio de los fieles que ocupaban las naves para ir a besar el anillo del prelado, había subido a la tribuna, donde tocaba, unos tras otros, los registros del órgano con una gravedad tan afectada como ridícula.

Entre la gente menuda que se apiñaba a los pies de la iglesia se oía un rumor sordo y confuso, cierto presagio de que la tempestad comenzaba a fraguarse y no tardaría mucho en dejarse sentir.

—Es un truhán que, por no hacer nada bien, ni aun mira a derechas —decían los unos.

—Es un ignorantón que, después de haber puesto el órgano de su parroquia peor que una carraca, viene a profanar el de maese Pérez —decían los otros.

Y mientras éste se desembarazaba del capote para prepararse a darle de firme a su pandero, y aquél apercibía sus sonajas, y todos se disponían a hacer bulla a más y mejor, sólo alguno que otro se aventuraba a defender tibiamente al extraño personaje, cuyo porte orgulloso y pedantesco hacía tan notable contraposición con la modesta apariencia, y la afable bondad del difunto maese Pérez.

Al fin llegó el esperado momento, el momento solemne en que el sacerdote, después de inclinarse y murmurar algunas palabras santas, tomó la hostia en sus manos... Las campanillas repicaron, semejando su repique una lluvia de notas de cristal. Se elevaron las diáfanas ondas del incienso y sonó el órgano.

Una estruendosa algarabía llenó los ámbitos de la iglesia en aquel instante y ahogó su primer acorde.

Zampoñas, gaitas, sonajas, panderos, todos los instrumentos del populacho alzaron sus discordantes voces a la vez; pero la con-

fusión y el estrépito sólo duró algunos segundos. Todos a la vez, como habían comenzado, enmudecieron de pronto.

El segundo acorde, amplio, valiente, magnífico, se sostenía aún, brotando de los tubos de metal del órgano como una cascada de armonía inagotable y sonora.

Cantos celestes como los que acarician los oídos en los momentos de éxtasis, cantos que percibe el espíritu y no los puede repetir el labio, notas sueltas de una melodía lejana que suenan a intervalos, traídas en las ráfagas del viento; rumor de hojas que se besan en los árboles con un murmullo semejante al de la lluvia, trinos de alondras que se levantan gorjeando de entre las flores como una saeta despedida a las nubes; estruendos sin nombre, imponentes como los rugidos de una tempestad; coros de serafines sin ritmo ni cadencia, ignota música del cielo que sólo la imaginación comprende, himnos alados que parecían remontarse al trono del Señor como una tromba de luz y de sonidos…, todo lo expresaban las cien voces del órgano con más pujanza, con más misteriosa poesía, con más fantástico color que lo habían expresado nunca.

. .

Cuando el organista bajó de la tribuna, la muchedumbre que se agolpó a la escalera fue tanta y tanto su afán por verle y admirarle, que el asistente, temiendo, no sin razón, que le ahogaran entre todos, mandó a algunos de sus ministriles para que, vara en mano, le fueran abriendo camino hasta llegar al altar mayor, donde el prelado le esperaba.

—Ya veis —le dijo este último cuando le trajeron a su presencia—. Vengo desde mi palacio aquí sólo por escucharos. ¿Seréis tan cruel como maese Pérez que nunca quiso excusarme el viaje tocando la Nochebuena en la misa de la catedral?

—El año que viene —respondió el organista— prometo daros gusto, pues por todo el oro de la tierra no volvería a tocar este órgano.

—¿Y por qué? —interrumpió el prelado.

—Porque… —añadió el organista, procurando dominar la emoción que se revelaba en la palidez de su rostro—, porque es viejo y malo, y no puede expresar todo lo que se quiere.

El arzobispo se retiró, seguido de sus familiares. Unas tras otras, las literas de los señores fueron desfilando y perdiéndose en las revueltas de las calles vecinas; los grupos del atrio se disolvieron, dispersándose los fieles en distintas direcciones, y ya la demandadera se disponía a cerrar las puertas de la entrada del atrio, cuando se divisaban aún dos mujeres que después de persignarse y murmurar una oración ante el retablo del arco de San Felipe, prosiguieron su camino, internándose en el callejón de las Dueñas.

—Qué quiere usarced, mi señora doña Baltasara —decía la una—. Yo soy de este genial. Cada loco con su tema... Me lo habían de asegurar capuchinos descalzos y no lo creería del todo... Ese hombre no puede haber tocado lo que acabamos de escuchar... Si yo lo he oído mil veces en San Bartolomé, que era su parroquia, y de donde tuvo que echarle el señor cura por malo, y era cosa de taparse los oídos con algodones... Y luego, si no hay más que mirarle al rostro, que, según dicen, es el espejo del alma... Yo me acuerdo, pobrecito, como si la estuviera viendo,[18] me acuerdo de la cara de maese Pérez cuando, en semejante noche como esta, bajaba de la tribuna, después de haber suspendido al auditorio con sus primores... ¡Qué sonrisa tan bondadosa, qué color tan animado!... Era viejo y parecía un ángel... No que éste ha bajado las escaleras a trompicones, como si le ladrase un perro en la meseta, y con un olor de difunto y unas... Vamos, mi señora doña Baltasara, créame usarced, y créame con todas veras: yo sospecho que aquí hay busilis...

Comentando las últimas palabras, las dos mujeres doblaban la esquina del callejón y desaparecían.

Creemos inútil decir a nuestros lectores quién era una de ellas.

IV

Había transcurrido un año más. La abadesa del convento de Santa Inés y la hija de maese Pérez hablaban en voz baja, medio

[18] Se entiende «la cara». Las ediciones prefirieron «como si lo estuviera viendo». La ambigüedad de concordancia puede ser intencionada para reflejar el habla popular de las mujeres.

ocultas entre las sombras del coro de la iglesia. El esquilón llamaba a voz herida a los fieles desde la torre, y alguna que otra rara persona atravesaba el atrio, silencioso y desierto esta vez, y después de tomar el agua bendita en la puerta, escogía un puesto en un rincón de las naves, donde unos cuantos vecinos del barrio esperaban tranquilamente a que comenzara la misa del Gallo.

—Ya lo veis —decía la superiora—: vuestro temor es sobre manera pueril; nadie hay en el templo; toda Sevilla acude en tropel a la catedral esta noche. Tocad vos el órgano, y tocadle sin desconfianza de ninguna clase; estaremos en comunidad... Pero... proseguís callando, sin que cesen vuestros suspiros. ¿Qué os pasa? ¿Qué tenéis?

—Tengo... miedo —exclamó la joven con un acento profundamente conmovido.

—¡Miedo! ¿De qué?

—No sé..., de una cosa sobrenatural... Anoche, mirad, yo os había oído decir que teníais empeño en que tocase el órgano en la misa y, ufana con esta distinción, pensé arreglar sus registros y templarle, a fin de que hoy os sorprendiese... Vine al coro... sola..., abrí la puerta que conduce a la tribuna... En el reloj de la catedral sonaba en aquel momento una hora..., no sé cuál..., pero las campanadas eran tristísimas y muchas..., muchas..., estuvieron sonando todo el tiempo que yo permanecí como clavada en el dintel,[19] y aquel tiempo me pareció un siglo.

»La iglesia estaba desierta y oscura... Allá lejos, en el fondo, brillaba, como una estrella perdida en el cielo de la noche, una luz moribunda...: la luz de la lámpara que arde en el altar mayor... A sus reflejos debilísimos, que sólo contribuían a hacer más visible todo el profundo horror de las sombras, vi..., lo vi, madre, no lo dudéis; vi un hombre que, en silencio, y vuelto de espaldas hacia el sitio en que yo estaba, recorría con una mano las teclas del órgano, mientras tocaba con la otra a sus registros..., y el órgano sonaba, pero sonaba de una manera indescriptible. Cada una de sus notas parecía un sollozo ahogado dentro del tubo de metal, que vibraba

[19] *dintel*: véase nota 15 de las *Leyendas*.

con el aire comprimido en su hueco y reproducía el tono sordo, casi imperceptible, pero justo.

»Y el reloj de la catedral continuaba dando la hora, y el hombre aquel proseguía recorriendo las teclas. Yo oía hasta su respiración.

»El horror había helado la sangre de mis venas; sentía en mi cuerpo como un frío glacial, y en mis sienes fuego... Entonces quise gritar, quise gritar, pero no pude. El hombre aquel había vuelto la cara y me había mirado...; digo mal, no me había mirado, porque era ciego... ¡Era mi padre!

—¡Bah! Hermana, desechad esas fantasías con que el enemigo malo procura turbar las imaginaciones débiles... Rezad un *paternoster* y un avemaría al arcángel san Miguel, jefe de las milicias celestiales, para que os asista contra los malos espíritus. Llevad al cuello un escapulario tocado en la reliquia de san Pacomio, abogado contra las tentaciones, y marchad, marchad a ocupar la tribuna del órgano; la misa va a comenzar, y ya esperan con impaciencia los fieles... Vuestro padre está en el cielo, y desde allí, antes que a daros sustos, bajará a inspirar a su hija en esta ceremonia solemne, para el objeto de tan especial devoción.

La priora fue a ocupar su sillón en el coro en medio de la comunidad. La hija de maese Pérez abrió con mano temblorosa la puerta de la tribuna para sentarse en el banquillo del órgano, y comenzó la misa.

Comenzó la misa y prosiguió sin que ocurriese nada notable hasta que llegó la consagración. En aquel momento sonó el órgano, y al mismo tiempo que el órgano, un grito de la hija de maese Pérez. La superiora, las monjas y algunos de los fieles corrieron a la tribuna.

—¡Miradle! ¡Miradle! —decía la joven, fijando sus desencajados ojos en el banquillo, de donde se había levantado, asombrada, para agarrarse con sus manos convulsas al barandal de la tribuna.

Todo el mundo fijó sus miradas en aquel punto. El órgano estaba solo, y, no obstante, el órgano seguía sonando...; sonando como sólo los arcángeles podrían imitarle en sus raptos de místico alborozo.

—¿No os lo dije yo una y mil veces, mi señora doña Baltasara; no os lo dije yo? ¡Aquí hay busilis! Vedlo. ¡Qué!, ¿no estuvisteis anoche en la misa del Gallo? Pero, en fin, ya sabréis lo que pasó. En toda Sevilla no se habla de otra cosa… El señor arzobispo está hecho, y con razón, una furia… Haber dejado de asistir a Santa Inés, no haber podido presenciar el portento…, ¿y para qué?… ¿Para oír una cencerrada, porque personas que lo oyeron dicen que lo que hizo el dichoso organista de San Bartolomé en la catedral no fue otra cosa… Si lo decía yo. Eso no puede haberlo tocado el bisojo, mentira…; aquí hay busilis, y el busilis era, en efecto, el alma de maese Pérez.

El rayo de luna
Leyenda soriana

Yo no sé si esto es una historia que parece cuento o un cuento que parece historia; lo que puedo decir es que en su fondo hay una verdad, una verdad muy triste, de la que acaso yo seré uno de los últimos en aprovecharme, dadas mis condiciones de imaginación.

Otro, con esta idea, tal vez hubiera hecho un tomo de filosofía lacrimosa; yo he escrito esta leyenda, que, a los que nada vean en su fondo, al menos podrá entretenerles un rato.

I

Era noble; había nacido entre el estruendo de las armas, y el insólito clamor de una trompa de guerra no le hubiera hecho levantar la cabeza un instante, ni apartar sus ojos un punto del oscuro pergamino en que leía la última cántiga[20] de un trovador.

Los que quisieran encontrarle no lo debían buscar en el anchuroso patio de su castillo, donde los palafreneros domaban los potros, los pajes enseñaban a volar a los halcones y los soldados se entretenían los días de reposo en afilar el hierro de su lanza contra una piedra.

—¿Dónde está Manrique? ¿Dónde está vuestro señor? —preguntaba algunas veces su madre.

—No sabemos —respondían sus servidores—; acaso estará en el claustro del monasterio de la Peña, sentado al borde de una

[20] *cántiga*: sobre la acentuación becqueriana véase nota 8 de las *Leyendas*.

tumba, prestando oído a ver si sorprende alguna palabra de la conversación de los muertos; o en el puente, mirando correr una tras otra las olas del río por debajo de sus arcos; o acurrucado en la quiebra de una roca y entretenido en contar las estrellas del cielo, en seguir una nube con la vista o contemplar los fuegos fatuos que cruzan como exhalaciones sobre el haz de las lagunas. En cualquiera parte estará, menos en donde esté todo el mundo.

En efecto, Manrique amaba la soledad, y la amaba de tal modo, que algunas veces hubiera deseado no tener sombra, porque su sombra no le siguiese a todas partes.

Amaba la soledad porque en su seno, dando rienda suelta a la imaginación, forjaba un mundo fantástico, habitado por extrañas creaciones, hijas de sus delirios y sus ensueños de poeta, porque Manrique era poeta; tanto, que nunca le habían satisfecho las formas en que pudiera encerrar sus pensamientos y nunca los había encerrado al escribirlos.

Creía que entre las rojas ascuas del hogar habitaban espíritus de fuego de mil colores, que corrían como insectos de oro a lo largo de los troncos encendidos, o danzaban en una luminosa ronda de chispas en la cúspide de las llamas, y se pasaba las horas muertas sentado en un escabel, junto a la alta chimenea gótica, inmóvil y con los ojos fijos en la lumbre.

Creía que en el fondo de las ondas del río, entre los musgos de la fuente y sobre los vapores del lago vivían unas mujeres misteriosas, hadas, sílfides u ondinas, que exhalaban lamentos y suspiros o cantaban y se reían en el monótono rumor del agua, rumor que oía en silencio, intentando traducirlo.

En las nubes, en el aire, en el fondo de los bosques, en las grietas de las peñas imaginaba percibir formas o escuchar sonidos misteriosos, formas de seres sobrenaturales, palabras ininteligibles que no podía comprender.

¡Amar! Había nacido para soñar el amor, no para sentirlo. Amaba a todas las mujeres un instante: a ésta porque era rubia, a aquélla porque tenía los labios rojos, a la otra porque se cimbreaba, al andar, como un junco.

Algunas veces llegaba su delirio hasta el punto de quedarse una noche entera mirando a la luna, que flotaba en el cielo entre un

vapor de plata, o [a] las estrellas, que temblaban a lo lejos como los cambiantes de las piedras preciosas. En aquellas largas noches de poético insomnio exclamaba:

—Si es verdad, como el prior de la Peña me ha dicho, que es posible que esos puntos de luz sean mundos; si es verdad que en ese globo de nácar que rueda sobre las nubes habitan gentes, ¡qué mujeres tan hermosas serán las mujeres de esas regiones luminosas! Y yo no podré verlas, y yo no podré amarlas... ¿Cómo será su hermosura?... ¿Cómo será su amor?...

Manrique no estaba aún lo bastante loco para que le siguiesen los muchachos, pero sí lo suficiente para hablar y gesticular a solas, que es por donde se empieza.

II

Sobre el Duero, que pasaba lamiendo las carcomidas y oscuras piedras de las murallas de Soria, hay un puente que conduce de la ciudad al antiguo convento de los Templarios, cuyas posesiones se extendían a lo largo de la opuesta margen del río.

En la época a que nos referimos, los caballeros de la orden habían ya abandonado sus históricas fortalezas; pero aún quedaban en pie los restos de los anchos torreones de sus muros; aún se veían, como en parte se ven hoy, cubiertos de hiedras y campanillas blancas, los macizos arcos de su claustro, las prolongadas galerías ojivales de sus patios de armas, en las que suspiraba el viento con un gemido, agitando las altas yerbas.

En los huertos y en los jardines, cuyos senderos no hollaban hacía muchos años las plantas de los religiosos, la vegetación, abandonada de sí misma, desplegaba todas sus galas, sin temor de que la mano del hombre la mutilase, creyendo embellecerla.

Las plantas trepadoras subían encaramándose por los añosos troncos de los árboles; las sombrías calles de álamos, cuyas copas se tocaban y se confundían entre sí, se habían cubierto de céspedes; los cardos silvestres y las ortigas brotaban en medio de los enarenados caminos, y en los trozos de fábrica próximos a desplomarse, el jaramago, flotando al viento como el penacho de una cimera, y las campanillas blancas y azules, balanceándose como en

un columpio sobre sus largos y flexibles tallos, pregonaban la victoria de la destrucción y la ruina.

Era de noche; una noche de verano, templada, llena de perfumes y de rumores apacibles, y con una luna blanca y serena en mitad de un cielo azul, luminoso.

Manrique, presa su imaginación de un vértigo de poesía, después de atravesar el puente, desde donde contempló un momento la negra silueta de la ciudad que se destacaba sobre el fondo de algunas nubes blanquecinas y ligeras arrolladas en el horizonte, se internó en las desiertas ruinas de los templarios.

La medianoche tocaba a su punto. La luna, que se había ido remontando lentamente, estaba ya en lo más alto del cielo, cuando al entrar en una oscura alameda que conducía desde el derruido claustro a la margen del Duero, Manrique exhaló un grito, un grito leve, ahogado, mezcla extraña de sorpresa, de temor y de júbilo.

En el fondo de la sombría alameda había visto agitarse una cosa blanca que flotó un momento y desapareció en la oscuridad. La orla del traje de una mujer, de una mujer que había cruzado el sendero y se ocultaba entre el follaje, en el mismo instante en que el loco soñador de quimeras e imposibles penetraba en los jardines.

—¡Una mujer desconocida!… ¡En este sitio!… ¡A estas horas! Ésa, ésa es la mujer que yo busco —exclamó Manrique; y se lanzó en su seguimiento, rápido como una saeta.

III

Llegó al punto en que había visto perderse, entre la espesura de las ramas, a la mujer misteriosa. Había desaparecido. ¿Por dónde? Allá lejos, muy lejos, creyó divisar por entre los cruzados troncos de los árboles como una claridad o una forma blanca que se movía.

—¡Es ella, es ella, que lleva alas en los pies y huye como una sombra! —dijo, y se precipitó en su busca, separando con las manos las redes de yedra que se extendían como un tapiz de unos en otros álamos. Llegó, rompiendo por entre la maleza y las plantas parásitas, hasta una especie de rellano que iluminaba la claridad del cielo… ¡Nadie!—. ¡Ah!… por aquí, por aquí va —exclamó

entonces—. Oigo sus pisadas sobre las hojas secas, y el crujido de su traje, que arrastra por el suelo y roza en los arbustos. —Y corría y corría como un loco, de aquí para allá, y no la veía—. Pero siguen sonando sus pisadas —murmuró otra vez—; creo que ha hablado; no hay duda, ha hablado... El viento, que suspira entre las ramas; las hojas, que parece que rezan en voz baja, me han impedido oír lo que ha dicho; pero no hay duda: va por ahí, ha hablado..., ha hablado... ¿En qué idioma? No sé; pero es una lengua extranjera...

Y tornó a correr en su seguimiento. Afán inútil. Unas veces creyendo verla, otras pensando oírla; ya notando que las ramas por entre las cuales había desaparecido se movían, aún ahora imaginando distinguir en la arena la huella de sus breves pies; luego, firmemente persuadido de que un perfume especial, que aspiraba a intervalos, era un aroma perteneciente a aquella mujer, que se burlaba de él complaciéndose en huirle por entre aquellas intrincadas malezas.

Vagó algunas horas de un lado a otro, fuera de sí, ya parándose para escuchar, ya deslizándose con las mayores precauciones sobre la hierba, ya en una carrera frenética y desesperada.

Avanzando, avanzando por entre los inmensos jardines que bordaban la margen del río, llegó al fin al pie de las rocas sobre las que se eleva la ermita de San Saturio.

—Tal vez, desde esta altura podré orientarme para seguir mis pesquisas a través de ese confuso laberinto —exclamó, trepando de peña en peña con la ayuda de su daga.

Llegó a la cima, desde ella se descubre la ciudad en lontananza y una gran parte del Duero, que se retuerce a sus pies, arrastrando una corriente impetuosa y oscura por entre las corvas márgenes que lo encarcelan.

Manrique, una vez en lo alto de las rocas, tendió la vista a su alrededor, pero al tenderla y fijarla al cabo en un punto, no pudo contener una blasfemia.

La luz de la luna rielaba chispeando en la estela que dejaba en pos de sí una barca que se dirigía a todo remo a la orilla opuesta.

En aquella barca había creído distinguir una forma blanca y esbelta, una mujer sin duda, la mujer que había visto en los Templarios, la mujer de sus sueños, la realización de sus más locas es-

peranzas. Se descolgó de las peñas con la agilidad de un gamo, arrojó al suelo la gorra, cuya redonda y larga pluma podía embarazarle para correr, y desnudándose del ancho capotillo de terciopelo, partió como una exhalación hacia el puente.

Pensaba atravesarlo y llegar a la ciudad antes que la barca tocase en la orilla. ¡Locura! Cuando Manrique llegó, jadeante y cubierto de sudor, a la entrada, ya los que habían atravesado el Duero por la parte de San Saturio entraban en Soria por una de las puertas del muro, que en aquel tiempo llegaba hasta la margen del río, en cuyas aguas se retrataban sus pardas almenas.

IV

Aunque desvanecida su esperanza de alcanzar a los que habían entrado por el postigo de San Saturio, no por eso nuestro héroe perdió las de saber la casa que en la ciudad podía albergarlos. Fija en su mente esta idea, penetró en la población y, dirigiéndose hacia el barrio de San Juan, comenzó a vagar por sus calles a la ventura.

Las calles de Soria eran entonces, y lo son todavía, estrechas, oscuras y tortuosas. Un silencio profundo reinaba en ellas, silencio que sólo interrumpían, ora el lejano ladrido de un perro, ora el rumor de una puerta al cerrarse, ora el relincho de un corcel que piafando hacía sonar la cadena que lo sujetaba al pesebre en las subterráneas caballerizas.

Manrique, con el oído atento a estos rumores de la noche, que unas veces le parecían los pasos de alguna persona que había doblado ya la última esquina de un callejón desierto; otras, voces confusas de gentes que hablaban a sus espaldas y que a cada momento esperaba ver a su lado, anduvo algunas horas corriendo al azar de un sitio a otro.

Por último, se detuvo al pie de un caserón de piedra, oscuro y antiquísimo, y al detenerse brillaron sus ojos con una indescriptible expresión de alegría. En una de las altas ventanas ojivales de aquel que pudiéramos llamar palacio se veía un rayo de luz templada y suave, que pasando a través de unas ligeras colgaduras de seda color de rosa, se reflejaba en el negruzco y grieteado paredón de la casa de enfrente.

—No cabe duda: aquí vive mi desconocida —murmuró el joven en voz baja y sin apartar un punto sus ojos de la ventana gótica—; aquí vive... Ella entró por el postigo de San Saturio... Por el postigo de San Saturio se viene a este barrio... En este barrio hay una casa donde, pasada la medianoche, aún hay gente en vela... En vela. ¿Quién sino ella, que vuelve de sus nocturnas excursiones, puede estarlo a estas horas?... No hay más: ésta es su casa.

En esta firme persuasión, y revolviendo en su cabeza las más locas y fantásticas imaginaciones, esperó el alba frente a la ventana gótica, de la que en toda la noche no faltó la luz ni él separó la vista un momento.

Cuando llegó el día, las macizas puertas del arco que daba entrada al caserón, y sobre cuya clave se veían esculpidos los blasones de su dueño giraron pesadamente sobre los goznes, con un chirrido prolongado y agudo. Un escudero apareció en el dintel con un manojo de llaves en la mano, estregándose los ojos y enseñando al bostezar una caja de dientes capaces de dar envidia a un cocodrilo.

Verlo Manrique y lanzarse a la puerta, todo fue obra de un instante.

—¿Quién habita en esta casa? ¿Cómo se llama ella? ¿De dónde es? ¿A qué ha venido a Soria? ¿Tiene esposo? Responde, responde, animal.

Ésta fue la salutación que, sacudiéndole el brazo violentamente, dirigió al pobre escudero, el cual, después de mirarle un buen espacio de tiempo con ojos espantados y estúpidos, le contestó con voz entrecortada por la sorpresa:

—En esta casa vive el muy honrado señor don Alonso de Valdecuellos, montero mayor de nuestro señor el rey, que, herido en la guerra contra moros, se encuentra en esta ciudad reponiéndose de sus fatigas.

—Pero ¿y su hija? —interrumpió el joven, impaciente—. ¿Y su hija, o su hermana, o su esposa, o lo que sea?

—No tiene ninguna mujer consigo.

—¡No tiene ninguna!... Pues ¿quién duerme allí en aquel aposento, donde toda la noche he visto arder una luz?

—¿Allí? Allí duerme mi señor don Alonso que, como se halla enfermo, mantiene encendida su lámpara hasta que amanece.

Un rayo cayendo de improviso a sus pies no le hubiera causado más asombro que el que le causaron estas palabras.

V

—Yo la he de encontrar, la he de encontrar, y si la encuentro, estoy casi seguro de que he de conocerla... ¿En qué? Eso es lo que no podré decir..., pero he de conocerla. El eco de su pisada o una sola palabra suya que vuelva a oír, un extremo de su traje, un solo extremo que vuelva a ver, me bastarán para conseguirlo. Noche y día estoy mirando flotar delante de mis ojos aquellos pliegues de una tela diáfana y blanquísima; noche y día me están sonando aquí dentro, dentro de la cabeza, el crujido de su traje, el confuso rumor de sus ininteligibles palabras. ¿Qué dijo?... ¿Qué dijo?... ¡Ah!, si yo pudiera saber lo que dijo, acaso...; pero aun sin saberlo, la encontraré...; la encontraré; me lo da el corazón, y mi corazón no me engaña nunca. Verdad es que ya he recorrido inútilmente todas las calles de Soria; que he pasado noches y noches al sereno, hecho poste de una esquina; que he gastado más de veinte doblas de oro en hacer charlar a dueñas y escuderos; que he dado agua bendita en San Nicolás a una vieja, arrebujada con tal arte en su manto de anascote, que se me figuró una deidad; y al salir de la Colegiata, una noche de maitines, he seguido como un tonto la litera del Arcediano, creyendo que el extremo de sus hopalandas era el del traje de mi desconocida; pero no importa...; yo la he de encontrar, y la gloria de poseerla excederá seguramente al trabajo de buscarla.

»¿Cómo serán sus ojos?... Deben ser azules, azules y húmedos como el cielo de la noche; me gustan tanto los ojos de ese color; son tan expresivos, tan melancólicos, tan... Sí..., no hay duda: azules deben ser, azules son seguramente, y sus cabellos, negros, muy negros y largos para que floten... Me parece que los vi flotar aquella noche, al par que su traje, y eran negros...; no me engaño, no; eran negros.

»¡Y qué bien hacen unos ojos azules muy rasgados y adormidos, y una cabellera suelta, flotante y oscura, a una mujer alta...; porque... ella es alta, alta y esbelta como esos ángeles de las porta-

das de nuestras basílicas, cuyos ovalados rostros envuelven en un misterioso crepúsculo las sombras de sus doseles de granito!

»¡Su voz!… Su voz la he oído…; su voz es suave como el rumor del viento en las hojas de los álamos, y su andar acompasado y majestuoso como las cadencias de una música.

»Y esa mujer, que es hermosa como el más hermoso de mis sueños de adolescente, que piensa como yo pienso, que gusta de lo que yo gusto, que odia lo que yo odio, que es un espíritu hermano de mi espíritu, que es el complemento de mi ser, ¿no se ha de sentir conmovida al encontrarme? ¿No me ha de amar como yo la amaré, como la amo ya, con todas las fuerzas de mi vida, con todas las facultades de mi alma?

»Vamos, vamos al sitio donde la vi la primera y única vez que la he visto… Quién sabe si, caprichosa como yo, amiga de la soledad y el misterio, como todas las almas soñadoras, se complace en vagar por entre las ruinas en el silencio de la noche.

. .

Dos meses habían transcurrido desde que el escudero de don Alonso de Valdecuellos desengañó al iluso Manrique; dos meses durante los cuales en cada hora había formado un castillo en el aire, que la realidad desvanecía con un soplo; dos meses durante los cuales había buscado en vano a aquella mujer desconocida, cuyo absurdo amor iba creciendo en su alma, merced a sus aún más absurdas imaginaciones, cuando, después de atravesar, absorto en estas ideas, el puente que conduce a los Templarios, el enamorado joven se perdió entre las intrincadas sendas de sus jardines.

VI

La noche estaba serena y hermosa; la luna brillaba en toda su plenitud en lo más alto del cielo, y el viento suspiraba con un rumor dulcísimo entre las hojas de los árboles.

Manrique llegó al claustro, tendió la vista por su recinto y miró a través de las macizas columnas de sus arcadas… Estaba desierto.

Salió de él, encaminó sus pasos hacia la oscura alameda que conduce al Duero, y aún no había penetrado en ella, cuando de sus labios se escapó un grito de júbilo.

Había visto flotar un instante y desaparecer, el extremo del traje blanco, del traje blanco de la mujer de sus sueños, de la mujer que ya amaba como un loco.

Corre, corre en su busca; llega al sitio en que la ha visto desaparecer; pero al llegar se detiene, fija los espantados ojos en el suelo, permanece un rato inmóvil; un ligero temblor nervioso agita sus miembros, un temblor que va creciendo, que va creciendo, y ofrece los síntomas de una verdadera convulsión, y prorrumpe, al fin, en una carcajada, en una carcajada sonora, estridente, horrible.

Aquella cosa blanca, ligera, flotante, había vuelto a brillar ante sus ojos; pero había brillado a sus pies un instante, no más que un instante.

Era un rayo de luna, un rayo de luna que penetraba a intervalos por entre la verde bóveda de los árboles cuando el viento movía las ramas.

. .

Habían pasado algunos años. Manrique, sentado en un sitial, junto a la alta chimenea gótica de su castillo, inmóvil casi, y con una mirada vaga e inquieta como la de un idiota, apenas prestaba atención ni a las caricias de su madre ni a los consuelos de sus servidores.

—Tú eres joven, tú eres hermoso —le decía aquélla—. ¿Por qué te consumes en la soledad? ¿Por qué no buscas una mujer a quien ames, y que amándote pueda hacerte feliz?

—¡El amor!... El amor es un rayo de luna —murmuraba el joven.

—¿Por qué no despertáis de ese letargo? —le decía uno de sus escuderos—. Os vestís de hierro de pies a cabeza; mandáis desplegar al aire vuestro pendón de rico hombre, y marchamos a la guerra. En la guerra se encuentra la gloria.

—¡La gloria!... La gloria es un rayo de luna.

—¿Queréis que os diga una cántiga, la última que ha compuesto mosén Arnaldo, el trovador provenzal?

—¡No! ¡No! —exclamó por último el joven, incorporándose colérico en su sitial—. No quiero nada…; es decir, sí quiero: quiero que me dejéis solo… Cántigas…, mujeres…, glorias…, felicidad…, mentiras todo, fantasmas vanos que formamos en nuestra imaginación y vestimos a nuestro antojo, y los amamos y corremos tras ellos, ¿para qué?, ¿para qué? Para encontrar un rayo de luna.

Manrique estaba loco; por lo menos, todo el mundo lo creía así. A mí, por el contrario, se me figura que lo que había hecho era recuperar el juicio.

CREED EN DIOS
Cántiga provenzal

> Yo fui el verdadero Teobaldo de Montagut,
> barón de Fortcastell. Noble o villano, señor o
> pechero, tú, cualquiera que seas, que te detienes
> un instante al borde de mi sepultura, cree en
> Dios como yo he creído y ruégale por mí.

I

Nobles aventureros que, puesta la lanza en la cuja, caída la visera del casco y jinetes sobre un corcel poderoso, recorréis la tierra sin más patrimonio que vuestro nombre clarísimo y vuestra montante, buscando honra y prez en la profesión de las armas: si al atravesar el quebrado valle de Montagut os ha sorprendido en él la tormenta y la noche y habéis encontrado un refugio en las ruinas del monasterio que aún se ve en su fondo, oídme.

II

Pastores que seguís con lento paso vuestras blancas ovejas, que pacen derramadas por las colinas y las llanuras; si al conducirlas al borde del transparente riachuelo que corre, forcejea y salta por entre los peñascos del valle de Montagut, en el rigor del verano y en una siesta de fuego, habéis encontrado la sombra y el reposo al pie de las derruidas arcadas del monasterio, cuyos musgosos pilares besan las ondas, oídme.

Niñas de las cercanas aldeas, lirios silvestres que crecéis felices al abrigo de vuestra humildad; si en la mañana del santo patrono de estos lugares, al bajar al valle de Montagut a coger tréboles y margaritas con que embellecer su retablo, venciendo el temor que os inspira el sombrío monasterio que se alza entre sus peñas, habéis penetrado en su claustro mudo y desierto para vagar entre sus abandonadas tumbas, a cuyos bordes crecen las margaritas más dobles y los jacintos más azules, oídme.

IV

Tú, noble caballero, tal vez al resplandor de un relámpago; tú, pastor errante, calcinado por los rayos del sol; tú, en fin, hermosa niña, cubierta aún con gotas de rocío, semejantes a lágrimas; todos habréis visto en aquel santo lugar una tumba, una tumba humilde. Antes la componían una piedra tosca y una cruz de palo; la cruz ha desaparecido y sólo queda la piedra. En esa tumba, cuya inscripción es el mote de mi canto, reposa en paz el último barón de Fortcastell, Teobaldo de Montagut, del cual voy a referiros la peregrina historia.

* * *

I

Cuando la noble condesa de Montagut estaba encinta de su primogénito, Teobaldo, tuvo un ensueño misterioso y terrible. Acaso un aviso de Dios; tal vez una vana fantasía que el tiempo realizó más adelante. Soñó que en su seno engendraba una serpiente, una serpiente monstruosa que arrojando agudos silbos, y ora arrastrándose entre la menuda hierba, ora replegándose sobre sí misma para saltar, huyó de su vista, escondiéndose, al fin, entre unas zarzas.

—¡Allí está, allí está! —gritaba la condesa en su horrible pesadilla, señalando a sus servidores la zarza en que se había escondido el asqueroso reptil.

Cuando sus servidores llegaron presurosos al punto que la noble dama, inmóvil y presa de un profundo terror, les señalaba aún con el dedo, una blanca paloma se levantó de entre las breñas y se remontó a las nubes.

La serpiente había desaparecido.

II

Teobaldo vino al mundo. Su madre murió al darlo a luz; su padre pereció algunos años después en una emboscada, peleando como bueno contra los enemigos de Dios.

Desde este punto, la juventud del primogénito de Fortcastell sólo puede compararse a un huracán. Por donde pasaba se veía señalando su camino un rastro de lágrimas y de sangre. Ahorcaba a sus pecheros, se batía con sus iguales, perseguía a las doncellas, daba de palos a los monjes, y, en sus blasfemias y juramentos, ni dejaba santo en paz ni cosa sagrada de que no maldijese.

III

Un día que salió de caza y que, como era su costumbre, hizo entrar a guarecerse de la lluvia a toda su endiablada comitiva de pajes licenciosos, arqueros desalmados y siervos envilecidos, con perros, caballos y gerifaltes, en la iglesia de una aldea de sus dominios, un venerable sacerdote, arrostrando su cólera y sin temer los violentos arranques de su carácter impetuoso, le conjuró, en nombre del cielo y llevando una hostia consagrada en sus manos, a que abandonase aquel lugar y fuese a pie y con un bordón de romero a pedir al Papa la absolución de sus culpas.

—¡Déjame en paz, viejo loco! —exclamó Teobaldo al oírlo—; déjame en paz, o ya que no he encontrado una sola pieza durante el día, te suelto mis perros y te cazo como a un jabalí para distraerme.

IV

Teobaldo era hombre de hacer lo que decía. El sacerdote, sin embargo, se limitó a contestarle:

—Haz lo que quieras; pero ten presente que hay un Dios que castiga y perdona, y que si muero a tus manos borrará mis culpas del libro de su indignación para escribir tu nombre y hacerte expiar tu crimen.

—¡Un Dios que castiga y perdona! —prorrumpió el sacrílego barón con una carcajada—. Yo no creo en Dios, y para darte una prueba, voy a cumplirte lo que te he prometido, porque aunque poco rezador, soy amigo de no faltar a mis palabras. ¡Raimundo! ¡Gerardo! ¡Pedro! Azuzad la jauría, dadme el venablo, tocad el «alalí» en vuestras trompas, que vamos a darle caza a este imbécil, aunque se suba a los retablos de sus altares.

V

Ya, después de dudar un instante y a una nueva orden de su señor, comenzaban los pajes a desatar los lebreles, que aturdían la iglesia con sus ladridos; ya el barón había armado su ballesta, riendo con una risa de Satanás, y el venerable sacerdote, murmurando una plegaria, elevaba sus ojos al cielo y esperaba tranquilo la muerte, cuando se oyó fuera del sagrado recinto una vocería terrible, bramidos de trompas que hacían señales de ojeo y gritos de: «¡Al jabalí! ¡Al jabalí! ¡Por las breñas! ¡Hacia el monte!». Teobaldo, al anuncio de la deseada res, corrió a las puertas del santuario, ebrio de alegría; tras él fueron sus servidores, y con sus servidores, los caballos y los lebreles.

VI

—¿Por dónde va el jabalí? —preguntó el barón, subiendo a su corcel sin apoyarse en el estribo ni desarmar la ballesta.

—Por la cañada que se extiende al pie de esas colinas —le respondieron.

Sin escuchar la última palabra, el impetuoso cazador hundió su acicate de oro en el ijar del caballo, que partió al escape. Tras él partieron todos.

Los habitantes de la aldea, que fueron los primeros en dar la voz de alarma, y que al aproximarse el terrible animal se habían guarecido en sus chozas, asomaron tímidamente la cabeza a los quicios de las ventanas, y cuando vieron desaparecer la infernal comitiva por entre el follaje de la espesura se santiguaron en silencio.

VII

Teobaldo iba delante de todos. Su corcel, más ligero o más castigado que los de sus servidores, seguía tan de cerca a la res, que dos o tres veces, dejándole la brida sobre el cuello al fogoso bruto, se había empinado sobre los estribos y echádose al hombro la ballesta para herirlo. Pero el jabalí, al que sólo divisaba a intervalos entre los espesos matorrales, tornaba a desaparecer de su vista para mostrársele de nuevo fuera del alcance de su arma.

Así corrió muchas horas, atravesó las cañadas del valle, el pedregoso lecho del río, e internándose en un bosque inmenso, se perdió entre sus sombrías revueltas, siempre fijos los ojos en la codiciada res, siempre creyendo alcanzarla, siempre viéndose burlado por su agilidad maravillosa.

VIII

Por último, pudo encontrar una ocasión propicia; tendió el brazo y voló la saeta, que fue a clavarse temblando en el lomo del terrible animal, que dio un salto y un espantoso bufido.

—¡Muerto está! —exclama con un grito de alegría el cazador, volviendo a hundir por la centésima vez el acicate en el sangriento ijar de su caballo—. ¡Muerto está! En balde huye. El rastro de la sangre que arroja marca su camino. —Y esto diciendo, comenzó a hacer en la bocina la señal del triunfo para que la oyesen sus servidores.

En aquel instante, el corcel se detuvo, flaquearon sus piernas, un ligero temblor agitó sus contraídos músculos y cayó al suelo desplomado, arrojando por la hinchada nariz, cubierta de espuma, un caño de sangre.

Había muerto de fatiga, había muerto cuando la carrera del herido jabalí comenzaba a acortarse, cuando bastaba un solo esfuerzo más para alcanzarlo.

IX

Pintar la ira del colérico Teobaldo sería imposible. Repetir sus maldiciones y sus blasfemias, sólo repetirlas, fuera escandaloso e impío. Llamó a grandes voces a sus servidores, y únicamente le contestó el eco en aquellas inmensas soledades, y se arrancó los cabellos y se mesó las barbas, presa de la más espantosa desesperación.

—Lo seguiré a la carrera, aun cuando haya de reventarme —exclamó, al fin, armando de nuevo su ballesta y disponiéndose a seguir a la res; pero en aquel momento sintió ruido a sus espaldas, se entreabrieron las ramas de la espesura y se presentó a sus ojos un paje que traía del diestro un corcel negro como la noche.

—El cielo me lo envía —dijo el cazador lanzándose sobre su lomo, ágil como un gamo.

El paje, que era delgado, muy delgado, y amarillo como la muerte, se sonrió de una manera extraña al presentarle la brida.

X

El caballo relinchó con una fuerza que hizo estremecer el bosque; dio un bote increíble, un bote en que se levantó más de diez varas del suelo, y el aire comenzó a zumbar en los oídos del jinete como zumba una piedra arrojada por la honda. Había partido al escape; pero a un escape tan rápido, que, temeroso de perder los estribos y caer a tierra turbado por el vértigo, tuvo que cerrar los ojos y agarrarse con ambas manos a sus flotantes crines.

Y sin agitar sus riendas, sin herirle con el acicate ni animarlo con la voz, el corcel corría, corría sin detenerse. ¿Cuánto tiempo

corrió Teobaldo con él sin saber por dónde, sintiendo que las ramas le abofeteaban el rostro al pasar, y los zarzales desgarraban sus vestidos, y el viento silbaba a su alrededor? Nadie lo sabe.

XI

Cuando, recobrado el ánimo, abrió los ojos un instante para arrojar en torno suyo una mirada inquieta, se encontró lejos, muy lejos de Montagut y en unos lugares para él completamente extraños. El corcel corría, corría sin detenerse, y árboles, rocas, castillos y aldeas pasaban a su lado como una exhalación. Nuevos y nuevos horizontes se abrían ante su vista; horizontes que se borraban para dejar lugar a otros más y más desconocidos. Valles angostos, erizados de colosales fragmentos de granito que las tempestades habían arrancado de la cumbre de las montañas; alegres campiñas cubiertas de un tapiz de verdura y sembradas de blancos caseríos; desiertos sin límites, donde hervían las arenas calcinadas por los rayos de un sol de fuego; vastas soledades, llanuras inmensas, regiones de eternas nieves, donde los gigantescos témpanos asemejaban, destacándose sobre un cielo gris y oscuro, blancos fantasmas que extendían sus brazos para asirle por los cabellos al pasar; todo esto, y mil y mil otras cosas que yo no podré deciros, vio en su fantástica carrera, y hasta tanto que, envuelto en una niebla oscura, dejó de percibir el ruido que producían los cascos del caballo al herir la tierra.

* * *

I

Nobles caballeros, sencillos pastores, hermosas niñas que escucháis mi relato; si os maravilla lo que os cuento, no creáis que es una fábula tejida a mi antojo para sorprender vuestra credulidad. De boca en boca ha llegado hasta mí esta tradición, y la leyenda del sepulcro, que aún subsiste en el monasterio de Montagut, es un testimonio irrecusable de la veracidad de mis palabras.

Creed, pues, lo que he dicho, y creed lo que aún me resta por

decir, que es tan cierto como lo anterior, aunque más maravilloso. Yo podré acaso adornar con algunas galas de la poesía el desnudo esqueleto de esta sencilla y terrible historia; pero nunca me apartaré un punto de la verdad a sabiendas.

II

Cuando Teobaldo dejó de percibir las pisadas de su corcel y se sintió lanzado en el vacío, no pudo reprimir un involuntario estremecimiento de terror. Hasta entonces había creído que los objetos que se representaban a sus ojos eran fantasmas de su imaginación, turbada por el vértigo, y que su corcel corría desbocado, es verdad; pero corría sin salir del término de su señorío. Ya no le quedaba duda de que era el juguete de un poder sobrenatural que le arrastraba, sin que supiese adónde, a través de aquellas nieblas oscuras, de aquellas nubes de formas caprichosas y fantásticas, en cuyo seno, que se iluminaba a veces con el resplandor de un relámpago, creía distinguir las hirvientes centellas, próximas a desprenderse.

El corcel corría, o, mejor dicho, nadaba en aquel océano de vapores caliginosos y encendidos, y las maravillas del cielo comenzaron a desplegarse, unas tras otras, ante los espantados ojos de su jinete.

III

Cabalgando sobre las nubes, vestidos de luengas túnicas con orlas de fuego, suelta al huracán la encendida cabellera y blandiendo sus espadas, que relampagueaban arrojando chispas de cárdena luz, vio a los ángeles, ministros de la cólera del Señor, cruzar como un formidable ejército sobre las alas de la tempestad.

Y subió más alto y creyó divisar a lo lejos las tormentosas nubes, semejantes a un mar de lava, y oyó mugir el trueno a sus pies como muge el Océano azotando la roca desde cuya cima le contempla el atónito peregrino.

IV

Y vio al arcángel, blanco como la nieve, que, sentado sobre un inmenso globo de cristal, lo dirige por el espacio en las noches serenas, como un bajel de plata sobre la superficie de un lago azul.

Y vio el sol volteando encendido sobre sus ejes de oro en una atmósfera de colores y de fuego, y en su foco a los ígneos espíritus que habitan incólumes entre las llamas y desde su ardiente seno, entonan al Creador himnos de alegría.

Vio los hilos de luz imperceptibles que atan los hombres a las estrellas y vio el arco iris, echado como un puente colosal sobre el abismo que separa al primer cielo del segundo.

V

Por una escala misteriosa vio bajar las almas a la tierra; vio bajar muchas y subir pocas. Cada una de aquellas almas inocentes iba acompañada de un arcángel purísimo, que la cubría con la sombra de sus alas. Los que tornaban solos, tornaban en silencio y con lágrimas en los ojos; los que no, subían cantando como suben las alondras en las mañanas de abril.

Después, las nieblas rosadas y azules, que flotaban en el espacio como cortinas de gasa transparente, se rasgaron como el día de gloria se rasga en nuestros templos el velo de los altares, y el paraíso de los justos se ofreció a sus miradas deslumbrador y magnífico.

VI

Allí estaban los santos profetas que habréis visto groseramente esculpidos en las portadas de piedra de nuestras catedrales; allí las vírgenes luminosas que intenta en vano copiar de sus sueños el pintor en los vidrios de colores de las ojivas; allí los querubines con sus largas y flotantes vestiduras y sus nimbos de oro, como los de las tablas de los altares; allí, en fin, coronada de estrellas, vestida de luz, rodeada de todas las jerarquías celestes, y hermosa sobre

toda ponderación, Nuestra Señora de Montserrat, la Madre de Dios, la Reina de los arcángeles, el amparo de los pecadores y el consuelo de los afligidos.

VII

Más allá del paraíso de los justos; más allá del trono donde se asienta la Virgen María, el ánimo de Teobaldo se sobrecogió temeroso, y un hondo pavor se apoderó de su alma. La eterna soledad, el eterno silencio, viven en aquellas regiones que conducen al misterioso santuario del Señor. De cuando en cuando azotaba su frente una ráfaga de aire, frío como la hoja de un puñal, que crispaba sus cabellos de horror y penetraba hasta la medula de sus huesos, ráfagas semejantes a las que anunciaban a los profetas la aproximación del espíritu divino. Al fin llegó a un punto donde creyó percibir un rumor sordo, que pudiera compararse al zumbido lejano de un enjambre de abejas cuando, en las tardes de otoño, revolotean en derredor de las últimas flores.

VIII

Atravesaba esa fantástica región adonde van todos los acentos de la Tierra, los sonidos que decimos que se desvanecen, las palabras que juzgamos que se pierden en el aire, los lamentos que creemos que nadie oye.

Aquí, en un círculo armónico, flotan las plegarias de los niños, las oraciones de las vírgenes, los salmos de los piadosos eremitas, las peticiones de los humildes, las castas palabras de los limpios de corazón, las resignadas quejas de los que padecen, los ayes de los que sufren y los himnos de los que esperan. Teobaldo oyó entre aquellas voces, que palpitaban aún en el éter luminoso, la voz de su santa madre, que pedía a Dios por él; pero no oyó la suya.

Más allá hirieron sus oídos, con un estrépito discordante, mil y mil acentos ásperos y roncos, blasfemias, gritos de venganza, cantares de orgías, palabras lúbricas, maldiciones de la desesperación, amenazas de la impotencia y juramentos sacrílegos de la impiedad.

Teobaldo atravesó el segundo círculo con la rapidez que el meteoro cruza el cielo en una tarde de verano, por no oír su voz, que vibraba allí sonante y atronadora, sobreponiéndose a las otras voces en medio de aquel concierto infernal.

—¡No creo en Dios! ¡No creo en Dios! —decía aún su acento, agitándose en aquel océano de blasfemias; y Teobaldo comenzaba a creer.

X

Dejó atrás aquellas regiones y atravesó otras inmensidades llenas de visiones terribles, que ni él pudo comprender ni yo acierto a concebir, y llegó, al cabo, al último círculo de la espiral de los cielos, donde los serafines adoran al Señor, cubierto el rostro con las triples alas y prosternados a sus pies.

Él quiso mirarlo.

Un aliento de fuego abrasó su cara, un mar de luz oscureció sus ojos, un trueno gigante retumbó en sus oídos, y arrancado del corcel y lanzado al vacío como la piedra candente que arroja un volcán, se sintió bajar y bajar, sin caer nunca; ciego, abrasado y ensordecido, como caería el ángel rebelde cuando Dios derribó el pedestal de su orgullo con un soplo de sus labios.

* * *

I

La noche había cerrado y el viento gemía agitando las hojas de los árboles, por entre cuyas frondas se deslizaba un suave rayo de luna, cuando Teobaldo, incorporándose sobre el codo y

estregándose los ojos como si despertara de un profundo sueño, tendió alrededor una mirada y se encontró en el mismo bosque donde hirió al jabalí, donde cayó muerto su corcel, donde le dieron aquella fantástica cabalgadura que le había arrastrado a unas regiones desconocidas y misteriosas.

Un silencio de muerte reinaba a su alrededor; un silencio que sólo interrumpía el lejano bramido de los ciervos, el temeroso murmullo de las hojas y el eco de una campana distante que de cuando en cuando traía el viento en sus ráfagas.

—Habré soñado —dijo el barón, y emprendió su camino a través del bosque, y salió, al fin, a la llanura.

II

En lontananza, y sobre las rocas de Montagut, vio destacarse la negra silueta de su castillo sobre el fondo azulado y transparente del cielo de la noche.

—Mi castillo está lejos y estoy cansado —murmuró—; esperaré el día en un lugar cercano. —Y se dirigió al lugar. Llamó a una puerta.

—¿Quién sois? —le preguntaron.

—El barón de Fortcastell —respondió, y se le rieron en sus barbas. Llamó a otra.

—¿Quién sois y qué queréis? —tornaron a preguntarle.

—Vuestro señor —insistió el caballero, sorprendido de que no le conociesen—; Teobaldo de Montagut.

—¡Teobaldo de Montagut! —dijo colérica su interlocutora, que lo era una vieja—. ¡Teobaldo de Montagut, el del cuento!... ¡Bah!... Seguid vuestro camino y no vengáis a sacar de su sueño a las gentes honradas para decirles chanzonetas insulsas.

III

Teobaldo, lleno de asombro, abandonó la aldea y se dirigió al castillo, a cuyas puertas llegó cuando apenas clareaba el día. El foso estaba cegado con los sillares de las derruidas almenas; el puente

levadizo, inútil ya, se pudría colgado aún de sus fuertes tirantes de hierro, cubiertos de orín por la acción de los años; en la torre del homenaje tañía lentamente una campana; frente al arco principal de la fortaleza, y sobre un pedestal de granito se elevaba una cruz; en los muros no se veía un solo soldado, y confuso y sordo, parecía que de su seno se elevaba como un murmullo lejano, un himno religioso, grave, solemne y magnífico.

—¡Y éste es mi castillo, no hay duda! —decía Teobaldo, paseando su inquieta mirada de un punto a otro, sin acertar a comprender lo que le pasaba—. ¡Aquél es mi escudo grabado aún sobre la clave del arco! ¡Ése es el valle de Montagut! ¡Estas tierras que domina el señorío de Fortcastell!...

En aquel instante, las pesadas hojas de la puerta giraron sobre los goznes y apareció en su dintel un religioso.

IV

—¿Quién sois y qué hacéis aquí? —le preguntó Teobaldo al monje.

—Yo soy —le contestó éste— un humilde servidor de Dios, religioso del monasterio de Montagut.

—Pero... —interrumpió el barón— Montagut ¿no es un señorío?

—Lo fue... —prosiguió el monje— hace mucho tiempo... A su último señor, según cuentan, se lo llevó el diablo, y como no tenía a nadie que lo sucediese en el feudo, los condes soberanos hicieron donación de estas tierras a los religiosos de nuestra regla, que están aquí desde hará cosa de ciento a ciento veinte años. Y vos, ¿quién sois?

—Yo... —balbuceó el señor de Fortcastell, después de un largo rato de silencio—, yo soy... un miserable pecador que, arrepentido de sus faltas, viene a confesarlas a vuestro abad y a pedirle que lo admita en el seno de su religión.

le dixo: inútil ya se pondrá vosado aun de sus fierros tiranos de interrocubertros de tejía por la acción de los cuenos en la torre del hombre... finóose sobre una campaña, frente aberco privado el de la forraleza, y sol ningún peligro de grande se elevaba una vez, en los mismos no se veía, un solo soldado vetusbao y sorio, parecía tipo de su seno se el veía como un murmullo lejano, un himno religioso, grave, solemne y magnífico.

—Y así, es mi castillo, no hay didad — dixo Teobaldo, pa seando su inquieta mirada de un punto a otro, sin acertar a comprender lo que le pasaba— ¿A que se me escudo vedado en mi sobre la clave del arco, ¿esere el valle de Monagut? ¿esta tierra que domina el señor de Fortcastell?...

En aquel instante, las pesadas hojas de la puerta giraron sobre los gonzes y rechinando en su linterna religiosa...

II

—¿Quién sois y qué buscáis aquí? —le preguntó Teobaldo al anciano.

—Soy —le contestó éste— un humilde servidor de Dios, religioso del monasterio de Monagut.

—Pero... —interrumpió el barón— Monagut no es un monacio.

—Lo fuera —prosiguió el anciano— hace mucho tiempo, y a su último señor, según cuentan, se lo llevó el diablo y como no tenían nadie que lo sucediese en el feudo, los condes soberanos hicieron donación de su señorío menos a los religiosos de nuestra regla, que están aquí desde hará cosa de ciento y cuarenta años. Y ¿vos quién sois...?

—Yo... —balbuceó el señor de Fortcastell, después de un largo rato de silencio— yo soy... un miserable pecador que, arrepentido de sus faltas, viene a contaros las a vuestro abad y a pedirle que lo admita en el seno de su religión.

EL MISERERE
Leyenda religiosa

Hace algunos meses que, visitando la célebre abadía de Fitero y ocupándome en revolver algunos volúmenes en su abandonada biblioteca, descubrí en uno de sus rincones dos o tres cuadernos de música bastante antiguos, cubiertos de polvo y hasta comenzados a roer por los ratones.

Era un *Miserere*.

Yo no sé la música; pero le tengo tanta afición que, aun sin entenderla, suelo coger a veces la partitura de una ópera y me paso las horas muertas hojeando sus páginas, mirando los grupos de notas más o menos apiñadas, las rayas, los semicírculos, los triángulos y las especies de etcéteras que llaman llaves, y todo esto sin comprender una jota ni sacar maldito el provecho.

Consecuente con mi manía, repasé los cuadernos, y lo primero que me llamó la atención fue que, aunque en la última página había esta palabra latina, tan vulgar en todas las obras, *finis*, la verdad era que el *Miserere* no estaba terminado, porque la música no alcanzaba sino hasta el décimo versículo.

Esto fue, sin duda, lo que me llamó la atención primeramente; pero luego que me fijé un poco en las hojas de música, me chocó más aún el observar que en vez de esas palabras italianas que ponen en todas, como *maestoso*, *allegro*, *ritardando*, *più vivo*, *a piacere*, había unos renglones escritos con letra muy menuda y en alemán, de los cuales algunos servían para advertir cosas tan difíciles de hacer como esto: «Crujen..., crujen los huesos, y de sus médulas ha de parecer que salen los alaridos»; o esta otra: «La cuerda aúlla sin discordar, el metal atruena sin ensordecer; por eso suena todo y no se confunde nada, y todo es la humanidad que

solloza y gime»; o la más original de todas, sin duda, recomendaba al pie del último versículo: «Las notas son huesos cubiertos de carne; lumbre inextinguible, los cielos y su armonía..., ¡fuerza!..., fuerza y dulzura».

—¿Sabéis qué es esto? —pregunté a un viejecito que me acompañaba, al acabar de medio traducir estos renglones, que parecían frases escritas por un loco.

El anciano me contó entonces la leyenda que voy a referiros.

I

Hace ya muchos años, en una noche lluviosa y oscura, llegó a la puerta claustral de esta abadía un romero y pidió un poco de lumbre para secar sus ropas, un pedazo de pan con que satisfacer su hambre y un albergue cualquiera donde esperar la mañana y proseguir con la luz del sol su camino.

Su modesta colación, su pobre lecho y su encendido hogar puso el hermano a quien se hizo esta demanda a la disposición del caminante, al cual, después que se hubo repuesto de su cansancio, interrogó acerca del objeto de su romería y del punto a que se encaminaba.

—Yo soy músico —respondió el interpelado—. He nacido muy lejos de aquí, y en mi patria gocé un día de gran renombre. En mi juventud hice de mi arte un arma poderosa de seducción y encendí con él pasiones que me arrastraron a un crimen. En mi vejez quiero convertir al bien las facultades que he empleado para el mal, redimiéndome por donde mismo pude condenarme.

Como las enigmáticas palabras del desconocido no pareciesen del todo claras al hermano lego, en quien ya comenzaba la curiosidad a despertarse, e instigado por ésta continuara en sus preguntas, su interlocutor prosiguió de este modo:

—Lloraba yo en el fondo de mi alma la culpa que había cometido; mas al intentar pedirle a Dios misericordia no encontraba palabras para expresar dignamente mi arrepentimiento, cuando un día se fijaron mis ojos por casualidad sobre un libro santo. Abrí aquel libro, y en una de sus páginas encontré un gigante grito de contrición verdadera, un salmo de David, el que comienza: *Mise-*

rere mei, Deus! Desde el instante en que hube leído sus estrofas, mi único pensamiento fue hallar una forma musical tan magnífica, tan sublime, que bastase a contener el grandioso himno de dolor del Rey Profeta. Aún no la he encontrado; pero si logro expresar lo que siento en mi corazón, lo que oigo confusamente en mi cabeza, estoy seguro de hacer un *Miserere* tal y tan maravilloso, que no hayan oído otro semejante los nacidos; tal y tan desgarrador, que al escuchar el primer acorde los arcángeles dirán conmigo, cubiertos los ojos de lágrimas y dirigiéndose al Señor: «¡Misericordia!», y el Señor la tendrá de su pobre criatura.

El romero, al llegar a este punto de su narración, calló por un instante y después, exhalando un suspiro, tornó a coger el hilo de su discurso. El hermano lego, algunos dependientes de la abadía y dos o tres pastores de la granja de los frailes que formaban círculo alrededor del hogar, le escuchaban en un profundo silencio.

—Después —continuó— de recorrer toda Alemania, toda Italia y la mayor parte de este país clásico para la música religiosa, aún no he oído un *Miserere* en que pueda inspirarme, ni uno, ni uno, y he oído tantos, que puedo decir que los he oído todos.

—¿Todos? —dijo entonces, interrumpiéndole, uno de los rabadanes—. ¿A que no habéis oído aún el *Miserere de la Montaña*?

—¡El *Miserere de la Montaña*! —exclamó el músico con aire de extrañeza—. ¿Qué *Miserere* es ése?

—¿No dije? —murmuró el campesino, y luego prosiguió con una entonación misteriosa—: Ese *Miserere,* que sólo oyen por casualidad los que, como yo, andan día y noche tras el ganado por entre breñas y peñascales, es toda una historia, una historia muy antigua, pero tan verdadera como, al parecer, increíble.

Es el caso que en lo más fragoso de esas cordilleras de montañas que limitan el horizonte del valle, en el fondo del cual se halla la abadía, hubo hace muchos años, ¡qué digo muchos años!, muchos siglos, un monasterio famoso, monasterio que, a lo que parece, edificó a sus expensas un señor con los bienes que había de legarle a su hijo, al cual desheredó al morir, en pena de sus maldades. Hasta aquí todo fue bueno; pero es el caso que este hijo, que por lo que se verá más adelante debió ser la piel del diablo, si no era el mismo diablo en persona, sabedor de que sus bienes estaban en poder de los religiosos y de que su castillo se había transforma-

do en iglesia, reunió a unos cuantos bandoleros, camaradas suyos en la vida de perdición que emprendiera al abandonar la casa de sus padres, y una noche de Jueves Santo, en que los monjes se hallaban en el coro, y en el punto y hora en que iban a comenzar o habían comenzado el *Miserere* pusieron fuego al monasterio, entraron a saco a la iglesia, y a éste quiero, a aquél no, se dice que no dejaron fraile a vida. Después de esta atrocidad se marcharon los bandidos, y su instigador con ellos, a dónde no se sabe, a los profundos tal vez. Las llamas redujeron el monasterio a escombros; de la iglesia aún quedan en pie las ruinas sobre el cóncavo peñón de donde nace la cascada que, después de estrellarse de peñón en peñón, forma el riachuelo que viene a bañar los muros de esta abadía.

—Pero —interrumpió impaciente el músico— ¿y el *Miserere*?

—Aguardaos —continuó con gran sorna el rabadán—, que todo irá por partes.

Dicho lo cual, siguió así su historia:

—Las gentes de los contornos se escandalizaron del crimen: de padres a hijos y de hijos a nietos se refirió con horror en las largas noches de velada; pero lo que mantiene más viva su memoria es que todos los años, tal noche como en la que se consumó, se ven brillar luces a través de las rotas ventanas de la iglesia, y se oyen como una especie de música extraña y unos cantos lúgubres y aterradores que se perciben a intervalos en las ráfagas del aire. Son los monjes, los cuales, muertos tal vez sin hallarse preparados para presentarse en el tribunal de Dios limpios de toda culpa, vienen aún del purgatorio a impetrar su misericordia cantando el *Miserere*.

Los circunstantes se miraron unos a otros con muestras de incredulidad; sólo el romero, que parecía vivamente preocupado con la narración de la historia, preguntó con ansiedad al que la había referido:

—¿Y decís que ese portento se repite aún?

—Dentro de tres horas comenzará sin falta alguna, porque precisamente esta noche es la del Jueves Santo y acaban de dar las ocho en el reloj de la abadía.

—¿A qué distancia se encuentra el monasterio?

—A una legua y media escasa.

—Pero ¿qué hacéis? ¿Adónde vais con una noche como ésta? ¡Estáis dejado de la mano de Dios! —exclamaron todos, al ver que el romero, levantándose de su escaño y tomando el bordón, abandonaba el hogar para dirigirse a la puerta.

—¿Adónde voy? A oír esa maravillosa música, a oír el grande, el verdadero *Miserere*, el *Miserere* de los que vuelven al mundo después de muertos y saben lo que es morir en el pecado.

Y esto diciendo, desapareció de la vista del espantado lego y de los no menos atónitos pastores.

El viento zumbaba y hacía crujir las puertas, como si una mano poderosa pugnase por arrancarlas de sus quicios; la lluvia caía en turbiones, azotando los vidrios de las ventanas, y de cuando en cuando la luz de un relámpago iluminaba por un instante todo el horizonte que desde ellas se descubría.

Pasado el primer momento de estupor:

—¡Está loco! —exclamó el lego.

—¡Está loco! —repitieron los pastores, y atizaron de nuevo la lumbre y se agruparon alrededor del hogar.

II

Después de una o dos horas de camino, el misterioso personaje que calificaron de loco en la abadía, remontando la corriente del riachuelo que le indicó el rabadán de la historia, llegó al punto en que se levantaban, negras e imponentes, las ruinas del monasterio.

La lluvia había cesado; las nubes flotaban en oscuras bandas, por entre cuyos jirones se deslizaba a veces un furtivo rayo de luz pálida y dudosa; y el aire, al azotar los fuertes machones y extenderse por los desiertos claustros, diríase que exhalaba gemidos. Sin embargo, nada sobrenatural, nada extraño venía a herir la imaginación. Al que había dormido más de una noche sin otro amparo que las ruinas de una torre abandonada o un castillo solitario; al que había arrostrado en su larga peregrinación cien y cien tormentas, todos aquellos ruidos le eran familiares.

Las gotas de agua que se filtraban por entre las grietas de los rotos arcos y caían sobre las losas con un rumor acompasado, como el de la péndola de un reloj; los gritos del búho, que grazna-

ba refugiado bajo el nimbo de piedra de una imagen de pie aún en el hueco de un muro; el ruido de los reptiles, que, despiertos de su letargo por la tempestad, sacaban sus disformes cabezas de los agujeros donde duermen o se arrastraban por entre los jaramagos y los zarzales que crecían al pie del altar, entre las junturas de las lápidas sepulcrales que formaban el pavimento de la iglesia, todos esos extraños y misteriosos murmullos del campo, de la soledad y de la noche, llegaban perceptibles al oído del romero, que, sentado sobre la mutilada estatua de una tumba, aguardaba ansioso la hora que debiera realizarse el prodigio.

Transcurrió tiempo y tiempo, y nada se percibió: aquellos mil confusos rumores seguían sonando y combinándose de mil maneras distintas, pero siempre los mismos.

«¡Si me habrá engañado!», pensó el músico; pero en aquel instante se oyó un ruido nuevo, un ruido inexplicable en aquel lugar, como el que produce un reloj algunos segundos antes de sonar la hora; ruido de ruedas que giran, de cuerdas que se dilatan, de maquinaria que se agita sordamente y se dispone a usar de su misteriosa vitalidad mecánica, y sonó una campanada…, dos…, tres…, hasta once.

En el derruido templo no había campana, ni reloj, ni torre ya siquiera.

Aún no había expirado, debilitándose de eco en eco, la última campanada; todavía se escuchaba su vibración temblando en el aire, cuando los doseles de granito que cobijaban las esculturas, las gradas de mármol de los altares, los sillares de las ojivas, los calados antepechos del coro, los festones de tréboles de las cornisas, los negros machones de los muros, el pavimento, las bóvedas, la iglesia entera comenzó a iluminarse espontáneamente, sin que se viese una antorcha, un cirio o una lámpara que derramase aquella insólita claridad.

Parecía como un esqueleto de cuyos huesos amarillos se desprende ese gas fosfórico que brilla y humea en la oscuridad con una luz azulada, inquieta y medrosa.

Todo pareció animarse, pero con ese movimiento galvánico que imprime a la muerte contracciones que parodian la vida, movimiento instantáneo, más horrible aún que la inercia del cadáver que agita con su desconocida fuerza. Las piedras se reunieron a las

piedras; el ara, cuyos rotos fragmentos se veían antes esparcidos sin orden, se levantó intacta, como si acabase de dar en ella su último golpe de cincel el artífice, y a par del ara se levantaron las derribadas capillas, los rotos capiteles y las destrozadas e inmensas series de arcos que, cruzándose y enlazándose caprichosamente entre sí, formaron con sus columnas un laberinto de pórfido.

Una vez reedificado el templo, comenzó a oírse un acorde lejano que pudiera confundirse con el zumbido del aire, pero que era un conjunto de voces lejanas y graves que parecían salir del seno de la tierra e irse elevando poco a poco, haciéndose cada vez más perceptible.

El osado peregrino comenzaba a tener miedo; pero con su miedo luchaba aún su fanatismo por todo lo desusado y maravilloso, y alentado por él dejó la tumba sobre que reposaba, se inclinó al borde del abismo por entre cuyas rocas saltaba el torrente, despeñándose con un trueno incesante y espantoso, y sus cabellos se erizaron de horror.

Mal envueltos en los jirones de sus hábitos, caladas las capuchas, bajo los pliegues de las cuales contrastaban con sus descarnadas mandíbulas y los blancos dientes las oscuras cavidades de los ojos de sus calaveras, vio los esqueletos de los monjes, que fueron arrojados desde el pretil de la iglesia a aquel precipicio, salir del fondo de las aguas y, agarrándose con los largos dedos de sus manos de hueso a las grietas de las peñas, trepar por ellas hasta tocar el borde, diciendo con voz baja y sepulcral, pero con una desgarradora expresión de dolor, el primer versículo del salmo de David:

—*Miserere mei, Deus, secundum magnam misericordiam tuam!*

Cuando los monjes llegaron al peristilo del templo, se ordenaron en dos hileras y, penetrando en él, fueron a arrodillarse en el coro, donde, con voz más levantada y solemne, prosiguieron entonando los versículos del salmo. La música sonaba al compás de sus voces: aquella música era el rumor distante del trueno, que, desvanecida la tempestad, se alejaba murmurando; era el zumbido del aire que gemía en la concavidad del monte; era el monótono ruido de la cascada que caía sobre las rocas, y la gota de agua que se filtraba, y el grito del búho escondido, y el roce de los reptiles inquietos. Todo esto era la música y algo más que no puede explicar-

se ni apenas concebirse; algo más que parecía como el eco de un órgano que acompañaba los versículos del gigante himno de contrición del rey salmista, con notas y acordes tan gigantes como sus palabras terribles.

Siguió la ceremonia; el músico, que la presenciaba, absorto y aterrado, creía estar fuera del mundo real, vivir en esa región fantástica del sueño, en que todas las cosas se revisten de formas extrañas y fenomenales.

Un sacudimiento terrible vino a sacarle de aquel estupor que embargaba todas las facultades de su espíritu. Sus nervios saltaron al impulso de una conmoción fortísima, sus dientes chocaron, agitándose con un temblor imposible de reprimir, y el frío penetró hasta en la médula de los huesos.

Los monjes pronunciaban en aquel instante estas espantosas palabras del *Miserere*:

—*In iniquitatibus conceptus sum: et in peccatis concepit me mater mea.*

Al resonar este versículo y dilatarse sus ecos retumbando de bóveda en bóveda, se levantó un alarido tremendo, que parecía un grito de dolor arrancado a la humanidad entera por la conciencia de sus maldades; un grito horroroso, formado de todos los lamentos del infortunio, de todos los aullidos de la desesperación, de todas las blasfemias de la impiedad; concierto monstruoso, digno intérprete de los que viven en el pecado y fueron concebidos en la iniquidad.

Prosiguió el canto, ora tristísimo y profundo, ora semejante a un rayo de sol que rompe la nube oscura de una tempestad, haciendo suceder a un relámpago de terror otro relámpago de júbilo, hasta que, merced a una transformación súbita, la iglesia resplandeció bañada en luz celeste; las osamentas de los monjes se vistieron de sus carnes; una aureola luminosa brilló en derredor de sus frentes; se rompió la cúpula, y a través de ella se vio el cielo como un océano de lumbre abierto a la mirada de los justos.

Los serafines, los arcángeles, los ángeles y las jerarquías acompañaban con un himno de gloria este versículo, que subía entonces al trono del Señor como una tromba armónica, como una gigantesca espiral de sonoro incienso:

—*Auditui meo dabis gaudium et laetitiam: et exultabunt ossa humiliata.*

En este punto, la claridad deslumbradora cegó los ojos del romero, sus sienes latieron con violencia, zumbaron sus oídos y cayó sin conocimiento por tierra, y no oyó más.

III

Al día siguiente, los pacíficos monjes de la abadía de Fitero, a quienes el hermano lego había dado cuenta de la extraña visita de la noche anterior, vieron entrar por sus puertas, pálido y como fuera de sí, al desconocido romero.

—¿Oísteis, al cabo, el *Miserere*? —le preguntó con cierta mezcla de ironía el lego, lanzando a hurtadillas una mirada de inteligencia a sus superiores.

—Sí —respondió el músico.

—¿Y qué tal os ha parecido?

—Lo voy a escribir. Dadme un asilo en vuestra casa —prosiguió dirigiéndose al abad—, un asilo y pan por algunos meses, y voy a dejaros una obra inmortal del arte, un *Miserere* que borre mis culpas a los ojos de Dios, eternice mi memoria y eternice con ella la de esta abadía.

Los monjes, por curiosidad, aconsejaron al abad que accediese a su demanda. El abad, por compasión, aun creyéndole un loco, accedió, al fin, a ella y el músico, instalado ya en el monasterio, comenzó su obra.

Noche y día trabajaba con un afán incesante. En mitad de su tarea se paraba y parecía como escuchar algo que sonaba en su imaginación, y se dilataban sus pupilas, saltaba en el asiento y exclamaba:

—¡Eso es; así, así, no hay duda..., así! —Y proseguía escribiendo notas con una rapidez febril, que dio en más de una ocasión que admirar a los que le observaban sin ser vistos.

Escribió los primeros versículos y los siguientes y hasta la mitad del salmo; pero al llegar al último que había oído en la montaña le fue imposible proseguir.

Escribió uno, dos, cien, doscientos borradores: todo inútil. Su música no se parecía a aquella música ya anotada, y el sueño huyó de sus párpados y perdió el apetito, y la fiebre se apoderó de su

cabeza, y se volvió loco, y se murió en fin, sin poder terminar el *Miserere*, que, como una cosa extraña, guardaron los frailes a su muerte y aún se conserva hoy en el archivo de la abadía.

* * *

Cuando el viejecito concluyó de contarme esta historia, no pude menos de volver otra vez los ojos al empolvado y antiguo manuscrito del *Miserere*, que aún estaba abierto sobre una de las mesas.

Inpeccatis concepit me mater mea...

Éstas eran las palabras de la página que tenía ante mi vista, y que parecía mofarse de mí con sus notas, sus llaves y sus garabatos ininteligibles para los legos en la música.

Por haberlas podido leer hubiera dado un mundo.

¿Quién sabe si no será una locura?

EL CRISTO DE LA CALAVERA
Leyenda toledana

I

El rey de Castilla marchaba a la guerra de moros, y para combatir con los enemigos de la religión había apelado en son de guerra a todo lo más florido de la nobleza de sus reinos. Las silenciosas calles de Toledo resonaban noche y día con el marcial rumor de los atabales y los clarines, y ya en la morisca puerta de Visagra, ya en la de Valmardón o en la embocadura del antiguo puente de San Martín, no pasaba hora sin que se oyese el ronco grito de los centinelas anunciando la llegada de algún caballero que, precedido de su pendón señorial y seguido de jinetes y peones, venía a reunirse al grueso del ejército castellano.

El tiempo que faltaba para emprender el camino de la frontera y concluir de ordenar las huestes reales discurría en medio de fiestas públicas, lujosos convites y lucidos torneos, hasta que, llegada, al fin, la víspera del día señalado de antemano por su alteza para la salida del ejército, se dispuso un postrer sarao, con el que debieran terminar los regocijos.

La noche del sarao, el alcázar de los reyes ofrecía un aspecto singular. En los anchurosos patios, alrededor de inmensas hogueras y diseminados sin orden ni concierto, se veía una abigarrada multitud de pajes, soldados, ballesteros y gente menuda, que, éstos aderezando sus corceles y sus armas y disponiéndolos para el combate; aquéllos saludando con gritos o blasfemias las inesperadas vueltas de la fortuna, personificada en los dados del cubilete; los otros repitiendo en coro el refrán de un romance de guerra que entonaba un juglar, acompañado de la guzla; los de más allá comprando a un romero conchas, cruces y cintas tocadas en el sepul-

cro de Santiago, o riendo con locas carcajadas de los chistes de un bufón, o ensayando en los clarines el aire bélico para entrar en la pelea, propio de sus señores, o refiriendo antiguas historias de caballerías o aventuras de amor, o milagros recientemente acaecidos, formaban un infernal y atronador conjunto, imposible de pintar con palabras.

Sobre aquel revuelto océano de cantares de guerra, rumor de martillos que golpeaban los yunques, chirridos de limas que mordían el acero, piafar de corceles, voces descompuestas, risas inextinguibles, gritos desaforados, notas destempladas, juramentos y sonidos extraños y discordes, flotaban a intervalos, como un soplo de brisa armoniosa, los lejanos acordes de la música del sarao.

Éste, que tenía lugar en los salones que formaban el segundo cuerpo del alcázar, ofrecía, a su vez, un cuadro, si no tan fantástico y caprichoso, más deslumbrador y magnífico.

Por las extensas galerías que se prolongaban a lo lejos, formando un intrincado laberinto de pilastras esbeltas y ojivas caladas y ligeras como el encaje; por los espaciosos salones vestidos de tapices, donde la seda y el oro habían representado con mil colores diversos, escenas de amor, de caza y de guerra, y adornados con trofeos de armas y escudos, sobre los cuales vertían un mar de chispeante luz un sinnúmero de lámparas y candelabros de bronce, plata y oro, colgadas aquéllas de las altísimas bóvedas y enclavados éstos en los gruesos sillares de los muros; por todas partes adonde se volvían los ojos se veían oscilar y agitarse en distintas direcciones una nube de damas hermosas con ricas vestiduras chapadas en oro, redes de perlas aprisionando sus rizos, joyas de rubíes llameando sobre su seno, plumas sujetas en vaporoso cerco a un mango de marfil, colgadas del puño, y rostrillos de blancos encajes que acariciaban sus mejillas, o alegres turbas de galanes con talabartes de terciopelo, justillos de brocado y calzas de seda, borceguíes de tafilete, capotillos de mangas perdidas y caperuza, puñales con pomo de filigrana y estoques de corte, bruñidos, delgados y ligeros.

Pero entre esta juventud brillante y deslumbradora, que los ancianos miraban desfilar con una sonrisa de gozo, sentados en los altos sitiales de alerce que rodeaban el estrado real, llamaba la atención por su belleza incomparable una mujer, aclamada reina

de la hermosura en todos los torneos y las cortes de amor de la época, cuyos colores habían adoptado por empresa los caballeros más valientes, cuyos encantos eran asunto de las coplas de los trovadores más versados en la ciencia del gay saber,[21] a la que se volvían con asombro todas las miradas, por la que suspiraban en secreto todos los corazones; alrededor de la cual se veían agruparse con afán, como vasallos humildes en torno de su señora, los más ilustres vástagos de la nobleza toledana, reunida en el sarao de aquella noche.

Los que asistían de continuo a formar el séquito de presuntos galanes de doña Inés de Tordesillas, que tal era el nombre de esta celebrada hermosura, a pesar de su carácter altivo y desdeñoso, no desmayaban jamás en sus pretensiones; y éste animado con una sonrisa que había creído adivinar en sus labios, aquél con una mirada benévola que juzgaba haber sorprendido en sus ojos; el otro, con una palabra lisonjera, un ligerísimo favor o una promesa remota, cada cual esperaba en silencio ser el preferido. Sin embargo, entre todos ellos había dos que más particularmente se distinguían por su asiduidad y rendimiento, dos, que, al parecer, si no los predilectos de la hermosa, podrían calificarse de los más adelantados en el camino de su corazón. Estos dos caballeros, iguales en cuna, valor y nobles prendas, servidores de un mismo rey y pretendientes de una misma dama, llamábanse Alonso de Carrillo, el uno, y el otro, Lope de Sandoval.

Ambos habían nacido en Toledo; juntos habían hecho sus primeras armas, y en un mismo día, al encontrarse sus ojos con los de doña Inés, se sintieron poseídos de un secreto y ardiente amor por ella, amor que germinó algún tiempo retraído y silencioso, pero que al cabo comenzaba a descubrirse y a dar involuntarias señales de existencia en sus acciones y discursos.

En los torneos de Zocodover, en los juegos florales de la corte, siempre que se les había presentado coyuntura para rivalizar entre sí en gallardía o donaire, se habían aprovechado con afán ambos caballeros, ansiosos de distinguirse a los ojos de su dama; y aquella noche, impelidos, sin duda, por un mismo afán, trocando los

[21] *gay saber*: como es sabido, «gay saber» equivale a «gaya ciencia», es decir «poesía».

hierros por las plumas y las mallas por los brocados y la seda, de pie junto al sitial donde ella se reclinó un instante después de haber dado una vuelta por los salones, comenzaron una elegante lucha de frases enamoradas e ingeniosas, epigramas embozados y agudos.

Los astros menores de esta brillante constelación, formando un dorado semicírculo en torno de ambos galanes, reían y esforzaban las delicadas burlas; y la hermosa objeto de aquel torneo de palabras aprobaba con una imperceptible sonrisa los conceptos escogidos o llenos de intención que ora salían de los labios de sus adoradores como una ligera onda de perfume que halagaba su vanidad, ora partían como una saeta aguda que iba a buscar, para clavarse en él, el punto más vulnerable del contrario: su amor propio.

Ya el cortesano combate de ingenio y galanura comenzaba a hacerse de cada vez más crudo; las frases eran aún corteses en la forma, pero breves, secas, y al pronunciarlas, si bien las acompañaba una ligera dilatación de los labios, semejante a una sonrisa, los ligeros relámpagos de los ojos imposibles de ocultar, demostraban que la cólera hervía comprimida en el seno de ambos rivales.

La situación era insostenible. La dama lo comprendió así, y levantándose del sitial se disponía a volver a los salones, cuando un nuevo incidente vino a romper la valla del respetuoso comedimiento en que se contenían los dos jóvenes enamorados. Tal vez con intención, acaso por descuido, doña Inés había dejado sobre su falda uno de los perfumados guantes, cuyos botones de oro se entretenía en arrancar uno a uno mientras duró la conversación. Al ponerse de pie, el guante resbaló por entre los anchos pliegues de seda y cayó en la alfombra. Al verlo caer, todos los caballeros que formaban su brillante comitiva se inclinaron presurosos a recogerlo, disputándose el honor de alcanzar un leve movimiento de cabeza en premio de su galantería.

Al notar la precipitación con que todos hicieron el ademán de inclinarse, una imperceptible sonrisa de vanidad satisfecha asomó a los labios de la orgullosa doña Inés, que después de hacer un saludo general a los galanes que tanto empeño mostraban en servirla, sin mirar apenas y con la mirada alta y desdeñosa, tendió la mano para recoger el guante en la dirección que se encontraban Lope y Alonso, los primeros que parecían haber llegado al sitio en que cayera.

En efecto, ambos jóvenes habían visto caer el guante cerca de sus pies; ambos se habían inclinado con igual presteza a recogerle, y al incorporarse, cada cual lo tenía asido por un extremo. Al verlos inmóviles, desafiándose en silencio con la mirada y decididos ambos a no abandonar el guante que acababan de levantar del suelo, la dama dejó escapar un grito leve e involuntario, que ahogó el murmullo de los asombrados espectadores, los cuales presentían una escena borrascosa que en el alcázar, y en presencia del rey, podría calificarse de un horrible desacato.

No obstante, Lope y Alonso permanecían impasibles, mudos, midiéndose con los ojos, de la cabeza a los pies, sin que la tempestad de sus almas se revelase más que por un ligero temblor nervioso que agitaba sus miembros como si se hallasen acometidos de una repentina fiebre.

Los murmullos y las exclamaciones iban subiendo de punto; la gente comenzaba a agruparse en torno de los actores de la escena; doña Inés, o aturdida o complaciéndose en prolongarla, daba vueltas de un lado a otro, como buscando dónde refugiarse y evitar las miradas de la gente, que cada vez acudía en mayor número. La catástrofe era ya segura; los dos jóvenes habían ya cambiado algunas palabras en voz sorda, y mientras que con la una mano sujetaban el guante con una fuerza convulsiva, parecían ya buscar instintivamente con la otra el puño de oro de sus dagas, cuando se entreabrió respetuosamente el grupo que formaban los espectadores y apareció el rey.

Su frente estaba serena; ni había indignación en su rostro ni cólera en su ademán.

Tendió una mirada alrededor, y esta sola mirada fue bastante para darle a conocer lo que pasaba. Con toda la galantería del doncel más cumplido, tomó el guante de las manos de los caballeros, que, como movidas por un resorte, se abrieron sin dificultad al sentir el contacto de la del monarca y volviéndose a doña Inés de Tordesillas, que apoyada en el brazo de una dueña parecía próxima a desmayarse, exclamó, presentándolo, con acento, aunque templado, firme:

—Tomad, señora, y cuidad de no dejarlo caer en otra ocasión donde al devolvéroslo, os lo devuelvan manchado en sangre.

Cuando el rey terminó de decir estas palabras, doña Inés, no

acertaremos a decir si a impulsos de la emoción o por salir más airosa del paso, se había desvanecido en brazos de los que la rodeaban.

Alonso y Lope, el uno estrujando en silencio entre sus manos el birrete de terciopelo, cuya pluma arrastraba por la alfombra, y el otro mordiéndose los labios hasta hacerse brotar la sangre, se clavaron una mirada tenaz e intensa.

Una mirada en aquel lance equivalía a un bofetón, a un guante arrojado al rostro, a un desafío a muerte.

II

Al llegar la medianoche, los reyes se retiraron a su cámara. Terminó el sarao, y los curiosos de la plebe, que aguardaban con impaciencia este momento formando grupos y corrillos en las avenidas de palacio, corrieron a estacionarse en la cuesta del alcázar, los Miradores y el Zocodover.

Durante una o dos horas, en las calles inmediatas a estos puntos reinó un bullicio, una animación y un movimiento indescriptibles. Por todas partes se veían cruzar escuderos caracoleando en sus corceles ricamente enjaezados, reyes de armas con lujosas casullas llenas de escudos y blasones, timbaleros vestidos de colores vistosos, soldados cubiertos de armaduras resplandecientes, pajes con capotillos de terciopelo y birretes coronados de plumas, y servidores de a pie que precedían las lujosas literas y las andas cubiertas de ricos paños, llevando en sus manos grandes hachas encendidas, a cuyo rojizo resplandor podía verse a la multitud que, con cara atónita, labios entreabiertos y ojos espantados, miraba desfilar con asombro a todo lo mejor de la nobleza castellana, rodeada en aquella ocasión de un fausto y un esplendor fabulosos.

Luego, poco a poco fue cesando el ruido y la animación; los vidrios de colores de las altas ojivas del palacio dejaron de brillar; atravesó por entre los apiñados grupos la última cabalgata; la gente del pueblo, a su vez, comenzó a dispersarse en todas direcciones, perdiéndose entre las sombras del enmarañado laberinto de calles oscuras, estrechas y torcidas, y ya no turbaba el profundo silencio de la noche más que el grito lejano de vela de algún guerrero, el rumor de los pasos de algún curioso que se retiraba el

último o el ruido que producían las aldabas de algunas puertas al cerrarse, cuando en lo alto de la escalinata que conducía a la plataforma del palacio apareció un caballero, el cual, después de tender la vista por todos lados, como buscando a alguien que debía esperarlo, descendió lentamente hasta la cuesta del alcázar, por la que se dirigió hacia el Zocodover.

Al llegar a la plaza de este nombre se detuvo un momento y volvió a pasear la mirada a su alrededor. La noche estaba oscura; no brillaba una sola estrella en el cielo, ni en toda la plaza se veía una sola luz, no obstante, allá a lo lejos, y en la misma dirección en que comenzó a percibirse un ligero ruido como de pasos que iban aproximándose, creyó distinguir el bulto de un hombre: sin duda, el mismo a quien parecía aguardaba con tanta impaciencia.

El caballero que acababa de abandonar el alcázar para dirigirse a Zocodover era Alonso Carrillo, que, en razón al puesto de honor que desempeñaba cerca de la persona del rey, había tenido que acompañarle en su cámara hasta aquellas horas. El que, saliendo de entre las sombras de los arcos que rodean la plaza, vino a reunírsele, Lope de Sandoval. Cuando los dos caballeros se hubieron reunido cambiaron algunas frases en voz baja.

—Presumí que me aguardabas —dijo el uno.

—Esperaba que lo presumirías —contestó el otro.

—¿Y adónde iremos?

—A cualquier parte donde se puedan hallar cuatro palmos de terreno donde revolverse y un rayo de claridad que nos alumbre.

Terminado este brevísimo diálogo, los dos jóvenes se internaron por una de las estrechas calles que desembocan en el Zocodover, desapareciendo en la oscuridad como esos fantasmas de la noche que, después de aterrar un instante al que los ve, se deshacen en átomos de niebla y se confunden en el seno de las sombras.

Largo rato anduvieron dando vueltas a través de las calles de Toledo, buscando un lugar a propósito para terminar sus diferencias; pero la oscuridad de la noche era tan profunda, que el duelo parecía imposible. No obstante, ambos deseaban batirse, y batirse antes que rayase el alba, pues al amanecer debían partir las huestes reales, y Alonso con ellas.

Prosiguieron, pues, cruzando al azar plazas desiertas, pasadizos sombríos, callejones estrechos y tenebrosos, hasta que, por

último, vieron brillar a lo lejos una luz, una luz pequeña y moribunda, en torno a la cual la niebla formaba un cerco de claridad fantástica y dudosa.

Habían llegado a la calle del Cristo, y la luz que se divisaba en uno de sus extremos parecía ser la del farolillo que alumbraba en aquella época, y alumbra aún, a la imagen que le da su nombre.

Al verla, ambos dejaron escapar una exclamación de júbilo y, apresurando el paso en su dirección, no tardaron mucho en encontrarse junto al retablo en que ardía.

Un arco rehundido en el muro, en el fondo del cual se veía la imagen del Redentor enclavado en la cruz y con una calavera al pie; un tosco cobertizo de tablas que lo defendía de la intemperie, y el pequeño farolillo colgado de una cuerda, que lo iluminaba débilmente, vacilando al impulso del aire, formaban todo el retablo, alrededor del cual colgaban algunos festones de yedra que habían crecido entre los oscuros y rotos sillares, formando una especie de pabellón de verdura.

Los caballeros, después de saludar respetuosamente a la imagen de Cristo quitándose los birretes y murmurando en voz baja una corta oración, reconocieron el terreno con una ojeada, echaron a tierra sus mantos, y apercibiéndose mutuamente para el combate y dándose la señal con un leve movimiento de cabeza, cruzaron los estoques. Pero apenas se habían tocado los aceros, y antes que ninguno de los combatientes hubiese podido dar un solo paso o intentar un golpe, la luz se apagó de repente y la calle quedó sumida en la oscuridad más profunda. Como guiados de un mismo pensamiento, y al verse rodeados de repentinas tinieblas, los dos combatientes dieron un paso atrás, bajaron al suelo las puntas de sus espadas y levantaron los ojos hacia el farolillo, cuya luz, momentos antes apagada, volvió a brillar de nuevo al punto en que hicieron ademán de suspender la pelea.

—Será alguna ráfaga de aire que ha abatido la llama al pasar —exclamó Carrillo, volviendo a ponerse en guardia y previniendo con una voz a Lope, que parecía preocupado.

Lope dio un paso adelante para recuperar el terreno perdido, tendió el brazo y los aceros se tocaron otra vez; mas, al tocarse, la luz se tornó a apagar por sí misma, permaneciendo así mientras no se separaron los estoques.

—En verdad que esto es extraño —murmuró Lope, mirando al farolillo, que espontáneamente había vuelto a encenderse y se mecía con lentitud en el aire, derramando una claridad trémula y extraña sobre el amarillo cráneo de la calavera colocada a los pies del Cristo.

—¡Bah! —dijo Alonso—. Será que la beata encargada de cuidar del farol del retablo sisa a los devotos y escasea el aceite, por la cual la luz, próxima a morir, luce y se oscurece a intervalos en señal de agonía.

Y dichas estas palabras, el impetuoso joven tornó a colocarse en actitud de defensa. Su contrario le imitó; pero esta vez no tan sólo volvió a rodearlos una sombra espesísima e impenetrable, sino que al mismo tiempo hirió sus oídos el eco profundo de una voz misteriosa, semejante a esos largos gemidos del vendaval, que parece que se queja y articula palabras al correr aprisionado por las torcidas, estrechas y tenebrosas calles de Toledo.

Qué dijo aquella voz medrosa y sobrehumana, nunca pudo saberse; pero al oírla ambos jóvenes se sintieron poseídos de tan profundo terror, que las espadas se escaparon de sus manos, el cabello se les erizó y por sus cuerpos, que estremecía un temblor involuntario, y por sus frentes, pálidas y descompuestas, comenzó a correr un sudor frío como el de la muerte.

La luz, por tercera vez apagada, por tercera vez volvió a resucitar, y las tinieblas se disiparon.

—¡Ah! —exclamó Lope al ver a su contrario entonces, y en otros días su mejor amigo, asombrado como él, como él pálido e inmóvil—. Dios no quiere permitir este combate, porque es una lucha fratricida, porque un combate entre nosotros ofende al cielo ante el cual nos hemos jurado cien veces una amistad eterna.

Y esto diciendo, se arrojó en los brazos de Alonso, que lo estrechó entre los suyos con una fuerza y una efusión indecibles.

Pasados algunos minutos, durante los cuales ambos jóvenes se dieron toda clase de muestras de amistad y cariño, Alonso tomó la palabra, y con acento conmovido aún por la escena que acabamos de referir, exclamó, dirigiéndose a su amigo:

—Lope, yo sé que amas a doña Inés; ignoro si tanto como yo, pero la amas. Puesto que un duelo entre nosotros es imposible, resolvámonos a encomendar nuestra suerte en sus manos. Vamos

en su busca: que ella decida con libre albedrío cuál ha de ser el dichoso, cuál el infeliz. Su decisión será respetada por ambos, y el que no merezca sus favores, mañana saldrá con el rey de Toledo, e irá a buscar el consuelo del olvido en la agitación de la guerra.

—Pues que tú lo quieres, sea —contestó Lope.

Y el uno apoyado en el brazo del otro, los dos amigos se dirigieron hacia la catedral, en cuya plaza, y en un palacio del que ya no quedan ni aun los restos, habitaba doña Inés de Tordesillas.

Estaba a punto de rayar el alba, y como algunos de los deudos de doña Inés, sus hermanos entre ellos, marchaban al otro día con el ejército real, no era imposible que en las primeras horas de la mañana pudiesen penetrar en su palacio.

Animados con esta esperanza, llegaron, en fin, al pie de la gótica torre del templo; mas al llegar a aquel punto un ruido particular llamó su atención, y deteniéndose en uno de los ángulos, ocultos entre la sombra de los altos machones que flanquean los muros, vieron, no sin grande asombro, abrirse el balcón del palacio de su dama, aparecer en él un hombre que se deslizó hasta el suelo, al parecer, con la ayuda de una cuerda, y, por último, una forma blanca, doña Inés, sin duda, que inclinándose sobre el calado antepecho, cambió algunas tiernas frases de despedida con su misterioso galán.

El primer movimiento de los dos jóvenes fue llevar las manos al puño de sus espadas; pero, deteniéndose como heridos de una idea súbita, volvieron los ojos a mirarse, y se hubieron de encontrar con una cara de asombro, tan cómica, que ambos prorrumpieron en una ruidosa carcajada, carcajada, que, repitiéndose de eco en eco en el silencio de la noche, resonó en toda la plaza y llegó hasta el palacio.

Al oírla, la forma blanca desapareció del balcón, se escuchó el ruido de las puertas, que se cerraron con violencia, y todo volvió a quedar en silencio.

III

Al día siguiente, la reina, colocada en un estrado lujosísimo, veía desfilar las huestes que marchaban a la guerra de moros, te-

niendo a su lado a las damas más principales de Toledo. Entre ellas estaba doña Inés de Tordesillas, en la que aquel día, como siempre, se fijaban todos los ojos; pero, según a ella le parecía advertir, con diversa expresión de la de costumbre. Diríase que en todas las curiosas miradas que a ella se volvían retozaba una sonrisa burlona.

Este descubrimiento no dejaba de inquietarla algo, sobre todo teniendo en cuenta las ruidosas carcajadas que la noche anterior había creído percibir a lo lejos y en uno de los ángulos de la plaza, cuando cerraba el balcón y despedía a su amante; pero al mirar aparecer entre las filas de los combatientes, que pasaban por debajo del estrado lanzando chispas de fuego de sus brillantes armaduras y envueltos en una nube de polvo los pendones reunidos de las casas de Carrillo y Sandoval; al ver la significativa sonrisa que al saludar a la reina le dirigieron los dos antiguos rivales, que cabalgaban juntos, todo lo adivinó, y la púrpura de la vergüenza enrojeció su frente y brilló en sus ojos una lágrima de despecho.

EL GNOMO
Leyenda aragonesa

I

Las muchachas del lugar volvían de la fuente con sus cántaros en la cabeza. Volvían cantando y riendo con un ruido y una algazara que sólo pudiera compararse a la alegre algarabía de una banda de golondrinas cuando revolotean espesas como el granizo alrededor de la veleta de un campanario.

En el pórtico de la iglesia, y sentado al pie de un enebro, estaba el tío Gregorio. El tío Gregorio era el más viejecito del lugar. Tenía cerca de noventa navidades, el pelo blanco, la boca de risa, los ojos alegres y las manos temblonas. De niño fue pastor; de joven, soldado. Después cultivó una pequeña heredad, patrimonio de sus padres, hasta que, por último, le faltaron las fuerzas y se sentó tranquilo a esperar la muerte que ni temía ni deseaba. Nadie contaba un chascarrillo con más gracia que él, ni sabía historias más estupendas, ni traía a cuento tan oportunamente un refrán, una sentencia o un adagio.

Las muchachas, al verle, apresuraron el paso con ánimos de irle a hablar, y cuando estuvieron en el pórtico, todas comenzaron a suplicarle que les contase una historia con que entretener el tiempo que aún faltaba para hacerse noche, que no era mucho, pues el sol poniente hería de soslayo la tierra y las sombras de los montes se dilataban por momentos a lo largo de la llanura.

El tío Gregorio escuchó sonriendo la petición de las muchachas, las cuales, una vez obtenida la promesa de que les referiría alguna cosa, dejaron los cántaros en el suelo y, sentándose a su alrededor, formaron un corro, en cuyo centro quedó el viejecito, que comenzó a hablarles de esta manera:

—No os contaré una historia, porque aunque se me acuerdan algunas en este momento, atañen a cosas tan graves que ni vosotras, que sois unas locuelas, me prestaríais atención para escucharla, ni a mí, por lo avanzado de la tarde, me queda espacio para referirla. Os daré en su lugar un consejo.

—¡Un consejo! —exclamaron las muchachas con aire de visible mal humor—. ¡Bah! No es para oír consejos para lo que nos hemos detenido. Cuando nos hagan falta, ya nos los dará el señor cura.

—Es —prosiguió el anciano con su habitual sonrisa y su voz cascada y temblona— que el señor cura acaso no sabría dároslo en esta ocasión tan oportuno como os lo puede dar el tío Gregorio, porque él, ocupado en sus rezos y letanías, no habrá echado, como yo, de ver que cada día vais por agua a la fuente más temprano y volvéis más tarde.

Las muchachas se miraron entre sí con una imperceptible sonrisa de burla, no faltando alguna de las que estaban colocadas a sus espaldas que se tocase la frente con el dedo, acompañando su acción con un gesto significativo.

—¿Y qué mal encontráis en que nos detengamos en la fuente charlando un rato con las amigas y las vecinas?... —dijo una de ellas—. ¿Andan acaso chismes en el lugar porque los mozos salen al camino a echarnos flores o vienen a brindarse para traer nuestros cántaros hasta la entrada del pueblo?

—De todo hay —contestó el viejo a la moza que le había dirigido la palabra en nombre de sus compañeras—. Las viejas del lugar murmuran de que hoy vayan las muchachas a loquear y entretenerse a un sitio al cual ellas llegaban de prisa y temblando a tomar el agua, pues sólo de allí puede traerse, y yo encuentro mal perdáis poco a poco el temor que a todos inspira el sitio donde se halla la fuente, porque podría acontecer que alguna vez os sorprendiese en él la noche.

El tío Gregorio pronunció estas últimas palabras con un tono tan lleno de misterio, que las muchachas abrieron los ojos espantadas para mirarle y, con mezcla de curiosidad y burla, tornaron a insistir:

—¡La noche! Pues ¿qué pasa de noche en ese sitio, que tales aspavientos hacéis y con tan temerosas y oscuras palabras nos ha-

bláis de lo que allí podría acontecernos? ¿Se nos comerán acaso los lobos?

—Cuando el Moncayo se cubre de nieve, los lobos, arrojados de sus guaridas, bajan en rebaños por su falda, y más de una vez los hemos oído aullar en horroroso concierto, no sólo en los alrededores de la fuente, sino en las mismas calles del lugar, pero no son los lobos los huéspedes más terribles del Moncayo. En sus profundas simas, en sus cumbres solitarias y ásperas, en su hueco seno, viven unos espíritus diabólicos que durante la noche bajan por sus vertientes como un enjambre, y pueblan el vacío y hormiguean en la llanura, y saltan de roca en roca, juegan entre las aguas o se mecen en las desnudas ramas de los árboles. Ellos son los que aúllan en las grietas de las peñas; ellos los que forman y empujan esas inmensas bolas de nieve que bajan rodando desde los altos picos y arrollan y aplastan cuanto encuentran a su paso; ellos los que llaman con el granizo a nuestros cristales en las noches de lluvia y corren como llamas azules y ligeras sobre el haz de los pantanos. Entre estos espíritus que, arrojados de las llanuras por las bendiciones y los exorcismos de la Iglesia, han ido a refugiarse a las crestas inaccesibles de las montañas, los hay de diferente naturaleza y que, al aparecer, a nuestros ojos se revisten de formas variadas. Los más peligrosos, sin embargo, los que se insinúan con dulces palabras en el corazón de las jóvenes y las deslumbran con promesas magníficas, son los gnomos. Los gnomos viven en las entrañas de los montes. Conocen sus caminos subterráneos y, eternos guardadores de los tesoros que encierran, velan día y noche junto a los veneros de los metales y las piedras preciosas. ¿Veis —prosiguió el viejo, señalando con el palo que le servía de apoyo la cumbre del Moncayo, que se levantaba a su derecha, destacándose oscuro y gigantesco sobre el cielo violado y brumoso del crepúsculo—, veis esa inmensa mole coronada aún de nieve? Pues en su seno tienen su morada esos diabólicos espíritus. El palacio que habitan es horroroso y magnífico a la vez.

»Hace muchos años que un pastor, siguiendo a una res extraviada, penetró por la boca de una de esas cuevas, cuyas entradas cubren espesos matorrales y cuyo fin no ha visto ninguno. Cuando volvió al lugar estaba pálido como la muerte. Había sorprendido el secreto de los gnomos, había respirado su envenenada atmósfera

y pagó su atrevimiento con la vida; pero antes de morir refirió cosas estupendas. Andando por aquella caverna adelante había encontrado, al fin, unas galenas subterráneas e inmensas, alumbradas con un resplandor dudoso y fantástico, producido por la fosforescencia de las rocas, semejantes allí a grandes pedazos de cristal cuajado en mil formas caprichosas y extrañas. El suelo, la bóveda y las paredes de aquellos extensos salones, obra de la naturaleza, parecían jaspeados como los mármoles más ricos; pero las vetas que los cruzaban eran de oro y de plata, y entre aquellas vetas brillantes se veían como incrustadas multitud de piedras preciosas de todos colores y tamaños. Allí había jacintos y esmeraldas en montón, y diamantes, y rubíes, y zafiros y, qué sé yo, otras muchas piedras desconocidas que él no supo nombrar, pero tan grandes y tan hermosas que sus ojos se deslumbraron al contemplarlas. Ningún ruido exterior llegaba al fondo de la fantástica caverna. Sólo se percibían a intervalos unos gemidos largos y lastimosos del aire que discurría por aquel laberinto encantado, un rumor confuso de fuego subterráneo que hervía comprimido, y murmullos de aguas corrientes que pasaban sin saberse por dónde.

»El pastor, solo y perdido en aquella inmensidad, anduvo no sé cuántas horas sin hallar la salida, hasta que, por último, tropezó con el nacimiento del manantial cuyo murmullo había oído. Éste brotaba del suelo como una fuente maravillosa, con un salto de agua coronado de espuma que caía formando una vistosa cascada y produciendo un murmullo sonoro al alejarse resbalando por entre las quebraduras de las peñas. A su alrededor crecían unas plantas nunca vistas, con hojas anchas y gruesas las unas, delgadas y largas como cintas flotantes las otras.

»Medio escondidos entre aquella húmeda frondosidad discurrían unos seres extraños, en parte hombres, en parte reptiles, o ambas cosas a la vez, pues transformándose continuamente, ora parecían criaturas humanas deformes y pequeñuelas, ora salamandras luminosas o llamas fugaces que danzaban en círculos sobre la cúspide del surtidor. Allí, agitándose en todas direcciones, corriendo por el suelo en forma de enanos repugnantes y contrahechos, encaramándose por las paredes, babeando y retorciéndose en figura de reptiles o bailando con apariencia de fuegos fatuos sobre el haz del agua, andaban los gnomos, señores de aquellos

lugares, contando y removiendo sus fabulosas riquezas. Ellos saben dónde guardan los avaros esos tesoros que en vano buscan después los herederos; ellos conocen el lugar donde los moros, antes de huir, ocultaron sus joyas; y las alhajas que se pierden, las monedas que se extravían, todo lo que tiene algún valor y desaparece, ellos son los que lo buscan, lo encuentran y lo roban para esconderlo en sus guaridas, porque ellos saben andar todo el mundo por debajo de la tierra y por caminos secretos e ignorados. Allí tenían, pues, hacinados en montón toda clase de objetos raros y preciosos. Había joyas de un valor inestimable, collares y gargantillas de perlas y piedras finas, ánforas de oro de forma antiquísima llenas de rubíes, copas cinceladas, armas ricas, monedas con bustos y leyendas imposibles de conocer o descifrar, tesoros en fin, tan fabulosos e inmensos, que la imaginación apenas puede concebirlos. Y todo brillaba a la vez, lanzando unas chispas de colores y unos reflejos tan vivos, que parecía como que todo estaba ardiendo y se movía y temblaba. Al menos, el pastor refirió que así le había parecido.

Al llegar aquí, el anciano se detuvo un momento. Las muchachas que comenzaron por oír la relación del tío Gregorio con una sonrisa de burla, guardaban entonces un profundo silencio, esperando a que continuase, con los ojos espantados, los labios ligeramente entreabiertos y la curiosidad y el interés pintados en el rostro. Una de ellas rompió al fin el silencio y exclamó sin poderse contener, entusiasmada al oír la descripción de las fabulosas riquezas que se habían ofrecido a la vista del pastor:

—Y qué, ¿no se trajo nada de aquello?

—Nada —contestó el tío Gregorio.

—¡Qué tonto! —exclamaron en coro las muchachas.

—El cielo le ayudó en aquel trance —prosiguió el anciano—, pues en el momento en que la avaricia que a todo se sobrepone comenzaba a disipar su miedo y, alucinado a la vista de aquellas joyas, de las cuales una sola bastaría a hacerle poderoso, el pastor iba a apoderarse de algunas, dice que oyó, ¡maravillaos del suceso!, oyó claro y distinto en aquellas profundidades, y a pesar de las carcajadas y las voces de los gnomos, del hervidero de fuego sub-

terráneo, del rumor de las aguas corrientes y de los lamentos del aire, oyó, digo, como si estuviese al pie de la colina en que se encuentra, el clamor de la campana que hay en la ermita de Nuestra Señora del Moncayo. Al oír la campana, que tocaba el avemaría, el pastor cayó al suelo invocando a la madre de Nuestro Señor Jesucristo, y, sin saber cómo ni por dónde, se encontró fuera de aquellos lugares y en el camino que conduce al pueblo, echado en una senda y preso de un gran estupor, como si hubiera salido de un sueño. Desde entonces se explicó todo el mundo por qué la fuente del lugar trae a veces entre sus aguas como un polvo finísimo de oro, y cuando llega la noche, en el rumor que produce se oyen palabras confusas, palabras engañosas con que los gnomos que la inficionan desde su nacimiento procuran seducir a los incautos que les prestan oídos, prometiéndoles riquezas y tesoros que han de ser su condenación.

Cuando el tío Gregorio llegaba a este punto de su historia, ya la noche había entrado y la campana de la iglesia comenzó a tocar las oraciones. Las muchachas se persignaron devotamente, murmuraron un avemaría en voz baja, y después de despedirse del tío Gregorio, que les tornó a aconsejar que no perdieran el tiempo en la fuente, cada cual tomó su cántaro, y todas juntas salieron silenciosas y preocupadas del atrio de la iglesia. Ya lejos del sitio en que encontraron al viejecito, y cuando estuvieron en la plaza del lugar, donde habían de separarse, exclamó la más resuelta y decidora de ellas:

—¿Vosotras creéis algo de las tonterías que nos ha contado el tío Gregorio?

—¡Yo, no! —dijo una.

—¡Yo, tampoco! —exclamó otra.

—¡Ni yo! ¡Ni yo! —repitieron las demás, burlándose con risas de su credulidad de un momento.

El grupo de las mozuelas se disolvió, alejándose cada cual hacia uno de los extremos de la plaza. Luego que doblaron las esquinas de las diferentes calles que venían a desembocar a aquel sitio, dos muchachas, las únicas que no habían desplegado aún los labios para protestar con sus burlas de la veracidad del tío Gregorio, y, preocupadas con la maravillosa relación, parecían absortas en sus ideas, se marcharon juntas, y con esa lentitud propia de las personas distraídas, por una calleja sombría, estrecha y tortuosa.

De aquellas dos muchachas, la mayor, que parecía tener unos veinte años, se llamaba Marta, y la más pequeña, que aún no había cumplido los dieciséis, Magdalena.

El tiempo que duró el camino, ambas guardaron un profundo silencio; pero cuando llegaron a los umbrales de su casa y dejaron los cántaros en el asiento de piedra del portal, Marta dijo a Magdalena:

—¿Y tú crees en las maravillas del Moncayo y en los espíritus de la fuente?...

—Yo —contestó Magdalena con sencillez—, yo creo en todo. ¿Dudas tú acaso?

—¡Oh, no! —se apresuró a interrumpir Marta—. Yo también creo en todo: en todo... lo que deseo creer.

II

Marta y Magdalena eran hermanas. Huérfanas desde los primeros años de la niñez, vivían miserablemente a la sombra de una parienta de su madre, que las había recogido por caridad, y que a cada paso les hacía sentir con sus dicterios y sus humillantes palabras el peso de su beneficio. Todo parecía contribuir a que se estrechasen los lazos del cariño entre aquellas dos almas, hermanas, no sólo por el vínculo de la sangre, sino por los de la miseria y el sufrimiento y, sin embargo, entre Marta y Magdalena existía una sorda emulación, una secreta antipatía, que sólo pudiera explicar el estudio de sus caracteres, tan en absoluta contraposición como sus tipos.

Marta era altiva, vehemente en sus inclinaciones y de una rudeza salvaje en la expresión de sus afectos. No sabía ni reír ni llorar, y por eso ni había llorado ni reído nunca. Magdalena, por el contrario, era humilde, amante, bondadosa, y en más de una ocasión se la vio llorar y reír a la vez como los niños.

Marta tenía los ojos más negros que la noche, y de entre sus oscuras pestañas diríase que a intervalos saltaban chispas de fuego como de un carbón ardiente.

La pupila azul de Magdalena parecía nadar en un fluido de luz dentro del cerco de oro de sus pestañas rubias. Y todo era en ellas

armónico con la diversa expresión de sus ojos. Marta, enjuta de carnes, quebrada de color, de estatura esbelta, movimientos rígidos y cabellos crespos y oscuros, que sombreaban su frente y caían por sus hombros como un manto de terciopelo, formaba un singular contraste con Magdalena, blanca, rosada, pequeña, infantil en su fisonomía y sus formas y con unas trenzas rubias que rodeaban sus sienes, semejantes al nimbo dorado de la cabeza de un ángel.

A pesar de la inexplicable repulsión que sentían la una por la otra, las dos hermanas habían vivido hasta entonces en una especie de indiferencia, que hubiera podido confundirse con la paz y el afecto. No habían tenido caricias que disputarse ni preferencias que envidiar, iguales en la desgracia y el dolor. Marta se había encerrado para sufrir en un egoísta y altivo silencio, y Magdalena, encontrando seco el corazón de su hermana, lloraba a solas cuando las lágrimas se agolpaban involuntariamente a sus ojos.

Ningún sentimiento era común entre ellas. Nunca se confiaron sus alegrías y pesares, y, sin embargo, el único secreto que procuraban esconder en lo más profundo del corazón se lo habían adivinado mutuamente, con ese instinto maravilloso de la mujer enamorada y celosa. Marta y Magdalena tenían, efectivamente, puestos sus ojos en un mismo hombre.

La pasión de la una era el deseo tenaz, hijo de un carácter indomable y voluntarioso; en la otra, el cariño se parecía a esa vaga y espontánea ternura de la adolescencia, que, necesitando un objeto en que emplearse, ama el primero que se ofrece a su vista. Ambas guardaban el secreto de su amor, porque el hombre que lo había inspirado tal vez hubiera hecho mofa de un cariño que se podría interpretar como ambición absurda en unas muchachas plebeyas y miserables. Ambas, a pesar de la distancia que las separaba del objeto de su pasión, alimentaban una esperanza remota de poseerle.

Cerca del lugar, y sobre un alto que dominaba los contornos, había un antiguo castillo abandonado por sus dueños. Las viejas, en las noches de velada, referían una historia llena de maravillas acerca de sus fundadores. Contaban que hallándose el rey de Aragón en guerra con sus enemigos, agotados ya sus recursos, abandonado de sus parciales y próximo a perder el trono, se le presentó

un día una pastorcita de aquella comarca y, después de revelarle la existencia de unos subterráneos por donde podía atravesar el Moncayo sin que se apercibiesen sus enemigos, le dio un tesoro en perlas finas, riquísimas piedras preciosas y barras de oro y plata, con las cuales el rey pagó sus mesnadas, levantó un poderoso ejército y, marchando por debajo de la tierra durante toda una noche, cayó al otro día sobre sus contrarios y los desbarató, asegurando la corona en su cabeza.

Después que hubo alcanzado tan señalada victoria, dicen que dijo el rey a la pastorcita: «Pídeme lo que quieras que, aun cuando fuese la mitad de mi reino, juro que te lo he de dar al instante». «Yo no quiero más que volverme a cuidar de mi rebaño», respondió la pastorcita. «No cuidarás sino de mis fronteras», le replicó el rey, y le dio el señorío de toda la raya y la mandó edificar una fortaleza en el pueblo más fronterizo a Castilla, adonde se trasladó la pastora, casada ya con uno de los favoritos del rey, noble, galán, valiente y señor asimismo de muchas fortalezas y muchos feudos.

La estupenda relación del tío Gregorio acerca de los gnomos del Moncayo, cuyo secreto estaba en la fuente del lugar, exaltó nuevamente las locas fantasías de las dos enamoradas hermanas, completando, por decirlo así, la ignorada historia del tesoro hallado por la pastorcita de la conseja, tesoro cuyo recuerdo había turbado más de una vez sus noches de insomnio y de amargura, presentándose a su imaginación como un débil rayo de esperanza.

La noche siguiente a la tarde del encuentro con el tío Gregorio, todas las muchachas del lugar hicieron conversación en sus casas de la estupenda historia que les había referido. Marta y Magdalena guardaron un profundo silencio, y ni en aquella noche ni en todo el día que amaneció después volvieron a cambiar una sola palabra relativa al asunto, tema de todas las conversaciones y objeto de los comentarios de sus vecinas.

Cuando llegó la hora de costumbre, Magdalena tomó su cántaro y le dijo a su hermana:

—¿Vamos a la fuente?

Marta no contestó, y Magdalena volvió a decirle:

—¿Vamos a la fuente? Mira que si no nos apresuramos, se pondrá el sol antes de la vuelta.

Marta exclamó al fin, con acento breve y áspero:

—Yo no quiero ir hoy.

—Ni yo tampoco —añadió Magdalena después de un instante de silencio, durante el cual mantuvo los ojos clavados en los de su hermana, como si quisiera adivinar en ellos la causa de su resolución.

III

Las muchachas del lugar hacía cerca de una hora que estaban de vuelta en sus casas. La última luz del crepúsculo se había apagado en el horizonte y la noche comenzaba a cerrar de cada vez más oscura, cuando Marta y Magdalena, esquivándose mutuamente y cada cuál por diverso camino, salieron del pueblo con dirección a la fuente misteriosa. La fuente brotaba escondida entre unos riscos cubiertos de musgo en el fondo de una larga alameda de álamos.[22]

Después que se fueron apagando poco a poco los rumores del día y ya no se escuchaba el lejano eco de la voz de los labradores que vuelven, caballeros en sus yuntas, cantando al compás del timón del arado que arrastran por la tierra; después que se dejó de percibir el monótono ruido de las esquilillas del ganado, y las voces de los pastores, y el ladrido de los perros que reúnen las reses, y sonó en la torre del lugar la postrera campanada del toque de oraciones, reinó ese doble y augusto silencio de la noche y la soledad, silencio lleno de murmullos extraños y leves, que lo hacen aún más perceptible.

Marta y Magdalena se deslizaron por entre el laberinto de los árboles y, protegidas por la oscuridad, llegaron sin verse al fin de la alameda. Marta no conocía el temor, y sus pasos eran firmes y seguros. Magdalena temblaba con sólo el ruido que producían sus pies al hollar las hojas secas que tapizaban el suelo.

[22] *alameda de álamos*: redundancia que se mantiene en la ed. de Aguilar y luego en R. B., frente a las ediciones posteriores a la versión periodística, que sustituyen por «largas alamedas». Mantienen la redundancia tanto Navas Ruiz como Estruch y Palomo-Rubio.

Cuando las dos hermanas estuvieron junto a la fuente, el viento de la noche comenzó a agitar las copas de los álamos, y al murmullo de sus soplos desiguales parecía responder el agua del manantial con un rumor compasado y uniforme.

Marta y Magdalena prestaron atención a aquellos ruidos que pasaban bajo sus pies como un susurro constante y sobre sus cabezas como un lamento que nacía y se apagaba para tornar a crecer y dilatarse por la espesura. A medida que transcurrían las horas, aquel sonar eterno del aire y del agua empezó a producirles una extraña exaltación, una especie de vértigo que, turbando la vista y zumbando en el oído, parecía trastornarles por completo.

Entonces, a la manera que se oye hablar entre sueños con un eco lejano y confuso, les pareció percibir entre aquellos rumores sin nombre, sonidos inarticulados, como los de un niño que quiere y no puede llamar a su madre; luego, palabras que se repetían una vez y otra, siempre lo mismo; después, frases inconexas y dislocadas, sin orden ni sentido, y, por último... por último, comenzaron a hablar el viento vagando entre los árboles y el agua saltando de risco en risco.

Y hablaban así:

EL AGUA: ¡Mujer!... ¡Mujer!... ¡Óyeme..., óyeme y acércate para oírme, que yo besaré tus pies mientras tiemblo al copiar tu imagen en el fondo sombrío de mis ondas! ¡Mujer!... Óyeme, que mis murmullos son palabras.

EL VIENTO: ¡Niña!... Niña gentil, levanta tu cabeza; déjame en paz besar tu frente, en tanto que agito tus cabellos. Niña gentil, escúchame, que yo sé hablar también y te murmuraré al oído frases cariñosas.

MARTA: ¡Oh! ¡Habla, habla, que yo te comprenderé, porque mi inteligencia flota en un vértigo como flotan tus palabras indecisas! Habla, misteriosa corriente.

MAGDALENA: Tengo miedo. ¡Aire de la noche, aire de perfumes, refresca mi frente, que arde! Dime algo que me infunda valor, porque mi espíritu vacila.

EL AGUA: Yo he cruzado el tenebroso seno de la tierra, he sorprendido el secreto de su maravillosa fecundidad y conozco todos los fenómenos de sus entrañas, donde germinan las futuras crea-

ciones. Mi rumor adormece y despierta. Despierta tú, que lo comprendes.

EL VIENTO: Yo soy el aire que mueven los ángeles con sus alas inmensas al cruzar por el espacio. Yo amontono en el occidente las nubes que ofrecen al sol un lecho de púrpura y traigo al amanecer, con las neblinas que se deshacen en gotas una lluvia de perlas sobre las flores. Mis suspiros son un bálsamo. Ábreme tu corazón y le inundaré de felicidad.

MARTA: Cuando yo oí por primera vez el murmullo de una corriente subterránea, no en balde me inclinaba a la tierra prestándole oído. Con ella iba un misterio que yo debía comprender al cabo.

MAGDALENA: Suspiros del viento, yo os conozco. Vosotros me acariciabais dormida, cuando, fatigada del llanto, me rendía al sueño en mi niñez, y vuestro rumor se me figuraban las palabras de una madre que arrulla a su hija.

El agua enmudeció por algunos instantes, y no sonaba sino como agua que se rompe entre peñas. El viento calló también, y su ruido no fue otra cosa que ruido de hojas movidas. Así pasó algún tiempo y después volvieron a hablar, y hablaron así:

EL AGUA: Después de filtrarme gota a gota a través del filón de oro de una mina inagotable; después de correr por un lecho de plata y saltar como sobre guijarros entre un sinnúmero de zafiros y amatistas, arrastrando en vez de arenas, diamantes y rubíes, me he unido en misterioso consorcio a un genio. Rica con su poder y con las ocultas virtudes de las piedras preciosas y los metales, de cuyos átomos vengo saturada, puedo ofrecerte cuanto ambicionas. Yo tengo la fuerza de un conjuro, el poder de un talismán y la virtud de las siete piedras y los siete colores.

EL VIENTO: Yo vengo de vagar por la llanura, y como la abeja que vuelve a la colmena con su botín de perfumadas mieles, traigo suspiros de mujer, plegarias de niño, palabras de casto amor y aroma de nardos y azucenas silvestres. Yo no he recogido a mi paso más que perfumes y ecos de armonías. Mis tesoros son inmateriales; pero ellos dan la paz del alma y la vaga felicidad de los sueños venturosos.

*

Mientras su hermana, atraída como por un encanto, se inclinaba al borde de la fuente para oír mejor, Magdalena se iba indistintamente separando de los riscos entre los cuales brotaba el manantial.

Ambas tenían sus ojos fijos, la una en el fondo de las aguas, la otra en el fondo del cielo.

Y exclamaba Magdalena, mirando brillar los luceros en la altura:

—Esos son los nimbos de la luz de los ángeles invisibles que nos custodian.

En tanto decía María, viendo temblar en la linfa de la fuente el reflejo de las estrellas:

—Esas son las partículas de oro que arrastra el agua en su misterioso curso.

El manantial y el viento que, por segunda vez habían enmudecido un instante, tornaron a hablar, y dijeron:

EL AGUA: Remonta mi corriente, desnúdate del temor como de una vestidura grosera, y osa traspasar los umbrales de lo desconocido. Yo he adivinado que tu espíritu es de la esencia de los espíritus superiores. La envidia te habrá arrojado tal vez del cielo para revolearte en el lodo de la miseria. Yo veo, sin embargo, en tu frente sombría un sello de altivez que te hace digna de nosotros, espíritus fuertes y libres... Ven; yo te voy a enseñar palabras mágicas de tal virtud, que al pronunciarlas se abrirán las rocas y te brindarán con los diamantes que están en su seno, como las perlas en las conchas que sacan del fondo del mar los pescadores. Ven; te daré tesoros para que vivas feliz, y más tarde, cuando se quiebre la cárcel que lo aprisiona, tu espíritu se asimilará a los nuestros, que son espíritus hermanos, y todos confundidos, seremos la fuerza motora, el rayo vital de la creación, que circula como un fluido por sus arterias subterráneas.

EL VIENTO: El agua lame la tierra y vive en el cieno. Yo discurro por las regiones etéreas y vuelo en el espacio sin límites. Sigue los movimientos de tu corazón, deja que tu alma suba como la llama y las azules espirales del humo. ¡Desdichado el que, teniendo alas, desciende a las profundidades para buscar el oro, pudiendo remontarse a la altura para encontrar amor y sentimiento!

Vive oscura como la violeta, que yo te traeré en un beso fecundo el germen vivificante de otra flor hermana tuya y rasgaré las nieblas para que no falte un rayo de sol que ilumine tu alegría. Vive oscura, vive ignorada, que cuando tu espíritu se desate, yo lo subiré a las regiones de la luz en una nube roja.

Callaron el viento y el agua y apareció el gnomo. El gnomo era como un hombrecillo transparente; una especie de enano de luz semejante a un fuego fatuo, que se reía a carcajadas, sin ruido, y saltaba de peña en peña y mareaba con su vertiginosa movilidad. Unas veces se sumergía en el agua y continuaba brillando en el fondo como una joya de piedras de mil colores; otras salía a la superficie y agitaba los pies y las manos, y sacudía la cabeza a un lado y a otro con una rapidez que tocaba en prodigio.

Marta vio al gnomo y le estuvo siguiendo con la vista extraviada en todas sus extravagantes evoluciones, y cuando el diabólico espíritu se lanzó al último por entre las escabrosidades del Moncayo como una llama que corre, agitando su cabellera de chispas, sintió una especie de atracción irresistible y siguió tras él con una carrera frenética.

—¡Magdalena! —decía en tanto el aire, que se alejaba lentamente.

Y Magdalena, paso a paso y como una somnámbula guiada en el sueño por una voz amiga, siguió tras la ráfaga, que iba suspirando por la llanura. Después todo quedó otra vez en silencio en la oscura alameda, y el viento y el agua siguieron sonando con los murmullos y los rumores de siempre.

IV

Magdalena tornó al lugar pálida y llena de asombro. A Marta la esperaron en vano toda la noche.

Cuando llegó la tarde del otro día, las muchachas encontraron un cántaro roto al borde de la fuente de la alameda. Era el cántaro de Marta, de la cual nunca volvió a saberse. Desde entonces las muchachas del lugar van por agua tan temprano, que madrugan con el sol. Algunas me han asegurado que de noche se ha oído en

más de una ocasión el llanto de Marta, cuyo espíritu vive aprisionado en la fuente. Yo no sé qué crédito dar a esta última parte de la historia, porque la verdad es que desde entonces ninguno se ha atrevido a penetrar para oírlo en la alameda después del toque del avemaría.

La cueva de la Mora[23]

I

Frente al establecimiento de baños de Fitero, y sobre unas rocas cortadas a pico, a cuyos pies corre el río Alhama, se ven todavía los restos abandonados de un castillo árabe, célebre en los fastos gloriosos de la reconquista por haber sido teatro de grandes y memorables hazañas, así por parte de los que lo defendieron como de los que valerosamente clavaron sobre sus almenas el estandarte de la cruz. De los muros no quedan más que algunos ruinosos vestigios; las piedras de la atalaya han caído unas sobre otras al foso y lo han cegado por completo; en el patio de armas crecen zarzales y matas de jaramago; por todas partes adonde se vuelven los ojos no se ven más que arcos rotos, sillares oscuros y carcomidos; aquí un lienzo de barbacana, entre cuyas hendiduras nace la yedra; allí un torreón que aún se tiene en pie como por milagro; más allá los postes de argamasa con las anillas de hierro que sostenían el puente colgante.

Durante mi estancia en los baños, ya por hacer ejercicio, que, según me decían, era conveniente al estado de mi salud, ya arrastrado por la curiosidad, todas las tardes tomaba entre aquellos vericuetos el camino que conduce a las ruinas de la fortaleza árabe y allí me pasaba las horas y las horas escarbando el suelo por ver si encontraba algunas armas, dando golpes en los muros para observar si sonaba a hueco y sorprender el escondrijo de un tesoro, y

[23] La versión periodística no utilizó la división en apartados, que sí mantuvieron las ediciones posteriores (incluidas la de Aguilar y la de R. B.). Seguimos el criterio de estos últimos, que indudablemente facilita la lectura del texto. No dividen ni Navas Ruiz, ni Estruch, ni Palomo-Rubio.

metiéndome por todos los rincones, con la idea de encontrar la entrada de alguno de esos subterráneos que es fama existen en todos los castillos de los moros.

Mis diligentes pesquisas fueron por demás infructuosas.

Sin embargo, una tarde en que, ya desesperanzado de hallar algo nuevo y curioso en lo alto de la roca sobre que se asienta el castillo, renuncié a subir a ella, y limité mi paseo a las orillas del río que corre a sus pies, andando, andando a lo largo de la ribera, vi una especie de boquerón abierto en la peña viva y medio oculto por frondosos y espesísimos matorrales. No sin mi poquito de temor, separé el ramaje que cubría la entrada de aquello que me pareció cueva formada por la naturaleza y que, después que anduve algunos pasos, vi era un subterráneo abierto a pico.

No pudiendo penetrar hasta el fondo, que se perdía entre las sombras, me limité a observar cuidadosamente los accidentes de la bóveda y del piso, que me pareció que se elevaba formando como unos grandes peldaños en dirección a la altura en que se halla el castillo de que ya he hecho mención, y en cuyas ruinas recordé entonces haber visto una poterna cegada. Sin duda, había descubierto uno de esos caminos secretos, tan comunes en las obras militares de aquella época, el cual debió servir para hacer salidas falsas o coger, estando sitiados, el agua del río que corre allí inmediato.

Para cerciorarme de la verdad que pudiera haber en mis inducciones, después que salí de la cueva por donde mismo había entrado, trabé conversación con un trabajador que andaba podando unas viñas en aquellos vericuetos, y al cual me acerqué so pretexto de pedirle lumbre para encender un cigarrillo.

Hablamos de varias cosas indiferentes: de las propiedades medicinales de las aguas de Fitero, de la cosecha pasada y la por venir, de las mujeres de Navarra y el cultivo de las viñas; hablamos, en fin, de todo lo que al buen hombre se le ocurrió, primero que de la cueva, objeto de mi curiosidad.

Cuando, por último, la conversación recayó sobre este punto, le pregunté si sabía de alguien que hubiese penetrado en ella y visto su fondo.

—¡Penetrar en la cueva de la Mora! —me dijo, como asombrado al oír mi pregunta—. ¿Quién había de atreverse? ¿No sabe usted que de esa sima sale todas las noches *un ánima*?

—¡Un ánima! —exclamé yo, sonriéndome—. ¿El ánima de quién?

—El ánima de la hija de un alcaide moro que anda todavía penando por estos lugares, y se la ve todas las noches salir vestida de blanco de esa cueva, y llena en el río *una jarrica de agua.*

Por la explicación de aquel buen hombre vine en conocimiento de que acerca del castillo árabe y del subterráneo que yo suponía en comunicación con él había alguna historieta, y como yo soy muy amigo de oír todas estas tradiciones, especialmente de labios de la gente del pueblo, le supliqué me la refiriese, lo cual hizo, poco más o menos, en los mismos términos que yo, a mi vez, se la voy a referir a mis lectores.

II

Cuando el castillo, del que ahora sólo restan algunas informes ruinas, se tenía aún por los reyes moros, y sus torres, de las que no ha quedado piedra sobre piedra, dominaban desde lo alto de la roca en que tienen asiento todo aquel fertilísimo valle que fecunda el río Alhama, tuvo lugar junto a la villa de Fitero una reñida batalla, en la cual cayó herido y prisionero de los árabes un famoso caballero cristiano, tan digno de renombre por su piedad como por su valentía.

Conducido a la fortaleza y cargado de hierros por sus enemigos, estuvo algunos días en el fondo de un calabozo luchando entre la vida y la muerte, hasta que, curado casi milagrosamente de sus heridas, sus deudos le rescataron a fuerza de oro.

Volvió el cautivo a su hogar; volvió a estrechar entre sus brazos a los que le dieron el ser. Sus hermanos de armas y sus hombres de guerra se alborozaron al verle, creyendo llegada la hora de emprender nuevos combates; pero el alma del caballero se había llenado de una profunda melancolía, y ni el cariño paterno ni los esfuerzos de la amistad eran parte a disipar su extraña melancolía.

Durante su cautiverio logró ver a la hija del alcaide moro, de cuya hermosura tenía noticias por la fama antes de conocerla; pero que cuando la hubo conocido la encontró tan superior a la idea que de ella se había formado, que no pudo resistir a la seduc-

ción de sus encantos y se enamoró perdidamente de un objeto para él imposible.

Meses y meses pasó el caballero forjando los proyectos más atrevidos y absurdos: ora imaginaba un medio de romper las barreras que lo separaban de aquella mujer, ora hacía los mayores esfuerzos por olvidarla, y ya se decidía por una cosa, ya se mostraba partidario de otra absolutamente opuesta, hasta que, al fin, un día reunió a sus hermanos y compañeros de armas, hizo llamar a sus hombres de guerra y, después de hacer con el mayor sigilo todos los aprestos necesarios, cayó de improviso sobre la fortaleza que guardaba a la hermosura objeto de su insensato amor.

Al partir a esta expedición, todos creyeron que sólo movía a su caudillo el afán de vengarse de cuanto le habían hecho sufrir aherrojándole en el fondo de sus calabozos; pero después de tomada la fortaleza, no se ocultó a ninguno la verdadera causa de aquella arrojada empresa, en que tantos buenos cristianos habían perecido para contribuir al logro de una pasión indigna.

El caballero, embriagado en el amor que, al fin, logró encender en el pecho de la hermosísima mora, ni hacía caso de los consejos de sus amigos, ni paraba mientes en las murmuraciones y las quejas de sus soldados. Unos y otros clamaban por salir cuanto antes de aquellos muros, sobre los cuales era natural que habían de caer nuevamente los árabes, repuestos del pánico de la sorpresa.

Y, en efecto, sucedió así: el alcaide allegó gentes de los lugares comarcanos y una mañana el vigía que estaba puesto en la atalaya de la torre bajó a anunciar a los enamorados amantes que por toda la sierra que desde aquellas rocas se descubre se veía bajar tal nublado de guerreros, que bien podía asegurarse que iba a caer sobre el castillo la morisma entera.

La hija del alcaide se quedó al oírlo pálida como la muerte; el caballero pidió sus armas a grandes voces y todo se puso en movimiento en la fortaleza. Los soldados salieron en tumulto de sus cuadras; los jefes comenzaron a dar órdenes; se bajaron los rastrillos, se levantó el puente colgante y se coronaron de ballesteros las almenas.

Algunas horas después comenzó el asalto.

El castillo podía llamarse con razón inexpugnable. Sólo por sorpresa, como se apoderaron de él los cristianos, era posible ren-

dirlo. Resistieron, pues, sus defensores una, dos y hasta diez embestidas.

Los moros se limitaron, viendo la inutilidad de sus esfuerzos, a cercarlo estrechamente para hacer capitular a sus defensores por hambre.

El hambre comenzó, en efecto, a hacer estragos horrorosos entre los cristianos; pero sabiendo que, una vez rendido el castillo, el precio de la vida de sus defensores era la cabeza de su jefe, ninguno quiso hacerle traición, y los mismos que habían reprobado su conducta juraron perecer en su defensa.

Los moros, impacientes, resolvieron dar un nuevo asalto al mediar la noche. La embestida fue rabiosa, la defensa desesperada y el choque horrible. Durante la pelea, el alcaide, partida la frente de un hachazo, cayó al foso desde lo alto del muro, al que había logrado subir con la ayuda de una escala, al mismo tiempo que el caballero recibía un golpe mortal en la brecha de la barbacana, en donde unos y otros combatían cuerpo a cuerpo entre las sombras.

Los cristianos comenzaron a cejar y a replegarse. En este punto la mora se inclinó sobre su amante, que yacía en el suelo, moribundo, y tomándolo en sus brazos con unas fuerzas que hacían mayores la desesperación y la idea del peligro, lo arrastró hasta el patio de armas. Allí tocó a un resorte, se levantó una piedra como movida de un impulso sobrenatural y por la boca que dejó ver al levantarse, desapareció con su preciosa carga y comenzó a descender hasta llegar al fondo del subterráneo.

III

Cuando el caballero volvió en sí, tendió a su alrededor una mirada llena de extravío, y dijo:

—¡Tengo sed! ¡Me muero! ¡Me abraso!

Y en su delirio precursor de la muerte, de sus labios secos, al pasar por los cuales silbaba la respiración sólo se oían salir estas palabras angustiosas:

—¡Tengo sed! ¡Me abraso! ¡Agua! ¡Agua!

La mora sabía que aquel subterráneo tenía una salida al valle por donde corre el río. El valle y todas las alturas que lo coronan

estaban llenos de soldados moros, que, una vez rendida la fortaleza, buscaban en vano por todas partes al caballero y a su amada para saciar en ellos su sed de exterminio. Sin embargo, no vaciló un instante, y tomando el casco del moribundo, se deslizó como una sombra por entre los matorrales que cubrían la boca de la cueva y bajó a la orilla del río.

Ya había tomado el agua, ya iba a incorporarse para volver de nuevo al lado de su amante, cuando silbó una saeta y exhaló un grito.

Dos guerreros moros que velaban alrededor de la fortaleza habían disparado sus arcos en la dirección en que oyeron moverse las ramas.

La mora, herida de muerte, logró, sin embargo, arrastrarse a la entrada del subterráneo y penetrar hasta el fondo, donde se encontraba el caballero. Éste, al verla cubierta de sangre y próxima a morir, volvió en su razón y, conociendo la enormidad del pecado que tan duramente expiaban, volvió sus ojos al cielo, tomó el agua que su amante le ofrecía y, sin acercársela a los labios, preguntó a la mora:

—¿Quieres ser cristiana? ¿Quieres morir en mi religión y, si me salvo, salvarte conmigo?

La mora, que había caído al suelo desvanecida con la falta de la sangre, hizo un movimiento imperceptible con la cabeza, sobre la cual derramó el caballero el agua bautismal invocando el nombre del Todopoderoso.

Al otro día, el soldado que disparó la saeta vio un rastro de sangre a la orilla del río, y siguiéndolo entró en la cueva, donde encontró los cadáveres del caballero y su amada, que aún vienen por las noches a vagar por estos contornos.

LA PROMESA
Leyenda castellana

I

Margarita lloraba con el rostro oculto entre las manos; lloraba sin gemir, pero las lágrimas corrían silenciosas a lo largo de sus mejillas, deslizándose por entre sus dedos para caer en la tierra, hacia la que había doblado su frente.

Junto a Margarita estaba Pedro; éste levantaba de cuando en cuando los ojos para mirarla, y viéndola llorar, tornaba a bajarlos, guardando a su vez un silencio profundo.

Y todo callaba alrededor y parecía respetar su pena. Los rumores del campo se apagaban; el viento de la tarde dormía y las sombras comenzaban a envolver los espesos árboles del soto.

Así transcurrieron algunos minutos, durante los cuales se acabó de borrar el rastro de luz que el sol había dejado al morir en el horizonte; la luna comenzó a dibujarse vagamente sobre el fondo violado del cielo del crepúsculo, y unas tras otras fueron apareciendo las mayores estrellas.

Pedro rompió al fin aquel silencio angustioso, exclamando con voz sorda y entrecortada, y como si hablase consigo mismo:

—¡Es imposible…, imposible!

Después, acercándose a la desconsolada niña y tomando una de sus manos, prosiguió con acento más cariñoso y suave:

—Margarita, para ti el amor es todo, y tú no ves nada más allá del amor. No obstante, hay algo tan respetable como nuestro cariño, y es mi deber. Nuestro señor, el conde de Gomara, parte mañana de su castillo para reunir su hueste a las del rey don Fernando, que va a sacar a Sevilla del poder de los infieles, y yo debo partir con el conde. Huérfano oscuro, sin nombre y sin familia, a

él le debo cuanto soy. Yo le he servido en el ocio de las paces, he dormido bajo su techo, me he calentado en su hogar y he comido el pan a su mesa. Si hoy le abandono, mañana sus hombres de armas al salir en tropel por las poternas de su castillo, preguntarán maravillados de no verme: «¿Dónde está el escudero favorito del conde de Gomara?», y mi señor callará con vergüenza, y sus pajes y sus bufones dirán, en son de mofa: «El escudero del conde no es más que un galán de justas, un lidiador de cortesía».

Al llegar a este punto, Margarita levantó sus ojos, llenos de lágrimas, para fijarlos en los de su amante, y removió los labios como para dirigirle la palabra; pero su voz se ahogó en un sollozo.

Pedro, con acento aún más dulce y persuasivo, prosiguió así:

—No llores, por Dios, Margarita; no llores, porque tus lágrimas me hacen daño. Voy a alejarme de ti; mas yo volveré después de haber conseguido un poco de gloria para mi nombre oscuro... El cielo nos ayudará en la santa empresa. Conquistaremos a Sevilla, y el rey nos dará feudos en las riberas del Guadalquivir a los conquistadores. Entonces volveré en tu busca y nos iremos juntos a habitar en aquel paraíso de los árabes, donde dicen que hasta el cielo es más limpio y más azul que el de Castilla; volveré, te lo juro; volveré a cumplir la palabra solemnemente empeñada el día que puse en tus manos ese anillo, símbolo de una promesa.

—¡Pedro! —exclamó entonces Margarita, dominando su emoción y con voz resuelta y firme—. Ve, ve a mantener tu honra —y al pronunciar estas palabras se arrojó por última vez en brazos de su amante. Después añadió, con acento más sordo y conmovido—: Ve a mantener tu honra; pero vuelve..., vuelve a traerme la mía.

Pedro besó la frente de Margarita, desató su caballo, que estaba sujeto a uno de los árboles del soto y se alejó al galope por el fondo de la alameda.

Margarita siguió a Pedro con los ojos hasta que su sombra se confundió entre la niebla de la noche, y cuando ya no pudo distinguirle, se volvió lentamente al lugar donde la aguardaban sus hermanos.

—Ponte tus vestidos de gala —le dijo uno de ellos al entrar—, que mañana vamos a Gomara con todos los vecinos del pueblo para ver al conde, que se marcha a Andalucía.

—A mí más me entristece que me alegra ver irse a los que acaso no han de volver —respondió Margarita con un suspiro.

—Sin embargo —insistió el otro hermano—, has de venir con nosotros, y has de venir compuesta y alegre; así no dirán las gentes murmuradoras que tienes amores en el castillo y que tus amores se van a la guerra.

II

Apenas rayaba en el cielo la primera luz del alba, cuando empezó a oírse por todo el campo de Gomara la aguda trompetería de los soldados del conde, y los campesinos que llegaban en numerosos grupos de los lugares cercanos vieron desplegarse al viento el pendón señorial en la torre más alta de la fortaleza.

Unos sentados al borde de los fosos, otros subidos en las copas de los árboles, éstos vagando por la llanura, aquéllos coronando las cumbres de las colinas, los de más allá formando un cordón a lo largo de la calzada, ya haría cerca de una hora que los curiosos esperaban el espectáculo, no sin que algunos comenzaran a impacientarse, cuando volvió a sonar de nuevo el toque de los clarines, rechinaron las cadenas del puente, que cayó con pausa sobre el foso, y se levantaron los rastrillos, mientras se abrían de par en par, y gimiendo sobre sus goznes, las pesadas puertas del arco que conducía al patio de armas.

La multitud corrió a agolparse en los ribazos del camino para ver más a su sabor las brillantes armaduras y los lujosos arreos del séquito del conde de Gomara, célebre en toda la comarca por su esplendidez y sus riquezas.

Rompieron la marcha los farautes, que deteniéndose de trecho en trecho, pregonaban en alta voz y a son de caja las cédulas del rey llamando a sus feudatarios a la guerra de moros y requiriendo a las villas y lugares libres para que diesen paso y ayuda a sus huestes.

A los farautes siguieron los heraldos de corte, ufanos con sus casullas de seda, sus escudos bordados de oro y colores y sus birretes guarnecidos de plumas vistosas.

Después vino el escudero mayor de la casa, armado de punta en blanco, caballero sobre un potro morcillo, llevando en sus manos el

pendón de ricohombre con sus motes y sus calderas, y al estribo izquierdo, el ejecutor de las justicias del señorío vestido de negro y rojo.

Precedían al escudero mayor hasta una veintena de aquellos famosos trompeteros de la tierra llana, célebres en las crónicas de nuestros reyes por la increíble fuerza de sus pulmones.

Cuando dejó de herir al viento el agudo clamor de la formidable trompetería, comenzó a oírse un rumor sordo, compasado y uniforme. Eran los peones de la mesnada, armados de largas picas y provistos de sendas adargas de cuero. Tras éstos no tardaron en aparecer los aparejadores de las máquinas, con sus herramientas y sus torres de palo; las cuadrillas de escaladores y la gente menuda del servicio de las acémilas.

Luego, envueltos en la nube de polvo que levantaba el casco de sus caballos, y lanzando chispas de luz de sus petos de hierro, pasaron los hombres de armas del castillo, formados en gruesos pelotones, que semejaban a lo lejos un bosque de lanzas.

Por último, precedido de los timbaleros, que montaban poderosas mulas con gualdrapas y penachos, rodeado de sus pajes, que vestían ricos trajes de seda y oro y seguido de los escuderos de su casa, apareció el conde.

Al verle, la multitud levantó un clamor inmenso para saludarle, y entre la confusa vocería se ahogó el grito de una mujer, que en aquel momento cayó desmayada y como herida de un rayo en los brazos de algunas personas que acudieron a socorrerla. Era Margarita, Margarita, que había conocido a su misterioso amante en el muy alto y muy temido señor de Gomara, uno de los más nobles y poderosos feudatarios de la corona de Castilla.

III

El ejército de don Fernando, después de salir de Córdoba, había venido por sus jornadas hasta Sevilla, no sin haber luchado antes en Écija, Carmona y Alcalá del Río de Guadaira, donde, una vez expugnado el famoso castillo, puso los reales a la vista de la ciudad de los infieles.

El conde de Gomara estaba en la tienda sentado en un escaño de alerce, inmóvil, pálido, terrible, las manos cruzadas sobre la

empuñadura del montante y los ojos fijos en el espacio con esa vaguedad del que parece mirar un objeto y, sin embargo, no ve nada de cuanto hay a su alrededor.

A un lado, y de pie, le hablaba el más antiguo de los escuderos de su casa, el único que en aquellas horas de negra melancolía hubiera osado interrumpirle sin atraer sobre su cabeza la explosión de su cólera.

—¿Qué tenéis, señor? —le decía—. ¿Qué mal os aqueja y consume? Triste vais al combate y triste volvéis, aun tornando con la victoria. Cuando todos los guerreros duermen rendidos a la fatiga del día, os oigo suspirar angustiado, y si corro a vuestro lecho, os miro allí luchar con algo invisible que os atormenta. Abrís los ojos y vuestro terror no se desvanece. ¿Qué os pasa, señor? Decídmelo. Si es un secreto, yo sabré guardarlo en el fondo de mi memoria como en un sepulcro.

El conde parecía no oír al escudero. No obstante, después de un largo espacio, y como si las palabras hubiesen tardado todo aquel tiempo en llegar desde sus oídos a su inteligencia, salió poco a poco de su inmovilidad y, atrayéndole hacia sí cariñosamente, le dijo con voz grave y reposada:

—He sufrido demasiado en silencio. Creyéndome juguete de una vana fantasía, hasta ahora he callado por vergüenza; pero no, no es ilusión lo que me sucede. Yo debo hallarme bajo la influencia de alguna maldición terrible. El cielo o el infierno deben querer algo de mí, y lo avisan con hechos sobrenaturales. ¿Te acuerdas del día de nuestro encuentro con los moros de Nebrija en el aljarafe de Triana? Éramos pocos. La pelea fue dura, y yo estuve a punto de perecer. Tú lo viste: en lo más reñido del combate, mi caballo, herido y ciego de furor, se precipitó hacia el grueso de la hueste mora. Yo pugnaba en balde por contenerle. Las riendas se habían escapado de mis manos, y el fogoso animal corría llevándome a una muerte segura. Ya los moros, cerrando sus escuadrones, apoyaban en tierra el cuento de sus largas picas para recibirme en ellas. Una nube de saetas silbaba en mis oídos. El caballo estaba a algunos pies de distancia del muro de hierro en que íbamos a estrellarnos, cuando… Créeme: no fue una ilusión. Vi una mano que, agarrándole de la brida, lo detuvo con una fuerza sobrenatural y, volviéndole en dirección a las filas de mis soldados, me salvó

milagrosamente. En vano pregunté a unos y otros por mi salvador. Nadie le conocía, nadie le había visto. «Cuando volabais a estrellaros en la muralla de picas —me dijeron—, ibais solo, completamente solo. Por eso nos maravillamos al veros tornar, sabiendo que ya el corcel no obedecía al jinete.» Aquella noche entré preocupado en mi tienda. Quería en vano arrancarme de la imaginación el recuerdo de la extraña aventura. Mas al dirigirme al lecho torné a ver la misma mano, una mano hermosa, blanca hasta la palidez, que descorrió las cortinas, desapareciendo después de descorrerlas. Desde entonces, a todas horas, en todas partes, estoy viendo esa mano misteriosa que previene mis deseos y se adelanta a mis acciones. La he visto, al expugnar el castillo de Triana, coger entre sus dedos y partir en el aire una saeta que venía a herirme; la he visto, en los banquetes donde procuraba ahogar mi pena entre la confusión y el tumulto, escanciar el vino en mi copa, y siempre se halla delante de mis ojos, y por donde voy me sigue: en la tienda, en el combate, de día, de noche... Ahora mismo, mírala, mírala aquí, apoyada suavemente en mis hombros.

Al pronunciar estas últimas palabras el conde se puso de pie y dio algunos pasos como fuera de sí y embargado de un terror profundo.

El escudero se enjugó una lágrima que corría por sus mejillas. Creyendo loco a su señor, no insistió, sin embargo, en contrariar sus ideas, y se limitó a decirle con voz profundamente conmovida:

—Venid... Salgamos un momento de la tienda. Acaso la brisa de la tarde refrescará vuestras sienes, calmando ese incomprensible dolor, para el que yo no hallo palabras de consuelo.

IV

El real de los cristianos se extendía por todo el campo de Guadaira hasta tocar en la margen izquierda del Guadalquivir. Enfrente del real, y destacándose sobre el luminoso horizonte, se alzaban los muros de Sevilla, flanqueados de torres, almenadas y fuertes. Por cima de la corona de almenas rebosaba la verdura de los mil jardines de la morisca ciudad, y entre las oscuras manchas del follaje lucían los miradores blancos como la nieve, los mina-

retes de las mezquitas y la gigantesca atalaya, sobre cuyo aéreo pretil lanzaban chispas de luz, heridas por el sol, las cuatro grandes bolas de oro, que desde el campo de los cristianos parecían cuatro llamas.

La empresa de don Fernando, una de las más heroicas y atrevidas de aquella época, había traído a su alrededor a los más célebres guerreros de los diferentes reinos de la Península, no faltando algunos que de países extraños y distantes vinieran también, llamados por la fama, a unir sus esfuerzos a los del santo rey.

Tendidas a lo largo de la llanura mirábanse, pues, tiendas de campaña de todas formas y colores, sobre el remate de las cuales ondeaban al viento distintas enseñas con escudos partidos, astros, grifos, leones, cadenas, barras y calderas y otras cien y cien figuras o símbolos heráldicos que pregonaban el nombre y la calidad de sus dueños. Por entre las calles de aquella improvisada ciudad circulaban en todas direcciones multitud de soldados, que, hablando dialectos diversos y vestido cada cual al uso de su país y cada cual armado a su guisa, formaban un extraño y pintoresco contraste.

Aquí descansaban algunos señores de las fatigas del combate, sentados en escaños de alerce a la puerta de sus tiendas y jugando a las tablas, en tanto que sus pajes les escanciaban el vino en copas de metal; allí algunos peones aprovechaban un momento de ocio para aderezar y componer sus armas rotas en la última refriega; más allá cubrían de saetas un blanco los más expertos ballesteros de la hueste, entre las aclamaciones de la multitud, pasmada de su destreza; y el rumor de los atambores, el clamor de las trompetas, las voces de los mercaderes ambulantes, el golpear del hierro contra el hierro, los cánticos de los juglares, que entretenían a sus oyentes con la relación de hazañas portentosas, y los gritos de los farautes que publicaban las ordenanzas de los maestres del campo, llenando los aires de mil y mil ruidos discordes, prestaban a aquel cuadro de costumbres guerreras una vida y una animación imposible de pintar con palabras.

El conde de Gomara, acompañado de su fiel escudero, atravesó por entre los animados grupos sin levantar los ojos de la tierra, silencioso, triste, como si ningún objeto hiriese su vista ni llegase a su oído el rumor más leve. Andaba maquinalmente, a la manera que un somnámbulo, cuyo espíritu se agita en el mundo de los

sueños, se mueve y marcha sin la conciencia de sus acciones y como arrastrado por una voluntad ajena a la suya.

Próximo a la tienda del rey, y en medio de un gran corro de soldados, pajecillos y gente menuda que le escuchaban con la boca abierta apresurándose a comprarle alguna de las baratijas que anunciaba a voces y con hiperbólicos encomios, había un extraño personaje, mitad romero, mitad juglar que, ora recitando una especie de letanía en latín bárbaro, ora diciendo una bufonada o una chocarrería, mezclaba en su interminable relación, chistes capaces de poner colorado a un ballestero con oraciones devotas, historias de amores picarescos con leyendas de santos.

En las inmensas alforjas que colgaban de sus hombros se hallaban revueltos y confundidos mil objetos diferentes: cintas tocadas en el sepulcro de Santiago, cédulas con palabras que él decía ser hebraicas, las mismas que dijo el rey Salomón cuando fundaba el templo y las únicas para libertarse de toda clase de enfermedades contagiosas; bálsamos maravillosos para pegar a hombres partidos por la mitad; evangelios cosidos en bolsitas de brocatel, secretos para hacerse amar de todas las mujeres, reliquias de los santos patrones de todos los lugares de España, joyuelas, cadenillas, cinturones, medallas y otras muchas baratijas de alquimia, de vidrio y plomo.

Cuando el conde llegó cerca del grupo que formaban el romero y sus admiradores, comenzaba éste a templar una especie de bandolina o guzla árabe con que se acompañaba en la relación de sus romances. Después que hubo estirado bien las cuerdas unas tras otras y con mucha calma, mientras su acompañante daba la vuelta al corro sacando los últimos cornados de la flaca escarcela de los oyentes, el romero comenzó a cantar con voz gangosa y con un aire monótono y plañidero un romance que siempre terminaba con el mismo estribillo.

El conde se acercó al grupo y prestó atención. Por una coincidencia, al parecer extraña, el título de aquella historia respondía en un todo a los lúgubres pensamientos que embargaban su ánimo. Según había anunciado el cantor antes de comenzar, el romance se titulaba el «Romance de la mano muerta».

Al oír el escudero tan extraño anuncio, pugnó por arrancar a su señor de aquel sitio; pero el conde, con los ojos fijos en el juglar permaneció inmóvil escuchando esta cántiga:

I

La niña tiene un amante
que escudero se decía.
El escudero le anuncia
que a la guerra se partía.
«Te vas y acaso no tornes.»
«Tornaré por vida mía.»
Mientras el amante jura,
diz que el viento repetía:
¡Mal haya quien en promesas
 [de hombre fía!

II

El conde, con la mesnada,
de su castillo salía.
Ella, que le ha conocido,
con grande aflicción gemía:
«¡Ay de mí, que se va el conde
y se lleva la honra mía!».
Mientras la cuitada llora,
diz que el viento repetía:
¡Mal haya quien en promesas
 [de hombre fía!

III

Su hermano, que estaba allí,
estas palabras oía.
«Nos has deshonrado», dice.
«Me juró que tornaría.»
«No te encontrará, si torna,
donde encontrarte solía.»
Mientras la infelice muere,
diz que el viento repetía:

> *¡Mal haya quien en promesas*
> *[de hombre fía!*

IV

> Muerta la llevan al soto;
> la han enterrado en la umbría;
> por más tierra que le echaban,
> la mano no le cubría:
> la mano donde un anillo
> que le dio el conde tenía.
> De noche, sobre la tumba,
> diz que el viento repetía:
> *¡Mal haya quien en promesas*
> *[de hombre fía!*

Apenas el cantor había terminado la última estrofa, cuando rompiendo el muro de curiosos, que se apartaban con respeto al reconocerle, el conde llegó a donde se encontraba el romero y, cogiéndole con fuerza del brazo, le preguntó en voz baja y convulsa:

—¿De qué tierra eres?

—De tierra de Soria —le respondió éste sin alterarse.

—¿Y dónde has aprendido ese romance? ¿A quién se refiere la historia que cuentas? —volvió a exclamar su interlocutor, cada vez con muestras de emoción más profunda.

—Señor —dijo el romero, clavando sus ojos en los del conde con una fijeza imperturbable—, esta cántiga la repiten de unos en otros los aldeanos del campo de Gomara, y se refiere a una desdichada cruelmente ofendida por un poderoso. Altos juicios de Dios han permitido que al enterrarla quedase siempre fuera de la sepultura la mano en que su amante le puso un anillo al hacerla una promesa. Vos sabréis, quizá, a quién toca cumplirla.

En un lugarejo miserable y que se encuentra a un lado del camino que conduce a Gomara he visto no hace mucho el sitio en donde se asegura tuvo lugar la extraña ceremonia del casamiento del conde.

Después que éste, arrodillado sobre la humilde fosa, estrechó en la suya la mano de Margarita y un sacerdote autorizado por el Papa bendijo la lúgubre unión, es fama que cesó el prodigio y *la mano muerta* se hundió para siempre.

Al pie de unos árboles añosos y corpulentos hay un pedacito de prado que al llegar la primavera se cubre espontáneamente de flores. La gente del país dice que allí está enterrada Margarita.

LA CORZA BLANCA

I

En un pequeño lugar de Aragón, y allá por los años de mil
trescientos y pico, vivía retirado en su torre señorial un famoso
caballero, llamado don Dionís, el cual, después de haber servido
a su rey en la guerra contra infieles, descansaba a la sazón, entre-
gado al alegre ejercicio de la caza, de las rudas fatigas de los com-
bates.

Aconteció una vez a este caballero, hallándose en su favorita
diversión, acompañado de su hija, cuya belleza singular y extraor-
dinaria blancura le había granjeado el sobrenombre de la Azucena,
que, como se les entrase a más andar el día engolfados en perseguir
una res en el monte de su feudo, tuvo que acogerse durante las
horas de la siesta a una cañada, por donde corría un riachuelo sal-
tando de roca en roca con un ruido manso y agradable.

Haría cosa de unas dos horas que don Dionís se encontraba en
aquel delicioso lugar, recostado sobre la menuda grama a la som-
bra de una chopera, departiendo amigablemente con sus monteros
sobre las peripecias del día y refiriéndose unos a otros las aventu-
ras más o menos curiosas que en su vida de cazador les había acon-
tecido, cuando por lo alto de la más empinada ladera, y a través de
los alternados murmullos del viento, que agitaba las hojas de los
árboles, comenzó a percibirse, cada vez más cerca, el sonido de
una esquililla semejante a la del guión de un rebaño.

En efecto, era así, pues a poco de haberse oído la esquililla
empezaron a saltar por entre las apiñadas matas de cantueso y
tomillo y a descender a la orilla opuesta del riachuelo, hasta unos
cien corderos blancos como la nieve, detrás de los cuales con su
caperuza calada para libertarse la cabeza de los perpendiculares

rayos del sol, y su hatillo al hombro en la punta de un palo, apareció el zagal que los conducía.

—A propósito de aventuras extraordinarias —exclamó al verlo uno de los monteros de don Dionís, dirigiéndose a su señor—, ahí tenéis a Esteban, el zagal, que de algún tiempo a esta parte anda más tonto que lo que naturalmente lo hizo Dios, que no es poco, y el cual puede haceros pasar un rato divertido refiriendo la causa de sus continuos sustos.

—Pues ¿qué le acontece a ese pobre diablo? —exclamó don Dionís con aire de curiosidad picada.

—¡Friolera! —añadió el montero en tono de zumba—. ¡Que sin haber nacido en Viernes Santo, ni estar señalado con la cruz, ni hallarse en relaciones con el demonio, a lo que se puede colegir de sus hábitos de cristiano viejo, se encuentra, sin saber cómo ni por dónde, dotado de la facultad más maravillosa que ha poseído hombre alguno, a no ser Salomón, de quien se dice que sabía hasta el lenguaje de los pájaros!

—¿Y a qué se refiere esa facultad maravillosa?

—Se refiere —prosiguió el montero— a que, según él afirma, y lo jura y perjura por todo lo más sagrado del mundo, los ciervos que discurren por estos montes se han dado de ojo para no dejarlo en paz, siendo lo más gracioso del caso que en más de una ocasión les ha sorprendido concertando entre sí las burlas que han de hacerle, y después que estas burlas se han llevado a término ha oído las ruidosas carcajadas con que las celebran.

Mientras esto decía el montero, Constanza, que así se llamaba la hermosa hija de don Dionís, se había aproximado al grupo de los cazadores, y como demostrase su curiosidad por conocer la extraordinaria historia de Esteban, uno de éstos se adelantó hasta el sitio en donde el zagal daba de beber a su ganado y le condujo a presencia de su señor que, para disipar la turbación y el visible encogimiento del pobre mozo, se apresuró a saludarle por su nombre, acompañando el saludo con una bondadosa sonrisa.

Era Esteban un muchacho de diecinueve a veinte años, fornido, con la cabeza pequeña y hundida entre los hombros, los ojos pequeños y azules, la mirada incierta y torpe, como la de los albinos; la nariz roma, los labios gruesos y entreabiertos, la frente calzada, la tez blanca, pero ennegrecida por el sol, y el cabello, que le

caía parte sobre los ojos y parte alrededor de la cara en guedejas, ásperas y rojas, semejante a las crines de un rocín colorado.

Esto, sobre poco más o menos, era Esteban en cuanto al físico. Respecto a su moral, podía asegurarse, sin temor de ser desmentido ni por él ni por ninguna de las personas que le conocían, que era perfectamente simple, aunque un tanto suspicaz y malicioso, como buen rústico.

Una vez el zagal repuesto de su turbación, le dirigió de nuevo la palabra don Dionís, y con el tono más serio del mundo, y fingiendo un extraordinario interés por conocer los detalles del suceso a que su montero se había referido, le hizo una multitud de preguntas, a las que Esteban comenzó a contestar de una manera evasiva, como deseando evitar explicaciones sobre el asunto.

Estrechado, sin embargo, por las interrogaciones de su señor y por los ruegos de Constanza, que parecía la más curiosa e interesada en que el pastor refiriese sus estupendas aventuras, decidióse éste a hablar, mas no sin que antes dirigiese a su alrededor una mirada de desconfianza, como temiendo ser oído por otras personas que las que allí estaban presentes, y de rascarse tres o cuatro veces la cabeza tratando de reunir sus recuerdos o hilvanar su discurso, que al fin comenzó de esta manera:

—Es el caso, señor, que, según me dijo un preste de Tarazona, al que acudí no ha mucho para consultar mis dudas, con el diablo no sirven juegos, sino punto en boca, buenas y muchas oraciones a san Bartolomé, que es quien le conoce las cosquillas, y dejarle andar, que Dios, que es justo y está allá arriba, proveerá a todo. Firme en esta idea, había decidido no volver a decir palabra sobre el asunto a nadie ni por nada; pero lo haré hoy por satisfacer vuestra curiosidad, y a fe, a fe que, después de todo, si el diablo me lo toma en cuenta y torna a molestarme en castigo de mi indiscreción, buenos evangelios llevo cosidos a la pellica, y con su ayuda creo que, como otras veces, no me será inútil el garrote.

—Pero, vamos —exclamó don Dionís, impaciente al escuchar las digresiones del zagal, que amenazaban no concluir nunca—, déjate de rodeos y ve derecho al asunto.

—A él voy —contestó con calma Esteban, que después de dar una gran voz, acompañada de un silbido, para que se agruparan

los corderos, que no perdía de vista y comenzaban a desparramarse por el monte, tornó a rascarse la cabeza y prosiguió así:

—Por una parte vuestras continuas excursiones, y por otra el dale que le das de los cazadores furtivos que, ya con trampa o con ballesta, no dejan res a vida en veinte jornadas al contorno, habían no hace mucho agotado la caza en estos montes, hasta el extremo de no encontrarse un venado en ellos ni por un ojo de la cara. Hablaba yo de esto mismo en el lugar, sentado en el porche de la iglesia, donde después de acabada la misa del domingo solía reunirme con algunos peones de los que labran la tierra de Veratón, cuando algunos de ellos me dijeron: «Pues, hombre, no sé en qué consista el que tú no los topes, pues de nosotros podemos asegurarte que no bajamos una vez a las hazas que no nos encontremos rastro; y hace tres o cuatro días, sin ir más lejos, una manada, que a juzgar por las huellas debía componerse de más de veinte, le segaron antes de tiempo una pieza de trigo al santero de la Virgen del Romeral». «¿Y hacia qué sitio seguía el rastro?», pregunté a los peones, con ánimo de ver si topaba con la tropa. «Hacia la cañada de los cantuesos», me contestaron. No eché en saco roto la advertencia, y aquella noche misma fui a apostarme entre los chopos. Durante toda la noche estuve oyendo por acá y por allá, tan pronto lejos como cerca, el bramido de los ciervos, que se llamaban unos a otros, y de vez en cuando sentía moverse el ramaje a mis espaldas; pero por más que me hice todo ojos, la verdad es que no pude distinguir a ninguno. No obstante, al romper el día, cuando llevé los corderos al agua a la orilla de este río, como obra de dos tiros de honda del sitio en que nos hallamos, y en una umbría de chopos, donde ni a la hora de siesta se desliza un rayo de sol, encontré huellas recientes de los ciervos, algunas ramas desgajadas, la corriente un poco turbia y, lo que es más particular, entre el rastro de las reses, las breves huellas de unos pies pequeñitos como la mitad de la palma de mi mano, sin ponderación alguna.

Al decir esto, el mozo, instintivamente, y al parecer buscando un punto de comparación, dirigió la vista hacia el pie de Constanza, que asomaba por debajo del brial, calzado de un precioso chapín de tafilete amarillo; pero como, al par de Esteban, bajasen también los ojos don Dionís y algunos de los monteros que le ro-

deaban, la hermosa niña se apresuró a esconderlo, exclamando con el tono más natural del mundo:

—¡Oh, no! Por desgracia, no los tengo yo tan pequeñitos, pues de ese tamaño sólo se encuentran en las hadas cuya historia nos refieren los trovadores.

—Pues no paró aquí la cosa —continuó el zagal cuando Constanza hubo concluido—, sino que otra vez, habiéndome colocado en otro escondite por donde indudablemente habían de pasar los ciervos para dirigirse a la cañada, allá al filo de la medianoche me rindió un poco el sueño, aunque no tanto que no abriese los ojos en el mismo punto en que creí percibir que las ramas se movían a mi alrededor. Abrí los ojos, según dejo dicho; me incorporé con sumo cuidado y, poniendo atención a aquel confuso murmullo, que cada vez sonaba más próximo, oí en las ráfagas del aire como gritos y cantares extraños, carcajadas y tres o cuatro voces distintas que hablaban entre sí, con un ruido y una algarabía semejante al de las muchachas del lugar cuando, riendo y bromeando por el camino, vuelven en bandadas de la fuente con sus cántaros en la cabeza. Según colegía de la proximidad de las voces y del cercano chasquido de las ramas que crujían al romperse para dar paso a aquella turba de locuelas, iban a salir de la espesura a un pequeño rellano que formaba el monte en el sitio donde yo estaba oculto, cuando, enteramente a mis espaldas, tan cerca o más que me encuentro de vosotros, oí una nueva voz fresca, delgada y vibrante, que dijo (creedlo, señores, esto es tan seguro como que me he de morir) dijo..., claro y distintamente, estas propias palabras:

¡Por aquí, por aquí, compañeras,
que está ahí el bruto de Esteban!

Al llegar a este punto de la relación del zagal, los circunstantes no pudieron ya contener por más tiempo la risa, que hacía largo rato les retozaba en los ojos, y dando rienda a su buen humor, prorrumpieron en una carcajada estrepitosa. De los primeros en comenzar a reír y de los últimos en dejarlo fueron don Dionís que, a pesar de su fingida circunspección, no pudo por menos de tomar parte en el general regocijo, y su hija Constanza, la cual, cada vez

que miraba a Esteban, todo suspenso y confuso, tornaba a reírse como una loca, hasta el punto de saltarle las lágrimas a los ojos.

El zagal, por su parte, aunque sin atender al efecto que su narración había producido, parecía todo turbado e inquieto, y mientras los señores reían a sabor de sus inocentadas él tornaba la vista a un lado y a otro con visibles muestras de temor y como queriendo descubrir algo a través de los cruzados troncos de los árboles.

—¿Qué es eso, Esteban? ¿Qué te sucede? —le preguntó uno de los monteros, notando la creciente inquietud del pobre mozo, que ya fijaba sus espantadas pupilas en la hija risueña de don Dionís, ya las volvía a su alrededor con una expresión asombrada y estúpida.

—Me sucede una cosa muy extraña —exclamó Esteban—. Cuando, después de escuchar las palabras que dejo referidas, me incorporé con prontitud para sorprender a la persona que las había pronunciado, una corza blanca como la nieve salió de entre las mismas matas en donde yo estaba oculto y, dando unos saltos enormes por cima de los carrascales y los lentiscos, se alejó, seguida de una tropa de corzas de su color natural, y así éstas como la blanca que las iba guiando no arrojaban bramidos al huir, sino que se reían con unas carcajadas cuyo eco juraría que aún me está sonando en los oídos en este momento.

—¡Bah, bah! Esteban —exclamó don Dionís con aire burlón—, sigue los consejos del preste de Tarazona. No hables de tus encuentros con los corzos amigos de burlas, no sea que haga el diablo que al fin pierdas el poco juicio que tienes, y pues ya estás provisto de los evangelios y sabes las oraciones de san Bartolomé, vuélvete a tus corderos, que comienzan a desbandarse por la cañada. Si los espíritus malignos tornan a incomodarte, ya sabes el remedio: *paternoster* y garrotazo.

El zagal, después de guardarse en el zurrón un medio pan blanco y un trozo de carne de jabalí y en el estómago un valiente trago de vino que le dio por orden de su señor uno de los palafreneros, despidióse de don Dionís y su hija, y apenas anduvo cuatro pasos comenzó a voltear la honda para reunir a pedradas los corderos.

Como a esta sazón notase don Dionís que entre unas y otras las horas del calor eran ya pasadas y el vientecillo de la tarde comenzaba a mover las hojas de los chopos y a refrescar los campos,

dio orden a su comitiva para que aderezasen las caballerías, que andaban paciendo sueltas por el inmediato soto, y cuando todo estaba a punto hizo seña a los unos para que soltasen las traíllas y a los otros para que tocasen las trompas, y saliendo en tropel de la chopera prosiguió adelante la interrumpida caza.

II

Entre los monteros de don Dionís había uno llamado Garcés, hijo de un antiguo servidor de la familia y, por tanto, el más querido de sus señores.

Garcés tenía, poco más o menos, la edad de Constanza, y desde muy niño habíase acostumbrado a prevenir el menor de sus deseos y adivinar y satisfacer el más leve de sus antojos.

Por su mano se entretenía en afilar en los ratos de ocio las agudas saetas de su ballesta de marfil. Él domaba los potros que había de montar su señora, él ejercitaba en los ardides de la caza a sus lebreles favoritos y amaestraba a sus halcones, a los cuales compraba en las ferias de Castilla caperuzas rojas bordadas de oro.

Para con los otros monteros, los pajes y la gente menuda del servicio de don Dionís, la exquisita solicitud de Garcés y el aprecio con que sus señores le distinguían habíanle valido una especie de general animadversión, y al decir de los envidiosos, en todos aquellos cuidados con que se adelantaba a prevenir los caprichos de su señora revelábase su carácter adulador y rastrero. No faltaban, sin embargo, algunos que, más avisados o maliciosos, creyeron sorprender en la asiduidad del solícito mancebo algunas señales de mal disimulado amor.

Si en efecto era así, el oculto cariño de Garcés tenía más que sobrada disculpa en la incomparable hermosura de Constanza. Hubiérase necesitado un pecho de roca y un corazón de hielo para permanecer impasible un día y otro al lado de aquella mujer singular por su belleza y sus raros atractivos.

La «Azucena del Moncayo» llamábanla en veinte leguas a la redonda, y bien merecía este sobrenombre, porque era tan airosa, tan blanca y tan rubia que, como a las azucenas, parecía que Dios la había hecho de nieve y de oro.

Y, sin embargo, entre los señores comarcanos murmurábase que la hermosa castellana de Veratón no era tan limpia de sangre como bella y que, a pesar de sus trenzas rubias y su tez de alabastro, había tenido por madre una gitana. Lo de cierto que pudiera haber en estas murmuraciones nadie pudo nunca decirlo, porque la verdad era que don Dionís tuvo una vida bastante azarosa en su juventud, y después de combatir largo tiempo bajo la conducta del monarca aragonés, del cual recabó, entre otras mercedes, el feudo del Moncayo, marchóse a Palestina, en donde anduvo errante algunos años, para volver por último a encerrarse en su castillo de Veratón con una hija pequeña, nacida, sin duda, en aquellos países remotos. El único que hubiera podido decir algo acerca del misterioso origen de Constanza, pues acompañó a don Dionís en sus lejanas peregrinaciones, era el padre de Garcés, y éste había ya muerto hacía bastante tiempo, sin decir una sola palabra sobre el asunto ni a su propio hijo, que varias veces y con muestras de grande interés se lo había preguntado.

El carácter, tan pronto retraído y melancólico como bullicioso y alegre, de Constanza; la extraña exaltación de sus ideas, sus extravagantes caprichos, sus nunca vistas costumbres, hasta la particularidad de tener los ojos y las cejas negros como la noche, siendo blanca y rubia como el oro, habían contribuido a dar pábulo a las hablillas de sus convecinos, y aun el mismo Garcés, que tan íntimamente la trataba, había llegado a persuadirse que su señora era algo especial y aparte de las demás mujeres.

Presente a la relación de Esteban, como los otros monteros, Garcés fue acaso el único que oyó con verdadera curiosidad los pormenores de su increíble aventura, y si bien no pudo menos de sonreír cuando el zagal repitió las palabras de la corza blanca, desde que abandonó el soto en que habían sesteado comenzó a revolver en su mente las más absurdas imaginaciones.

«No cabe duda que todo eso del hablar las corzas es pura aprensión de Esteban, que es un completo mentecato —decía entre sí el joven montero mientras que, jinete en un poderoso alazán, seguía paso a paso el palafrén de Constanza, la cual también parecía mostrarse un tanto distraída y silenciosa y, retirada del tropel de los cazadores, apenas tomaba parte en la fiesta—. Pero ¿quién dice que en lo que refiere ese simple no existirá algo de verdad?

—prosiguió pensando el mancebo—. Cosas más extrañas hemos visto en el mundo, y una corza blanca bien puede haberla, puesto que si se ha de dar crédito a las cántigas del país, san Huberto, patrón de los cazadores, tenía una. ¡Oh, si yo pudiese coger viva una corza blanca para ofrecérsela a mi señora!»

Así pensando y discurriendo pasó Garcés la tarde, y cuando ya el sol comenzó a esconderse por detrás de las vecinas lomas y don Dionís mandó volver grupas a su gente para tornar al castillo, separóse sin ser notado de la comitiva y echó en busca del zagal por lo más espeso e intrincado del monte.

La noche había cerrado casi por completo cuando don Dionís llegaba a las puertas de su castillo. Acto continuo dispusiéronle una frugal colación y sentóse con su hija a la mesa.

—Y Garcés, ¿dónde está? —preguntó Constanza, notando que su montero no se encontraba allí para servirla, como tenía de costumbre.

—No sabemos —se apresuraron a contestar los otros servidores—. Desapareció de entre nosotros cerca de la cañada, y ésta es la hora en que todavía no le hemos visto.

En este punto llegó Garcés todo sofocado, cubierto aún de sudor la frente pero con la cara más regocijada y satisfecha que pudiera imaginarse.

—Perdonadme, señora —exclamó, dirigiéndose a Constanza—; perdonadme si he faltado un momento a mi obligación; pero allá de donde vengo a todo el correr de mi caballo, como aquí, sólo me ocupaba en serviros.

—¿En servirme? —repitió Constanza—. No comprendo lo que quieres decir.

—Sí, señora; en serviros —insistió el joven—; pues he averiguado que es verdad que la corza blanca existe. A más de Esteban, lo dan por seguro otros varios pastores, que juran haberla visto más de una vez, y con ayuda de los cuales espero en Dios y en mi patrón, san Huberto, que antes de tres días, viva o muerta, os la traeré al castillo.

—¡Bah, bah! —exclamó Constanza con aire de zumba mientras hacían coro a sus palabras las risas más o menos disimuladas de los circunstantes—. Déjate de cacerías nocturnas y de corzas blancas. Mira que el diablo ha dado en la flor de tentar a los sim-

ples, y si te empeñas en andarle a los talones, va a dar que reír contigo como con el pobre Esteban.

—Señora —interrumpió Garcés con voz entrecortada y disimulando en lo posible la cólera que le producía el burlón regocijo de sus compañeros—, yo no me he visto nunca con el diablo; y por consiguiente, no sé todavía cómo las gasta; pero conmigo os juro que todo podrá hacer menos dar que reír, porque el uso de ese privilegio sólo en vos sé tolerarlo.

Constanza conoció el efecto que su burla había producido en el enamorado joven; pero deseando apurar su paciencia hasta lo último, tornó a decir en el mismo tono:

—¿Y si al dispararle te saluda con alguna rima del género de la que oyó Esteban o se te ríe en la nariz, y al escuchar sus sobrenaturales carcajadas se te cae la ballesta de las manos y antes de reponerte del susto ya ha desaparecido la corza blanca más ligera que un relámpago?

—¡Oh! —exclamó Garcés—. En cuanto a eso, estad segura que como yo la topase a tiro de ballesta, aunque me hiciese más momos que un juglar, aunque me hablara, no ya en romance, sino en latín, como el abad de Munilla, no se iba sin un arpón en el cuerpo.

En este punto del diálogo, terció en él don Dionís, y con una desesperante gravedad, a través de la que se adivinaba toda la ironía de sus palabras, comenzó a darle al ya asendereado mozo los consejos más originales del mundo para el caso de que se encontrase de manos a boca con el demonio convertido en corza blanca. A cada nueva ocurrencia de su padre, Constanza fijaba sus ojos en el atribulado Garcés y rompía a reír como una loca, en tanto que los otros servidores esforzaban las burlas con sus miradas de inteligencia y su mal encubierto gozo.

Mientras duró la colación, prolongóse esta escena, en que la credulidad del joven montero fue, por decirlo así, el tema obligado del general regocijo. De modo que cuando se levantaron los paños y don Dionís y Constanza se retiraron a sus habitaciones y toda la gente del castillo se entregó al reposo, Garcés permaneció un largo espacio de tiempo irresoluto, dudando si, a pesar de las burlas de sus señores, proseguiría firme en su propósito o desistiría completamente de la empresa.

—¡Qué diantre! —exclamó, saliendo del estado de incertidumbre en que se encontraba—. Mayor mal del que me ha sucedido no puede sucederme y si, por el contrario, es verdad lo que nos ha contado Esteban... ¡Oh, entonces cómo he de saborear mi triunfo!

Esto diciendo, armó su ballesta, no sin haberla hecho antes la señal de la cruz en la punta de la vira, y colocándosela a la espalda se dirigió a la poterna del castillo para tomar la vereda del monte.

Cuando Garcés llegó a la cañada y al punto en que, según las instrucciones de Esteban, debía aguardar la aparición de las corzas, la luna comenzaba a remontarse con lentitud por detrás de los cercanos montes.

A fuer de buen cazador y práctico en el oficio, antes de elegir un puesto a propósito para colocarse al acecho de las reses, anduvo un gran rato de acá para allá examinando las trochas y las veredas vecinas, la disposición de los árboles, los accidentes del terreno, las curvas del río y la profundidad de sus aguas.

Por último, después de terminado este minucioso reconocimiento del lugar en que se encontraba, agazapóse en un ribazo junto a unos chopos de copas elevadas y oscuras, a cuyo pie crecían unas matas de lentisco, altas lo bastante para ocultar a un hombre echado en tierra.

El río, que desde las musgosas rocas donde tenía su nacimiento venía, siguiendo las sinuosidades del Moncayo, a entrar en la cañada por una vertiente, deslizábase desde allí bañando el pie de los sauces que sombreaban su orilla o jugueteando con alegre murmullo entre las piedras rodadas del monte, hasta caer en una hondura próxima al lugar que servía de escondrijo al montero.

Los álamos, cuyas plateadas hojas movía el aire con un rumor dulcísimo; los sauces, que, inclinados sobre la limpia corriente, humedecían en ella las puntas de sus desmayadas ramas, y los apretados carrascales, por cuyos troncos subían y se enredaban las madreselvas y las campanillas azules, formaban un espeso muro de follaje alrededor del remanso del río.

El viento, agitando los frondosos pabellones de verdura que derramaban en torno su flotante sombra, dejaba penetrar a intervalos un furtivo rayo de luz, que brillaba como un relámpago de plata sobre la superficie de las aguas inmóviles y profundas.

Oculto tras los matojos, con el oído atento al más leve rumor y la vista clavada en el punto en donde, según sus cálculos, debían aparecer las corzas, Garcés esperó inútilmente un gran espacio de tiempo. Todo permanecía a su alrededor sumido en una profunda calma.

Poco a poco, y bien fuese que el peso de la noche, que ya había pasado de la mitad, comenzara a dejarse sentir; bien que el lejano murmullo del agua, el penetrante aroma de las flores silvestres y las caricias del viento comunicasen a sus sentidos el dulce sopor en que parecía estar impregnada la naturaleza toda, el enamorado mozo, que hasta aquel punto había estado entretenido revolviendo en su mente las más halagüeñas imaginaciones, comenzó a sentir que sus ideas se elaboraban con más lentitud y sus pensamientos tomaban formas más leves e indecisas.

Después de mecerse un instante en ese vago espacio que media entre la vigilia y el sueño, entornó al fin los ojos, dejó escapar la ballesta de sus manos y se quedó profundamente dormido.

Cosa de dos horas o tres haría ya que el joven montero roncaba a pierna suelta, disfrutando a todo sabor de uno de los sueños más apacibles de su vida, cuando de repente entreabrió los ojos sobresaltado e incorporóse a medias, lleno aún de ese estupor del que vuelve en sí de improviso después de un sueño profundo.

En las ráfagas del aire, y confundido con los leves rumores de la noche, creyó percibir un extraño rumor de voces delgadas, dulces y misteriosas que hablaban entre sí, reían o cantaban cada cual por su parte y una cosa diferente, formando una algarabía tan ruidosa y confusa como la de los pájaros que despiertan al primer rayo del sol entre las frondas de una alameda.

Este extraño rumor sólo se dejó oír un instante y después todo volvió a quedar en silencio.

—Sin duda soñaba con las majaderías que nos refirió el zagal —exclamó Garcés, restregándose los ojos con mucha calma y en la firme persuasión de que cuanto había creído oír no era más que esa vaga huella del ensueño que queda, al despertar, en la imaginación, como queda en el oído la última cadencia de una melodía después que ha expirado temblando la última nota. Y dominado por la invencible languidez que embargaba sus miembros, iba a reclinar de nuevo la cabeza sobre el césped cuando tornó a oír el

eco distante de aquellas misteriosas voces, que, acompañándose del rumor del aire, del agua y de las hojas, cantaban así:

CORO

El arquero que velaba en lo alto de la torre ha reclinado su pesada cabeza en el muro.

Al cazador furtivo que esperaba sorprender la res lo ha sorprendido el sueño.

El pastor que aguarda el día consultando las estrellas duerme ahora, y dormirá hasta el amanecer.

Reina de las ondinas, sigue nuestros pasos.

Ven a mecerte en las ramas de los sauces, sobre el haz del agua.

Ven a embriagarte con el perfume de las violetas que se abren entre las sombras.

Ven a gozar de la noche, que es el día de los espíritus.

Mientras flotaban en el aire las suaves notas de aquella deliciosa música, Garcés se mantuvo inmóvil. Después que se hubo desvanecido, con mucha precaución apartó un poco las ramas, y no sin experimentar algún sobresalto, vio aparecer las corzas, que en tropel y salvando los matorrales con ligereza increíble unas veces, deteniéndose como a escuchar otras, jugueteando entre sí, ya escondiéndose entre la espesura, ya saliendo nuevamente a la senda, bajaban del monte con dirección al remanso del río.

Delante de sus compañeras, más ágil, más linda, más juguetona y alegre que todas; saltando, corriendo, parándose y tornando a correr, de modo que parecía no tocar el suelo con los pies, iba la corza blanca, cuyo extraño color destacaba con una fantástica luz sobre el oscuro fondo de los árboles. Aunque el joven se sentía dispuesto a ver en cuanto le rodeaba algo de sobrenatural y maravilloso, la verdad del caso era que, prescindiendo de la momentánea alucinación que turbó un instante sus sentidos, fingiéndole música, rumores y palabras, ni en la forma de las corzas, ni en sus movimientos, ni en los cortos bramidos con que parecían llamarse había nada que no debiese estar ya muy familiarizado un cazador práctico en esta clase de expediciones nocturnas.

A medida que desechaba la primera impresión, Garcés comenzó a comprenderlo así, y riéndose interiormente de su credulidad y su miedo, desde aquel instante sólo se ocupó en averiguar, teniendo en cuenta la dirección que seguían, el punto donde se hallaban las corzas.

Hecho el cálculo, cogió la ballesta entre los dientes, y arrastrándose como una culebra por detrás de los lentiscos, fue a situarse obra de unos cuarenta pasos más lejos del lugar en que antes se encontraba. Una vez acomodado en su nuevo escondite, esperó el tiempo suficiente para que las corzas estuvieran ya dentro del río, a fin de hacer el tiro más seguro. Apenas comenzó a escucharse ese ruido particular que produce el agua que se bate a golpes o se agita con violencia, Garcés comenzó a levantarse poquito a poco y con las mayores precauciones, apoyándose en la tierra primero sobre la punta de los dedos y después con una de las rodillas.

Ya de pie, y cerciorándose a tientas de que el arma estaba preparada, dio un paso hacia adelante, alargó el cuello por cima de los arbustos, para dominar el remanso, y tendió la ballesta; pero en el mismo punto en que, a par de la ballesta, tendió la vista buscando el objeto que había de herir, se escapó de sus labios un imperceptible e involuntario grito de asombro.

La luna, que había ido remontándose con lentitud por el ancho horizonte, estaba inmóvil y como suspendida en la mitad del cielo; su dulce claridad inundaba el soto, abrillantaba la intranquila superficie del río y hacía ver los objetos como a través de una gasa azul.

Las corzas habían desaparecido.

En su lugar, lleno de estupor y casi de miedo, vio Garcés un grupo de bellísimas mujeres, de las cuales unas entraban en el agua jugueteando, mientras las otras acababan de despojarse de las ligeras túnicas que aún ocultaban a la codiciosa vista el tesoro de sus formas.

En esos ligeros y cortados sueños de la mañana, ricos en imágenes risueñas y voluptuosas, sueños diáfanos y celestes como la luz que entonces comienza a transparentarse a través de las blancas cortinas del lecho, no ha habido nunca imaginación de veinte años que bosquejase con los colores de la fantasía una escena semejante a la que se ofrecía en aquel punto a los ojos del atónito Garcés.

Despojadas ya de sus túnicas y sus velos de mil colores, que destacaban sobre el fondo suspendidas de los árboles o arrojadas con descuido sobre la alfombra de césped, las muchachas discurrían a su placer por el soto, formando grupos pintorescos, y entraban y salían en el agua, haciéndola saltar en chispas luminosas sobre las flores de la margen como una menuda lluvia de rocío.

Aquí una de ellas, blanca como el vellón de un cordero, sacaba su cabeza rubia entre las verdes y flotantes hojas de una planta acuática, de la cual parecía una flor a medio abrir, cuyo flexible tallo más bien se adivinaba que se veía temblar debajo de los infinitos círculos de luz de las ondas.

Otra allá, con el cabello suelto sobre los hombros, mecíase suspendida de la rama de un sauce sobre la corriente de un río, y sus pequeños pies color de rosa hacían una raya de plata al pasar rozando la tersa superficie. En tanto que éstas permanecían recostadas aún al borde del agua, con los azules ojos adormidos, aspirando con voluptuosidad el perfume de las flores y estremeciéndose ligeramente al contacto de la fresca brisa, aquéllas danzaban en vertiginosa ronda, entrelazando caprichosamente sus manos, dejando caer atrás la cabeza con delicioso abandono e hiriendo el suelo con el pie en alternada cadencia.

Era imposible seguirlas en sus ágiles movimientos, imposible abarcar con una mirada los infinitos detalles del cuadro que formaban, unas corriendo, jugando y persiguiéndose con alegres risas por entre el laberinto de los árboles; otras surcando el agua como un cisne y rompiendo la corriente con el levantado seno; otras, en fin, sumergiéndose en el fondo, donde permanecían largo rato para volver a la superficie, trayendo una de esas flores extrañas que nacen escondidas en el lecho de las aguas profundas.

La mirada del atónito montero vagaba absorta de un lado a otro, sin saber dónde fijarse, hasta que sentado bajo un pabellón de verdura que parecía servirle de dosel, y rodeado de un grupo de mujeres, todas a cuál más bellas, que le ayudaban a despojarse de sus ligerísimas vestiduras, creyó ver el objeto de sus ocultas adoraciones: la hija del noble don Dionís, la incomparable Constanza.

Marchando de sorpresa en sorpresa, el enamorado joven no se atrevía ya a dar crédito ni al testimonio de sus sentidos, y creíase bajo la influencia de un sueño fascinador y engañoso.

No obstante, pugnaba en vano por persuadirse que todo cuanto veía era efecto del desarreglo de su imaginación, porque mientras más la miraba y más despacio, más se convencía de que aquella mujer era Constanza.

No podía caber duda, no; suyos eran aquellos ojos oscuros y sombreados de largas pestañas, que apenas bastaban a amortiguar la luz de sus pupilas; suya aquella rubia y abundante cabellera que, después de coronar su frente, se derramaba por su blanco seno y sus redondas espaldas como una cascada de oro; suyos, en fin, aquel cuello airoso que sostenía su lánguida cabeza, ligeramente inclinada como una flor que se rinde al peso de las gotas de rocío, y aquellas voluptuosas formas que él había soñado tal vez, y aquellas manos semejantes a manojos de jazmines, y aquellos pies diminutos, comparables sólo con dos pedazos de nieve que el sol no ha podido derretir y que a la mañana blanquean entre la verdura.

En el momento en que Constanza salió del bosquecillo, sin velo alguno que ocultase a los ojos de su amante los escondidos tesoros de su hermosura, sus compañeras comenzaron nuevamente a cantar estas palabras con una melodía dulcísima:

CORO

Genios del aire, habitadores del luminoso éter, venid envueltos en un jirón de niebla plateada.

Silfos invisibles, dejad el cáliz de los entreabiertos lirios, y venid en vuestros carros de nácar, al que vuelan uncidas las mariposas.

Larvas de las fuentes, abandonad el lecho de musgo y caed sobre nosotras en menuda lluvia de perlas.

Escarabajos de esmeralda, luciérnagas de fuego, mariposas negras, ¡venid!

Y venid vosotros todos, espíritus de la noche; venid zumbando como un enjambre de insectos de luz y de oro.

Venid, que ya el astro protector de los misterios brilla en la plenitud de su hermosura.

Venid, que ha llegado el momento de las transformaciones maravillosas.

Venid, que las que os aman os esperan impacientes.

Garcés, que permanecía inmóvil, sintió, al oír aquellos cantares misteriosos, que el áspid de los celos le mordía el corazón, y obedeciendo a un impulso más poderoso que su voluntad, deseando romper de una vez el encanto que fascinaba sus sentidos, separó con mano trémula y convulsa el ramaje que le ocultaba, y de un solo salto se puso en la margen del río. El encanto se rompió, desvanecióse todo como el humo, y al tender en torno suyo la vista, no vio ni oyó más que el bullicioso tropel con que las tímidas corzas, sorprendidas en lo mejor de sus nocturnos juegos, huían espantadas de su presencia, una por aquí, otra por allá, cuál salvando de un salto los matorrales, cuál ganando a todo correr la trocha del monte.

—¡Oh! Bien dije yo que todas estas cosas no eran más que fantasmagorías del diablo —exclamó entonces el montero—; pero, por fortuna, esta vez ha andado un poco torpe, dejándome entre las manos la mejor presa.

Y, en efecto, era así: la corza blanca, deseando escapar por el soto, se había lanzado entre el laberinto de sus árboles, y enredándose en una red de madreselvas, pugnaba en vano por desasirse. Garcés le encaró la ballesta; pero en el mismo punto en que iba a herirla, la corza se volvió hacia el montero y con voz clara y aguda detuvo su acción con un grito, diciéndole:

—Garcés, ¿qué haces?

El joven vaciló, y después de un instante de duda, dejó caer al suelo el arma, espantado a la sola idea de haber podido herir a su amante. Una sonora y estridente carcajada vino a sacarle al fin de su estupor. La corza blanca había aprovechado aquellos cortos instantes para acabarse de desenredar y huir ligera como un relámpago, riéndose de la burla hecha al montero.

—¡Ah, condenado engendro de Satanás! —dijo éste con voz espantosa, recogiendo la ballesta con una rapidez indecible—. ¡Pronto has cantado la victoria! ¡Pronto te has creído fuera de mi alcance!

Y esto diciendo, dejó volar la saeta, que partió silbando, y fue a perderse en la oscuridad del soto en el fondo del cual sonó al mismo tiempo un grito, al que siguieron después unos gemidos sofocados.

—¡Dios mío! —exclamó Garcés al percibir aquellos lamentos angustiosos—. ¡Dios mío, si será verdad!

Y fuera de sí, como loco, sin darse cuenta apenas de lo que le pasaba, corrió en la dirección en que había disparado la saeta, que era la misma en que sonaban los gemidos. Llegó al fin; pero, al llegar, sus cabellos se erizaron de horror, las palabras se anudaron en su garganta y tuvo que agarrarse al tronco de un árbol para no caer a tierra.

Constanza, herida por su mano, expiraba allí a su vista, revolcándose en su propia sangre, entre las agudas zarzas del monte.

EL BESO
Leyenda toledana

Cuando una parte del ejército francés se apoderó a principios de este siglo de la histórica Toledo, sus jefes, que no ignoraban el peligro a que se exponían en las poblaciones españolas diseminándose en alojamientos separados, comenzaron por habilitar para cuarteles los más grandes y mejores edificios de la ciudad.

Después de ocupado el suntuoso alcázar de Carlos V, echóse mano de la casa de Consejos, y cuando ésta no pudo contener más gente, comenzaron a invadir el asilo de las comunidades religiosas, acabando a la postre por transformar en cuadras hasta las iglesias consagradas al culto. En esta conformidad se encontraban las cosas en la población donde tuvo lugar el suceso que voy a referir, cuando una noche, ya a hora bastante avanzada, envueltos en sus oscuros capotes de guerra y ensordeciendo las estrechas y solitarias calles que conducen desde la puerta del Sol a Zocodover con el choque de sus armas y el ruidoso golpear de los cascos de sus corceles, que sacaban chispas de los pedernales, entraron en la ciudad hasta unos cien dragones de aquellos, altos, arrogantes y fornidos, de que todavía nos hablan con admiración nuestras abuelas.

Mandaba la fuerza un oficial bastante joven, el cual iba como a distancia de unos treinta pasos de su gente, hablando a media voz con otro, también militar, a lo que podía colegirse por su traje.

Éste, que caminaba a pie delante de su interlocutor, llevando en la mano un farolillo, parecía servirle de guía por entre aquel laberinto de calles oscuras, enmarañadas y revueltas.

—En verdad —decía el jinete a su acompañante— que si el alojamiento que se nos prepara es tal y como me le pintas, casi, casi sería preferible arrancharnos en el campo o en medio de una plaza.

—¿Y qué queréis, mi capitán? —contestó el guía, que, efectivamente, era un sargento aposentador—. En el alcázar no cabe ya un grano de trigo, cuanto más un hombre. De San Juan de los Reyes no digamos, porque hay celdas de fraile en las que duermen quince húsares. El convento adonde voy a conduciros no era mal local; pero hará cosa de tres o cuatro días nos cayó aquí como de las nubes una de las columnas volantes que recorren la provincia, y gracias que hemos podido conseguir que se amontonen por los claustros y dejen libre la iglesia.

—En fin —exclamó el oficial después de un corto silencio y como resignándose con el extraño alojamiento que la casualidad le deparaba—, más vale incómodo que ninguno. De todas maneras, si llueve, que no será difícil según se agrupan las nubes, estaremos a cubierto, y algo es algo.

Interrumpida la conversación en este punto, los jinetes, precedidos del guía, siguieron en silencio el camino adelante hasta llegar a una plazuela, en cuyo fondo se destacaba la negra silueta del convento con su torre morisca, su campanario de espadañas, su cúpula ojival y sus tejados de crestas desiguales y oscuras.

—He aquí vuestro alojamiento —exclamó el aposentador al divisarle y dirigiéndose al capitán que, después que hubo mandado hacer alto a su tropa, echó pie a tierra, tomó el farolillo de manos del guía y se dirigió hacia el punto que éste le señalaba.

Como quiera que la iglesia del convento estaba completamente desmantelada, los soldados que ocupaban el resto del edificio habían creído que las puertas le eran ya poco menos que inútiles, y un tablero hoy, otro mañana, habían ido arrancándolas pedazo a pedazo para hacer hogueras con que calentarse por las noches.

Nuestro joven oficial no tuvo, pues, que torcer llaves ni descorrer cerrojos para penetrar en el interior del templo.

A la luz del farolillo, cuya dudosa claridad se perdía entre las espesas sombras de las naves y dibujaba con gigantescas proporciones sobre el muro la fantástica silueta del sargento aposentador, que iba precediéndole, recorrió la iglesia de arriba a abajo y escudriñó una por una todas sus desiertas capillas, hasta que, una vez hecho cargo del local, mandó echar pie a tierra a su gente y, hombres y caballos revueltos, fue acomodándola como mejor pudo.

Según dejamos dicho, la iglesia estaba completamente desmantelada: en el altar mayor pendían aún de las altas cornisas los rotos jirones del velo con que lo habían cubierto los religiosos al abandonar aquel recinto; diseminados por las naves veíanse algunos retablos adosados al muro, sin imágenes en las hornacinas; en el coro se dibujaban con un ribete de luz los extraños perfiles de la oscura sillería de alerce; en el pavimento, destrozado en varios puntos, distinguíanse aún anchas losas sepulcrales llenas de timbres, escudos y largas inscripciones góticas, y allá a lo lejos, en el fondo de las silenciosas capillas y a lo largo del crucero, se destacaban confusamente entre la oscuridad, semejantes a blancos e inmóviles fantasmas, las estatuas de piedra que, unas tendidas, otras de hinojos sobre el mármol de sus tumbas, parecían ser los únicos habitantes del ruinoso edificio.

A cualquiera otro menos molido que el oficial de dragones, el cual traía una jornada de catorce leguas en el cuerpo, o menos acostumbrado a ver estos sacrilegios como la cosa más natural del mundo, hubiéranle bastado dos adarmes de imaginación para no pegar los ojos en toda la noche en aquel oscuro e imponente recinto, donde las blasfemias de los soldados, que se quejaban en voz alta del improvisado cuartel; el metálico golpe de sus espuelas, que resonaban sobre las anchas losas sepulcrales del pavimento; el ruido de los caballos, que piafaban impacientes, cabeceando y haciendo sonar las cadenas con que estaban sujetos a los pilares, formaban un rumor extraño y temeroso que se dilataba por todo el ámbito de la iglesia y se reproducía cada vez más confuso, repetido de eco en eco en sus altas bóvedas.

Pero nuestro héroe, aunque joven, estaba ya tan familiarizado con estas peripecias de la vida de campaña, que apenas hubo acomodado a su gente, mandó colocar un saco de forraje al pie de la grada del presbiterio y, arrebujándose como mejor pudo en su capote y echando la cabeza en el escalón, a los cinco minutos roncaba con más tranquilidad que el mismo rey José en su palacio de Madrid.

Los soldados, haciéndose almohadas de las monturas, imitaron su ejemplo, y poco a poco fue apagándose el murmullo de sus voces.

A la media hora sólo se oían los ahogados gemidos del aire que entraba por las rotas vidrieras de las ojivas del templo, el atolon-

drado revolotear de las aves nocturnas que tenían sus nidos en el dosel de piedra de las esculturas de los muros y el alternado rumor de los pasos del vigilante que se paseaba, envuelto en los anchos pliegues de su capote, a lo largo del pórtico.

II

En la época a que se remonta la relación de esta historia, tan verídica como extraordinaria, lo mismo que al presente, para los que no sabían apreciar los tesoros del arte que encierran sus muros, la ciudad de Toledo no era más que un poblachón destartalado, antiguo, ruinoso e insufrible.

Los oficiales del ejército francés, que, a juzgar por los actos de vandalismo con que dejaron en ella triste y perdurable memoria de su ocupación, de todo tenían menos de artistas o arqueólogos, no hay para qué decir que se fastidiaban soberanamente en la vetusta ciudad de los césares.

En esta situación de ánimo, la más insignificante novedad que viniese a romper la monótona quietud de aquellos días eternos e iguales era acogida con avidez entre los ociosos; así es que la promoción al grado inmediato de uno de sus camaradas, la noticia del movimiento estratégico de una columna volante, la salida de un correo de gabinete o la llegada de una fuerza cualquiera a la ciudad convertíase en tema fecundo de conversación y objeto de toda clase de comentarios, hasta tanto que otro incidente venía a sustituirle, sirviendo de base a nuevas quejas, críticas y suposiciones.

Como era de esperar, entre los oficiales que, según tenían de costumbre, acudieron al día siguiente a tomar el sol y a charlar un rato en el Zocodover, no se hizo platillo de otra cosa que de la llegada de los dragones, cuyo jefe dejamos en el anterior capítulo durmiendo a pierna suelta y descansando de las fatigas de su viaje.

Cerca de una hora hacía que la conversación giraba alrededor de este asunto, y ya comenzaba a interpretarse de diversos modos la ausencia del recién venido, a quien uno de los presentes, antiguo compañero suyo de colegio, había citado para el Zocodover, cuando en una de las bocacalles de la plaza apareció al fin nuestro bizarro capitán, despojado de su ancho capotón de guerra, luciendo un

gran casco de metal, con penacho de plumas blancas, una casaca azul turquí con vueltas rojas y un magnífico mandoble con vaina de acero, que resonaba arrastrándose al compás de sus marciales pasos y del golpe seco y agudo de sus espuelas de oro.

Apenas le vio su camarada, salió a su encuentro para saludarle, y con él se adelantaron casi todos los que a la sazón se encontraban en el corrillo, en quienes habían despertado la curiosidad y la gana de conocerle los pormenores que ya habían oído referir acerca de su carácter original y extraño.

Después de los estrechos abrazos de costumbre y de las exclamaciones, plácemes y preguntas de rigor en estas entrevistas; después de hablar largo y tendido sobre las novedades que andaban por Madrid, la varia fortuna de la guerra y los amigotes muertos o ausentes, rodando de uno en otro asunto, la conversación vino a parar al tema obligado, esto es, las penalidades del servicio, la falta de distracciones de la ciudad y el inconveniente de los alojamientos.

Al llegar a este punto, uno de los de la reunión que, por lo visto, tenía noticia del mal talante con que el joven oficial se había resignado a acomodar su gente en la abandonada iglesia, le dijo con aire de zumba:

—Y a propósito de alojamiento: ¿qué tal se ha pasado la noche en el que ocupáis?

—Ha habido de todo —contestó el interpelado—, pues si bien es verdad que no he dormido gran cosa, el origen de mi vigilia merece la pena de la velada. El insomnio junto a una mujer bonita no es seguramente el peor de los males.

—¡Una mujer! —repitió su interlocutor, como admirándose de la buena fortuna del recién venido—. Eso es lo que se llama llegar y besar el santo.

—Será tal vez algún antiguo amor de la corte que le sigue a Toledo para hacerle más soportable el ostracismo —añadió otro de los del grupo.

—¡Oh, no! —dijo entonces el capitán—. Nada menos que eso. Juro, a fe de quien soy, que no la conocía y que nunca creí hallar tan bella patrona en tan incómodo alojamiento. Es todo lo que se llama una verdadera aventura.

—¡Contadla! ¡Contadla! —exclamaron en coro los oficiales que rodeaban al capitán.

Y como éste se dispusiera a hacerlo así, todos prestaron la mayor atención a sus palabras, mientras él comenzó la historia en estos términos:

—Dormía esta noche pasada como duerme un hombre que trae en el cuerpo trece leguas de camino, cuando he aquí que en lo mejor del sueño me hizo despertar sobresaltado e incorporarme sobre el codo un estruendo horrible, un estruendo tal, que me ensordeció un instante para dejarme después los oídos zumbando cerca de un minuto, como si un moscardón me cantase a la oreja. Como os habréis figurado, la causa de mi susto era el primer golpe que oía de esa endiablada campana gorda, especie de sochantre de bronce, que los canónigos de Toledo han colgado en su catedral con el laudable propósito de matar a disgustos a los necesitados de reposo. Renegando entre dientes de la campana y del campanero que la toca, disponíame, una vez apagado aquel insólito y temeroso rumor, a coger nuevamente el hilo del interrumpido sueño, cuando vino a herir mi imaginación y a ofrecerse ante mis ojos una cosa extraordinaria. A la dudosa luz de la luna que entraba en el templo por el estrecho ajimez del muro de la capilla mayor vi una mujer arrodillada junto al altar.

Los oficiales se miraron entre sí con expresión entre asombrada e incrédula. El capitán, sin atender al efecto que su narración producía, continuó de este modo:

—No podéis figuraros nada semejante a aquella nocturna y fantástica visión que se dibujaba confusamente en la penumbra de la capilla, como esas vírgenes pintadas en los vidrios de colores que habréis visto alguna vez destacarse a lo lejos, blancas y luminosas, sobre el oscuro fondo de las catedrales. Su rostro ovalado, en donde se veía impreso el sello de una leve y espiritual demacración; sus armoniosas facciones, llenas de una suave y melancólica dulzura; su intensa palidez, las purísimas líneas de su contorno esbelto, su ademán reposado y noble, su traje blanco y flotante, me traían a la memoria esas mujeres que yo soñaba cuando casi era un niño. ¡Castas y celestes imágenes, quimérico objeto del vago amor de la adolescencia! Yo me creía juguete de una alucinación y, sin quitarle un punto los ojos, ni aun osaba respirar, temiendo que un soplo desvaneciese el encanto. Ella permanecía inmóvil. Antojábaseme, al verla tan diáfana y luminosa, que no era una criatura te-

rrenal, sino un espíritu que, revistiendo por un instante la forma humana, había descendido en el rayo de la luna, dejando en el aire y en pos de sí la azulada estela que desde el alto ajimez bajaba verticalmente hasta el pie del opuesto muro, rompiendo la oscura sombra de aquel recinto lóbrego y misterioso.

—Pero... —exclamó interrumpiéndole su camarada de colegio que, comenzando por echar a broma la historia, había concluido interesándose con su relato—. ¿Cómo estaba allí aquella mujer? ¿No la dijiste nada? ¿No te explicó su presencia en aquel sitio?

—No me determiné a hablarla porque estaba seguro que no había de contestarme, ni verme, ni oírme.

—¿Era sorda?

—¿Era ciega?

—¿Era muda? —exclamaron a un tiempo tres o cuatro de los que escuchaban la relación.

—Lo era todo a la vez —exclamó al fin el capitán, después de un momento de pausa—, porque era... de mármol.

Al oír el estupendo desenlace de tan extraña aventura, cuantos había en el corro prorrumpieron en una ruidosa carcajada, mientras uno de ellos dijo al narrador de la peregrina historia, que era el único que permanecía callado y en una grave actitud:

—¡Acabáramos de una vez! Lo que es de ese género tengo yo más de un millar, un verdadero serrallo, en San Juan de los Reyes. Serrallo que desde ahora pongo a vuestra disposición, ya que, a lo que parece, tanto os da de una mujer de carne como de piedra.

—¡Oh, no! —continuó el capitán sin alterarse en lo más mínimo por las carcajadas de sus compañeros—. Estoy seguro que no pueden ser como la mía. La mía es una verdadera dama castellana que, por un milagro de la escultura, parece que no la han enterrado en su sepulcro, sino que aún permanece en cuerpo y alma de hinojos sobre la losa que le cubre, inmóvil, con las manos juntas en ademán suplicante, sumergida en un éxtasis de místico amor.

—De tal modo te explicas, que acabarás por probarnos la verosimilitud de la fábula de Galatea.

—Por mi parte, puedo deciros que siempre la creí una locura; mas desde anoche comienzo a comprender la pasión del escultor griego.

—Dadas las especiales condiciones de tu nueva dama, creo que no tendrás inconveniente en presentarnos a ella. De mí sé decir que ya no vivo hasta ver esa maravilla. Pero... ¿qué diantres te pasa?... Diríase que esquivas la presentación. ¡Ja, ja, ja! Bonito fuera que ya te tuviésemos hasta celoso.

—Celoso —se apresuró a decir el capitán—, celoso... De los hombres, no... Mas ved, sin embargo, hasta dónde llega mi extravagancia. Junto a la imagen de esa mujer, también de mármol, grave y al parecer con vida como ella, hay un guerrero... Su marido, sin duda... Pues bien: lo voy a decir todo, aunque os moféis de mi necedad... Si no hubiera temido que me tratasen de loco, creo que ya lo habría hecho cien veces pedazos.

Una nueva y aún más ruidosa carcajada de los oficiales saludó esta original revelación del estrambótico enamorado de la dama de piedra.

—Nada, nada; es preciso que la veamos —decían los unos.

—Sí, sí; es preciso saber si el objeto corresponde a tan alta pasión —añadían los otros.

—¿Cuándo nos reunimos a echar un trago en la iglesia en que os alojáis? —exclamaron los demás.

—Cuando mejor os parezca. Esta misma noche, si queréis —respondió el joven capitán, recobrando su habitual sonrisa, disipada un instante por aquel relámpago de celos—. A propósito: con los bagajes he traído hasta un par de docenas de botellas de *champagne;* verdadero *champagne,* restos de un regalo hecho a nuestro general de brigada, que, como sabéis, es algo pariente.

—¡Bravo! ¡Bravo! —exclamaron los oficiales a una voz, prorrumpiendo en alegres exclamaciones.

—¡Se beberá vino del país!

—¡Y cantaremos una canción de Ronsard!

—Y hablaremos de mujeres, a propósito de la dama del anfitrión.

—Conque... ¡hasta la noche!

—¡Hasta la noche!

III

Ya hacía largo rato que los pacíficos habitantes de Toledo habían cerrado con llave y cerrojo las pesadas puertas de sus antiguos caserones; la campana gorda de la catedral anunciaba la hora de la queda, y en lo alto del alcázar, convertido en cuartel, se oía el último toque de silencio de los clarines, cuando diez o doce oficiales que poco a poco habían ido reuniéndose en el Zocodover tomaron el camino que conduce desde aquel punto al convento en que se alojaba el capitán, animados más con la esperanza de apurar las prometidas botellas que con el deseo de conocer la maravillosa escultura.

La noche había cerrado sombría y amenazadora. El cielo estaba cubierto de nubes de color de plomo. El aire, que zumbaba encarcelado en las estrechas y retorcidas calles, agitaba la moribunda luz del farolillo de los retablos o hacía girar con un chirrido agudo las veletas de hierro de las torres.

Apenas los oficiales dieron vista a la plaza en que se hallaba situado el alojamiento de su nuevo amigo, éste, que les aguardaba impaciente, salió a encontrarles y, después de cambiar algunas palabras a media voz, todos penetraron juntos en la iglesia, en cuyo lóbrego recinto la escasa claridad de una linterna luchaba trabajosamente con las oscuras y espesísimas sombras.

—¡Por quien soy —exclamó uno de los convidados, tendiendo a su alrededor la vista—, que el local es de los menos a propósito del mundo para una fiesta!

—Efectivamente —dijo otro—. Nos traes a conocer a una dama, y apenas si con mucha dificultad se ven los dedos de la mano.

—Y, sobre todo, hace un frío que no parece sino que estamos en la Siberia —añadió un tercero, arrebujándose en el capote.

—Calma, señores, calma —interrumpió el anfitrión—. Calma, que a todo se proveerá. ¡Eh, muchacho! —prosiguió, dirigiéndose a uno de sus asistentes—, busca por ahí un poco de leña y enciéndenos una buena fogata en la capilla mayor.

El asistente, obedeciendo las órdenes de su capitán, comenzó a descargar golpes en la sillería del coro, y después que hubo reunido una gran cantidad de leña, que fue apilando al pie de las gradas del presbiterio, tomó la linterna y se dispuso a hacer un

auto de fe con aquellos fragmentos tallados de riquísimas labores, entre las que se veían, por aquí, parte de una columnilla salomónica; por allá, la imagen de un santo abad, el torso de una mujer o la disforme cabeza de un grifo asomado entre hojarasca.

A los pocos minutos, una gran claridad que de improviso se derramó por todo el ámbito de la iglesia anunció a los oficiales que había llegado la hora de comenzar el festín.

El capitán, que hacía los honores de su alojamiento con la misma ceremonia que hubiera hecho los de su casa, exclamó, dirigiéndose a los convidados:

—Si gustáis, pasaremos al *buffet*.

Sus camaradas, afectando la mayor gravedad, respondieron a la invitación con un cómico saludo, y se encaminaron a la capilla mayor precedidos del héroe de la fiesta, que al llegar a la escalinata se detuvo un instante y, extendiendo la mano en dirección al sitio que ocupaba la tumba, les dijo con la finura más exquisita:

—Tengo el placer de presentaros a la dama de mis pensamientos. Creo que convendréis conmigo en que no he exagerado su belleza.

Los oficiales volvieron los ojos al punto que les señalaba su amigo, y una exclamación de asombro se escapó involuntariamente de todos los labios.

En el fondo de un arco sepulcral revestido de mármoles negros, arrodillada delante de un reclinatorio, con las manos juntas y la cara vuelta hacia el altar, vieron, en efecto, la imagen de una mujer tan bella, que jamás salió otra igual de manos de un escultor, ni el deseo pudo pintarla en la fantasía más soberanamente hermosa.

—En verdad que es un ángel —exclamó uno de ellos.

—¡Lástima que sea de mármol! —añadió otro.

—No hay duda que, aunque no sea más que la ilusión de hallarse junto a una mujer de este calibre, es lo suficiente para no pegar los ojos en toda la noche.

—¿Y no sabéis quién es ella? —preguntaron algunos de los que contemplaban la estatua al capitán, que sonreía satisfecho de su triunfo.

—Recordando un poco del latín que en mi niñez supe, he conseguido a duras penas descifrar la inscripción de la tumba —contes-

tó el interpelado—, y, a lo que he podido colegir pertenece a un título de Castilla, famoso guerrero que hizo la campaña de Italia con el Gran Capitán. Su nombre lo he olvidado; mas su esposa, que es la que veis, se llama doña Elvira de Castañeda, y, por mi fe que si la copia se parece al original, debió ser la mujer más notable de su siglo.

Después de estas breves explicaciones, los convidados, que no perdían de vista el principal objeto de la reunión, procedieron a destapar algunas de las botellas, y, sentándose alrededor de la lumbre, empezó a andar el vino a la ronda.

A medida que las libaciones se hacían más numerosas y frecuentes y el vapor del espumoso *champagne* comenzaba a trastornar las cabezas, crecían la animación, el ruido y la algazara de los jóvenes, de los cuales, éstos arrojaban a los monjes de granito adosados a los pilares los cascos de las botellas vacías, y aquéllos cantaban a toda voz canciones báquicas y escandalosas, mientras los de más allá prorrumpían en carcajadas, batían las palmas en señal de aplauso o disputaban entre sí con blasfemias y juramentos.

El capitán bebía en silencio como un desesperado y sin apartar los ojos de la estatua de doña Elvira.

Iluminada por el rojizo resplandor de la hoguera, y a través del confuso velo que la embriaguez había puesto delante de su vista, parecíale que la marmórea imagen se transformaba a veces en una mujer real: parecíale que entreabría los labios como murmurando una oración, que se alzaba su pecho como oprimido y sollozante, que cruzaba las manos con más fuerza, que sus mejillas se coloreaban, en fin, como si se ruborizase ante aquel sacrílego y repugnante espectáculo.

Los oficiales, que advirtieron la taciturna tristeza de su camarada, le sacaron del éxtasis en que se encontraba sumergido y, presentándole una copa, exclamaron en coro:

—¡Vamos, brindad vos, que sois el único que no lo ha hecho en toda la noche!

El joven tomó la copa y, poniéndose de pie y alzándola en alto, dijo encarándose con la estatua del guerrero arrodillado junto a doña Elvira:

—¡Brindo por el emperador y brindo por la fortuna de sus armas, merced a las cuales hemos podido venir hasta el fondo de

Castilla a cortejarle su mujer, en su misma tumba, a un vencedor de Ceriñola!

Los militares acogieron el brindis con una salva de aplausos, y el capitán, balanceándose, dio algunos pasos hacia el sepulcro.

—No... —prosiguió dirigiéndose siempre a la estatua del guerrero y con esa sonrisa estúpida propia de la embriaguez—, no creas que te tengo rencor alguno porque veo en ti un rival. Al contrario, te admiro como a un marido paciente, ejemplo de longanimidad y mansedumbre, y a mi vez quiero también ser generoso. Tú serías bebedor, a fuer de soldado... No se ha de decir que te he dejado morir de sed viéndonos vaciar veinte botellas... ¡Toma!

Y esto diciendo, llevóse la copa a los labios y, después de humedecérselos en el licor que contenía, le arrojó el resto a la cara, prorrumpiendo en una carcajada estrepitosa al ver cómo caía el vino sobre la tumba, goteando de las barbas de piedra del inmóvil guerrero.

—¡Capitán! —exclamó en aquel punto uno de sus camaradas en tono de zumba—. Cuidado con lo que hacéis... Mirad que esas bromas con la gente de piedra suelen costar caras. Acordaos de lo que aconteció a los húsares del quinto en el monasterio de Poblet... Los guerreros del claustro, dicen que pusieron mano una noche a sus espadas de granito y dieron que hacer a los que se entretenían en pintarles bigotes con carbón.

Los jóvenes acogieron con grandes carcajadas esta ocurrencia; pero el capitán, sin hacer caso de sus risas, continuó, siempre fijo en la misma idea:

—¿Creéis que yo le hubiera dado el vino, a no saber que se tragaba al menos el que le cayese en la boca?... ¡Oh, no!... Yo no creo, como vosotros, que esas estatuas son un pedazo de mármol tan inerte hoy como el día en que lo arrancaron de la cantera. Indudablemente, el artista, que es casi un dios, le da a su obra un soplo de vida que no logra hacer que ande y se mueva, pero que le infunde una vida incomprensible y extraña, vida que yo no me explico bien, pero que la siento, sobre todo cuando bebo un poco.

—¡Magnífico! —exclamaron sus camaradas—. Bebe y prosigue.

El oficial bebió y, fijando sus ojos en la imagen de doña Elvira, prosiguió con una exaltación creciente:

—¡Miradla!... ¡Miradla!... ¿No veis esos cambiantes rojos de sus carnes mórbidas y transparentes?... ¿No parece que por debajo de esa ligera epidermis azulada y suave de alabastro circula un fluido de luz color de rosa?... ¿Queréis más vida?... ¿Queréis más realidad?...

—¡Oh, sí, seguramente! —dijo uno de los que le escuchaban—. Quisiéramos que fuese de carne y hueso.

—¡Carne y hueso!... ¡Miseria, podredumbre!... —exclamó el capitán—. Yo he sentido en una orgía arder mis labios y mi cabeza. Yo he sentido este fuego que corre por las venas hirviente como la lava de un volcán, cuyos vapores caliginosos turban y trastornan el cerebro y hacen ver visiones extrañas. Entonces, el beso de esas mujeres materiales me quemaba como un hierro candente, y las apartaba de mí con disgusto, con horror, hasta con asco, porque entonces, como ahora, necesitaba un soplo de brisa del mar para mi frente calurosa, beber hielo y besar nieve... Nieve teñida de suave luz, nieve colorada por un dorado rayo de sol... Una mujer blanca, hermosa y fría, como esa mujer de piedra que parece incitarme con su fantástica hermosura, que parece que oscila al compás de la llama y me provoca entreabriendo sus labios y ofreciéndome un tesoro de amor... ¡Oh, sí! Un beso..., sólo un beso tuyo podrá calmar el ardor que me consume.

—¡Capitán! —exclamaron algunos de los oficiales al verle dirigirse hacia la estatua como fuera de sí, extraviada la vista y con pasos inseguros—. ¿Qué locura vais a hacer? ¡Basta de broma y dejad en paz a los muertos!

El joven ni oyó siquiera las palabras de sus amigos, y, tambaleando y como pudo, llegó a la tumba y aproximóse a la estatua; pero al tenderle los brazos resonó un grito de horror en el templo. Arrojando sangre por ojos, boca y nariz, había caído desplomado y con la cara deshecha al pie del sepulcro.

Los oficiales, mudos y espantados, ni se atrevían a dar un paso para prestarle socorro.

En el momento en que su camarada intentó acercar sus labios ardientes a los de doña Elvira, habían visto al inmóvil guerrero levantar la mano y derribarle con una espantosa bofetada de su guantelete de piedra.

LA ROSA DE PASIÓN
Leyenda religiosa

Una tarde de verano, y en un jardín de Toledo, me refirió esta singular historia una muchacha muy buena y muy bonita.

Mientras me explicaba el misterio de su forma especial, besaba las hojas y los pistilos que iba arrancando, uno a uno, de la flor que da nombre a esta leyenda.

Si yo la pudiera referir con el suave encanto y la tierna sencillez que tenía en su boca, os conmovería como a mí me conmovió, la historia de la infeliz Sara.

Ya que esto no es posible, ahí va lo que de esa piadosa tradición, se me acuerda en este instante.

I

En una de las callejas más oscuras y tortuosas de la ciudad imperial, empotrada y casi escondida entre la alta torre morisca de una antigua parroquia muzárabe y los sombríos y blasonados muros de una casa solariega, tenía hace muchos años su habitación raquítica, tenebrosa y miserable como su dueño, un judío llamado Daniel Leví.

Era este judío rencoroso y vengativo, como todos los de su raza, pero más que ninguno engañador e hipócrita.

Dueño, según los rumores del vulgo, de una inmensa fortuna, veíasele, no obstante, todo el día acurrucado en el sombrío portal de su vivienda, componiendo y aderezando cadenillas de metal, cintos viejos o guarniciones rotas, con las que traía un gran tráfico entre los truhanes de Zocodover, las revendedoras del Postigo y los escuderos pobres.

Aborrecedor implacable de los cristianos y de cuanto a ellos pudiera pertenecer, jamás pasó junto a un caballero principal o un canónigo de la Primada sin quitarse una y hasta diez veces el mugriento bonetillo que cubría su cabeza calva y amarillenta, ni acogió en su tenducho a uno de sus habituales parroquianos sin agobiarle a fuerza de humildes salutaciones, acompañadas de aduladoras sonrisas.

La sonrisa de Daniel había llegado a hacerse proverbial en toda Toledo, y su mansedumbre, a prueba de las jugarretas más pesadas y las burlas y rechiflas de sus vecinos, no conocía límites.

Inútilmente los muchachos, para desesperarlo, tiraban piedras a su tugurio; en vano los pajecillos y hasta los hombres de armas del próximo palacio pretendían aburrirle, llamándole con los nombres más injuriosos, o las viejas devotas de la feligresía se santiguaban al pasar por el dintel de su puerta, como si viesen al mismo Lucifer en persona.

Daniel sonreía eternamente, con una sonrisa extraña e indescriptible. Sus labios delgados y hundidos se dilataban a la sombra de su nariz desmesurada y corva como el pico de un aguilucho, y aunque de sus ojos pequeños, verdes, redondos y casi ocultos entre las espesas cejas, brotaba una chispa de mal reprimida cólera, seguía impasible golpeando con su martillito de hierro el yunque donde aderezaba las mil baratijas mohosas y, al parecer, sin aplicación alguna, de que se componía su tráfico.

Sobre la puerta de la casucha del judío, y dentro de un marco de azulejos de vivos colores, se abría un ajimez árabe, resto de las antiguas construcciones de los moros toledanos. Alrededor de las caladas franjas del ajimez y enredándose por la columnilla de mármol que lo partía en dos huecos iguales, subía desde el interior de la vivienda una de esas plantas trepadoras que se mecen verdes y llenas de savia y lozanía sobre los ennegrecidos muros de los edificios ruinosos.

En la parte de la casa que recibía una dudosa luz por los estrechos vanos de aquel ajimez, único abierto en el musgoso y agrietado paredón de la calleja, habitaba Sara, la hija predilecta de Daniel.

Cuando los vecinos del barrio pasaban por delante de la tienda del judío y veían por casualidad a Sara tras las celosías de su ajimez morisco y a Daniel acurrucado junto a su yunque, exclamaban en alta voz, admirados de las perfecciones de la hebrea:

—¡Parece mentira que tan ruin tronco haya dado de sí tan hermoso vástago!

Porque, en efecto, Sara era un prodigio de belleza. Tenía los ojos grandes y rodeados de un sombrío cerco de pestañas negras, en cuyo fondo brillaba el punto de luz de su ardiente pupila como una estrella en el cielo de una noche oscura. Sus labios, encendidos y rojos, parecían recortados hábilmente de un paño de púrpura por las invisibles manos de un hada. Su tez era blanca, pálida y transparente como el alabastro de la estatua de un sepulcro. Contaba apenas dieciséis años, y ya se veía grabada en su rostro esa dulce tristeza de las inteligencias precoces, y ya hinchaban su seno y se escapaban de su boca esos suspiros que anuncian el vago despertar del deseo.

Los judíos más poderosos de la ciudad, prendados de su maravillosa hermosura, la habían solicitado para esposa; pero la hebrea, insensible a los homenajes de sus adoradores y a los consejos de su padre, que la instaba para que eligiese un compañero antes de quedar sola en el mundo, se mantenía encerrada en un profundo silencio, sin dar más razón de su extraña conducta que el capricho de permanecer libre.

Al fin, un día, cansado de sufrir los desdenes de Sara y sospechando que su eterna tristeza era indicio cierto de que en su corazón abrigaba algún secreto importante, uno de sus adoradores se acercó a Daniel y le dijo:

—¿Sabes, Daniel, que entre nuestros hermanos se murmura de tu hija?

El judío levantó un instante los ojos de su yunque, suspendió su continuo martilleo y, sin mostrar la menor emoción, preguntó a su interpelante:

—¿Y qué dicen de ella?

—Dicen —prosiguió su interlocutor—, dicen… ¡Qué sé yo! Muchas cosas… Entre otras, que tu hija está enamorada de un cristiano…

Al llegar a este punto, el desdeñado amante de Sara se detuvo para ver el efecto que sus palabras hacían en Daniel.

Daniel levantó de nuevo sus ojos, le miró un rato fijamente, sin decir palabra, y, bajando otra vez la vista para seguir su interrumpida tarea, exclamó:

—¿Y quién dice que eso no es una calumnia?

—Quien los ha visto conversar más de una vez en esta misma calle, mientras tú asistes al oculto sanedrín de nuestros rabinos —insistió el joven hebreo, admirado de que sus sospechas primero, y después sus afirmaciones, no hiciesen mella en el ánimo de Daniel.

Éste, sin abandonar su ocupación, fija la mirada en el yunque, sobre el que después de dejar a un lado el martillo se ocupaba en bruñir el broche de metal de una guarnición con una pequeña lima, comenzó a hablar en voz baja y entrecortada, como si maquinalmente fuesen repitiendo sus labios[24] las ideas que cruzaban por su mente.

—¡Je, je, je! —decía, riéndose de una manera extraña y diabólica—. ¿Conque a mi Sara, al orgullo de la tribu, al báculo en que se apoya mi vejez, piensa arrebatármela un perro cristiano? ¿Y vosotros creéis que lo hará? ¡Je! Je! —continuaba, siempre hablando para sí y siempre riéndose mientras la lima chirriaba cada vez con más fuerza, mordiendo el metal con sus dientes de acero—. ¡Je! Je! ¡Pobre Daniel, dirán los míos, ya chochea! ¿Para qué quiere ese viejo moribundo y decrépito esa hija tan hermosa y tan joven, si no sabe guardarla de los codiciosos ojos de nuestros enemigos?... ¡Je, je, je! ¿Crees tú, por ventura, que Daniel duerme? ¿Crees tú, por ventura, que si mi hija tiene un amante..., que bien puede ser, y ese amante es cristiano y procura seducirla, y la seduce, que todo es posible, y proyecta huir con ella, que también es fácil, y huye mañana, por ejemplo, lo cual cabe dentro de lo humano; crees tú que Daniel se dejará así arrebatar su tesoro?... ¿Crees tú que no sabrá vengarse?

—Pero —exclamó interrumpiéndole el joven— ¿sabéis acaso...?

—Sé —dijo Daniel, levantándose y dándole un golpecito en la espalda—, sé más que tú, que nada sabes ni nada sabrías si no hubiese llegado la hora de decirlo todo... Adiós; avisa a nuestros hermanos para que cuanto antes se reúnan. Esta noche, dentro de una o dos horas, yo estaré con ellos. ¡Adiós!

[24] *sus labios*: en la versión periodística, que sigue R. B.: «su labio». Lectura que sigue también Navas Ruiz. En la ed. de Aguilar «sus labios», que parece lectura preferible por mantener la concordancia adecuada. Es la lectura de Palomo-Rubio y Estruch.

Y esto diciendo, Daniel empujó suavemente a su interlocutor hacia la calle, recogió sus trebejos muy despacio y comenzó a cerrar con dobles cerrojos y aldabas la puerta de la tiendecilla.

El ruido que produjo ésta al encajarse rechinando sobre sus premiosos goznes impidió al que se alejaba oír el rumor de las celosías del ajimez, que en aquel punto cayeron de golpe, como si la judía acabara de retirarse de su alféizar.

II

Era noche de Viernes Santo, y los habitantes de Toledo, después de haber asistido a las Tinieblas en su magnífica catedral, acababan de entregarse al sueño, o referían al amor de la lumbre consejas parecidas a la del «Cristo de la Luz» que, robado por unos judíos, dejó un rastro de sangre por el cual se descubrió el crimen, o la historia del «Santo Niño de la Guardia» y en quien los implacables enemigos de nuestra fe renovaron la cruel pasión de Jesús.

Reinaba en la ciudad un silencio profundo, interrumpido a intervalos, ya por las lejanas voces de los guardias nocturnos que en aquella época velaban en derredor del alcázar, ya por los gemidos del viento, que hacía girar las veletas de las torres o zumbaba entre las torcidas revueltas de las calles, cuando el dueño de un barquichuelo que se mecía amarrado a un poste cerca de los molinos, que parecen como incrustados al pie de las rocas que baña el Tajo, y sobre las que se asienta la ciudad, vio aproximarse a la orilla, bajando trabajosamente por uno de los estrechos senderos que desde lo alto de los muros conducen al río, una persona a quien, al parecer, aguardaba con impaciencia.

—¡Ella es! —murmuró entre dientes el barquero—. ¡No parece sino que esta noche anda revuelta toda esa endiablada raza de judíos!... ¿Dónde diantres se tendrán dada cita con Satanás, que todos acuden a mi barca, teniendo tan cerca el puente?... No, no irán a nada bueno cuando así evitan toparse de manos a boca con los hombres de armas de san Cervantes, pero, en fin, ello es que me dan buenos dineros a ganar, y a su alma su palma, que yo en nada entro ni salgo. Esto diciendo, el buen hombre, sentándose en su barca, aparejó los remos, y cuando Sara, que no era otra la

persona a quien al parecer había aguardado hasta entonces, hubo saltado al barquichuelo, soltó la amarra que lo sujetaba y comenzó a bogar en dirección a la orilla opuesta.

—¿Cuántos han pasado esta noche? —preguntó Sara al barquero apenas se hubieron alejado de los molinos y como refiriéndose a algo de que ya habían tratado anteriormente.

—Ni los he podido contar —respondió el interpelado—; ¡un enjambre! Parece que esta noche será la última que se reúnen.

—¿Y sabes de qué tratan y con qué objeto abandonan la ciudad a estas horas?

—Lo ignoro…; pero ello es que aguardan a alguien que debe de llegar esta noche. Yo no sé para que le aguardarán, aunque presumo que para nada bueno.

Después de este breve diálogo, Sara se mantuvo algunos instantes sumida en un profundo silencio y como tratando de coordinar sus ideas. «No hay duda —pensaba entre sí—; mi padre ha sorprendido nuestro amor y prepara alguna venganza horrible. Es preciso que yo sepa adónde van, qué hacen, qué intentan. Un momento de vacilación podría perderle.»

Cuando Sara se puso un instante en pie, y como para alejar las horribles dudas que la preocupaban se pasó la mano por la frente, que la angustia había cubierto de un sudor glacial, la barca tocaba a la orilla opuesta.

—Buen hombre —exclamó la hermosa hebrea, arrojando algunas monedas a su conductor y señalando un camino estrecho y tortuoso que subía serpenteando por entre las rocas—, ¿es ése el camino que siguen?

—Ése es, y cuando llegan a la cabeza del Moro, desaparecen por la izquierda. Después, el diablo y ellos sabrán adónde se dirigen —respondió el barquero.

Sara se alejó en la dirección que éste le había indicado. Durante algunos minutos se la vio aparecer y desaparecer alternativamente entre aquel oscuro laberinto de rocas oscuras y cortadas a pico; después, y cuando hubo llegado a la cima llamada la cabeza del Moro, su negra silueta se dibujó un instante sobre el fondo azul del cielo y, por último, desapareció entre las sombras de la noche.

III

Siguiendo el camino donde hoy se encuentra la pintoresca ermita de la Virgen del Valle, y como a dos tiros de ballesta del picacho que el vulgo conoce en Toledo por la cabeza del Moro, existían aún en aquella época los ruinosos restos de una iglesia bizantina, anterior a la conquista de los árabes.

En el atrio, que dibujaban algunos pedruscos diseminados por el suelo, crecían zarzales y hierbas parásitas, entre los que yacía, medio oculto, ya el destrozado capitel de una columna, ya un sillar groseramente esculpido con hojas entrelazadas, endriagos horribles o grotescos e informes figuras humanas. Del templo sólo quedaban en pie los muros laterales y algunos arcos rotos y cubiertos de hiedra.

Sara, a quien parecía guiar un sobrenatural presentimiento, al llegar al punto que le había señalado su conductor, vaciló algunos instantes, indecisa acerca del camino que debía seguir; pero, por último, se dirigió con paso firme y resuelto hacia las abandonadas ruinas de la iglesia.

En efecto, su instinto no la había engañado. Daniel, que ya no sonreía; Daniel, que no era ya el viejo débil y humilde, sino que, antes bien, respirando cólera de sus pequeños y redondos ojos, parecía animado del espíritu de la venganza, rodeado de una multitud como él, ávida de saciar su sed de odio en uno de los enemigos de su religión, estaba allí y parecía multiplicarse dando órdenes a los unos, animando en el trabajo a los otros, disponiendo, en fin, con una horrible solicitud los aprestos necesarios para la consumación de la espantosa obra que había estado meditando días y días, mientras golpeaba impasible el yunque en su covacha de Toledo.

Sara, que en favor de la oscuridad había logrado llegar hasta el atrio de la iglesia, tuvo que hacer un esfuerzo supremo para no arrojar un grito de horror al penetrar en su interior con la mirada.

Al rojizo resplandor de una fogata que proyectaba la forma de aquel círculo infernal en los muros del templo, había creído ver que algunos hacían esfuerzos por levantar en alto una pesada cruz, mientras otros tejían una corona con las ramas de los zarzales o aplastaban sobre una piedra las puntas de enormes clavos de hierro. Una idea espantosa cruzó por su mente: recordó que a los

de su raza los habían acusado más de una vez de misteriosos crímenes; recordó vagamente la aterradora historia del «niño crucificado», que ella hasta entonces había creído una grosera calumnia inventada por el vulgo para apostrofar y zaherir a los hebreos.

Pero ya no le cabía duda alguna; allí, delante de sus ojos, estaban aquellos horribles instrumentos de martirio, y los feroces verdugos sólo aguardaban la víctima.

Sara, llena de una santa indignación, rebosando en generosa ira y animada de esa fe inquebrantable en el verdadero Dios que su amante le había revelado, no pudo contenerse a la vista de aquel espectáculo y, rompiendo por entre la maleza que la ocultaba, presentóse de improviso en el dintel del templo.

Al verla aparecer, los judíos arrojaron un grito de sorpresa, y Daniel, dando un paso hacia su hija, en ademán amenazante, la preguntó con voz ronca:

—¿Qué buscas aquí, desdichada?

—Vengo a arrojar sobre vuestras frentes —dijo Sara con voz firme y resuelta— todo el baldón de vuestra infame obra, y vengo a deciros que en vano esperáis la víctima para el sacrificio, si ya no es que intentáis cebar en mí vuestra sed de sangre, porque el cristiano a quien aguardáis no vendrá porque yo le he prevenido de vuestras asechanzas.

—¡Sara! —exclamó el judío, rugiendo de cólera—. Sara, eso no es verdad; tú no puedes habernos hecho traición, hasta el punto de revelar nuestros misteriosos ritos, y si es verdad que los has revelado, tú no eres mi hija…

—No; ya no lo soy; he encontrado otro padre, un padre todo amor para los suyos, un padre a quien vosotros clavasteis en una afrentosa cruz y que murió en ella por redimirnos, abriéndonos para una eternidad las puertas del cielo. No; ya no soy vuestra hija, porque soy cristiana y me avergüenzo de mi origen.

Al oír estas palabras, pronunciadas con esa enérgica entereza que sólo pone el cielo en boca de los mártires, Daniel, lego de furor, se arrojó sobre la hermosa hebrea y, derribándola en tierra y asiéndola por los cabellos, la arrastró, como poseído de un espíritu infernal, hasta el pie de la cruz, que parecía abrir sus descarnados brazos para recibirla, exclamando al dirigirse a los que la rodeaban:

—Ahí os la entrego; haced vosotros justicia de esa infame, que ha vendido su honra, su religión y sus hermanos.

IV

Al día siguiente, cuando las campanas de la catedral asordaban los aires tocando a gloria y los honrados vecinos de Toledo se entretenían en tirar ballestazos a los Judas de paja, ni más ni menos que como todavía lo hacen en algunas de nuestras poblaciones, Daniel abrió la puerta de su tenducho, como tenía de costumbre, y con su eterna sonrisa en los labios comenzó a saludar a los que pasaban, sin dejar por eso de golpear en el yunque con su martillito de hierro; pero las celosías del morisco ajimez de Sara no volvieron a abrirse, ni nadie vio más a la hermosa hebrea recostada en su alféizar de azulejos de colores...

Cuentan que algunos años después un pastor trajo al arzobispo una flor hasta entonces nunca vista, en la cual se veían figurados todos los atributos del martirio del Salvador del mundo, flor extraña y misteriosa, que había crecido y enredado sus tallos por entre los ruinosos muros de la derruida iglesia.

Cavando en aquel lugar, y tratando de inquirir el origen de aquella maravilla, añaden que se halló el esqueleto de una mujer, y enterrados con ella otros tantos atributos divinos como la flor tenía.

El cadáver, aunque nunca se pudo averiguar de quién era, se conservó por largos años con veneración especial en la ermita de San Pedro el Verde, y a la flor, que hoy se ha hecho bastante común, la llamaron «rosa de Pasión».

Actividades en torno a
Rimas y leyendas
(apoyos para la lectura)

1. Estudio y análisis

1.1. Género, relaciones e influencias

Las *Rimas* en principio pertenecen a un tipo de poesía lírica que se singulariza por la indagación subjetiva y de esencia estrictamente personal. Si además consideramos que estos poemas son muestra de una forma individual caracterizada por la expresión intimista, entonces tendremos un tipo de poesía que históricamente se inscribe dentro del período inmediatamente posterior al romanticismo decimonónico, que precisamente se ha llamado «intimismo» y que en España está principalmente representado por Gustavo Adolfo Bécquer y Rosalía de Castro. Esto no quiere decir ni mucho menos que estos poetas no tengan otros acentos a veces algo distintos o que sus poemas obedezcan a un mismo e inalterable patrón. Precisamente en nuestro estudio establecemos unas caracterizaciones de las *Rimas* que pueden servir de base a una actividad pedagógica enormemente útil. Consiste ésta en tratar de clasificar los textos de los poemas según las posibilidades que algunos críticos ya indicaban en cuanto al género literario de los mismos. Recordemos que Rafael de Balbín, por ejemplo, hablaba de «Cancionero menor» para hablar de algunas rimas específicas de estrofas variadas. Son quince poemas marcadamente distintos en cuanto al género estrófico, no repitiéndose éste nunca de la misma forma, revelando la distinta manera de componer Bécquer su poesía. Son precisamente las que Bécquer eligió para ser publicadas en distintos periódicos durante once años aproximadamente (de 1859 a 1870). Se trata de las rimas II, IV, V, IX, XI, XIII, XV, XVI, XXIII, XXIV, XVII, LIX, LXI, LXII, LXIX. Díez Taboada las

ha estudiado también y organizado en grupos temáticos dentro del conjunto de las *Rimas*. Entiende que hay seis grupos perfectamente definidos entre los cuales el primero se refiere al «Tú», el segundo al «Yo», el tercero a la «contraposición» entre los dos, el cuarto a su «unión», el quinto a la «poesía» y el sexto al «desengaño». En cierto modo forman una síntesis del contenido de todas las rimas. Naturalmente estos temas son eternos en la historia de la poesía y se podrían establecer puntos de relación con otros poetas u otras épocas en donde se den temas similares, para ver las diferencias de tratamiento de los mismos con respecto a Bécquer.

El mismo crítico entiende que en este grupo de composiciones hay tres clases de poemas que configuran una realidad distinta: el primero hace relación a las formas de la naturaleza, el segundo tiene por escenario la alcoba, y el tercero se relaciona con el anhelo de lo imposible; pero también hay otro grupo que tiene por motivo el «beso», si bien en una dimensión cosmológica y eminentemente espiritual. En cualquiera de los casos parece que Bécquer quería hacer un muestrario de las posibilidades temáticas y técnicas de sus poemas. Por ejemplo, en la rima II tenemos un muestrario de elementos de la naturaleza en serie sucesiva («saeta», «hoja», «ola», «luz») para acabar con la referencia al «yo» del propio poeta. Esta serie de estrofas breves, en donde un motivo se repite con un objeto diferente, ha sido muy criticada por algunos comentaristas que hablan de que la serie sucesiva puede acabar cuando quiera el poeta, y constituye por tanto una manera fácil y torpe técnicamente de concebir un poema. No hace falta ser muy perspicaz para desmontar esta teoría en el caso concreto de este poema becqueriano, habida cuenta que la enumeración no es arbitraria, que encierra una perfecta gradación de mayor densidad del objeto a menor y que, por tanto, la enumeración no es ni indefinida ni se puede prolongar sin quebrar dicha gradación, que por otra parte parece calculada. Así, el poeta con habilidad suficiente ha establecido el número exacto de objetos o seres para conseguir esa gradación sin repetir uno solo de los elementos de la naturaleza de que se compone su poema. De este modo, primero sitúa un artefacto humano («saeta»), luego un elemento de la naturaleza vegetal («hoja») y por tanto sólido, luego otro más ligero y líquido («ola»), para finalizar con otro puramente visual y sutil (como es la «luz»).

Pero fijémonos en que además la enumeración no sólo se sustenta en la gradación, sino en la misma constitución necesaria de los elementos, pues la saeta o dardo pertenece al artificio hecho con la «tierra», igual que la hoja al mundo vegetal pero ya natural, mientras que la ola pertenece al elemento «agua» y la luz al elemento «fuego». Quiere esto decir que ha utilizado como imágenes poéticas los elementos básicos de la naturaleza más uno realizado por el hombre. Y todo ello para apuntar una sensación y una idea, la de que esos elementos van errando su camino y su destino, como el «yo» del poeta. Podría éste haber obviado las cuatro primeras estrofas, pero entonces sólo hubiera apuntado una idea. De esta otra manera ha creado una expectación y un paisaje para conducirnos a la idea. La poesía necesita un marco. Bécquer en este caso ha elegido la naturaleza en sus elementos primordiales y no de una forma arbitraria sino necesaria. Por eso podemos hablar de poesía concisa y sintética.

Lo mismo que hacemos con este poema podría realizarse y verificarse en cualquiera de los demás de la serie que mencionamos, en un ejercicio que estimula las dotes de observación y determina la capacidad de análisis de cada uno.

1.2. EL AUTOR EN EL TEXTO

Se supone que Bécquer, como poeta lírico que es, está siempre presente en sus poemas. Pero ¿hasta dónde y de qué forma se articula su presencia en los mismos? Las variaciones son considerables. Pero, en cualquier caso, una de las cuestiones de más difícil determinación es el presunto biografismo de la obra de un autor, aun en la situación de que éste lo declare paladinamente. Al menos como documento autobiográfico hay que desconfiar de cualquier obra literaria que se presente como testimonio de los hechos de la vida de un autor, porque la imaginación, la fantasía, la invención, son el arma más poderosa de cualquier literato y es natural que las utilice para ornar su vida, deformar los acontecimientos o inventar algunos que puedan parecerle especialmente interesantes, bellos o luminosos desde el punto de vista del arte. Esto ocurre, como decimos, en cualquier escritor, pero en la poesía lírica suele ser más

auténtica la raíz del sentimiento, y aunque la anécdota con la que se disfraza ese sentimiento puede ser ficticia, al menos éste puede a menudo ser cabal. Ahora bien, su manera de ser expresado intenta reflejar con cierta verosimilitud su autenticidad de fondo. Fijémonos qué dice el propio Bécquer al respecto: «Cuando un poeta te pinte en magníficos versos su amor, duda. Cuando te lo dé a conocer en prosa, y mala, cree» (*Cartas literarias a una mujer*, II). No hay por qué dudar de la autenticidad de los sentimientos volcados en la poesía de Bécquer. No obstante, la forma de hacerlo no parece ser la habitual, al menos en la época en la que él escribía. A este respecto nos dice:

> Es una verdad tan innegable que se puede elevar a categoría de axioma, el que nunca se vierte la idea con tanta vida y precisión, como en el momento en que ésta se levanta, semejante a un gas desprendido, y enardece la fantasía y hace vibrar todas las fibras sensibles, cual si las tocase alguna chispa eléctrica.
>
> Yo no niego que suceda así. Yo no niego nada, pero por lo que a mí toca, puedo asegurarte que cuando siento no escribo. Guardo, sí, en mi cerebro escritas, como en un libro misterioso, las impresiones que han dejado en él su huella al pasar; estas ligeras y ardientes hijas de la sensación, duermen allí agrupadas en el fondo de mi memoria, hasta el instante en que, puro, tranquilo, sereno, y revestido, por decirlo así, de un poder sobrenatural, mi espíritu las evoca, y tienden sus alas transparentes que bullen con un zumbido extraño, y cruzan otra vez a mis ojos como en una visión luminosa y magnífica (id.).

Es decir, que Bécquer realiza su poesía como una «evocación», como una rememoración o anamnesis, y por ello mismo sus sentimientos están al final revestidos de una visión «luminosa y magnífica». Eso es lo que añade el espíritu del poeta de forma natural a los sentimientos y sensaciones que son comunes a todos los mortales en mayor o menor grado. Y precisamente por ese poder de evocación, como él mismo dice, esas sensaciones y sentimientos son poesía: «Todo el mundo siente. Sólo a algunos seres les es dado el guardar, como un tesoro, la memoria viva de lo que han senti-

do» (*id.*). Ya tenemos un buen punto de partida para dilucidar el sentido de algunos poemas becquerianos. Dos datos: 1) la poesía surge de la evocación de sensaciones y sentimientos, y 2) el poeta reviste éstos con un ropaje no tanto ornamental como «visionario». Es como si cada poema constituyera un cuadro (recordemos la vocación familiar y propia por la pintura) en que se representase una escena que no tiene por qué ser «real». Rememoremos, por ejemplo, las rimas XXX, XXXI y XXXII. En estos poemas se representan tres escenas distintas, pero unidas por un sentimiento de desengaño y frustración. En la primera de ellas Bécquer nos «pinta» la escena de un enfrentamiento entre el poeta y su amada: podrían haberse reconciliado, pero el orgullo de ambos fue más fuerte y no fue posible esa unión. En la siguiente escena se «narra» más bien la historia («un trágico sainete») de un rompimiento, pero es en la paradoja que toda tragedia tiene de cómico en la que el poeta llevó la peor parte (las lágrimas), mientras que la amada añadió además las «risas». En la tercera ya se decide a «pintar» de nuevo una escena: la dama pasa «arrolladora en su hermosura», él la reconoce y en una noche de verano la historia «fue». En los tres poemas (se pueden señalar muchos más) hay esbozos de escenas que pudieron ser o no ser tal como las describe. El poeta utiliza imágenes que no tienen por qué corresponder exactamente a una escena determinada, sino que ha creado el marco adecuado a una experiencia, en este caso desoladora en el terreno amoroso.

Se puede hacer un experimento similar con otros motivos. Por ejemplo, la rima XVIII describe una escena de baile en la que la dama lleva una flor en el vestido, lo que le sugiere al poeta la idea de un «sueño» de las flores. En la rima XXII se realiza una imagen semejante, pero esta vez desprendida de la anécdota y reducida a un elemento de pasión. Hay, como ya vimos, muy diferentes formas de clasificación de las rimas, pero cabe analizarlas por grupos afines temáticamente y disímiles estilísticamente o a la inversa, teniendo en cuenta en este caso el punto de vista del poeta, etc. Es una tarea que se propone como un ejercicio de análisis para la comprensión del mundo poético de Bécquer y que apunta a su propia idiosincrasia como escritor.

1.3. Características generales (personajes, argumento, estructura, temas, ideas)

En la poesía lírica existe normalmente el personaje del yo poético que habla, trasunto del propio poeta, de sus sueños, aspiraciones, sentimientos y pasiones. Pero también puede ocurrir que ese mismo poeta se desdoble en dos o más personajes para crear una poesía hasta cierto punto dialéctica y dramática, como ocurre en las rimas en las que habla de la aparición del amor, de la relación con la amada y de su rompimiento. Son muchas, por ejemplo: a partir de la XI hasta la XLI hay un auténtico diálogo con la amada que puede reducirse a ensalzar su belleza, o bien a buscar su auténtica esencia, a establecer un diálogo con la misma, a pintar una escena de arrobamiento amoroso, o también a describir el rompimiento por orgullo o incomprensión. Puede, naturalmente, establecerse una clasificación adecuada a cada momento, expresión de un determinado afecto o descripción de una escena que rodea a los amantes, un verdadero cuadro o pintura, ya sea de salón, de jardín, o de recinto religioso. En otras predomina el dolor de la soledad (por ejemplo en la XLIII, XLVIII, LII, etc.); o incluso el deseo de la muerte (LXXVI).

No se puede hablar, en sentido estricto, de argumento en la lírica, pues este concepto es sólo apropiado en los géneros narrativos y en todo caso en el teatro. No obstante, se han intentado trazar verdaderas historias amorosas con el conjunto de las rimas, para lo cual la ordenación de los amigos del poeta en la edición de 1871 parece idónea. Hay que decir que esta clasificación que presenta una historia amorosa, con un verdadero argumento, es puramente convencional, pues Bécquer no diseñó su poesía como tal historia, y en ella se entrecruzan personajes diferentes, mujeres que unas veces son morenas, otras rubias, otras tienen los ojos azules, oscuros, etc. No hay una amada única, y algunas (hay indicios que permiten sospecharlo), no existieron más que en su fantasía.

Referente a la estructura del libro, ya hemos hablado de que no responde a las intenciones últimas del poeta, que no pudo darle la forma que con seguridad deseaba, pues el manuscrito dado a la imprenta se perdió en el saqueo que las turbas hicieron del palacio del ministro González Bravo, que era quien lo guardaba. De la

estructura propia de cada uno de los poemas ya se ha hablado en el estudio preliminar, y en el apartado «Forma y estilo» volveremos sobre ello. Del tema o los temas de las rimas ya hemos tratado pormenorizadamente. El lector puede comprobar cuál de las teorías referidas responde más a su propio análisis, y cotejar con la ayuda de las *Cartas literarias a una mujer* el sentido de temas como el amor, la mujer, la poesía, Dios, el valor de la palabra, y las ideas sobre la concepción del mundo becqueriano, del entorno social de los poemas, el desengaño, la vida como sueño, el dolor de la traición, el desamparo, el mundo exterior e interior y, finalmente, la visión de la muerte. Releyendo las rimas se pueden confeccionar repertorios de las mismas sobre estas cuestiones y estudiarlas en cualquier posible clasificación, dentro de las pautas marcadas aquí.

1.4. FORMA Y ESTILO

Otra posibilidad de enfoque para su estudio radica en la estructura de los poemas, su forma métrica, su extensión y, en general, el análisis de sus formas expresivas. En este sentido, es importante constatar cómo Bécquer tiene unas preferencias específicas: utilización de factores estilísticos en los que predominan los elementos de correlación y los paralelismos, las preferencias métricas por las rimas asonantes, los metros cortos, la alternación de versos largos con breves, las estrofas variadas entre las que abundan las muy cortas, la específica adjetivación con sentido muy determinado, la poco abundante utilización de epítetos, la evidente utilización de epifonemas, etc. Todo esto no es caprichoso, sino como en todo buen poeta tiene una función estilística determinante y clara. Se pueden elegir algunos modelos como característicos para que pueda verse claramente su función.

Por ejemplo, desde el punto de vista estrófico la brevedad es constante, como ya hemos señalado. Veamos el poema número XXIII:

> Por una mirada, un mundo;
> por una sonrisa, un cielo;

por un beso… ¡yo no sé
qué te diera por un beso!

Aquí el autor elige un tipo de canción que incluso, como han apuntado algunos críticos, podría haberse inspirado en un canto popular, y que métricamente responde a la cuarteta octosilábica asonantada, pero el sentido en verdad popular, satírico y epigramático que suele tener este tipo de estrofas está aquí ausente, y sólo queda de lo popular el efecto acústico, todo lo demás ha sido sustituido por una comunicación intimista y personal. La combinación, sin embargo, es extremadamente efectiva, porque logra dos cosas: que la estrofa breve se clave en nuestra memoria como un escueto canto, agudo como cuchillo, y que el aspecto epigramático (breve, sentencioso) adquiera el mismo efecto concreto, pero cambiando de tono y sugiriendo un hiperbólico, indeterminado e imposible don.

Esto respecto a los aspectos métricos y estróficos, pero si pasamos a los efectos paralelísticos y de correlación, observaremos que el poema está constituido precisamente por tres versos correlativos a la perfección: «por una mirada», «por una sonrisa», «por un beso», pero esta correlación, que es perfecta en los dos primeros versos:

Por una mirada, un mundo;
por una sonrisa, un cielo;

se rompe en el tercero:

por un beso… ¡yo no sé

precisamente porque irrumpe con violencia el «yo» del poeta, la parte no calculada, afectiva de su sentimiento poetizado. Además, el efecto es especialmente marcado por el final agudo del verso («¡yo no sé…»), que refuerza la expresión intensiva, y por la exclamación admirativa. Estos efectos se potencian aún más por el encabalgamiento entre el verso tercero y el cuarto:

¡yo no sé
qué te diera por un beso!

Este encabalgamiento permite que la ruptura versal no se produzca como mera reiteración del esquema rígido de los versos paralelísticos anteriores, sino que su misma fusión en una misma cláusula unifica el sentido de la precipitación acumulativa del énfasis expresivo. El vocabulario del texto es también un producto perfectamente calculado en su gradación («mirada», «sonrisa», «beso») de menor a mayor intensidad, algo que ya señalábamos en otro ejemplo anterior. Y los elementos correspondientes a esta gradación de valores están del mismo modo en adecuado efecto correlativo («mundo», «cielo», «yo no sé»), precisamente por el hecho de que el autor ha partido de tan alta recompensa («un mundo») que se hace imposible elevarse más allá de «cielo», y por eso el acabamiento del poema con el «yo no sé», que vuelve inefable el correspondiente a «beso». Hipérbole que en el fondo lo único que quiere destacar es el anhelo de ese beso y el valor emocional que tiene para el poeta.

En otros textos, como en la rima XLI, lo que destaca es el juego de contraposición de las imágenes, el enfrentamiento entre el «tú» y el «yo», y sobre todo la potenciación de ese tema del antagonismo, por medio de unos recursos fónicos que van desde un vocabulario sonoro presidido por consonantes oclusivas o vibrantes hasta una cantidad considerable de elementos aliterados que dotan al poema de una violencia similar a la que el tema trata de comunicar. Veamos la primera estrofa:

> Tú eras el huracán y yo la alta
> torre que desafía su poder:
> ¡tenías que estrellarte o que abatirme!
> ¡No pudo ser!

La expresividad del texto viene dada por el refuerzo acústico de las consonantes dentales oclusivas (t) que se reiteran en «tú», «alta», «torre», «tenías», «estrellarte», «abatirme», lo que en un texto tan breve no deja de ser enormemente significativo. Algo similar ocurre con la vibrante simple o múltiple (r) en los vocablos «huracán», «torre», «poder», «estrellarte», «abatirme», «ser». Pero en la segunda estrofa tenemos un verso que, en este sentido, es del todo revelador en su violencia fonética:

en donde vuelven a reiterarse esos sonidos vibrantes y oclusivos, pero además con la peculiaridad de que ya no nos importa tanto la imagen a la que están asociados («oceano», «roca»), por otra parte suficientemente expresivas, como las anteriores, sino a la identidad personal con la que se definen los sujetos («romperte», «arrancarme»), verbos duros en extremo aplicados a las personas.

Podemos decir que, en este sentido, la especial facilidad del poeta para indicar los sentimientos más elementales se reviste de unas formas notoriamente expresivas, si bien de una retórica en apariencia sutil y casi imperceptible sin un análisis detallado. Todo el poema, además, va enmarcado por uno de los elementos que más contribuyen a dejar una impronta en la memoria: el estribillo o «ritornello» («no pudo ser»), que además, al utilizarlo de manera tan escueta y seca, como un verdadero pie quebrado, actúa de forma eficazmente obsesiva en la imagen acústica del lector.

1.5. Comunicación y sociedad

Se podría pensar que en Bécquer hay una huida total de la reflexión social en sus poesías. No obstante, si analizamos éstas con cuidado veremos que en algunas se deja entrever (y más que entrever) una denuncia de la frivolidad de los ambientes elegantes, de la dureza de sentimientos que reflejan, de la hipocresía, de la maledicencia y de otros «atributos» de las clases acomodadas. Esto sucede de forma directa o indirecta. En las que se refieren a esa «crítica» social pueden señalarse, por ejemplo, las rimas XXVI y la XL, y las que lo hacen de manera indirecta son casi siempre las que hablan de la vanidad personal de la mujer (rima XXXIX), de la traición de la misma y la denuncia de un «buen amigo» (rima XLII), o las que refieren al desamparo y la soledad del poeta (rima XLIII). De estas últimas no se puede, en sentido estricto, hablar de crítica social, pero la situación de aislamiento en el dolor hace reflexionar sobre la falta de solidaridad humana y en el comportamiento cruel e hipócrita de las personas de un determinado ambiente.

Es en la rima XL, sin embargo, en la que la crítica del ambiente social está iluminada con unas dotes de observación propias de un articulista de costumbres, como era en realidad Gustavo Adolfo Bécquer. El texto, desde el punto de vista temático, tiene una estructura tripartita enormemente efectiva. De un lado, tenemos un material de contenido amoroso que se distribuye al comienzo y al final del poema, y que se enlaza en una serie de motivos un tanto melancólicos, donde se evoca un paisaje que acompaña como una decorada orla o viñeta artística a la escena del amor:

> Su mano entre mis manos,
> sus ojos en mis ojos,
> la amorosa cabeza
> apoyada en mi hombro,
> Dios sabe cuántas veces
> con paso perezoso
> hemos vagado juntos
> bajo los altos olmos
> que de su casa prestan
> misterio y sombra al pórtico.

Al final se vuelve a evocar este paisaje:

> ¡Discreta y casta luna,
> copudos y altos olmos,
> paredes de su casa,
> umbrales de su pórtico,
> callad y que el secreto
> no salga de vosotros!

Hasta aquí un bello poema amoroso, lleno de evocación y nostalgia, que preludia en esta última estrofa a Antonio Machado y a las emocionadas enumeraciones del paisaje soriano que llenaron su alma de recuerdos y evocaciones tristes. El poema así concebido sería un poema intimista cuajado de elementos de paisaje, algunos todavía de esencia romántica, como la luna, el jardín, el pórtico, rodeados de caracteres descriptivos igualmente románticos como el misterio, la sombra, el vagar, etc. Pero esta esencia está

dispuesta y contrapuesta de modo radical a algo muy «real», o que quiere presentar la escena de otra «realidad»: la de la sociedad murmuradora, frívola y galante:

> ¡Ah bobos,
> que sois de los salones
> comadres de buen tono
> y andabais allí a caza
> de galantes embrollos;
> qué historia habéis perdido,
> qué manjar tan sabroso
> para ser devorado
> *sotto voce* en un corro
> detrás del abanico
> de plumas y de oro!

Todo esto cambia radicalmente el tono del poema general, y lo que podría haber sido una pura evocación amorosa se convierte de repente en una cruda y violenta diatriba contra la murmuración, contra esa sociedad llena de «comadres» que se esconden detrás de los abanicos lujosos para murmurar *sotto voce* contra los posibles protagonistas de historias amorosas que consideran censurables. Y la rudeza del cambio reside ya en ese término que rompe toda la esencia poética inicial: «bobos», que al estar además subrayado por la exclamación se convierte en un insulto escasamente propio de una poesía amorosa, y trasforma ésta en una invectiva contra la sociedad. Pero, además, la complejidad y riqueza del poema no acaba aquí, sino que se complica y remata con la estrofa final:

> Callad; que por mi parte
> yo lo he olvidado todo:
> y ella… ella, no hay máscara
> semejante a su rostro.

De nuevo el tono del poema establece una clara disyunción con todo lo anterior, convirtiendo la tierna y romántica escena que enmarca el texto en un sarcasmo por la ruptura amorosa, y hacien-

do que la amada se asimile trágicamente a la misma sátira de la sociedad de la que se ha burlado.

2. TRABAJOS PARA LA EXPOSICIÓN ORAL Y ESCRITA

2.1. CUESTIONES FUNDAMENTALES SOBRE LA OBRA

Hay muchas cuestiones importantes que se pueden desarrollar en torno a las *Rimas* becquerianas, pese a constituir éstas un corpus de breve extensión pero de gran riqueza intertextual. Por ejemplo, una de las que normalmente nos hacen reflexionar acerca de lo que las mismas aportaron a la literatura de su momento es la concerniente a su peculiar originalidad en relación con sus fuentes, sus caminos de inspiración, o simplemente sus antecedentes. Comoquiera que estos aspectos han sido señalados con frecuencia por la crítica, nuestra labor consistiría en desentrañar esos elementos de aportación original que proporciona Bécquer a sus propios textos.

En la rima XV, la que comienza «Cendal flotante de leve bruma», hay materia más que suficiente para realizar una composición oral o escrita en relación con las fuentes señaladas por J. F. Gómez de las Cortinas, y estudiadas con detalle por J. M. Díez Taboada. Efectivamente, el poema becqueriano se caracteriza por una sucesiva comparación entre el «yo» del poeta y el «tú» de la amada. Estamos de nuevo, como hemos visto en otras rimas, frente a una serie de imágenes por medio de las cuales se expresa el contenido poético y visionario de la amada y del propio autor. A la primera se la identifica con la «bruma», la «espuma», el «rumor […] de arpa», «aura» (viento suave), «luz» en la primera estrofa; en la segunda, con la «sombra», la «llama», el «sonido», la «niebla» y el «gemido»; el poeta se refiere a sí mismo como «onda», «cometa», «lamento», «ansia», con un menor número de identificaciones (cuatro frente a diez). Las referencias a él tienen en común la inestabilidad, mientras que con las que se describe a la dama se pinta lo impalpable y etéreo. Ambas figuraciones son muestra de la eterna persecución de un ideal inaprensible.

En un poema de José Selgas titulado «La mañana y la tarde»

del que sólo transcribimos las cuatro estrofas finales dada su extensión (en total son siete), podemos observar la coincidencia de algunos motivos e incluso la similar actitud temática de referencias al «tú» y al «yo»:

> Tú eres la luz gentil, risueña y vaga
> de que hace el alba azul altivo alarde;
> yo soy luz que se apaga,
> soy vapor de la tarde.
> Tú eres germen de amor y de belleza,
> yo sombra triste de la pena esclava;
> tú eres vida que empieza;
> yo soy vida que acaba.
> El sol te sigue, y con su lumbre bella
> tu sien corona sonrosada y pura;
> sigue en pos de mi huella
> ciega la noche oscura.
> Tú vas con tu inocencia alborozada,
> yo con mi oscuro saber no me acomodo;
> tú aún no has visto nada,
> yo lo he visto ya todo.

La diferencia temática fundamental, como ha visto Díez Taboada, reside en que el tema «tú-yo» está tratado de manera significativamente diversa. Para Selgas se basa en «tú eres la mañana, yo soy la tarde», «tú eres la luz, yo soy la sombra», etc. Para Bécquer, el «tú» se equipara a una «visión», pero también a una «sombra». No se puede determinar con entera seguridad qué poema de los dos es anterior, pero lo que nos interesa ahora es el posible contacto por la forma de entender el concepto y de expresarlo los dos poetas. Bécquer, por lo pronto, elimina el exceso de adjetivos convencionales («gentil», «bella», «pura»), e incluso en las diferentes versiones del poema que comentamos ha introducido algunas modificaciones relevantes que nos dan una idea de la forma de alterar y perfeccionar su texto. Así, en el verso 12, donde Bécquer había escrito «onda espumante» (en la edición del poema del *Álbum de Señoritas y Correo de la Moda*, 1860), lo que no deja de ser un pleonasmo, transcribe ahora en el *Libro de los gorriones* «onda

sonante», que se aviene mejor al sentido musical del poeta, a su efecto plástico-acústico y a la evitación de la referida redundancia. Por otra parte, el texto de Bécquer está construido con cuatro estrofas de versos de diez y cinco sílabas, frente a las más clásicas y convencionales de once y siete del poema de Selgas, que implica más extensión métrica pero también mayor duración total, ya que el poema, como advertimos antes, posee siete estrofas, las tres primeras dedicadas a la descripción alegre de la mañana, frente a la tristeza de la tarde. Esto significa que Bécquer actúa siempre por una síntesis muy pronunciada de casi todos los elementos que componen un poema. El mismo hecho de concluir cada una de las estrofas por un claro pie quebrado de cinco sílabas («eso eres tú», «eso soy yo») lo aleja en su escueto señalar de los «objetos» («sujetos» en este caso) de Selgas, quien se limita a establecer un paralelo amplio de diferenciación paralelística inmediata (con lo que se pierde incluso el efecto de expectación): «tú eres vida que empieza; / yo soy vida que acaba», etc. Los contactos entre la poesía de estos autores están incluso atestiguados en algún verso que el lector avisado ya habrá notado. Los que dicen: «Tú aún no has visto nada / yo lo he visto ya todo» pudieron influir en los de la rima LIX: «mientras tú sientes mucho y nada sabes, / yo que no siento ya, todo lo sé». Aunque, según algunos críticos, tanto Selgas como Bécquer pudieron tomar como base para esta idea coincidente un poema de Uhland, traducido en *El Museo Universal*, en 1866. Los elementos de la cultura europea se estaban dando cita a través de los medios de comunicación: periódicos, revistas y traducciones difundían por entonces autores y obras que formaban un cierto espíritu común en las ideas y sensibilidad de este segundo romanticismo más intimista y menos violento e impulsivo que el que sirvió para desbrozar el camino del profundo cambio inicial. Pero ciertas raíces comunes se transmitían, como hemos visto, con variantes importantes según el talento y la personalidad de cada poeta.

Una tarea que se puede proponer, similar a la antes descrita, consistiría en establecer los vínculos y diferencias entre dos o más textos que tradicionalmente se consideran emparentados y razonar las peculiaridades de cada uno de ellos en los términos temáticos, de versificación, de motivos, de estructura, etc. Compárese

a este tenor la rima XV, que acabamos de estudiar, con un poema que Luis Rivera publicó con el título «Imposible (Imitación del árabe)» en el *Almanaque Literario del Museo Universal para 1861*. El poema dice así:

> Sol esplendente del claro día,
> rosa encendida de Alejandría,
> perfume y luz;
> blando murmullo, blanca mañana,
> eco de amores, color de grana...
> así eres tú.
> Triste recuerdo que el alma deja
> tímido acento de amante queja,
> marchita flor;
> noche sombría, fuente en verano,
> muerta esperanza, suspiro vano;
> así soy yo.
> Fuego es la vida, hielo la muerte
> ¿quién las juntó?
> ¡Jamás unidos vivir podremos ni tú, ni yo!

Es fácil detectar ciertos elementos comunes y ciertas disimilitudes. La labor ha de hacerse de forma sistemática, tal como hemos realizado con el análisis del texto anterior.

En este sentido pueden proponerse los siguientes temas de exposición:

—¿Por qué Bécquer no es estrictamente un autor romántico, aunque tenga un fuerte componente de este movimiento literario?

—¿Existe en la poesía becqueriana una originalidad que se pueda explicar con ejemplos claros, previos y concretos?

—¿Cuántos matices posee el tema amoroso en Bécquer? Descríbalos y concrete en qué rimas tienen lugar.

—¿Posee la visión de la mujer alguna connotación relacionada con la muerte? Explíquese si así sucede y póngase algún ejemplo.

—¿Qué valor posee la visión religiosa de la poesía becqueria-na? Razónese la respuesta con ejemplos de sus textos.

2.2. Temas para exposición y debate

2.2.1. Género, relaciones e influencias

Tratamos de resumir aquí una serie de trabajos que se puedan realizar de forma rápida con materiales al alcance de la mano sin tener que consultar una gran cantidad de bibliografía.

Por ejemplo, tras una atenta lectura de las *Rimas*, se puede establecer una clasificación de las mismas en torno al tema de la «poesía» y tratar de razonar los caracteres de ésta según la exposición que de ellos hace el poeta. Recordemos en este sentido la rima I y comparémosla con la larga rima V. Doce versos frente a ochenta nos dan una idea del sistema tan distinto con que se aborda la cuestión. A partir de ahí puede realizarse un análisis comparativo no sólo de la idea central, sino también de los medios empleados por el autor para expresar esa idea.

Otra posibilidad que se puede establecer para una exposición o debate consiste en el tratamiento del tema amoroso en las *Rimas*. Desde la concepción del amor como idea que trata de desarrollar en los poemas hasta los matices de distinción que emplea en diversas ocasiones, pues no siempre el poeta aborda la cuestión de la misma forma. Puede verse como ejemplo las rimas del descubrimiento amoroso. Así, sería práctico enfrentar las rimas XIV, XV y XVI desde esta perspectiva.

La idea de la mujer campea por todas las rimas de manera más o menos clara. Es interesante y puede ser del mismo modo objeto de debate establecer los matices de diferenciación, los modelos que proclama, las preferencias, la similitud con el hecho poético, y los fundamentos que propone el autor para establecer estos paralelos. Sería un debate interesante que podría reflejar posturas contrapuestas basadas en los mismos criterios de diferenciación que establece el autor, pero también con los que propone el cambio de perspectiva histórica, el ambiente y las formas de vida ajenas a ese mismo período. Puede establecerse una discusión sobre la actuali-

dad o no de esos modelos, sobre la elección de los mismos dependiendo del sexo del expositor, de las condiciones sociales de cada uno y desde la perspectiva histórica que debemos tomar para enjuiciar el pasado. Nunca la debemos perder, pues no entenderemos nuestra propia historia, nuestra cultura, ni nuestra literatura. Es mucho lo que nos separa en el tiempo de los hechos del pasado, y hay que hacer un esfuerzo de estudio y de reflexión para llegar a la médula de las ideas que hoy pueden no estar vigentes, pero pueden volver, con matices, a estarlo en otro período histórico similar.

El tema de la muerte es un asunto que impregna varias rimas y que ha sido objeto de polémica. Hay dos formas de expresión de ese tema: como anhelo de alcanzarla por desesperación subjetiva, por dolor o por angustia, o bien como expresión objetiva de un hecho que sucede y al que se le encuentra una difícil explicación o no se le encuentra ninguna. Veamos en el primer sentido las rimas LXV y LXVI (esta última, llena de nihilismo, inspiró, como se sabe, al poeta del 27 Luis Cernuda); de la segunda, es prototípica la rima LXXIII, cuyo famoso estribillo «¡Dios mío, qué solos / se quedan los muertos!» se ha hecho absolutamente proverbial, pero quizá ha perdido por su extremada divulgación la frescura y hondura que encierra la terrible requisitoria contra la muerte y contra la imposibilidad de dar cobijo en nuestra alma a los seres que se pierden. Un análisis detenido de estos poemas con inteligencia y sensibilidad pueden despejar muchas incógnitas que la vida superficial del momento elude, evade o prefiere ignorar. Ello demostraría que en Bécquer no existe sólo el poeta de las «golondrinas» o «azules campanillas», sino el vate profundo que sabe calar en el sentido existencialista de la vida humana, y que en este sentido es un poeta comprometido con lo que siempre y eternamente puede pervivir en la poesía: la función de remover no sólo el placer de lo bello, sino el sentido trágico y la hermandad que a todos nos une en el destino.

Finalmente, proponemos otro posible asunto para exposición o debate, que pensamos está lleno de interés, porque es tema central de la poesía becqueriana. Nos referimos al tema del «sueño». El «sueño» o «ensueño», ese soñar despierto (o a veces también dormido) tiene un alcance de gran calado en sus *Rimas*. Por ejem-

plo, en la LXVIII se habla del sueño fisiológico pero con proyección sobre la vida sentimental del poeta. En la LXXI el sueño reviste un carácter fantasmal y premonitorio, y la LXXV se caracteriza por un sueño visionario lleno de interrogantes. Pero en otras ocasiones el sueño es una mera visión fantasmal (por ejemplo la rima LXXIV) que no puede referirse a nada del mundo real, y en la que el autor mismo habla no ya de sueño sino de «ensueño». Con este material es posible pergeñar una exposición sobre el tema o un debate acerca de las posibilidades del mismo, para no sólo profundizar en las posibilidades utilizadas por el autor, sino ordenarlas y disponerlas en una cierta clasificación coherente. También deberían buscarse otros textos de entre las *Rimas* que enriquezcan la visión final del asunto.

2.3. MOTIVOS PARA REDACCIONES ESCRITAS

Una redacción implica un juego de combinaciones entre datos conocidos y aportaciones personales del redactor en cuanto a las impresiones que le produce la lectura de un determinado escrito. Esto supone por parte del que redacta un cierto espíritu creador (aunque puramente improvisado) que pueda desarrollar sin trabas (excepto las que impone el raciocinio, el sentido común y la pura lógica) sus cualidades como «escritor». Es decir, su corrección estilística y gramatical (la ortográfica se da por supuesta), su espíritu de comprensión, su inteligencia de los temas, su creatividad en el diseño del escrito, su perfecta organización (que no debe ser siempre de la misma forma) y sus cualidades artísticas, pues en el fondo se trata de realizar un relato o comentario libre sobre un tema prescrito. Según esto, proponemos una serie de motivos de redacción sobre las *Rimas* de Bécquer, que lógicamente presuponen su conocimiento o su manejo en el momento mismo del ejercicio.

—La «inspiración» en las *Rimas* becquerianas.

—Sentido y significación de los motivos ornamentales en algunas rimas de Bécquer.

—Los paisajes de las *Rimas*. Impresiones que producen éstos en el espíritu del autor y en nuestra propia percepción.

—Opinión sobre la concepción moral que se deduce del pensamiento del autor en sus propios textos poéticos.

—Aspectos religiosos de los poemas becquerianos. ¿Se decanta el autor por alguna doctrina concreta?

—Los distintos tipos de mujer en las *Rimas*. ¿Existen unos modelos determinados? ¿Cuál o cuáles parecen ser las preferencias del autor en este sentido?

—¿Qué opinión nos merece la estructura compositiva de los poemas becquerianos? ¿Cómo podríamos valorar los poemas breves frente a los más extensos o a la inversa? Redactar una composición en torno a las propias preferencias y razonar éstas.

—Popularismo y cultismo de las *Rimas* becquerianas. Rasgos en que estos conceptos pueden apoyarse.

—Bécquer, ¿poesía intimista o de evasión? Razonar la posible alternativa.

—¿Ternura o violencia en las *Rimas* de Bécquer? Analizar éstas en dichas dimensiones si las consideramos susceptibles de un estudio detallado. Si no, al menos, establecer un camino de diferenciación entre lo trágico y lo lírico en las mismas.

2.4. Sugerencias para trabajos en grupo

Los trabajos en grupo tienen el objeto de abarcar una materia extensa y a veces de difícil localización individual, además de constituir un excelente modo de colaboración y estimular las ideas, contrastándolas. Igualmente entendemos que éstos fortifican el espíritu de equipo y preparan a los sujetos para labores más profundas de investigación en el futuro. En relación con las *Rimas*

de Bécquer pensamos que los trabajos de equipo deben, por tanto, dilatar el estrecho círculo de los breves y escasos poemas, pues para esta tarea ya se proponen trabajos de otra índole, y tratar de relacionarlos de forma amplia con otras obras del mismo autor u otros autores contemporáneos, o incluso de la época anterior o posterior. Por ello los trabajos que proponemos aquí amplían notoriamente el círculo cerrado de las *Rimas*.

—Una posibilidad de estudio importante de conjunto consistiría en indagar los puntos de contacto entre las *Rimas* y las *Leyendas* en lo que se refiere a la visión de trasmundo en ambos géneros. Para ello sugerimos la lectura y análisis comparativo, por ejemplo, de las leyendas «Los ojos verdes» y «El rayo de luna» con temas persistentes en algunas rimas, como por ejemplo la VIII, la X, la XII, la XIII, la XIV, la XV, etc. Estos textos hablan de lo impalpable, lo misterioso, lo etéreo, los ojos de distintos tonos, etc. El tratamiento debe de ser calculadamente distinto porque estamos ante distintos géneros literarios. El grupo de trabajo debe discutir la forma de abordar coincidencias y matices de diferenciación, no sólo los que corresponden a los géneros, sino a la forma de tratar los elementos puramente descriptivos, los motivos, los ambientes, los objetos, y fundamentalmente las ideas que sustentan a unos y a otros.

—Otro tipo de trabajo puede consistir en buscar en la prensa contemporánea de Bécquer poemas y relatos similares y establecer la comparación con los suyos si se encuentran. En este sentido es importante consultar en bibliotecas nacionales o provinciales, archivos y hemerotecas los siguientes periódicos y revistas en los que colaboró o dirigió Bécquer y en algunos que, aunque no contasen con su firma, sí lo hizo con la de escritores contemporáneos suyos. Así: *El Contemporáneo* (entre el 20 de diciembre del año 1860 al 23 de abril de 1861) publica las *Cartas literarias a una mujer*, que sirven para sustentar toda su teoría literaria en torno a la poesía; y aquí publica las leyendas «La ajorca de oro» y «El aderezo de esmeraldas» (en marzo de los años 1861 y 1862). En este mismo periódico publica también las famosas *Cartas desde mi celda*, (en mayo-octubre de 1864). Anterior es «El caudillo de las

manos rojas», publicada en *La Crónica*, del 29 de mayo al 12 de junio de 1858. «El Miserere», también en *El Contemporáneo* el 17 de abril de 1862, «El monte de las Ánimas» en el mismo el 7 de noviembre de 1861, etc. En este proyecto de investigación periodística que evidentemente necesita una labor de equipo para ser fértil, proponemos algunas alternativas: relación de las poesías de Bécquer con otros poemas de distintos autores publicados en los periódicos señalados o en otros de la época; comparación de los escritos teóricos de Bécquer con otros posibles de dichos periódicos si los hubiera; relación de los escritos de imaginación de Bécquer con otros de autores de la época. Siempre estableciendo paralelos y diferencias en cuanto al estilo, los temas, las ideas, los géneros, la expresión, etc. Del mismo modo, puede ser muy útil copiar estos textos y establecer la comparación cuando se vea el parentesco o el parecido, para indicar todo lo que se nos ocurra en torno a la creatividad de Bécquer en relación con sus contemporáneos, entendiendo que no tiene por qué ser el trabajo necesariamente una labor sólo apologética, sino de análisis riguroso para establecer consecuencias válidas para todos, es decir, con cierto carácter de objetividad científica.

—Otra posibilidad no menos interesante de investigación colectiva consiste en seleccionar los artículos de la prensa susodicha y de otras publicaciones como *La Época*, *La Ilustración de Madrid*, *El Museo Universal*, etc., para poder atender a un ejercicio que nos puede abrir las puertas a una actividad de Bécquer no lo bastante valorada: la de periodista y articulista de textos costumbristas o arqueológicos de gran estilo e interés, así como a los escritos recogidos en la *Historia de los templos de España*. En todo este material ingente, casi enteramente sin desbrozar por la crítica, el lector e investigador puede llevarse muchas sorpresas en cuanto al valor y originalidad de estos textos. Algunos han sido recogidos ya en colecciones de obras completas del autor (no siempre del todo completas) y otros en antologías u obras selectas. Proponemos una indagación sobre estos textos, que a quienes tienen preocupaciones periodísticas parecerán sabrosos y llenos de interés. Damos algunas obras que contienen artículos en número muy abundante. En primer lugar las *Obras completas* de la Biblioteca

Castro, en dos tomos, preparadas por Ricardo Navas Ruiz en 1995. También en el tomo *Rimas, Otros poemas, Obras en prosa* de la Biblioteca de la Literatura Universal de Espasa, preparado por Leonardo Romero Tobar en el año 2000, de cotejo muy interesante acerca de las aportaciones de Bécquer al teatro en las obras que escribió en colaboración con Luis García Luna. Se ha dicho que hay tiradas de versos y frases que revelan el espíritu becqueriano de forma directa y clara. Se necesitaría un cotejo de elementos verbales, métricos y estilísticos para poder comprobarlo no de forma puramente intuitiva sino experimental. Del mismo modo los complejos de motivos, los temas, los tonos, las imágenes, las figuras retóricas, reclaman una experimentación sobre los textos para poder deslindar lo que pertenece al espíritu de Bécquer y a su propia letra. No hay que perder de vista que las aportaciones de su amigo recibirían igualmente su influencia, y a la inversa, Luis García Luna pudo dejar su impronta en los escritos de Bécquer, si es que la colaboración no fue más intensa hasta el punto de componer al unísono algunas partes de dichas obras. Sería una labor de equipo singularmente original y útil.

—Otra labor interesante consistiría en calibrar lo que de artísticos o no poseen algunos de los artículos más circunstanciales de Bécquer, los que comúnmente aparecieron como meros informes titulados de forma general como «Revista de la semana» y que publicó el profesor Estruch Tobella en el año 2004 en las *Obras completas* de Bécquer de la editorial Cátedra.

2.5. TRABAJOS INTERDISCIPLINARES

Normalmente un texto no está concebido en el vacío cultural, social y artístico, ni siquiera filosófico, político o religioso. Por eso es importante establecer los cauces de relación entre esos campos, disciplinas o materias de índole sociocultural. En este sentido caben varios enfoques de estudio, aplicables naturalmente en mayor o menor grado a la realidad literaria de la que partimos, en este caso las *Rimas* de Bécquer. Poco se compaginan éstas con otra función que rebase el campo de las artes, fundamentalmente de la

pintura, arquitectura, escultura y música. En este sentido, con sus peculiaridades, vamos a proponer diferentes enfoques con relación a cada una de ellas.

Sabido es el interés de Bécquer por la pintura, de quien incluso se conservan varios dibujos. En el magnífico libro de Rafael Montesinos citado en la bibliografía se reproducen algunos de éstos, amén de otros de Valeriano y de otros pintores de la época. Aunque la mayor parte de ellos tienen poca relación directa con las rimas de nuestro poeta, se pueden establecer los caracteres de estos dibujos, el sentido de los mismos, una clasificación temática de ellos y una descripción pormenorizada de sus motivos más característicos y la posible relación con los escritos del poeta. El estudio de esta iconografía nos puede poner en conocimiento del imaginario visual de Bécquer. Y no cabe la menor duda de que en algunos casos los borradores que reproduce Montesinos de las rimas van acompañados de dibujos becquerianos que ilustran algunos textos de éstas de forma muy significativa (véanse por ejemplo las láminas 54, 62, 63, 64 y 64 del citado libro).

Asimismo conocemos la importancia decisiva de su hermano Valeriano como pintor, dibujante e ilustrador para revistas y libros. Proponemos por tanto, en segundo lugar, una visita al museo Romántico para registrar los dibujos y pinturas que se conservan de Valeriano Bécquer y establecer la posible relación de alguno de éstos con las *Rimas* de Bécquer (si es que la hay), pero, sobre todo, con sus *Leyendas* y artículos, principalmente de costumbres, habida cuenta de que son en éstos donde quizá mejor se percibe el común sentir artístico de los hermanos.

De la misma manera podría constituir otro trabajo interdisciplinar el estudio comparativo de la obra becqueriana con el de los grabados y pinturas de los artistas de la época, que se pueden consultar, bien en los periódicos contemporáneos (algunos de los cuales ya hemos indicado en otros apartados), bien en manuales de historia del arte del siglo XIX, de los cuales damos algunas referencias a continuación: J. A. Gaya Nuño, *Arte del siglo XIX*, en *Ars Hispaniae*, vol. XIX, Madrid, Plus-Ultra, 1966; F. Antal, *Clasicismo y romanticismo*, Madrid, Comunicación, 1978; F. Novotny, *Pintura y escultura en Europa 1780-1880*, Madrid, Cátedra, 1979; V. Bozal, *La ilustración gráfica del siglo XIX en España*, Madrid, Comunicación, 1979.

Otra posibilidad de enfoque interdisciplinar reside en la afición musical de Bécquer, que aun desconociendo su técnica, tal como confesaba él mismo, era una de sus artes preferidas, como se muestra en numerosos textos de sus obras, incluidas muchas rimas, como es bien sabido. También hemos señalado cómo compuso obras para la representación escénica de carácter musical, lo que llamamos zarzuelas, en colaboración con Luis García Luna, con el seudónimo de Adolfo García. Así: *La venta encantada* (1859), *Las distracciones* (1859), *Tal para cual* (1860), *La cruz del valle* (1860), etc., algunas de las cuales son adaptaciones de obras francesas. Dos zarzuelas más escribió con el seudónimo de Adolfo Rodríguez. El periodista cubano Antonio Escobar, transmitiendo una conversación que tuvo con Rodríguez Correa, amigo del poeta, dice: «Correa opina que Bécquer tenía una de las más extraordinarias organizaciones artísticas que ha producido este siglo. No hablemos de sus versos, que seducen a toda la gente de raza española. Era, además, dibujante y músico. Sí, músico; y no sólo ejecutante, sino también compositor. Y esto habiendo estudiado muy superficialmente el divino arte».[1] También hay testimonios de que Bécquer tocaba el piano. Julio Nombela, por ejemplo, dejó dicho: «Sólo la música lograba sacarle de aquel estado anestésico», y Julia Bécquer cuenta: «Acompañándose con este instrumento (un clavicordio) solía Gustavo cantar algún trozo de ópera, pues tenía mucha afición a este género musical».[2] Julio Nombela cuenta también: «Bécquer hacía el análisis de las óperas de Bellini, considerando que bastaba *Norma* para expresar la magnitud de su genio y *La sonámbula* para dar a conocer la intensidad de su sentimiento y la belleza de su alma. Luna y yo le oíamos con deleite, y para demostrarnos la exactitud de sus apreciaciones, de la teoría pasó a la práctica. Cogió del suelo una rama seca, la despojó de las marchitas hojas, la partió por la mitad y, destinando una de ellas a simular un violín y la otra el arco, comenzó a tararear *La sonámbula* [...] Cuando llegamos a Carabanchel, terminaba Bécquer el concertante del final del primer acto».[3] Donizzetti y Bellini eran

[1] Rica Brown, *op.cit.*, p. 86.
[2] Rafael Montesinos, *op.cit.*, p. 166.
[3] Julio Nombela, *op.cit.*, pp. 376-376.

sus músicos favoritos, según parece, quienes naturalmente eran los músicos más populares de ópera en la época romántica, junto con Rossini.

El curioso amante del género operístico puede confrontar los datos aquí señalados con alguna ópera de Bellini (autor muerto muy joven, a la misma edad que Bécquer, lo que en aquellos momentos aumentaba su encanto), por ejemplo *La sonámbula*, citada en concreto por Nombela, y extraer conclusiones acerca del posible parentesco motívico, melódico, sentimental, etc., con el autor de las *Rimas*. Una referencia discográfica al respecto puede ser ésta: Bellini, *La sonnambula*, Sutherland, Pavarotti, Ghiaurov, National Philharmonic Orchestra, Richard Bonynge, 1980.[4]

En relación con la arquitectura recordemos su *Historia de los templos de España* como testimonio de su interés por la misma. Puede realizarse una excursión a Toledo y visitar, entre otros monumentos, la iglesia de San Juan de los Reyes a la que Bécquer dedica un estudio, y comprobar sobre el terreno el valor de las impresiones del autor sobre los detalles del monumento y su valor histórico.

2.6. Búsqueda bibliográfica en internet y otros recursos electrónicos

Para la composición de un trabajo de ensayo o de investigación sabemos todos lo imprescindibles que son las consultas bibliográficas. En el caso de Bécquer hay diversos repertorios que pueden ser útiles. Remitimos a la *Bibliografía* de Rubén Benítez antes citada, que, aunque antigua, se puede ir poniendo al día con los repertorios posteriores de J.M. Díez Taboada: «Bibliografía de Gustavo Adolfo Bécquer y su obra», en *Revista de Filología Española*, LII, 1969, pp. 33-43; y «Bibliografía sobre Gustavo Adolfo Bécquer y su obra. Suplemento», en *Boletín de Filología Española*, números 46-49, enero-diciembre de 1973, pp. 47-60. También, más actualizada, puede verse David J. Billick y Walter A. Dobrian:

[4] DECCA, 417, 424-2.

«Bibliografía selectiva y comentada de estudios becquerianos, 1960-1980» en *Hispania,* California, 69, 2, 1986, pp. 278-302. Para todo lo relacionado con Bécquer es de consulta totalmente imprescindible, además, la revista *El gnomo,* publicada en Zaragoza y dedicada, desde el año 1992 hasta hoy, a los estudios becquerianos. La dirige Jesús Rubio e incluye en algunos números indicaciones y repertorios bibliográficos actualizados. Es una revista de carácter anual.

Las tareas bibliográficas no sólo deben ser materia de información especializada, sino que pueden servir para buscar datos, textos y materiales diversos al redactar cualquier tipo de trabajo que tenga algún interés personal, pues es absurdo no contar con esos datos y opiniones y repetir innecesariamente lo ya descubierto o estudiado.

Otro tipo de enfoque muy útil puede ser la consulta de internet y las páginas web correspondientes. Hay en ellas mucha información bibliográfica reciente, textos y opiniones, reproducciones gráficas curiosas y láminas de ilustración que pueden ser útiles para confeccionar un estudio.

Puede verse en este sentido todo lo referente a la Asociación de Becquerianistas dirigida por Jesús Costa, secretario de la citada revista *El gnomo.*

3. Comentario de textos

Rima LXXIV

> Las ropas desceñidas,
> desnudas las espadas,
> en el dintel de oro de la puerta
> dos ángeles velaban.
>
> Me aproximé a los hierros 5
> que defienden la entrada,
> y de las dobles rejas en el fondo
> la vi confusa y blanca.

La vi como la imagen
que en leve ensueño pasa,
como rayo de luz tenue y difuso
que entre tinieblas nada.

Me sentí de un ardiente
deseo llena el alma;
como atrae un abismo, aquel misterio
hacia sí me arrastraba.

Mas ¡ay! que de los ángeles
parecían decirme las miradas
—El umbral de esta puerta
sólo Dios lo traspasa.

3.1. El mundo poético en el que se inscribe la rima

Este texto becqueriano responde a una serie de constantes de la poética de su autor que puede inscribirse en la vertiente más esencialista de su obra: aquél en donde la mujer, la poesía y la atracción del misterio que rodea a entrambas confluyen en una unidad de elementos intercambiables difícilmente discernible desde un punto de vista sólo racional. Bécquer sublima la realidad concreta femenina en una idea inalcanzable y misteriosa que puede llegar a fundirse en una aspiración perpetua de contenido religioso y visión de trasmundo, próxima a cierta concepción platónica cuyo término se identifica a veces con la misma muerte. Este texto no se mueve en un terreno aislado, sino que conecta de forma muy concreta, incluso en detalles y motivos, con otras rimas del autor, con otras leyendas suyas y con otros relatos diversos. Los parentescos con las rimas XV y LXX son patentes. La mujer que se presenta «como hija ardiente de una visión» es la misma que aquí entreví tras las rejas de un fantasmal claustro. Esa mujer, producto de una mente «visionaria», había sido forjada en la imaginación de algunos escritores románticos como un ideal nacido de su propia conciencia y al que se le podían dedicar los anhelos y los sueños de infinito. Chateaubriand, autor leído por Bécquer, cuen-

ta en sus *Memorias de ultratumba* que forjó en su mente un ser fantástico al que hizo objeto de todas sus adoraciones y sueños y que era compendio de todas las bellezas reales e imaginadas. La concepción de la mujer, desde esta perspectiva de idealización fantástica, responde igualmente al ansia inalcanzable del «eterno femenino» goethiano, que sintieron fuertemente muchos de los escritores románticos y que fue origen de tantas frustraciones amorosas reales y de tantos poemas líricos imperecederos. Es algo que estaba en el ambiente del siglo XIX, en el vago idealismo de unos poetas que contemplaban decepcionados el choque de sus aspiraciones más elevadas con la más triste y ramplona realidad. Bécquer, el más soñador de los poetas españoles del siglo XIX, no era ajeno a esto; su visión del mundo, en donde fantasía y realidad se interpenetran en misterioso maridaje, era proclive a la creación de una mujer imposible y fantástica, último término de todas sus aspiraciones amorosas. Algunos autores (J. P. Díaz, E. L. King, M. García-Viñó) la relacionan con «Tres fechas» y consideran que, pese a no ser ésta propiamente una leyenda, tiene unos rasgos que la aproximan a este género. En lo que respecta a las coincidencias con la rima que comentamos podemos notar entre ellos el acercamiento a las dobles rejas de un templo para contemplar a una misteriosa mujer, y cuando el personaje logra entreverla dice:

> Allí entre las sombras, vi brillar un rayo de luz; era la puerta claustral que se había abierto. Al poner el pie en su dintel, la religiosa se volvió por última vez hacia el altar. El resplandor de todas las luces la iluminó de pronto, y pude verle el rostro. Al mirarlo tuve que ahogar un grito. Yo conocía a aquella mujer: no la había visto nunca, pero la conocía de haberla contemplado en sueños; era uno de esos seres que adivina el alma o los recuerda acaso de otro mundo mejor, del que, al descender a éste, algunos no pierden del todo la memoria.

Las coincidencias con la rima LXXIV son notables (el relato tiene además múltiples paralelismos con otras rimas de su autor). El texto del poema, no obstante, es mucho más templado que el del relato en prosa, y más esencial y sintético. En el poema la mu-

jer no es una simple novicia y la anécdota queda ahí indefinida y esencializada, de tal forma que si leemos la rima en función de la narración perderemos un tesoro de sugerencias y concebiremos el texto poético como una mera ilustración lírica de una anécdota más o menos trivial. Si leemos la rima en función de su propio texto, tendremos en primer lugar que el ámbito no se reduce a algo terrenal, sino completamente trasmundano ya desde el mismo comienzo del poema, y lo mismo al final. Nunca se nos dice que los ángeles sean verdaderas estatuas ni meros decorados de escena. La mujer que se describe no parece una mujer real, sino un personaje de ensueño como la mujer de «El rayo de luna» o de las rimas XI o XV. Finalmente el ámbito descrito es un ámbito ideal que no puede traspasar nadie más que Dios.

3.2. ESTRUCTURA TEMÁTICA DEL TEXTO

La esencia temática del poema sólo se halla en la consideración intrínseca de éste. Aquí se trata del tema de la «mujer imposible» o «mujer inaccesible», como dice J. M. Díez Taboada. El poeta trata de expresar su deseo por penetrar en el misterioso ámbito o santuario donde «reside» la mujer. Ese santuario es consustancial a la esencia del ser femenino, tal como la siente Bécquer. La concepción que el poeta tiene de la mujer se identifica con su propia concepción de la poesía, como es bien sabido. El autor de las *Rimas* lo expresó a la perfección en muchos momentos de éstas y de manera explícita en las *Cartas literarias a una mujer*, en especial en el siguiente texto de la primera de ellas:

> Yo deseo saber lo que es la poesía, porque deseo pensar lo que tú piensas, hablar de lo que tú hablas, sentir lo que tú sientes, penetrar, por último, en ese misterioso santuario en donde a veces se refugia tu alma y cuyo dintel no puede traspasar la mía.

Este texto sí es una expresión temática más en armonía con la intencionalidad específica de la rima LXXIV que el relato «Tres fechas» al que aludíamos antes.

Por otra parte, el misterio de la mujer inaccesible puede a veces fundirse con la visión de la muerte. Este aspecto lo estudiamos en relación al texto becqueriano en prosa titulado *Pensamientos* y en su conexión con Rubén Darío.[5] Lo que está claro es que, intuyera el poeta o no en la rima LXXIV el tema de la muerte, el poema expresa de manera inequívoca el ardiente deseo de penetrar más allá del mundo natural para hallar la solución del propio misterio contemplado en su «visión».

La rima LXXIV se compone de cinco estrofas en las cuales se encierran no obstante cuatro momentos temáticos articulados de manera progresiva y gradual: 1. Descripción (primera estrofa); 2. Visión contemplativa (segunda y tercera estrofas); 3. Expresión de un anhelo sentimental (cuarta estrofa); 4. Exposición de la idea de imposibilidad (quinta estrofa). En la exposición de los cuatro elementos temáticos hay una serie de pasos sucesivos que van de una mayor exterioridad a una mayor interioridad, de la mera descripción a la idea esencial. En efecto, esta gradación está reforzada por el uso de una serie de factores estilísticos que analizaremos después. El esquema progresivo viene constituido por una secuencia de motivos que podríamos enumerar de la siguiente forma: 1. Pórtico; 2. Visión de la mujer; 3. Anhelo de penetrar en el misterio; 4. Imposibilidad de hacerlo. Y dichos motivos se pueden reducir a unos arquetipos que es fácil encontrar en la literatura tradicional, y que podrían resolverse en tres por lo menos: el del «ámbito misterioso», propio de la literatura de trasmundo, que en ésta suele plasmarse en la forma del «castillo encantado»; el arquetipo de la «mujer misteriosa», que a veces puede tomar la forma de un animal o monstruo; y el de la «relación imposible», que puede constituirse *per se* (como sucede aquí), o que puede concretarse mediante la utilización de elementos externos (oposición familiar, social, religiosa, política, etc.). En el primer caso, se asocia a algo misterioso en la literatura y de gran contenido lírico; en el segundo, son innumerables y lo bastante conocidas sus plasmaciones literarias y su contenido suele ser eminentemente dramático y aun teatral. Los tres arquetipos de los que hablamos constituyen ele-

[5] Enrique Rull, «*Pensamientos* de Bécquer y *Nocturnos* de Darío», *op.cit.*, LII, 1969, pp. 563-579.

mentos frecuentísimos de las narraciones becquerianas, y por supuesto de las propias *Rimas*. No es necesario hablar de los dos primeros, pues son verdaderos *leitmotiv* de toda su obra. En cuanto al arquetipo de la «relación imposible», Bécquer suele tratarlo de manera sobre todo lírica, lo mismo en prosa que en verso, y siempre suele estar radicado en la difícil armonización de la poesía con la vida real, mundana y de esencia terrenal. Cuando la relación imposible nace de estar situada la mujer en una misteriosa región de trasmundo, en un Más Allá, tenemos este poema lírico que nos anuncia cómo ese mundo parece no poder traspasarse más que abriendo la puerta que separa la vida de la muerte. Si esto es así, los elementos líricos se revisten de carácter trágico. Una realización práctica en prosa de esto lo experimentó Bécquer en su leyenda «Los ojos verdes», en la que Fernando penetra en el mundo de la «mujer misteriosa» tras arrojarse a las aguas del lago en donde habita ella. Esta leyenda se relaciona con la sustancia de los *Pensamientos*, texto al que hemos aludido antes.

3.3. Elementos métrico-estilísticos

Esta rima se corresponde con el esquema más frecuente de la creación poemática becqueriana. En primer lugar, el metro más frecuente es precisamente el que corresponde a la mezcla de endecasílabos con heptasílabos con rimas asonantes alternas. Si la rima que comentamos estuviese compuesta por completo en heptasílabos de rima asonante los versos pares, tendríamos una especie de endecha, y si la considerásemos en su aislada composición estrófica (como un poema pentaestrófico) su carácter sería el de una sucesión de cuartetas asonantadas. Pero la introducción de un endecasílabo en cada una de las unidades estróficas altera los esquemas más habituales y confiere a esta sucesión de cantares populares un aire nuevo. Aquí Bécquer coloca el endecasílabo según un criterio expresivo que nunca es rígido. Así, por ejemplo, el endecasílabo ocupa preferentemente el tercer lugar de cada estrofa, pero esto no como norma, puesto que en la última de ellas lo sitúa en segundo lugar. La razón de todo esto la entendemos de la manera siguiente: el verso corto final sirve para proporcionar un senti-

miento de desnudez poética; esta desnudez aísla de cualquier descriptivismo, de cualquier retórica, de cualquier complacencia estética, al verso mismo. Así los dos versos finales, como veremos luego, rompen la estructura métrica que sirve, en apariencia, de norma. Si el poeta hubiera utilizado en uno de ellos el endecasílabo normativo, seguramente no hubiera podido culminar la progresiva y gradual desnudez de la que hablamos.

Respecto a los elementos expresivos del texto, Bécquer utiliza (lo suele hacer a menudo) un orden expresivo que dista del habitual sintáctico. Así, desde el principio usa el hipérbaton, situando el verbo al final de la frase en la primera estrofa («dos ángeles velaban»). Con ello crea la sensación de expectación y además destaca la apariencia casi pictórica (un tanto «botticelliana» o prerrafaelista) de las figuras. De manera igualmente relevante prefiere la adjetivación sustantiva («dintel de oro» en lugar de «dintel dorado»), que proporciona una idea menos exterior y más esencial. En la segunda estrofa utiliza los elementos verbales de acción («me aproximé», «la vi») que tornan más dinámica la imagen. El hecho mismo de la doble acción personal y la premura que denota en el movimiento del poeta hace que no sea pertinente el uso del hipérbaton aquí como sí lo era en la primera estrofa. La descripción de la «puerta» se realiza mediante una perífrasis metonímica («los hierros que defienden la entrada») que anticipa el sentido de la imposibilidad de penetrar en el recinto, potenciada su significación por el uso de la articulación tensa (la vibrante múltiple de «hierros») y la idea de «defender», verbo que prolonga el sentido anterior de protección prohibitiva de los ángeles que custodian la entrada con las espadas desnudas. El epíteto «dobles» aplicado a «rejas» aumenta del mismo modo el valor significativo de la prohibición, de manera tal que todos los recursos estilísticos parecen utilizados con la intención de servir de anticipo a la idea de «imposibilidad» con la que culmina el poema. La estrofa tercera, que continúa la «visión» anterior, sirve para matizar de manera claramente sensible la imagen de la mujer. La estrofa se reduce a dos extensas comparaciones («como la imagen», «como un rayo») que especifican el modo de la visión: la primera, semejante a un ensueño fugaz («que pasa»), en donde la utilización del verbo de movimiento hace si cabe más imprecisa la aparición; la segunda, mediante la utiliza-

ción de la doble adjetivación casi pleonástica («tenue y difuso») referida a un sustantivo de suyo tan impalpable en relación con sus calificativos, como es «rayo de luz», que además se potencia con la explicativa «que entre tinieblas nada». La cuarta estrofa, correspondiente al punto tercero de la estructura temática, utiliza unos recursos netamente distintos de los anteriores, ahora es la expresión de los sentimientos lo que se nos intenta comunicar. Para ello se utilizan dos núcleos sintácticos. En el primero, a su vez, se constituyen dos fórmulas semánticas: manifestación de un apetito («ardiente deseo») de connotaciones sensuales, rápidamente rectificado por otro núcleo semántico espiritualizador («llena el alma»). El segundo está introducido por una fórmula comparativa («como atrae un abismo»), destacando luego el elemento sustantivo «misterio», mediante la pausa versal, y realzando, por último, la idea de atracción, con la utilización en el último verso de ciertos elementos acústicos, como son las aliteraciones de la «s» y la «r», la primera reforzada por el acento métrico, y la segunda por la apoyatura de las «aes» en todas las sílabas. La última parte del poema implica un giro de oposición a los elementos indicados en los versos anteriores. Giro que viene anunciado por la fórmula adversativa «mas» y la subsiguiente expresión enfática y retórica «¡ay!». El hipérbaton que encabalga los dos versos de esta estrofa sirve para destacar las amenazadoras y prohibitivas miradas de los ángeles, concluyendo el poema con la mencionada ruptura del esquema métrico que permite una mayor contundencia y rotundidad a la afirmación temática de la «prohibición».

El poema así queda delimitado por unos factores temáticos, estéticos y estilísticos en evidente gradación expresiva, en donde cada uno de los elementos utilizados refuerza de manera peculiar y coherente los núcleos temáticos aislados del texto, pero de forma y manera que todos convergen hacia la comunicación de una idea esencial: el anhelo de la mujer imposible que entrevista en una visión de trasmundo fuerza al poeta a trasladar la solución de su vivencia a un futuro situado más allá de la propia vida.

4. Actividades en torno a las *Leyendas*

1. Aunque no se puede establecer una correspondencia exacta entre las *Rimas* y las *Leyendas*, puesto que se trata de dos géneros literarios distintos, cada uno con sus caracteres que le son propios, sí existen una serie de motivos (y *leitmotiv*) que actúan a modo de rasgos peculiares del autor. Partiendo de esta base y de que las *Rimas* pertenecen a la parte más íntima de Bécquer, ya que son poesía lírica pura, y las *Leyendas* son narraciones, y por tanto relatos objetivos y objetivables, se puede establecer una serie de puntos comunes entre distintos aspectos de ambos escritos. Indicar y enumerar éstos. Relacionar sus posibles parentescos y diferencias y señalar el carácter de los mismos y su uniformidad o divergencia.

2. Uno de los elementos más característicos de las *Leyendas* son los ámbitos en los que éstos se ubican y los distintos paisajes en que se desarrollan las historias. Clasificar éstos según pertenezcan a un ámbito interior o exterior. Verificar si poseen características geográficas determinadas, y si su descripción responde a esas características, o posee elementos fantásticos específicos, o es meramente una síntesis de los dos o, quizá, esos ambientes se oponen de una leyenda a otra, o entre sí en un mismo relato. Realizar un estudio detallado del paisaje y su clasificación por los tipos señalados, sean simples o mixtos.

3. Dado que en las *Rimas* existen ámbitos poéticos, ¿se puede establecer un paralelo con los ámbitos de las *Leyendas*? Indicar cuáles y sus diferencias. Recordemos que en algunas rimas hay un esbozo de paisaje, que a veces puede ser cósmico y a veces puramente exterior y local, y que en otros casos es arquitectónico o incluso íntimo (aposento o habitación). ¿Pueden tener alguna relación estos ámbitos con los de las *Leyendas*? Razonar la respuesta y ofrecer una opinión deducida del análisis de los datos.

4. En las *Leyendas* existen aspectos relativos a lo puramente imaginario, a la fantasía e incluso al trasmundo. Detectar éstos y analizarlos. Verificar el tono de los mismos (alegre, triste, sarcástico, burlón, inquietante, terrorífico, etc.) y determinar su función en el contexto de cada relato. ¿Qué aspecto predomina sobre otro? ¿Existe lo que podríamos llamar un tono general o hay variedad

de registros? Razonar siempre la respuesta después de un análisis lo más completo posible.

5. Es muy probable que en las *Leyendas* encontremos ciertos caracteres y ambientes orientalistas. ¿Cuál puede ser la intención de introducirlos? ¿Responden a una actitud de época? ¿Puede ser una derivación o contaminación de la época romántica anterior tipo duque de Rivas, Zorrilla o incluso Victor Hugo? ¿Entrañan algún aspecto costumbrista o exótico? Analizar y comentar esta cuestión dentro de la estética de Bécquer y de la posible tradición que llega a él.

6. Otra posibilidad de enfoque es la frecuencia de ciertos temas. Estudie, por ejemplo, la función de la música en las *Leyendas* y su relación con el mundo poético del autor y sus aficiones. También cabe que una faceta del análisis pueda guardar relación directa con otras artes como la pintura (recordemos que él mismo tenía aficiones hacia este arte, que su hermano Valeriano era un pintor reconocido y que toda la familia, padre, tío, etc., habían sido pintores en Sevilla de cierta entidad). Incluso vamos más allá. Sabemos que el arte de la arquitectura también fue una de sus pasiones. Ahí está para comprobarlo su *Historia de los templos de España*, un detallado tratado de algunos templos famosos, sobre todo de la ciudad de Toledo, en la que pasó largas temporadas con su hermano, o en el aragonés monasterio de Veruela, donde nacieron las famosas *Cartas desde mi celda*. A la luz de estos datos, ¿se pueden rastrear en las *Leyendas* las huellas de esas aficiones a la música, la pintura y la arquitectura? Detallar, analizar y comentar todos esos contactos.

7. ¿Existe una concepción moral e incluso religiosa en las *Leyendas*? ¿Cuáles son sus fundamentos? ¿Es una muestra de exotismo, costumbrismo, religiosidad popular, o convicción personal? ¿O quizá participan de todas estas características? Razonar estas cuestiones y determinar si existe una prevalencia o más bien son caracteres difusos. Establecer una clasificación de las *Leyendas* basadas en estos supuestos, y un análisis interno de cada una de ellas. Determinar también si existe un pensamiento ético a través de estos textos y si el autor dibuja una moral determinada en ellos.

8. Visto que el tema de la mujer es determinante en los escritos de Bécquer, se podría hacer una clasificación de los distintos ti-

pos de mujer en las *Leyendas*. Si responden a un patrón único, si hay variantes importantes, cuál es el papel de la mujer en los relatos, qué actividad se le otorga, qué visión social, moral o individual posee, desde la dimensión física hasta la espiritual. Descríbase el proceso en cada una de las leyendas más importantes donde la mujer sea personaje clave.

9. En Bécquer es muy importante la dimensión de trasmundo. Conviene, pues, averiguar si esto forma parte de un elemento común en la época, puramente descriptivo o entraña algo más sustancial. ¿Existe una visión trascendente en Bécquer? ¿Qué valor y función tiene ésta en los relatos que llamamos *Leyendas*? ¿Se relaciona con la idea de la mujer, con la idea del amor o con Dios mismo? Analizar el tema de la trascendencia en Bécquer y delimitar su alcance.

10. Otro tema fundamental en la obra becqueriana, también en las *Leyendas*, es el sueño. En Bécquer se dan las facetas más variadas del sueño, que van desde el sueño fisiológico hasta el ensueño, el sueño que podríamos llamar calderoniano, es decir, el sueño como ilusión y ejemplo de fragilidad real, y hasta el sueño de los muertos, como sabemos por algunas rimas. ¿Es posible encontrar estas facetas en las *Leyendas*? Analizar sus variantes y posibilidades y verificar su alcance y trascendencia.

ÍNDICE DE CONTENIDOS

Rimas

Rimas del Libro de los gorriones *no editadas en 1871*

Otras rimas que no figuran en el Libro de los gorriones *ni en la edición de 1871*

Leyendas